Pandit Kalidasa

The Vikramorvasîyam

A drama in 5 acts

Pandit Kalidasa

The Vikramorvasîyam
A drama in 5 acts

ISBN/EAN: 9783337303808

Printed in Europe, USA, Canada, Australia, Japan

Cover: Foto ©Andreas Hilbeck / pixelio.de

More available books at **www.hansebooks.com**

The Department of Public Instruction, Bombay.

THE

VIKRAMORVAŚÎYAM

A DRAMA

IN FIVE ACTS

BY

KÂLIDÂSA

EDITED WITH ENGLISH NOTES.

BY

SHANKAR P. PANDIT, M.A.,

Registered under Act XXV. of 1867.

Bombay:
GOVERNMENT CENTRAL BOOK-DEPÔT.

1879.

In preparing the present edition of the *Vikramorvas'iyam* the following Mss. have been used.

G. This is written in Devanâgarî characters. It is an old Ms. Though the date is not given, it appears from the form of the letters and the nature and state of the paper to be about two hundred or two hundred and fifty years old, possibly older. So far as it goes it is very correct. Except the first ten or twelve pages, it does not appear to have been corrected by any one. It contains no chhâyâ or Sanskrit translation of the Prakrit passages, except of the portion which is contained in the first twelve pages, where one is sometimes given in the margin. The total number of leaves is 41. The colophon is: इति विक्रमोर्विशीये नाटके पंचमोंकः ॥ समाप्तमिदं विक्रमोर्विशीयं नाटकं ॥ ६ ॥ ६ ॥ ६ ॥ यथा ग्रंथ १०० संपूर्गः ॥ ६ ॥ शुभं भवतु । कल्याणमस्तु ॥ ६ ॥ ६ ॥ ६ ॥ ६ ॥ Almost all the Mâtrâs or signs of ए and औ precede the consonants which those vowels follow, instead of being written over them as in modern Mss. The whole Ms. is in a perfect state of preservation. It has 11 or 12 lines on each side, and each line contains about 24 letters. As at the time I got this Ms. I thought it, as it was, the oldest of the Mss. I had, I took it as my guide and copied from it the text of this edition, and with the copy I collated the other Mss. in my possession. The Ms. G. belongs to one Mr. Jos'î of Sattara, from whom it was procured for me by my friend Mr. Vinayak Trimbak Golé of Khandesh, and has been returned to its owner through the latter gentleman.

N. is a fine modern Ms. also in Devanâgrî characters. It comes from Nasik, copied by and belonging to Govind S'âstrî Nirantara. The date of its genesis is given in its colophon which will follow presently. It contains no chhâyâ. The number of leaves is 23. The number of lines on each page is about 11, each line containing about 42 letters. There are marginal notes now and then and the Ms. appears to have been considerably used to read from. Now and then quotations are given in the margin from the *Sâhitya Darpaṇa* and the *Sarasvatîkaṇṭhâbharaṇa*. The whole Ms. is perfectly legible and very correctly written. The colophon already referred to is as follows : समाप्तमिदमुत्तमं कालिदासकृतं विक्रमोर्वशीनाटकं ॥ नुरगाश्वलत्रभात्रीयुते शाके राक्षसाभिधे वर्षे । गोविंदेन निरंतर इंयराख्येन नाटकं लिखितं ॥ १ ॥ इदं पुस्तकं निरंतरौपानिगोविंदस्य ॥ श्रीइंबसरस्वनीगुरुचरणकमलेभ्यो नमः ॥ श्रीरस्तु ॥ नैव व्याकरणज्ञमेव विनरं न भ्रानरं तार्किकं मीमांसानिपुगं नपुंसकमिति ज्ञात्वा निरस्ता-दरा ॥ दूरात्संकुचितेव गच्छति पुनर्धाडालवत्तुदसं (sic) काव्यालंकरणज्ञमेव कविता काता वृगीते स्वयं ॥ २ ॥ This Ms. is doubtless a copy of N₂ described below. And it is a most faithful copy. It appears that after N. was copied from N₂ both were corrected separately. In many places the inaccuracies of N₂ are faithfully reproduced in N.

N₂ is, as said above, also from Nasik, and belongs to a S'âstrî whose name is Ekanâtha S'âstrî. It consists of 19 leaves having each 13 or 14 lines, each line containing about 48 letters. This Ms. is *very closely* written, though perfectly legible. It contains no chhâyâ, but the Prakrit passages as well as the Sanskrit ones are very correctly written. The date is not given. The colophon runs thus : समाप्तमिदं विक्रमोर्वशीनाटकं ॥ The Ms. may be from fifty to seventy-five years old. There are few marginal glosses as in N. or quotations in the margin. There are *haritála* corrections in the body of this as well as in that of N. N₂ is very carefully written, and appears to have been very often read. On the first side of the first leaf of N. there is the following given in four lines one on each edge of the page: इदं त्रोटकाख्य-मुपरूपकं न नु नाटकं । तथोक्तं साहित्यदर्पणे । सम्राटनर्वंचाकं दिव्यमानुषसंश्रयं । त्रो-टकं नाम नस्योक्तं प्रत्यंकं सविदूषकं । प्रत्यंकं सविदूषकस्यादत्र श्रृंगारेंगी । सप्तांकं स्तंभि-तारंभं पंचांकं विक्रमोर्वशी । १ ॥ भवेदं प्रमाणं बांधार्ये लिखिनं । लोके तु नाटकामिति व-दांति । श्रीइरंबं वंदेइं । श्रीरामाय सभार्यानुजाय नम: ॥ The only difference between N. and N₂ is that the former is older, otherwise their value is just the same. Both N. and N.₂ were procured for me by my friend Mr. Hari Bhagavant Keskar B.A. late Master, Nasik High School, and have now been returned to their respective owners.

A. This belongs to my own collection of Mss. and is in Devanágarí characters. Number of leaves 24, or 48 sides, of which the last one and a half are blank. There are fifteen lines on each side, and about 55 letters in each line. It is a fine, but rather modern Ms. The letters are beautiful and the whole Ms. is generally very correct. The names of the speakers, the figures of the stanzas, all the stage-directions and similar words and phrases not forming parts of the poet's composition, are painted with the usual yellowish red substance called *Geru*. Each Prakrit passage has its Sanskrit chháyâ immediately following it. The Ms. appears to have been corrected with *haritála* and in some places even with ordinary black ink, and obviously has often been read. The date when it was copied is not given, but it may certainly be fifty or seventy-five year old. The beginning is श्रीगणेशाय नम: श्रीसरस्वत्यै नम: and the colophon runs thus : इति श्रीकालिदासकृतं विक्रमोर्वशीयं नाटकं संपूर्णम् शुभं भवतु ॥ ॥ ६ ॥ ॥ ६ ॥ As far as I remember the circumstances under which A came into my possesion, it belongs to the Deccan, I having obtained it in Poona in the year 1871.

B. This is in Devanâgarî characters and is a copy of a granthi Ms. obtained from Mysore through the late Rao Saheb Narayan Jagannath Vaidya, Director of Public Instruction, Mysore. Both the granthi Ms. and its Devanâgarî copy, which latter was made for my use, are in my possession. The age of the granthi Ms. is not ascertainable, but the same appears to be very old. I have not used the granthi original but only the Devanâgarî copy, which is generally very correct. It consists of 22 leaves of 10 or 11 lines to the page, each line containing about 52 letters. The beginning is ॥ श्रीकालिदासकृतविक्रमोर्वशीयनाम नाटकं ॥ नारायणाचार्यलिखितं ॥ श्रीयादवाचलविराजमान । सं । पाठशालापंडितरायस्वामिसंतःकुमा-रेण परिशोध्य वैद्यनाथजगन्नाथनारायणाख्याविद्वत्प्रभुसांनिध्यानं मति मेदिनं विजयनेतरो ॥ ॥ श्री ॥० श्रीहयग्रीवाय नमः ॥ वेदानेषु यमाहुरेकपुरुषं &c. &c. The colophon is : इति कालिदासकृतं विक्रमोर्वशीयनाटकं समातं ॥ ॥ श्रीहयग्रीवाय नमः ॥ शुभमस्तु ॥ ॥ छ ॥   ॥ छ ॥   ॥ छ ॥ ॥ ॐ ॥   ॥ ॐ ॥   ॥ ॐ ॥ ॥ ॐ ॥   ॥ ॐ ॥   ॥ छ ॥

श्रीकालिदासकृतविक्रमोर्वशीयनाम नाटकं । नारायणाचार्यलिखितं ॥ ० ॥ सन् १८७४ जनवरि ता. २० परिसमातिमगात् ॥ There is no chhâyâ of the Prakrit speeches nor any glosses in the margin.

P. This is a Devanâgarî Ms. from Poona, obtained through Krishna S'âstrî Râjvâḍe, of the office of the Government Translator to the Director of Public Instruction. It consists of 42 leaves of which the last and first sides are not written upon. There are eight lines on each side and about 49 letters in each line. It is generally correct, though not so correct as A or the Nasik Mss. N. N₂. The first thirteen leaves have been corrected by some one, probably by Mr. Râjvâḍe, not always correctly. The age of the Ms. is not given but it may be one hundred years old, possibly much older. Each Prakrit speech has its chhâyâ given immediately after it. In my opinion this Ms.

was copied from a Telegu Ms. Evidences of this are to be found in many places. Thus, for instance, the cipher is used to indicate the doubling of a letter, generally a consonant, in the Prakrit parts, as उवलोषं for उवलभ्भं or उवलऄं. This cipher is sometimes given as in ordinary Telegu Ms. over the letter preceding, instead of between the letter to be doubled and its preceding letter. There are also some special evidences. Thus, on the second side of leaf 13, line 8, the King's speech runs thus : वयस्याङ्गुलीन्वेदेन दृश्येरन्नक्षराणि, which is only a mistransliteration of the correct passage in Telegu characters, in which (न्वे) and (र्वे) can easily be confounded. Again पं is often misrepresented by गि which is easily accounted for when it is borne in mind how पं and गि are similar to each other in Telegu. The beginning is श्रीर्वेंकटेशाय नमः | वेदांतेषु &c. and the colophon : समाप्तमिदं कालिदासकृतं विक्रमोर्वशीयं नाम नाटकं ॥

॥ ६ ॥   ॥ श्री ॥   ॥ ६ ॥   अविदितपरदोषाः
ज्ञानपीयूषपूर्णाः निजगुणकलिकाभिः ॥ स्वेदमामोदयेनः ॥ परधनपरदारमोज्झिताः शेषकृत्याः
करकृतमपराधं क्षंतुमर्हंति संनः ॥   ॥ श्री ॥   ॥ ६ ॥   ॥ श्रीकृष्णा-
र्पणमस्तु ॥   ॥ ६ ॥   ॥ श्री ॥

These six Mss. agree with one another in one essential point, viz. that they all omit the Prakrit verses forming parts of the King's long soliloquy in the fourth Act. But besides the six I have also used two more Mss. viz.,

K. Which is a very excellent Ms, written in Devanâgarî characters, professing to have been copied by one Chintâmaṇi in Kâs'î, or Benares. It consists of very closely written 12 leaves having seventeen to twenty-one lines on each side with about 58 letters to the line. The Prakrit Passages have no chhâyâ. There are corrections made in the Ms. with *haritâla*, and red *geru* is frequently used as in A. It appears to have been used, and is very correct. The date is not given but the Ms. may be about two hundred years old. The beginning is the usual salutation to Gaṇapati श्रीगणेशाय नमः। The colophon is : समाप्तमिदं विक्रमोर्वशीयं नाम त्रोटकं ॥ ग्रंथ १०३२ इदं लिखितं चिंतामणिना काइया कार्तिके शुक्ल (sic) नवम्यां श्रीभवतु ॥ छ ॥ छ ॥ छ श्रीगंगाधराय नमः ॥ विक्रमोर्वशीनाटक गठा ३७. This Ms. was kindly lent to me by my friend Prof. R. G. Bhandarkar of Bombay.

U. This is a very good Ms. belonging to the late Mâdhavarâma S'âstri of Ulpâḍ in the Surat District now in the possession of his son Kṛishṇarâma. It consists of 27 folios very correctly written and afterwards revised. The length of the folios is $9\frac{1}{2}$ inches, and the breadth 4 inches, with about 14 lines of about 38 letters in each to a page. The date given at the end is 1732, but whether Saṁvat or S'aka is uncertain. But it might well be the former as the Ms. certainly looks two hundred years old. U. Agrees most with G. though the latter does not contain the Prakrit passages in the King's soliloquy in the fourth Act, agrees less with A. and least with N. N₂., *i.e.* so far as the differences go. It calls the play a Troṭaka throughout. This Ms. has been returned to its owner with the letter U. marked on the first page which I have also initialed and dated 26th April 1874, the day on which I returned the Ms. to the owner. A faithful copy of it is now in my possession.

Both K. and U. contain the Prakrit verses and the stage-directions relating to the dancing postures in the soliloquy of the King in the fourth Act, and therein differ from the rest of the Mss. Neither U. nor K. contains a chhâyâ of those Prakrit verses.

Besides the eight Mss. described above I have also used two other Mss. one containing the commentary of Kâṭavema and the other that of Ranganâtha. The former is a copy in Telegu characters kindly obtained for me by Dr. A. Burnell C. S., Judge of Tanjore, of a granthi Ms. existing in the Library of the Raja of Tanjore. This Ms. does not contain the whole of the text

but omits nearly all the Sanskrit prose and verse except such
as Kâṭavema thinks requires explanation ; it gives, however,
all the Prakrit speeches with a Sanskrit chhâyâ, and explains
nearly all the metrical Sanskrit portions which, though not quoted
by him continuously, can easily be restored from his comments.
The Ms. is written on thirty-one leaves of modern foolscap
paper with 23 lines to each page and about 22 letters to the
line.   It is probable the original of the granthi Ms. from
which Mr. Burnell procured the copy must be a Devanâgarî Ms.,
though Kâṭavema may have been a southerner.*   Thus at page
23 the Ms. has नर्दिस पत्न in Telegu letters for what ought to be

---

* That this is most likely true is shown, first by the fact that *Kâta-
vema* calls his commentary कुमारगिरिराजीयं विक्रमोर्वशीयव्याख्यानम्; thus
इति श्रीकाट्यवेमभूपविरचिते श्रीकुमारगिरिराजीये विक्रमोर्वशीयनाटकव्याख्याने द्वितीय:
अङ्क: and similarly at the end of each Act; where *Kâtayavema* (not *Kâta-
vema*, observe) looks like a Dravidian name; and *Kumâragiri* is the
name of a sacred hill near Bellari in the Dravidian country, where many
thousands of pilgrims flock annually even in these days, and Kâṭayavema
who calls himself a King might have been the king of that place, or so
connected with a King thereof that he dedicated his commentary to him
by calling it *Kumâragirirâjîya ;* 2ndly from a casual remark at page
13 where in explaining the passage आम तच्चमोंदी कासिराभउत्ती उच्च-
सिति किं शालविदा &c. the commentator observes आमेत्यभ्युपगमे, ' the word
आम means *yes*,' आम or आम् being the regular and ordinary word for
' yes' in Tamil to this day.   The colophon containing a mutilated
S'loka at the end is as follows : इति श्रीकाट्यवेमभूपविरचिते कुमारगिरिराजीये
विक्रमोर्वशीयनाटकव्याख्याने पंचमोंक: || || समाप्तिमगाद्विक्रमोर्वशीयव्याख्या ||

एकास्मिन्पुस्तके ग्रंथारंभे अन्यपुस्तके ग्रंथांते वक्ष्यमाणा: श्लोका: वर्तंते
|| तच्च ||

वेदादीना विशुद्धाना विद्याना जन्महेतवे || पार्वतीवीरपुत्राय परस्मै वसुने नम: || २ ||
जयति विजयलक्ष्मीवल्लभोनंतकीर्ति: कुमारगिरिनृपालो राजवेश्याभुजंग: | बिरुदमस
मानो(sic)यदीयं भवनि विमनगर्णैदेवंवेश्याभुजंग: || अत्र कवि: कालिदास इत्यादि
सर्वं लिखितं प्रथमपत्रे || ||

नर्दिस एञ्ज ; the र being a mistransliteration for ए, those letters being very similar to each other in the Devanâgarî alphabet. At page 48. part of the King's speech runs in Telegu character thus : तत्सर्वे विभाविंतेकंदेशोन विभावितौक्षीकारित एकादश:. This एकादश: is a mistransliteration for एकंदेश: written एकादश: in old Devanâgarî characters. At page 50 the word गगनं is misrepresented by गमनं the second ग in गगनं having been mistaken by the scribe for म, and wrongly represented through the latter letter in Telegu characters, which would not have been the case if the original of the Ms. in question had been written in any of the Southern characters where ग and म do not resemble each other. At page 54 the Ms. reads in Telegu भगरायोंचिनमपरायस्य उन्चितम् &c., where the यो and य are clearly traceable to a mistake of धों and ध in a Ms. in Devanâgar-characters, where the letters ध and य being similar are often conf founded with each other, whereas in the Dravidian alphabets they are not so similar that the one may be mistaken for the other. See also page 56 where निर्मांतय is read for नियांनय (or निर्यांतय) which mistake is only possible on the theory that the Ms. comes from a Devanâgarî original. These and a variety of other circumstances leave no reasonable ground for doubt that the original of the Ms. was copied from a Devanâgarî Ms. The Telegu Ms. is in my possession.

The other commentary used is that of Ranganâtha. This Ms. was kindly lent me by Dr. G. Bühler, Educational Inspector, Northern Division, who had himself obtained a loan of it from a widow at Benares. It is a carefully written Ms. which contains the full text of the play as well as copious comments by the commentator. But the explanations are often very doubtful and in many places palpably wrong. Altogether the commentary is a very indifferent one, and considerably inferior to that of Kâṭavema. It has been returned to Dr. Bühler, who I believe has restored it to its owner, after taking a copy for the Government of Bombay.

Various readings from both the commentators have been given by me, but not so systematically as from those eight Mss. which I have carefully collated and which form the basis of this Edition.

One remarkable feature of this Edition is that it omits from the main text the Prakrit verses and the directions relating to the recitation &c. thereof generally found in the King's long soliloquy in the fourth Act of the play as it has been hitherto presented to the public. I have given the fourth Act with the Prakrit verse passages in an Appendix,* in which the passages and directions in question are included in brackets, so that the parts excluded from the main text of the Edition may be easily distinguishable. My authority for omitting the Prakrit passages from the fourth Act is derived from six† of the very best Mss. out of the eight collated, and from one of the two commentators, Kâṭavema, who knows nothing of these Prakrit verses, dancing postures and the stage-directions referring to them. He comments on the fourth Act without the slightest indication that the passages were there. It is his custom, as I have stated above, to give a full Sanskrit version of all Prakrit sentences whether these occur in prose or verse. If therefore he had known the Prakrit verses of the fourth Act, he would certainly have given a chhâyâ or Sanskrit version of them if not occasionally further explanations besides. One objection to these passages is, independently of the external authority of Mss., that they are in Prakrit and are most of them intended to be chanted or recited by the King, who, as an

---

* The paging of the Appendix corresponds with that of the fourth Act in the body of the play, so that the matter on any given page in the Appendix is the same as that on the corresponding page of the fourth Act plus the Prakrit verse or verses.

† These are G. N. N₂. A. B. P. The Mss. that give the passages are K. and U. about which see above.

uttamapátra, always speaks Sanskrit in the rest of the play. Another objection appears to be that wherever they are intended to be chanted or spoken by the King they are mostly tautological, containing the substance of Sanskrit verses immediately preceding or following them, which is a very suspicious circumstance against their genuineness. Thus for example, stanza 8 (page 107A.) is merely a repetition in Prakrit of stanza 7; stanza 44 is a Prakrit repetition of stanza 45 (page 117A); stanza 49 is a mere tautology of the Sanskrit stanzas 48 and 50 (page 118A.), and so forth.

A third objection seems to lie in the fact that a great many of the Prakrit verses though claiming to be parts of the King's soliloquy are full of descriptions and vague allusions and references in the third person to some one in his situation rather than to him distinctly. For example, see stanzas 28, 62. As regards some others again, it is clear that they are not to be repeated by the King, and yet it is not plain whose parts they form. Examples of such are stanzas 1 and 5.

A fourth and perhaps the strongest objection against the passages is that not only are none of them required in their respective places, but several of them appear to interrupt the free and natural flow of the sentiments as expressed in the Sanskrit passages; *i. e.* not only would they not be missed were they not to occur where they are found, but their absence gives a better continued sense from the Sanskrit than is now the case when the latter is so often interrupted by them.

When I was in Madras in the hot season of 1874 I had occasion to see the family Library of Rao Bahadur Raghunath Rao, the present Devan of Indore, and on examining a Devanâgarî Ms. of the play, which, I was informed, had been taken to that part of the country by the ancestors of the family when they migrated from the Deccan about two hundred and fifty years ago, I found that the fourth Act did not contain the Prakrit passages and the stage-directions under reference.

I have thought, I hope not incorrectly, that the above facts and considerations[*] are sufficient to account for expunging the passages from the main text of my Edition. Though I am not at present in a position to pronounce decidedly on the merits of the passages, I may perhaps be allowed to risk a guess that it may be that the passages were intended to be chanted by some one behind the scene, and as such anonymous passages without any indications that they are to be repeated behind the scene are not known to occur in the plays, our passages may or may not have originally belonged to the play even though they be a production of the author.

The prints, reprints, and Editions of this play at present available have doubtless done good service in their days and in their own ways to the admirers of Kâlidâsa, by bringing to their notice and within their reach one of the best compositions of that author; but it is no presumption, I believe, to say, though I do so with great deference to the learning of my predecessors in the field, that most of them contain texts that demanded further research and further elucidation and improvement based on more careful collation of Mss. As for the translations, and annotations that have hitherto been given in Europe and Calcutta, a great many of them may very well

---

* One year after the text of the present Edition had been printed Dr. Richard Pischel published in the *Monthly Journal of the Royal Academy of Sciences at Berlin* (No. for October 1875) a recension of the Vikramorvas'î according to Dravidian Mss. And though his sources are of course different from mine he too has had, on the authority of his Mss , to omit the Prakrit passages in the soliloquy of the King .in the fourth Act. This affords independent confirmation of the correctness of the principle on which I have omitted them in the text of the Edition.

be pardoned, first on the ground that they were given by foreigners and that too many years ago, and secondly on the principle that bad readings generally lead to worse interpretations. Those that have had to read the play in the existing editions and reprints, and have felt the necessity of better editions and better commentaries, will easily find what help the present attempt is able to render them. I therefore say nothing regarding its claims or its merits, but leave the work to speak for itself, though I am fully conscious that the discovery of more ancient and better, because more reliable, Mss. will make further purification of the text possible.

S. P. P.

वेदान्तेषु यमाहुरेकपुरुषं व्याप्य स्थितं रोदसी
यस्मिन्नीश्वर इत्यनन्यविषयः शब्दो यथार्थाक्षरः ।
अन्तर्यश्च मुमुक्षुभिर्नियमितप्राणादिभिर्मृग्यते
स स्थाणुः स्थिरभक्तियोगसुलभो निःश्रेयसायास्तु वः ॥ १ ॥

सूत्रधारः । नेपथ्याभिमुखमवलोक्य । **मारिष इतस्तावत् ।**

प्रविश्य पारिपार्श्वकः ।

पारिपार्श्वकः । **भाव अयमस्मि ।**

सूत्र. । **मारिष बहुशस्तु परिषदा पूर्वेषां कवीनां दृष्टः प्रयोगबन्धः ।
सोहमद्य विक्रमोर्वशीयं नाम नाटकमपूर्व प्रयोक्ष्ये । तदुच्यतां   10
पात्रवर्गः स्वेषु स्वेषु पाठेष्वसंमूढैर्भवितव्यमिति ।**

पारि. । **यदाज्ञापयति भावः ।**

                                        [इति निष्क्रान्तः

---

6. P. om. stage-direction नेप
ध्याभि° &c.—B. adds आगम्यताम्
after तावत्.

7. K. ततः प्रविशति पारिपार्श्वकः for
प्रविश्य पारिपार्श्वकः.

8. For भाव अयम् K. G. आयें अ
हम्; P. om. भाव.

9. G.K. omit मारिष; A. मारी
ष.—U. om. तु.—G. दृष्टप्रयोगाः
प्रबन्धाः, B. दृष्टाः प्रयोगबन्धाः, K.
दृष्टः प्रयोगप्रबन्धः.

10. K.P.G. om. भद्य; N.B.P. तद
हमद्य for सोहमद्य.—U. सोहमद्य
कालिदासग्रथितं विक्रमोर्वशीयं नाम
नौटकम् &c.; N.K. नौटकम् for
नाटकम्; A.N.N2.P. विक्रमोर्वै
शीयं नामापूर्वं नाटकम्.

11. A.पात्रेषु, N.N2. अधिकारेषु, and
B.U. पाठ्येषु, for पाठेषु.—G. अव
चितैः for असंमूढैः.

सूत्र. । यावदिदानीमार्यमिश्रान्विज्ञापयामि ।

प्रणिपत्य ।

प्रणयिषु वा दाक्षिण्यादथवा सद्वस्तुपुरुषबहुमानात् ।

शृणुत मनोभिरवहितैः क्रियामिमां कालिदासस्य ॥ २ ॥

5 नेपथ्ये । परित्ताअदु परित्ताभदु जो सुरपक्खवादी जस्स वा अम्बर-
अले गदी अथ्थि ।

सूत्र. । कर्णं दत्त्वा । अये किं नु खलु मद्विज्ञापनानन्तरं कुररीणा-
मिवाकाशे शब्दः श्रूयते । विचिन्त्य । भवतु । ज्ञातम् ।

---

१ परित्रायतां परित्रायतां यः सुरपक्षपाती यस्य वाम्बरतले गतिर-
स्ति ।

2. G.U.K. have भोः after प्रणि-पत्य; U.P. om. प्रणिपत्य.

3. G.K. यदि वा, for अथवा—G. N.U. om. °पुरुष°.

5. B. अ०भ before परि°&c. G. K. have भइज्जा परित्ताभध परि-त्ताभध; B. ins. वा after जो as also after जस्स; U. अम्मो परि-त्तावेदु जो अमरपक्खवादी जस्स वा अम्बरतले वा (sic.) गई अथ्थि for the whole speech. P. om. the whole of the Nepathya speech, proceeding at once to the next, कर्णं दत्त्वा &c.—G. A.U.K. °वक्खवादी.—N. N2. K. अम्बरतळे.

7. G. K. आकर्ण्य, for कर्णं दत्त्वा; U. adds आकाशे before कर्णं; B. has both कर्णं दत्त्वा and आकर्ण्य ! —A. omits अये.—G. मयि विज्ञापनाव्यग्रे; N2. has a marginal gloss: मयि विज्ञापन-व्यग्रे भार्तानामित्यादि पाठः B. °तर-मार्तीना कुररीणामालाप इवाकाशे&c; P. मयि विज्ञापनव्यग्रे भार्तीना कुररी-णाम् &c.; K. मयि विज्ञापनाव्यग्रे कुररीणामिव &c.; U. मया विज्ञाप-नानन्तरमार्तीनां कुररीणामिव आकाशे शब्दः श्रूयते । मत्तानां कुसुमरसेन ष-ट्पदानां शाब्देयं परभृतनाद एष धीरः । आकाशो सुरगणसेविते समन्तात् किं नार्यः कलमधुराक्षरं प्रगीताः । विचिन्त्य । भवतु &c.—N. N2. have क-लाक्षरम् after मद्विज्ञापनानन्तरम्, and A. भार्तीनाम् after the same word; N. adds मयि वि-ज्ञापनाव्यग्रे भार्तानामित्यपि पाठः ।

8. Between श्रूयते and विचिन्त्य K. inserts, like U., मत्तानां कुसु-मरसेन &c. G. omits विचिन्त्य; G. has भा: before ज्ञातम्.

ऊरूद्वश नरसखस्य मुनेः सुरस्त्री
कैलासनाथमुपसृत्य निवर्तमाना ।
बन्दीकृता विबुधशत्रुभिरर्धमार्गे
क्रन्दन्त्यः शरणमप्सरसां गणोयम् ॥ ३ ॥

[इति निष्क्रान्तः　　5

प्रस्तावना ।
तनः प्रविशन्त्यप्सरसः ।

सर्वाः । परित्ताभदु परित्ताभदु जो सुरपक्खवादी जस्स वा अम्बरअले गदी अथि ।

तनः प्रविशति राजा रथेन सूतश्च ।　　10

राजा । अलमलमाक्रन्दितेन । सूर्योपस्थानात्प्रतिनिवृत्तं पुरूरवसं मामुपेत्य कथ्यतां कुतो भवत्यः परित्रातव्या इति ।

---

१ परित्रायतां परित्रायतां यः सुरपक्षपाती यस्य वाम्बरतले गतिरस्ति ।

---

2. N.N₂. अनुसृत्य, P. उपनृत्य for उपसृत्य—G. विवर्तमाना.

4. G.K. करुणं for शरणम्.

5. B. om. निष्क्रान्तः G. निःक्रान्तः.

7. K. ins. पटाक्षेपेण before अप्सरसः.

8. P.A.N.N₂. अप्सरसः for सर्वाः; B. अप्सरसः सर्वाः; K. om. सर्वाः— G. अज्ज परित्ताभभ जो सुरवक्ख°; B. अ॰आ परित्ताभदु परित्ताभदु इति तदेव पठित्वा । U. परित्तावेदु जो अमरपक्खवादी जस्स वा &c. K. अड्जा परित्ताभभ परित्ताभभ—K. G. °वक्ख° for °वक्ख°; P. सरपक्खिब for सुरपक्खवादी—K.

A.N.N₂. अम्बरतले P. गई.

10. K.G. पुरूरवा रथेन सारथिश्च; A. N.N₂. insert पुरूरवाः after राजा. U. ततः प्रविशति पटाक्षेपेण राजा रथेन सूतश्च.

11. G.N.N₂. do not repeat अलम्.—A.U. have °स्थानमति° and N.N₂.U. °स्थानानिवृत्तं, and P. °स्थानसंनिवृत्तम्; B. °स्थानाःसंनिवृत्तम्; K. °निवर्तमानं.—A. N. N₂. मां पुरूरवसम्.—K. अवेत्य for उपेत्य.—U. उच्यतां for कथ्यतां.

12. G.K. omit इति.

रम्भा। असुरावलेवादो।

राजा। किं पुनरसुरावलेपेन भवतीनामपराद्धम्।

मेनका। सुणादु महाराओ। जा तवोविसेसपरिसङ्किदस्स सुउमारं पहरणं महेन्दस्स। पच्चादेसो रूवगव्विदाए सिरीए। अलंकारो सग्गस्स। सा णो पिअसही उव्वसी कुबेरभवणादो पडिणिवट्टमाणा समावत्तिदिट्ठेण हिरण्णउरवासिणा केसिणा दाणवेण चित्तलेहादुदीआ बन्दिग्गाहं गिहीदा।

राजा। अपि ज्ञायते कतमेन दिग्भागेन गतः स जाल्म इति।

---

१ असुरावलेपात्।—३ शृणोतु महाराजः। या तपोविशेषपरिश-ङ्कितस्य सुकुमारं प्रहरणं महेन्द्रस्य। प्रत्यादेशो रूपगर्वितायाः श्रियः। अलंकारः स्वर्गस्य। सा नः प्रियसखी उर्वशी कुबेरभवनात्प्रतिनिवर्त-माना समापत्तिदृष्टेन हिरण्यपुरवासिना केशिना दानवेन चित्रलेखा-द्वितीया बन्दिग्राहं गृहीता।

---

1. P. अप्सरसः for रम्भा—G. K. °ङ्गादो.

3. P. ins. राजा। कथ्यताम्। मेनका after महाराओ।—N. N₂. insert दाव after जा, and read तव for नवो and omit °वरि°.

4. P. B. read the महेन्दस्स [B. महिन्दस्स] after °सङ्किदस्स।—A. पहलणं for पहरणं; K. पहरणं; U. महिन्दस्स सुउमाल्णपहरणं—K. पच्चा°.—N. N₂. °हृव° for °हुव°.—N.N₂. लहुईए, and K. सिरीगोरीए, for सिरीए.

5. G. पिय° P. °सहि—G.K. omit उव्वसी.—G.K. कुवेर°—B. णिवट्ट-माणस्स, omitting पाडि; K. पाडि-णिवत्तमाणा, A. °णिभत्तमाणा, N. N₂. णिउत्तमाणा, P. णिब्वट्टमाणा, and U. णिवट्टमाणा, for पडिणिवट्टमाणा.

6. N. N₂. सहसात्तिदुट्ठेण, K. सहसोत्ति दुट्ठेण, for समावत्तिदिट्ठेण; P.B. समावत्ति°, G. समावत्त°, U. समाव-त्तिअट्ठिदेण.—G. K. हिरण्णपुरणिवा-सिणा; G.U. om. केसिणा; G. दाण-वाहवेण; K. दाणवाहिवेण.

7. P.B. °दुइआ; K. °दुदिआ—A. B. गहिदा—N.N₂. insert अभ्भग्गयं ब्जे-ब्व before बन्दिग्गाइं।—N. N₂. बन्दीग्गहं गहिदा; P.K. गहीदा; K. बन्दिग्गहं; U. बन्दिग्गहं गहिदा.

8. G. आयि for भवि।—N.N₂. insert नाम after भवि—N.N₂. दिवि (?)भागेन, K. om. दिग्°.—G.P. omit इति—P. जाल्मिकः for जाल्मः.

सहजन्या । पुंवुत्तरेण ।

राजा । तेन हि विमुच्यतां विषादः । यतिष्ये वः सखीप्रत्यानयनाय ।

रम्भा । सरिसं खु सोमादो एक्कन्तरस्स ।

राजा । के पुनर्मां भवत्यः प्रतिपालयिष्यन्ति ।

सर्वाः । इमर्हिं हेमकूडसिहरे ।

राजा । सूत ऐशानीं दिशं प्रति चोदयाश्वानाशुगमनाय ।

सूतः । यदाज्ञापयत्यायुष्मान् । इति यथोक्तं करोति ।

राजा । रथवेगं निरूपयन् । साधु साधु । अनेन रथवेगेन पूर्वप्रस्थितं
वैनतेयमप्यासादयेयं किं पुनस्तमपकारिणं मघोनः । तथा हि
अग्रे यान्ति रथस्य रेणुवदमी चूर्णीभवन्तो घनाश्

5

10

---

१ पूर्वोत्तरेण ।— २ सदृशं खलु सोमादेकान्तरस्य ।— ३ एतस्मि-
न्हेमकूटशिखरे ।

---

1. N. N₂. पूर्वोत्तरेण, U. पुंवुत्तरेण.
2. B.U. have मुच्यताम्, and A.N. N₂. त्यज्यतां, for विमुच्यताम्.—U. यतिष्यते; B. ins. तद्व before यतिष्ये.—N.N₂. prefixes प्रिय॰ to सखी॰.
3. B.U. अप्सरसः, and A.N.N₂. सर्वाः, for रम्भा.—P.सरिसं.—A. N.N₂. एक्कन्तरितस्स; G. सोमवं-सप्पसूदस्स; K.U. सोमवंसपभ[K. ह]त्तस्स; P. B. सोमादो एकन्दरस्स भवदो[B. om.]
4. N.N₂. omit मा.—B. परिपालयिष्य-न्ति.
5. K.B.G. अप्सरसः for सर्वाः—P. हेमऊढ॰, B. हेमऊड.॰—G. अर्हिस

for इमर्हिं—U. ॰सिहिरे; K. हे-मकूट॰.
6. N.N₂. ईशानीम्.—N.N₂. om. प्रति.—G.U.N.N₂. नोदय for चो-दय.
7. K. om. इति.—G.अनुतिष्ठति for करोति.
8. G. रूपयन्.—K.G.U. omit the second साधु and K.P.G. have सून before the first साधु.—G.K. ॰गमनेन for ॰वेगेन; G. U.A. अश्ववेगेन.
9. P. आसाधयेयम्; K. आसादयेत्.—A.N.N₂.U. मम हि, and P. संप्रति हि, for तथा हि.
10. K.U. रेणुपदवीं for रेणुवदमी.

चक्रभ्रान्तिररान्तरेषु जनयत्यन्यामिवारावलिम् ।
चित्रन्यस्तमिवाचलं हयशिरस्यायामवच्चामरं
यष्ट्यग्रे च समं स्थितो ध्वजपटः प्रान्ते च वेगानिलात् ॥ ७ ॥

[निष्क्रान्तौ रथेन राजा सूतश्च ।

5 रम्भा । हेला जहणिद्दिहं पदेसं संकमामो ।

शेषास्तथेति शैलाधिरोहणं रूपयित्वा स्थिताः ।

रम्भा । अवि णाम सो राएसी समुध्धरे णो हिअअसल्लं ।

मेनका । माँ दे संसओ होदु । उवट्ठिदसंपराओ महिन्दो मइझमलो-

१सखि यथानिर्दिष्टं प्रदेशं संक्रमामहे । — २ अपि नाम स राजर्षिः समुद्धरेन्नो हृदयशल्यम् । — ३ मा तव संशयो भूत् । उपस्थितसंपरायो महेन्द्रो मध्यमलोकात्तवबहुमानमानाय्य तमेव विजयसेनामुखे नियोजयति ।

1. N.N₂. चक्रन्यस्तम् .
2. N. has in the margin चित्रा-रम्भविनिधळं against चित्रन्यस्त-मिवाचलम् .
3. U. यन्मध्ये च समं स्थितो ध्वजपट: प्रान्ते चलध्वानिलात्—G.K. सम-स्थिानिः—A. corrects ध्वजपट: प्रान्ते च into ध्वजपटमान्तश्च .
4. G.K. om. रथेन after राजा.
5. U. जब्राणिादेइ्ठ्पदेसं; K. जहासंदिहं A. जब्भागिरिहं.—G. देसं, K. पदेसं— A.G. णिक्कमम्ह; K.U. संकमम्ह—G. K. ins. एत्थ after हला.—N.N₂. read हला गदो राएसी । ता अम्होवि जहणिद्दिहं संकेदपदेसं गच्छम्ह. P. om. हला एत्थ and reads जहणि-द्दिहं संकमम्ह पदेसं.
6. A.N.N₂. entirely omit the stage-direction शेषास्तथेति &c.—B.U. शेषाः तहन्ति शीलावतरणं रूपयित्वा स्थिताः:[B. प्रस्थिताः:] ; P. शेषास्तह इानि सर्वा: शीलावतरणं नाट-यित्वा स्थिताः:.
7. U. assigns the speech to सर्वा:—P. ins. हला before अवि &c.—N.N₂. राभसी for राएसी—B. om. सो.—A. उद्धरदि, N.N₂. उद्धरिस्सदि, B. समुध्धरेद, K.G. समुद्धरेदि. We with Kâṭavema—N.N₂. omit णो; U. अवि णाम सो राएसी णो हिअभसल्लं उद्धरे; P. हला अवि णाम सो राएसि णो हिअअसल्लं अवणइस्सदि.
8. A.N.N₂. insert हला before मा.—A.N.N₂. omit दे—G. K. भोदु—A.U. insert णं before उवट्ठिद °—N.N₂. °संपहारभी; U. उवट्ठिअसंवराभी; B. उव्वट्ठिए संवराए; P. उवट्ठिदे संपहारे.

आदो सबहुमाणं आणाविय तं एव्व विअअसेणामुहे णिओजेदि ।

रम्भा । सव्वहा इह विअई भोदु । *क्षणमात्रं स्थित्वा ।*

सहजन्या । हलो समस्ससध समस्ससध । एसो उच्चालिदहरिणकेदणो तस्स राएसिणो सोमदत्तो रहो दीसदि । ण खु सो अकिदत्थो णिघत्तिस्सदि । *सर्वा उद्बक्षुषो विलोकयन्ति ।*   5

ततः प्रविशति राजा सूतश्च ।

---

१ सर्वथेह विजयी भवतु । — २ हला समाश्वसित समाश्वसित । एष उच्चलितहरिणकेतनस्तस्य राजर्षेः सोमदत्तो रथो दृश्यते । न खलु सोत्कृतार्थो निवर्तिष्यते ।

---

1. B.P. मइझमलोअवालाणं मइझे for मइझमलोआदो; G.K. महेन्दोवि—P. महेन्दो—A.N.N₂. read मइझमलो-अवालणं तं एव्व आणाविभ सेणामुहे [A. णिअसेणामुहे] णिओजांदि for मइझमलोआदो &c. up to णिओजेदि. U. after महिन्दोवि has मइझमलो-आदो तं जेव्व सबहुमाणं आणाविभ से-णामुहे णिओजेइ ।—B.P. आणावि-भ; G. व्जेव for एव्व—K. विजभस्स सेणा°; G. विजयसे°—B. णिओएदि, P. णिओजेइ.

2. A.N.N₂. ins ता before सव्वहा—N.N₂. om. इह; K. सव्वथा इह विजई होदु; A.N.N₂. होदु; U. simply इह विजयी होदु; B. reads सव्वहा इहवि अभं विअई होदु; P. इह-वि सव्वहा विअई होदु.

3. G. does not make a separate speech of हला to णिवत्तिस्सदि. B. om. इळा and has समस्ससइ सम.स्ससइ.; A. समस्सस समस्सस; N. N₂. समास्सस समास्सस. P. अस्ससइ अस्ससइ.—A.N.N₂. add खु after एसो—G.K. सूचिद° and U. उछालिद° for उच्चालिर°; N.N₂. चलिदहरिण° B. उछिदहरिण°.

4. P. ins. एव्व after तस्स. K. अ-मरदत्तो for सोमदत्तो—A. रथो—N.N₂. राभसीणा.—N.N₂. दीसई; B. दीसइ P. दिसइ—N.N₂. एसो for सो.—B. om. खु; P. K. हु.

5. A. णिभत्ति°, K. णिवत्तइस्सदि, P. णिवांइस्सदि—For उद्बक्षुषो G.K. उद्बे:पम्मणा.

6. B. स्तिमितवेगेन रथेन before राजा; P. om. च after सूतः; A.N. N₂. राजा रथेन सूतः; K.U.P. स्ति-मितगतिना रथेन after राजा.

चित्रलेखावलम्बिनहस्ता भयनिमीलिताक्षी चंर्वंशी ।

चित्रलेखा । संमस्ससदु समस्ससदु पिअसही ।

राजा । सुन्दरि समाश्वसिहि समाश्वसिहि ।

गतं भयं भीरु सुरारिसंभवं त्रिलोकरक्षी महिमा हि वज्रिणः ।
तदेतदुन्मीलय चक्षुरायतं महोत्पलं प्रत्युषसीव पद्मिनी ॥ ५ ॥

चित्र. । अम्हहे कहं उस्ससिदमेत्तजीविदा अज्जवि सण्णं ण पडि-
वज्जदि ।

राजा । बलवदत्रभवती परित्रस्ता । तथा हि

मुञ्चति न तावदस्याः कम्पं कुसुमसमबन्धनं हृदयम् ।
पश्य हरिचन्दनेन स्तनमध्योच्छ्वासिना कथितम् ॥ ६ ॥

---

१ समाश्वसितु समाश्वसितु प्रियसखा ।—२ अहो कथमुच्छ्वसित-
मात्रजीविताद्यापि संज्ञां न प्रतिपद्यते ।

---

1. N.N₂. °लम्बिना for °लम्बितहस्ता; U. चित्रलेखालम्बिनहस्ता; B. °ल-म्बिनी.—G.K. भयनिमीलितलोचना उर्वशी च.

2. A.N.N₂. समस्सदु, and do not repeat it. U. समस्ससिदु समस्स-सिदु; B. समस्ससदु विअसहि समस्ससदु विअसहि; P. अस्ससदु सहि अस्ससदु सहि.

3. B. om. समाश्वसिहि समाश्वसिहि; P. om. सुन्दरि समाश्वसिहि समाश्वसिहि.

5. G.K. निश्वासाने नलिनीव पङ्कजम् for the fourth pâda. We with A.N.N₂.B.P.U.

6. A. adds समस्सदु समस्सदु विअसही before कहं &c. and omits अम्ह-हे; N.N₂. also om. अम्हहे. U. reads अम्हहे.—N.N₂. उच्छसिदमे-त्तसंभाविदजीविदा—B. om. कहं and has ऊससिअमेत्त °; P. om. कहं. P. ins. सहि after °जीविदा—A. विस-ण्णं for सण्णं. U. adds विअसही after पडिवज्जदि.—B.P. पाडिवड्जइ

8. P.B.U. भद्रे before बलवत्.—G. om. तथा हि.

9. K. मुञ्चति न तावदस्या भयकम्प: कुसुमकोमलं हृदयम् । We read the second pâda with A.G. N.N₂. B.P.U.

10. K. reads the following palpable interpolation after कथितम्: ‘‘अपि च । मन्दारकुसुमदाम्ना गुरुरस्या: सूच्यते हृदयकम्प: । मुहुश्-च्छ्वसता मध्ये परिणाहवतौ: पयोधर-

चित्र. । हला पउज्जवत्थावेहि अत्ताणं । अणच्छरा विअ मे पडिहासि ।
उर्वशी प्रत्यागच्छति ।
राजा । आयि प्रकृतिमापद्यते ते सखी । पश्य

आविर्भूते शशिनि तमसा मुच्यमानेव रात्रिर्
नैशस्यार्चिर्हुतभुज इव च्छिन्नभूयिष्ठधूमा ।
मोहेनान्तर्वरतनुरियं लक्ष्यते मुक्तकल्पा
गङ्गा रोधःपतनकलुषा गृह्णतीव प्रसादम् ॥ ८ ॥

चित्र. । सहि विसद्धा होहि । पराभूदा खु तिदसपरिपन्थिणो हदासा

---

१ हला पर्यवस्थापयात्मानम् । अनप्सरेव मम प्रतिभासि । —२ स-
खि विश्रब्धा भव । पराभूताः खलु त्रिदशपरिपन्थिनो हताशाः ।

यों: ॥ G. and U. read it also, but after the stage-direction उर्वशी प्रत्यागच्छति. That it is spurious is proved first by its being little more than a paraphrase of St. 6, and then by its being omitted by five of our Mss., A.N.N₂.B.P., and also by the commentator Kâtavema.

1. K. G. om. हला before पउज्ज°. A. पच्चवट्ठावेहि, B. पट्यवत्तावेहि, G. पउज्जबिसावेहि, K. पउज्जवठ्ठावेहि, P. पडिवठ्ठा[वे]हि, G. पउज्जविण्णावेहि, N.N₂. पउज्जावठ्ठादेहि, U. पउववठ्ठावेहि.—A. K. भत्ताणभं, N.N₂. भात्ताणं. K. ins. दाव before भत्ताणं.—B.P. भणञ्वरा, K. भणथ्थरा.—G. विअ for विभ.—A.N.N₂. om. मे and read पडिभासि; U. परिभासि, B. पडिभाइ, P. पाउभासि.

2. B. पच्चास्वसनि, A. पच्चावद्यने. N.N₂. कोंचने ईषदुन्मीलयति. K.U. om. stage-direction.

3. P.A.B. भद्रे for, and N.N₂. om., आयि.—U. उर्वशी पर्यवस्थापय-त्यात्मानं before आयि.—A.N.N₂. ते प्रियस°.

5. For आर्चि: G. has आभा.

6. A.B.P. व्यधनु: for वर°.—P. दृश्यनें for लभ्यनें—A. B. G. N₂. मुक्तकम्पा.

8. P. om. सहि. B.A. विसम्धा. G. भोहि—B. परिभूदा.—U. (wrongly) reads आवण्णानुकमिरणा महाराएण पराभूना ख्खु दे निदसपरिवन्थिगों &c. K. ख्खु. K. तिदस°. G.K.U. ins. दाणवा after हदासा and A. N.N₂. read हदासा before निदस°. B. ins. दे before निदस°. P. ins. ते before हदासा.

एताः सुतनु मुखं ते
सख्यः पश्यन्ति हेमकूटगताः ।
प्रत्यागतप्रसादं
चन्द्रमिवोपप्लवान्मुक्तम् ॥ २९ ॥

5 चित्र. । हैला पेखख ।

उर्व. । राजानं सस्पृहं पइयन्ती । सेमदुखखो पिबइ॰त्र मं णयणेहिं ।

चित्र. । साकूतम् । आयि को ।

उर्व. । सँहिअणो ।

रम्भा । सहर्षम् । एसो चित्तलेहादुदीअं उच्वर्सिं गेण्हिअ विसाहास-

10 मीवगदो विअ चन्दो उवट्ठिरो राएसी ।

---

१ हला पइश ।— २ समदुःखः पिबतीब मां नयनैः ।— ३ अयि
कः ।— ४ सखीजनः ।— ५ एष चित्रलेखाद्वितीयामुर्वशीं गृहीत्वा वि-
शाखासमीपगत इव चन्द्र उपस्थितो राजार्षिः ।

---

1. A.N.N₂. सुमुखि for सुननु.
5-8. B. चि॰ । हला किं ण पेखखासि ।
उ॰ । समसुहदुःखो णं विअजणो ।
चि॰ । को णु । उर्व॰ । सहीजणो.
K. चि॰ । हला पेखख २ । उर्व॰ ।
राजानं सस्पृहं पइयन्ती । समदुःखो वि-
वहव मं णभणेहिं । चि॰ । साकूनम् ।
अइ को । उ॰ । सहि सहीअणो. U.
चि॰ । हला पेखख (sic.) समदुःखो
सहीजणो । र॰ । सहर्षम् । एसो &c.
U. om. ll. 6-8. P. चि॰ ।
हला पेखखस्सं [which it trans-
lates सखि प्रेक्षसे]। उर्व॰ । समसुह-
दुःखो अभं जणो । चि॰ । को णु को
णु । उर्व॰ । सहीजणो. A. चि॰ ।
हला पेखखभदु । उर्व॰ । राजानं

पइयन्ती । हला को । चित्र॰ । को अ-
ण्णो समदुःखो विअसहीजणो । रम्भा ।
सहर्षम् &c. N.N₂. चि॰ । हला पे-
खखभादि । उर्व॰ । राजानं पइयन्ती ।
हला को अण्णो समदुःखो विअसही-
जणो । रम्भा । सहर्षम् &c. K.
with G., except that it re-
peats पेखख in l. 5 and has विव-
ईञ्च and णभणेहिं in l. 6, अइ in
l. 7, and सहि सहीअणो in l. 8.
9. A.N.N₂. खु after एसो. P.B.
॰दुईअं, K. ॰दुयिअं.—U. उच्वर्सिं.
—N.N₂. गिहिअ, B.P. गण्हिअ.
G. समीव॰, U. ॰समीअमागदो, P.
॰समीवं गदो.—A.U. भभवं and
N.N₂. विअभभवं before चन्दो.—

मेनका । निर्वर्ण्य । दुंवेवि णो पिआणि उवणदाणि । इअं पच्चाणीदा सही अअं च अपरिक्खदो महाराओत्ति ।

सहजन्या । सुट्ठु भणासि । दुज्जआ खु दाणवा ।

राजा । सूत इदं तच्छैलशिखरम् । अवतार्यतां रथः ।

सूतः । यदाज्ञापयत्यायुष्मान् । इति यथोक्तं करोति ।   5

राजा । चक्रोद्धातं रूपयित्वा । आत्मगतम् । हन्त दत्तफलो मे विषमावतारः ।

यदयं रथसंक्षोभाद्
अंसेनांसो रथोपमश्रोण्याः ।

१ द्वे अप्यस्माकं प्रिये उपनते इदानीम् । इयं प्रत्यानीता सखी अयं चापरिक्षतो महाराज इति ।—२ सुष्ठु भणसि । दुर्जेयाः खलु दानवाः ।

U.P. चन्दमा; B.भअवं चन्दमा.—G. उञ्चट्टिदो.—G. has another विअ before राएसी.—N.N2. राअसी.

1. After निर्वर्ण्य G.K.N.N2. ins. सहर्षम्. A.B. om. वि after दुवे. A. मे विआओ उवणदे. U. विए उवणीदे. B. reads the णो *after* विआणि.—A.इअं हि, before पच्चा॰. G. om. इअं. A.U. विअसही. K. om. सही.—N2. om. the stage-direction निर्वर्ण्य.—K.दुवेवि णिआ उवणदा. P. दुवे णो विआणि दाणि.

2. G.N.N2. om. च after अअं.— For पच्चाणीदा &c. N. reads: राएसिणा णो विअसही भाणीदा । अअं अ अवरिखतोत्ति । — K. B. om. च. G.N2. अपरिच्छ्वत्तां.—A.B. om. महाराओ. U. राएसी दीसदित्ति for

महाराओत्ति.

3. A.N.N2.U.P. सहि bef. सुट्ठु, which G. reads सुठु. K. repeats सुट्ठु भणासि; A.N. भणसि. B.U. [U. सहि] सुट्ठु भणासि अर्-रिरिख्ख[B. ख्ख]दोत्ति । दुज्जआ हि[B. खु] दाणवा ।

4. G. अवतारयताम् .

5. A.N.N2. तथा for यथोक्तं. K. om. इनि.

6. G.A.K. रूपयन्.—G.K.A.B. स्वविषयावतारः, N.N2. विषयावतारं, P. स विषमावतारः.

8. G.K. इदं for अयं.—N.N2. तत् for यत्.

9. G.K. अंशोनांशं[K अंगैनांगं] मृ-गेक्षणाया मे, and N.N2. अङ्गेनाङ्गं ममायनेक्षणया, for the 2nd pâda.

स्पृष्टः सरोमविक्रियम्
अङ्कुरितं मनसिजेनेव ॥ ९२ ॥

उर्व. । सव्रीडम् । हैला किंवि परदो ओसर ।

चित्र. । सस्मितम् । णोहं सक्का ।

5 रम्भा । एधैं संभावेम्ह राएसिं । सर्वी उत्सर्पन्ति ।

राजा । सूत स्थापय तावद्रथम् ।

यावत्पुनरियं सुभ्रूरुत्सुकाभिः समुत्सुका ।
सखीभिर्याति संपर्कं लताभिः श्रीरिवार्तवी ॥ ९३ ॥

सूतस्तथा करोति ।

10 सर्वाः । ⁴दिट्ठिआ महाराओ विजएण वड्ढदि ।

राजा । भवत्यश्व सखीसमागमेन ।

---

१ हला किमपि परतोपसर। — २ नाहं शक्का। — ३ एत संभाव-
यामो राजर्षिम्। — ४ दिष्ट्या महाराजो विजयेन वर्धते ।

---

1. U. स्पट:. G. सृष्टम् corrected into दृष्टम्. N.N₂. स्पृष्टं सरोमक-ण्टकम्. K. स्पृष्टम्. K. स्पृष्टं सरो-मविक्रियम्.

2. A.P. मनोभवेनेव. U. अङ्कुरितो मनसिजेनेव. B. अङ्कुरितमनोभवेनेव.

3. G. om. सव्रीडम्, B.P. सव्रीळम्. —G. किंपि पुरो अवसर; K. किंपि पुरभो अवसर; B. किंचि पुरदो ओभर; U. किंवि परदो अवसर; P. किंचि पुरो ओसर.

4. K. om. सस्मितम्. G. ण मे रोभदि for णाहं सक्का; U. अहं ण सकिमि, P. अहं ण सक्का, B. अहं ण खु सक्का, K. णाहं सक्कामि.

5. N.N₂.B. हला एध्ध संभावेमो राएसिं. A. सभाजेमो for संभावेम्ह. U. हला एव सभाजेम राएसिं. P. हला सभाजइ राएसिं.—G.K. om. सर्वाः— B. assigns the speech to अप्सरसः.

6. A.N.N₂.U. om. तावत्, and read सूत रथं स्थापय.

7. N.N₂. ओत्सुकाभिः.

9. G.K. स्थापयति for तथा करोति.

10. B. अप्सरसः for सर्वाः—A. B. P. विअएण, K. विजयेण. N.N₂.दिट्ठिआ वड्ढदे विअएण महाराओ. G.K. read the महाराओ after वड्ढदि.

11. P.U. °संगमेन, G. °समागमनेन.

उर्व॰। चित्रलेखादत्तहस्ता रथादवतीर्य। हँला एध पीडिदं मं परिस्सजध।

ण खु मे आसा आसि भूओवि सहीअणं पेक्खिस्संति।

सत्वरं परिष्वजन्ते।

रम्भा। सेव्वहा महाराओ कप्पसदाइं पुहविं पालअन्तो होदु।

सूत:। आयुष्मन् पूर्वस्यां दिशि महता रथवेगेनोपदर्शितः शब्दः।

अयं च गगनात्कोऽपि तप्तचामीकराङ्गदः।

अवरोहति शैलाग्रं तडित्वानिव तोयदः॥ ८४॥

पश्यन्त्यप्सरस:।

5

---

१ हँला एत पीडितं मां परिष्वजध्वम्। न खलु ममाशासीद्व्योपि सखीजनं द्रक्ष्यामीति।—२ सर्वथा महाराजः कल्पशतानि पृथ्वीं पाल-
यिता भवतु।

---

1. B. उर्वशीचित्रलेखे रथादवतरतः for उर्व॰। चित्रलेखादत्तहस्ता रथा-दवनीर्य. G. चित्ररेष॰. P.U. चि॰ वलम्बित॰. U. अवतार्य.—B.N.N₂. एभ्र for एध. P.K. om. एध. A. पीलिजं, P.N.N₂. वलिभं, for पीडि-दं. B. वलिभं after मं and besides पीडिदं.—G. मां. P.N. परिस-ब्जह. B. परिस्सब्जह, G. परिस-ब्जयभ्र.

2. U. ण खु मे आसी आसा भूओवि सहीअणं पेक्खीसंति.—B. हि for खु. P. हु—G.K. आसंसा for आसा.—N.N₂.P. आसि[P. सी]आसा, B. om. आसि.—G. भूयोंप नियस-ही॰. P.B. ॰जणं—A. देक्खिसंति. N.N₂. देक्खिसंदि.

3. A. त्वरिता: परिष्वजन्ति, N.N₂. P. सर्वा: त्वरिता:[P. त्वरितं]परि-ष्वजन्ते., B. सर्वा: परिष्वजन्ते त्वरि-ततरा:.

4. A.N₂. सव्वभा. P.B. कप्पसदाणि, K. कप्पसभाइं, G. कदप्पसादो, N. N₂. कप्पसभाइं, and U. कप्पसताइं, for कप्पसदाइं. N.N₂. assign this speech to सर्वा:—B. पुडविं, K. विहिविं, A. पुहुविं. P. भुवं—G. पालयन्तो. G. भोंदु.

5. N.N₂. सारथि: for सूत:—K.U. नैपथ्ये कलकल: before सूत:.—K.G. रथवंडोन.—A.उद्दामित: शब्द:, P.B. दर्शान:,and N.N₂. उद्दामित-शब्द:. G.K. om. शब्द:.—G. स्वयं for अयम्.

7. N.N₂.शैलाग्रतडि॰.

सर्वाः । अम्मो चित्तरहो ।

तत: प्रविशति चित्ररथ: ।

चित्ररथ: । राजानं दृष्ट्वा सबहुमानम् । दिष्ट्या महेन्द्रोपकारपर्याप्तेन विक्रम-महिम्ना वर्धते भवान् ।

राजा । अये गन्धर्वराज: । रथादवतीर्य्य । स्वागतं प्रियसुहृदे । परस्परं हस्तौ स्पृशात: ।

चित्ररथ: । वयस्य केशिना हृतामुर्वशीं नारदादुपश्रुत्य प्रत्याहरणार्थ-मह्याः शतक्रतुना गन्धर्वसेना समादिष्टा । ततो वयमन्तरा चार-णेभ्यस्त्वदीयं जयोदाहरणं श्रुत्वा त्वामिहस्थमुपागता: । स भवा-निमां पुरस्कृत्य सहास्माभिर्मघवन्तं द्रष्टुमर्हति । महत्खलु तत्र-भवतो मघोन: प्रियमनुष्ठितं भवता । पश्य

---

१ अहो चित्ररथ: ।

---

1. N.N₂. अम्महे for अम्मो. U. अम्महे. U. चित्तरथो. B. अम्हो अम्हारं चित्तरहो.

2. G.K. प्रविश्य चित्ररथ:, which direction is better as it implies suddenness.

3. A.N.N₂.P. राजाभिमुख: [P.N. N₂. राजाभिमुखं] स्थित्वा for the whole stage-direction. U. राजाभिमुखं स्थित्वा.—B. °दरेण for °पर्याप्तेन.

4. G.K. वर्षसे, and om. भवान्.

5. N.N₂. अहो for अये.—B.P.N. N₂. read रथादवतीर्य्य after स्वागतं प्रिय° &c.—G. °सुहृदि, N.N₂. °सुहृद:.

6. A.N.N₂. हस्तम्.—U. स्पर्शन:.

7. P. भद्र for वयस्य.—B. दानवेन after केशिना.—G. उन(यर?)-हृताम्, N.N₂. हर्ताम्, K. अगृहताम्, P. गृहीताम्. K. after स्पृशात: inserts: राजा । वयस्य किमागमनकारणम्. A.N.N₂.U. उपलभ्य for उपश्रुत्य. G. आहरणार्थ.

8. P. om. तत:. K.G. om. वयं before अन्तरा. K. अन्तरिक्षचरेभ्य: for अन्तरा चारणेभ्य:. U. अंतरे.

9. G.U. चारेभ्य:—N.N₂. उपलभ्य.A. U.P. उपश्रुत्य.—G.K.N.N₂.U. B.ins. द्रष्टुम् before उपागता:. G. K.आगत:, B. आगता:. We omit द्रष्टुम् with A. P. and read उपागता: with A.N.N₂.P.U.

10. A.N.N₂.P.om. तत्रभक्त:; G. तत्र

पुरा नारायणेनेयमतिसृष्टा मरुत्वते ।
दैत्यहस्तादपाच्छिद्य सुहृदा संप्रति त्वया ॥ २५ ॥

राजा । मा मैवम् ।

ननु वज्रिण एव धीर्यमेत-
द्विजयन्ते द्विषतो यदस्य पक्ष्याः ।
वसुधाधरकन्दराभिसर्पी
प्रतिशब्दोपि हरेर्भिनत्ति नागान् ॥ २६ ॥

चित्ररथः । युक्तमेतत् । अनुत्सेकः खलु विक्रमालंकारः ।

राजा । सखे नायमवसरो मम शतक्रतुं द्रष्टुम् । त्वमेवात्रभवतीं प्रभो-
रन्तिकं प्रापय ।

चित्ररथः । यथा भवान्मन्यते । इत इतो भवत्यः ।

अप्सरसः प्रस्थिताः ।

उर्वशी । जनान्तिकम् । हला चित्तलेहे उवआरिणिंपि राएर्सि ण सक्कु-
णोमि आमन्तेडुं । ता तुमं मे मुहं होहि ।

———

१ हला चित्रलेखे उपकारिणमपि राजर्षिं न शक्कोम्यामन्त्रयितुम् ।
तस्मं मम मुखं भव ।

———

भगवनः B.P. मघवनः for मघोनः.
G.B.K. त्वया (read before
प्रियं) for भवता. P. om. भवता.
U. त्वया मघवनः for तत्रभवतो म-
घोनः —U. आचार्येन for अनुचितं
भवता.—K. om. पश्य.

1. G. इयं मतिसृष्टा.
2. A. भयाच्छिद्य, G.K.U. अपाच्छिद्य.
5. B.N.N₂. पक्षाः.
6. B.P. °कन्दराद्विसर्पी. G. क-
भरान्व°.
7. N.N₂. प्रतिशब्दी हि.
9. P. om. सखे.—G.K. मे for म-

म. U. has neither मम nor
मे.—K. शकम् for शतक्रतुम्.
10. U. प्रवेशय (!) for प्रापय. K.
त्वमेव चात्र°.—B. reads the प्रापय
before प्रभोः.
11. G. om. the first एनः.
12. P. सर्वाः for अप्सरसः.
13. G. om. the stage-direction
जनान्तिकम्.—A.N.N₂. खु for वि,
K.U. has वि for पि, B.P.om. रि.
—A.N.N₂. सक्कोमि, G.K. सकुणोमि.
14. G. inserts रिभं before आम-

चित्रले॰ । राजानमुपेत्य । बंअस्स उव्वसी विण्णवेदि महाराएण अब्भ-
णुण्णादा इच्छामि पिअसाहिं विभ महाराअस्स किर्त्ति महि-
न्दलोअं णेदुंति ।

राजा । गम्यतां पुनर्दर्शनाय ।

5   सर्वाः सगन्धर्वा आकाशोत्पतनं रूपयन्ति ।

उर्वशी । जलनूभङ्गं रूपयित्वा । अम्हदे लदाविडवे मे एआवली ल-
ग्गा । परिवृत्य । चित्तलेहे मोआवोहि दाव णं ।

---

१ वयस्य उर्वशी विज्ञापयति महाराजेनाभ्यनुज्ञातेच्छामि प्रियस-
खीमिव महाराजस्य कीर्तिं महेन्द्रलोकं नेतुमिति ।— २ अहो लताबि-
टपे ममैकावली लग्ना । चित्रलेखे मोचय वावदेनाम् ।

न्नेदुं; G.A.N.N₂. आमन्तिदुं.—A.
P. om. ता.

1-3. G.K. एत्य for उपेत्य.—N.N₂.
om. वंअस्स. P. उव्वसि. K.
विण्णोदि.—P. after विण्णवेदि ins.
राजा । किमाज्ञापयाति । चित्र॰ । U.
महाराएण अब्भणुण्णादा इच्छामि महा-
राअस्स किर्त्ति विभ णं महिन्दलोअं
णेदुं. B. महाराएण अब्भणुण्णादा महा-
राअस्स किर्त्ति विभ महिन्दलोअं अ-
प्पाणं णेदुं इच्छामित्ति. P. महाराएण
अब्भणुण्णादुं इच्छामि । महाराअस्स
किर्त्ति विभ महिन्दलोअं णेदुं. N.N₂.
after इच्छामि go on: महारा-
अस्स किर्त्ति विभसहिं महिन्दलोअं
भाणेदुंति. G.K. न्दलोअं.—G.
K.P. om. ति after णेदुं.

4. U. सावेशादं before गम्यताम्.

6. N.N₂. give the speech thus:
अम्हो हदो लदाविडवे एआवली मे वे-
यभन्ती लग्गा. U. अम्हहे लदाविडवे
मे एकावली वेजयन्ती भालग्गा. B.
अम्हहे लदाविडवं एक्कवेजयन्ती मे ल-
ग्गा. P. अम्हो लदाविडवं एकावलि वे-
अभन्ति मे लग्गा. G.K. अम्हहे [K.
अम्महे] लदाविडवे एसा एआवली वेजय-
[K. अ]न्ती मे लग्गा. A. अम्हो
हदो लदाविडवए एआवळी मे वंअभन्ती
लग्गा. It is evident this pas-
sage is a little corrupted, and
that वेजभन्ती seems to have
got into the text from the
margin, being explanatory
of एआवळी. We with Kâṭa-
vema.

7. A. परिसृत्य.—U.B.P. मोएहि, G.
मोचावेदि. We with A.N.N₂.K.

चित्र. । सस्मितम् । 'दिढं खु लग्गा दुम्मोआ विअ मे पडिहादे ।
होदु जदिस्सं दाव ।

उर्वशी । सुमरेहि दाव एदं अत्तणो वअणं ।

चित्र. । मोचनं नाटयति ।

राजा । स्वगतम् ।

प्रियमाचरितं लते त्वया मे
गमनेस्याः क्षणविघ्नमाचरन्त्या ।
यदियं पुनरप्यपाङ्गनेत्रा
परिवृत्तार्धमुखी मया हि दृष्टा ॥ २७ ॥

सूत: । आयुष्मन्
अदः सुरेन्द्रस्य कृतापराधान्

---

१ दृढं खलु लग्ना दुर्मोचनीयेव मम प्रतिभाति । भवतु प्रतिष्ठे
तावत् । — २ स्मर तावदेतदात्मनो वचनम् ।

---

1. K.U. राजानं विलोक्य before
सस्मितम्.—G. किदं खलु cor-
rected from तदं खु; K. दिढं [for
दिढुं?]. A.N.N₂. ins. हला be-
fore दिढं.—G. दुम्मोचा, N.N₂. दु-
म्मोभणिआ, U. दुम्मोक्खा.—G. om.
मे before पडि.°—N.N₂. om.विअ.
B.N.N₂. पडिभादे. P. पडिभाइ.
U. पडि°.—After पडिहादे N.N₂.
read as follows : उर्व॰ । अलं
परिहासेण मोभावेहि णं ॥ चित्र॰ । होदु
मोभाविस्सं दाव ॥ उर्व॰ । सहि
सुमरेहि दाव एदं अत्तणो वअणं ।
2.A.U. होदु मोभाविस्सं दाव, and B.
होदु मोइस्सं दाव णं, for होदु जदिस्सं
दाव of the text, which N. alto-

gether omits. G.K. जदिस्से.
G.K. om. होदु.
3. B. ins. सहि bef. सुमरेहि. G.
K. भोदु inserted before सुमरे-
हि.—G.K. om. एदं. B. णं for एदं.
U. सहि सुमरेहि एदं अत्तणो वअणं
for सुसरेहि &c. P. हला ण विसुम-
रेहि एदं अत्तणो वअणं.
4. G. omits चित्रलेखा.—A.N.N₂.
U.P. नाट्येन मोचयति.
5. A.N.N₂.P. om. स्वगतम्. B.
आत्मगतम्.
8. N.N₂. क्षणम् for पुनः.
9. B. अद्य for हि.
10. G. K. om. आयुष्मन्.
11. For अदः G. has अन्तः.—N.
N₂. कृतापराधात्.

प्रक्षिप्य देत्यान् लवणाम्बुराशौ ।
वायव्यमस्त्रं शरधिं पुनस्ते
महोरगः श्वभ्रमिव प्रविष्टम् ॥ ६८ ॥

राजा । तेन ह्युपश्लेषय रथं यावदारोहामि ।

5 सूतः । रथमुपश्लेषयति । राजा नाट्येन रथमारूढः । उर्वशी राजानं विलोक्य सनिःश्वासं
सह सख्या निष्क्रान्ता चित्ररथश्च ।

राजा । उर्वशीमार्गोन्मुखः । अहो नु खलु दुर्लभाभिनिवेशी मदनः ।

एषा मनो मे प्रसभं शरीरात्
पितुः पदं मध्यममुत्पतन्ती ।
10 सुराङ्गना कर्षति खण्डिताग्रात्
सूत्रं मृणालादिव राजहंसी ॥ ६९ ॥

[इति निष्क्रान्ताः सर्वं ।

विक्रमोर्वशीये नाटके प्रथमोऽङ्कः समाप्तः ॥

---

1. G. °राशौः.
3. B. महोरगश्च°. P. भुजंगमः.
4. B N.N₂. रथमुपश्लेषय. G.B.A. आरोहयामि.
5. B.A.N.N₂. तथेति रथम्. A.N.N₂. आरोहति, and P. आभ्रोहति, for आरूढः. A.N.N₂. om. रथम्. U. ज्वलनयति for उपश्लेषयति. U. राजा नाट्यैनारूढः. A.N.N₂.P. अवलोकयन्ती, and B. विलोकयन्ती, for विलोक्य.
6. A. सखीभ्याम्, N.N₂. सखीभिः. G. निःकान्ता. K. after सनिःश्वासम् goes on : आवि णाम पुणोवि एण उव्वसारिणं पेखिहरसं इति सखीभिः: सह मंथिता। राजा। उर्व° &c. G.K. om. चित्ररथश्च after निष्क्रान्ता. B. चित्ररथः सर्वी अप्सरसश्च.
7. G.K. उर्वशीगमनोन्मुखः P. adds भूत्वा after °मुखो. B.P. om. नु खलु. U.B. दुर्लभाभिलाषी मे मनोरथः, K. दु° मदनः, P. अहो दुर्लभाभिनिवेशी मनोरथः. A.N.N₂.U. insert : तथा हि after मदनः.
12. G. निःकान्ताः. Let it be observed once for all that G. and U. always read निःकान्त and never निष्क्रान्त throughout the play.

द्वितीयोऽङ्कः

ततः प्रविशति विदूषकः ।

विदूषकः । ही ही ' भो णिमन्तणेक्कपरवसो बम्हणो विअ राअरहस्सेण
फुट्टमाणो ण सक्कुणोमि आइण्णे अत्तणो जीहं रक्खिदुं ।
ता जाव तत्तभवं वअस्सो कञ्जासणादो उट्ठेदि दाव इमाहिं
विरलजणसंवादे विमाणुस्सङ्गपारिसरे चिट्ठिस्सं । परिक्रम्य स्थितः । 5

१ ही ही भोः निमन्त्रणैकपरवशो ब्राह्मण इव राजरहस्येन स्फुट-
मानो न शक्नोम्याकीर्णे आत्मनो जिह्वां रक्षितुम् । तदावत्तत्रभवान्वय-

2. G. णिमन्तरेणेक्क° and inserts किं before णिमन्त°. A. ही ही भो णिमन्तणॊवायणेण विअ राअरहस्सेण तु-ग्गमाणो जिम्भाभमाणो ण सक्कोमि &c. N.N₂. thus: ही ही भो णिमन्तणॊवाभ-णेण बम्हणो अहं [the last two words N. has in the margin] विअ राअरहस्सेण [N. परवसो] ण सक्कणॊमि &c. U. ही ही भोः निमन्तणे-क्करमेणेण विअ राअरहस्सेण फुट्टमा-णो ण सक्कणॊमि &c. B. ही हि णि-मन्तणॊवाभणेण विअ बम्हणो राअरह-स्सेण फुट्टमाणवअणो ण सक्कणॊमि &c. K. ही ही भो णिमन्तणेण परवसो बम्ह-णो विअ अहंवि राअरहस्सेण फुट्टमा-णेण ण सक्कणॊमि &c. P. ही हि णि-मन्तणॊवाएणेण विअ राअरहस्सेण ण सक्कणॊमि &c.

3. G. om. फुट्टमाणो ण. B. U. आ-किण्णे, K. जणाइण्णे, P. अइण्णे ज-णे, A. आइण्णे, N.N₂. जणाकिण्णे. —U.B.N. N₂. जिहं.

4. N.N₂. दाव for जाव. U. अत्तभ-वं.—G N. वअरस्सो.—A N.N₂. कञ्जा-सणगदो. B. कञ्जासणादो आभट्टुइ and P. कञ्जासणादो वभस्सो [which it does not read after तत्तभवं] आभट्टुदि, for क-ञ्जासणादो उट्ठेदि. K. उट्ठदि.—N. N₂. ता for दाव.

5. U.A.P. °संवादे, N.N₂. °गण-सवादे, K. °संचारे.—A. विमाणव-ट्टिछन्दपारि°, U. विमाणुसङ्गवारि°, N.N₂. विमाणिवरिछुन्दपरिसरे, B. P. विमाणुबङ्गवारि°.G.K.U. उव-विइय च [om. K.] पाणिभ्या मुखं *णिब्राय between परिक्रम्य and स्थितः.—P. हाति यथोक्तं करोति for परिक्रम्य स्थितः.

* I reject the stage-direction उवविइय च पाणिभ्या मुखं णिब्राय because some of our best Mss. omit it, and because, if it is genuine, why does not the ludicrous posture attract Nipunikâ's or the King's attention when they see him soon after?

प्रविश्य चेटी । आणत्तम्हि देवीए कासिराजपुत्तीए हञ्जे णिउणिए जदप्पहुदि भअवदो भक्कस्स उवट्ठाणं करिअ पडिणिवुत्तो अज्ज-उत्तो तदो आरहिअ सुण्णहिअओ विअ लक्खीभदि । ता तस्स पिअवअस्सादो अथ्यमाणवआदो जाणाहि दाव से उक्कण्ठा-कालणंति । कहं खु मए बम्हबन्धू अदिसंधेओ । अहवा विर-लतणलग्गं विअ अवस्साअसलिलं चिरं तस्हिं रहस्सं ण

स्यः कार्यासनादुत्तिष्ठति तावदेतस्मिन्विरलजनसंपाते विमानोत्सङ्गप-रिसरे स्थास्यामि ।

१. आज्ञप्तास्मि देव्या काशीराजपुत्र्या हञ्जे निपुणिके यतःप्रभृति भगवतोऽर्कस्योपस्थानं कृत्वा प्रतिनिवृत्त आर्यपुत्रस्तत आरभ्य शून्यहृदय इव लक्ष्यते । तत्तस्य प्रियवयस्यादार्यमाणवकाज्जानीहि तावदस्योत्कण्ठा-

1. N.N2.B. नतः प्रविशति for प्रविश्य.—P.K. अणत्तम्हि. P. देवि-ए. A. कासीराजबु°. B.N.N2. °रा-अ°; B. काशीराभ°; P. काशि-राजपुत्तिए.—A.N.N2. जधा for हञ्जे. U. om. हञ्जे.

2. U.N.K. जदोप्पहुदि. U. ins. संताणणिमित्तं before भअवदो.—P.K.A.N.N2. °णिउत्तो. U.P.A.N.N2. सुब्जस्स for भक्कस्स. B. सु०भस्स.—P.N.N2.U. उवट्ठाणं. P.K.N.N2.B. कदुअ.—U. प्याडिणि-उत्तो.—P.B. अ०भउत्तो. A. अ-य्यउत्तो.

3. N.N2. तदोप्पहुदि. G. तदारम्भिअ.—G. विय; P. om. विअ; U. वि for विअ.—B. लंछिभदि; P. ल-,ख्खिभदि.—K. om. ता.—U.ins. तुमं after ता.

4. P. adds गदुअ bef. विअ°. U.K.G.P. om. तस्स. G. पियवय-स्सादो.—U. अब्जमाण°, G. °माण-वादो.—B. जाणासि; K. जाणेहि; P. जाणिहि; U. सुणाहि.—G. om. से. A.N.N2.P. om. दाव. P. ins. जं instead of दाव. G.U. °का-रणं; K. उक्कण्ठका°. A.N.N2. किंति for ति.

5. U.A.B. ता and N.N2. जा before कहिं which they read for कह. K. कहिं. P. also ins. ता. A. om. खु. A.N.N2. ins. सो before. बम्हबन्धू.—N.N2. अदिसं-देओ; K. अदिसंधेओ; U. अति-सं°.—G.K.B.P. ins. होदि after °संधेओ.—B. अहव.

6. A.N.N2. °तणग्गलग्गं; P.K.B.° तिणलग्गं; U.°तिलग्गलग्गं—U.P.B.A.N.N2. ओसाभसलिलं.—For तस्हिं. G. has तस्स.—B. चिरं after रहस्सं.—U. has the ण after चिरं.

चिट्ठदि । जाव णं अण्णेसामि । परिक्रम्यावलोक्य च । एसो आलिहिदो
वाणरो विअ किंपि तुण्हिंभूदो अज्जमाणवओ चिट्ठदे । जाव
णं उवसप्पामि । उपसृत्य । अज्ज वन्दामि ।

विदू. । सोत्थि भोदीए । आत्मगतम् । इमं दुट्ठचेडिअं पेक्खिअ तं राअ-
रहस्सं हिअअं भिन्दिअ णिक्कामदि । प्रकाशम् । णिउणिए संगीद-
वावारं उज्झिअ कहिं पत्थिदासि ।

निउ. । देवीए वअणेण अज्जं एव्व पेक्खिदुं ।

कारणमिति । कथं खलु मया ब्रह्मबन्धुरतिसंधेयः । अथ वा
विरलतृणाग्रमिवावश्यायसलिलं चिरं तस्मिन्रहस्यं न तिष्ठति । यावदे-
नमन्विष्यामि । एष आलिखित वानर इव किमपि तूष्णींभूत आर्य-
माणवकस्तिष्ठति । यावदेनमुपसर्पामि । आर्य वन्दे ।

१ स्वस्ति भवत्यै । इमां दुष्टचेटिकां दृष्ट्वा तद्राजरहस्यं हृदयं भित्त्वा
निष्क्रामति । निपुणिके संगीतव्यापारमुज्झित्वा क्व प्रस्थितासि । – २ दे-
व्या वचनेनार्यमेव द्रष्टुम् ।

---

1. U.B.P. चिट्ठइ.—G. inserts ता before जाव.—B. *deest* from जाव up to उवसप्पामि.—A. N. N₂. अण्णेसामि णं.—A.N. inserts खु after एसो.—U.P.A.N. आलेक्खवाणरो.

2. N.U. किंवि. P. om. किंपि. G. विय.—G. ताहिंभूदो; K.U. तूण्हीं-भू°; A. तुण्हीकिभूदो; P. तुण्हिंभूदो; N. तुण्हीकं मन्तयन्तो. A. अय्य°. —P. अय्यमाणवओ which it reads after विअ; U. om. अज्जमाण-वओ; G.N. °माणवो; K. माणओ. —P. चिट्ठई; U. चिट्ठइ.

3. B.P. अ॰अ for अज्ज.

4. A.N. दे for भोदीए. K.U.B. सोत्थि. B.P. होदीए.—A.N.N₂. ins. खु after इमं. A. चेडिं; G. चोडिअं. N. om. दुट्ठ°. P. चेटिं.—A.N. देखिअ.—N. om. तं. A. राजरहस्सं, G. पेक्खिअय अंतरारहस्सं; K. पेक्खिअ अभंतराभरहस्सं.

5. A.N.N₂. मे before हिअअं A. उअरं (= उदरं) for हिअअं.—A. भेभूग विअ for भिन्दिअ; N. अब्भन्तेण विअ for हिअअं भिन्दि-अ; B. भिदुअ.—A.N. णिक्कमदि; K. णीसरेदि; P. णिक्कमई; G.U. णिस्सरादे.—N. संगीअ°.

6. U. °व्वावारं. G. उज्झिअय.—U. पच्छिदासि.—P. कहं.

7. B. अ॰अं. K.P. तुमं for अज्जं. K. om. एव्व.

विदू. । किं तत्तहोदी आणवेदि ।

निरु. । देवी भणादि सदाबि अज्जो मइ पक्खवादी ण मं भणइद-
वेभणादुखिवदं उवेख्खदिति ।

विदू. । सवितर्कम् । किं वा वयस्सेण तत्तभोदीए पडिकूलं आचरिदं ।

5　निरु. । अज्ज जंणिमित्तं भट्टा उक्कण्ठिदो ताए इथ्थिआए णामधेएण
भट्टुणा देवी आलविदा ।

---

१ किं तत्रभवत्याज्ञापयति । — २ देवी भणति सदाप्यार्यो मयि
पक्षपाती न मामनुचितवेदनादुःखितामुपेक्षत इति । — ३ किंवा वयस्येन
तत्रभवत्याः प्रातिकूलमाचरितम् । — ४ आर्य यन्निमित्तं भर्तोत्कण्ठित-
स्तस्याः स्त्रियो नामधेयेन भर्त्रा देव्यालापिता ।

---

1. K. *deest* ll. 1-3.
2-3. A. अय्यं before भणादि;
N. अज्ज before देवी.—A.
अय्यो for अज्जो. P. मइ अज्जो for
अज्जो मइ.—G. सदाए, and U. स-
दा जेव्व, for सदावि.—N.U. पक्ख-
वडिदो [U. ओ]. A. पक्खवडिदो.—
A. मइ for मइ. B. देवी भणादि ए-
सो माये एव्व पक्खवडिओ ण मं अणु-
इदवेदणं दुखिवदं वेख्खादिति. P. देवी
भणादि सदावि मइ अ॰ओ पक्ख-
वादिएं कदावि [apparently mis-
written for ण कदावि] अणुहदवे-
दणं मुदुखिवदं मं उवेख्खादिति.—A.
N.U. ins. ॰णाम after ॰वा-
दी.—A. ins. अ after ण. P.
पक्खवादि.—G. ins. कभावि before
मं.—Je. अणुभूदवेवणं सुदुखिवदं; U.
अणुहदवेअगं दुखिवदं. A.N अवलो-
एदिति ; U. आलोभादिति.

4. B. om. वा and has तत्तहोदीए
वभस्सेण. K. ins. आम् before
किं. P. तत्तहोदीए. A.N.U. om.
सवितर्कम्.—A.N. णु. for वा.—A.
N.U.B.P. read णिज्जणिए be-
fore किं.—U. reads the speech
thus : णिज्जणेए किं से तत्तहो-
दीए वभस्सेण पडिऊलं आभरिदं.
—G. पडिऊलमा॰; N.N₂. पडिऊल-
मा॰; P.K. A.B. आभरिदं.

5. B.P.U. om. अज्ज; A. अय्य.
—For जंणिमित्तं, G.K. have जा-
ए णिमित्तं. P.B.U. ins. किल bef.
भट्टा.—P. उक्कण्ठिओ.—P.B.K.U.
णामहेएण. A.N.N₂. णामग्गहेण.

6. For आलाविदा G. reads आभा-
विदा. P. om. देवी. N.N₂. देवी
आलविदा भट्टिणीति दुखिवदं अबला-
एत्ति for भट्टिणा &c. P. om. देवी.

विदू. । स्वगतम् । कहं सव्वं एव्व तत्तभवदा रहस्सभेदो किदो । किं दाणि अहं जीहाजन्तणेण दुक्खमणुहवामि । प्रकाशम् । किं भाम-न्तिदा तत्तहोदी उव्वसित्ति । ताए दंसणेण उम्मादिदो तत्तभवं ण केवलं तत्तभोदिं मंपि विणोदविमुहो दिढं पीडेदि ।

निपु. । आत्मगतम् । किदं मए भेअणं भट्टिणो रहस्सदुग्गस्स । प्रकाशम् । अञ्ज किं दाव देव्वीए णिवेदेमि ।

---

१ कथं स्वयमेव तत्रभवता रहस्यभेदः कृतः । किमिदानीमहं जि-ह्वापरन्त्रणेन दुःखमनुभवामि । किमामन्त्रिता तत्रभवती उर्वशीति । वस्या दर्शनेनोन्मादितस्तत्रभवान्न केवलं तत्रभवतीं मामपि विनोदवि-मुखो दृढं पीडयति । —२ रुवं मया भेदनं भर्तू रहस्यदुर्गस्य । आर्ये किं तावदेव्या निवेदयामि ।

---

1. P.B. आत्मगतम्.—G. अहं for कहं. B. om. अहं.—K.N.N₂. ड्जेव for एव्व.—P. om. सव्वं एव्व.—P.B.A.U. तत्तहोदा.—P. adds वेभ-स्सेण after तत्तभवदा.—A.N.N₂. insert ता before किं; B. तदी for किं.

2. U. जीहाणिभन्तणव्वसणं करोमि; B. जीहाजन्तणदुक्खं अणुहोमि; P. दुक्खं अणुहोमि; G. जन्तूणेण (= °जन्तणेण ?); A. जीहायन्तणवस-णमणुहवामि; N.N₂. जीहाजन्तणभ-सणमणुहवामि.

3. K.G. भाम[K. म्]न्तभो-[K. हो]दी उव्वसीति अच्चरा [G. अच्सरा] for किं भामन्तिदा तत्तहोदी उव्वसीति.N.N₂. भामन्तिदा before किं ताए अच्थराभदंसणेण &c. U. उव्वसीणामहेंण for उव्वसित्ति.—B. adds देवी after उव्वसित्ति, and ins. नि० । भह इं.—B. अच्चरए for ताए.—B. तत्तभवं bef. उम्मा-दिदो.—P. ताए अच्चराए for ताए. After उव्वसित्ति U. ins. नि० । भञ्ज उव्वसी का । वि० । उव्वसी अत्थि अप्थरा ।.—G. K. उम्मादी; P. उम्मादिभां. N.N₂. om. ण. G.K. om. तत्तभवं.

4. U.B. तत्तहोदिं; P. तत्तहोदिं ; K. तत्तहोदिं वाहरेदि; U. तत्तहोदिं वाभोदिं.—P.B. मंवि. A. अणिहदव्वि-मुहो, N.N₂. अहिदेंअविमुहों, and B. अणिादव्वि °, for विणोद °.—G. पीळादि ; B. दिढं खु पीडेदिं. G.P. om. दिढं.

5. G. योगवामणुं for भेअणं. P. किदं तुए जोएण for किदं मए. A.B. किदं जोअवमणं for किदं मए भे-अणं. N.N₂. किदो मए भेदो भट्टि-णो रहस्सदुग्गस्स. U. किदं मए भ-ट्टिणो रहस्सदुग्गस्स भेअणं.

6. G.K. ता जाव मठुय देव्वीए for

विदू. । 'णिउणिए विण्णवेहि तन्तभोदिं । जदामि दाव मिअतिणिह-
आदो णिवत्तेदु वअस्सं तदो देवीए मुहं पेख्खिस्संति ।
निपु. । 'जं अज्जो आणवेदि ।

[इति निष्कान्ता ।

5   नेपथ्ये वैतालिकः । जयतु देवः ।
आ लोकान्तात्प्रतिहततमोवृत्तिरासां प्रजानां
तुल्योद्योगस्तव दिनकृतश्वाधिकारो मतो नः ।
तिष्ठत्येष क्षणमधिपतिर्ज्योतिषां व्योममध्ये
षष्ठे भागे त्वमपि दिवसस्यात्मनश्छन्दवर्ती ॥ ६ ॥

10   विदू. । कर्णं दत्वा । एसो कज्जासणादो उट्ठिदो इदो एव्व आगच्छदि
वअस्सो । जाव से पासवत्ती होमि ।

[इति निष्कान्तः ।

प्रवेशकः ।

---

१ निपुणिके विज्ञापय तत्रभवतीम् । यते तावन्मृगतृष्णाया निवर्तयितुं
वअस्यं ततो देव्या मुखं द्रक्ष्यामीति ।—२ यदार्यं आज्ञापयति ।—३ ए-
ष कार्पासनादुत्थित इत एवागच्छति वयस्यः। पादस्य पार्श्ववर्ती भवामि ।

अज्ज किं दाव देवीए.—P.B.om. अ-
ज्ज.—P. दाणि for दाव.—P. तत्तहो-
दीए for देवीए.—A. विणिवेदेमि. U.
wrongly om. अज्ज किं.
1-2.K. तत्तहोदीं. P.B.U. तत्तदोदीए.
A.N.N2. वअतामि, B. ववत्तम्मि,
and P. जादिस्सं, for जदामि.—U.
वअस्सेमि णं मिअतिण्हादो णिवत्तेदुं तदो
देविं पेख्खिस्सांति for जदा &c.—G.
°णिहभादो, B.N.N2.P. °तिण्णिआ-
दो.—G. K. अज्जउत्तं for वअस्सं,
which A. puts before मिआति°.
—A. णिवुत्तेंदुं, B. णिच्वत्तेंदुं.—A. दे-
विं दे°; N.N2. देवा पेख्खिस्सादि; P.
देविमुहं दांख्खिस्सांति.—G. तदा for तदो.

3. A. अय्यो. U. अज्जो जं आणवेदि-
त्ति निःकान्ता.
5. G. पठति after वैतालिकः.—B.
जयतु जयतु देवः.—P. वैतालिकौ.—P.
N.N2.U. विजयताम् for जयतु.
7. N.N2. मे for नः.
8. A.N.N2.U.K.B. तिष्ठ्येकः. We
with G.P.
9. A. त्वमसि.—N. वसति for दिवस-
स्य.—G. चन्द्रवर्ती. N. स्वात्मनइच-
न्दवर्ति.
10-11. कर्णं दत्वा om. by G.—A. भ-
ये, and G. अज्ज, for एसो.—G.
om. उट्ठिदो. N.U. वट्ठिथदो. K.B.
वट्ठिभ.—N.K.U. आअच्छुदे.—K.

ततः प्रविशत्युत्कण्ठितो राजा विदूषकश्च ।

राजा ।

आ दर्शनात्प्रविष्टा सा मे सुरलोकसुन्दरी हृदयम् ।
बाणेन मकरकेतोः कृतमार्गमवन्ध्यपातेन ॥ २ ॥

विदू । भात्मगतम् । ¹संपीडिदा खु दाव तवस्सिणी कासिराअउत्ती । 5

राजा । अपि रक्ष्यते रहस्यनिक्षेपः ।

विदू । सविषादमात्मगतम् । हद्धी हद्धी अहिसंधिदोम्हि दासीए । अण्णघाण वअस्सो एव्वं पुच्छदि ।

---

१ संपीडिता खलु तावत्तपस्विनी काशीराजपुत्री ।—२ हा धिक् हा धिक् अभिसंहितोस्मि दास्या । अन्यथा न वयस्य एवं पृच्छेत् ।

जेव्व.—A.K.N.N₂. read विभवभ-स्सो. U. reads the वभस्सो after उम्थिदो. A. पासपडिवही, N. पास-वही; B. पस्सपरिवत्ती; P. पस्सव-रिवत्ति; U. पस्सवत्ती.—A.N.N₂. ins. ता before जाव.

1. K. सोत्कण्ठं निःश्वस्य before भा-दर्शनात्.

5. G.K. स्वगतम्.—A.N.N₂. read the speech thus: संपीडा खु जा-दा तवस्सिणीए कासिराजवुत्तीए. P. पीडा खु जादा ताए [त]वस्सिणीए कासीराभउत्तीए. U. भाम्म ° । छ-क्किदी बलवं उव्वसील्वाहिणा । ता ण भाणे कहं चिकिच्छिसदब्बो भविस्सदि । संपीडा ख्खु जादा देवीए तवस्सिणीए का-सीराजवुत्तीए । B.संपीडिता. B. जा-दा for दाव.—B. कासी °.K. °वुत्ती.

6. A. ins. भवतास्माकम्, and B. U.P. भवता, before रहस्य °. N. N₂. भवि स्थाने भवानस्माकं रहस्य °.

7. K.G. om. हद्धी हद्धी.—K. om. म्हि. P.भधिसं °. A.भति °. N. N₂.भदिसंधिदाम्हि. U.भदिसंहिदो-म्हि. B.भोदि °.—A.N.N₂. दुट्ठ ° before दासीए.—P.U. om. सवि-षादं.—B. om. भात्मगतम्.—After दासीए G. ins. दुहिदाए, B. वुत्ति-भाए, and U. णिजणिभाए. P.reads दासीवुत्तिए. We with K.A.N. N₂.—B.P. अण्णहा.

8. A.N.N₂. खु after ण, and A.B. मं before वभस्सो, and N.N₂. मां before मन्तेदि which they read for पुच्छदि.—P.A. U.मन्तेदि,and K. पुच्छेदि, for पुच्छ-

राजा । साशङ्कम् । किं भवांस्तूष्णीमास्ते ।

विदू. । ऐव्वं मए णिअन्तिदा जीहा जं भवदोवि सहसा पडिवअणं ण देमि ।

राजा । युक्तम् । अथ केदानीमात्मानं विनोदयेयम् ।

5 विदू. । महाणसं गच्छम्ह ।

राजा । किं तन्न ।

विदू. । तैंहि पञ्चविहस्स अभ्भवहारस्स उवणदसंभारस्स जोभणां पेक्खमाणेहिं सक्का उक्कण्ठा विणोदेदुं ।

---

१ एवं मया निपन्तिता जिह्वा यद्द्रवतोपि सहसा प्रतिवचनं न वदामि । — २ महानसं गच्छावः । — ३ तत्र पञ्चाविधस्याभ्यवहार-स्योपनतसंभारस्य योजनां प्रेक्षमाणाभ्यां शाक्तोत्कण्ठा विनोदयितुम् ।

दि.—U. for अण्णधा &c. thus : अण्णहा ण मं वभस्सो एव्वं मन्तेदि.

1. U.P. om. साशङ्कम् .

2. A.N.N₂. ins. खु after एव्वं.—K. om. मए.—B. ins. वभस्स bef. एव्वं.—B.P. निवारिदा, U. णिवारिआ, G. णिब्जन्तिदा, A. णि.यन्तिदा.—B.P. जिहा, G.U. जहा, and P. जह, for जं.—K. om. जं.—N.N₂. om. सहसा.—G.K.U. देइ.—U. पडिवअणं.

4. P. युक्तमेवैतत् .—B.A. उन्मनसम् , and N.N₂. उन्मत्तम् , before आत्मानम् . U. उन्मनसं after आ-न्मानम् .—B. विनोदयामि.

5. G. म्हाणसं, N. माहाणसं.—A.

N.N₂. गच्छाम्ो. P. एन्न before गच्छम्ह.

6. P. om. the speech.

7-8.G.K.B. insert खु after तंहि.—A.G. पञ्चाविहस्स. A. °हरिअस्स. N.N₂. अभ्भहरणंगिस्स. B.U. अ-भ्मवहारिभस्स.—U. ववट्ठिदसंभारस्स.—U. भोभणं for जोभणा.—U. reads पेक्खमाणेण सक्कं तुए वळ-वदिं वक्कण्ठं विणोदेदुं.—N.N₂. उवण-दं संभावेमोभणं [भोभण ?]. A. उ-वणदं संभावइयोभणं. B. उवणदं संहा-रजोभं. K. भोभणं. P. सभाभणाणि for जोभणा. G. पख्वमाणेहिं. P. दख्वमाणेहिं. A. पख्खन्ताणं अम्हाणं, N.N₂. वेख्खन्ताणं अप्पाणं मइ्इे. N.N₂.B.P.A. सक्कं वळवदिं उक्कण्ठं,

राजा । सस्मितम् । तत्रेप्सितसंनिधानाद्द्रक्षान्नंस्यते । मया खलु दुर्लभप्रार्थनः कथमात्मा विनोदयितव्यः ।

विदू. । णं भवं तत्तहोदीए उव्वसीए दंसणपहं गदो ।

राजा । ततः किम् ।

विदू. । णे खु सा दुल्लहत्ति समत्थेमि ।

राजा । पक्षपातोयमवधार्यताम् ।

विदू. । एत्तिभं मन्तअन्तेण भवदा वद्विदं मे कोदूहलं । किं तत्तभोदी उव्वसी अटुदीआ रूवेण अहं विअ विरूवदाए ।

5

---

१ ननु भवांस्तत्रभवत्या उर्वश्या दर्शनपथं गवः ।— २ न खलु सा दुर्लभेति समर्थये ।— ३ एतावन्मन्त्रपमाणेन भववा वर्धितं मम कौतूहलम् । किं तत्रभवत्युर्वशी आद्वितीया रूपेण अहमिव विरूपतया ।

---

1. G.A. स्मितं कृत्वा. G.K. om. स-
स्मितम्.—G.K. °लाभान् for °संनि-
धानात्. U. अनुरंस्यते.—A.N.N₂.
om. खलु. B.P. ईप्सितत्वर्गसं°.

2. U.P.B. दुर्लभप्रार्थिना.

3. G.K. तुमांप for भवं.—G. °भो-
दीए.—G. दंसणपदं.—G.K. एव्व,
and U. ञ्जेव्व, after गदो.

4. N.N₂. किं ततः.

5. A.N.N₂. ins. ता. before ण. B.
एसा for सा. G.K. ण खु दे[om.
K.] दुल्लहेत्ति[त्ति om. G.]. B.
P. दुल्लहेनि.—G.K.B. तक्केमि for
समत्थेमि.—U. ण ख्खु सा दुल्लल-
भेत्ति समत्थेमि ।

6. B.P. ins. ह्ति after भयम्.—G.
K.U. पक्षपातादृने तन्[U. om.]
न्नावदवधार्यताम्. We with A.N.
N₂.B.P.—A.N.N₂. ins. सखे
before पक्षपात:.

7-8. K. om. एत्तिभं. P. एव्वं for
एत्तिभं.—A. मन्तयन्तेण, K. आमन्त-
णेण, G. आमन्तन्तेण, B. मन्तयमा-
णेण.—A. णं before भवदा. B. व-
द्विदं, N.N₂. वद्विदं, U. वड्विदं. K.
वड्विदं. P. वड्डुदं.—P.K.U. कुदूहलं.
—A. किं तत्तहोदी उव्वसी अहं विअ
सुरूवदाए अब्भविआ रूवेण. N N₂.
किं तत्तभोदी उव्वसी अहं विअ सुरूव-
दाए अदुदिआ रूवेण. For किं &c. U.
किंश तत्तहोदी उव्वसी अदुदिआ रूवे-
ण अहं विअ विरूवदाए । P.B.
एत्तिभं[P. एव्वं] मन्तभन्तेण[B.
मन्तभमाणेण] भवदा वद्विदं मे कोदू-
हलं । किंश तत्तहोदी उव्वसी भहं विअ
अहिरूवा[P. सुरूवा] अहवा अब्भहि-
आ रूवेण । We with G.K.U.

राजा । माणवक प्रत्यक्षयवमशक्यवर्णनां तामवेहि । समासतः श्रूय-
ताम् ।

विदू. । अवहिदोम्हि ।

राजा ।

5   आभरणस्याभरणं प्रसाधनविधेः प्रसाधनविशेषः ।
     उपमानस्यापि सखे प्रत्युपमानं वपुस्तस्याः ॥ ३ ॥

विदू. । अदो खु भवदा दिव्वरसाहिलासिणा चावअव्वदं गहिदं ।

राजा । विविक्तादृते नान्यदुत्सुकस्य शरणमस्ति । तद्ध्रवान्प्रमदवनमा-
र्गमादेशयतु ।

10 विदू. । आत्मगतम् । को गदी । प्रकाशम् । इदो इदो भवं । परिक्रम्य । एदेण
     पमदवणचोदिदेण विअ पच्चुग्गदो भवं आअन्तुओ दक्खिण-
     मारुदेण ।

---

१ अवहितोस्मि । — २ अतः खलु भवता दिव्यरसाभिलाषिणा
चावकव्वतं गृहीतम् । — ३ का गतिः । इव इतो भवान् । एतेन प्रम-
दवनचोदितेनेव प्रत्युद्धतो भवानागन्तुको दक्षिणमारुतेन ।

and Kâṭavema.

1. A.N.N₂. insert वयस्य be-
fore माणवक.—U. अशक्यवर्णैनाकृ-
तिम्. B.A. N.N₂. ins. आकृतिम्
after ताम्.—P.B. अवेहि.— A.
N.N₂. तु after समासतः. We
omit तु with G.U.P.B.K.

7. P.A.N.N₂. °रसाभि°.—U. ख्बु.
G. गिहीणं.—N.N₂. चादअस्स
वदं. U. चादभादं पडिग्गाहिदं ।
ता दाव तुमं कहिं पत्थिदो । K. कहिं
दाणि भवं पत्थिदो after गहिदं. B.
परिगहिदं. K. गहीदं. P. चातभादं
पडिग्गाहीदं.

8. A.N.N₂.U. ins. वयस्य bef.
विविक्तात्.—N.N₂. तस्याः for विवि-
क्तात्.—P.A.N.N₂. मनसः after
उत्सुकस्य. B. उत्सुकमनसः. U.उ-
न्मनसः for उत्सुकस्य. K. उत्सुकम-
नःशरणम्.—P. स for तत्. A.
N.N₂. om. भवान् and read
आदेशाय. B. आदिशतु. P. आदेशाय.

10. U.G.om. आत्मगतम्.—B. U.
गई.—U.om. प्रकाशम्.—K. does
not repeat इदो.—A.N.N₂. ins.
भो before एदेण.

11. U. पमद°. K.°वावारिदेण, and
N.N₂.U. °णोदिदेण, for °चोदिदेण.

राजा । विलोक्य । उपपन्नं विशेषणमस्य वायोः । अयं हि

निषिञ्चन्माधवीमेतां लतां कौन्दीं च नर्तयन् ।

स्नेहदाक्षिण्ययोर्योगात्कामीव प्रतिभाति मे ॥ ४ ॥

विदू. । ¹ ईरिसो एव्व दे अहिणिवेसो । परिक्रामितकेन । एदं पमदवणदुवारं ।

पविसदु भवं ।   5

राजा । प्रविशाग्रतः ।

उभौ प्रविश्यतः ।

राजा । अग्रतो विलोक्य । वयस्य मया न साधु समर्थितमापत्प्रतीकारः

किल प्रमदवनोद्यानप्रवेश इति ।

---

१ ईदृश एव तवाभिनिवेशः । एतत्प्रमदवनद्वारम् । प्रविशतु भवान् ।

P.B. °चोंदिएण. We with A.
G.P.B.—G.N.N₂. विय. K. om.
विभ. N. पञ्चुगदो, U. पञ्चुग्गदो. G.
अत्तभवं.—A. आभंउओ for आभ-
न्तुओ; N.N₂. आभन्तओ; G. आग-
न्त. B. आभन्तुओ विभ. K. om.
आभन्तुओ, P. आभन्दु.

1. K.G.U. om. विलोक्य.—K.A.
N.N₂. इदं bef. विशेषण. U. नि-
षवणं for विशे°.—P. उपपन्ना स-
विशेषतास्य वायोः.—G. नथा for भ-
यं. K. om. अयं हि.

2. B. माधवीवृभि[द्धि ?], P. माभ-
वीमृद्धिम्, A.N.N₂. माविवीवृद्धि.—U.
एनां for एताम्.—B.A.N. कुन्दशो-
षं च वर्तयन्, N₂. कुन्दशेषं च वर्तं-
यन् corrected into कुन्दशेष च
नर्तयन्, P. कुन्दशेषं च नर्तयन्, G.
कौन्दीं च परिवर्तयन्. We with
K.U.

4. G. ईरिसो एथ्थ दे अभिगिवेसो A.

N.N₂. एदिसो[N.N₂. इदिसो]
एव्व दे अहिणिवेसो. U. इदिसो एव्व
दे सी होदु. K. सरिसो खु एथ्थ दे
अहिणिवेसो.—We with B. and P.,
except that they add होदु
after अहिणिवेसो.—P.K.B. इदं
for एदं. A.N.N₂. भो एदं &c. U.
एदं पमद° &c. । पविसदु &c. G.
इमं पमदवणदुज्जगं and om. पवि-
सदु &c.

6. K.A.N.N₂. प्रविश्याग्रतः.

7. B.P. इति bef. उभौ.

8. G.P. ins. अग्रतो before वि-
लोक्य. G.च inserted after वि-
लोक्य.—A. वयस्य न मया साधु स-
मर्थितं आपत्प्रतीकारः किल ममोद्यान-
प्रवेशः, where समर्थिनं is correct-
ed from समर्थित (i. e. समर्थि-
तः). N. like A., only it omits
वयस्य and has आपत्प्रतीकारः and
never had समर्थित: and has

विविक्षुर्यदहं तूर्णमुद्यानं तन्न शान्तये ।
स्त्रोतसेवोह्यमानस्य प्रतीपतरणं महत् ॥ ५ ॥

विदू. । कहं विअ ।

राजा ।

इदमसुलभवस्तुप्रार्थनादुर्निवारं
प्रथममपि मनो मे पञ्चबाणः क्षिणोति ।
किमुत मलयवातोन्मूलितापाण्डुपत्रै-
रुपवनसहकारैर्दर्शितेष्वङ्कुरेषु ॥ ६ ॥

विदू. । अलं परिदेविदेण । अइरेण दे इच्छिअसंपादइत्तओ अणङ्गो एव्व सुहदो भविस्सदि ।

---

१ कयमिव । — २ अलं परिदेवितेन । अचिरेण तव इष्टसंपा-
दयितानङ्ग एव सुहृद्भविष्यति ।

प्रमदोद्यानप्रवेशः =N.N₂. न मया साधु समर्थितमापद्यप्रतिकारः किल मम-दोद्यानप्रवेशः. P.B. वयस्य मया न साधु समर्थितः[P. समर्थितम्] आ-पत्[P. ताव-]प्रतिकारः खलु[P.कि-ल] प्रमदवनप्र-[P. °वनोद्यानप्र°].-वेश इति. K.वयस्य मया समर्थितो न साध्वीयानयं प्रकारः यत्किल म-मोद्यानप्रवेश इति where too great an attempt to be easy and intelligible has quite spoiled the text. G.वयस्य मया समर्थितो न साध्वीयानावप्रती-कारः किल ममोद्यानप्रवेश इति. U. वयस्य न मया साधु समर्थितोयमापत्प्र-तीकारः खलु ममोद्यानप्रवेशः। प्राविश्य यदहं तूर्णमुद्यानं तन्न शान्तये । स्त्रो-तसेवोह्यमानस्य प्रतीपतरणं महत् ॥

1. G.N.N₂.P. विवक्षुः =A.N.N₂. P.B. तारशान्तयै.
2. K. प्रतीपहरणम्. A.N.N₂. स्त्रो-तोजवोह्यमानस्य.=A.N.N₂. हि तत्. K. यथा for महत्.
7. N. °मूलिनं.=N₂. °मूलितापा-ण्डु° corrected into °मूलित पाण्डु°.
9-10. B.A.N. om. दे.=G.K. अचि[K. ६]रेण इच्छिअसंपादणेण-[K.अथिअसंपादणे] अगण्डो एव्व-[K.जेञ्व] दे[G.om.] सहा-ओ हविस्सदि । B. संवादइत्तओ. P. अथिअसंपारइत्तओ. U. reads:अ-इरेण दे ईहासंवादओ अणङ्गो एव्व स-हाओ भविस्सदि । B. ins. दे bef. सुहदा.

राजा । प्रतिगृहीतं ब्राह्मणवचनम् । परिक्रामतः ।

विदू । पेक्खदु भवं वसन्तोदारसूअअं अहिरामत्तणं पमदवनस्स ।

राजा । ननु प्रतिपादपमेवावलोकयामि । अत्र हि

अग्रे स्त्रीनखपाटलं कुरबकं श्यामं द्वयोर्भागयो-
र्बालाशोकमुपोढरागसुभगं भेदोन्मुखं तिष्ठति ।
ईषद्वद्धरजःकणाग्रकपिशा चूते नवा मञ्जरी
मुग्धत्वस्य च यौवनस्य च सखे मध्ये मधुश्रीः स्थिता ॥७॥

विदू । ऐसो मणिसिलापट्टअसणाहो अदिमुत्तलदामण्डओ भमर-
संघट्टपडिदेहिं कुसुमेहिं सअं विअ किदोवभारो भवन्तं पडिच्छदि ।
ता अणुगेण्हीअदु दाव एसो ।

१ पश्यतु भवान्वसन्तावतारसूचकमभिरामत्वं प्रमदवनस्य ।— २
एष मणिशिलापट्टसनाथोतिमुकलतामण्डपो भमरसंघट्टपतितैः कुसुमैः

---

1. N. N₂. ब्राह्मणवच:. U. परिग्°. U. om. stage-direction altogether.—B. परिक्रम्य प्रविष्टौ. K. G. परिक्रम्य ।

2. A. ins. णोपेक्खदु. G. K. पेक्ख पेक्ख for पेक्खदु.—G.K. ins. दाव before वसन्तो°. A. °दारसणमूचअत्तअं. N.N₂. °दारसणसुअत्तणं, G. °दारसुचिअं, B. °दारसूअत्तअं, K. °दारसुचिअं, U. °दारसूअअं.—G. K. ins. भस्स bef. अदि°. P. अभिराम°. N. N₂. om. अहिरामत्तणं. U. ins. सअन्दो bef. वस°.

3. A.N.N₂. ननु [N. N₂. om. ननु] विस्मयाद् for प्रतिपादपमेव. B. एनद् for एत्र. P. om. एत्र. U. om. ननु and reads प्रतिपादपमव-छंकयामि । and om. अत्र हि.

4. N₂. कुरवकम्.

5. A. N. N₂. °रागसुलभं.—G. भागयोर्कुन्दाशोकमरंद°. K. रक्ताशोक°.

6. G. °कलिका for °कपिशा.

7. K. इव for स्थिता.

8. A. N. N₂. ins. खु after एसो.—U. कण्हमणि°, P. B. A. °पट्टसणा-हो.—P. माहविमण्डवो, A. N N₂ माह-वीमण्डवो. U. °मण्डवो—U. भमर°.

9. B. °संघट्टणपडिदेहिं, P. °संघट्ट-पडिदेहिं. G. कुसुममालिएहिं. P.B. कु-सुमेहिं छादिओ विअ सअं.—G. एव्व, and K. जेव्व, for विअ.—A.N.N₂. किदोवहारो, B.U. किदोवहारो. P. adds भविअ after किदोवभारो.—B.U.P. पडिच्छइ.

10. B.U. om. ता.—K °गिण्हीअदु, P. °गणिहअदु, A. °गोणिहअदु.—B.

राजा । यथा भवते रोचते ।

परिक्रम्योपविष्टौ ।

विदू. । इह सुहासीणो भवं ललिदुलदाविलोहिअमाणणअणो उव्वसी-
गदं उक्कण्ठं विणोदेदु ।

राजा । निःश्वस्य ।

मम कुसुमितास्वपि सखे नोपवनलतासु नम्राविटपासु ।
चक्षुर्बध्नाति धृतिं तद्रूपालोकदुर्ललितम् ॥ ८ ॥

तदुपायश्चिन्त्यतां यथा सफलप्रार्थनो भवेयम् ।

विदू. । विहस्य । भो अहल्लाकामुकस्स माहिन्दस्स वेज्जो उव्वसीपउत्सु-
छुअस्स भवदो अहंवि दुवे एथ्थ उम्मत्तआ ।
छु

स्वयमिव कृतोपचारो भवन्तं प्रतीच्छति । तदनुगृह्यतां तावदेषः ।

१ इह सुखासीनो भवान् ललितलताविलोभ्यमाननयन उर्वशी-
गतामुत्कण्ठां विनोदयतु । — २ भोः अहल्याकामुकस्य महेन्द्रस्य वैद्यः
उर्वशीपर्युत्सुकस्य भवतोहमपि द्वावत्रोन्मत्तौ ।

N. N₂. om. दाव.—U. वअहसेण after दाव, and om. एसो. B. simply reads अणुगण्हादु वअ-हसो.

1. B. भवनो.

2. A. N. N₂. पविइट for परिक्रम्य.

3. G. K लदालोभिभ° for ललिद-लदाविलोभिभ°. G. B. om. भवं. P. reads भवं before सुहासीणो. A.N.N₂. insert भो before इह. A.N₂. एअ for इह.—G.K. insert दाणि before सहासीणो. N. N₂. सहासीणो.

4. N.N₂. °गदमुक्कण्ठं. P. विणोदभदु.

5. B.K P. निश्वस्य.

6. A.N.N₂. नोद्यानलतासु.—N. N₂. कुसुमनम्रविटपासु. N.N₂. in fact read the first and second pādas thus: मम कुसुमितास्व-पि सखे नोद्यानलतासु कुसुमनम्रवि-टपासु. K. रागविटपासु.

7. For धृतिम्, G.K. read रतिम्.—G. दुर्निनीते नु for दुर्ललितम्.

9-10. B.N.N₂. U. om. भो.—G. °कमुअस्स.—G.K. इन्दस्स, N.N₂. महेन्दस्स.—P.G.K.U. वेज्जो. G. K. ins. सचिवो after वेज्जो. A. देव्वेज्जो, N.N₂. देव्वज्जो. B. ins. विअ after वेज्जो.—A. °पय्यु-स्सुभस्स, K. °पडुस्सुभस्स, B.P.

राजा । अतिस्नेहः खलु कार्यदर्शी ।

विदू॰ । ऐसो चिन्तेमि । मा उण परिदेविदेण मम समाधिं भिन्धि ।
चिन्तां रूपयति ।

राजा । निमित्तं सूचयित्वा । आत्मगतम् ।

न सुलभा सकलेन्दुमुखी च सा
किमपि चेदमनङ्गविचेष्टितम् ।
अभिमुखीष्विव काङ्क्षितसिद्धिषु
व्रजति निर्वृतिमेकपदे मनः ॥ ९ ॥

जानाश्रुतिष्ठनि ।

उब्बसीकामुअस्स, N.N₂. पब्बउसु-
अस्स, U. पब्बुसुअस्स.—G. भग-
वदोवि, N.N₂. भभदो, K. भवदोवि.
—U.K.N.N₂. दुवेवि.—B. एक्कवि-
च्चौ for उम्मत्तभा. A.N. उम्मादिदा.
G.K. उम्मभा.—A.G. अहंनि and
U. अहं for अहंवि.

1. A.N.N₂.P. मामैनम् before
अतिस्नेह: &c.—G. K. om. अनि
before स्नेह:. U.B. om. खलु.

2. A एस, and N.N₂. om. एसो.
P. चिन्तेमि.—A.N N₂. नुमं after
उण.—G.K. अलि [K. ळी] भगरिदे-
विदेण.—B. N.N₂.P. om .मम. U.
A. मे for मम.—A.N₂. भिन्द, N.

हिन्द, P.B. हिन्दि. U. भज्जिस्ससि.

3. A.N.N₂. नाटयनि for रूपयति.
—U. इनि before चिन्ता.

4. G.K. om. आत्मगतम्.

5. G.K. असुलभा.—G. °मुखीव.

6. B.P.A. किमिनि. N.N₂. किमिनि
चित्तम् for किमपि चेदम्.—B.P.A.
N.N₂. अनङ्गविशोषितम्. In fact
A. reads the 2nd pâda thus:
किमिनि चेदमनङ्गविशोषितम् , and
N.N₂. किमिनि चित्तमनङ्गविशोषि-
म्. We with G.K.U.

8. N.N₂. व्रजनि निष्ठनि नेकपदे मन:
for the fourth pâda ! Could
corruption further go ?

ततः प्रविशत्याकाशयानेनोर्वशी चित्रलेखा च ।

चित्र. । हँला काहिं अणिदिट्ठकालणं गच्छीअदि ।

उर्व. । सेहि तदा हेमऊडसिहरे लदाविडत्रेण 'खणविद्घिदाआसगम-
णं मं ओहसिअ किं दाणि पुच्छसि ।

____

१ हँला क्वानिर्दिष्टकारणं गम्यते । — २ सखि तदा हेमकूटशि-
खरे लताविटपेन क्षणविन्निताकाशगमनां मामुपहस्य किमिदानीं पृच्छ-
सि ।

____

1. A.N.N₂. आकाशयानेन चित्रले-
खावैशी च. G.K. ततः प्रविशति
चित्रलेखया सार्धं व्योम [K. आका-
श्रा] यानेनोर्वशी ।

2. B.G.K. ins. दाणि afetr क-
हिं. We omit it with A.N.N₂.
P.U.—K. किं for कहिं.—A.N.N₂.
॰दिट्ठकारणं. G.K. अणिनिट्ठ for
अणिदिट्ठकाज्ञणं, B. अणिदिट्ठ॰.—G.
गच्छिअदित्ति. U. reads: हँला काहिं
अणिदिट्ठकालणं गच्छीभदि. P. हँला
णिदिट्ठकालणं कहिं पछिघसि.

3-4. P.om. सहि.—B.P. खणवि-
च्छिदरा॰.—N.N₂. लदाविडत्रेण वै-
च्छिदाआसगमणं.—U. reads the
whole thus: उ॰ । सहि हेमऊड-
सिहरे लदाविडत्रे लग्गं वेजभन्निन्तं मो-
आवेहिन्ति भणिदा उव्वसिअ मं भणासि
दिदं खु लग्गा ण सक्का मोंभाविदुं ।
दाणि किं पुच्छसि कहिं अणिदिट्ठकालणं
गच्छीभदित्ति. And G. and K.
thus: सहि नदा [K. नदिस] हेम-

कूडसिहरे लदावि३वे एभावन्ती [G.
om.]वेजभन्ती पडिलग्गा मोआवेदि-
न्ति [G. मेवादिन्ति corruptly] भ-
णिदा सअं भणासि[G. om.] दिदं
खु लग्गा ण सक्का मोंवेदुं[G. मोंचिदुं]
एवं मं तदा[K. मंनिदा]हसिभ [K.
उवहसिदा] दाणि मं[G. om.] पुच्छ-
सि किं [G. कहिं] दाणि अणिविदुं[G.
corruptly णिदिदुं] गच्छीभदि-
न्ति । We with A.N.N₂.P.B.
and Kâṭavema, · We reject
the reading of G.K. first
because it appears to be
explanatory of the shorter
reading given above, and
therefore not likely to be
the original reading, and
secondly because the less
open allusion conveyed by
the shorter reading is more
gentle and more fitted to
be made by the heroine than

चित्र. । ¹किं तस्स राएसिणो पुरूरवस्स सआसं पथ्थिदासि ।

उर्व. । ²अअं मे अवहथ्थिदलज्जो व्ववसाओ ।

चित्र. । को³ उण सहीए पुढमं पेसिदो ।

उर्व. । हिअअं⁴ ।

चित्र. । सँअं⁵ एव्व साहु संपधारीअदु दाव ।

उर्व. । ⁶मँअणो खु मं णिओजेदि । किं एथ्थ संपधारीअदि ।

5

---

१ किं तस्य राजर्षेः पुरूरवसः सकाशं प्रस्थितासि । — २ अयं ममापहस्तितलज्जो व्यवसायः । — ३ कः पुनः सख्या पुरतः प्रेषि-तः । — ४ हृदयम् । — ५ स्वयमेव साधु संप्रधार्यतां तावत् । — ६ मदनः खलु मां नियोजयति । किमत्र संप्रधार्यते ।

---

the long quotation contained in the longer one.—B. adds: कदि दाणिं अणिद्दिट्ठकालं गच्छीयदित्ति after पुच्छसि.

1. A.N.N₁.U.B. णं [B.साहुणं] for किं.—A.N.N₂.U. om. तस्स. B.P. पुरूरवसो.—G, पथ्थिदासि. P. पथ्थिदासि.

2. B. adds भअइं bef. अअं. U. अवहथ्थिदलज्जाए. B. अवहसिद°P. अवहासिअ°. K. अवहथ्थिअलज्जगो. A.N.N₂.P.B. व्ववसाओ. We with A.N.N₂.G.K.U., as also Kâtavema so far as अवहथ्थि-द° is concerned.

3. A.G. कां for को and वेसिदो for पेसिदो. P.B.ins. णदि after उण and U. after सहीए.—U.K. पढमं, B.P. पुढमं, G. पढमं.

4. G.K. insert सदि bef. हिअअं.

5.—6 G. सभं दि साधु संभारीअदु दाव को णुमं णिओजेदि ॥ उ० । मअणो खु मं णिओजेदि । ता किं पुच्छसि संभारीअ [दिति ?]. K. कों णुमं णिओजेदि । उ० । मभणो खु मं णिओजेदि । and omits the rest. A. साहु हिअअं संपधारेअ का उण णुमं णिमन्नेदि ॥ उ० । मदणो and om. the rest. U. साहु । हिअअं तु संपधरिदं दाव । कों णुमं णिओएदि ॥ उ० । मदणो क्खु णिओएदि । and om. the rest. N N₂ wholly omit the two speeches forming these lines. B. सभं एव्व साहु समवधारिदं दाव । कों उण तुमं णिओएदि ॥ उ० । मभणो खु मं णिओ-एदि । and om. the rest. P.सभं एव्व साहु संपधारिअदु दाव कों उण तंमं णिओजइ ॥ उ० । मभणो खु मं णिओजेदि । किं एथ्थ संपधारिअदि ।

चित्र. । अदोवरं णथिथ मे उत्तरं ।

उर्व. । तेण हि आदिसिअदु मग्गो जह गच्छुन्तीए अन्तराओ ण भवे ।

चित्र. । सहि विस्सध्धा होहि । णं भअवदा देवगुरुणा अवराइदं णाम सिहाबन्धणविज्जं उवदिसन्तेण तिदसपडिवख्खस्स अलङ्कणिज्जा कदम्ह ।

उर्व. । अहो विसुमरिदं मे हिअअं ।

सिद्धमार्गमासाद्य ।

---

१ अतःपरं नास्ति ममोत्तरम् । — २ तेन आदिश्यतां मार्गो यथा गच्छन्त्या अन्तरायो न भवेत् । — ३ सखि विश्रब्धा भव । ननु भगवता देवगुरुणाराजितां नाम शिखाबन्धनविद्यामुपदिशता त्रिदशपरिपक्षस्यालङ्कनीये कृते खः । — ४ अहो विस्मृतं मम हृदयम् ।

We with the text of Kâta-vema.

1. G.U. भदा अवरं°. P. अदोवरं ण हु उत्तरं.

2-3. U. तेण हि आदिसदु मग्गं सही जेण गच्छन्तीए ण अणन्तराओ भवे । N.N₂. जहिं for जह, and then go on: गच्छन्तींगं अणन्तराओ भवे. A. तेण हि आदेसेहि तं मग्गं जहिं गच्छन्तीणं अणन्तराओ भवे. B. तेण हि आदिस मग्गं सहि जेण गच्छन्तीणं अन्तराओ ण भवे.—G.K. तेण हि उवदेसेहि[om. G.] तं मग्गं जेण [G. येण] सिद्धं गच्छन्तीए अन्तराओ ण भवे [G. भवेत्.]

4-6. P.G.K. om. सहि. N.N₂. विसद्धा. U. वीसद्धा.—G. देवदागुरुणा. B.P. देवगुलुणा. B. अवरादं णाम,

U.P. अवराजिदं, N.N₂. अवराइहि णाम.—N.N₂. om °विज्जं, and have सिहाबन्धणं. K. om. णाम. B. सिक्कासंबंधणं विज्जं, P. सिह.मण्डणं विज्जं. A.N.N₂. निअसपडि°.—U. अलक्कुणीआ किदम्ह. A. अलङ्कुणीअ कदेम्ह, N.N₂. अलङ्कुघगीआ कदेम्ह. K. किदम्ह. P.B. अलङ्कुपणीआ किदम्ह.—P. °दिसन्देण.—P. निदसपरिप-न्थिणो. G.K. सलङनम् before सहि.

7. A. reads the speech thus: सब्वं सुमरादि मे हिअअं; N.N₂. सब्वं समरेदि मं हिअअं; G. K. सलङअं । सहि ताए पणोअं सब्वं समुरेमि[G. सुमरांसि]. B. सहि सब्वं सुमरेसि. P. सहि सब्वं ण सगिरेमि.

चित्र. । एंदं भअवदीए भाईरहीए जमुणासंगमविसेसपावणेसु सलि-
लेसु ओलोअन्तस्स विअ अत्ताणं पइट्ठाणस्स सिहाभरणभूदं
राएसिणो भवणं उवट्ठिदम्ह ।

वं. । विलोक्य । णं वत्तव्वं ठाणन्तरगदो सग्गोत्ति । विचार्य । हला कहिं
णु खु सो आवण्णाणुकम्पी भवे ।

5

---

२ एतद्भगवत्या भागीरथ्या यमुनासंगमविशेषपावनेषु सलिलेष्ववलोकयत इवात्मानं प्रतिष्ठानस्य शिखाभरणभूतं राजर्षेर्भवनमुपस्थिते स्वः । — ३ ननु वक्तव्यं स्थानान्तरगतः स्वर्ग इति । हला क नु खलु स आपन्नानुकम्पी भवेत् ।

U. भवो विसुमरिदं मे हिअअं. This is one of those passages which have suffered much corruption. It is impossible to decide which is the original reading. U. appears most natural and, therefore, forms the authority for our text, though it is unsupported by the other Mss. Kâṭavema reads सबि सब्बं सुमरे-मि.—A.N.N₂.B.P. °मार्गमवगाढ and U. भवतीए, for सिद्धमा° &c. K. as we.

1. P. भअवदिए भागीरहिए. A.N.N₂. insert हला at the commencement of the speeh.—G. इदं, and A.N N₂. णं, for एदं. K. om. भअवदीए.—A. जउणासंगमस-विसिस°, K जउणा° P. जमुणा सङ्गविसिस°. N.N₂. °संगमपावणेसु.

2. A. आलांअन्तस्स, which it translates by आम्रवमानस्य. U.N.N₂. आलोअन्तस्स. B. आलोअभगनस्स. K. सिब्भाभरणभूदं. P. अत्ताणं विलोअन्तो विअ for भैलोअन्नस्स विअ अत्ताणं. P. पइट्ठाणभरस्स. P. सिहाहरणभदं N.N₂.P.U. अत्ताणं.—B. अह्राणं. B. पडिट्ठाणभरस्स. N. सिहाहरणहूदं, N₂. सिहाभरणभूतं.

3. U.A.B. उवगदम्ह for उवट्ठिदम्ह. P. उवगदम्ह. N.N₂. उवगच्छेम्ह.

4. K.U. ण°.—N.N₂. सग्गोत्ति. B.सोग्गोत्ति.—A.N.N₂. निमृइय for विचार्य.—G.K.P. om. हला.

5. N.N₂.U. om. खु.—P.आवण्णाणु-अग्गि. A. आवण्णाणुकम्पी सो जणो for सो आवण्णाणु° &c. N.N₂. read आवण्णाणुकम्पी सो राभसी. U. हला कहिं खु सो आवण्णाणुकम्पी. जणो भवे.—U.K. om. णु. U.B. जणो before भवे. P.with us. K. एसो for सो.—A. हवे, N.N₂. हुवे.

चित्र. । ऐदर्हिं नन्दणवणेक्कदेसे विअ पमदवणे ओदरिअ जाणिस्सामो ।

उभे भवनतः ।

चित्र. । दृष्ट्वा सहर्षम् । हला एसो खु पढमोदिदो विअ चन्दो कोमुदिं विअ तुमं पडिच्छदि ।

उर्व. । विलोक्य । हला दाणिं पुढमदंसणादो सविसेसं पिअदंसणो महाराओ पडिहादि ।

चित्र. । जुज्जदि । ता एहि उवसप्पम्ह ।

───────────────

२ एतस्मिन्नन्दनवनैकदेश इव प्रमदवनेऽवतीर्य ज्ञास्यावः । — २ साखि एव खलु प्रथमोदित इव चन्द्रः कौमुदीमिव त्वां प्रतीच्छति । — ३ सखि इदानीं प्रथमदर्शनात्सविशेषं प्रियदर्शनो महाराजः प्रति- भाति । — ४ युज्यते । तदेहि उपसर्पावः ।

───────────────

1. A N.N₂. ins. हला before एदर्हिं. A N.N₂. इदर्हिं, G. K. इमर्हिं.—A.N.N₂. read दाणि after एदर्हिं.—P. °वणएंदेसे, G. °वणेकदेशे.—U. पमद°.—P. ओ- दारिअ, A.N.N₁. ओसिरिअ, G.K. अवनरिअ. —K. जाणिस्सं.

4-5. K. दृष्ट्वा ससंभ्रमग्.—U. राजा- नं विलोक्य, and A.N.N₂.B.P. राजानं दृष्ट्वा, for दृष्ट्वा.—A.N N₂. B.P. read the speech thus: हला[P. om] एसो खु [B.P. om,] पढमोदिदो [B.P. °दिओ] विअ भभअं [P. om.] चन्दो कौमुदी- ए विअ तुए विणा [P. लिब्जुत्तो] लक्खीअभदि [B. देल्खिदभादि]. U. हला सो एसो पढमोदिदो विअ चन्दो कौमुदीए विणा लक्खीभदि for हला

&c. We with G.K. and Kâṭaveina's reading.

6-7. A.N N₂. राजानं दृष्ट्वा. P. U. दृष्ट्वा, K. विलोक्य ससंभ्रसं.—G. पढ- म°.—U. reads for the whole speech simply दृष्ट्वा । हला दाणिं पढमदंसणो पाडिभादि. K. पुढमदंसणादोवि.—A.N.N₂. सविसेस- विअ°. P. विसेसदंसणो for सवि- सेसं विभदंसगो A.N.N₂. om. महाराओ. P. एएसि मे पडिभाइ for महाराओ पडिहादि. B. °दंसणं प- डिभाइ, omitting महाराओ.

8. P.K.B.U. जुज्जइ.—A. उवस- प्पाम, N.N₂. उवसप्पावो, U. P. om. all after जुज्जइ.—K. एथ- [for एम ?] for एहि.—B. उवस- कम्ह.

वर्ष.।　तिरक्खरिणिपडिच्छण्णा पासगदा से भविअ सुणिस्सं दाव।
पासपडिवत्तिणा वअस्सेण सह विअणे किंपि मन्तअन्तो चिट्ठदि।

चित्र.।　जेह दे रोअदि।　यथोक्तमनुतिष्ठतः।

विदू.।　भो चिन्तिदो मए दुल्लहप्पणइणीसमागमोवाओ।

राजा।　तूष्णीमास्ते।

वर्ष.।　का णु खु एसा इथ्थिआ इमिणा पथ्थिअमाणा अत्ताणं
विकथ्थेदि।

---

१ तिरस्करिणीप्रतिच्छन्ना पार्श्वगतास्य भूत्वा श्रोष्यामि तावत्।
पार्श्वपरिवर्तिना वयस्येन सह विजने किमपि मन्त्रयमाणास्तिष्ठति।—
२ यथा वै रोचते।—३ भोः चिन्तितो मया दुर्लभप्रणयिनी-
समागमोपायः।—४ का नु खल्वेषा स्त्री अनेन प्रार्थ्यमानात्मानं
विकत्थते।

---

1. A.N.N₂. हला तिरक्ख° &c. B.
K. तिरकारि°.—N.N₂. have °छु-
ण्णास°.—U. has सै पस्सगदा, K.
पास्स°, B. पस्स°, P.पस्सपरिवत्ति-
णी भविअ. G.K. om. सै before
भविअ.—A.N₂. सुणिमो.　N.सुणुमो.

2. A.N.N₂.°पडिवट्टिणा. K पास्स-
पडि°.　U.B.P.पस्सपरिवात्तिणा.—
N.N₂,U. मन्तअन्तो. G. मन्तय-
न्तो.—P. विभणे पदेसे, B.U.विजणे.
—B.P. किंवि. K. किं for किंपि.
—B.P.चिट्ठइ. B. चि after चि.
ट्ठदि.

3. A.N.N₂. om. this speech.
K. जहा दे रोचदि. U.B.P. जं तै
[B.दे] रुचद. G.K.P.B. उभे be-
fore यथोक्रम.

4. U. भो वअस्स विदिदो मए दुल्लह-
°णहणी समाभमोवाओ. K.B.ins.
भवदो before दुल्लह°. G.उब्ब-
ह°.—A.°वणहणी°, N.N₂.°व-
णभणी°. P.B.वअस्स after भो
and have समाभमांवाओ. P.वण-
हणीजणैकस°.

5. U.B.P. om. all.

6-7. G. and K. begin with the
stage-direction सेर्षाकौनुक्रम्. A.
N.N₂. पथीअभमाणा. B. जा इमिणा
चिन्तिड्जमाणा अत्ताणं विकिदत्थेदि
after इथ्थिआ. P.चिन्तिड्जमाणा
अत्ताणं किदत्थेदि. U.वर्ष०।का उ-
ण एसा इमिणा चिन्तिड्जमाणा अत्ता-
णं किदित्थेइ. K.पथ्यिअमाणावि.—A.
N.N₂.विलम्वेदि for विकथ्थेदि.—
N.N₂. भाचाणं.

चित्र. । किं उण माणुस्सअं विडम्बीआदि ।

उर्व. । भेयामि सहसा पभावादो विण्णादुं ।

विदू. । णं भणामि चिन्तिदो उवाओत्ति ।

राजा । तेन हि कथ्यताम् ।

5 विदू. । [5]सिविणिअसमागमआरिणिं णिहं सेवदु भवं । अहवा तथ्थ-भोदीए उव्वसीए पडिकिदिं आलिहिअ ओलोअन्तो चिट्ठ ।

उर्व. । सहर्षम् । [7]हीणसत्त हिअअ समस्सस समस्सस ।

---

१ किं पुनर्मानुष्यं विडम्ब्यते ।—२ बिभेमि सहसा प्रभावाद्विज्ञा-तुम् ।—३ ननु भणामि चिन्तित उपाय इति ।—४ स्वप्नसमागमका-रिणीं निद्रां सेवतां भवान् । अथवा तत्रभवत्या उर्वश्याः प्रतिकृतिमालि-ख्यावलोकयंस्तिष्ठ ।—५ हीनसत्त्व हृदय समाश्वसिहि समाश्वसिहि ।

---

1. A.NN₂. किं उण[A. गुण] माणु-सीए विलम्बीभदि. G.माणस्सअं अवलम्बीभदि. U.किं माणुस्सअं वि-उम्बीभदि. K.किं णु खु उण माणु-स्सअं अवलम्बीभदि. B.किं उण माणुसकम्म विलम्बीभदि. P. किं णु खु माणुसअं कम्म विउम्बभदि.

2. A.U. भाभामि[भिआमि U.] सह-आ पहावदो[U. °वादो] विण्णादुं किं भविस्सदिित्ति. N.N₂.भभामि सहआ पहावदो विण्णादुं किं हुविस्सदित्ति. B.P.ण पहशामि सहसा पहावदो विण्णादुं. K.पभावदो.

3. A.N.N₂. भो before णं.—N. N₂. समागमोत्ति for उवाओत्ति. U. P.समाभमोवाभो without the त्ति. B.G.K. मए after चिन्तिदो. B. दुझहप्पणविणीसमाभमोवाभोत्ति.

4. U.om. हि.

5. B.A.N.N₂.U.सुणाहि before सिविणिभ° and B. ins. सुणाहि after उवाओत्ति as also before सिविणिभ°. G.K.°समागमकारि-णिं. B.°समाभमकालिगीं. P.सुवि-णअसमाभमआरिणिं. A.°समाभ-मआरिणीं. U.°समाभमकारिणीं.—N.N₂. णिदा.—G.K.भवं सेवदु.

6. B.A.°होदीए, P.U.तच्चहोदीए, K. तच्चभो°.—K. पडि°.—N.N₂. पडिकिदं.—K. ओलीभभन्तो, P. ओलोभन्दो, G.आलोभन्तो. P. लेहिभ for आलिहिभ.—G.B.चिड्-दु for चिट्ठ.

7. A.N.N₂. सहर्षमात्मगतम्.—G. हीणसण्णि.—N. समस्स समस्स (?).

राजा । उभयमप्यनुपपन्नम् ।

हृदयमिषुभिः कामस्यान्तः सशल्यमिदं सदा
कथमुपलभे निद्रां स्वप्ने समागमकारिणीम् ।
न च सुवदनामालिख्यपि प्रियामासमाप्य तां
मम नयनयोरुद्बाष्पत्वं सखे न भविष्यति ॥ २० ॥   5

चित्र. । सुंदं तुए ।

वर्ष. । सुंदं । ण उण पज्जत्तं हिअअस्स ।

विदू. । एत्तिओ मे मदिविहवो ।

राजा । सनिश्वासम् ।

नितान्तकठिनां रुजं मम न वेद सा मानसीं   10
प्रभावविदितानुरागमवमन्यते चापि माम् ।
अलब्धफलनीरसान्मम विधाय तस्मिन्क्षणे
समागममनोरथान्भवतु पञ्चबाणः सुखी ॥ २१ ॥

---

१ श्रुतं त्वया ।—२ श्रुतं न पुनः पर्याप्तं हृदयस्य ।—३ एता-
ग्वान्मम मतिविभवः ।

---

1. A. उभयमप्युप ° corrected into उभयमप्यनुप °.

2. B. wrongly कामः शान्तः.

3. P.A B. उपनमेन्निद्रा, and N.N₂. उपनये (?) निद्रा.—P.A.N.N₂.B. °कारिणी, K. °कारणम्.—N.N₂. कथमुपनये निद्रा सुप्ते समागमका. रिणी (?).

4. K. आलिख्येपि.

6. A.N.N₂. ins. सहि before सुदं. U. हला सुदं तए.

7. A.N.N₂. हला before सुदं.— A. पय्यत्तं. K. पज्जुत्तं.

8. N.N₂. एग्ग after एत्तिओ. B.P. omit मदि °. P. has भवंदं संविदुं after °विहवो. B. एत्तओ मे विह-ओ. U. एत्तिओ विहवो भवन्तं सेविदुं.

9. A.N.N₂. निश्वस्य.

10. G. °कठिनीं. A.N.N₂. °काठिना.—G. यः for सा.

11. For °विदितानु ° B. and G. have °विहितानु °. N. °विहितानु °.

12. G.K. अवद्ध ° for अलब्ध °. K. अलभ्य °.—N.N₂. °नीरसं. B. °नीरसा.—K. समवधाय for मम विधाय.

13. N.N₂. °मनोरथम्.—K. कृती for सुखी.

चित्र. । सुदं तुए ।

उर्व. । हद्धी हद्धी । मं एव्वं अवगच्छदि । असमत्थम्हि अग्गदो भावि-
अ से पडिवअणस्स । पहावणिम्मिदेण भुज्जवत्तेण संपादिदुत्तरा
होदुमिच्छामि ।

5 चित्र. । अणुमदं मे ।

उर्व. । ससंभ्रमं गृहीत्वा यथोक्तं करोति ।

विदू. । दृष्ट्वा । आवि हा आवि हा । भो किं णु खु एदं मुअङ्गणिम्मोअं
विअ संमुहे णो णिवडिदं ।

---

१ श्रुतं त्वया ।—२ हा धिक् हा धिक् । मामेवमवगच्छति ।
असमर्थास्म्यग्रतो भूत्वास्य प्रतिवचनस्य । प्रभावनिर्मितेन भूर्जपत्त्रेण
संपादितोत्तरा भवितुमिच्छामि ।—३ अनुमतं मम ।—४ अपि हा
अपि हा । भोः किं नु खल्वेतद्भुजङ्गनिर्मोक इव संमुखेऽस्माकं निपातितम् ।

---

1. A.N.N₂.सहि before सुदं.— A.N.N₂. om. तुए.
2. K.B.P. हद्धि हद्धि.—U.B. ins. हला before मं.—B.एम्मं for एव्वं.—G.हद्दी । म(?मं) एत्थ अव-गच्छदि. Before असम ° &c. G. and K. ins. हला. N.N₂. व्वेव for एव्वं.—U.मंवि. K.मंपि. P. ए-व्वं.—A.N.N₂. ins.अलब्भं before अवगच्छदि. P.अवगच्छुदि. G.अवग-च्छेदि —U दिदं लब्जेमि for असम-त्थम्हि.—B. om. भविअ.—P.अस-मथ्थिदम्हि से अग्गदो पडिवअणस्स.
3. A.N.N₂.U. ins. ता before पहाव°.—G. भुज°. K. भुब्जवत्त-लेहेण. B.भुअपत्तेण. U.भुभअनले-हेण. P. भुब्जिंत्तेण. B.पभाव°.
4. U.G.K. सें before होदुं. G. and K. have भविदुं for होदुं. —B. संवादितुत्तरा. N.N₂.संवादिद-उत्तरा. P.wrongly इच्छम्ह.
5. A.N.N₂.हला before अणुमदं.
6. A.U.P.सविभ्रमं.
7. A.N.N₂.B.ससंभ्रमम् *after* and U. *for* दृष्ट्वा. K. ins. गृहीत्वा af-ter दृष्ट्वा. P. no stage-direction. K.om. आवि हा आवि हा. P.अविह अविह. U. वि०| अविद(*sic.*अविहा?) भो वभस्स एदं सप्पणिम्मोकं विभ प-मुहे णो णिवडइ, A.वभस्स after भो. N.N₂. om.भो किं णु खु एदं.— B. om.णु खु.—P.किंवि एदं, omit-ting णु खु. A.N.N₂.सप्पणिम्मो.अभं. G. °णिम्मोकं. B.P. सप्पणि-म्मोभो विभ.—K. °णिम्मोकब्भं.
8. K. om. the विभ. G.K.B.पमुहे

राजा । विभाव्य । भूर्जपत्त्रगतोयमक्षरविन्यासः ।

विदू. । णं खु अदिट्ठाए तन्नहोदीए उव्वसीए भवदो परिदेविदं सुणिअ समाणाणुराअसूअअआइं अक्खराइं विसज्जिआइं होन्ति ।

राजा । नास्त्यगतिर्मनोरथानाम् । गृहीत्वानुवाच्य । सहर्षम् । सखे प्रसन्न-स्ते तर्कः ।

विदू. । भोवं दाणि पसीददु । एथ्थ लिहिदं सुणिदुमिच्छामि ।

5

---

१ न खल्वदृष्ट्या तत्रभवत्योर्वश्या भवतः परिदेवितं श्रुत्वा समानानुरागसूचकान्यक्षराणि विसृष्टानि स्युः ।— २ भवानिदानीं प्रसीददतु । अत्र लिखितं श्रोतुमिच्छामि ।

---

for संमुहे. N.N₂. किंवि before संमुहे. P.संमुहिणो for संमुहे णो. K. णिवदिदं.—B. णिवसइ. P.आभच्छइ.

1. A.B.U. वयस्य before भर्जे°. P. विहस्य for विभाव्य. G. भूर्गे°. B. om. °पत्त°.

2-3. U.N₂.B.णं खु. P.reads णूणं खु.—A.N.N₂. अदिट्ठवाए. U.भ-विभाविदाए. N.N₂.तत्तभवदीए.—P. परिदेवणं.—N.N₂. मुणीअ.—P. समा-णुराअ°.N.N₂.°सूअआई. U.°रा-अस्स सूअभाई.—A. एदाणि अक्खरा-णि for अक्खराइं. B. एदाइ अक्ख-राइ. N.N₂. एदाई अक्खराई.—A. विसज्जिदाणि हवोन्ति. N.N₂.विताकि-दाणि भवन्ति. B. विसज्जिदाइ. G. K. agree in reading णं [K. om.] अदिट्ठाए उव्वसीए भवदो परि-देविदं सुणिअ विसज्जिदं भविस्सदि-[त्ति G]. This reading would recommend itself on account of its shortness, but the other reading, given above, is not only the reading of six independent Mss. but also of two commentators.

4. G. ins.च after °वाच्य.—P.om. सहर्षम्.—U. सुप्रसन्न: for प्रसन्न:.

6. A. ही ही भो: किं बम्हणअग्गाणि अण्णभा होन्ति । ता दाणि पसीददु भवं एथ्थ &c. So N.N₂., only omit-ting भो किं and inserting ण be-fore अण्णभा. B.किं बम्हणो वभ-णं अण्णहा होदु । दाणि पसीददु भवं &c. We with G.K.U.P. and the two commentators. B. सुणादुं. P.U.दाणि पसीददु भवं &c. B.P.एभ्भ[for एथ्थ?]. P. सुणौदुं इच्छामि. K.मुणिदुं इच्छामि.

उर्वे । साहु अउज णाभरिओसि ।

राजा । श्रूयताम् । वाचयति ।

सामिअ संभाविआ जह अहं तुए अमुणिआ ।

तह अणुत्तस्स जइ णाम तुह उवरि ॥ १२ ॥

णं मे लुलिअपारिजाअसभणिज्जयम्मि होन्ति ।

णन्दणवणयादाति अच्चुण्हआ सरीरए ॥ १३ ॥

---

१ साधु आर्य नागरिकोसि ।

२ स्वामिन् संभाविता ययाहं त्वया अज्ञाता ।

तथानुरक्तस्य यादि नाम तवोपरि ॥ १ ॥

ननु मम ललितपारिजातशापनीये भवन्ति ।

नन्दनवनवाता अप्यत्युष्णा शारीरके ॥ २ ॥

---

1. A. अय्य. B.P.अ॰अ. K.णा-अरोसि.—G.साधु. B. साहु साहु.—G. होसि for सि.

2-6. G.K.P. om. वाचयति.—U. हानि भूर्जपत्रलिखितं गाथाद्वयं वाचयति. After श्रूयताम् B. has ।वि॰। अव-हिदंपि । राजा । भूर्जपत्रलिखितं गाथाद्वयं वाचयति. P. ins. वयस्य before श्रूयता.—A.N.N₂. read the Bhûrjapattra thus: सामि अ-संभाविआ [it is not certain whether N.N₂. mean सामिअ संभा॰ or सामि असंभा॰, but A. is clear and translates accordingly] जइ अहं[N₂. अह] नु-ए अगुणिआ[N.N₂. अणिउणिआ] तह अणुरत्तस्स जइ णाम तुह उवरि. [N.N₂. उवरि] होमि अहं [N. N₂. ins.] णं मे ललिअपारिआभ सभणिआमिह होन्ति[N.N₂. ins. ।] णन्दणवणवाभा अच्णुण्णभा[N.N₂. अच्चहूभा] सरीरए.—G.K.सामिअ संभाविआ जह अहं नुए अमुणिआ. [K. अफुणिआ] तहेभ[G. तह] अणुत्तरस[G. अणुरत्तअस्स] जइ ण मे[G. तह णाम] तुह उवरि-[K. उवरि] ण तह कहं[K. कहिं] भविस्सं । परिकुलिअ[G. आवि मे निलुलिअ]पारिजादाकिसलभ[G. पारिजाभकुसुम]सभणिडजाम्मि होन्ति [G. होति दे] भइ[K. आदि]सी-भका[G. वि] णन्दणवाभा आवि[G. om. वि] उग्गहभा[G. उण्णभा] सरीरि[G. सरीरए].—B. संभाविज्जइ for संभाविआ. B.अगुण्ण-आ.—B.'s second line is: तह अणुरत्तस जदि णाम तुह उवरि.— B.'s second stanza is : ण मे

उर्व । ¹किं णु खु संपदं भणिस्सदि ।

चित्र. । ²णं भणिदं एव्व कमलणालाअमाणेर्हि अङ्गृर्हि ।

वि॰ । ³दिट्ठिआ मए विअ बुभुक्खिदेण सोथिवाअणं उवलद्धं भवदा समासासणं ।

राजा । समाश्वासनमिति किमुच्यते ।

———

१ किं नु खलु सांप्रतं भणिष्यति । — २ ननु भणितमेव कमल-नालायमानैरङ्गैः । — ३ दिष्ट्या मयेव बुभुक्षितेन स्वस्तिवाचनमुपलब्धं भवता समाश्वासनम् ।

लुलिअवारिजादसभणिज्जम्मि होन्ति । नन्दणवणवाभा अवि अच्चुण्णा सरीरए.—P. reads वण्णिआ for ˚मुणिआ and reads the second line and the following thus : तह एव्व अणुरत्तस्स जइ णाम तुह उवरि । परिलुलिअवारिभा-अउसुमसभणिज्जे मह सरीरे नन्दण-वणवाभावि कहमच्चुण्णा ण होन्ति.—U. reads सामिअ संभाविभा जह अहं तुए अवमणि(might be ण्णि)आ ॥ अणुरत्तस्स सुहअ जइ ण मे (mis-copied for णाम from a prishtha-mâtrâ Ms.) एव्व तुह उवरि ॥ १ ॥ कहं लुलिअवारिजायसयाणिज्जयम्मि होन्ति ॥ नन्दणवणवादावि अच्चुण्हआ सरीरे ॥ २ ॥ The variety of reading shows that the passage has been mis-read and misunderstood.The large number of our good Mss. has, however, nearly enabled us to rescue it from corruption. Kâṭavema reads: सामिअ संभाविआ जइ अहं तुए अमु-

णिभा. तह अणुरत्तस्स जइ णाम तुइ्ज उवरि अहं. मह लुलिअवारिजाअसअणिज्जभम्मि होन्ति किं. नन्दणवणवादावि आच्चण्हआ सरीरए.

1. U.हु for खु.—U. भणेइ ; K. wrongly भविस्सदि. B.P. भणादि.

2. G.देण and P. णेण for एव्व. N.N₂.U.K.om. एव्व.—K. मिळाणकमल°. P.कमळमिळाअमागेहिं.

3. A.N.N₂. om. दिट्ठिभा.—K.U. ख्वु, and N.N₂. वि, for विअ after मए.—P. विभुख्खिएण.—G. सत्थि°.—G.उवळद्धं.—G.K.N.N₂. °वाभणकं. K.reads विअ after सोथिवाअणं.

4. G.N. वि after भवदा. N.N₂. भवदा for भवदा. G.K.U. समासास[K.U.समस्सास]कारणं. K. wrongly om. भवदा. B. इमं समाससणं. P. इदं समस्ससणं.

5. A.N.N₂. ins. सखे before समाश्वासनम् &c. G.K. (not U.) समाश्वासकारणम्. B.U.समाश्वसनम्. U.इदय after उच्यते.

तुल्यानुरागपिशुनं ललितार्थबन्धं
पत्ने निवेशितमुदाहरणं प्रियायाः ।
उत्पक्ष्मणा मम सखे मदिरेक्षणेन
तस्याः समागतमिवाननमाननेन ॥ ९४ ॥

5 उर्व. । ऐथ्थ णो समविभाआ पीदी ।

राजा । ययस्व अङ्गुलीस्वेदेन दूष्येरन्नक्षराणि । धार्यतामयं प्रियायाः
स्वहस्तः ।

विदू. । गृहीत्वा । किं दाणि तत्तभोदी उव्वसी भवदो मणोरहाणं कुसु-
मं दंसिअ फले विसंवददि ।

10 उर्व. । हला जाव उवगमणकादरं हिअअं पउणवत्थावेमि दाव तुमं
से अत्ताणं दंसिअ जं मे खमं तं भणाहि ।

---

१ अत्रावयोः समविभागा प्रीतिः ।— २ किमिदानीं तत्रभवत्युर्वशी
भवतो मनोरथानां कुसुमं दर्शयित्वा फले विसंवदति ।— ३ हला यावदु-

---

1. G.K. ललितो॰.
3. U.P. उत्पक्ष्मळं. B. उत्पक्षळं. G. मदिरेक्षरेण. P.मदिरेक्षणायाः.
4. N.N₂.आनतेन for आननेन.
5. B. एथ्थ [for एथ्थ ?]. P.एट्ट. G. U.K. ॰विभागा, B.॰विहवा, N. N₂. ॰विहावा मदी. U. मदी, K. गर्दी, B.पीदि.—P. assigns the speech to Vidûshaka and reads एट्ट वो समविभाभा पीदि.
6. G.K.मम for अयम्. B.मम in addition to अयम्.
7. K. स्वहस्तेन निक्षेप:, A.N.N₂. U. स्वहस्तलेखः.
8. B.ins. तनो before गृहीत्वा. A. N.N₂.U.नदो किं for किं. P.तदी

for किं. G.K.अत्त॰, A.U.B. P. तत्तहोदी, G.K.अत्तभोदी.—A. ॰रहाणं, N.N₂. ॰रहाणे. G.K. कुसुमाइं, P. उसुमं.
9. A.विलम्बदि, N.N₂.P.विलम्बीअ- दि, U.B. विलम्बेदि, G. विसंवदति.
10. K.om. हळा and P. has सहि instead. A. has अहिगमण- काअरं. N.N₂.अहिगमणकादराहिअ- अं. P.U.अहिगमणकादरं हिअअं. B.अहिसरणकादरं. A.पय्यवठ्ठवेमि. G.अवठ्ठावेमि. B.पय्यवठ्ठावेमि. P. ५०.-अत्त॰.—A.N.N₂.U. ताव, and P.दाणिं, for दाव. A.K. oin. तुमं.
11. N.N₂.om. से.—A. अत्ताणअं.—

चित्र. । तथेति तिरस्करिणीमपनीय राजानमुपेत्य । [1]जेदु जेदु महाराओ ।

राजा । सहर्षम् । स्वागतं भवत्यै । भद्रे

न तथा नन्दयसि मां सख्या विरहिता तया ।
संगमे पूर्वदृष्टेव यमुना गङ्गया विना ॥ ९५ ॥

चित्र. । [5]णं पढमं मेहराई दीसइ पच्छा विउज्जुल्लुछदा ।

विदू. । अपवार्य । [6]केहं ण एसा उव्वसी । ताए तत्तहोदीए अहिमदा सहअरी ।

चित्र. । [8]उव्वसी महाराअं सिरसा पणमिअ विण्णवेदि—

राजा । किमाज्ञापयति ।

5

पगमनकातरं हृदयं पर्यवस्थापयामि तावत्त्वमस्यात्मानं दर्शयित्वा यन्मम क्षमं तद्रण ।

१ जयतु जयतु महाराजः । —२ ननु प्रथमं मेघराजिर्दृश्यते पश्चा-द्विद्युल्लता । —३ कथं नैषा उर्वशी । तस्यास्तत्रभवत्या अभिमता सह-चरी । —४ उर्वशी महाराजं शिरसा प्रणम्य विज्ञापयति ।

N. आन्नाणं. U. खेम्मं, K. ख्खमं. —K.P.भण.

1. A.N.N₂.U. तह इति, B.P. त-हिन्ति. B. उपनीय (!). G.U.K. एत्य.—N.N₂. मद्दा for महाराओ. K. जअदु जअदु.

2. N. दृष्ट्वा before सहर्षम्. A.तत्रभ-वत्यै, N.N₂. अत्रभवत्यै. B.om. भद्रे.

4. B. संगमात्. K. गङ्गा यमुनया विना.

5. B.P. पुडमं, K. पढमं. P. मेघ°. A.°ल्लआ. P.विंदुल्लदा. G. °लदा. B.णिच्चुल्लदा. N.G.A.B.P. पच्चा. N₂.U. दीसई. G. दीसदि.

6. A.G.K. om. अपवार्य. U. वि०। अपवार्य। णं एदाए उ-व्वसीए तत्तहोदीए अहिमदाए सहआरि-

आए होदव्वं. G. कहिं णु. G.N₂. खु after ण. K.णु for ण. A. तीए. G. एत्थभोदाए. P. तत्तहोदिए. N.N₂. कहं ण सा उव्वसी उवगदा। तत्तहोदीए अहिमदा सहचरी एसा. After सहअरी A. adds एसा चित्तलेहा. But A.'s addition is spurious, as Vidúshaka did not know Chitralekhâ before. K. has the whole speech thus: कहं णु एसा उव्व-सीए तत्तहोदीए अणुमदा सइभरी. P. सहिं for सहअरी. B.सइं इभं. G. अणुमदा for अहिमदा.

8. A.U. सिरेण. G. पणिविअ. N. N₂. have simply पणमदि for सिरसा &c.

चित्र. । मंह सुरारिसंभवे दुउजादे महाराओ एव्व सरणं आसी । सा
अहं तुह दंसणसमुट्थेण मअणेण बलिअं बाधिअमाणा भूओवि
महाराएण अणुकम्पणीअत्ति ।

राजा ।   भद्रमुखि

पर्युत्सुकां कथयसि प्रियदर्शनां तां
आर्तिं न पश्यसि पुरूरवसं तदर्थे ।
साधारणोयमुभयोः प्रणयः स्मरस्य
तन्नेन तन्मयसा घटनाय योग्यम् ॥ २६ ॥

चित्र. । उर्वशीमुपेत्य । हेला एहि तुवत्तोवि णिठ्ठुरअदरं मअणं देखिलेअ
पिअअमस्स दे दूदिम्हि संवुत्ता ।

—————————————

१ मम सुरारिसंभवे दुर्जाते महाराज एव शरणमासीत् । साहं तव दर्शनस-
मुट्थेन मदनेन वलवद्वाध्यमाना भूयोपि महाराजेनानुकम्पनीयेति ।—२
सखि एहि त्वत्तोपि निर्दयतरं मदनं दृष्ट्वा प्रियतमस्य ते दूत्याहम् संवृत्ता ।

—————————————

1. P.G.K. मम, N.N₂. महा. A.
N.N₂. सुरारादिसं°. G. सुरारिसं-
भमे पुरा जादे. U. मम सुरारिसंभवे
भये पुरा जादे महाराभ &c. K. मम
सुरारिसंभवभए पुरा जादे. P.अ.
सुरसंभवे. P. महाराभ एव्व.—G. एत्थ
for एव्व. B.G.K.A. आसि. G.
U.B.K. ता for सा.

2. P. साहं. K.U. दे, and G. ते,
for तुह.—G.A. मदणेण. A.U.B.
बाहिअ°, N.N₂. बाहिअ°, P.B.
भाहिअ°. B. भुयोवि.

3. A.N.N₂.U. °कम्पणीएत्ति.B. °अ-
प्पणिज्जेत्ति. P. has °अप्पणिज्जा-
त्ति.

6. A.B.P. आर्तिं न पश्यसि पुरूरव-
सस्तदर्थाम्. So N.N₂.U., except

that they read तदर्थम्. K.
आर्तिं न पश्यसि पुरूरवसस्तदर्थे.

8. A. तन्नेन तन्मिन संघटनाय युक्तम्.
So N.N₂. which, however,
have योक्तुम्. B.P.तन्नेन तन्मिन
संघटनाय योक्तुः.

9. G.P. om. हला. K.B. om. एहि.
A. om. वि. A.णिठ्ठुअअरं. G.
G.K. तुमादोवि. for तुवत्तोवि. U.
तुवित्तोवि. P.तव्वत्तोवि.K. निठ्ठुरद-
रं for णिठ्ठुअदरं. G.णिठ्ठुयदरं,
and P. अब्भहिअं. U.णिब्भुअदरं.
K. मदणं. U.B.K.वेख्रिलेअ.

10-11. G.K.वअस्ससस. N.N₂.विभ-
वभस्ससस. B.विअस्स. A.विअभ-
मस्स. U.विअदमस्स.—U. omits
दे.—K. दूनी संवुत्ता, and G. ईदि

उर्व॰ । तिरस्करिणीमपनीय । अम्मो अणवेख्खिदं लहु तुए उज्झिदम्हि ।

चित्र॰ । इदो मुहुत्तादो जाणिस्सं का कं उज्झिस्सदित्ति । आआरं दाव पडिवज्ज ।

उर्व॰ । सव्रीडम् । जेदु जेदु महाराओ ।

राजा । सुन्दरि								5

मया नाम जितं यस्य त्वयायं समुदीर्यते ।
जयशब्दः सहस्राक्षादगतः पुरूषान्तरम् ॥ २७ ॥

---

१ अहो अनवेक्षितं लघु त्वयोज्झितास्मि ।— २ इतो मुहूर्ताज्ज्ञास्या-
मि का कामुज्झिष्यतीति । आचारं तावत्प्रतिपद्यस्व ।— ३ जयतु ज-
यतु महाराजः ।

[दुई?] संवुत्ता, both leaving out म्हि. B.दुई संवुत्ता without म्हि.

1. U. ज॰ । तिरस्करणीमप॰ । अम्हइं लहुअं तुए उज्झिदम्हि. N.N₂. अम्हो ण[णं?] वेख्खीअ उग उज्झिदा —G. एणं वेख्खिभ for अणवेख्खिदं लहु. K.अम्मो अणवेख्खिददाए तुए. &c. B.हला चित्तलेहे अणवेख्खिदं लहु &c. P.हला चित्तलेहे तुए जइसदम्हि. A.अम्हो अणवेख्खिदम्हि तुए उज्झिदा (which it renders अहं अनवेक्षितासिम त्वयोज्झिना). Kâtavema: हला अम्मो लहु तुए जइइझदम्हि । सखि अहो लघु शीघ्रं त्वया उज्झिनासिम तदीय-स्वादिति शेष:, which is not quite clear. The passage appears to have somewhat suffered from corruption. We with B.

2. G.U. सस्मितम् before इदो मु-हुत्तादो &c.—A.मुहुत्तआदो. G.U. अदो for इदो. N.N₂.सहि be-fore इदो. K.अदो मुहुत्तए. B.P. अदो मुहुत्तं.—G.K. खु after मुहुत्ता-दो. For उज्झिस्सदित्ति G. reads: परिचभस्सिदिन्ति. N.N₂.को कं उ-ज्झिस्सदित्ति. U. को कं परित्तजि-स्सदि । आआरं &c. B. को कं परित्तजास्सत्ति. P.का कं परिस-ज्जस्सदित्ति. K. विसज्जिस्सदित्ति.

3. A.B.P. पडिवज्जस्स.

4. U. सस्वसमुपसृत्य, and N.N₂. राजानमुपेत्य प्रणम्य, before सव्रीड-म्.—G. जयदु जयदु.—P. अ॰अउ-चो for महाराओ. B.ins. प्रणमति after महाराओ.

6. N.N₂. न मया नार्जितं &c.

7. U.K. wrongly भागतः [=आ-गतः?], and B. P. नागनः, for आगनः.

हस्ते गृहीत्वैनामुपवेशयति ।

विदू. । भोदि रण्णो पिअवअस्सो वम्हणो किं ण वन्दीअदि ।

उर्व. । सस्मितं प्रणमति ।

विदू. । सेत्थि भोदीए ।

नेपथ्ये देवदूतः ।

चित्रलेखे त्वरयोर्वशीम् ।
मुनिना भरतेन यः प्रयोगो
भवतीष्वष्टरसाश्रयो नियुक्तः ।
ललिताभिनयं तमद्य भर्ता
मरुतां द्रष्टुमनाः सलोकपालः ॥ १८ ॥

सर्वं कर्णं ददति ।

उर्व. । विषादं नाटयति ।

चित्र. । सुदं पिअसहीए देवदूतस्स वअणं । अणुमाणीअदु महाराओ ।

---

१ भवति राज्ञः प्रियवयस्यो ब्राह्मणः किं न वन्द्यते । — २ स्वस्ति भवत्यै । — ३ श्रुतं प्रियसख्या देवदूतस्य वचनम् । अनुमान्यतां महाराजः ।

---

1. A.N.N₂. P. उन्नमयति, and B. उत्तिष्ठति, for उपवेशयति.— G.U. हस्तेन. N.om. एनाम्.

2. G.K. एसो अहं after भोदि. N. N₂. भोदी. B.U.P. omit भोदि. B.reads the किं before रण्णो. P.om. वम्हणो.— G. वन्दीयादि.

4. A.B.U.सोत्थि. N.N₂.read सोत्थि भवदीए. B.होदीए. P.सोत्थि हो-दिए.

5. U. नेपथ्ये । देवदूतः । चित्रलेखे त्वरयोर्वशीम्.—A.N.N₂. om. देव-दूतः. A.N.N₂.repeat त्वरय. K. आकाशो for नेपथ्ये.

8. G.विभक्तः, and K.प्रयुक्तः, for नियुक्तः.

11. G.K.P.आकर्णयन्ति, and B.समा-कर्णयन्ति, for कर्णं ददति.

12. N.N₂.निरूपयति. B.U. रूपयति.

13. A. °सहिए.— N.N₂. देवदूअस्स (=°दुभस्स?).B.K. °दूदस्स. P. सुदं सहीए देवदूदवअणं.— N.N₂. अणुमाणीभदि (sic.). U.अणुमणि-अणु(दु?). B.अणुमण्णीभदु. P. अणुमण्णिअदु. K.अणुमण्णदु.—A. N. ता before अणु°.

उर्व. । णऽथि मे बाआ ।

चित्र. । महाराअ परवसो अअं जणो । ता महाराएण अब्भणुण्णादा इच्छदि देवेसु अणवरध्धं अत्ताणअं कादुं ।

राजा । कथंचिद्वाचं व्यवस्थाप्य । नास्मि भवत्योरीश्वरनियोगप्रत्यर्था ।ऽमर्तव्यस्त्वयं जनः ।

उर्व. । वियोगदुःखं रूपयन्तीं सह सख्या निष्क्रान्ता ।

राजा । सनिश्वासम् । सखे वैयर्थ्यमिव चक्षुषः संप्रति ।

विदू. । पत्त्रं दर्शयितुकामः ! णं एदं—इत्यर्बोक्ति आत्मगतम् । हध्धी हध्धी उत्र-

5

---

१ नास्ति मे वाचा ।—२ महाराज परवशोयं जनः । तन्महाराजेनाभ्यनुज्ञातेच्छति देवेष्वनपराद्धमात्मानं कर्तुम् ।—३ नन्विदम्—हा धिक् हा धिक् उर्वशीदर्शनविस्मितेन मया तद्भूर्जपत्त्रं प्रभ्रष्टमपि हस्तात्प्रमादेन न विज्ञातम् ।

---

1. G. णथि.—A.U. वाआभ विहवो, and N.N₂. वाआए विहवं, for मे वाआ.—B.निश्वस्य | before णथिं.

2. G. अयं for अभं.—P. खु after परवसो.— P.A.U. om. ता.—A.N.N₂. विसज्जिदा, and P.B. विसज्जिदुं, for अभणुण्णादा. G.अछणुण्णादी.

3. G.K.भत्ताणं अणवरद्धं.—G.U.P. इच्छामि.— A.अणवरुद्धं.— A.B. अत्ताणं. P.इछुम्ह देवेसु अणवरद्धं अत्ताणं करेदुं. N.N₂ भत्ताणं. U. देवेदेवस्स (sic.) अणवरद्धं अत्ताणं कादुं.

4. U. वाणं for वाचम्. K.वाणं, and P. मनो, for वाचं.—P.N. N₂. om. °नियोग°. K.U.°नियोगपरिपन्थी.

5. N.N₂.त्वया for त्वयम्. P. om. तु.

6. A.N.N₂.U.P. विश्लेष° for वियोग°. U.रूपयित्वा सख्या सह निःक्रान्ता. B. om. वियोग°.

7. A.N.N₂. निःश्वस्य. K. om. सनिश्वासम्.—A.N.N₂. ins. मे after इव. A.B.P.read चक्षुषोः. P.वैदग्ध्यम् for वैयर्थ्यम्.

8. A.N.N₂.P. om. पत्त्रं दर्शयितुकामः. B.K.दर्शय°. U. णं अथि एदं. B.P. om. एदं.—A.N. N₂. इत्यर्बोक्ति सविषादमात्मगतम्. A. B.P. हधि हधि.—G.K. ins. अए after हध्धी हध्धी.

सीदंसणविम्हिदेण मए तं भुजबत्तअं पब्भट्टंपि हत्थादो पमा-
देण ण विण्णादं ।

राजा । भद्र किमसि वक्तुकाम इव ।

विदू. । मा भवं अङ्गाइं मुञ्चदु । दिढं खु तुइ बध्धभावा उव्वसी । ण
सा इदोगदं अणुराअं सिढिलेदि ।

राजा । ममाप्येतदाशंसि मनः । तया खलु प्रस्थाने
अनीशया शरीरस्य हृदयं विवशं मयि ।
सूनकम्पाक्रियालक्ष्यैर्न्यस्तं निश्वसितैरिव ॥ १९ ॥

---

१ मा भवानङ्गानि मुञ्चतु । दढं खलु त्वयि बद्धभावोर्वशी । न
सा इतोगतमनुरागं शिथिलयति ।

1-2. A.N.N₂. भुब्जवन्नं, U. भुयवन्नं,
B. दं भुभपत्तअं पब्भटं अग्गहब्थादो.
A.N. पमादेण हत्यादो पब्भइं ण वि-
ण्णादं. N₂. omits पमादेण, and
reads हत्यादो पब्भइं. U.पब्भट्टंवि
इ°. P. om. वि.

3. A.N.N₂.U. om. इव.—A.N.N₂.
omits भद्र. U. omits भद्र and
reads वयस्य instead. B.has
simply किं वक्तुकामोसि. K.P.कि-
मसि वक्तुकाम:, also omitting
भद्र.

4-5. U. वि० । मा तुमं भङ्गाइं मु-
ञ्च । तुह वद्धभावा उव्वसी णहु सा
इदोगदं चित्तं सिढिलेदि. G.K.B.
ins. एव्वं वणुकामोम्हि before मा
&c. A.N. मा खु तुमं. B. reads
भामलअं (भाम तुमं?) परिदेवणं मु-
ञ्च । मा णुमं भङ्गयि मुञ्च । दिढं
वध्भभावा उव्वसी । ण सा इदोगदं

अणुबन्धं सिढिलइस्सदि. P.मा भवं
भङ्गेहिं विम्मुचिभदु. A.मुएहि. N.
N₂. मोएहि. K. मुञ्चेदु. G. तुह for
तुइ.—N.N₂. दढं for दिढं. K. दिढं
and omits खु.—N.N₂. ण हु
सा.—A.N.N₂. अणुबन्धं for अणु-
राभं.—A.N.N₂. सिढिलइस्सदिन्ति.
P. सिढिलइस्सदि.

6. U. आशङ्कि. B.आशङ्कने. K.
ममाप्येवं तदाशंसि मनः. P.आशा-
ङ्कितं. G. तथा for तया. K. om.
तया खलु.

7. N.N₂. विवशं हृदयं मयि.

8. G. °लक्षैः.—N.N₂. स्मरकम्पकि-
यालक्षैः.—N₂. निःश्वसितैः. B.K.P.
स्तनकम्प°.—U. अनीशण शरीर-
स्य खवशं हृदयं मयि । स्तनकम्प-
क्रियालभ्भैर्न्यस्तं निःश्वसितैरपि ॥

विदू. । आत्मगतम् । 'वेवदि मे हिअअं इमं वेलं तत्तभवदा तस्स भुअज-
वत्तस्स णाम गेण्हिदव्वं भविस्सदिति ।

राजा । केनेदानीं दृष्टिं विलोभयामि । स्मृत्वा । आः उपनयतु भवान्भू-
र्जपत्तम् ।

विदू. । विषादं नाटयति । हन्त ण दिस्सदि । गदं उव्वसीए मग्गेण ।　　5

राजा । सर्वत्र प्रमादी वैधेयः । ननु विचिनोतु भवान् ।

विदू. । उत्थाय । णं इदो भवे इदो भवे । इति विचेतव्यं नाटयति ।

---

१ वेपते मे हृदयमेतां वेलां तत्रभवता तस्य भूर्जपत्तस्य नाम गृही-
तव्यं भविष्यतीति । — २ हन्त न दृश्यते । गतमुर्वश्या मार्गेण । — ३
न्विनतो भवेत् इतो भवेत् ।

---

1. U. केतिर्भं for इमं. G.K. अ-
पकार्य. A.ins. खु after वेवदि.—
G. भुज॰ for भुञ्ज॰. B. तत्त-
होदा, U.भत्त॰. U. om. तस्स. B.
तत्तहोदिए for तस्स. K.भस्स भु-
अवत्तस्स .

2. U.A.णामं—N.N₂.गण्हीदं. B.N₂.
गण्हिदव्वं. K.गिण्हिअं. P. गहीअव्वं.
G. om.त्ति.

3–4. A.N.N₂. दृशां, G.K. दृशौ.—
A.N.N₂. उपनय भूर्जपत्तम्.—P.B.
U. विचिन्त्य for स्मृत्वा. U.P. आः
उपनय भूर्जपत्रम्. G.K. ins. मम
before उपनयतु.

5. A.U. नाटयित्वा for नाटयति.—A.
N₂. ins. कथं before ण. N.कहं
for हन्त.—A. दीसदि. K.N.N₂.
दीसइ. U. has for हन्त &c. कहं

ण दीसदि । गदं उव्वसीमग्गेण. B.
om. हन्त. P.नाटयिता.—G. उव्व-
सीए मग्गेण किं णेदीं (? किं गदं ?)
K.उव्वसीमग्गेण किं ण गदं for
गदं उव्वसीए मग्गेण. B. has गदं
ण उव्वसीमग्गेण.

6. A.N.N₂. ins. आः and U. अ-
हो before सर्वत्र.—A.N₂.P. विची-
यताम् for विचिनोतु भवान्.—N.N₂.
विधेय:.—U. ins. वि॰ । णं विचि-
णु । after वैधेय:.

7. A.N.N₂. om. णं.—A.N.N₂.
हवे for भवे. B. om. णं and does
not repeat इदो भवे. G. भवेद for
the 2nd भवे.—U. वि॰ । इदो भवे
इह वा भवे इह वा भवे । इति विचि-
नोति नाट्येन.—B. इति नाट्येन
विचिनोति.

तत: प्रविशति काशिराजपुत्री सपरिवारा देवी ।

देवी । हंज्जे णिउणिए सच्चं तुए भणिदं इमं लदागेहं पविसन्तो अ-
ज्जमाणवसहाओ अज्जउत्तो दिट्ठोत्ति ।

निउ. । किं अण्णहा भट्टिणी मए विण्णविदपुव्वा ।

देवी । तेण हि लदन्तरिदा सुणिस्सं दाव से विस्सध्धामन्तिदाणि ।
जं तुए कहिदं तं सच्चं ण वेत्ति ।

निउ. । जं भट्टिणी आणवेदि ।

---

१ हंज्जे निपुणिके सत्यं त्वया भणितमिदं लतागेहं प्रविशन्नार्य-
माणवकसहाय आर्यपुत्रो दृष्ट इति । — २ किमन्यथा भट्टिनी मया
विज्ञापितपूर्वा । — ३ तेन हि लतान्तरिता श्रोष्यामि तावदस्य विश्र-
ब्धामन्त्रितानि । यत्त्वया कथितं तत्सत्यं न वेति । — ४ यद्भट्टिन्याज्ञा-
पयति ।

---

1. G. om. देवी.—N.N₂. तत: प्रवि-
शति सपरिवारा काशीराजपुत्री. U.
काशी°.

2—3. G. तए.—N.N₂. read the
speech in the following
unsatisfactory way: हंज्जे णि-
उणिए तुए भणिदं एवं लदाघरे पविसन्तो
अज्जमाणवअदुदीभो अज्जउत्तोत्ति.
—A. एदं लदाघरं. N. एदं लदा-
घरे. U. लदाघरं. B. लदाघरं.A.N.
अज्जमाणवअदुदीभो. B. अ०अमा-
णभसहाओ अ० अउत्तो.—K. कश्चिदं
for भणिदं.—A. अय्यउत्तो.

4. A.N.N₂.K. अण्णधा.—A.N.N₂.
कदावि after मए. G. विण्णविद°.

U. निउ० । ण अण्णहा मए भट्टिणी वि-
ण्णविदपुव्वा. B.किं अण्णहा ण मए
भट्टिणी विण्णविदपुव्वा.

5. G. लन°. B.U.लदन्द°. A.N.
भविअ after °न्तरिदा. N.N₂.om.
दाव. K. omits हि. G.K.om.
से. A.N.N₂.विस्सद्धमन्तिदाह. U.
से विस्सद्धमन्तिदाणि. G.K. विस्स-
द्धभणिदं. P. विसब्भमन्तिदाइं.

6. A.N.N₂.B. आचक्खिदं, and P.
उवगदं, for कहिदं.—G.N.N₂.U.
K. om. तं.

7. A.U.B.P. जं भट्टिणीए इच्चादि-
[U.B.P. इ]. N.N₂. जं भट्टिणीए
इच्चदि.

देवी । परिक्रम्य । हञ्जे णिउणिए किं एदं जिण्णचिरं विअ इदोमुहं दक्खिणमारुदेण आणीअदि ।

निउ. । विभाव्य । भट्टिणि पडिवत्तणविभाविदक्खरं भुज्जवत्तं खु एदं । हन्त भट्टिणीए एव्व णेउरकोडिए लग्गं । गृहीत्वा । कहं वाचीअदु ।

देवी । अणुवाचेहि दाव णं । जदि अविरुद्धं तदो सुणिस्सं ।   5

निउ. । तथा कृत्वा । भट्टिणि तं एव्व कोलीणं विअ पडिहादि । भट्टार-

---

१ हञ्जे निपुणिके किमेतज्जीर्णचीरमिव इतोमुखं दक्षिणमारुतेनानीपते ।— २ भट्टिनि परिवर्तनविभाविताक्षरं भूर्जपत्त्रं खल्वेतत् । हन्त भर्त्रा एव नूपुरकोट्या लग्नम् । कथं वाच्यताम् ।— ३ अनुवाचय तावदेतत् । पद्यविरुद्धं ततः श्रोष्यामि ।— ४ भट्टिनि तदेव कौलीनमिव

---

1. G. inverts the order of दे-वी | परिक्रम्य.—G.om. हञ्जे णिउणि-ए. U.B. om. हञ्जे.—G.K. ins. णु खु after किं.—A.N.N₂. पत्तोणं चीवरं विअ for जिण्णचिरं विअ. K. °चीरं. U जिण्णं चीवरं. B.व-त्तीण्णचीवरं विअ; P.वत्तचीवरं विअ. G.इदोमुखं.

2. G.आसीभदि (= ?)

3-4. A.देवि for भट्टिणि.—A.U.B. परिवत्तण°. P.परिवत्तिद°.—N.N₂.निउ०| देहि दाव णं | जदि जदो अ-विरुद्धं तदो | निपुणं विभाव्य | देवि परिवत्ताणिविभाविदक्खरं भुज्जवनं खु एदं | हन्त &c.—U.भूयपत्तं and after एदं goes on : भट्टिणीए णे-उरकोडिए विलग्गं. B.मुभपत्तं. K. एव्व. K.om. हन्त, but reads तं before भट्टिणीए. A. puts एव्व

after °कोडिए which it reads °कोडियाए. N.N₂.°कोडिआए. B. °कोडिए.—P.U.om.एव्व. P.U.वि-लग्गं.—G. which reads कहं वा वाचीअदु | is the only Ms. that makes the question a part of the following speech of Devî. A.N.N₂. read कहं वाई-अदि. B.वाचीभदि. P.वाचिचभदु.

5. A.N.N₂.अणुवादेहि. P.B.अणुवा-एहि. P.om.णं.—N.N₂.जदि जदो for जदि. B.U.K.जई.—G.सुस्सं for सुणिस्सं.

6. A.N.N₂.अनुवाच्य for तथा कृत्वा, which shows that they read अनुवादेहि, wrongly. G.K.P. om. भट्टिणि. K.कोलंगअं.—U.एनं for तं.—B.P.पंडिमाइ. U.मे प्याइ-भादि.—U.भद्दारं.

अं उद्दिसिअ उव्वसीए कव्वबन्धोत्ति तक्केमि । अज्जमाणवअप-
मादेण अम्हाणं हत्थं गदोत्ति ।

देवी । [1]तेण हि से गिहिदत्था होमि ।

निउ. । राजा पूर्ववाचितं वाचयति ।

देवी । [2]ऐत्थ इमिणा एत्त्व उवाअणेण अच्छुराकामुअं पेक्खामि ।

इति परिजनसहिता लतागृहं परिक्रामति ।

विदू. । [3]भो वअस्स किं एदं पमदवणसमीवगदक्रीडापव्वदपज्जन्ते
दीसदि ।

प्रतिभाति । भर्तारमुद्दिश्य उर्वश्याः काव्यबन्ध इति तर्कयामि । आर्य-
माणवकप्रमादेनावयोर्हस्तं गत इति ।

१ तेन ह्यस्य गृहीतार्था भवामि । — २ अत्रामुनैवोपायनेनाप्सरः कामुकं
प्रेक्षे । — ३ भो वयस्य किमेतत्प्रमदवनसमीपगतक्रीडापर्वतपर्यन्ते दृश्यते ।

1–2. N.N₂.उद्दिसिअ.—A.N.N₂.P. उव्वसीअकव्व°; U.B.उव्वसीए किदो कव्व°. G.°बन्ध इनि.—A.अज्जमा-ण°.—G.हत्थगदोत्ति.U.हत्थे गदोत्ति. N.N₂.K. °माणवप°.B.अ०अमा-णवअप°. P.अ०अमाणवअस्स प-मा°.—B.अम्हाणं हत्था[त्थे?] संसग्गं गदोत्ति. K.अम्हाणं हत्थे गदंत.—A. N.N₂.om.त्ति after गदो.

3. G.K.देण हि.—A.गहिदत्था होमिह. B.N.N₂.गहिदत्था होमि. U.तेण हि गाइदत्था होमि. G.भोमि.

4. B.U नि०। तदेव राजा पूर्वं वाचितं वाचयति. K.राजपूर्ववाचितं वाचयति. P.तदेव राजा पूर्वपठितं वाचयति.

5–6. A.B.श्रुत्वा before एत्थ. B. एहि before एत्थ. A.N.N₂.U. om.एत्थ. N.N₂.om.एत्त्व.—N.N₂.

P.उवाएण. U.उज्जेत्र.—A.N.N₂.अ-च्चरा°. B. ins.दं before अच्छु-रा°. G.N.N₂.U.K °कामुकं. N. N₂.देक्खिस्सं. P.दच्छामि. After पेक्खामि A.U.P. go on : निउ०। तथा[U.P.तह]। अभिनी लतागृहं प-रिक्कामनः।So N.N₂., only omit-ting अभिन:. P.too om.अभिन:. B.नि० । तह पेक्खामि । अभिनी ल-तागृहं परिक्कामनः.

7–8. A.N.N₂.विचिन्त्य before the speech, which A. gives thus : वअस्स तं पवणवसगामि की-लावत्तअं दे ण दीसदि. N.N₂. वअ-स्स पवणसव[वस?]गामि कीलावदे ण दीसई. U.वि०। विलोक्य । भो व-अस्स किं एदं पवणवसगं पमदवणस-मीगदर्कीलाउव्वतवैरन्ते दीसदि. B.

राजा । उत्थाय । भगवन् वसन्तप्रिय दक्षिणवायो ।

वासार्थं हर संभृतं सुरभिणा पौष्पं रजो वीरुधां
किं मिथ्या भवतो हृतेन दयितास्नेहस्वहस्तेन मे ।
जानीते हि मनो विनोदनफलैरेवंविधैर्धारितं
कामार्तं जनमञ्जनां प्रति भवानालक्षितप्रार्थनः ॥ २० ॥

निपु. । भट्टिणि एदस्स एव्व अण्णेसणा वट्टदि[1] ।

देवी । पेक्खामि[2] ।

विदू. । भो मिलाअमाणकेसरच्छविणा मोरपिच्छेण विप्पलध्धोम्हि[3] ।

<hr>

१ भट्टिनि एतस्यैवान्वेषणा वर्तते ।—२ पश्यामि ।—३ भो म्ला-
यमानकेशरच्छविना मयूरपिच्छेन विप्रलब्धोस्मि ।

<hr>

वि० । विलोक्य । भो वभस्स एदं पव-
णवसगामी कीलाअव्वदन्ते दीसई. K.
वि० । भो वभस्स एदं पवणवसगामि
प्यमदवणसमीवगद कीलाअव्वतपरन्ते दी-
सइ. P.भो वभस्स पवणवसगामी की-
लाअव्वदे ओदिसइ.

1. G.P.°प्रियसखे दक्षिण°. K.
°प्रियसखदक्षिण°.—N.N₂.B.om.
उत्थाय.

2. G.K.सुरभि यत् for सुरभिणा.

3. G.°स्नेह:. G.भवना. N.N₂.भव-
ता हृतो भगवता स्नेह: स्वहस्तेन मे.
U.किं मिथ्या भवदाहृतेन दयिनास्नेह-
स्वहस्तेन मे.

4. B.दारितं for भारितं, wrongly.
The *da* and *dha* are very
similar in the southern al-
phabets. B. was copied from
a Granthi Ms.—K.भवान् for
मनो°. K.°ज्ञाने: for °फले:.

5. U.कामार्तं जनमञ्जसाभिभविनुं नाल-
क्षितप्रार्थनम्. B.अञ्जनाप्रति.

6. A. gives the speech thus :
भट्टिणि एदस्सएव्व भुञ्जवत्तस्स अण्णे-
सणा सुणीभदि. So N.N₂., which
only om. एव्व. U.नि० । सा एव्व
भुयपत्तस्स अण्णेसणा वट्टइ. B.ins.
भूभत्तस्स after एदस्स and om.
एव्व. K.अण्णेसणं. P.om. भट्टिणि
and reads तस्स एव्व भुञ्जपत्तस्स
अण्णेसण (*sic.*) पवट्टइ. G.भट्टदारि-
ए एतस्स वयणेअण्णं वट्टदि.

7. A.N.N₂.देक्खामि. U.om. the
speech.—P.दव्ख़ामि.

8. A. ins.सहर्षम् । एदं २ एदं २ ।
सविषादम् । हद्दी हद्दी before भो.
A.N.N₂.U.om.भो. A.°केसरकेण.
N.N₂.°छइण. A.ins.इमिणा be-
fore मोर°. B. मिलायमाण°.—A.
°पिच्छएण, P.मऊरपीछेण. G.°वि-
च्छेण. U.विप्पलद्धम्ह. B.विप्पलध्व-
म्हि.

राजा । सर्वथा हतोस्मि ।

देवी । जइय । अउजउत्त अलं आवेगेन । एदं तं भुञ्जवत्तं ।

राजा । ससंभ्रमम् । अये इयं देवी । स्वागतं देव्यै ।

विदू । भगवायै । दुरागतं दाणिं संवत्तं ।

5 राजा । जनान्तिकम् । सखे किमत्र प्रतिविधेयम् ।

विदू । लोथ्थेण गहिदस्स कुम्भिलअस्स अत्थि वा पडिवअणं ।

राजा । देवि नेदं मया मृग्यते । स खलु परसमन्वेषणार्थमारम्भोयम् ।

देवी । जुज्जदि अत्तणो सोहग्गं पच्छांदटुं ।

---

१ आर्यपुत्र अलमावेगेन । एतत्तदूर्जपत्तम् ।—२ दुरागतमिदानीं
संवृत्तम् ।—३ लोत्रेण गृहीतस्य कुम्भीरकस्यास्ति वा प्रतिवचनम् ।
—४ युज्यत आत्मनः सौभाग्यं प्रच्छादयितुम् ।

1. P.सर्वभा.

2. A.अय्य°. A.N.N₂.आवेसेण. U. reads the भञ्जञ्ज after आवे-गेण and om. तं. B.जेय्य। अलमलं आवेएण अ०अञ्ज एदं भूभा-ञभं. P. like B., only it om. the second अलं and has भुञ्ज-पत्तं.—A.N.N₂.एदं भुञ्जवत्तभं. U. भुभवत्तं.

3. G.K.om. the stage-direction and A.N.U.om.इयं before देवी.

4. A.N.N₂.B.P. assign this speech to Vidúshaka, which we adopt. Although G.K. U. assign the same to Deví, none of them have nevertheless the stage-direction भगवायै. U.दुरागदं. B.om.दाणि.

5. G.K.om.°सखे. N.N₂.पविधान-व्यम्. B.P.वयस्य for सखे.

6. A. ins. a भो before लोथ्थेण. G.K.सूचिदस्स for गहिदस्स. A. N.N₂.K.कुम्भीलभस्स. N₂.लोनण-गंहीदस्स. U.लोथ्रएण ग्गहिदस्स कु-म्भीलभस्स विभ अत्थिथ वा दे पडिव-अणं. B.किं लोथ्थेण for लोथ्थेण. K.लोनएण. P.ins.किं before अत्थि.—G.पडिवयणं.

7. G.K.U. insert भगवायै । मूढ नायं परिहासकाऌ: । प्रकाशम् । be-fore देवि &c. K.U.om.मूढ, however. A.N.N₂.U.निवेदम्.—After मृग्यते G.K. go on: न खलु तन्प्रारणार्थोयमारम्भ:, P.अयं खलु परान्वेषणार्थमारम्भ:, U.स न खलु पत्रान्वेषणार्थमारम्भ:, A.स ख-लु परसंप्रेषणार्थ आरम्भ:..So N.N₂., only °प्रेषणार्थमा°. We with B.

8. A.जुन्न. U.जुब्जइ. U.पच्छ°. B.जुब्जइ किं आत्तानो सोहग्गं प-

विदू. । भोंदि तुवरेहि से भोअणं जं पित्तोवसमणसमत्थं होइ ।

देवी । णिउणिए सोहणं खु बम्हणेण आसासिदो वअस्सो ।

विदू. । भोंदि णं पेक्ख आसासिदो पिसाचोपि भोअणेण ।

राजा । मूर्खं बलादपराधिनं मां प्रतिपादयिष्यसि ।

---

१ भवति त्वरयास्य भोजनं यदिपित्तोपशमनसमर्थं भवति ।—२
निपुणिके शोभनं खलु ब्राह्मणेनाश्वासितो वयस्यः ।—३ भवति ननु
पश्य आश्वासितः पिशाचोपि भोजनेन ।

छादेदुं. K.वच्छादइदुं. P.जुडजइ२
अत्तणो सोहग्गं पच्चादेदुं.

1. U.भोंदि भाणेहि से भोभणं । पि-
त्तोवसमनेन समत्थो होदि.—A.नवरेहि.
A.जं पित्तोवसमणस्स होदि after भो-
भणं.—After भोभणं G. has पित्तो-
वसमेण सत्थो भोदि, and K. the
same, except that it reads
सुत्थो and भोदु. B. like our-
selves, only omitting जं. We
with N.N₂.P.

2. G. inserts सदि before णिउणि-
ए.—A. om. खु.
A. देवी । णिउणिए सोहणं बम्हणेण
अणुभासिदो.
विदू० । भोंदि [इ]दं दक्खिभ आवे-
सिदो विसावो ण उड्डदि (Ms. उक्कदि.
छाया, उड्डनि).
B. दे०। णिउणिए सोहणं खु बम्हणेण
अणुसासिदो वअस्सो.
विद ० । होदि इमं दक्खिभ आवेसिदो
विसासो ण उड्डइ । विसडंजेहि भो-
अणेण.
K. दे०। णिउणिए सोहणं खु बम्हणेण
आसासिदो वअस्सो.

विदू० ।भोंदि णं पेक्ख आसादिदो ति
सुत्थो भोदि विलोभणेण.
P. दे० । णिउणिए सोहणं खु बम्हणेण
अणुसासिदो वअस्सो.
विदू० । होदि इमं दक्खिभ आवेसिदो
विसासो ण उड्डइ.
A.अणुभासिदो. A.N.N₂.om.वअ-
स्सो. N.N₂.णिउणिए सोहणं बम्हणेण
अणुमाणिदो for the whole
speech.

3. We read this speech with
G.—U.भोंदि णं पेक्ख आसासिदो स-
त्थोवि भोभणेण. N.भोंदि एदं देक्खीभ
आवेसिदो एसो ण उड्डदि (correct-
ed into उड्डसी). N₂. भोंदि एदं
देक्खीभ आवेसिदो एसो ण उड्डदि.
Ranganâtha: वि० । ननु प्रे-
क्षस्व आश्वासितो वयस्यश्चिवभोजनेन.
Kâta.भोंदि णं पेक्ख भोभणेण आसा-
सिदो विसासोवि उड्डइ किं उण एदं.

4. A.N.N₂.B.णिक्कूर्ख. G.मर्ष. K.
om., and A.N.N₂.बलनं for,
बलान्.—A.N.N₂.आवेदयसि for प्र-
तिपादयिष्यसि. U.आगदयसि.

देवी । णत्थि भवदो अवराहो । अहं एव्व एत्थ अवरध्धा । जा पडिऊलदंसणा भविअ अग्गदो दे चिट्ठामि । इदो अहं गमिस्सं ।

कौं नाट्यित्वा प्रस्थिता ।

राजा ।

5 अपराधी नामाहं

प्रसीद रम्भोरु धिरम संरम्भात् ।

सेव्यो जनश्च कुपितः

कथं नु दासो निरपराधः ॥ २९ ॥

इति पादयोः पतति ।

10 देवी । आत्मगतम् । मा खु लहुहिअआ अहं अणुणअं बहुमण्णे । किं तु

---

१ नास्ति भवतोपराधः । अहमेवात्रापराद्धा । या प्रतिकूलदर्शना भूत्वाग्रतस्ते तिष्ठामि । इतोहं गमिष्यामि ।—२ मा खलु लघुहृदयाहमनुनयं बहुमन्ये । किं तु दाक्षिण्यकृतातापश्चात्तापाद्बिभेमि ।

---

1. A.N.N₂. ण खु अत्थि for णत्थि. B. दे for भवदो.—G. om. एव्व. U. जेव्व. K.P.om.एत्थ —N.N₂. om. जा. U.जं, and K.ता, for जा.— U.पडि°. B. adds अहं after जा.

2. P. ins. तुर before पडिऊल°.— G.U.K.P. om. दे.—After चिट्ठा-मि. A. goes on : णिडाणिए एहि इदो अम्हे in place of इदो अहं गमिस्सं. N.N₂.णिउणिए एही अम्हे इदो गच्छेम्ह. U. णिउणिए एहि गच्छ-म्ह । कौं नाट्यित्वा गता । for इ-दो &c. and P. णिउणिए इदो एवं गमिस्सं.

3. P. इति inserted before कौं.

4. N.N₂.U.P.अनुसृत्य at the commencement of the King's speech and B. has अनुसृत्य । प्रसीद.

8. U.च for नु.

9. A.K.U. om. इति.

10. G.K. om. आत्मगतम्. B. and A.आत्मगनम् । मा खु लहुहिअआ अहं[B.om.] अणुणअं[B.यं] बहुम-ण्णेयं[B.भं] किं नु[B.दु]दक्खिण्ण-किदस्स पच्छा[B.ब्बा] दावस्स भाए-सि[मि?][B.भभामि]. N.N₂.आ-त्म०। मा खु लहुहिंभआ अणुणअं बहुमण्णे किं णु दक्खिणकिदस्स पच्छा.दावस्स भाएम.—G.K. (omitting आत्मगनम्) किं बालकहिंभआ अहं

दक्खिण्णकिदस्स पहुदादावस्स भाएमि । राजानमपहाय सपरिवारा नि-
ष्क्रान्ता ।

विदू. । पाउसणदी विअ अप्पसण्णा गदा देवी । उट्ठेहि ।

राजा । उत्थाय । वयस्य नेदमनुपपन्नम् । पश्य

प्रियवचनशतोऽपि योषितां
दयितजनानुनयो रसात्कृते ।
प्रविशति हृदयं न तद्दिदं
मणिरिव कृत्रिमरागयोजितः ॥ २२ ॥

5

विदू. । अणुऊलं एथ्थ भवदो एदं । ण हु आखिखदुखिखदो अहिमुहे
दीवसिहं सहेइ ।

10

---

१ प्रावृण्नदीव अप्रसन्ना गता देवी । उत्तिष्ठ ।—२ अनुकूलमत्र भ-
वत इदम् । न खल्वक्षिदुःखितोऽभिमुखे दीपशिखां सहते ।

जेण अहं [G.om.] अणुणभं बहु-
मण्णे किं नु दक्खिण्णगच्छादावादो भ-
यामि. U.आ० । मा खु अहं लहुहि-
आभा जेण अणुणभं बहुमण्णेमि । किं
दु दविखणकिदस्स पच्छारावस्स भभा-
मि.—N.N₂. om. राजानमपहाय. U.
राजानमपहाय निःक्रान्ता दे० सप०.
B. सचेडी for सपरिवारा.

3. A.N.N₂.P. ins. भों before
पाउस०. N.N₂. have राजानमप-
वायं before भों which they
insert at the beginning.—B.
पाउण्णदी. K.पाउसणई.—K.गदा ए-
व्व तत्तहांदी ता उट्ठेहि. G.तत्तभोंदी
for देवी, and ins. णा before
उट्ठेहि. U.णं before उट्ठेहि.

4. U.om.उत्थाय. B.उपपन्नमस्याः

for अनुपपन्नम्. K.उपपन्नम्. A.N.
N₂.K.om. वयस्य.—A.N.N₂.om.
पश्य.

5. U.K. °कृतौति for °शतौति.

6. K.दायतत्तमनु°. P.प्रणायजना-
नु°.

9–10. N.N₂.अणुऊलं एदं ण हु अणु-
[N₂.अणि]दुखिखदी पमुहे दीवसिहं
सहेइ for the whole speech.—
A. om.एथ्थ भवदो. P.K.एव्व for
एथ्थ. U.अणुऊलं एन्न दे एदं.—A.भ-
च्छिदुखिखदो पमुहे. U.अखिख°.U.
पमुहं for अहि°.—U.दीवसिहं स-
हिभदि.—B.खु for हु. B K.अखिख-
दुखिखदी. B.पमुहे. K.अहिमुहं. P.प-
मुहे.—K.सहदि. G.सेहदि. A.सहेति.
P. ins. किं before सहेइ.

राजा । मा मैवम् । उर्वशीगतमनसोऽपि मे स एव देव्यां बहुमानः ।
किं तु प्रणिपातलङ्घनादहमस्यां धैर्यमवलम्बिष्ये ।

विदू । चिट्ठदु दाव भवदो धीरदा । बुभुक्खिदस्स बम्हणस्स जीविदं
अवलम्बदु भवं । समओ ख्खु ण्हाणभोअणं सेविदुं ।

5 राजा । ऊर्ध्वमवलोक्य । गतमर्धं दिवसस्य ।

उष्णालुः शिशिरे निषीदति तरोर्मूलालवाले शिखी
निर्भिद्योपरिकर्णिकारमुकुलं्वालीयते पट्टदः ।
तप्तं वारि विहाय तीरनलिनीं कारण्डवः सेवते
क्रीडावेश्मनि चैष पञ्जरशुकः क्रान्तो जलं याचते ॥ २३ ॥

[इति निष्क्रान्ताः सर्वे ।

इति द्वितीयोऽङ्कः ।

---

१ तिष्ठतु तावद्भवतो धीरता । बुभुक्षितस्य ब्राह्मणस्य जीवितमव-
लम्बतां भवान् । समयः खलु स्नानभोजनं सेवितुम् ।

---

1. A.om. मा मैवम्.—A.om. अरि.—P.om. मे and reads देव्याः. G. देव्याः.

2. N.N₂.किल for किं तु.—U.°णातविलङ्घ°.—A.N.N₂.om. अहं.—N.N₂.K. अस्याः for अस्याम्. N.N₂ read भालंबिष्ये, and G. अवलम्बयिष्ये. K.P.add भानि after अहं.

3. A.N.N₂. चिट्ठदु दाव दे धीरदा. K.U. चिट्ठदु दाव देविए कहा. G.चिट्ठदु दाव देवी कहा.—G. बुभुक्खिदव°.G. बम्हणस्स.—B. जीविभं.

4. A.N.N₂.P. read अवलम्ब for अवलम्बदु भवं. B. has अवलम्बभिदु for अवलम्बदु.—A.N.N₂. समओ खु दे ण्हागभोज[N.N₂.अ]णाणं. U. समओ ख्खु नु ण्हाणं भोअणं सेविदुं. G. ण्हणभोअणं.

5. A.N.N₂.introduce the stanza by अतः खलु. P.U.B. रा°। वि-लोक्य । गतमर्धं दिवसस्य । अतः खलु.

6. N.N₂.K. उष्णालिः.

7. K.आश्रोने पट्टदाः.

प्रथमः । सखे पल्लव महेन्द्रसदनं गच्छतोपाध्यायेन त्वमासनं प्रति-
ग्राहितः । अग्निशरणसंरक्षणाय स्थापितोहम् । अतः खलु पृ-
च्छामि । अपि गुरोः प्रयोगेण दिव्या परिषदाराधिता ।

द्वितीयः । गालव ण आणे आराहिता ण वेन्ति । तर्हिं उण सरस्सई-
किद‍कव्वबन्धे लच्छीसअंवरे तेसु तेसु रसन्तरेसु तम्मआ आसि ।
किं तु—

१ गालव न जाने आराधिता न वेद्मि । तस्मिन्पुनः सरस्वती-
रुतकाव्यबन्धे लक्ष्मीस्वयंवरे तेषु तेषु रसान्तरेषु तन्मयासीत् । किं तु—

1. N.N₂.गालवशिष्यौ.

2—4. N.N₂.गालवः for प्रथमः.—B.
पैल्लव. A.पैल्लव for सखे पल्लव and
U.पैल्लव. N.N₂.om. सखे पल्लव. K.
पैल्लव. P.पैल्लव.—N.N₂.महेन्द्रभवनं.—
B.adds भगवता before उपा°.—
A.B.K.P. परिग्राहितः.—N.N₂. ग-
च्छतो आर्यस्य त्वमासनं परिग्राहितः.
G.K.अग्निसंरक्षणार्थम्. P.भहं पुन-
रग्नि°, omitting the अहं at the
end.—N.N₂.अहं स्थापितः. B.
om. अतः खलु पृच्छामि.K. अतः
पृच्छेहं.—G.N. om. खलु.—G.दिव्य-
परि°.—G.भाज्ञा for आराधिता.—
U.reads the passage thus: स-
खे पैल्लव अग्निशरणान्महेन्द्रमन्दिरं
गच्छनोपाध्यायेन त्वमासनं ग्राहितः ।
अहमग्निशरणरक्षणार्थमत्र स्थापितः । अ-
तः पृच्छामि गुरोः प्रयोगेण देवर्पारि-

प्रदाराधिता न वेन्ति.

5. A.K. जाणे for आणे.—A. आरा-
हिदा. G.K. have भोदिन्ति for ण
वेन्ति.—G.K. have कहं, and A.U.
कहं, before आराहिदा.—U.om.
न्ति. P.reads: गालव ण आणे अहं
आराहिदिन्ति.—B.पुण for उण.

6—7. A.N.N₂.om. °किद°. B.
°कप्पिदकव्व°.—A.N.N₂. °सअंवरे
तेसु तेसु रसन्तरेसु उज्जसी उम्मदा
[miswritten for तम्मया] [A.
तम्भरया, which it translates
स्तन्वरसा, but which is really
corrupted from तम्मया] आसी.
B. °सअंवरे देसु देसु रसन्तरेसुसु-
[wrongly and corruptly re-
peated?]दंमए आसि. P. °सअंवरे
तेसु तेसु रसन्तरेसु उज्जसी तम्मया
आसी. G. °सअंवरे उज्जसी तेसु तेसु

प्रथमः । सदोषावकाशा इव ते वाक्यशेषः ।

द्वितीयः । आमं तर्हि उव्वसीए वअणं पमादक्खलिदं आसि ।

प्रथमः । कथामिव ।

द्वितीयः । लेच्छीभूमिआए वट्टमाणा उव्वसी बाहणीभूमिभाए वट्टमा-
णाए मेणआए पुच्छिदा । साहि समागदा एदे तेलोक्कसुपुरिसा
सकेसवा लोअवाला । कदमर्‍हिं दे भावाहिणिवेसोत्ति ।

<hr>

१ आम् तस्मिन्नुर्वश्या वचनं प्रमादस्खलितमासीत् । — २ लक्ष्मी-
भूमिकायां वर्तमानोर्वशी वारुणीभूमिकायां वर्तमानया मेनकया पृष्टा ।
सखि समागता एते त्रैलोक्यसुपुरुषाः सकेशवा लोकपालाः । कतमर्स्मिं-
स्ते भावाभिनिवेशा इति ।

<hr>

रसन्तरट्ठाणेसु तम्मआ आसि किं तु.
K.°सभंवरे उव्वसी तेसु तेसु रस-
न्तरट्ठाणेसु उम्मत्तिआ आसि. U.
°सभंवरे उव्वसी तेसु तेसु रसन्तरेसु
उम्मादिआ आसी. Our authority
for the addition of किं तु is
G. and the commentary of
Kâṭavema, and that for omit-
ting उव्वसी from our text is
B. Another reason for the
omission is the uncertain
position it occupies in the
different Mss., which shows
that it has been interpolat-
ed.

1. B. begins the speech with
किं and P. with कथं.—K.दोषा-
व°.—A.N.N₂.P.अवसरः for अ-
वकाशः.—N.N₂.इनि for इव, and
om. ते.

2. N.N₂.आमू२ (=आम् आम्). B.
आः. A.G.U.आम. A.N.N₂.B.
पमादिण for पमाद°.—N.B.आसी
for आसि. U.आम ताए वअणं प-
मादक्खालिअं आसी.

3. A.N.N₂.P.किमिनि.

4. B.°भूमिअं.—U.वत्तमाणा. B.वाह-
णीभूमिअं.—G. om. वारुणीभूमिभाए
वट्टमाणाए मेणआए. P. om.वट्टमाणा-
ए before मेणआए.—U.वत्तमाणाए.

5–6. A.N.N₂.B.समाभदा. K.om.
सहि समागदा एदे. P.सहि समागदा
खु लोअवाला तेलोकेसरा सकेसवा ते-
सु कदमर्‍हिं &c. A.G. om.एदे.
B.इमे. U.ते for एदे. A.तेल्लोक्के-
क्कमक्का. N.N₂.तेक्कोके सलोअवाला
for तेलोक्कसुपुरिसा सकेसवा लोअ-
वाला. B.तेल्लोक्केसरा. U.तेलोक्कपुरि-
सा. K.U.सलोअवाला.—K.कदरर्‍हिं.
U.हिअभभिणिवेसोत्ति. B.भावाभि-
णि°. N.N₂.भावाणुबन्धोत्ति.

प्रथम: । **ततस्ततः ।**

द्वितीय: । **तंदो ताए पुरुसोत्तमेति भणिदव्वे पुरूरवेत्ति णिग्गदा वाणी ।**

प्रथम: । **भवितव्यानुविधायीनीन्द्रियाणि । न खलु तामभिकुद्धो गुरुः ।**

द्वितीय: । **सो खु सत्ता उवज्झाएण । महिन्देण उण अणुगिहीदा ।**   5

प्रथम: । **कथमिव ।**

द्वितीय: । **जेण मम उवदेसो तुए लङ्घिदो तेण ण दे दिव्वं ठाणं हविस्सदित्ति उवज्झाअस्स सावो । महिन्देण उण पेख्खणावसाणे**

---

१ ततस्तया पुरुषोत्तम इति भणितव्ये पुरूरवसीति निर्गता वाणी ।—
२ सा खलु शप्ता उपाध्यायेन । महेन्द्रेण पुनरनुगृहीता । — ३ येन
ममोपदेशस्त्वया लङ्घितस्तेन न ते दिव्यं स्थानं भविष्यतीत्युपाध्यायस्य
शापः । महेन्द्रेण पुनः प्रेक्षणावसाने लज्जावनतमुखी भणिता यस्मि-

---

1-3. G. om.

2. U.om. तंदो. K.ताए खु for तंदो ताए, which P. altogether omits.—U.पुरुसोत्तमत्ति. B.N. N₂.K.P.पुरूरवसित्ति. U.पुरूरव-सित्ति.—N.N₂.लिग्गदा for णिग्गदा.

4. A.N.N₂.भविनव्यं । मनोनुविधा-यीनि बुद्धिन्द्रियाणि; U.भविनव्यतानु-विधायीनि बुद्धीन्द्रियाणि । न तामभि-कुद्धो मुनि:. P.बुद्धीन्द्रियाणि. A. ins. ततः after खलु.—G.भनिकु-द्धो. B.P. मुनि: for गुरुः.

5. K.G.U.P.om. सा खु.—G.उव-ज्झाएण. A.उवस्सएण. G.महेन्दे-ण.—P. om. महिन्देण उण अणुगि-हीदा. A. B.अणुगहिदा. N.N₂. अणुग्गहीदा. U.अणुग्गहिदा.

6. For कथमिव K.G.have किमिनि.

7. B.P. मह for मम. G.U.read the णुए before उवदेसो. U.उव-लङ्घिदो. G.लङ्घिदो. G.B.K.देण for तेण. A.दिव्वठाणं. N.N₂.B. दिव्वट्ठाणं.

8. A.N.N₂.B.P.भविस्सदित्ति. K. U.हविस्स°.—G.उवज्झाअस्स. A. एस उवज्झाअसभासादी से सावो पुरंद-रेण उण. U.उवज्झाअस्स सभासादी. U. पुरंदरेण उण लज्जावनदमुहिं उव-सीं पेख्खिअ एदं भणिदं जस्सि &c. for महिन्देण&c. N.N₂.एस उव-ज्झाअभादो से सावो पुरंदरेण उण. B. उवज्झाअसभासादो से सावो उण महि-न्देण पभोभावसाणे लज्जावनदमुही भणिदा&c. K.हविस्सदित्ति उवज्झा-अस्स एसो सावो महेन्देण उण पेख्ख-माणावसाणेण लज्जावनदमुहीए उव-सीए एव्वं भणिदं जस्सि बद्धभावासि न-स्स मे रण्णे सहाअस्स राएसिणो णिअं

लज्जावणदमुही भणिदा जर्हिं बध्धभावासि तस्स मे रणसहा-
अस्स राएसिणो पिअं एत्थ करणिज्जं । सा तुमं जहाकामं
पुरूरवसं उवचिट्ठ जाव सो तुइ दिट्ठसंताणो भोदि त्ति ।
प्रथमः । सदृशं पुरुषान्तरविदो महेन्द्रस्य ।
द्विदीयः । सूर्यमवलोक्य । कथापसङ्गेण अम्हेहिं अवरद्धा अहिसेभवेला
खु उवइज्झाअस्स । ता एहि से पासपरिवत्तिणी होम ।

[इति निष्क्रान्तौ ।

मिश्रविष्कम्भकः ।

ण्बद्धभावासि तस्य मे रणसहायस्य राजर्षेः प्रियमत्र करणीयम् । सा
त्वं यथाकामं पुरूरवसमुपतिष्ठ यावत् त्वयि दृष्टसंतानो भवेदिति ।
१ कथाप्रसङ्गेनास्माभिरपराद्धाभिषेकवेला खलूपाध्यायस्य । तदेह्यस्य
पार्श्वपरिवर्तिनी भवावः ।

एव्व करणिज्जं ता दाव पुरूरवसं अणु-चिट्ठ जाव सो दिट्ठसंनाणो भोदि त्ति. P. भविस्सदि त्ति उवइज्झाअसभासादो सावावसाणे लज्जावणदमुही एव्वं भणिदा जर्हिं बध्धभावासि तस्स मे बध्धभावस्स रणसहाअस्स राएसिणो विभंकरिलि तं एव्व अणुचिट्ठ | जाव सो दिट्ठसंताणो भविस्सदि त्ति.—G.वेक्खलावसाणे. N.N₂.om. लज्जा°. G. लज्जाणद°.—N.N₂.राभसीणो. U. ins.तुमं after °भावासि.—A.N.N₂.B.om. एत्थ.—U.करणीयं.—G.ता जा for बा तुमं.G.B.om. जहाकामं.N.N₂ पुरूरवं जेव्व. G.B.अणुचिट्ठ.N.N₂.चिट्ठ. G. ता ताव तुमं पुरूरवसं जहाकामं उवचिट्ठ जाव सो परिदिट्ठसंनाणो भोदि-त्ति.—G.om. तुइ.N.N₂.सुदिट्ठसंनाणो for तुइ दिट्ठसंताणो.B.om. तुइ.—A. N.N₂.होदि त्ति. B.होदुत्ति.

4. U.पुरुषान्तरवेदिनो.

5-6.P.कहं कहापसङ्गेण अहिसेभवेला उ-वइज्झाअस्स भदिकन्दा एहि से पस्सपरिवट्टिणो होम.—U.°पसङ्गेण. K.B. कहा°. A.U.B.P.om.अम्हेहिं.—A. उवरद्धा, B.U. अवह°, for भवरद्धा. N.N₂. have कहापसण्णउवरद्धा आहिसेभवेळा खु अब्जस्स. U. अभिसेभ°. U. omits खु उवइज्झाअस्स.—G.B.K.om. खु.—G. उवइज्झाअस्स.—N.N₂.B.om. ता. U.दा उवइज्झाभपासवरिवत्तिणो होम्ह for ता &c.—A.N.N₂.जाव for एहि.—G. K.om.से.—K.पास°. A. °वत्तिवत्तिणो. N.N₂. °वरिवत्तिणो.—N. होमो. K. भोम. In fact N.N₂. read after उवइज्झाअस्स thus:—जाव से पासपरिवत्तिणो होम. B.एहि तप्पसप्पस्स परिवत्तिणो होम.

7. N.N₂.तथेति for इति.

8. N₂.om. मिश्र°.

ततः प्रविशति कञ्चुकी ।

कञ्चुकी ।

सर्वः कल्ये वपुषि वयसि भोक्तुमर्थान्कुटुम्बी
पश्चात्पुत्रैरपहृतभरः कल्पते विश्रमाय ।
अस्माकं तु प्रतिदिनमियं सादयन्ती शरीरं   5
सेवा कारापरिणतिरहो द्वीषु कष्टोऽधिकारः ॥ १ ॥

परिक्रम्य । आदिष्टोऽस्मि सनियमया काशिराजपुत्र्या व्रतसंपादनार्थं मया मानमुत्सृज्य निपुणिकामुखेन पूर्वं याचितो महाराजः । तदेव मद्वचनादिज्ञापयेति । यावदिदानीमवसितसंध्याजाप्यं महाराजं पश्यामि । परिक्रम्यावलोक्य च । रमणीयः खलु दिवसावसानवृत्ता-   10
न्तो राजवेश्मनि । इह हि

उत्कीर्णा इव वासयष्टिषु निशानिद्रालसा बर्हिणो

---

1. B. विनिःसृत्य, and P. सखेदं, before the stanza as a stage-direction.

3. A. N. N₂. कल्ये. U. has समर्थे in the margin against कल्ये.—A. N. N₂. वर्तते for वयसि.—U. अत्तुम् for भोक्तुम्.

4. G. U. उपहृत° for अपहृत°.

5. P. इदम् for इयम्.—P. साधयन्ती. N. N₂. प्रतिष्ठास् (with शरीरम्, in the margin) for शरीरम्. U. प्रतिष्ठास्.

6. G. काल:. N. इयम्, U. अभूत्, and P. भसौ, for अहो.

7. B. A. N. N₂. यथा after काशिराजपुत्र्या which N. N₂. B. read काशिराज°. U. राजदुहित्रा. K. P. °संप्रदानार्थे.—For मया मानमुत्सृज्य G. K. have मन्युं मानं वोत्सृज्य. P. om. मया. U. °संपादनाय यथा मानमुत्सृज्य.

8. U. ins. मया before याचितौ. B. N. N₂. त्वम्, P. स्वमपि, and A. त्वं च, for तदेव.

9. A. °संध्याजपं; N. N₂. °सितजपम्. U. यावदहमवसितसंध्याकार्यं महा°. P. om. यावत्. B. K. P. °जप्यम्.

10. G. om. the stage-direction. B. ins. अहो before रमणीयः. U. किल for खलु.—U. दिनावसान°. K. °सानसमयौ.

11. U. °वेइमनः.

12. P. उत्कीर्णौ इव.

धूपैर्जालाविनिःसृतैर्वडभयः संदिग्धपारावताः ।
आचारप्रयतः सपुष्पबलिषु स्थानेषु चार्चिष्मतीः
संध्यामङ्गलदीपिका विभजते शुद्धान्तवृद्धाजनः ॥ २ ॥
नेपथ्याभिमुखं दृष्ट्वा । अये इत एव प्रस्थितो देवः ।

परिजनवनिताकरार्पिताभिः
परिवृत एष विभाति दीपिकाभिः ।
गिरिरिव गतिमानपक्षलोपाद्
अनुतटपुष्पितकर्णिकारयष्टिः ॥ ३ ॥
यावदेनमवलोकनमार्गे स्थितः प्रतिपालयामि ।
ततः प्रविशति यथानिर्दिष्टो राजा विदूषकश्च ।
राजा । आत्मगतम् ।
कार्यान्तरितोत्कण्ठं
दिनं मया नीतमनतिकृच्छ्रेण ।

---

1. P. G. नाळविनिर्गतैः. K. जाळवि-
निःसृतैः ▬A.N.U. वलभयः.
2. G.K. रीचिष्मतीः for चार्चिष्मतीः.
We with A. N. N₂. U. B. P.
3. For °दीपिका A.G.N.N₂. P.
read °वर्तिका. A. विजयनें correct-
ed into विनयनें, and N. N₂. विन-
नुनें, for विभजनें. All our Mss.
except P. read °वृद्धौ जनः.
We with Kâṭavema and P.
See notes.
4. B. पुरो दृष्ट्वा. K. नेपथ्याभिमुखमव-
लोक्य.▬A. N. N₂. om. नेपथ्याभि-
मुखं.▬U. विळोक्य for the whole
stage-direction. P. om. the
whole stage-direction. A.
om. अये. P.ins. अयम before
इतः. A.N. have अभिमार्षितः.▬

G.एव: after देव:. U.B. have
य एष: after देव:.
6. G. दासिकाभिः for दीपिकाभिः.
8. N.N₂. अतनुसुपुर्ष्पित °.
9. N N₂. यथा स्थितः:; and A. यथा
स्थितः:, after प्रतिपालयामि. B. प-
रिपालयामि. B.K.P. परिक्रम्य स्थितः:
after प्रतिपालयामि. U. यावदेनमव-
लोकमार्गें प्रतिपालयामि. G.K. अव-
लोकयन्मार्गें.
10. A यथोद्दिष्टौ and B. यथोद्दिष्टव्या-
पारौ, and P. यथोद्दिष्टपरिवारौ, for
यथानिर्दिष्टौ.
11. P.A.N. N₂. om. the stage-
direction आत्मगतम्; B. G. K.
give it. K.ins. आ: after
आत्मगतम्.
13. G. नीतमति °.

अविनोददीर्घयामा
कथं नु रात्रिर्गमयितव्या ॥ ४ ॥

कञ्चुकी । उपगम्य । जयतु जयतु देवः । देवीं विज्ञापयति मणिहर्म्यपृष्ठे
सुदर्शनश्चन्द्रः । तत्र संनिहितेन देवेन प्रतिपालयितुमिच्छामि
यावद्रोहिणीसंयोग इति ।

राजा । आर्य लातव्य विज्ञाप्यतां देवी यस्ते छन्द इति ।

कञ्चुकी । यदाज्ञापयति देवः ।

[इति निष्क्रान्तः ।

राजा । वयस्य किं परमार्थत एव देव्या व्रतनिमित्तोयमारम्भः स्यात् ।

विदू । भो तक्केमि जादपच्छादावा तत्तभोदी यदावदेसेण भवदो पणि-
पादलहणं पमज्जिदुकामेत्ति ।

१ भोः तर्कयामि जातपश्चात्तापा तत्रभवती व्रतापदेशान भवतः
प्रणिपातलङ्घनं प्रमार्ष्टुकामेति ।

---

1. N.N₂.यस्या विनोददीर्घा for the third pâda.

3. A.N.N₂. B.P. उपसृत्य.—G. B. do not repeat जयतु.—A.K. insert देव before देवीं. N.N₂. om. मणि°.

4-5. From तत्र G. reads thus : तत्र संनिहितेन प्रतिपालयति देवीं त्वा देवेन यावच्चन्द्ररोहिणीसंबन्धः. U.तत्र संनिहितेन देवेन देवीं प्रनिपालयितव्या यावच्चन्द्ररोहिणीयोगः. A.तत्र संनिहितेन त्वया सह प्रतिपालयितुमिच्छामि यावद्रोहिणीसंयोग इति. K.तत्र संनिहितेन देवीं प्रतिपालयितव्या देवेन यावच्चन्द्ररोहिणीसंयोगः. P. agrees with us except that it reads भवता for देवेन. G. is somewhat confused.—B.रोहिणीसंयोगश्चन्द्रमस इति.

6. B.P. om. आर्यं. P. om. आर्य लातव्य. K.G.U.सत्यकीर्ने for लातव्य.—U.विज्ञापय्यता. G. om. देवीं. U. om. इति.

7. For यदाज्ञापयति देव इति A.N. N₂.G.K. read तथा.

9. K. om. वयस्य.N.N₂.पुनः, and A. नु, after किं.—G.प्रतिनिवृत्तः for व्रतनिमित्तः. N.N₂. om. स्यात्.

10-11.K.G.U.om.भो.—G.जात°.G. K. जादवच्छा°,P.B.N.N₂.जादवच्चा°.U.संजादपछादावा भत्तभोदी यदावदेसेण तथ्यभवदो पणिवादलहुणं एव°. A.B.P.°होदी.—A.N.N₂.तत्तहोदो.—G.तत्तभवदो, and K.तत्तभभदो, for भवदो.—P.A.N.N₂.पणिवाद°.—A.पमज्जदु°,. N.N₂.पम-

राजा । उपपन्नं भवानाह । तथा हि

अवधूतप्रणिपाताः

पश्चात्संतप्यमानमनसोपि ।

निभृतैर्व्यपत्रपन्ते

5 दयितानुनयैर्मनस्विनः ॥ ५ ॥

तदादेशय मणिहर्म्यपृष्ठमार्गम् ।

विदू । इदो इदो भवं । इमिणा गङ्गातरङ्गसच्छिरिएण फलिअमणि-
सोवाणेण आरोहदु भवं पदोसावसररमणिउदं मणिहम्मिअं ।

राजा । आरोहाग्रतः । सर्वं सोपानीपसर्पणं रूपयन्ति ।

---

१ इत इतो भवान् । एतेन गङ्गातरङ्गसश्रीकेण स्फाटिकमणिसोपा-
नेनारोहतु भवान् प्रदोषावसररमणीयं मणिहर्म्यम् ।

<table>
<tr><td>

विजदुं का.मेदि[N₂. नि]. B.पणिम.
विजदु°. K. °लङ्गदावं मविजदु°.
P. पमाब्जदु°.

1. G.B.K. insert कामम् before
उपपन्नम् . B.P. om. तथा हि.

3. G.संताप्य°. U.हि for अपि.

4. U.विविभैरनुतप्यन्ते.

5. K.दयितानुश्रयैः.

6. B.आदिश for आदेशय. P.आ-
देशीय.—A.N.N₂.P. om.°पृष्ठ°.
U. °हर्म्यपृष्ठस्य.

7–8. G.एत्थ एत्थ for इदो इदो.—N.
N₂.इदो for इमिणा. U.इदो इदो
एदु भवं. K.एदु एदु for इदो इदो.

</td><td>

P.तरङ्गसिसिरिएण. G. °समसिरी-
एण. K. °तरङ्गसिसिरेण समसिरिए-
ण. U. °समसिरिएण. N. °तरङ्गस-
मीरसेण. N₂. °तरङ्गसमीरएण. A.
K. °तरङ्गसिसिरेण.—G.N.N₂. फ-
लिह°. U.फणिहमणिसिलासो°.—P.
K. om. भवं.—G.K. पदोसावदार°.
N.N₂.पदोसा°.B.पदोसावहाणरम°.
—A. °रमणीअं. N₂. °रमणीञ्जं.U.
सन्नदो रमणीअमणिहम्मपिठुभलं for
पदोसा°&c. K. मणिहम्मवासारं.

9. B.N.N₂.सोपानोत्सर्पणम् . U.सर्वं
सोपानारोहणं नाटयन्ति. P.अभिरोह.
K.सोपानसर्पणं.

</td></tr>
</table>

विदू. । विलोक्य । भो पच्चासण्णेण चन्दोदएण होदव्वं । जह तिमिररेई-
अमाणं पुव्वदिसामुहं आलोअसुहअं दीसइ ।

राजा । सम्यगाह भवान् ।

उदयगूढशशाङ्कमरीचिभिस्
तमसि दूरमितः प्रतिसारिते ।
अलकसंयमनादिव लोचने
हरति मे हरिवाहनादिमुखम् ॥ ६ ॥

विदू. । ही ही । भो एसो खण्डमोदअसस्सिरीओ उदिदो राआ
दुआदीणं ।

5

---

१. भो प्रत्यासन्नेन चन्द्रोदयेन भवितव्यम् । यथा तिमिररिच्यमानं
पूर्वदिशामुखमालोकसुभगं दृश्यते ।—२ ही ही । भोः एष खण्डमोद-
कसश्रीक उदितो राजा द्विजातीनाम् ।

1-2. U. रूप्य for विलोक्य. K.om.
विलोक्य.—U.om. भो and has
पच्चा°. G.भोदव्वं.—N.N₂.जह.—
K.तिमिरे विलीअमाणे. G.तिमिरे
वलीअमाणे. N.तिमिरमु‾‾माणं (sic).
N₂.तिमिरमुच्चमाणं, where the
च is corrected from some
letter which it is impossi-
ble to make out. B.तिमिर-
रेरिअमाणं. P. °रेइअमाणं. U.तिमि-
रेण रेचीअमाणं दिसामुहं.—N.भा-
लोअसुहं. N₂.भालोअण°. A.आ-
लोअण्णसुहं.—N.दीसई. G.A.U.दी-
सरि.

3. U.सम्यग्भवान्मन्यते. N.G.P.K.
सम्यग्भवानाह.

4. B.उदयगूढ°.

5. A.B.K.N.N₂.P.दूरमिनः प्रति-
सारिते. N.(मरीचिभिस्)नमित (?)
for तमसि. N₂.मरीचिभिस्तन-
मित°. U.तमसि दूरतरं प्रतिसा-
रिते. G.तमसि दूरत एव निराकृते.
We with A.B.K.N.N₂.P.

7. G.दिग्मुखम्.

8-9. B.A.N.N₂. have विलोक्य
at the commencement of
the speech, and A.N.N₂.
omit भो.—A. inserts खु be-
fore खण्ड°.—A. °मोदअसिसिरि-
ओ. U. °मोदअसरिसो उदिओ राआ
ओसइीणं. N. and N₂. read the
speech thus: ही ही एसो चन्दो
मोदअसरीओ उदिओ राआ आदीणं
[N₂. दुआदीणा]. G.खन्दमंदरअ-

राजा । सहर्षितम् । सर्वत्रौदरिकस्याभ्यवहार्यमेव विषयः । साञ्जलिः प्रणिपत्य ।

भगवन् क्षपानाथ

रविमावसते सतां क्रियायै
सुधया तर्पयते सुरान् पितॄंश्च ।
तमसां निशि मूर्च्छतां निहन्त्रे
हरचूडानिहितात्मने नमस्ते ॥ ७ ॥

उत्तिष्ठति ।

विदू. । भो वम्हणसंकामिदक्खरेण दे पिदामहेण अब्भणुण्णादो आस-
णट्ठिदो होहि जाव अहंपि सुहासीणो होमि ।

राजा । तथा विदूषकं परिगृह्योपविष्टः । परिजनं विलोक्य । अभिव्यक्तायां चन्द्रि-
कायां किं दीपिकापौनरुक्त्येन । विश्राम्यन्तु भवत्यः ।

१ भोः ब्राह्मणसंक्रमिताक्षरेण ते पितामहेनाभ्यनुज्ञात आसनादु-
त्थितो भव यावदहमपि सुखासीनो भवामि ।

<hr>

समससीरीओ. K.°समसिरीभो. A.
उट्ठिदो राभा. G.K.उदिदो राजा.
B.उट्टुं पवुत्तो राभा दुआदिणं. K.
राजा दुजारीणं. P.°मोदअसरिसो
वदिओ राभा दिआणं.
1. G.N.सर्वत्रौदरिकस्य. P.सर्वस्य for
सर्वत्र.— B.°हार्य एव. P.°हार एव.
A.N.N₂.वार्विषयः for विषयः.
2. P. om. भगवन्. U.ऋक्षराज
for क्षपानाथ. B.ऋक्षनाथ. P.नक्ष-
त्रनाथ.
3. G.आसहाते. We with A.N.
N₂.B.P. and Kâṭavema. U.
हांचमावहते. K.आविसते.
4. U.पितॄन्सुराश्च.
6. U.°चूडानिकयात्मने.
7. B.इत्युत्तिष्ठति. U.उपतिष्ठते.
8-9. A.B.P. वम्हणाणसिसं°.—N.

N₂. om. the whole of Vidû-
shaka's speech वम्◼° &c.
and so much of the stage-
direction of the following
speech as ends with परिगृह्य —
G.U. om. भो. P.भो वम्हस.—U.
°संकामिदवखरेण.—B.तुह for दे.
P. has neither दे nor तुह.—
A. after विदामहेण goes on :
अब्भणुण्णादोसि । ता आसणगदो हो-
हि &c. P.अब्भणुण्णादोसि. B.P.
U.आसणगदो.—U.जेण for जाव.
B.P.अहं वि.—B.भविस्सं for होमि.
10-11. A. उपविइय for तथा विदूषकं
परिगृह्योपविष्टः. N.N₂. उपविइय for
उपविष्टः. U.B.om. तथा and have
विदूषकवचनं परि°. P. तथोपविइय.
N.N₂.°पौनरुक्त्यं.—N.N₂.तेन वि-

परिजनः । 'जं देवो आणवेदि ।

[इति निष्क्रान्तः ।

राजा । चन्द्रमसमवलोक्य । वयस्य परं मुहूर्तादागमनं देव्याः । तद्विविक्ते कथयिष्यामि स्वामवस्थाम् ।

विदू. । णं दीसइ एव्व सा किं तु तारिसं अणुराअं पेखिअ सक्कं आसाबन्धेण अत्ताणं धारेदुं ।

राजा । एवमेतत् । बलवान् पुनर्मम मनसोभितापः ।

नद्या इव प्रवाहो
विषमशिलासंकटस्खलितवेगः ।
विघ्नितसमागमसुखो
मनसिशयः शतगुणी भवति ॥ ८ ॥

१ यदेव आज्ञापयति ।—२ ननु दृश्यत एव सा । किं तु तादृशा-मनुरागं प्रेक्ष्य शक्यमाशाबन्धेनात्मानं धारयितुम् ।

श्राम्यन्तु. In fact N.N₂.read thus: अभिव्यक्तायां चन्द्रिकायां किं दीपिकायौनिरृत्तयं । तेन विश्राम्यन्तु भवत्यः. U.किं । तद्विश्राम्यन्तु भवन्यः. G.K.read दीपिकारौनिरृत्तयौन किं &c., and P.किं दीपिकया पुनरु-कौन, instead of किं दीपिकायौन-रृत्तयौन. G. विश्रम्यन्तु. K.भवन्यः.

1. A.N.N₂.भट्टा for देवी.

2. U.निःका°.

3-4. G.B.K.U.ins.विदूषकं प्रति after °लोक्य. A.N.सखे for वयस्य which P.altogether omits. U.विव(sic)कं कथयामि.

5-6. A.N.N₂.भो ण दीसदि. G.K. सा ण दिस्सदि [K.दीसइ]एथ. P.B. ण दीसइ[B.ई] एव्व सा.—G.K.किं तु. G.नारिअं.A.N.N₂.ताए तारिसं and have देखिखभ for पेखिखभ. P. दखिखभ. U.भो दीसदि एव्व सा.

Thus all our Mss. read ण for णं except U. which has neither. Kâṭavema and Ranganâtha also have ण. But they are doubtless all wrong as the सा in l. 5 refers to अवस्था in the previous speech. We with the " B.P. and Calc. Ed. " referred to by Bollensen in his Edition (Anmerkungen S. 40, 6). G.K.ins. खु after सक्कं. A. आत्ताणं धारिदुं. U.भारिदुं. N.N₂. आत्ताणं for अत्ताणं.

7. A.N.N₂.मे for मम. P.om.मम. P.मनसो हि ताप:. B.°लाष: for °ताप:. B.P.कुत: after °ताप:.

9. A. °संकटे. G. °सकरख°.

10-11. B.विघटितस°. N.N₂.द्विगुणितो corrected into शतगुणी.

विदू. । जंहा परिहीअमाणेहिं अङ्गेहिं आधिअं सोहसि तहा अदूरे प्पिअसमागमं ते पेखखामि ।

राजा । निमित्तं सूचयित्वा । वयस्य

वचोभिराशाञ्जननैर्भवानिव गुरुःयथम् ।
अयमास्पन्दितैर्बाहुराश्वासयति दक्षिणः ॥ ९ ॥

विदू. । णे हु अण्णहा बम्हणस्स वअणं ।

राजा । सप्रत्याशास्तिएनि ।

प्रविश्याकाशायानेनाभिसारिकविषोर्वशी चित्रलेखा च ।

---

१ यथा परिहीयमानैरङ्गैरधिकं शोभसे तथादूरे प्रियासमागमं ते प्रेक्षे ।—२ न खल्वन्यथा ब्राह्मणस्य वचनम् ।

1–2. A.N₂.भो before जहा &c., and जन्रा for जहा. U.जभा, and P.भो, for जहा. P.ता for तहा. N.भो वयस्स नहा &c. B.भो for जहा. B.परिही-य॰ तहा &c. A. has: तथा अदूरे पिअजणसमागमं ते पेख्खामि. N.N₂. अहिअभरं for अभिअं, and go on: सोहसि तहा अदूरे पिअअणसमा-गमं ते पेख्खामि.—U.अहिअं सोहसि ता अदूरे पिअसमागमं ते पेख्खामि. B.शोभाहि. B.ता अदूरे पिअजणस-माअमं पेख्खामि for तहा &c. G. K.अभिकअं[G.अविअं] सोहसि [G. सोहसि] ता [G.तहा] तकेमि अदूरे पि-असमागमोत्ति[G. ॰गमं]. P.ता अदूरे पिअजणसमाअमं दख्खामि.

3. U. सूचयन्.

4. G.वचाभि॰. N.N₂.वचोभी राग-जनकैः. B.आसाजननै:. K.वचोभि-रागजननैः corrected from व-चोभिराशा॰.—N.N₂.॰व्यथाम्.

5. N.अयमास्यनिदतै:. U. अयमारय-निदतैर्बाहुराश्वासयति मे मन:. A.अयं मा स्यन्दितै:. And G. reads अयमास्फन्दितै: (स्फुन्दितै:?). We with B.K.P.

6. A.N₂.खु अण्णभा. N.ख्वु for हु. B. अण्णहा ण खु. K.अण्णभा.—N. N₂. बम्हणवअणं. U. om.हु and reads होंदि after वअणं.

8. A.तत: प्रविशत्याकाशायानेन किं-चिन्मत्ता वैहारिकवेषोर्वशी चित्रलेखा च. N.N₂.तत: प्रविशति आकाश-यानेन वैहारिकवेषा किंचिदुन्मत्तोर्वशी चित्रलेखा च. U.तत: प्रविशति आ-काशायानेन कृनभिसरणवेषा &c. B. P. तत: प्रविश्याकाशयानेन किंचि-द्विक्ष्वा[B. क्षी] अभिसारिकावेष-धारिणी उर्वशी चित्रलेखा च. We with G.K.

ऊर्व. । आत्मानं विलोक्य । हला चित्तलेहे अवि रोअदि दे अअं मे अप्पा-भरणभूसिदो णीलंसुअपरिग्गहो अहिसारिआवेसो ।

चित्र. । णत्थि मे वाआविहवो पसंसिदुं । इदं तु चिन्तेमि । अवि णाम अहं पुरूरवा भवेअंति ।

ऊर्व. । सहि मदणो खु तुमं आणवेदि सिग्घं णेहि मं तस्स सुहअस्स 5 वसदिं ति ।

-----

१ हला चित्रलेखे अपि रोचते तेयं मेल्पाभरणभूषितो नीलांशुक-परिग्रहोभिसारिकावेषः । — २ नास्ति मे वाचाविभवः प्रशंसितुम् । इदं तु चिन्तयामि । अपि नामाहं पुरूरवा भवेयमिति । — ३ सखि मदनः खलु त्वामाज्ञापयति शीघ्रं नय मां तस्य सुभगस्य वसतिमिति ।

1-2. B.A.N.N₂.भवलोक्य. P.निर्वर्ण्य.—G.सांख for हला चिच्चलेंहे. U. सहि रूच्चादि दे मे अअं मोत्ताहरभूसिदो णीलंसुअपरिग्गहो अहिसा°. K.सहि रूच्चादि अअं मे ते मुत्ताभरणभूसिदो &c. P.हला खु आहरणभूसिओ किद-णिलंसुअपरिग्गहो अहिसारिआवेसो अवि रोभइ. G.रूच्चदि अअं मे ते आभरण° &c. We with A.B.N.N₂. and Kâṭavema. N.N₂.B.om. दे. B.मम for मे. G.आभरण°. N.N₂. अप्पा आहरण°. G.B. नीलंसुअ°. G.अहिसरिआ°. B.अभिसारिआ°.

3. A.N.N₂. ins. सहि before णत्थि.—N.N₂. om. मे.—A.N.N₂. वाआए विहवो. G.वाहाविहवो.—B. reads thus: णत्थि मे विहवो वाआ पसं°. P.णत्थि मे विहवो वाआए पसं°.—A.U. एदं. B.om. तु.

4. N.N₂.अहं वा for अहं. U.अहं जेव्व. P.अहंगि. N.N₂.पुरूरवा—A. हवेअंति. N.N₂.हवेअंति.

5. A.B.P. हला for सहि.—G.ins. मे before मदणो which it reads मभणो. U.मम मभणो खु. A.om. खु. B.मभणो. K.मे मणं(sic) for मदणो.—K. सअं for सिग्घं. P. सिग्घं मं णेहि तस्स पस्सं सुहगस्सत्ति. A.N.N₂.सिग्घं किल मं णेहि. B. सिग्घं मं णेदि नस्स सआसं सुहयस्सेत्ति. G.K.नं for तस्स. For सुहअस्स G.K. have णिअदमस्स.

6. G.U. वसन्तिं.

चित्र. । णं एदं पडिवत्तिदं विअ केलाससिहरं पिअदमस्स दे भवणं उवगदम्ह ।

उर्व. । तेण हि पहावदो जाणाहि दाव कहिं सो मम हिअअचोरो किं वा अणुचिट्ठदि त्ति ।

५ चित्र. । ध्यात्वा । आत्मगतम् । भोट्टुं कीलिस्सं दाव एदाए । प्रकाशम् । हला एसो मणोरहलद्धपिअसमाभमसुहं अणुहवन्तो उवहोगक्खमे ओभासे चिट्ठदि ।

---

१ नन्वेतत्परिवर्तितमिव कैलासशिखरं प्रियतमस्य ते भवनमुपगते स्वः । — २ तेन हि प्रभावाज्जानीहि तावत्क स मम हृदयचोरः किं वानुतिष्ठतीति । — ३ भवतु क्रीडिष्यामि तावदेतया । हला एष मनोरथलब्धप्रियसमागमसुखमनुभवन्नुपभोगक्षमेवकाशे तिष्ठति ।

1—2. B.विलोक्य before णं. B.P.वडिवत्तिदं. B.केलाससिहरसस्सिसरीभं.—A.वट्टिदं. G.विय. N.N₂.णं एदं वडिवट्टिदकेलाससिहरं विअतमस्स दे भवणं उवगदम्ह. B.विअस्स. P.विअाहस्स भवअणं. G.विअतमस्स. And A.reads विअभमस्स. A.G.देव भवणं for दे भवणं. U. णं वरिविम्बिअं विअ जामिणीजमुणाए केलाससिहरं सस्सिरिअं दे लिअस्स भवणं गदम्ह. K. णं एदं पडिविम्बिदं विअ जामिणीजमुणाए कैलाससिहरं विअदमस्स दे भभणं अणुसरम्ह. G.उवसरम्ह.

3. G.वभावादो for पहावदो. U.वभावेण. K.तेण हि वभावदो जाणाहि. G.जाणिहि. P.जाणेहि. B.N.N₂.जाणीहि.—N.N₂. om. दाव and read मह for मम. U.om.दाव and has मै for मम. P.सो जणो for सो.

5—7. A.N.N₂.B.P.ध्यात्वा विहस्यात्मगतम् [P.स्वगतम्]. G.आत्मगतं ध्यात्वा. U.ध्यात्वा आत्मगनं. B.होटु. K.भोदि.—G.N.किलिस्सं.—G.K.U. ins. सह after एदाए. A.N.N₂. read : हला मणोरहलद्धपिआसमाभमसुइं अणुहवन्तो उवहोगक्खमे पदेसे वट्टदि. U.हला दिट्ठो मए उभभोगक्खमे अवभासे मणोरहलद्धं पिआसमाभमसुहं अणुभवन्तो चिट्ठदित्ति. G.K. हला एसो दिट्ठो मए उवभोगक्खमे देसे मणोरहलद्धं विआसमागमसुहं [K.विभागमसुहं] अणुहवन्तो चिट्ठदि. B.हला दिट्ठो मए मणोरहलद्धं विअजणसमाभमसुहं अणुभवन्तो उवभोअक्खमे अवभासे सहवभस्सो चिट्ठइ. P.हला मणोरहलद्धं विभजणसमाअमं अणुहोंदुं उवहोअक्खमे ओभासे सह वभस्सेण चिट्ठइ. We with A.N.N₂.and Kâṭavema.

उर्व. । विषादं नाटयति ।

चित्र. । मुद्धे का उण अण्णा चिन्ता पिअसमाअमस्स ।

उर्व. । सोच्छ्वासम् । अदक्खिणं संदेहदि मे हिअअं ।

चित्र. । विलोक्य । ऐसो मणिहम्मिअगदो वअस्समेत्तसहाओ राएसी ।

ता एहि उवसप्पाम णं ।

5

| उभे अवतरतः ।

---

१ मुग्धे का पुनरन्या चिन्ता प्रियासमागमस्य । — २ अदक्षिणं संदिग्धे मे हृदयम् । — ३ एष मणिहर्म्यंगतो वयस्यमात्रसहायो राजर्षिः । तदेह्युपसर्पाव एनम् ।

1–2. The Mss. read as follows: U.उ०|अवेहि हिअअं मे ण पत्तिआदि| हला चित्तळेहे हिअए काउण किं जप्प-सि | पिअसमागमस्स अग्गदो ज्जेव्व अणेण अवहिदं मे हिअअं for ll. 1 to 3. G.उ०|विषादं नाटयति |चि०| मुद्धे का उण अण्णा चिन्ता पिअस-मागमस्स. K.उ०| विषादं नाटयति | चि०|मुद्धे का उण चिन्ता पिअसमाग-मस्स. P.उ०| भण्णो सो जणो जो एव्वं भवे | चि० | मुद्धे का उग अण्णा चि-न्ता विआपिआ (translated विक्-लिपता) तुए विगा पिअसमाभमस्स. B.उ०| विषादं नाटयित्वा | भण्णोसी ज-णो जो एव्वं भवे | चि० | मुद्धे का उण अण्णा पिअसमाभमचिन्ता. N.N₂.उर्व०| विषादं नाटयन्ती | कहिं [|?.] चित्तळेहे [wrongly for चित्रलेखा?] मुद्धे का उग चिन्ता अण्णाविभ[N₂.आ]समगदस्स |[ins. उर्व.?] अदक्खिगं मं संदहदि हिअअं.

A.उ०|विषादं नाटयन्ती | कहं | चि-त्र०|मुद्धे का उण चिन्ता अण्णवि-आसमाभमस्स. Ranganâtha's chhâyâ : चि० | मुग्धे का पुनरन्या चिन्ता प्रियसमागमस्य. Kâtave-ma: मुद्धे का उग अण्णा सै चिन्ता समाभमसुहस्स. It is not unlike-ly that the passage forming Chitralekhâ's speech has suffered some corruption.

3. B.मेक्ष्य for सोच्छ्वासम्. A. संदि-हदि. B.अदक्खिवणं मे हिअभं संदिहइ. K.सहि अदक्खिवणं संदेहदि मे हिअअं. P.अदक्खिवणं मे संदिआहै हिअअं.

4. A.N.N₂. ins. खु after एसो.— G.N.N₂.U.K. °हम्मगदो. G.K. om. °मेत्त°.—B. °सहायो. A.N. N₂.चिइदि for राएसी.P.om.रोएसी.

5. A.N.N₂. om. एहि. U.ता उवस-[प]म्ह for ता एहि &c. P.B.om. ता. K.उवसपम्ह. P.अहिसप्पम्ह. G. उवसप्पम. N.उवसप्पाव.

राजा । वयस्य रजन्या सह विजृम्भते मदनबाधा ।

उर्व. । अणिभिण्णअत्थेण इमिणा वअणेण आकम्पिदं मे हिअअं ।

अन्तरिदा एव्व सुणेम्ह से सेरालावं । जाव णो संसअछेदो होदि ।

चित्र. । जं दे रोचदि ।

5 विदू. । णं इमे अमिअगब्भा सेवीअन्तु चन्दवादा ।

राजा । वयस्य एवमादिभिरनुपक्रम्यीयमातङ्कः । पश्य

कुसुमशयनं न प्रत्यर्थं न चन्द्रमरीचयो

न च मलयजं सर्वाङ्गीणं न वा मणियष्टयः ।

मनसिजरुजं सा वा दिव्या ममालमपोहितुं—

10 उर्व. । का वा अवरा ।

----

१ अनिर्भिन्नार्थेनानेन वचनेनाकम्पितं मम हृदयम् । अन्तरिते एव शृणुवोऽस्य स्वैरालापम् । यावदावयोः संशयच्छेदो भवति ।—२ यत्ते रोचते ।—३ नन्वेतेमृतगर्भाः सेव्यन्तां चन्द्रपादाः ।—४ का वापरा ।

----

1. B.N.N2.U.विजृम्भते. G.K.विजृ-म्भिने. P.वर्धते.—A.N.N2.U.B.P. मदनबाधा. G.K.मदनचन्द्री.

2. U.अणिभिण्णअत्थेण.—G.उणुभिण्ण-त्थेण (अणुभिण्णअत्थेण?). N. अणहि-णात्थेण.—N2.अणभिणात्थेण. G.एदेण and K. एदिणा for इमिणा.—N.N2. वअस्सेण for वअणेण. A. कम्पिदं मे, N.N2.कम्पदि मे, and G.K. आकम्पिदं विअ, for आकम्पिदं मे. B.मम for मे. A.N.N2. insert ता after हिअभं. P.आआपिददम्हि for आकम्पिदं मे हिअभं.

3. A.अन्तरिदा भविअ सुणाम. N. N2.अन्तरिदा भरीअ सुणामो. G. K.अन्तरिदे.—U.om. एव्व. B.सु-णाम. P.सुणामो. U.सुणम्ह, B.P. भाळां. K.संळावं. U.भाळावं for से सेरालावं. B.P.जेण for जाव णो.—U.भोदि.

4. A.रोभादि. P.रोभइ. U.B.जं ते रुचदि. K.जइ for जं.

5. G.K.भमिभगभचन्दवादा सेवी-अन्तु. K.ण for णं. N.N2.अमिद ° for भोमिभ °. A.सेविभन्ति. B.सेवी-अन्दे. N.N2.सेविअन्त[=न्तु?]. U. सेविभन्तु चन्दवाभा.

6. A.om. वयस्य.—A.भनुक्रम्यो, G. अनिक्रम्यो, and P.अनवक्रम्यो, for अनुक्रम्यो. U.अनुक्रम्यीयमारम्भः.

8. A.N.N2.B.मणिभूमयः.

10. B.उरसि हस्तं दत्त्वा before का &c. A.N.N2. om. वा. U.K. om. the whole speech.

राजा ।
रहसि लघयेदारब्धा वा तदाश्रयिणी कथा ॥ १० ॥
वि. । ¹हिभअ दाणिं मं उड्डिझअ इदो संकन्तेण तुए फलं उवलध्धं ।
विदू. । ²आम् हंपि जदा मिच्छुहरिणीमंसभोअणं ण लभे तदा णं पथ्य-
यन्तो संकित्तभन्तो आसासेमि ।

5

१ हृदय इदानीं मामुज्झित्वा इतः संक्रान्तेन त्वया फलमुपलब्धम् ।—
२ आम् अहमपि यदा मिष्टहरिणीमांसभोजनं न लभे तदेतत्प्रार्थयमानः
संकीर्त्तयन्नाश्वासये ।

2. G.आरभ्या. U.B.P. °श्रयणी.

3. A.N.N₂.हिभभ दाणिं तै [N.N₂.
दे] सग्गं वड्डिझभ[N.N₂.उड्डिझाभ]
इदं[N.N₂.हरी] संकतस्स[N.N₂.
संकैतस्स] फलं उवलध्धं. U.हिभअ
जं दाणि सि मं उड्डिझभ इदी संकन्तं
तस्स फलं तुए उअलद्धं. B.हिभभ
दाणिं सग्गं उड्डिझभ इदो सक्कन्तस्स
फलं उवलध्धं तुइ. G.हिभभ मं दा-
णिं उड्डिझभ इदो सक्कन्तस्स फलं लध्धं
लध्धं. K.हिभअ जं दाणिं मं उड्डिझ-
अ इदो संकतं तस्स फलं तुए उवल-
ध्धं. P.हिभभ दाणिं मं उड्डिझभ इदो
सक्कदेण फलं उवलध्धं, which
we adopt, but we add the
तुए from Kâṭavema who
reads हिभभ मं दाणीं उड्डिझभ इदो
संकन्तेण तुए फलं उवलध्धं.

4–5. G.आम हंगि जदा मिच्छुहरिणी-
मंसभोअणं ण लभे तदा अण्णं मंसं
मग्गन्तो आसासेमि एव. A.आमः
जदा अहंगि सिहरिणीरसालं ण
लहे तदा णं पथ्ययन्तो संकित्त-
न्तो आससिमि. U.आम भो
अहंगि जदा सिहरिणीं रसालं च ण
लहे तदा तं ञ्जेञ्ज चिन्तभन्तो आसा-
देमि सुहं. N.N₂.सहे जदा भहं विभ-
सिहरि[N₂.र]णीभसालं ण लहे तदा
णं पथ्यभन्तो संकिदचेदां आसासिमि.
B.विदू. | आम. | भो जदा अहंवि
सिहरिणीं रसालं ण लहे तदा णं प-
थ्यभन्तो संकितभन्तो आसासेमि वि-
भ. K.विदू. | आम् अहंगि जदा सि-
हरिणिं मंसभोअणं ण लइं तदा
अण्णं मग्गन्तो आसादेमि सुहं. P.ख्व|
भो जदा अहं सिहरिणीरसं ण लइं तदा
णं पथ्यभन्तो संकित्तभन्तां आसा-
सेमी. That Vidûshaka is not
averse to animal food may
be seen from S'âkuntala
Act II. speech 1. It is very
natural that modern Brâh-
maṇs should make Vidû-
shaka more fond of the
S'ikhariṇî than of venison,
though in reality he only
cares for the former, and
should have changed the
reading accordingly. Kâṭa-
vema and Rangauâtha too
have apparently yielded to
the same prejudice against

राजा । संपद्यत इदं भवतः ।
विदू. । भवंपि तं अचिरेण पाविस्सदि ।
राजा । सखे एवं मन्ये ।
चित्र. । सुणु असंतुट्ठ सुणु ।
5 विदू. । कैं विअ ।
राजा ।

अयं तस्या रथक्षोभादंसेनांसो निपीडितः ।
एकः कृती शरीरेऽस्मिन् शेषमङ्गं भुवो भरः ॥ ११ ॥

चित्र. । किं दाणि विलम्बिवअदि ।
10 उर्व.. । सहसोत्थाय । हला अग्गदोवि मम गदाए उदासीणो विअ
महाराआ ।

---

१ भवानपि तामचिरेण प्राप्स्यति ।—२ शृणु असंतुष्टे शृणु ।—
३ कथमिव ।—४ किमिदानीं विलम्बते ।—५ हला अग्रतोपि मम
गताया उदासीन इव महाराजः ।

animal food and to the temptation to change the correct or prefer the modernized reading.

1-2. B.A.N.N₂. om. the two speeches.

2. U.नुमं वि तं भइरेण पाविहिसि. K.भइरेण. P.प्रकाश्राम् । अइरेण भवं वि तं लहिस्सदि, thus making it part of the speech आम् &c.

3. A.B.सखे एवं च मन्ये. U.मन्यते. K. om.सखे.

4. B.A N.N₂.सुणाहि in both places. P.B.U.om. the second सुणु. K.असंतुट्टे सुणु सुणु.

5. N₂.कर्भं.

7. For तस्या:. K.U.तया and G.तदा.—P.AN.N₂.विचहिनः for नि.पीडिनः. P.यद्यं रथसंक्षोभात्.

8. B.मे for अस्मिन्.

9. B.विलम्बेसि. A.विलम्बीअदि, and wrongly assigns the speech to Vidûshaka.—G.K. make किं दाणि विलम्बहस्सं a part of the following speech of Urvas'î. U.उ० । किं दाणि अवरं विलाम्बिरस्सं । सहसोऽगम्य । हला चिनलेंइ अग्गदोवि मए त्तिदाए उआसीणो महाराआं.

10-11. A.मइ त्तिदाए for मम गदाए. N.N₂.हला अग्गदो मइ त्तिदाए उदासीणो विअ हवे महाराआं. P.B.त्तिदाए मइ for मम गदाए. K.मए for मम, and inserts अभं before उदासीणो.

चित्र. । सविमनम् । अदितुवरिदे अणुखित्तत्तिरक्करिणीभासि ।

नेपथ्ये । इदो इदो भट्टिणी ।

सर्वं । कर्णं ददति ।

वर्ष. । सह सख्या विश्रण्णा ।

विदू. । अविहा अविहा उवट्ठिदा देवी । ता वाघंजमो होहि ।

राजा । भवानपि संवृताकारमास्ताम् ।

वर्ष. । हला किं एथ्थ करणिज्जम् ।

चित्र. । अलं आवेगेन । अन्तरिदा वयं । उवस्सासणिअमवेसा राएसी-महिसी दीसदि । ता ण एसा इह चिरं चिट्ठिस्सदि ।

---

१ अतित्वरिते अनुक्षिप्ततिरस्करिणीकासि ।—२ इत इतो भर्त्री ।—३ अपिहा अपिहा उपस्थिता देवी । तद्वाचंयमो भव ।—४ हला किमत्र करणीयम् ।—५ अलमावेगेन । अन्तर्हिते आवाम् ।

---

1. B.हला before अदि॰ which it reads अदिनुवारिए. G.आनिनुव-रिदे. A.॰नुवरदे.—U. ins. अयि before अदि॰.—U.॰नुरिदे असं.खिवत्तिरक्करिणी आसि.—A.॰निरक्खारिणीआसि. N.N₂.अणुखि[N₂.विख]त्तनिरक्क[N₂.रब]रिणीभासी. B. has आणिखिवत्तिरक्खारिणी होसि. P.अणिखिवत्तिनिरक्खरिणीभासि. G.K संठिद[G.संहिद]तिरक्करणीका-[K.आ]सि. Kâṭavema अणखिव-त्त॰(="अनाखित॰").

2. P.भाहिणि.

3. For कर्णं ददति P.G.K. have आकर्णयन्ति.

4. P.सख्या सह.

5. For अविहा अविहा. G.K. have अइ भो. P.आविह आविइ भो वभस्स उव॰.&c. N.N₂.अविहा उव॰.U.आविद २(i. e. अविद अविद) भो उवट्ठिदा देवी ता मुडिअनमुहो होहि — For ता &c. A.भो तुवं वाभंभमो होहि. N.N₂. om. ता and read भो वाभंभनां[मो?] होई. G.K.दाव for ता. B.ता नुमं वाभंअमो होहि. P. ditto, except that it omits ता.

6. A.B.P.॰कार आस्ताम्.

7. P.कहं करणिज्जं for हला &c. A.N.N₂.हला कहं करणीश. So also U., only having कर्भं and करणीयं. B.हला एथ्थ किं कर॰.

8–9. N.N₂.भावेसिण for आवेगे-ण. B.आवेएण. U.दाणिसि तुमं for वयं.—U.विहिदगिभमवंसा राभमहिसी दीसइ । ता एसा चिरं ण चिह्रदिति. A.भन्तरिहिदा होम । एसा खु विणि-दवेसा राजाअं सेवन्ती ण एथ्थ निरं चिट्ठिस्सदि । तथा स्थिने. N.N₂.भ-न्तहिदा होम्ह । एसा वखु विणिदवेसा

। ततः प्रविशत्यौपहारिकहस्तपरिजना देवी ।

देवी । परिक्रम्यावलोक्य च । हञ्जे णिउणिए एसो रोहिणीसंजोएण अधिअं सोहदि भअवं मिअलञ्छणो ।

चेटी । ध्रुवं देवीसहिदो भट्टा विसेसरमणिज्जो । परिक्रामति ।

5 विदू. । दृष्ट्वा । भो ण जाणामि सोत्थिवाअणं देइत्ति आदु भवदो वदव्व-

उपवासनियमवेषा राजर्षिमहिषी दृश्यते । तन्नैषेह चिरं स्थास्यति ।

१ हञ्जे निपुणिके एष रोहिणीसंयोगेनाधिकं शोभते भगवान्मृगला-ञ्छनः । — २ ननु देवीसहितो भर्ता विशेषरमणीयः । — ३ भो न जानामि स्वस्तिवाचनं ददातीति अथवा भवतो व्रतव्यपदेशेन मुक्तरोषा प्रणिपातलब्धनं प्रमार्ष्टुकामेति । अद्य ममाक्ष्णोः शुभदर्शना देवी ।

<table><tr><td>

राभाणं सेवन्ती ण एत्थ चिरं चिट्ठदि । उभे तथा स्थिते.—B.अळं आवेएण । अन्तरिदा दाव होदि । हभं विणिभ. मट्टिभवेसा राभाणं सेवन्ती ण इह चिरं चिट्ठिस्सदि. P.अळं आवेएण अन्तरिदा होम्ह हभं सणिभमवेसा वि-अ राभाणं सेवन्ती दिस्सइ एसा ण चिरं चिट्ठिस्सदि. We with G.K. and Kâtavema.

1. G. प्रविष्टा औरहारिकहस्ता सपरि-वारा देवी. U.न॰म॰ भ्रूनोपहारपरि-जना दे॰. B.ततः प्रविशत्युपहारह-स्तपरिजना देवी चेटी च. K.प्रवि-श्यौपहारहस्तपरिवारा देवी चेटी च.

2-3. Before this speech, P. G.B.A. give चेटी । इदो इदो भ-ट्टिणी [G.देवी].—A.N.N₂.U.चन्द्र-मसम[U.चन्द्रम]वलोक्य for the stage-direction परि॰ &c. B. P.चन्द्रमसं विलोक्य.—G.K.om. णिउणिए.—P.A.B. अळज, and N.N₂.अभं, for एसो. P.A.N.N₂.

</td><td>

U.B.अहिअं. G.K.अधिअं.—U.रोहिणीजोएण. P.रोहिणीसहाओ. B.सोभइ. P.सोहइ.—N.मिग्गळञ्छी. N₂. मअलञ्छणो.

4. G.K.णं देवीसहिदस्स भट्टिणो वि-सेसरमणिभदा भोदि[K.होदि]. B.णं देवीसहितस्स भट्टिणो विभ विसेस.रमणिज्जदा होदि. U.णं स(?सं?)प-ज्जिस्सदि भट्टिणी सहिदस्स भत्तुणो विसेसरमणिअदा. U.इति परिक्रामतः.—A.N.N₂.णं भट्टिणीसहिदो भट्टा वि-सेसदंसणीओ होदि. We with P. and Kâtavema. P.B.सव्वं परि-क्रामन्ति.

5. A.दृष्ट्वा । भो जाणामि सोत्थिवा-अणं किंदि देइत्ति भवन्तमन्तरेण भ वदावदंसेण मुक्करोसन्ति तक्केमि भ-ज्ज मे अच्छीणं सुहदंसणा देवी. N. N₂.दृष्ट्वा । भो जाणामि सोत्थिवभण-किंवि देइत्ति भवन्तमन्तरेण भ वदावदे-सेण मुक्करी[sic]सोत्ति तक्केमि । अज्ज मे अच्छिणं सुहदंसणा देवी. B.वि॰।भो

</td></tr></table>

वदेसेण मुक्करोसा पणिपादलङ्कणं पमज्जिदुकामेत्ति । भज्ज मे
अक्खीणं सुहदंसणा देवी ।

राजा । सत्मितम् । उभयमपि घटते । तथापि भवता यत्पश्चादभिहितं
तन्मां प्रति भाति । यदत्रभवती

सितांशुका मङ्गलमात्रभूषणा
पवित्रदूर्वाङ्कुरलाञ्छितालका ।
व्रतापदेशोज्झितगर्भवृत्तिना
मयि प्रसन्ना वपुषैव लक्ष्यते ॥ १२ ॥

5

देवी । उपगम्य । [1] जेदु जेदु अज्जउत्तो ।

---

1 जयतु जयतु आर्यपुत्रः ।

जाणामि सोंथिवाभरणं कप्पिदं ण वे-त्ति । भवन्तं अन्तरेण वदावदेसेण मुत्तरोसेत्ति तक्केमि । भज्ज मे भक्खिबणं सुहदंसणा देवी. K.वि० । भो णं जाणासि सोंथिवायणकं दैइत्ति भादु भवदो वदव्ववदेसेण मुक्करोसा पणिपादलङ्कणं संमज्जिदुकामेत्ति भज्ज मे अक्खीणं सुहदंसणा देवी. G दृट्ठा । भो णं जाणामि सोंथिवाभरणं दैइत्ति भादु भवदो वदवक्ःवदेसेण मुक्करोसा पणिपादलङ्कणं वमज्जिदुकामेत्ति । भज्ज मे अक्खिणं सुहदंसणा देवी. P. भो जाणामि सोंथिवाभरणं वट्टदे भव्वहं अन्नरेण वदावदेसेण मुत्तकोश भज्ज मे आछिणं सुहदंसणा देविन्ति. U.दृट्ठा । भो णं जाणामि सोंथिवभणं दैदिन्ति ॥ भादुं भवदी व्वदव्वदेसेण मुक्करोसा पणिपादलङ्कणं पमज्जिदुका-मेत्ति भज्ज मे अक्खीणं सुहदंसणा देवी. We generally with G. K.U. and Kâṭavema, the latter, however, omitting त्ति after and inserting मे before देइ, and having वदकम्म-व्ववदेसेण, and reading the भवदी before पणिवाद॰ instead of before वद॰.

3–4. A. has उभयथा भवता यन्नु पश्चादभिहितं &c. N.N₂.उभयथा भवते । यन्नु पश्चादभिहितं &c. U. has यन्नु पश्चादभिहितं for तथापि भवता यत्पश्चादभिहितं. B.उभयमपि भवनि यन्नु पश्चादभिहितं तन्मा प्रति. K.उभयमपि घटतै तथा भवता यत्पश्चादभिहितं तन्मा प्रतिभाति. P.उभयथापि भवतः । यन्नु पश्चादभिहितं तन्मे प्रतिभाति. A.N.N₂.तथा हि for यन्. P.विचित्र॰ for पवित्र॰.

7. B.P.॰वृत्तिका.

8. G.K.U.मम for मयि. We with A.N.N₂.B.P.=K.A.B.वपुषैव.

9. B.उपसृत्य. G.जभदु जभदु. B.

परिजनः । जेदु जेदु भट्टा ।

विदू. । सोत्थि भोदीए ।

राजा । स्वागतं देव्यै । तां हस्तेन गृहीत्वोपवेशयामि ।

वर्व. । हँला इभं ठाणे देवीसद्देण उवआरीअदि । ण किंपि परिहीअ-
दि सचीए ओजस्सिदाए ।

चित्र. । साहु असूआपरम्मुहं मन्तिदं ।

---

१ जयतु जयतु भर्ता ।—२ स्वस्ति भवत्यै ।—३ हँला इयं स्थाने
देवीशब्देनोपचर्यते । न किमपि परिहीयते शच्या ओजस्वितया ।—
४ साधु असूयापराङ्मुखं मन्त्रितम् ।

K. do not repeat जेदु. U. महाराओ for भट्टउच्चो. B.P.भ०. अउत्ता.

1. G.जयनु जयनु भट्टारक:. U.जयति देवी. B. om. this speech. P. does not repeat जेदु.

2. A.वहृदु भोदी. N.N₂.वहेदु भोदी. P.वभदु देवी. K.U.B.सोत्थि for सत्थि. B.होदीए.

3. K.G.U.देवि स्वागतम्.—G.om. ताम् and A.N.N₂. read हस्ते गृहीत्वोनिषत्ति. U.हस्ते गृहीत्वोपवेशयति. B.हस्तेन गृहीत्वोपविशति. K.हस्तेन प्रगृह्योपविशति. P.हस्तेन गृहीत्वोत्थाय तिष्ठति.

4-5. A.हला ठाणे इभं देवीसद्देण उवअरिअदि. So N.N₂., only inserting वखु after ठाणे.U.reads ठाणे इभं ति देवीसद्देण उच्चारिअदि ।

ण हि किंपि परिहिभादि सचीए ओज-स्सिदाए. G.K. om. हला and G. wrongly reads देवी भट्टेण for देवीसद्देण. G.इयं for इभं. K.इभादि. B.हला ठाणे इभं. B.उव-भरिभादि । ण परिहीणा देवीसद्दस, omitting the comparison about S'achî. K.उ० । इभं ति ठाणे देवीसद्देण उव्वरिअदि ण किंपि परिहीभादि सचीदी ओजस्सिदाए. P.हला इभं ठाणे देवीसद्देण उवभरिभादि ण परिहि०भादि अस्स सहस्स. A.N.N₂.सिरिए for सचीए.—N.N₂.ण हि for ण किंपि.

6. B.om.साहु and adds तुए after मन्तिदं. N.N₂.साहु भसभं परिहरि-अ मन्तिदं. G.K.U.सहि असूभाव-रंमुहं मन्तिदं नुए.

देवी । अँउजउत्तं पुरोकारिअ कोवि वदविसेसो मए संपादणीओ । ता
मुहुत्तं उवरोधो सहीअदु ।
राजा । मा मैवम् । अनुग्रहः खलु नोपरोधः ।
विदू. । ईरिसो सोथ्थिवाअणवन्तो उवरोहो बहुसो होदु ।
राजा । किंनामधेयमेतद्देष्वा व्रतम् ।   5
देवी । निउणिकामवेक्षते ।
निउ. । भट्टा पिआणुप्पसादणं णाम ।
१० राजा । देवीं विलोक्य । यद्येवम्
अनेन कल्याणि मृणालकोमलं
व्रतेन गात्रं ग्लपयस्यकारणम् ।   10

---

१ आर्यपुत्रं पुरस्कृत्य कोऽपि व्रतविशेषो मया संपादनीयः । तन्मुहू-
र्तमुपरोधः सह्यताम् ।—२ ईदृशः स्वस्तिवाचनवानुपरोधो बहुशो
भवतु ।—३ भर्तुः प्रियानुप्रसादनं नाम ।

---

1. B.P.अ०अउत्तं. U.पुरोकदुअ. B. पुरदांकारिअ. A.मै for मए, which N.N2. altogether omit. B.P. read the मए after कोवि.—P. संपादणिज्जो.

2. A.K.मुहूत्तं. N.N2.U.मुहुत्तं.— A.B.°रोहो सहिअदु. N.N2.K. °रोहो सहीभदु. P.सहि०भदु. U.स-हिभदु.

3. B.P.माणवक अनुग्रहः खल्वयमुप-रोभः:.—A.अयं for न. N.N2.om. न.

4. A.एरिसो भोअजसोथ्थि°. U.ईदि-सेहिं सोत्थिवाभणेहिं दे बहुसो उवरोंओ होदु. N.N2.एरिसो भोअणसोत्थि°. B.ईरिसो एव्व सोथ्थिवाभणणिमित्ती उवरोहो बहुसो होदु. G.जारिसो सो-थ्थिवाअणकवन्तो तारिसो अवरोहं होदु. K.एरिसां सथ्थिवाअणकारणं [corrected from कांणे] बहुसां उवरोहि होदु.

5. G.K.om.एनन्. U. inserts निउणाम[sic]वलोक्य before किंना-म° and omits the following line, देवी निउणिकामवेक्षते, which however all other Mss. agree in giving.

6. B.निउणिकामुखम्.

7. G.om.भट्टा वि°.K.om. भट्टा. A.भट्टाविया °[="भर्तृप्रिया°"].N.N2.°पसाभणं.U.भट्टा पिअप्पसाभणं णा-म. B.P.भट्ट. Kâtavema reads with us, and translates भर्तः प्रिया°. Ranganâtha's chhâyâ, भर्तः प्रियप्रसादनं नाम.G.°पसादणं.

8. G.K. अवलोक्य.

10. B.ग्लापयसि.

प्रसादमाकाङ्क्षति यस्तवोत्सुकः
स किं त्वया दासजनः प्रसाद्यते ॥ १३ ॥

उर्व. । महन्तो खु से इमर्हिं बहुमाणो[1] ।

चित्र. । अइ मुद्धे अण्णसंकन्तप्पेम्माणो णाअरिआ अहिअं दक्खिणा[2][3][4]
होन्ति ।

देवी । सस्मितम् । णं इमस्स वदपरिग्गहस्स अअं पहावो जं एत्तिअं
मन्ताविदो अज्जउत्तो ।[5][6][7]

विदू. । विरमदु भवं । ण जुत्तं सुहासिदं पच्चाचरिदुं ।[8]

---

१ महान्खल्वस्यैतस्यां बहुमानः ।—२ अवि मुग्धे अन्यसं-
क्रान्तप्रेमाणो नागरिका अधिकं दक्षिणा भवन्ति ।—३ नन्वेतस्य
व्रतपरिग्रहस्यायं प्रभावो यदेतावन्मन्त्रयित आर्यपुत्रः ।—४ विरमतु
भवान् । न युक्तं सुभाषितं प्रत्याचरितुम् ।

---

1. G.N.काङ्क्ति.

2. P.प्रसाध्यते.

3. U. ins. सर्वेऽल्यास्मितं at the beginning of the speech.—U. क्खु एदस्स for खु से. P.om.से.—A.N.N₂.इमाए for इमर्हिं. G.K. सहि सरिसं एव्व [K.जेव्व] जं [G. om.] एसा आकिंदी बहुमाणस्स [K.°माणा] भइ &c. U.सहि सरि-सं जेव्व जं एसा आकिंदी बहुमाणा भइ &c.

4. A.P.N.N₂.om. भइ.—N.N₂. have मुद्धे, repeated.—P.°संक-न्तहिभभा. U.om.°संकन्त°.—N.N₂.भण्णसंकेनप्पेमाणभरिआ.—B. K.°पेमाणा. G.अहिभणं for अहि-

अं. U.has °भारिआए विअवभणा for दक्खिणा.

6-7. G.B.K.om.णं.—U.om.स-स्मितम् ।णं, and has इमस्स व्वदस्स अभं पहावो जं एत्तिअं मन्ताविदो भ-ज्जउत्तो for the whole speech. K.वदपरि°.K.पहावो.—For मन्ता-विदो. G.K. have गददि.—A.भ-य्य°. B.P.अ०भ°.

8. P.ण जुत्तं सुभरिदग्घहं आभरिदुं. G. ins. तुए, and K.नाए before सुहासिदं. B.सुभासिदं पच्चसरिदुं. A. पच्चसारिदं. N.N₂.पछत्सारिदुं. U.पच्चविवदुं. सुहासिदं is the reading of seven of our Mss. and of the two commentators.

देवी । दारिआओ उवणेध ओवहारिअं जाव मणिहम्मिअगदे चन्द-
पादे अच्चेमि ।

परिजनः । एसो गन्धकुसुमादिउवहारो ।

देवी । नाट्येन गन्धगुण्णादिभिश्चन्द्रपादानभ्यर्च्य । हञ्जे इमे ओवहारिअमोदए
अज्जमाणवअं लम्भावेहि ।

परिजनः । जं देवी आणवेदि । अज्जमाणवअ एदं दाव दे ।

विदू. । मोदकसरवं गृहीत्वा । सोत्थि भोदीए । बहुफलो दे उववासो होदु ।

---

१ दारिका उपनयतौपहारिकं यावन्माणिहर्म्यगतांश्चन्द्रपादानर्चा-
मि ।—२ एष गन्धकुसुमादिरुपहारः । — ३ हञ्जे एवानौपहारिक-
मोदकानार्यमाणवकं लम्भय ।—४ यदेन्पाज्ञापयति । आर्यमाणवक
एत्तावत्ते ।—५ स्वस्ति भवत्यै । बहुफलस्तवौपवासो भवतु ।

1–2. A.N.N₂.दारिआ उवणेह. G. उवहारिअं. U.दारिओ आणेव उवहा-रिअं जाव हम्मगदे चन्दवादे अच्चेमि. G.दारिओ उवणध. B.दारिए उवणेहि ओरहारिअं. P.उवणेह. G.जधा for जाव. N.N₂.°गदं चन्दवादं.

3. A.N.N₂.जं भट्टिणी आणवेदि एदं गन्धसुमणादि ओवहारिअं. U.जं देवी आणवेदि । एसो उवहारो. B.दारि-काः । अअं गन्धसुमणादिओ ओवहा-रिओ. P.परिचारिकाः । अअं गन्ध-माली आदिओ उवहारो. N.N₂.त्यौ-पहारिकं देव्या हस्तेर्पयति at the end of the speech.

4–5. U.उवणेह, and G.उवणेध bef. नाट्येन &c. A.N. ins. गृहीत्वा before नाट्येन.—A.B.P.सुमनसी-भिः for गन्धगुण्णादिभिः. K. गन्ध-कुसुमादिभिः. N.N₂. om. गन्धगु-ण्णादिभिः. B.P.हञ्जे णिउणिए. U. इमेहिं उवहारेहिं मोदएहिं अज्जमाणव-अं कञ्चुइं च अच्चेअ for इमे &c. G.भवहारिअ°. N.N₂.ओवहारिआ मोदआ. A.अय्यमाणवअं. G. has अज्जमाणवअं कञ्चुइअं छम्भेमि. N. N₂.आणवेहि. A.लावेहि. B.इमे हुवे ओवहारिअमोदए अ०अमाणवअं क-ञ्चुइं अ लम्भावेहि. K.उवहारमोदए अज्जमाणवअं कञ्चुइअं लम्भेइ.

6. B.P.A.N.N₂.भट्टिणी for देवी.—G.°माणव. B.अ०अ°. B om. दाव. B:तुह for दे. P.यथोक्तं करो-ति for अज्ज &c. up to दे. A.N.N₂. om. दे.

7. B. मोदकं. K.P.U. °शरावं.K. तवकं गृहिला. A.B.P.सोदीए. N.N₂.भवदीए. N.N₂.उवणसो (sit.) U.बहुफलो एस ब्वदो होदु. P.°फलो होदु तुह उववासो. B.देवीए for दे. N.N₂.से for दे. A.उववासो. N.

देवी । अज्जउत्त इदो दाव ।

राजा । अयमस्मि ।

देवी । राज्ञः पूजामभिनीय प्राञ्जलिः प्रणिपत्य । ऐसा अहं देवदामिहुणं रोहि-
णीमिअलञ्छणं सख्खीकरिअ अज्जउत्तं अणुप्पसादेमि । अज्जप्प-
हुदि जं इथिअं अज्जउत्तो पत्थेदि जा अज्जउत्तस्स समागम-
प्पणइणी ताए मए पीदिबन्धेण वत्तिदव्वंति ।

वर्व. । अम्हहे ण आणे किंपरं से वअणंति । मम उण विस्सासवि-
सदं हिअअं संवुत्तं ।

---

१ आर्यपुत्र इतस्तावत् ।— २ एषाहं देवतामिथुनं रोहिणीमृगलाञ्छनं
साक्षीकृत्यार्यपुत्रमनुप्रसादयामि । अद्यप्रभृति यां स्त्रियमार्यपुत्रः प्रार्थयते
यार्यपुत्रस्य समागमप्रणयिनी त्वया मया प्रीतिबन्धेन वर्तितव्यमिति ।—
३ अहो न जाने किंपरमस्या वचनमिति । मम पुनर्विश्वासविशदं
हृदयं संवृत्तम् ।

N₂.भोंदु. After this speech K.U. have चेटी । अज्ज कञ्जुभ-
[U.९] एदं तव [U.दे] । कं । गृहीत्वा
रवस्ति भवत्ये [U.देव्यै].

1. A.अयय°. B.P.अ०अ०.
2. B. wrongly अहम् for अयम्.
3. A.राजपूजाम्. P. om. राज्ञः पूजा-
मभिनीय. P. om. एसा. U. om.
अहं.
4–5. A. °मअलञ्छगं. N.N₂.
°लाञ्छगं. U. °मिहलञ्छणं. A.
N.N₂.पच्चख्खीकारिअ. B.°कदुअ.
U.सख्खीकिदुय अज्जउत्तमणुप्पसादे-
मि. G. om. अज्जउत्तं. B.P.अ०-
अ°. K.A.N.N₂. read पसादेमि.
A.N.N₂.अज्जरहुदि. A.अयय°.B.
P.अ०अ°.G.K. have जं अज्ज.

उत्ती इथिअं. U.अज्जउत्ती जं इथिअं
कामेदि जा अज्जउत्तस्स समागमण-
णइणी ताए सह अण्णडिबन्धेण वत्ति-
दव्वं. A.रूदि for पत्थेदि. A.N.
N₂.B. ins. इथिआ after जा. A.
अभ्यउत्तेण and N.N₂.अज्जउत्तेण
for अज्जउत्तस्स. A.समाअम°.
6. A.पीदिबन्धणा[°बन्धेण ?] एव्व
वत्ति°. N.N₂.ताए वत्तिदव्वंति. B.
ताए मए पीतिबन्धेण वत्तिदव्वं. K.
ताए समं पीदिवबअणेण वत्तिदव्वंति.
P.ताए मयि समपीदिबन्धेण वत्तिदव्वं.
G.ताए समं पीतिबन्धेणेव्व वत्तिदव्वंति.
7–8. N.N₂. om. अम्हहे. U.अम्म-
हे. B.अंहहे. For किंपरं G. कीरि-
सं andK. कैरिसं. U. om. णि after
वअणं. A.N.N₂.विससविसण्णं. B.

चित्र. । सहि महाणुहावाए पदिव्वदाए अभ्भणुण्णादो अणन्तराओ दे पिअसमागमो हविस्सदि ।

विदू. । अपवार्य । छिन्नहत्थो मच्छे पलाइदे णिविण्णो धीवरो भणादि धम्मो मे हविस्सादीत्ति । प्रकाश्यम् । भोदि किं तारिसो पिओ तत्तभवं ।

देवी । मूढ अहं खु अत्तणो सुहावसाणेण अज्जउत्तं णिव्वुदसरीरं काटुमिच्छामि । एत्तिएण चिन्तेहि दाव पिओ ण वेत्ति ।

5

---

१ सखि महानुभावया पतिव्रतयाभ्यनुज्ञातोनन्तरायस्ते प्रियसमागमो भविष्यति ।—२ छिन्नहस्तो मत्स्ये पलायिते निर्विण्णो धीवरो भणति धर्मो मे भविष्यतीति । भवति किं ताद्दशः प्रियस्तत्रभवान् ।—३ मूढ अहं खल्वात्मनः सुखावसानेनार्यपुत्रं निर्वृतशरीरं कर्तुमिच्छामि । एवाव- ता चिन्तय तावत्प्रियो न वेति ।

P.अविस्सासविसअं हिअअं विसण्णं संवुत्तं. P.om. संवुत्तं. We with G.K.

1. A.महाण्पहावाए. N.N₂.B.P.मह- ण्पहावाए. N.N₂. om. दे. B.अभ. णुण्णादासि ता अण°. P.अण्णुणादो [अणुण्णादो]. U.अणुण्णादो.

2. K.P.A.U. °समाअमो. U.णि- अ°. P.B.K.भविस्सदि.

3–5. U. after अप°:—छिण्णहत्थ- स्स पुरदो मच्छे पलाइदे णिविण्णो भ- णादि धम्मो मे हुविस्सदित्ति । मठ । भोदि किं तारिसो तत्तभवं. A.N. N₂.भिण्णहत्थो. B.णिभिण्णबन्धे म- च्छे. P.भिण्णहत्थे मच्छे. K.छिण्णह- त्थे भज्जे. N.N₂. om. णिविण्णो. B.P.णिविण्णो. B.धीवरो. G. om. धीवरो. And G.K. read भणदि

मे धम्मो हविस्सदि. K.N.N₂.P. भणदि. P.N.N₂.B. भाविस्सदित्ति. K.हुविस्सदित्ति.—A. किं ते दासो तत्तभवं. N.N₂.भोदि किं दे[N₂. ते] उदासीणो तत्तभवं. B.किं तुए दत्तो तत्तभवं अण्णाए किं तुह दासो तत्तभवं. G.भों for भोदि. K.भोदि किं तारिसो तत्तभवं. P.होदि किं दिण्णो तुए तत्तभवं.

6–7. P.मूढइभअ.—P.N.N₂.om. अहं. U.K.ख्खु.—A.N.N₂.सुहो- वरोहेण for सुहावसाणेण. B.P.वदा- वदेसेण. B.P.अ०अ°. B. काडुं इच्छामि. P.करिअदुं इच्छामि.—U. अज्जउत्तस्स सुहं इच्छामि for "अ- ज्जउत्तं....इच्छामि" A.अय्य°. K.U.एत्तिएण. K.पिओ.

राजा ।

दातुं वा प्रभवसि मा-

मन्यस्यै हर्तुमेव वा दासम् ।

नाहं पुनस्तथा त्वं

यथा हि मां शङ्कसे भीरु ॥ १४ ॥

देवी । होहि वा मा वा । जधाणिहिट्ठं संपादिदं पिआणुप्पसादणं वदं ।
दारिआओ एध गच्छुम्ह । प्रस्थिता देवी ।

राजा । प्रिये न खलु प्रसादितोस्मि यदि संप्रति विहाय गम्यते ।

देवी । अज्जउत्त अलक्खिदपुव्वो मए णिअमो ।

---

१ भव वा मा वा । यथानिर्दिष्टं संपादितं प्रियानुप्रसादनं व्रतम् ।
दारिका एत गच्छामः ।—२ आर्यपुत्र अलक्षितपूर्वो मया नियमः ।

2-5. A.B.P. make an anush-
ṭubh of the stanza, thus:
दातुं वा प्रभवसि मामन्यस्मै [B.P.
अन्यस्यै] हर्तुमेव वा । नाहं पुनस्तथा
भीरु यथा मयि विशङ्कसे. So N.
N₂., but have हन्तुम् for
हर्तुम्. U.दातुमसहने प्रभवस्यन्यस्मै
कर्तुमेव वा दासम्, and then has
मयि for त्वं. G.प्रभवति. K.अन्य-
स्मै कर्तुमेव वा दासम्.

6. For होहि, U.भोदु, and B.P.G.
होदु, U.K. omit वा before मा.
—G.जणणिदिट्ठं for जधाणिदिट्ठं. N.
U.जहाणिदिट्ठं. B.P.जहणिदिट्ठं. P.
संपादिअं. G.K. ins. मए after
संपादिदं. N.N₂.पिअप्पसादणं. U.
णिअप्पसादणं. K.°प्पसादणवदं. P.
B.A.N.N₂. ins. णाम after °प्प-
सादणं. U.N.वदं.

7. A.एह दारिआ गच्छु[म्ह]. N.N₂.
एहि दारिआ गच्छम्ह. U.एध परिज-
णा गच्छम्ह for दारिआभो &c. and
om. the stage-direction. B.
एहि दारिएआ गच्छुम्ह. P.भयि दारि-
आभो गच्छुम्ह. G.K.एदो for एध.
N.N₂. om. प्रस्थिता देवी. B.
om. देवी.

8. B.पटान्ते गृह्णन् at the begin-
ning. U. om. प्रिये. N.N₂.यद्
for यदि. G.यदिदं. A.यदि [correct-
ed from यदिदं]. U. wrongly
om. यदि.N.N₂.उत्थाय for विहाय.

9. B.P.अ॰अ°. U.ण अलिखदव्वो
संगदं णिभमो for अलक्खि° &c.
B. अणुलक्खिदपुव्वो मे णिभमो. A.
णिभामो. P. मे for मए.

[निष्क्रान्ता सपरिवारा देवी ।

उर्वै. । हला पिअकलत्तो राएसी । ण उण हिअअं णिवत्तेदुं सक्कुणोमि ।

चित्र. । किं उण तुए णिरासाए णिवत्तीअदि ।

राजा । आसनमुपेत्य । वयस्य न खलु दूरं गता देवी ।

विदू. । भण विस्सद्धं जं असि वत्तुकामो । असइझोत्ति वेड्जेण आ-　　5
तुरो विअ सेरं मुत्तो भवं तत्तहोदीए ।

राजा । अपि नामोर्वशी—

---

१ हला प्रियकलत्रो राजर्षिः । न पुनर्हृदयं निवर्तयितुं शक्कोमि ।
—२ किं पुनस्त्वया निराशया निवर्त्यते । —३ भण विश्रब्धं यदसि
वक्तुकामः । असाध्य इति वैद्येनातुर इव स्वैरं मुक्तो भवांस्तत्रभवत्या ।

---

1. G.निः:कान्ता. U.इति सपरिजना निः:कान्ता. K.सपरिवारा.

2. B.P. om. हला. K.विभ°. N.N₂.राभसी. B. ins. से after ण. G.K.तहवि मम हिअअं णिवत्तेदुं ण सक्कणामि[K. सक्कुणोदि] for ण उण &c. A.णिअत्तेदुं. P.तहवि ण उण हिअभं तदो णिव्वुत्तेदुं &c. A.N.N₂.सक्कैमि. U.ण उण हिअभं णिभत्ताइदुं सक्कुणोमि.

3. A.N.N₂.हला किं तुए णिरासाए णिउत्तीभदि[A. णिअत्तिचीभदि.=A. "निर्विद्यते"].U.कधं थिरसोहिदो णि-अत्तीभदि. B.किं उण तुए गिरासाए णिवत्तीभदि. P.किं तुए एदं णिरासा-व[ए?] णिअत्तिभदि. G.K.किं मुधा-[K.मुध्धे] थिरसोइदो अप्पा णिन्दी-आदि. So also Kâṭavema. We with B.

4. U.उवमृश्य, and om. न खलु. B.वयस्य दूरंगता देवी. A. om. न.

5-6. A.N.N₂.वीसःभ्भो and put आसि after वत्तुकामो,"वत्तुकामोसि." U.विसत्थो and reads जंसि वत्तु-कामो. B.जं वत्तुकामोसि. P. has no सि or आसि. G.K.A.N.N₂.असक्कोत्ति[N.N₂. om. त्ति] परि-च्छिदिभ[K.N.N₂.पडिछुन्दिभ] आ-दुरो विअ वेड्जेण[A.N.N₂.वेड्जेण आदुरो विअ] सेरं[G.सैरं][K. ins. तुमं] मुक्को तत्तभोदीए[A.N.N₂.°हो-दीए]. B.सअं उत्तो for सेरं मुत्तो. U.असक्कोत्ति परिछन्दिभ आदुरो विअ वेड्जेण अहरेण मुक्को तत्थभवं भोदीए. We with B. P. and Kâṭa-vema.

7. P.G.K. उर्वैइया.

उर्व. । अज्ज किदत्था भवे ।

राजा ।

गूढा नूपुरशब्दमात्रमपि मे कान्ता श्रुतौ पातयेत्
पश्चादेत्य शनैः कराम्बुजवृते कुर्वीत वा लोचने ।
हर्यास्मिन्नवतीर्य साध्वसवशान्मन्दायमाना बला-
दानीयेत पदात्पदं चतुरया सख्या ममोपान्तिकम् ॥ १५ ॥

उर्व. । हेला इमं दाव से मणोरहं संपादइस्सं । पृष्ठतो गत्वा राज्ञो नयने
संवृणोति ।

चित्र. । विदूषकं संज्ञापयति ।

राजा । सखी रूपयित्वा । सखे नारायणोरुसंभवा सेयं वरोरूः ।

---

१ अद्य रूवार्या भवेत् ।—२ हला एवं वावदस्य मनोरथं संपाद-
यिष्यामि ।

1. G.भवेअं. P.U.भवेयं both reading उर्वश्या in the previous speech. N.N₂. wrongly assign this speech to Chitralekhâ. N.N₂.रूदत्था हवे. B.होमि.

3. U.गूदं.

4. N.N₂.पश्धादेत्य कराम्बुजेन निभृते कुर्वीत वा लोचने. U.करोलळ°. K.°भृते for °वृते.

5. G.हमें.

7–8. N.N₂.दाव इमं. U. gives the speech to Chitralekhâ and reads thus: चि० । हला उब्वसि इमं दाव दे मणोरहं संपादेहि after which follows : उर्वशी । स्साध्वसा । कीळिस्सं दाव । इति पृष्ठे-नागत्य राज्ञो लोचने संवृणोति. K. reads thus. हला इमं दाव से मणो-रहं संपादेम्ह. A.N.N₂.पुरइस्सं for संपादइस्सं.—B. inserts अट्टट्ठूवा before संवृणोति. P.अट्टइयरूवा after गत्वा.

9. G.K.विदूषकं संज्ञां लम्भयनि. U. विदूषकं संज्ञया लम्भयनि.

10. A.N.N₂.P. ins. as follows before the King's speech : "विदू. । भो वअस्स[N.N₂.P. om. both words]का उण एसा". Our authority for omitting this speech of Vidûshaka is B. G.K.U. and Kâṭavema. We do not, besides, quite expect Vidûshaka to ask the question, after the sign made to him by Chitralekhâ.—G. K.U. ins. न खलु after सखे. N.N₂. om. the stage-direction as also सखे. P. om. सखे. G.K. om. इयम् and have एव instead. G.वरोरु:, N.N₂.वरा-

विदू. । कहं भवं अवगच्छदि ।

राजा । किमत्राज्ञेयम् ।

अङ्गमनङ्गक्लिष्टं
सुखयेदन्या न मे करस्पर्शात् ।
नोच्छ्वसिति तपनकिरणै-
श्चन्द्रस्येवांशुभिः कुमुदम् ॥ २६ ॥

उर्व. । हस्तावपनीयोत्तिष्ठति । किंचिदुपसृत्य । जेदु जेदु महाराओ ।

राजा । सुन्दरि स्वागतम् । एकासने उपवेशयति ।

चित्र. । अवि सुहं घरस्सस ।

राजा । नन्वेतदुपपन्नम् ।

१ कथं भवानवगच्छसि ।—२ जयतु जयतु महाराजः ।—३ अपि सुखं वयस्यस्य ।

रोहा. U. om. सेयं and has वामोरुः. P.वामोरुः. N.N₂.सेवेयम् ।

1. A.कधं. A.अवअच्छुदि. B.अवग-छिभदि for भवं अवगच्छुदि ।

2. U.ज्ञेयम्. B. inserts माणवक before किं. P.om.किमत्राज्ञेयम्.

4. G.सुखयति न मेन्या करस्पर्शात्. K.U.सुखयति.

5-6.B.K.P.नोच्छुसति. N.N₂.चन्द्र-स्यैवांशुकैः कुसुमम्. U.K.P.चन्द्र-स्यैव.

7. P.A.N.N₂. make हस्तौ &c. a stage-direction for the King, and read it उर्वशीहस्तमवलम्ब्यो-त्तिष्ठति. B.उर्वशीहस्तमवलम्ब्योत्थाय परिष्वजने । उर्व०। किंचिद् &c. P. om. किंचिदुपसृत्य. G.जयदु जयदु.

A.जभदु जभदु. B.om.2nd जेदु.

8. N.N₂. om. the whole of this speech.

9. G. om.अवि.—For from l. 7 to l. 9 U.reads as follows : उर्व०। अम्हहे । वज्जलेवधडिदं विभ मे हत्थजु-अलं ण समत्थिम्हि अवणेदु । इति तथा मुकुलिताक्षी चक्षुषोर्हस्तावपनीय ससाध्वसा तिष्ठति । रा०।हस्ताभ्यां गृ-हित्वा परिवर्तयति । उ०। कथंचिदुप-सृत्य । जभदु जभदु महाराओ ।चित्र०। सुहं वअरस्सस.

10. U.तदेतत् for नन्वेतद्. After म-हाराओ B.P.proceed : चित्र. । अवि सुहं वअरस्सस । रा. । [B.संदरि स्वा-गतं] नन्वेतदुपपन्नं । उ । हद्धा देवीए &c.

उर्व. । हला देवीए दिण्णो महाराओ । तदो से पणअवदी विअ
सरीरसंपक्कं गदम्हि । मा खु मं पुरोभाइणिं समत्थेहि ।

विदू. । केव्वं इह उनेध तुम्हाणं अत्थमिदो सुज्जो ।

राजा । उर्वशीमवलोक्य ।

5

देव्या दत्त इति यदि

व्यापारं व्रजसि मे शरीरेऽस्मिन् ।

प्रथमं कस्यानुमते

चोरितमेतत्त्वया हृदयम् ॥ ९७ ॥

चित्र. । वँअस्स निरुत्तरा एसा । संपदं मह विण्णप्पं सुणीअदु ।

10 राजा । अवहितोऽस्मि ।

---

१ हला देव्या दत्तो महाराजः । ततोऽस्याः प्रणयवतीव शरीरसंपर्कं
गतास्मि । मा खलु मां पुरोभागिनीं समर्थयस्व ।—२ कथमिहैव
युवयोरस्तमितः सूर्यः ।—३ वयस्य निरुत्तरैषा । सांप्रतं मम विज्ञप्तं
श्रूयताम् ।

---

1. B.चि after महाराओ. G.K.
अदो. K.U.पणभ°. For विअ A.
N.N₂. have भविभ.

2. A.सरीरसंसग्गं इदम्हि. N.N₂.सरी-
रसग्गं देम्हि. U.सरीरसंगदम्हि. P.
सरीरं संगदम्हि. A.N.N₂. ण for
मा.—G.पुरोभागेत्ति. U.पुरोभाइणि-
त्ति. N.N₂.समत्थाहि. K.मा एखु मं
तं पुरोभागिणिं.

3. A.P.इह एव्व. U.इह ज्जेव्व. For
इह ज्जेव N.N₂. have इहिं ज्जेव्व
which they read after तुम्हाणं.
U.अत्थिमिदो.

4. A.विलोकयन्. N.N₂. om. the
whole stage-direction. B.
अवलोकयन्.

5-6. P.दत्तम्. G.U.om.यदि. B.संसर्गं
for व्यापारं. U.wrongly om. मे.

7-8. P.U.°मने: for °मते. K.चोरि त्वतं
मे त्वया हृदयम्. P.चोरिभूय त्वया हतं
हृदयं (sic). A.N.N₂. चौर्यीग्रहनं
त्वया हृदयम्. U.wrongly चोरितं
मे त्वया हृदयम्.

9. G.णिउत्तरा. N.संपदं मह विण्णअं
&c. N₂.संपदं मम विण्णअं. A.P.
विण्णप्पं. N.विण्णअं. G.K. मम सं-
पदं विण्णवणा मु°. U.मम संपदं वि-
ण्णविदं मु°. B.विण्णत्तं.

चित्र. । वसन्तानन्तरे उण्हसमए भअवं सुज्जो मए उवचरिदव्वो ।
ता जहा इअं मे पिअसही सग्गस्स ण उक्कण्ठेदि तहा वअस्सेण
कादव्वं ।

विदू. । किं वा सग्गे सुमरिदव्वं । ण वा अण्हीअदि ण वा पीअदि ।
केवलं अणिमिसेहिं णअणेहिं मीणा विडम्बीअन्दि ।

राजा । भद्रे

अनिर्दैश्यसुखः स्वर्गः वस्तं विस्मारयिष्यति ।

---

१ वसन्तानन्तरे उष्णसमये भगवान्सूर्यो मयोपचरितव्यः । तद-
र्थयं मे प्रियसखी स्वर्गाय नोत्कण्ठयति तथा वयस्येन कर्तव्यम् ।—
२ किं वा स्वर्गे स्मर्तव्यम् । न खाद्यते न वा पीयते । केवलमनि-
मिषैर्नयनैर्मीना विडम्ब्यन्ते ।

---

1. G. is corrupt here and reads वसन्तार्ण कदसमए. N.N₂. वसन्तानन्तरउदुस°. U.°नन्तरं. P. A.N.N₂B.P.उदुसमए. We with K.U.—A.N.N₂. om. भअवं. U. भवं. B.सु॰ओ. B. om. मए. G. K. read the मए after उवचरि-दव्वो.—P.N.N₂.U.उवअरिदव्वो.

2. G.om. ता. U.K.जधा for जहा. —G.सग्गस and has सव्वहा for जहा. N₂.सव्वधा and om. इअं. G. om. विअ°. U.पिअ°.— A. N.N₂. ins. अण्णसङ्काए before सग्गस्स. B.जह. B.अगण्णसङ्का inserted before इअं. B.णो for मे. B.सग्गे. P.ता जग[ह?] अण्ण-आ सङ्का सग्गो ण उक्कण्ठभदि सहिए तह वअस्सेण करदव्वं. N₂. तधा for तहा. U. om. तहा. B.K.

तह. For कादव्वं G. has होदव्वं.

4. G.K.P. insert भोदि before किं वा. The other Mss. omit it.B. सोग्गे.—G.हणिभदि ग वा पिअदि य-दिन्ति for ण &c. U.ण तत्थ खादी-अदि ण पिभदि. B.अण्हभदि. G.K. पीयदिन्ति.

5. N.N₂.अणिमेसाहि. B.अनिमि°. A.N.N₂.अच्छीहिं, U.अलेहिं, B.वि-हिहिं, and P.लोचनेहिं, for णअ-णेहिं.—G. om. मीणा. N.N₂.मिणा विभलीअन्ति for मीणा विडम्बीअन्दि. U.मीणदा अवलम्बीआदि. G.K.P. विडम्बीअदि. A.विडम्बीति.

6. U. om. भद्रे and reads वयस्य instead. P. om. भद्रे.

7. G.अनिर्दिइय°. B.G.°सुखस्वर्गः. U.अनिर्देश्यमुखं स्वर्गं कथं विस्मार-यिष्यते. P.कस्मं वा विस्मरिष्यति.

अनन्यनारीसामान्यो दासस्त्वद्याः पुरूरवाः ॥ ९८ ॥

चित्र. । अणुगिहीदम्हि । हला उव्वसि अकादरा भविअ विसज्जे-
हि मं ।

उर्व. । चित्रलेखां परिष्वज्य । सेहि मा खु मं विसुमरेहि ।

5 चित्र. । सस्मितम् । वैअस्सेण संगदा तुमं एव्व एदं मए जाचिदव्वा ।

[राजानं प्रणम्य निष्क्रान्ता ।]

विदू. । दिट्ठिआ मणोरहसंपत्तीए वड्ढदि भवं ।

राजा । इयं तावद्बुद्धिर्मम । पइय ।

सामन्तमौलिमणिरञ्जितशासनाङ्कम्
10 एकातपत्रमयनेन तथा प्रभुत्वम् ।

---

१ अनुगृहीतास्मि । हला उर्वशि अकातरा भूत्वा विसर्जय माम् ।
—२ सखि मा खलु मां विस्मर ।—३ वयस्येन संगता त्वमेवैतन्मया
याचितव्या ।—४ दिष्टचा मनोरथसंपत्त्या वर्धते भवान् ।

---

1. N.N₂.दासत्वेष पुरूरवाः.
2. K.A.N₂.अणुगहिदाम्हि. P.N.U.
अणुग्गहिदाम्हि. B.°गहिदम्ह.
4. U. inserts सकरुणं after परि-
ष्वज्य. A.N.N₂.हला for सहि.
K. om. सहि. U.खु. N.N₂ विसु-
मरसि. U.विसुमरेसु. B.मुमरेहि.
K.विसमरेहि. P. विसुमर.
5. G. om. सस्मितम्, and reads
the speech thus: अण्णोण्णस-
मागदा एव्वं तुमं मए जाच्चिदव्वा,
which N.N₂. read thus : म-
हाराएण संगदा तुमं एव्व एदं मए
जंणिदव्वा. U. om. सस्मितम् and
reads तुमं जेव्व एवं जाचिदव्वा.
B. ins. सहि before वअस्सेण.

B.तुमं एव्वेवं वाचिदव्वा. K. om.
सस्मितम्, and has °गदा एव्वं
तुमं मए जाचिदव्वा. P.°गदा तुमं
एव्वं मए आलविदव्वा. A.जल्पिदव्वा
for जाचिदव्वा.
6. U.इति before राजानं. G.निः-
क्रान्ता.
7. N.N₂.संवर्दीए वड्ढु.N₂.वड्ढु. B.
भवं वड्ढइ. G.वड्ढदि. P.भवं वध्खइ.
U.दिट्ठिआ मणोरहसिद्धीए वड्ढदि भवं.
8. G.K.U.इमा तावन्मम समृद्धिं
[U.मनोरथसिद्धिं instead of मम
समृद्धिं] for इयं &c. B. om.इयं.
9. N.N₂. °मणिराजिन°.—N. N₂.
शासनानाम्. U.°रञ्जिनपादपीठम्.

अर्थाः सख्ये चरणयोरहमद्य कान्तम्
आज्ञाकरत्वमधिगम्य यथा कृतार्थः ॥ १९ ॥

उर्व. । नत्थि मे विहवो अदो पिअदरं मन्तिदुं ।

राजा । उर्वशीं हस्तेनावलम्ब्य । अहो विरुद्धसंवर्धन ईप्सितलाभो नाम ।

पादास्त एव शशिनः सुखयन्ति गात्रं
बाणास्त एव मदनस्य ममानुकूलाः ।
संरम्भरूक्षमिव सुन्दरि यद्यदासीत्
त्वत्संगमेन मम तत्तदिवानुनीतम् ॥ २० ॥

उर्व. । अवरद्धम्हि चिरकारिआ अउजउत्तस्स ।

राजा । मा मैवम् ।

यदेवोपनतं दुःखात्सुखं तद्रसवत्तरम् ।

---

१ नास्ति मे विभवोतः प्रियतरं मन्त्रयितुम् ।—२ अपराद्धास्मि
चिरकारिकार्यपुत्रस्य ।

---

1. N,N₂.कामम् for कान्तम्.

2. U.आज्ञाकरत्वमवधिगम्य.

3. A.अदीवि विभभरं मन्तिदुं. N,N₂.
अदीवि अवरं मन्तेदुं. U.णत्थि मे वा-
आविहवो अदो अवरं मन्तिदुं. B.वि-
अवरं. G.K.विभं.

4. U. reads हस्तेनालम्ब्योर्वशीम्. K.
हस्तेनालम्ब्य. G.अहो विरुद्धं संव-
र्धनः. U.अहं अविरुद्धं (may be
also द्धे, it is doubtful) संवर्ध-
नर्माहितफलानाम् । पादास्त एव &c.
A. °रुद्धसंवादना. N,N₂.°संवादि-
ता लाभो नाम. B.विरुद्धसंवादिरी-
प्सितार्थलाभो. P.अविरुद्धार्थसंवादन-
मीप्सित°. We with G.K.—B.
adds तथा हि after नाम.

6. K.U.P.मनोनुकूलाः for ममानु-
कूलाः.

7. A.°रूक्षम्.

8. A.तत्तदिहानुलोमम्. P.त्वत्संगमे नु
मम तत्तदिवानुकूलम्. N,N₂.तत्ता-
हानुकूलम्. U.तत्तदिवानुनीतम्. B.त्व-
त्संगमेन ननु तत्तदिवानुकूलम्. K.
उपनीतम्. G.भपनीतम्. We with
U. and Ranganâtha.

9. P.A.N₂.A. insert खु after
°रध्दम्हि. A.N.N₂.U.चिरआरि-
आ. B.अवरद्धा अहं चिरआलविद-
भारिणी अ॰अउत्तस्स. P.अवरद्धा
खुम्हि चिरभालदुःखभारिणि अ॰भ-
उत्तस्स. For भज्जउत्तस्स A.N.
N₂.U. have महाराभस्स.

निर्व्वाणाय तरुच्छाया तन्नस्य हि विशेषतः ॥ २९ ॥

विदू. । भो सेविदा पदोसरमणीआ चन्दवादा । समओ खु दे वास-
घरप्पवेसस्स ।

राजा । तेन हि सखयाद्ते मार्गमादेशय ।

5 विदू. । इदो इदो भवदी । इति निष्क्रामन्ति ।

राजा । सुन्दरि इयमिदानीमभ्यर्थना ।

उर्व. । कहं विअ ।

राजा ।

अनुपनतमनोरथस्य पूर्व्वं

10 शतगुणितेव गता मम त्रियामा ।

---

१ भो सेविताः प्रदोषरमणीयाश्चन्द्रपादाः । समयः खलु ते वास-
गृहप्रवेशस्य । — २ इत इतो भवती । — ३ कथमिव ।

---

1. K.निर्व्वाय.

2–3. G.U.भोंदि for भों. B.वभ-
स्स after भों.—A.पओसरमणीआ.
U.°पदोस°. G.°रमणीया. B.P.
°रमणिज्जा. K.सेविदा एदे दोसरम-
णिज्जा. A.B.P.चन्दवादा. A.G.
K.चन्दवादा.—G.K.U. insert ता
before समओ.—A.N.N₂.°हर°
for °घर°. U. om. खु.—U.गेह-
प्प° for वासघरप्प°. B.वासघरप्प-
वेसस्स. K.P.°घरप्प°.

4. G.K.नर्हिं for तेन हि. A. om.
हि. U. om. तै. B.P.आदर्शेय.

5. A.P.होदी. N.N₂.U. भोंदी.—G.
निःक्रामतः. N.N₂.B.K.सर्व्वं परि-
क्रामन्ति, U.निःकामति, and K.
परिक्कामन्त:, for इति निष्क्रामन्ति.

6. A.इत्थमिदानीं मे प्रार्थना for इय-
म् &c. N.N₂.इदानीमियं मे प्रार्थे-
ना, U.इयमिदानीं मे प्रार्थना. B.मे
प्रार्थना, and P.अपि मे प्राथना,
for अभ्यर्थना. We with G.K.

7. B.A.N.N₂.का for कहं. U.की-
दिसी सा for कहं विअ. P.किं विअ.

9. G.अनुगत°. B.अनुपतन° (sic).
K.अननुगत°. P.अनुपरथ°. U.
अनभिगत°. We with A.N.N₂.
—N.N₂.सा मे for पूर्व्वम्.

10. G.शतगुणिता मे गता त्रियामा.
N.N₂.शतगुणितेन (sic व?) पुरा ग-
ता त्रियामा. K.U.शतगुणितेव गता
मम त्रियामा. B.शतगुणितामिव मे गता
त्रि°. A.P.शतगुणतामिव मे गता
त्रि°. We with Bollensen.

यदि तु तव समागमे तथैव
प्रसरति सुभ्रु ततः कृती भवेयम् ॥ २२ ॥

[इति निष्क्रान्ताः सर्वं ।

| तृतीयोऽङ्कः समाप्तः |

---

2. U.प्रभवति for प्रसरति. G.K. read the following forgery after Stanza 22 :

भवतानुगतेनाहमेना हरिणजांचनाम् ।
स्मर्तव्योऽप्रियर्थयेहं त्वा हंहो चेतःकृताञ्जलिः ॥
3. G.निःक्रान्ताः.

| ततः प्रविशति विमनस्का चित्रलेखा सहजन्या च |

सह. | चित्रलेखां विलोक्य | **सहि मिलाअमाणसदवत्तस्स विअ दे मुहस्स छाआ हिअअस्स असत्थदं सूचेदि | ता कहेहि णिव्वेदकारणं | समदुःखा भविदुमिच्छामि |**

चित्र. | **अच्छराआरपज्जाएण इहभअवदो सुज्जस्स पादमूलोवट्ठाणं वट्टदित्ति बलिअं खु उव्वसीए उक्कण्ठिदम्हि |**

---

१ सखि म्लायमानशतपत्त्रस्येव ते मुखस्य छाया हृदयस्यास्वा-स्थ्यं सूचयति | तत्कथय निर्वेदकारणम् | समदुःखा भवितुमिच्छामि | —२ अप्सरोवारपर्यायेणेहभगवतः सूर्यस्य पादमूलोपस्थानं वर्तत इति बलवत्खलूर्वश्या उत्कण्ठितास्मि |

2–4. G.N.N₂.अवलोक्य for विलो-वय. G.मिलिभाअभमाण°. A.मिज्झाभ-माअं सदवत्तं विअ करुणा दे मुह-छाभा. U.मिल्लायमाणसयवत्तकिसणा दे मुहछाभा. N.N₂.सहि मिल्ळयमाअं सनवत्तं विअ किं सुण्णा दे मुहछाया. [N₂.आ] हिअभरस्स असत्थदं सूएनि. B.°सदवत्तं विअ सकरुणा दे मुहछा-या. P.सदवत्तळाछु विअ सकरुणा दे मुहछुया.—B.A.U.सूएदि for सूचेदि P.सूभइ.U.अस्सुथ्थिदं. B.भरसत्थदं. K.भस्सत्थत्तणं. A.N.णिव्वेदण°.N₂. णिवंभ°. P.°काळणं. G.K.णिव्वेदे कारणं.—U.ता कहेहि मे अणिव्वुदि.

कारणं जेण दे समदुःखा होमि. B. P. omit ता. B.अणिव्वुदिकालणं | अहं वि समदुःखा होदुं इच्छामि. A. N.N₂.P.होदुं for भविदुं.

5–6. A.N.N₂. ins. हळा before अच्छुरा°&c. A.B.भद्दरा°. K.अच्छु-राम्वारे पज्जा°.—K.णत्तभवदो for इहभवदो. A.पट्यायेण. A. N. N₂. om. इह. B.°प०आएण.—K.मूलोव-ट्ठाणं.—A.N.N₂.सुज्जस्स विमाणे सह तुए णिवसन्ती बलिअं उव्वसीए उक्-किठद [N₂.दे]म्हि. B.P.भद्दरावार [P.वावार] पज्जाएण [B. प०आएण] इह [P.om.]भभवदो सुज्जस्स[B.

सह. । जाणे वो अण्णोण्णसिणेहं । तदो तदो ।

चित्र. । तेदो इमाइं दिवसाइं को णु खु वुत्तन्तोत्ति पणिधाणट्ठिदाए मए अव्वाहिदं उवलध्धं ।

सह. । सावेगम् । कीरिसं विअ ।

चित्र. । उव्वसी किल तं रदिसहाअं राएसिं अमच्चेसु णिवेसिदर-उज्जधुरं गेण्हिअ गन्धमादणवणं विहरिदुं गदा । 5

१ जाने युवयोरन्योन्यस्नेहम् । ततस्ततः । — २ तत एतेषु दिव-सेषु को नु खलु वृत्तान्त इति प्रणिधानस्थितया मयाव्वाहितमुप-लब्धम् । — ३ कीदृशमिव । — ४ उर्वशी किल तं रतिसहायं राजर्षि-ममात्येषु निवेशितराज्यधुरं गृहीत्वा गन्धमादनवनं विहर्तुं गता ।

मु॰अस्स] विमाणे सह तुए वसन्तो-[P.न्दि] वलिहं उव्वसीए उक्कण्ठदम्हि. We with G.K. and Kâta-vema, the latter, however, reading वहन्ती for वट्टदिन्ति.

1. B. inserts सांवेगं before जाणे &c. A.N.N2.अण्णोण्णगदं सिणेहं. So N.N2., which, however, insert हला before जाणे. B. अण्णोण्णसंगदं सि॰. P.जाणे अग्गो-ण्णसंगदं वो हिअभसिणेहं. A.N.N2. B. om. नदो तदो.

2-3. N. om. नदो. N2.नदा. A.दिव-हाइं. P.N.N2.दिअहाइं. B.अहाइं. K.इमाई दिवसाई. P.कहं for को णु खु. A.B.P. ins. से bef. वुत्तन्तो but G.N.N2.K.U. omit it. A. वितन्ततो. B.P.उत्त॰. G.पणिधा-णेण दिट्ठाए[ट्ठिदाए?] मए णिए अव्वा-हिदं &c. N.N2.वणिहा[N2.भा]ण-थिदाए नस्स [N2.नस्सा] अव्वाहिदं. K.पणिधाणेण ट्ठिदाए मए ताए अ॰.

A.तिस्सा and B.P.ताए inserted after मए. U.has neither. Kâ-ṭavema reads the ताए. We omit the से and ताए with U. and Bollensen, for this rea-son that some of our Mss. read ताए, others नस्स (or तस्सा) and others again तिस्सा, and that if से and ताए stood ori-ginally in the text, we should have found सा the pronoun instead of उव्वसी in the next speech of Chitra-lekhâ, उव्वसी किल &c.

4. N.N2. om. सांवेगम्. A.N.N2. कीरिसं.

5-6. K.लक्ष्मीसहाअं for रदिसहाअं. A.उव्वसी कीलिदुं मदिसहाअं नं राएसिं अमच्चाणिवेसिदरञ्जधुरं गेण्हिअ गन्धमादणं गदा. N.N2.उव्वसी किल उंमदिदा साअहं नं राअसीं अम्म[N2. अमच्च॰] चणिवेसिदरञ्जधुरं गेण्हा-

सह. । सो णाम संभोगो जो तारिसेसु पदेसेसु । तदो तदो ।

चित्र. । तेहिं खु मन्दाइणीए पुलिणेसु गदा सिकदापव्वदकेलीहिं की-
लमाणा विज्जाधरदारिआ उदयवदी णाम देण राएसिणा णि-
ज्झाइदेन्ति कुविदा उव्वसी ।

5 सह. । होदव्वं । दूरारूढो खु पणओ असहणो । तदो तदो ।

चित्र. । तेदो भट्टिणो अणुणअं अपडिवज्जमाणा गुरुसावसंमूढहिअआ

---

१ स नाम संभोगो यस्तादृशेषु प्रदेशेषु । ततस्ततः ।—२ तत्र
खलु मन्दाकिन्याः पुलिनेषु गता सिकतापर्वतकेलीभिः क्रीडन्ती विद्या-
धरदारिका उदयवती नाम तेन राजर्षिणा निदिध्यासितेति कुपितोर्वशी ।
—३ भवितव्यम् । दूरारूढः खलु प्रणयोऽसहनः । ततस्ततः ।—४
ततो भर्तुरनुनयमप्रतिपद्यमाना गुरुशापसंमूढहृदया स्त्रीजनपरिहरणीयं
कुमारवनं प्रविष्टा । प्रवेशानन्तरं च कारणान्तरपरिवर्तिना लताभावेन
परिणतमस्या रूपम् ।

अ गन्धमादणं गदा. B.उव्वसी की-
लिदुकामा तं राएसिं अमच्चेसु णिवेसि-
दरज्जभरं गण्हिअ गन्धमादणं गिह-
रिदुं गदा. P.उव्वसी किल सहात्रि
(*sic*) राएसिं अमच्चेसु णिवेसिअकअज-
भारं गण्णीअ गन्धमादणपव्वदे गदा
विहारिदुं.—G.adds कैलासिहरप्पदेसं,
and K. कैलासिहहद्देसं, before
गन्धमादणवणं.

1. A सो खु णाम. N.N₂.खु for णाम.
P.B.संभोभो. G.P. do not
repeat तदो. B. om. तदो तदो.

2-4. A.N.N₂.च for खु which
B. omits.—B.P.तहिं अ[B.om.]
मन्दाइणीपुलिणप‍डजन्ते[B.प॰अन्ते]
कीलमाणा [P.किलमाणा] विज्जाभर-
[P.॰हर]दारिआ उदयवदी णाम
देण[P. तेण] राएसिणा णिज्झाइदेन्ति
कुविदा उव्वसी. A.N.N₂.मन्दाइणीः-
पुलिणपेट्टने कीलमाणा विज्जाअरदारि-
आ उदअवदी णाम तेण राएसिणा णि-
ज्झाइददेन्ति[N. N₂.णिद्धातादेति] कु-
विदा उव्वसी. K.पव्वदकीलाहिं. K.
उदअवदी. K.णिज्झादेन्ति.

5. G.K.हला दूरात्रिरूढो पणओ[G.
॰रूढरणओ] असइणो होदि। अविअ
[K.om.] अकिदव्वदा बलवदी । तदो
तदो [G.om.तदो तदो]. B.P. दूरं
अहिरूढो, omitting खु. B. iu-
serts सहि before तदो तदो.

6. G.पणअं for भट्टिणो अणुणअं. N.
N₂.अणुरागं. B.P.भनुणो. B.प-
डिवबज॰. G.K.U.अप्पडि॰. P.
॰सावमूढहिअभा.

इथिभाजणपरिहरणिज्जं कुमारवणं पइट्ठा । पव्वेसाणन्तरं च
कारणन्तरपरिअत्तिणा लदाभावेण परिणदं से रूवं ।
सह. । णंथिथ विहिणो अलङ्घणिज्जं । तस्स अणुराअस्स अअं णाम
एक्कवदे ईरिसो अणथ्थो । अह किमवथ्थो सो राएसी ।
चित्र. । तेर्हिं एव्व काणणे पियदमं विचिणन्तो अहोरत्ताणि भदि-
वाहिदि । इमिणा उण णिव्वुदाणंपि उक्कण्ठाकारिणा मेहोदएण
अणथ्थाहीणो हाविस्सदि ।

---

१ नास्ति विधेरलङ्घनीयम् । तस्यानुरागस्यायं नाभिकपद ईदृशोन-
र्थः । अथ किमवस्थः स राजर्षिः ।—२ तस्मिन्नेव कानने प्रियतमां
विचिन्वन्नहोरात्राण्यतिवाहयति । एतेन पुनर्निर्वृतानामप्युत्कण्ठाकारिणा
मेघोदयेनानर्थाधीनो भविष्यति ।

---

1. A.N.N₂. तं अम्हाणं परिहरणीअं for इथिभाजणपरिहरणिज्जं. B.
अम्हाणं वि पलिङ्कणिज्जं. P.अम्हाणं
परिहरणिज्जं. N.N₂. पविट्ठा. P.
N.N₂. अ for न. B. एग्ग for न.
2. N₂.कारणान्तर°. B.K.P.काल-
न्तर°. K.P.°णिवत्तिणा. N.N₂.
°वत्तिणा. U. काणणोबन्तवत्तिलश्-
भांपण. B.K.से परिणदं. G.A.P.
रूवं.
3-4. A.N.N₂. insert हद्दी हद्दी
before णंथिथ &c. A.अलङ्गणिओं.
B.अलङ्गणिज्जं. N.N₂.लङ्गणीओ.
P.णंथिथ विहिविह्वओ अलङ्गणिज्जो.

For तस्स &c. N.N₂. तस्स णाम अ-
णुराअस्स अअं पलिगाभो संवुत्तो । अह
कहिं सो राएसी [N₂. अय किमथ्थो
सो राएसी]. A.अन्तो for ईरिसो
अणथ्थो. B.अन्तो संवुत्तो for ईरिसो

अणथ्थो. K.परिणामो अणभा संवुत्तो
for ditto. P.एक्कवदे अन्तो for ए-
क्कवदे ईरिसो अणथ्थो. G.B.सो किम-
वथ्थो राएसी. P.अह किंभवथ्थो राएसी.

5-7. N.N₂. तर्सि व्जेव्व.—A.N.
N₂.वैभमिं for पियदमं. B.विशनमं.
A.अहोरत्ते. N.N₂. विचिणन्तो इद
उब्भसी तद उब्भसीनि अहोरात्ते आदि-
वाहिदि. P.विहिणगन्तो. B.विहिणन्तो
अहोरत्तं वट्ट इमिणा उण णिव्वुदाणं वि
उक्कण्ठाकालिणा मेहोदयेण अणवथ्थागा
हाविस्सदि. P.अहारत्तं अतिवाहिदि ।
इमिणा उण णिव्वुदाणंपि उक्कण्ठाकालि-
णा मेहोदएण अणथ्थो को हाविस्सदि. K.
ins. नभं विलोस्य after आदिवाहिदि.
A.णिव्वुत्तांपि. G.णिवुदाणंपि. N₂.
णिव्वुदाणं वि. N.N₂.उक्कण्टकारिणा.
P. उक्कण्ठाकालिणा. G.K.मेहादएण
को णाम भणथ्थो दिण्णो हाविस्सदि [K.

सह. । संहि तारिसा आकिदिविसेसा चिरं दुक्खभाइणो ण होन्ति । अघस्सं किंपि अणुग्गहणिमित्तं भूओवि समागमकारणं हविस्सदि । ता एहि उदअम्मुहस्स भअवदो सुज्जस्स उवट्ठाणं करेम्ह ।

[इति निष्क्रान्ते ।

। प्रवेशकः ।

~~~~~~~~~~~~~~

। ततः प्रविशत्युन्मत्तवेशो राजा ।

राजा । आः दुरात्मन् रक्षस्तिष्ठ तिष्ठ । क्व मे प्रियतमामादाय गच्छ-

१ सखि तादृशा आकृतिविशेषाश्चिरं दुःखभागिनो न भवन्ति । अवश्यं किमप्यनुग्रहनिमित्तं भूयोपि समागमकारणं भविष्यति । वदे-ह्युदयोन्मुखस्य भगवतः सूर्यस्योपस्थानं कुरुवः ।

हुविस्सदि]. N.N₂. हुविस्सदिाति तकेमि for हविस्सदि. We read अणट्ठाहिणी with A.N.N₂. After हविस्सदि K. has the following: सह. । सहि कोवि अभिध समागमो वाभो । वि. । गोरीचरणराभसंभवं संगमणमणिं वडिजभ कुदो से समागमोवाभो । सह. । सहि तारिसा &c.

1. B.P.om.सहि. P. एदा[रि]सो. B.°विशेसा. G. सह° for चिरं. P.om चिरं. B.चिर°. G. om. ण. A.N.N₂. read the ण before तारिसा.

2. B.किंवि. A.°णिमित्तो. B.P. भूयोवि. A.समागमो for समागम-

कारणं. B.णिभसमाभमो for समागमकारणं. A.हविस्सदिति. K.हुविस्सदिति. P.B.भविस्सदि.

3. G. om. ता. K. ins. प्राचीमवलोक्य before ता. A.K.उदवम्मुहस्स. B.उदयसम्मुहस्स. B. om. भअवदो. B.सु०भस्स.

4. A.करेम. B.P.करेम्ह.

5. G.निःक्रान्ते.

8. P.वरितो विलोक्य at the beginning, and goes on : भो राक्षस तिष्ठ तिष्ठ. B.A.N.N₂.भो भो for आः दुरात्मन्. G. does not repeat तिष्ठ.—A.N.N₂.प्रियाम्.
~~~~~~~~~~~~~~

सि । हन्त शैलशिखरादगगनमुत्पत्य बाणैर्मामभिवर्षति । विभाव्य ।

नवजलधरः संनद्धोऽयं न दृप्तनिशाचरः
मुरधनुरिदं दूराकृष्टं न नाम शरासनम् ।
अयमपि पटुर्धारासारो न बाणपरंपरा
कनकनिकषस्निग्धा विद्युत्प्रिया न ममोर्वशी ॥ ९ ॥　　　　5

विचिन्त्य । क्व नु खलु रम्भोरूर्गता स्यात् ।

तिष्ठत्कोपवशात्प्रभावपिहिता दीर्घं न सा कुप्यति
स्वर्गायोत्पतिता भवेन्मयि पुनर्भावार्द्रमस्या मनः ।
तां हर्तुं विबुधद्विषोऽपि न च मे शक्ताः पुरोवर्तिनीं
सा चात्यन्तमदर्शनं नयनयोर्यातीति कोऽयं विधिः ॥ २ ॥　　　　10

दिशोऽवलोक्य । सनिश्वासम् । अये पराावृत्तभागधेयानां दुःखं दुःखानुब-
न्धि । कुतः

<hr>

G.K.गम्यते for गच्छसि which
we read with A.N.N₂.B.P.
U.

1. G.K.U.कथं for हन्त which
we read with A.N.N₂.BP.
—P.B.A.K.उन्मूल्य for उलल्य.
We with G.N.N₂.U.—A. ins.
आत्तभन्वा, and N.N₂.आकृट्टभन्वा,
and B.आकृट्टभनुः, before बाणैः.
B.मां after °वर्षति. N.N₂.अभि-
वर्षति. B. ins. कथं, and P.
अये, after विभाव्य.

2. G.समृद्धः. G.K. have दुष्ट°
for दृप्त°.

3. B.नामि for नाम.

5. P.मम नोर्वशी.

6. G.K. om. विचिन्त्य and read
तत् instead. A.B.P.om. रम्भो-
रूः, and N.N₂. om. खलु र-

भोरूः. G.K.रम्भोरूः.

8. K.यदि for मयि.

9. K.हि for च.

10. B.अदृश्यताम् for अदर्शनम्. N.
N₂.क्रमः for विधिः.

11-12. K.निःश्रस्य सास्त्रं. G. om.
सनिश्वासम्, and G. as well as
B. read अहो for अये. N.N₂.
अहो for अये. N.N₂. inter-
polate two stanzas after स-
निश्वासम् । मध्येऽहं[N₂. °यं] हरि-
भिः स्मितं हिमरुचा नेत्रं कुरङ्गीगणैः
कान्तिश्चम्पककुड्मलैः कलरवी हा हा
हनः कोकिलैः । मातङ्गैर्गमनं कथं क-
थमहो हंसोऽवभङ्गयाभुना कान्तारे सक-
लैर्गृहीतविभवां किं मानि-
नि ॥ चन्द्रश्चण्डकरायते मृदुगतिर्वी-
तोऽपि वज्रायते माध्व्यं सूचिकलायते

अयमेकपदे तया वियोगः
प्रियया चोपनतः सुदुःसहो मे ।
नववारिधरोदयादहाभि-
र्भवितव्यं च निरातपार्द्धिरम्यैः ॥ ३ ॥

विदस्य । मुधैव खलु मनसः परितापवृद्धिरुपेक्ष्यते । यथा मुनयोपि व्याहरन्ति राजा कालस्य कारणमिति । तत्किमहं जलदसमयं न प्रत्यादिशामि । अथ वा प्रावृषेण्यैरेव लिङ्गैर्मम राजोपचारः संप्रति । कथमिव ।

विद्युल्लेखाकनकरुचिरं श्रीवितानं ममाग्रं

मलयजालरः स्फुलिङ्गायते । रात्रिः क-ल्पशतानायते विनिवेशान्प्राणानपि भारायते । हा हन्त ममदावियोगसमयः संसा-रकालायते —B. P.विलोक्य. N.N₂. °वृत्तभाग्यानां. K.G.युगपन्निपातिनो दुःखानुबन्धाः.B.P.दुःखंदुःखानुबन्ध-मेव. B.तथा, P.तथाहि, for कुतः.and

2. B.A.N.N₂.दुःसहः for सुदुः सहः which we read with G. K.P.U.

3. A. °वारिधरैः [=खरैः in the margin] for °वारिधरोदयात्. B.K.P.°वारिधरोदयैः.

4. A.भवितव्यं न निरातपार्द्धरम्यैः.—N.N₂.U.भवितव्यं च निरातपत्वर-म्यैः. G. हि for च. B.K. नवानप-र्द्धिरम्यैः. P.नवानपाद्धुरम्यैः (sic). We read निरातपार्द्धि° with G. and Kâtavema.

5. B.विभाव्य for विहस्य. B.वृथा and om. एव. K.मुधैव च. A. N.N₂.B. वृथेव for मुधैव. A.B. मया and P.मधैव after खलु. N. N₂. have मया but om. खलु.

K.मनःपरि°. G.अपेक्षते for उपेक्ष्यते. B.उपलभ्यते.—G.A. तथा for यथा. B. om. अपि.

6. P.वदन्ति for व्याहरन्ति. P.om. तत्. B.P.अभ्रसमयं for जलदसम-यं. G.जलदसमानयनं. A. om. अहं and reads अभ्रसमयं. N.N₂. किमिति for किम् and om. अहं and have अभ्रसमयं for जलद° &c. G. om. न.

7. K. inserts अथ वा न प्रत्यादि-°शामि यदा for अथ वा. G.प्रावृषेणैव For लिङ्गैः. G.K.P. चिह्नैः. G. राड्योर°.

8. P. om. संप्रति. K.संप्रति हि for संप्रति । कथमिव. B. om. कथमिव and reads संप्रति हि. G. puts a virâma after राजोपचारः and reads संप्रति हि for "संप्रति । कथमिव."

9. G.°रुचिरा. B.°रुचिरश्रीवि°.— G. श्रीवि°. N.N₂.समग्रं for ममाग्रम्.

व्याधूयन्ते निचुलतरुभिर्मञ्जरीचामराणि ।
घर्मच्छेदात्पटुतरगिरो वन्दिनो नीलकण्ठा
धाराहारोपनयनपरा नैगमाः सानुमन्तः ॥ ४ ॥

भवतु । किमेवं परिच्छदश्लाघया । यावदस्मिन्कानने तां प्रियाम-
न्वेषयामि । विलोक्य । हन्त व्यवसितस्य मे संदीपनमिव संवृत्त-
म् । कुतः   5

आरक्तराजिभिरियं कुसुमैर्नवकन्दली सलिलगर्भैः ।
कोपादन्तर्वाष्पे स्मरयति मां लोचने तस्याः ॥ ५ ॥

इतो गतेति कथं नु तत्रभवती मया सूचयितव्या ।
पद्भ्यां स्पृशेद्यदि सा सुगात्री   10
मेघाभिवृष्टसिकतामु घनस्थलीषु ।
पश्चान्नता गुरुनितम्बतया ततोऽस्या
दृश्येत चारुपदपङ्क्तिरलक्तकाङ्का ॥ ६ ॥

परिक्रम्यावलोक्य च । सहर्षम् । उपलब्धमुपलक्षणं येन तस्याः कोपनाया
मार्गोनुमीयते ।   15

---

1. N.N₂. निचुलहनिभिः.

2. P.N₂.B.वन्दिनौ for वन्दिनो.

3. K.N.N₂.भारासारौत°.

4. A.N.N₂.किं मे for किमेवं. B. आत्म° for एवं. G.°श्लावनया. P. गम किं परिच्छेदश्लाघया. G. ins. पु- नः and P. भइं after यावत्. B. प्रणष्टां, P.प्रविष्टा प्रणष्टा (sic), and A.N.N₂.प्रविटां, for ताम्. A.अन्वि- च्छामि, and B.N.N₂.अन्विष्यामि.

5. B.P.परिक्रम्य for विलोक्य. A. N.N₂.संतमसं वृत्तं, and B.P.सं- मतं, for संदीपनमिव संवृत्तम्. K. संदीपनमिदं i. e. इदं for इव.

7. A.सारक्त° for आरक्त°. N. N₂.साळक्तकराजभिर्यं (sic). G.°क- दळी°. K.नवकन्दले:.

8. G.कोपादन्त:सलिलेवाँर्डे: &c. P. कोभादन्तर्वाँर्डे. N₂.वाष्पे corrected from वाष्पैः.

9. P.कुतो गतेति मया तलभवती सूचि- तव्या. A.N.N₂. om. नु. N.N₂. om. मया. B.इतो गना तत्रभवतीति मया सूचितव्या. G.सूचितव्या.

14. B. om. उपलक्षणम, reading उ- पलब्धं तस्याः कोपनाया मार्गः ये- नानुमीयते.

हृतोष्ठरागैर्नयनोद्विन्दुभिर्
निमग्ननाभेर्निपतद्भिरङ्कितम् ।
च्युतं रुषा भिन्नगतेरसंशयं
शुकोदरश्याममिदं हि तनांशुकम् ॥ ७ ॥

विभाव्य । कथं सेन्द्रगोपं नवशाद्वलमिदम् । कुतो नु खलु निर्जने
वने प्रियाप्रवृत्तिरेवगमयितव्या । दृष्ट्वा । अयं आसारोच्छसित-
शैलेयस्थलीपाषाणमारूढः

आलोकयति पयोदान्
प्रबलपुरोवाततडितशिखण्डः ।

केकागर्भेण शिखी
दूरोन्नमितेन कण्ठेन ॥ ८ ॥

उपेत्य । यावदेनं पृच्छामि ।

नीलकण्ठ ममोत्कण्ठा वनेऽस्मिन्वनिता त्वया ।
दीर्घापाङ्गा सितापाङ्गा दृष्ट्वा दृष्टिक्षमा भवेत् ॥ ९ ॥

---

1. G. हृतोररागैः. K. हृतौछि°.

5. P. कथं सेन्द्रकोरं नवशाद्वलं. B. om. कथं. B. सेन्द्रकोरमिदं नवशा-दुलं. K.G. °गोरकं.—For नव° G. वन°. K. omits. नव° altogether.

6. N.N₂. om. वने. B.P. प्रियावृत्तिरेव°. G. °प्रवृत्तिरौगम°. K. A. आगम° for भवगम°. N.N₂. आगन्तयिनत्र्या (!) for भवगमयितव्या.—B. विलोक्य for दृष्ट्वा which P. omits. G.K. अयं for अयं. N.N₂. आसारोच्छासितशैलेयररथलोपाषागमभि°. B. अये आसारोच्छसितशैलेय[प ?]दलस्थलीपाषाण-माभिह्य, omitting अयम. P. °शैलेयपटलस्थगीतपाषाणमभिह्डः.

7. A. शैलेयपटलं स्थलीपाषाणं. A. अभिह्डः for आरूढः.

9. K.N.N₂. °नर्तिन° for °ताडित°.

11. K. दूरोन्नमिनेन.

12. A. प्रध्यामि for पृच्छामि. G.K. भवन्नरमात्प्रियाप्रवृत्तिमवगमेयम् (sic) | उगगम्य |, and B. प्रवृत्तिरेवगमेयं (sic) | उपेत्य | यावदेनं पृच्छामि, for उपेत्य &c. We with A. N.N₂. and P., but A.N.N₂. read उपेत्य after पृच्छामि.

13. P. हरीत्कण्डाम् for ममोत्कण्ठा. B. धृनोत्कण्ठा.

कथमदर्शा प्रतिवचनं नर्तितुं प्रवृत्तः । किं नु खलु हर्षकारणमस्य ।
विनिन्त्य । भवतु । विदितमेतत् ।

मृदुपवनविभिन्नो मत्प्रियाविप्रणाशाद्
घनरुचिरकलापो निःसपत्नोऽद्य जातः ।
रतिविगलितवन्धे केशहस्ते सुकेश्याः
सति कुसुमसनाथे किं करोत्येष बर्हां ॥ १ ० ॥

भवतु । परव्यसननिर्वृतं न खल्वेनं पृच्छामि । परिक्रम्य । इयमा-
तपान्तसंधुक्षितमदा जम्बूविटपमध्यास्ते परभृता । विहंगमेषु
पण्डिता जातिरेषा । यावदेनामभ्यर्थये ।

त्वां कामिनो मदनदूतिमुदाहरन्ति
मानावभङ्गनिपुणं त्वममोघमन्त्रम् ।
तामानय प्रियतमां मम वा समीपं

---

1. N.N2.वचनं for प्रतिवचनं. For
नर्तितुं प्रवृत्तः G. has प्रवृत्तनृत्तसं-
वृत्तः, K.प्रवृत्तनृत्तः संवृत्तः, N.N2.
simply प्रवृत्तः, and A.P. प्रनृ-
त्तः. U.नर्तितुमारब्धवम्. We with
B.=A.महर्षं°.

2. B.P. om. भवतु | विदितमेतत्
and read the first pâda of
the following stanza thus:
भवतु भवतु दृष्टं मत्प्रियाविप्रणाशात्
[P. विप्रयोगात्]. K.reads the
pâda thus: मृदुपवनविभिन्नो मत्प्रि-
याया विनाशात्.—A. N. N2.दृष्टम्
for विदितमेतत्.

3. A.N.N2.विभूनौ for विभिन्नो.

4. N.N2.वनरुचिर° (sic). K.न-
महरुचिर°. B.P.भद्य for अस्य.

5. U.G.K. read केशपाशे, for
केशहस्ते which we read with

6. B.P.करोतु, and K.हरेत्, for
करोति.

7. B. om. भवतु.—K.A.B.प्रक्ष्यामि,
G.द्रक्ष्यामि, and P.प्रवक्ष्यामि, for
पृच्छामि. K. om. the prose
from इयं up to अभ्यर्थये. G.
inserts भये before इयम्.

8. For आनतान्त° G. has त-
वात्यय°. P.आनपत्ययजनितमदा.
P. °विटपमध्यमध्या°. B.P.परभृ-
निका. G.B.P.विहंगेषु.

9. G. पण्डितैषा जातिः. N.N2.पण्डि-
तजातिरेषा.—A.N.N2.भवति मातः
after अभ्यर्थये.

10. B.कामिना.

11. N.N2.°हरुचिरं for °निपुणं. K.
अनङ्ग° for अमोघ°.

12. B.P.सकाशं for समीपं.

मां वा नयाशु कलभाषिणि यत्र कान्ता ॥ ९९ ॥

किमाह भवती । कथं त्वामेवमनुरक्तं विहाय गतेति । शृणोतु भवती ।

कुपिता न तु कोपकारणं
सकृदप्यात्मगतं स्मराम्यहम् ।
प्रभुता रमणेषु योषितां
न हि भावस्खलितान्यपेक्षते ॥ ९२ ॥

कथं कथाच्छेदकारिणी स्वकार्य एव सक्ता ।
महदापि परदुःखं शीतलं सम्यगाहुः
प्रणयमगणयित्वा यन्ममापद्रुतस्य ।
अधरमिव मदान्धा पातुमेषा प्रवृत्ता
फलमभिमुखपाकं राजजम्बूद्रुमस्य ॥ १३ ॥

एवंगतेपि प्रियेष मे मञ्जुस्वनेति न कोपोस्याम् । इतो वयम्—

परिक्रामितकेन । कर्णे दत्त्वा । अये दक्षिणेन प्रियाचरणनिक्षेपशं-

---

1. B.नयस्व[नयस्व?]. P.नयस्व.

2-3. B.N.N₂. om. एवम्.—B. शृणोतु तावत् for शृणोतु भवती. K. adds तत् after शृणोतु.

5. B. आत्मकृतं.

7. K.A.B.भावः. B.तु for हि. A. N.N₂.B.अपेक्ष्यते for अपेक्षते. K. न हि भावः स्खलितान्यपेक्षने.

8. P.A.विलोक्य before कथम्. G. K.स्वकार्ये प्रवृत्ता. N.N₂.एवासक्ता.

9. K. adds अथ वा before महदपि &c.

10. For आपद्रुतस्य G. has उपद्रुतस्य.

11. N.N₂.एव for एवा.

12. For अभिमुख° G. K. have अभिनत°.

13. A.एवं गतेपि प्रिये मञ्जुस्वनेति न कोपोस्याम्. B.एवं गते विप्रिये मञ्जु-स्वनेति न मे कोपोस्याम्. P.एवं गते-ति प्रियेष मञ्जुस्वनेति न कोपोस्याम्. K.एवं गतायामपि प्रियायामिव मञ्जु-स्वने न कोपोस्याम्. U.तदेवं गतेपि प्रियेष मे मञ्जुस्वनेति न मे कोपोस्या-म्. G.एवंगतायामपि प्रियायामिव मे मञ्जुस्वने न कोपोस्याम्. N.N₂.एवं-गते (omitting अपि).—A. N. N₂. om. मे. P. om. इतो वयम्.

14. N.N₂.परिक्रामितेन. G.K ins. वनं after दक्षिणेन, but B.P.A. N.N₂. omit it.

सी नूपुररवः । यावदत्र गच्छामि । परिक्रम्य । अहो धिक् धिक् ।

मेघश्यामा दिशो दृष्ट्वा मानसोत्सुकचेतसाम् ।
कूजितं राजहंसानां नेदं नूपुरसिञ्जितम् ॥ ९४ ॥

भवतु । यावदेते मानसोत्सुकाः पतत्रिणः सरसो नोत्पतन्ति ता-
वदेतेभ्यः प्रियाप्रवृत्तिरेवगमयितव्या । रवेत्य । भो भो जलविहंग-   5
राज

पश्चात्सरः प्रति गमिष्यसि मानसं तत्
पाथेयमुत्सृज बिसं ग्रहणाय भूयः ।
मां तावदुद्धर शुचो दयिताप्रवृत्त्या
स्वार्थात्सतां गुरुतरा प्रणयिक्रियैव ॥ ९५ ॥   10

पथोन्मुखो विलोकयति । मानसोत्सुकेन मया न लक्षितेत्येवं वचनमाह ।

We with G.K. and also U. which however reads वनधा-रा. A.P.K. °विक्षेप°.

1. G. K. read °शब्द: for °रव:. B. adds श्रूयते after नूपु-र° &c. B.A.N₂.अवलोक्य च and N.अवलोक्य after परिक्रम्य. N.N₂. do not repeat धिक्.

2. N.N₂.°मानसाम् for °चेनसाम्.

3. P.कलहंसाना. A.°सञ्जितं for कू-जितं. B.नेतन्नूपुर°. P.°शिञ्जितम्. K.°शब्दितम्. G.°सञ्जितम् for °सिञ्जितम्.

4. A.N.N₂. om. भवतु. P. om. पतत्रिण:. B.स्वरसे[सरसे?]. P.स-रस: समुत्पतन्ति, omitting न.

5-6.A.N.N₂.प्रियोदन्तं for प्रियाप्रवृ-त्ति:. A.N.N₂.अधिगच्छेयं for अ.

वगमयितव्या. P.अवगन्तव्या.—P.उप-सृत्य for रवेत्य—A.भो हंसवर विह-ङ्गराज. N.N₂.भो हंस विहंगराज. B.भो भो हंस जल विहंगराज. P. भो हंस जलचर विहंगराज. K.भो भो विहंगराज.

7. G.K.त्वं for तत्.

8. P.पाथेय°. G.बिशग्रहणाय. B. बिस: ग्रह°[for बिसग्रह°?].

9. G.उद्धतशुचौ.

10. K.परं for सता. B.बहुमता for गुरुतरा. G.प्रणय° for प्रणयि°.

11. K. adds तिर्यगवलोक्य अये be-fore पथो°. K.पथोन्मुखमवलोक-यति. B. पथोन्मुखं. G.यथा°. B. न दृष्टमित्येवचनम्. N.N₂.अयम् for एनम्. P. om. एनम्. K.कथंनन माम् for वचनम्.

यदि हंस गता न ते नतभ्रूः
सरसो रोधसि दर्शनं प्रिया मे ।
मदखेलपदं कथं नु तस्याः
सकलं चोर गतं त्वया गृहीतम् ॥ १६ ॥

5   अतश्च

हंस प्रयच्छ मे कान्तां गतिरस्यास्त्वया हृता ।
विभाव्यतैकदेशेन देयं यदभियुज्यते ॥ १७ ॥

विहृत्य । एष चोरानुशासी राजेति भयादुत्पतितः । परिक्रम्य ।
अयमिदानीं प्रियासहायश्चक्रवाकः । तावदेनं पृच्छामि ।

10   रथाङ्गनामन् वियुतो रथाङ्गश्रोणिबिम्बया ।
अयं त्वां पृच्छति रथी मनोरथशतैर्वृतः ॥ १८ ॥

कथं कः क इत्याह । मा तावत् । न खलु विदितोऽहमस्य ।

सूर्याचन्द्रमसौ यस्य मातामहपितामहौ ।
स्वयं वृतः पतिर्द्वाभ्यामुर्वश्या च भुवा च यः ॥ १९ ॥

---

1. N.तै नु सुभ्रूः for तै नतभ्रूः.
3. G.पदखेल°.
4. N.N₂.चौर्यता for चौर गतम्.
5. B.सानुसङ्गमनुस्मरन्. and A.N.N₂.साभियोगम् for अतश्च. P.om. अतश्च.
6. K.P.गतिस्तस्याः. P.हृता त्वया. B.गतिस्त्वया:.
7. N.N₂.विभाति नैकदेशेन.—N.N₂.नेयं तदपि युज्यते for देयं &c.B.P.K.नेयं यदभियुज्यते.
8-9. B.A.N.N₂.दृष्ट्वा before विहृत्य which B.P.omit. G.ins.अये before एष. A.N.N₂.नेन-

...शासी. P.स्तेयानुशासी. B.om. राजा. P.अवलोक्य च after परिक्रम्य. A.अयं इदानीं प्रियासहायश्चक्रवाकः यावदेनं पृच्छामि. G.K.इममिदानीं प्रियासहायं चक्रवाकं प्र[K.द्र]क्ष्यामि. B.P.इदानीं प्रियासहायं चक्रवाकं प्रक्ष्यामि[P.पृच्छामि].
12. G.N.N₂.do not repeat कः.—N.N₂.om.कथम्. G.K.भये for मा. P.मा खलु विदितोऽहमस्य. B.अयं कः क इत्याह माम् । न खलु विदितोऽहमस्य.
14. G.P.स्वयंवत°. B.स्वयंभून°.K.स-

कथं तूष्णीं स्थितः । भवतु । उपालप्स्ये तावदेनम् ।
सरसि नलिनीपत्रेणापि त्वामावृतविग्रहां
ननु सहचरीं दूरे मत्वा विरौषि समुत्सुकः ।
इति च भवतो जायास्नेहात्पृथक्स्थितिभीरुता
मयि च विधुरे भावः कान्ताप्रवृत्तिपराङ्मुखः ॥ २० ॥   5

सर्वथा मदीयानां भागधेयानां विपर्यायेण प्रभावप्रकाशः । याव-
दन्यमवकाशमवगाहे । (पदान्तरे स्थित्वा) । भवतु न तावद्गच्छामि ।
इदं रुणद्धि मां पद्ममन्तःकूजितषट्पदम् ।
मया दृष्टाधरं तस्याः ससीत्कारमिवाननम् ॥ २१ ॥
भवतु । अस्मिन्नेष कमलाध्यासिनि मधुकरे प्रणयित्वं करिष्ये ।   10
इतो गतस्यानुशयो मा भूदिति ।

मं वृतः पतिस्ताभ्यामुर्वश्या च भुवा
च यः.

1. G.om. कथं तूष्णीं स्थितः. P.किं,
and B.भयं, for कथं. B.भाषित-
नः for स्थितः. P.भवत्व[न?]नोप-
लप्स्ये तावदेनं. B.उपलप्स्ये.

2. G.सरस°.

4. B.P.हि for च. G. has मिथः°
for पृथक्°.

5. P.तु for च. K.कीयं for कान्-
ता°.

6-7. A.भाग्यविपर्यासानां प्रभावः for भाग-
धेयानां विपर्यायेण प्रभावप्रकाशः. N.
भाग्यानां विपर्यासः, N2.भाग्यानां विप-
र्यायः, for the same. K.सर्वथा मदी-
यानां भाग्नेयानां विपर्यायेण प्रभवेद्या-
वदाकारः for विपर्यायेण प्रभावप्रकाशः.
B.सर्वभायं मदीयानां भाग्नेयानां प्रभा-
वः. P.[omitting सर्वथा] मदीया.

ना भाग्यविपर्यासानां प्रभावोऽयम् । भव-
त्वन्यदेव काननमवगाहिष्ये । पदान्तरे
स्थित्वा । इदानीमेवमवगच्छामि । इदं
रुणद्धि &c. B.A.N.N2.om. यावत्.
A.N.N2. ins. एव after अन्यम्.
B.P.A.°गाहिष्ये. N.N2.°गाहयि-
ष्ये. B.om. न. G.has गमिष्यामि,
for गच्छामि.

8. P.अब्जं for पद्मं. G.K.°क्रणित°.
for °कूजित°.

10-11. A.भवतु सानुशयोऽहमस्मिन्कम-
लसेविनि भ्रमरे प्रणयित्वं करिष्ये. N.
N2.भवतु सानुशयोऽहमस्मिन्कमलं वि-
निर्गतभ्रमरे प्रणयित्वं करिष्ये. A.N.
om. from इतो up to भूदिति. U.
इतो गतस्यानुशयो मा भूदित्यस्मिन्री
कमलसेविनि भ्रमरे प्रणयं करिष्ये.
B.सानुशयोऽहमस्मिन्नेव कमलसेविनि
भ्रमरे प्रणयित्वं करिष्ये | मधुकर &c.

मधुकर मदिराक्ष्याः शंस तस्याः प्रवृत्ति

विभाव्य ।

वरतनुरथ वा ते नैव दृष्टा प्रिया मे ।
यदि सुरभिमपाद्यस्तन्मुखोच्छ्वासगन्धं
तव रतिरभविष्यःपुण्डरीके किमस्मिन् ॥ २२ ॥

साधयामस्तावत् । परिक्रामतिकेन । एव नीपस्कन्धनिषण्णहस्तः
करिणीसहायो नागराजस्तिष्ठति । अस्मत्प्रियोदन्तमुपलप्स्ये ।
विलोक्य । भवतु न त्वरा कार्या ।

अयमचिरोद्भिन्नतपल्लव-
मुपनीतं प्रियकरेणुहस्तेन ।
अभिलषतु तावदासव-
सुरभिरसं सप्तछकीभङ्क्तुम् ॥ २३ ॥

क्षणमात्रं स्थित्वा । हन्त कृतान्त्रिकः संवृत्तः । भवतु पृच्छामि

P.इतो गतः सनुशयोहमस्मिन्नेव क-
मलसंगिनि मधुकरे प्रणयं करिष्ये ।
मधुकर &c. We with G.K.
1. P.मदिरेक्ष्याः.
2. P.B. om. विभाव्य.
3. G.K.U. have असौ for ते.
4. N.N₂.°मुखाम्भोज°. B.°मखो-
ह्वासि° (*sic*). For °गन्धं G.
has °वातम्.
6. G.परिक्रामतिकेन. B.P.परिक्रम्य
for परिक्रामितकेन. B.नीपस्कन्धे
निषण्ण°. G.K.°निषण्णः.
7. A.प्रियासहायौ. N.N₂.प्रियासहचरी.
G.करेणी°. P.B.गजराजस्तिष्ठति.
G. has अस्ति for तिष्ठति. G.

K.प्रियप्रवृत्तिम् for प्रियोदन्तम्. G.
A.N.N₂.उपालप्स्ये.
8. For विलोक्य । भवतु न त्वरा का-
र्या, G.K. have " यावदुपसर्पामि ।
विलोक्य । हन्त न तावदुपसर्पणकालः".
9. N.N₂.अचिराहतपल्लवम्.
10. P.प्रियकरेण हस्तेन.
11-12. N.N₂. read the 3rd
and 4th pâdas thus : अभिल-
षतु तावदास्यासवसुरभि सप्तकीकुसु-
मम्. K.°छषति. P.अनुभवति for
अभिलषतु.
13. P. क्षणं for क्षणमात्रं. B.P.
om. from हन्त to पृच्छामि.=A.
N.N₂.om. भवतु.

मदकलयुवतिशशिकला
गजयूथप यूथिकाशबलकेशी ।
स्थिरयौवना स्थिता ते
दूरालोके सुखालोका ॥ २४ ॥

सहर्षम् । अनेन स्निग्धमन्द्रेण गर्जितेन प्रियोपलम्भशंसिना ५
समाश्वासितोऽस्मि । साधर्म्याच्च त्वयि मे भूयसी प्रीतिः ।
मामाहुः पृथिवीभृतामधिपति नागाधिराजो भवान्
अव्युच्छिन्नपृथुप्रवृत्ति,भवतो दानं ममाप्यर्थिषु ।
स्त्रीरत्नेषु ममोर्वशी प्रियतमा यूथे तवेयं वशा
सर्वं मामनु ते प्रियाविरहजां त्वं तु व्यथां मानुभूः ॥ २५ ॥ १०
सुखमास्तां भवान् । साधयामस्तावत् । पार्श्वतो दृष्टिं दत्त्वा । अये सु-
रभिकन्दरो नाम विशेषरमणीयः सानुमानालोक्यते । प्रियश्चा-
यमप्सरसाम् । अपि नाम सुतनुरस्योपत्यकायामुपलभ्येत ।
परिक्रम्यावलोक्य च । हन्त मदीयैर्दुरितपरिणामैर्मेघोऽपि शतह्रदाशू-

---

1. N.N2. मदकळकळभकरौष्ट: for the first pâda. Wo with G. A.B.P.K.

5-6. A.N.N2. insert भवतः before स्निग्धमन्द्रेण. G.K.अनेन भवतः[K.om.] प्रियोपलब्धि[°लब्धि G. om.]शंसिना मन्द्रेण कण्ठ[G. m.]गर्जितेन समाश्वासितोऽस्मि. B. P.om.त्वयि. G. om. मे, and B. reads मे after भूयसी. B.P. ins. कथमिव and K. कथमिनि after प्रीतिः.

7. A.B.पृथिवीक्षिता.

8. A.अथ for अपि.

10. A.N.N2. सर्वं. P.सर्वो मामनु ते किया विरहजां त्वं तु व्यथा मानुभू:.

11. N.N2.सुस्थम् for सुखम्. P. om. सुखमास्तां भवान् and has साधु यानु तावत् | पार्श्वतो दृष्ट्वा | अये अयं. A.N.N2.K.अयं for अये.

12. A.om. नाम. P.A.N.N2.om. आलोक्यते. B.रमणीयप्रियाश्चाप्सरस: for प्रियश्चायमप्सरसाम्. P.प्रियश्चा.प्सरसो.

13. A.N.N2.सुतनुरस्मिन्नुपलभ्येत. G. सुतनुरस्योपपत्तिकायामुपलभ्यते. P. तावत् for सुतनुः. K.P.उपलभ्यते.

14. After च K.proceeds:—कथमन्धकारः भवान् विद्युत्प्रकाशोनावलोक-

न्यः संवृत्तः । तथापि शिलोच्चयमेतमपृष्ट्वा न निवर्तिष्ये ।

अपि धनान्तरमल्पकुचान्तरा
श्रयति पर्वत पर्वसु संनता ।
इदमनङ्गपरिग्रहमङ्गना
पृथुनितम्ब नितम्बवती तव ॥ २६ ॥

कथं तूष्णीमास्ते । शङ्के विप्रकृष्टो न शृणोतीति । समीपेत्य
गत्वा पुनरेनं पृच्छामि । परिक्रम्य ।

सर्वाक्षितिभृतां नाथ दृष्टा सर्वाङ्गसुन्दरी ।
रामा रम्ये वनोद्देशे मया विरहिता त्वया ॥ २७ ॥

आकर्ण्य । सहर्षम् । कथं यथाक्रमं दृष्टेत्याह । भवानप्यतः प्रियतरं

यामि हन्त &c. N.N₂.दोषैः for दुरितपरिणामैः. P.दुरितपकैः. K. दुरितैः.

1. For शिलोच्चयम्. G.K. read शैलम्. B.तथापि शैलोच्चयं पृष्ट्वैव निवर्तिष्ये. P.तथापि शिलोच्चयमेतमपृष्ट्वा न निवर्तिष्ये. N.N₂.om.एतम्. N.N₂.दृष्ट्वा. G.तथापि न शैलमदृष्ट्वैनं निवर्तिष्यते. K.तथापि शैलमपृच्छ्वैन (sic) न निवर्तिष्ये. A.तथापि शिलोच्चयमद् [corrected into पृ]ष्ट्वा न निवर्तिष्ये. U.तथापि शिलोच्चयमेनं दृष्ट्वा न निवर्तिष्ये (sic.).

2. A.N.N₂. introduce the stanza with the stage-direction संमुखं स्थित्वा. B. reads the fourth pâda (पृथु° &c.) as the second, and the second (श्रयति &c.) as the fourth.—A.N.N₂.B. °भुजान्तरा for °कुचान्तरा.

3. A.संतता, and N.N₂. संश्रिता, for संनता.

6-7. A.विप्रकर्षात् for विप्रकृष्टः. N.विवृण्वन्नपि, and N₂.विशृण्वन्नपि, for विप्रकृष्टो न. B.विप्रकर्षान्न शृणोतीति शङ्के । भवतु समीपमेवास्य गत्वा पुनरेनमेवं प्रक्ष्यामि । तथा कृत्वा । सर्वाक्षिति° &c. P.विप्रकर्षान्न शृणोतीति मन्ये । हन्तास्य समीपमेव गत्वा पुनरेनं पृच्छामि । तथा कृत्वा । सर्वाक्षिति° &c. K.om. शङ्के विप्रकृष्टो न शृणोतीति.—G. om. इति. A.N.N₂.K.समीपं for समीपे before which A. reads भवतु. G. has the word पुनः before गत्वा. A.प्रक्ष्यामि. A.N.N₂.तथा कृत्वा for परिक्रम्य.

9. P.रम्य°.N.N₂.वनान्तेऽस्मिन् for वनोद्देशे. G.K.त्वया विरहिता मया.

10. G.K. ins. नेपथ्ये तदैव before आकर्ण्य सहर्षं, which P. omits.

शृणोतु । क्व तर्हि मम प्रियतमा । नेपथ्ये तदेवाकर्ण्य । हा धिक्
ममैवायं कन्दरमुखविसर्पी प्रतिशब्दः । विषादं रूपयित्वा । श्रान्तो-
ऽस्मि । अस्यास्तावद्गिरिनद्यास्तीरे स्थितस्तरङ्गवातमासेविष्ये ।
इमां नवाम्बुकलुषामपि स्रोतोवहां पश्यतो मे रमते मनः ।

तरङ्गभ्रूभङ्गा क्षुभितविहगश्रेणिरसना
विकर्षन्ती फेनं वसनमिव संरम्भाच्छिथिलम् ।
पदा विद्धं यान्ती स्खलितमभिसंधाय बहुशो
नदीभावेनेयं ध्रुवमसहना सा परिणता ॥ २८ ॥

भवतु । याचिष्ये तावदेनाम् । अञ्जलिं कृत्वा ।

P.अदृष्ट्याह । भवानप्यतःपरं शृणोतु ।
क्व तर्हि मे प्रियतमा । अहो धिक् मद्व्य-
वसायं । कन्दरविसर्पिप्रतिशब्दः । वि-
षादं रूपयित्वा । परिश्रान्तोऽस्मि । अ-
स्यास्तावद्गिरिनद्यास्तीरे तरङ्गमारुत-
मासेविष्ये । विलोक्य । इमा नवाम्बु-
कलुषामपि स्रोतोवहा पश्यतो मे रमते
मनः. G.K. insert भवतु after
आह. G.K.अतः परं प्रियं for अतः
प्रियतरं. A.N.N₂. also insert
the परं after अतः.

1. A.B. मै for मम. N.N₂. क्व हि
ते प्रियतमा for क्व तर्हि &c. A.N.
N₂.पुनरेतत् for नेपथ्ये तत्. B.
विभाव्य for नेपथ्ये तदेवाकर्ण्य. A.
B.अहो for हा. N.N₂.om. हा
altogether.

2. N.om. अयम्. A.N.N₂.गुहामु-
ख॰. K.कन्दरमुखसर्पा. G.॰मुख-
सर्पा. G. ins. हा प्रिये उर्वशि इति,
and K. ins. हा प्रिये उर्वशि इति
मूर्च्छितः पतति । उत्थायावविश्य, bo-

fore विषादं रूप॰ &c. A.परिश्रा-
न्तोऽस्मि.

3. B.om.तीरे स्थितः. K.तीरादिथतः.
G.om. ॰वातम्. B.K.मारुतम्. B.
विलोक्य, and K.तथा कृत्वा, after
आसेविष्ये.

4. B.G.श्रोतोवहा and N.N₂.गिरि-
नदीं for स्रोतोवहा. G.K.इमा ताव-
न्नवाम्भःकलुषामपि[G.om.आपि]प-
श्यतो मे रमते मनः [G.मनो मे र-
मते]. A.B.K. ins. कुतः after
मनः.

5. A.N.N₂.P. ॰रशना.

7. A.N.N₂.P.यथाखेलं, and B.
यथाविद्धं, for पदा विद्धं which we
read with K.U.—P.याति. B.
अतिसंधाय.

8. A.B.असहमाना for असहना सा.
We with G.N.N₂.K.

9. For याचिष्ये तावत् G.K. have
प्रसादयामि. B.K.बद्धा for कृत्वा.
P. om. अञ्जलिं कृत्वा.

त्वयि निबद्धरतेः प्रियवादिनः
प्रणयभङ्गपराङ्मुखचेतसः ।
कमपराधलवं मम पश्यसि
त्यजसि मानिनि दासजनं यतः ॥ २९ ॥

अथ वा परमार्थसरिदेषा । न खलूर्वशी पुरूरवसमपहाय समु-
द्राभिसारिणी भविष्यति । भवतु । अनिर्वेदप्राप्याणि श्रेयांसि ।
यावदमुमेव प्रदेशं गच्छामि यत्र मे नयनयोः सुनयना तिरोभूता ।
परिक्रम्यावलोक्य । हन्त दृष्टमुपलक्षणं तस्या मार्गस्य ।

रक्तकदम्बः सोयं
प्रियया घर्मान्तशांसि यद्यैकम् ।
कुसुममसमग्रकेसर-
विषममपि कृतं शिखाभरणम् ॥ ३० ॥

विलोक्य । इमं तावत्प्रियाप्रवृत्तिनिमित्तं सारङ्गमासीनमभ्यर्थये ।

---

1. G.निबद्धरतैं.

3. G.शङ्कसे for पश्यसि. K. मन्यसे.

5. A.B. ins. विचिन्त्य, and K. कथं तूष्णीमास्ते, before अथ वा &c. N.N₂. om. एव. B.अथ.वा परमार्थे-नः सरिदेषयं । उर्वशी पुरूरवसमपहा-य न समुद्राभि॰ &c. K.अथ वा प-रमार्थे सरिदियं । नोर्वशी कथमन्यथा पुरू॰ &c. P.परमार्थतः सरिदेषयं नौ-र्वशी पुरूरवसं विहाय &c.

6-7. A.N.N₂.भवति for भविष्य-ति. K. om.भवतु. A.B. ins. नाम after श्रेयांसि.For अमुं,G.K.read तं. N.N₂.निर्वेदप्राप्याणि श्रेयांसि भव-न्ति. For मे, G.K. have मन्॰.— For सुनयना,G.K. read सुवदना.

8. P.A.N.N₂. om. the stage-direction for which B. has only विभाव्य. K. च after अवलो-क्य. B.P. om. हन्त.

13. A.B.परिक्रम्य and N.N₂.परि-क्रम्याशोकमवलोक्य for विलोक्य, which P. omits. A.प्रियावृत्ता-न्नोपलम्भाय. N.N₂.प्रियावृत्तान्तोपा-लम्भाय. B.P.अमुं तावत्प्रियावृत्तान्ता-य सारङ्गमासीन[P.आसन्नं]मभ्यर्थये. N.N₂. before इमं तावत् &c. read as follows:

रक्ताशोक कृशोदरी क्व नु गता त्यक्त्वानुरक्तं जनं पवनभूयमानमूर्धानमवलोक्य । नौ दृष्टेन सुनेत्र चालयसि य-

कृष्णशारच्छवियोंसौ दृश्यते काननश्रिया ।

वनशोभावलोकाय कटाक्ष इव पातितः ॥ ३१ ॥

विलोक्य । किं नु खलु मामवधीर्यान्निवान्यतोमुखः संवृत्तः । दृष्ट्वा ।

अस्यान्तिकमायान्ती

शिशुना स्तनपायिना मृगी रुद्धा ।

तामयमनन्यदृष्टि-

भुँग्रग्रीवो विलोकयति ॥ ३२ ॥

हंहो यूथपते

अपि दृष्टवानसि मम प्रियां वने

कथयामि ते तदुपलक्षणं शृणु ।

पृथुलोचना सहचरी यथैव ते

सुभगं तथैव खलु सापि वीक्षते ॥ ३३ ॥

कथमनादृत्य मद्वचनं कलत्राभिमुखं स्थितः । उपपद्यते । पारिम-

द्यातोभिभूनं शिरः ।
त्कण्ठायटमानषट्पदघटा-
संघट्टपृष्य[.N2.ट]च्छदः
तःपादाहतिमन्तरेण भवतः
पुष्पोभ्रमोयं कुतः ॥
For अभ्यर्थ्ये G.K. read भ-
ष्यर्थीयिभ्ये.

1. The Mss. कृष्णसार°. We
with Kâṭavema. G.°स्थवि:
for °च्छवि: G.K.लभ्यते for
दृइयते. N.N2. read the stanza
thus: कृष्णसारच्छावियोंसौ [cor-
rected from °योंसौ in both]
दृइयते काननप्रिया । वनशोभावतो-
(sic)काय कटाक्ष इव पातितः, a
correction apparently into
hopeless corruption !

2. G.K.मेघश्यालावलोकाय. U.वन-

शाष्णाव°. We with B.P.A.
N.N2.

3. For विलोक्य, G.K. उपसृत्य. B.
P. om. विलोक्य. N.N2. om. नु.
K. ins. एव after माम्. P.om.
इव. G. om. दृष्ट्वा.

4. B. ins. अये २ before अस्य
&c. A.यस्य for अस्य.

6. K.मां for तां.

7. G.भग्रग्रीवो.—For विलोकयति, G.
K. अवलोकयति.

8. B.अहो for हंहो. B.A.N.N2.
हरिणयूथ°.

9. A.न वा, and G.सखे, for वने.

12. K.सुभगा. N.N2.सा विलोक्यते
for सापि वीक्षते. K.वीक्ष्यते.

13. For मत्°, G. has मदीयं. A.N.

वाऽपदं दशाविपर्ययः । इतो वयं — परिक्रामितकेनावलोक्य । शिलाभेदा-
न्तर्गतं किमेतदालोक्यते ।

प्रभालेपी नायं हरितमृगदृश्यामिषलवः
स्फुलिङ्गः स्यादग्नेर्गगनमभिवृष्टं पुनरिदम् ।

5 विभाव्य ।

अये रक्ताशोकस्तबकसमरागो मणिरयं
यमुद्धर्तुं पूषा व्यवसित इवालम्बितकरः ॥ ३४ ॥

हरति मे मनः । आदास्ये तावदेनम् । अथ वा
मन्दारपुष्पैरधिवासितायां

10 यस्याः शिखायामयमर्पणीयः ।
सैव प्रिया संप्रति दुर्लभा मे

N2.कलत्राभिमुखः संवृत्तः. B.कल-
त्राभिमुखावस्थितः. G.K.कान्ताभिमुखं
प्रस्थितः.—G.उपयुज्यते for उपपद्यते.
A.N.N2. ins. हि after उपपद्यते.
1. P. ins. मे after °स्वदं. A.N.
°विपर्यासः, and N2. °विपर्यासं
(sic), for °विपर्ययः. G.K. insert
सुखमास्तां भवान् after °विपर्ययः.—
P.गच्छामः after इतो वयम्. G.
परिक्रामनिकेन. P.पुरो before अव-
लोक्य.—N. bef. इतो वयम् has:—
क्वाकार्यं शशलक्ष्मणः क्व च कुलं
भूयोपि सा दृश्यते
दोषाणामुपशान्तये श्रुतमहो
कोऽपि कान्तं मुखम् ।
किं वक्ष्यन्त्यपकल्मषाः कृताधियः
स्वप्नोपि सा दुर्लभा
चेतःस्वास्थ्यमुपैहिकः खलु युवा
अन्योन्यरं भाष्यति ॥

G.K. insert अये किं नु खलु
after अवलोक्य.
2. A.N.किमिदं for किमेतद्. G.K.
A. ins. नितान्तरक्तम्, and N.
N2. नितान्तरक्तं भेदान्तर्गते [तं?],
before आलोक्यते.
3. N.N2.प्रभालेपीनोयम् (=प्रभाने पी-
नोयम्). A.B.K.प्रभालेपी नोयं.
4. G.K.वह्रेः for अग्नेः. K.P.गह-
नम् for गगनम्.
5. N.N2.om. विभाव्य.
6. N.N2.अयं for अये. B.P.°प्रसव°
for °स्तबक°.
7. N.N2.K.P.समुद्धर्तुम् for यमुद्ध-
र्तुम्.—For व्यवसितः, G. has अ-
व्यवसितः.—A.आसञ्जित°, and N.
N2.आसिञ्जित°, for आलम्बित°.
8. B.ins.अहो अयं before हरति.
10. K.P.तस्याः for यस्याः.

किमेनमस्त्रोपहतं करोमि ॥ ३५ ॥

नेपथ्ये । वत्स गृह्यतां गृह्यताम् ।

संगमनीय इति मणिः

शैलसुताचरणरागयोनिरयम् ।

आवहति धार्यमाणः   5

संगममचिरात्प्रियजनेन ॥ ३६ ॥

राजा । कर्णे दत्त्वा । को नु खलु मामेवमनुशास्ति । दिशोवलोक्य । अये अनुकम्पते मां कश्चिन्मृगचारी मुनिर्भगवान् । भगवन् अनुगृही- तोस्म्यहमुपदेशाद्द्रवतः । मणिमादाय । हंहो संगमनीय

तया वियुक्तस्य विलम्बमध्यया   10

भविष्यसि त्वं यदि संगमाय मे ।

ततः करिष्यामि भवन्तमात्मनः

शिखामणिं बालमिवेन्दुमीश्वरः ॥ ३७ ॥

---

1. G.अस्त्रोपहतम्. B.आस्त्रौर°. K. अश्रु°. P.आस्त्राभिहतं.

2. A.N.N₂.B.U.om.वत्स, and G.K. do not repeat गृह्यताम्. B. reads संगृह्यतां २.

3. K.U.मणिरिह for इति मणिः.

6. U.आशु for अचिरात्. N.N₂. प्रियजनस्य.

7-9. A.का खलु मामेवमनुशासि. G.को मामेवानुशास्ता and N.N₂. B. को नु खलु मामेवमनुशास्ते[B °श्शासि]. K.को नु मामेवं शास्ते. P. को नु खलु मामनुकम्पते । विभाव्य । अयि अनुकम्पते मां भगवन्गजचर्म.

वासाः । भगवन्ननुगृहीतोस्मि. N.N₂. om. दिशोवलोक्य and read भगम- नुगृह्ने[?गृह्णाति?] मां भगवान्गजचर्म- वासाः. G.K.omit मां.—After मां A. goes on thus: भगवान् गजचर्म- वासाः, and B. भगवान्मृगचर्मधारी भर्गः । भगवन् अनुगृहीतोस्मि महनी- स्मादुपदेशात्. K.कश्चन मुनिर्मृगचारी भगवान् अनुगृहीतोस्मि अहमुपदेशा- द्द्रवतः. G. omits भगवन्. N.N₂. om.अहम्.B.अयि for हंहो. P.भये.

10. G.N.N₂.वियुक्तस्य.

12. G.तदा.

13. G.शिषामणिं.

परिक्रम्यावलोक्य च । अये किं नु खलु कुसुमरहितामपि लतामिमां
पश्यतो मे रतिरुपलब्धा । अथ वा स्थाने मनोरमा ममेयम् ।
इयं हि

तन्वी मेघजलार्द्रपल्लवतया धौताधरेवाश्रुभिः
शून्येवाभरणैः स्वकालविरहादिश्रान्तपुष्पोद्गमा ।
चिन्तामौनमिवास्थिता मधुलिहां शब्दैर्विना लक्ष्यते
चण्डी मामवधूय पादपतितं जातानुतापेव सा ॥ ३८ ॥

यावदस्याः प्रियानुकारिण्याः परिष्वङ्गप्रणयी भवामि । इति लता-
मालिङ्गति ।

। ततः प्रविशति तत्स्थान एवोर्वशी ।

राजा । निमीलिताक्ष एव स्पर्शं रूपयित्वा । अये उर्वशीगात्रसंपर्कादिव निर्वृतं
मे शरीरम् । तथापि न पुनरस्ति विश्वासः । कुतः

समर्थये यत्प्रथमं प्रियां प्रति
क्षणेन तन्मे परिवर्ततेन्यथा ।

अतो विनिद्रे सहसा विलोचने

---

1. G.K.om. अये. N.N₂.P. om. किं नु खलु. G.N.N₂. om. अपि. P.B.इमां लताम्. K.om. इमां.

2. For पश्यतो मे रतिरुपलब्धा, G. K. have पश्यता रतिरुपलभ्यते मया. A.N.N₂.मनोरमेयं मम, and K.मनो रमते, for मनोरमा ममेयम्. B. मनोरमा ममैयं for मनोरमा ममेयम् । इयं हि.

4. N.N₂.°पल्लवमया.

6. A.B.P.आश्रिता, and N. श्रिता, for आस्थिता. A.N.B.मधुकृता.

7. K.तन्वी for चण्डी. For अवधू- य, G.K. read अवधीर्य. A.जाता- नुतापेव.

8. B.आलिङ्गन्च स्थितः for आलिङ्गति P.आलिङ्गते.

10. A.N.N₂.तदीयस्थानमाक्रम्य for तत्स्थान एव. B.P.तदीयं स्थानमा- श्रित्य.

11. G.om.एव. N.N₂.भयि, for अये.— P.°सङ्गान्,andA.B. °संसर्गात्,for °संपर्कात्. N.N₂. °गात्रं संस्पृशादिव.

12. P.om. मे before शरीरं. G.श- रीरं मे निर्वृत्तम्. N.N₂.K. हृदयम्, B. गात्रं, for शरीरं. G.K.om. तथापि. P.ins. मे before विश्वासः.

14. P.क्रमेण for क्षणेन. P.परिवृत्तम्.

15. B.P.ततो for अतो. A.N.N₂. विमुद्रे for विनिद्रे.

करोमि न स्पर्शविभावितप्रियः ॥ ३९ ॥

शनैरक्षुरुन्मील्य । कथं सत्यमेव प्रियतमा ।

उर्व. । बाष्पं विसृज्य । जेदु जेदु महाराओ ।

राजा ।

स्वद्वियोगोद्भवे तन्वि मया तमसि मज्जता ।

दिष्ट्या प्रत्युपलब्धासि चेतनेव गतासुना ॥ ४० ॥

उर्व. । अब्भन्तरकरणाए मए पच्चक्खीकिदवुत्तन्तो खु महाराओ ।

राजा । अभ्यन्तरकरणयेति न खलु ते वचनार्थमवैमि ।

उर्व. । कहइस्सं । इमं दाव पसीदु महाराओ जं मए कोववसं गदाए

एदं अवथ्थन्तरं पाविदो महाराओ ।

---

१ जयतु जयतु महाराजः ।—२ अभ्यन्तरकरणया मया प्रत्यक्षी-
कृतवृत्तान्तः खलु महाराजः ।—३ कथयिष्यामि । एतत्तावत्प्रसीदतु
महाराजो यन्मया कोपवशं गतयैतदवस्थान्तरं प्रापितो महाराजः ।

---

1. B.स्पर्शीनभावितप्रियः.

2. A.B.N.N₂.शनैरुन्मीलयन् for शनैरक्षुरुन्मील्य. K.om.शनैः. B. सहर्षम् before कथं. For सत्यमेव, G.K. सेव मे. N.N₂. om. कथं, and read त्वमेव प्रियतमा for सत्यमेव प्रियतमा. B.om. कथं. B. प्रिया.—P.शनैरुन्मीलयन् | कथं सत्य-मेवोर्वशी.—K. शानै मूर्च्छितः पतति after प्रियतमा.

3. A.प्रमृज्य, and P.उत्सृज्य, for विसृज्य. B.P.जेदु. G.जयदु जयदु. A.जभदु जभदु.

5. B. ins. कल्याणि न तावदहं प्रसा-दयितव्यः,and K.संज्ञां लब्ध्वा प्रिये, before त्वद् &c.—A.N.N₂.P.त्व-द्वियोगाद्भवे चण्डि. B.तद्वियोगोद्भवे च-ण्डि. K.त्वद्वियोगभरे.

6. N.N₂.त्वमुप° for प्रत्युप°.

7. K.U.अन्तभरणय°. N.N₂.°क-रणीए. N.°कदवुत्तन्तो. N.N₂.B. K.om. खु. B.पच्चक्खउत्तन्तों महा-राओ. K.G.अणवेक्खिद दउत्तन्तो. P. पच्चक्खउत्तन्तो.

8. B.P.G.K.N.N₂.°तरकरणाहमि-ति. U.अन्तःकरणमिनि. We with A.—A.P. अवगच्छामि for अवैमि. K. reads the तै after अवैमि.

9. G.N.N₂.कथयिस्सं. K.कहइस्सं. P.गहइस्सं. We read इमं with B. and Kâṭavema. The other Mss. omit it. A.K.पसिभिदु. B. om. जं मए. A.N.N₂.रोसवसं.

10. B.P.इमं for एदं. For पाविदो महाराओ, G. K. उववादिदं महारा-भस.

राजा । कल्याणि न तावदहं प्रसादयितव्यः । त्वद्दर्शनादेव प्रसन्न-बाह्यान्तःकरणोन्तरात्मा । कथय कथमियन्तं कालमवस्थिता मया विना भवती ।

वि. । सुणदु महाराओ । भअवदा कुमारेण सासदं कुमारत्तदं गेण्हिअ अकलुसो णाम गन्धमादणकच्छो अज्झासिदो किदो अ एस विही ।

राजा । क इव ।

वि. । जो इमं पदेसं इथ्थिआ पविस्सदि सा लदाभावेण परिणमिस्स-

---

१ शृणोतु महाराजः । भगवता कुमारेण शाश्वतं कुमारत्वं गृही-त्वाकलुषो नाम गन्धमादनकच्छोऽप्यासितः रुतश्चैष विधिः ।—२ या एतं प्रदेशं स्त्री प्रवेक्ष्यति सा लताभावेन परिणंस्यति । गौरीचरणसं-

---

1-3. For कल्याणि G. K. have सुन्दरि. A.N.N₂.यतः before त्वद्दर्शनान्. B.N.N₂.P.om. एव. K.प्रसन्नः सबाह्यान्तःकरणो ममान्त-रात्मा. A.B.°बाह्याभ्यन्तर°. N. N₂. बाह्याभ्यन्तर° (*sic*). A.N. N₂.B.मम.before अन्तरात्मा. G. K. insert तत् before कथय. The order is different in N. N₂.कथय कथं मया विना भवनीयन्तं कालं स्थिना. A.कथय कथमियन्तं कालं मया विना भवतो स्थिता. B. मया विना स्थितासि for भवस्थिता मया विना भवनी. P.कथमियन्तं का-लं मया विना स्थितासि.

4-6. G.सुणोदु. K.ins पुरा before भभवदा. A.N.N₂.B.महासेणेण for कुमारेण. G.सभं for सासदं. K. सासभं. B.सास्सदं. N.N₂.कुमार-त्तदं.—B.P.गण्हिअ. G.B.अकलसो. K.अकुलुसो. G. and K. some-what desirably insert अभं the former before गन्ध° and the latter before अकलुसो. But the other Mss. omit it. N.N₂.°मादणपदेसो. P.°मादणभ-छ्छो. B.किदा. B.om. अ. K.च for अ. G.K.P.एसो.

7. B.कथमिव. P.किमिनि.

8. G.अधिथभा. N.N₂.जा इथ्थिभा इमं पदेसं पविसादि सा &c. A.पवि-सिहिसदि, and G.K.अक्कमिस्सदि, for पविस्सदि. B.P.परिणमिस्सदीति गौलीचलणरागसंगममणीअं मणिनि-मित्तं विणा तदो ण मुञ्चिस्सादीति । गुदसावसंमूढहिअभा अहं देवदासमअं

दि । गौरीचरणसंभवं मणिं विना ततो न मुच्चिस्सदिति । साहं
गुरुसावसंमूढहिअआ देवदासमअं विसुमरिअ अगिहीदाणुणआ
कुमारवणं पविट्ठा । पवेसाणन्तरं एव्व वासन्ती लदा संवुत्ता ।
राजा । सर्वमुपपन्नम् ।

रतिखेदसुप्तमपि मां   5
शयने या मन्यसे प्रवासगतम् ।
सा त्वं प्रिये सहेथाः
कथं मदीयं चिरविप्रयोगम् ॥ ४९ ॥

इदं तद्यथाकथितं स्वःसंगमनिमित्तं मुनेरुपलभ्य मणिप्रभावादा-
सादिता त्वमस्माभिः । मणिं दर्शयति ।   10

भवं मणिं विना ततो न मोक्ष्यत इति । साहं गुरुशापसंमूढहृदया देव-
तासमयं विस्मृत्य अगृहीतानुनया कुमारवनं प्रविष्टा । प्रवेशानन्त-
रमेव वासन्ती लता संवृत्ता ।

आभारं विसुमरिअ अकिदाणुणभा कु-
मारवणं पविट्ठा । पवेसाणन्तरं एव्व
वासन्ती लदा संवुत्ता. P.परिणमिस्स-
दिति गौरीचरणसंभवमणिणिमित्तं वि-
णा ण मुच्चिस्सदिति गुरुसावसंमूढहि-
अभा अहं देवदासमअं विसुमारिअ
अग्गहिदाणुणभा कुमारवणं पविट्ठा ।
पवेसाणन्तरं वासन्दिआ संउत्ता ।

1. A.°चरणभवं. A. ins. अ after
विणा. K.°संभवमणिं. A.मुच्चिस्सि-
दिति. N.K.मुच्चिस्सदिति, and N₂.
मुचि°. A.N.N₁.तं एव्व अहं for
साहं. B. om. साहं.

2. A.N.N₂.°मूढ° for °संमूढ°.
N.N₂.देवसावं विसुमरिअ अगाहिदा-
णुणभा &c. G.K.विसुमरिदम्हि. A.
अगाहिदाणुणभा.

3. K.कुमारवणं. A.N.N₂.पविट्ठा दि.
N.N₂. om. एव्व. A.N.N₂.वासंती
छद[N.N₂.दा]म्हि संवुत्ता. K.जेव्व
छदम्हि संवुत्ता. G.एव्व छदाभावेण
मदा[sic] संवुत्ता.

4. K.ins.प्रिये before सर्वम्.

6. G.deest : या मन्यसे up to चिर°
in the fourth pâda.

7-8. B.P.अबले for प्रिये.K. सा त्व-
म्हितदवस्थं कथं सहेथाधिरविवियोगम्.

9. G.K.om. इदं. N.N₂.यथा° for
तद्यथा°. P.तावत् for तन्. A.N.
N₂.°समागम° for °संगम°. A.
P.उपलब्धम् for उपलभ्य, and
N.N₂.मणिरुपलब्धं for मुनेरुपल-
भ्य. K.पुनः for मुनेः. B.उपलब्धो
मणिरयम् । मणिप्रभावात् &c.

10. A.N.N₂.उपलब्धा for आसादिता.
B.P.अस्माभिरिति, and B. om.

उर्व. । अम्मो संगमणीओ । अदो खु महाराएण आलिङ्गिदमेत्त
एव्व पकिदत्थम्हि संवुत्ता । मणिमादाय मूर्धनि वहति ।

राजा । एवमेव सुन्दरि क्षणमात्रं स्थीयताम् ।

    स्फुरता विच्छुरितमिदं
        रागेण मणेर्ललाटनिहितस्य ।
    श्रियमुद्वहति मुखं ते
        बालातपरक्तकमलस्य ॥ ४२ ॥

उर्व. । महन्तो खु कालो तुह पइट्ठाणादो णिग्गदस्स । असुअन्ति मं
पकिदिओ । ता एदि णिखुत्तम्ह ।

राजा । यदाज्ञापयति भवती ।

---

१ अहो संगमनीयः । अतः खलु महाराजेनालिङ्गितमात्रैव प्रकृति-
स्थास्मि संवृत्ता ।—२ महान्खलु कालस्तव प्रतिष्ठानान्निर्गतस्य । अ-
सूयन्ति मह्यं प्रकृतयः । तदेहि निवर्तावहे ।

the stage-direction.

1. N.N₂.P.अहो for अम्मो. B. अंहे. P.°गमणीयो. K.°गिदमेत्ता.

2. A.पयदिथिम्हि. G.परिकिदत्थम्हि. P.पकिदत्थम्हि संउत्ता. N.N₂.पअ-दित्थम्हि. B.किदत्थम्मि. K.एव्व पकिदिं आवणम्हि । राजा । ललाटे मणिं निवेइय । स्फुरता &c.—A.P.वन्दते, and N.N₂.वन्दे for मूर्धनि वहति. B.इति मणिमादाय वन्दते.

3. G.सुन्दरि precedes एवमेव.

4. A.ततः and N.N₂.यतः before the stanza.

8. A.महाराभ, N.N₂.महाराभो, and K.विअंभर,before महन्तो.—G. inserts गदो after कालो. G.तव for तुह. K.अम्हाणं. B.पडिट्ठाणादो. K.णिग्गदाणं. P.असुभअन्ति. N.N₂.असुहअस्सन्ति. B.ता असुभइस्स-न्ति. A.असुहस्सन्ति. A.N.N₂. om. मं. K.कदाइ असुभन्ति पइदि-ओं भज्ज ता एदि गच्छम्ह.

9. A.पकिदीओ. B.पकिदओ. K.पइ-दिओ. N.N₂.पकीदीओ. A.णिअत्ते-मो. N.N₂.णिभत्तिम्हो. G.णिभोत्त-म्ह. P.एदि णिब्वुत्तम्ह for ता एदि &c.

10. K.आइ for आज्ञापयति. B. om. भवती. K. ins. इत्युत्तिष्ठनः after भवती.

उर्व. । कँहं महाराओ गन्तुमिच्छुदि ।

राजा ।

अचिरप्रभाविलसितैः पताकिना
सुरकार्मुकाभिनवचित्रशोभिना ।
गमितेन खेलगमने विमानतां
नय मां नवेन वसतिं पयोमुचा ॥ ७२ ॥

[इति निष्क्रान्ताः सर्वे ।

| विक्रमोर्वशीये चतुर्थोऽङ्कः समाप्तः ॥

---

१ कथं महाराजो गन्तुमिच्छति ।

---

1. A.N.N₂. om. ता bef. कहं. A.
N₂.कथं. K.अब्ब कथं उण. B.गन्तुं
इच्छुद. P.K.गन्दुं.

3. A.°विलसितान्. N.N₂.B.°विळ-
सितोल्लिताकिना.

4. A.N.N₂.हरि° for सुर°.

5. K.गमनेन for गमितेन.

6. For नवेन, G. reads अनेन.
K.जवेन.

7. B. इति परिक्रम्य निष्क्रान्ता.

विदूषकः | [1]दिट्ठिआ चिरस्स कालस्स उव्वसीसहाओ णन्दणवणप्पमु-
हेसु देवदारण्णेसु विहरिअ पडिणिवुत्तो पिअवअस्सो । दाणि
सक्कारोवआरेहिं पकिदीहिं अणुरज्जन्तो रज्जं करेदि । असं-
ताणत्तणं वज्जिअ ण किंवि से हीणं । अज्ज तिहिविसेसोत्ति

5

---

१ दिष्ट्या चिरस्य कालस्योर्वशीसहायो नन्दनवनप्रमुखेषु देवता-
रण्येषु विहृत्य प्रतिनिवृत्तः प्रियवयस्यः । इदानीं सस्कारोपचारैः प्रकृति-
भिरनुरज्यमानो राज्यं करोति । असंतानत्वं वर्जयित्वा न किमप्यस्य
हीनम् । अद्य तिथिविशेष इति भगवत्योर्गङ्गायमुनयोः संगमे देवीभिः

---

1. U.परिट्ठो. K.हट्ठो.

2. U.हा हा भो: before दिट्ठिआ for
which it reads दिट्ठिआ. K. too
ins. हा हा भो: bef. दिट्ठिआ. P.चिर-
कालस्स. N.N₂. For "णन्दण°
&c. up to करेदि," सक्कणं रजन्तो
रज्जं कारिस्सदि. P.उव्वसीसहिदो.
G. inserts तत्तभवं, U.तत्थभवं
राआ, and K.तत्तभवं राआ, after
°सहाओ.

3. A.देवारण्णेसु. G.देवदारेसु. U.ण-
न्दवअणमुहेसु पदेसेसु for णन्दणव-
णप्पमुहेसु देवदारण्णेसु. P.णन्दणप-
मुहेसु. K.पदेसेसु. G.U.K. om.
पिअवअस्सो. P. om. पिअ°. U.

व्वाडि°. U.पविसिअ भत्तणो णभरं
after पडिणिवुत्तो.

4. A.सकब्जानुसारेण, B.सो कब्जा-
णुसारिणीहिं, and P.किदसक्कारिहं,
for सक्कारोवआरेहिं. A.पकिदि अ-
णुरज्जतो रज्जं करिस्सदि. P.रञ्जिदो
रज्जं करेदि. U.स्सकब्जाणुसासणेण
पइदिमण्डलं for सक्कारोवआरेहिं प-
किदीहिं. K.पविसिअ णभरं सकब्जाणु-
सासणेण पइदिमण्डलं अणु°&c. for
दाणि up to अणु°. B.अणुरज्जमा-
णी.

5. U.भो before असंताण°. A.
असंताणदं. N.N₂.असंताणअं. P.
असंताणं. K.संताणअं. U.से ण किं-

भअवदीणं गङ्गाजउणाणं संगमे देवीहिं सह किदाहिसेओ
संपदं उवआरिअं पविट्ठो । ता जाव तत्तभवदो अलंकरिअमाणस्स
अणुलेवणमल्ले अग्गभागी होमि । इति परिक्रामति ।
नेपथ्ये । हद्धी हद्धी दुऊलत्तरच्छुदे तालवण्टाधारे णिक्खिविअ

सह रूताभिषेकः सांप्रतमुपकार्यां प्रविष्टः । तद्यावत्तत्रभवतोऽलंक्रियमाण-
स्यानुलेपनमाल्येऽग्रभागी भवामि ।

१ हा धिक् हा धिक् दुकूलोत्तरच्छदे तालवृन्ताधारे निक्षिप्य

वि सोअणीअं for ण किंवि से हीणं.
N.N₂.वज्जिअ मण्णे किंवि से ओ-
हीणं. B.वआणिअं for हीणं. P.वअ-
णिअजं णत्थि for ण किंवि से हीणं.
K.से ण किंवि सोअणीअं for ditto.
A.U.K.तिवि°.

1. N.N₂.K.भवदीणं. N.N₂.गङ्गाय-
मुणाणं. A.G. have °जउणाणं. U.
N.N₂.संगमं. K.N.N₂.देवीए for
देवीहिं. U. किदभिसेओ. B. P. K.
किदाभि°. N.N₂.कदाहिसेसो.

2. N.N₂.संवदं. B.उपकरिअं. G.om.
ववआरिअं and has अलंकरिदुं in-
stead. B.पविट्ठो. G.B.P. om. ता.
U.K. om. तत्तभवदो. B.P.तत्तहों-
दो. For अलंकरिअमाणस्स &c. N.
and N₂. have पसाहिअमाणस्स अणु-
लेवणमने[miswritten for ल्ले?]
अग्गदो भवीअ अणन्तरं होमि । परि-
क्रामनि. A.N.N₂.पसाधीयमाणस्स
for अलंकरिअमाणस्स.

3. For अणुलेवणमल्ले G. reads
भङ्गागुलेवणप्पदादेण मल्लेसु. We
with A.N.N₂. and Kâṭave-
ma who reads अणुलेवणे मल्लेसु

भ.—U.K. °लेवणमल्लभाइभादुत्त[K.
भादुन]रो for °लेवणमल्ले अग्ग-
भागी. B.अगुळेवणे and a lacu-
na instend of मल्ले and goes
on अग्गहांई अहं अणन्तरो होमि.
P.अणुलेवणमल्लेवि अंगभाई अणन्त-
रो होमि. A.अग्गभाई अणन्तरो हो-
मि. U. om. the stage-direc-
tion इति &c.

4. N.N₂. give the speech
thus एसो खु लोभोंचरकदतालवेंट-
[sic ळवेंट?]विहाणे णिक्खिवीअ णी-
अमाणो अच्चराविलासवदीए मोलिरअ-
णो मणी इदो आमिससङ्किणा गिद्धेण
अक्खित्तो. B.हद्धि २ दुऊलुत्तरच्छ-
देकलधोंदभाभणे णिक्खिविअ आणी-
अमाणो उव्वसीविकासोजिताए मोलिर-
अणाए पभा[ओ?]जिदो मणि आमि-
ससङ्किणा गिद्धेण अक्खित्तो. K.ह-
द्धी हद्धी एस ताळवेण्टविहाणं गि-
क्खिविअ णीअमाणो अथ्थराविरहिदेण
मञालिरणअणदाए पओइदो मणी आ-
मिससङ्किणा गिद्धेण आखित्तो. P.
हद्धि हद्धि दुऊलोत्तरछुदे ताळउन्त-
विहाणे भाअगी णिक्खिवअ णिअमा-

णीभमाणो मए भट्टिणो अब्भन्तरविलासिणीमोलिरअणजोग्गो मणी आमिससङ्किणा गिध्धेण आखिखत्तो ।

विदू. । कर्ण दत्ता । अब्भाहिदं । परं बहुमदो खु सो वअस्सस्स संगमणिओ णाम चूडामणी । अदो खु असमत्तणेवथ्थो तत्तभवं आसणादो उट्ठिअ इदो एत्त्व आअच्छादि । जाव णं उवसप्पामि ।

नीयमानो मया भर्तुरभ्यन्तरविलासिनीमौलिरत्नयोग्यो मणिरामिषशङ्किना गृध्रेणाक्षिप्तः ।

१ अत्याहितम् । परं बहुमतः खलु स वयस्यस्य संगमनीयो नाम चूडामणिः । अतः खल्वसमाप्तनेपथ्यस्तत्रभवानासनादुत्थाय इत एवागच्छति । यावदेनमुपसर्पामि ।

णो अब्बरविकासवरिद्दामौलिरअणाए वभोजइदव्वी मणि आमिससङ्किणा गिध्धेण आखिखत्तो. B.हाधिभ २. A.N.N₂. insert एसो before दुऊल॰ &c. A.दुऊलोत्तर॰. G. दुऊलत्तग्च्छिदे. A. तालवेण्टविहाणे. G.तालयन्ताभारे. After णिख्खिवि-भ, A. goes on : णीभमाणो अ-ब्बरविलासवदीए मौलिरअणाए उइदो मणी आमिससङ्किणा गिद्धेण अविख-त्तो. U. reads the passage from हभी &c. thus: हद्दी हद्दी एसो तालवेन्तविभाणं णिख्खिविभ णी-भमाणो मुञ्जलिदलोअभणदाए ण वभोइ-दो मणी आमिससङ्किणा गिद्धेण आ-विखत्तो. G. परिअण॰ for ॰रअण॰ and अभिविक्तत्तो for आविखत्तो.

3. U.K.आकर्ण्य for कर्ण दत्ता and read अब्बाहिदं twice. B.reads हु अब्बाहिदं अब्बाहिदं. P. स्वगतम् after दत्ता, and goes on अ-ब्बाहिदं परं बहुमदो सो वअस्सस्स स-गमणिअणामहेभो मणी । अदो &c. A.N.N₂. अविहा २ after दत्ता. A.N.N₂. बहुमदो, G.वरमाहिमदो, and U.K.वरमबहुमदो, for परं बहुमदो. U. ख्खु. B.om. खु. N. N₂. विअवअस्सस्स. G. and B. संगमणीअणामभेभो. B.संगमणीभ-णामहेयो.

4. A.N.N₂.P. om. चूडा॰. B. चूलामगि. U.ख्खु. G. inserts अभं after खु. G. ॰णेवत्सो. B. असमात्तणेवत्थो एव्व अत्तभवं. K. ॰णेवत्थो जेव्व. P. ॰णंवत्थो. U.जेव्व भवं, and P.वभसो, for नत्तभवं.

5. U. आसणदो. N.N₂.आसणाभो. G.om.उट्ठिअ. P. उट्ठिदो. U. simply उट्ठिदो for इदो एव्व आभछुदि. So K. आसणादो उ-ट्ठिदो ता वासपरिवत्तो होमि. N. N₂. om. एव्व. U.ता वासर-डिवत्ती होमि for जाव णं.

| ततः प्रविशति सावेगपरिजनो राजा ।

राजा ।

आत्मनो वधमाहर्तां क्वासौ विहगतस्करः ।
येन तत्प्रथमं स्तेयं गोपुरेव गृहे कृतम् ॥ १ ॥

किराती । ऐसो एसो खु मुहकोडिलग्गहेमसुत्तेण मणिणा आलिहन्तो
विअ आआसं पडिब्भमदि ।

राजा । पश्याभ्येनम् ।

असौ मुखालम्बितहेमसूत्रं
बिभ्रन्मणि मण्डलचारशीघ्रः ।
अलातचक्रप्रतिमं विहंगस्
तद्वागरेखावलयं तनोति ॥ २ ॥

किं नु खलु कर्तव्यम् ।

---

१ एष एष खलु मुखकोटिलग्नहेमसूत्रेण मणिना आलिखन्निवाकाशं परिभ्रमति ।

उवसप्पामि. B. आअच्छह. A.P.उवसप्पामि. After उवसप्पामि G. goes on : राजा | प्रविश्य सावेगं परिजनमवलोक्य | रे रे रैवतक रैवतक आत्मनो &c. U.K. after the end of Vidûshaka's speech : इति निःक्रान्तः प्रवेशकः | ततः प्रविशति राजा विदूषकश्च कञ्चुकिरेचकौ-[K. °रैवतकौ] परिजनश्च | राजा | रेचक [K.परिजनं विलोक्य रैवतक] आत्मनो वधम् &c. But A.N.N₂. B. P. and G. agree in giving no stage-direction indicating that there is the end of a *praves'aka* here.

3. For वधमाहर्तां G. has वधकों हर्ता.

5-6. For किराती G.K.U. read किराती:. A.N.N₂.om.एसो एसो खु. U.K.P. om. one एसो and B. om. खु. U.मुहग्गकोंडि°. B.अग्ग-मुहकोडि°. K.om. मणिणा. N.N₂. आलिहन्तो. N.N₂. परिब्भमदि. U. संभमदि. K संभमइ. G.अणुलिम्पतो आसाभारिं भमइ for आलिहन्तो विभ आआसं पडिब्भमदि. B.परिभमइ. U.K. अणुरञ्जभन्तो for आलिहन्तो.

7. G. पइयमः.

9-11. B.P. °चारु शीघ्रम्. G. मण्डलचारुशीघ्रः. U.K.मण्डलशीघ्र-चारः. N.N₂.आलान°. P.करोति for तनोति.

12. For किं, G. B. and P.कथं. P.om. खलु.

विदू. । उवेच्च । अलं एथ्थ घिणाए । अवराही सासणीओ ।

राजा । सम्यगाह भवान् । धनुर्धनुस्तावत् ।

[निष्क्रान्ता धनुर्मोहिणी यवनी ।

राजा । वयस्य न दृश्यते विहंगः ।

⁵ विदू. । इदो दक्खिणन्तेण अवगदो सासणीओ कुणपभोअणो ।

राजा । परिवृत्यावलोक्य । दृष्ट इदानीम् ।

प्रभापल्लवितेनासौ करोति मणिना खगः ।

अशोकस्तबकेनेव दिङ्मुखस्यावतंसकम् ॥ ३ ॥

---

१ अलमत्र घृणया । अपराधी शासनीयः ।—२ इतो दक्षिणान्ते-
नापगतः शासनीयः कुणपभोजनः ।

---

1. G.हिंसाघिणाए. B.हिंसासङ्खाए. B. ins.एसो bef. सासणीओ. P.अहिं-साविणाए एसो अवराही सासणिज्जो. A.N.N2. read उवेच्च विदूषकः, and A. reads the speech thus: किं एथ्थ चिन्तणीअं णं सो अवराही सासणीओ. N.N2.किं णु एत्थ चिन्तणीअं अवराधी एसो सास-णीओ. U.K.om. उवेच्च and have भों अलं एत्थ घिणाए । अवराधी[K.हि] सासणीओ.

2. G.सम्यग्भवनाह. A.N.N2. om. तावत्. B.K.P. do not repeat धनु:.

3. A.B.P.यवनी[P.°निका] । एसा भाणइस्सं । निष्क्रान्ता. N.N2.जवनी । एसा अणइस्सं । निष्क्रान्ता । B.परि-जनः । जं भट्टा भाणवेदिन्ति निष्क्रान्तः.

4. A.N.N2.B. om. वयस्य and read the rest of the speech thus: न दृश्यते क नु खलु [B.ध्यान्] गत इति [B.om. गत इति]. U. altogether omits the speech वयस्य &c. K. राजा। दृश्यते विहगाभ्रमः. P.न दृश्यते क नु खलु.

5. A.inserts भों before इदो, and सो before सासणीओ. N.N2. corruptly सो सउणीओ कुणवभोंभ-णो for सासणीओ कुणवभोंभणो. U. इदो दक्खिणन्तरे चलिदो सउणीहदा-सो. B.om. इदो. K.दक्खिनतरो [द-क्खिणन्तरो ?] चलिदो सउणिहदासो. P.om.सासणीओ. G.इदो इदो द-क्खिणेण अभं सासणीओ सउणहदओ.

6. A.N2.विलोक्य. G.N.N2.B. दृष्ट-मिदानीम्. P. om. अवलोक्य च. U.K.om. the stage-direction and om. दृष्टम्, simply reading दृष्ट bef. इदानीम्.

7. A.N.N2.B.P.विभाति for करोति.

8. G.दिग्मुखस्य. A.N.N2.B.P.

प्रविश्य चापहस्ता यवनी ।

यवनी । भट्टा एदं हत्थावावसहिदं सरासणं ।

राजा । किमिदानीं धनुषा । बाणपथमतीतः कण्ठयभोजनः । तथा हि

आभाति मणिविशेषो
दूरमिदानीं पतत्रिणा नीतः ।
नक्तमिव लोहिताङ्गः
परुषघनच्छेदसंयुक्तः ॥ ४ ॥

कञ्चुकिनं विलोक्य । लातव्य मद्वचनादुच्यतां नागरिकः सायं निवा-
सवृक्षाश्रयी विचीयतां विहगदस्युरिति ।

कञ्चु. । यदाज्ञापयति देवः ।

[इति निष्क्रान्तः ।

विदू. । उवविसदु भवं संपदं । काहिं गदो रअणकुम्भिलओ भवदो
सासणादो मुञ्चिस्सदि ।

---

१ भर्तः एतद्धस्तावापसहितं शारासनम् ।—२ उपविशतु भवान्

अवतंसकः. U.धनुर्म्मेहणोचिता for
धनुर्म्मोहिणी.

1. U.K.धनुर्म्यमहस्ता for चापहस्ता.
A.B.P.यवनिका. N.N₂.जवनिका.

2. B.भट्ट. P.भट्. B.P.हत्थावाव°.
G.B.P.इदं.—U.ससरं चावं for ह-
त्था°&c. K.ससरं सरासणं for
ditto.

3. For धनुषा A.N.N₂.read शारास-
नेन which appears to be an
improvement upon the ori-
ginal reading. A.B.P.अति-
क्रान्तः कुणपाशनः, and N.N₂.
अतिक्रान्तोयं कुणपाशः, for अतीतः
कुण्यभोजनः.

6-7. U.लोहिताङ्गरुषघन°. A.N.
N₂.°संगीतः for °संयुक्तः.

8-9. B.P.कञ्चुकीयम्. U.अवलोक्य.
G.K.U. insert भार्यं before
लातव्य. U. after लातव्य, inserts
कंचु. । आज्ञापयतु देवः । राजा.—
G.U.उच्यता नागरिका: (*sic*). B.
आज्ञाप्यतो नागरिकः. K.उच्यन्तो ना-
गरिका:. N.N₂.° वृक्षाश्रयो. U.सायं
निवासवृक्षे विचीयता विहंगाभ्रमः. G.
K. सोयं for सायं. G.विहगतस्करौ
यत्र विहगाः स्फुरन्ति. N.N₂.विची-
यन्ताम् (?) for विचीयनाम्. G.ची-
यताम्. K.विहगतस्करः, omitting
इति.

10. B.P.कञ्चुकीयः.

12-13. N.N₂. read the speech
thus: ओवविसदु भवं । कहिं गदो अ-
अं कुम्भिलओ तव सासणादो मुञ्चिस्स-

राजा । विदूषकेण सहोपविश्य ।

रत्नमिति न मम तस्मिन्
मणौ प्रियत्वं विहंगमाक्षिप्ते ।
प्रियया येनास्मि सखे
संगमनीयेन संगमितः ॥ ५ ॥

विदू. । णं परिगदत्थोम्हि किदो भवदा ।

ततः प्रविशति सभारं मणिमादाय कञ्चुकी ।

कञ्चु. । जयतु जयतु देवः ।
अनेन निर्भिन्नतनुः स वध्यो

सांप्रतम् । क्व गतो रत्नकुम्भीरको भवतः शासनान्मोक्ष्यते ।
१ ननु परिगतार्योऽस्मि रुतो भवता ।

दिन्ति. B.P.उपविसदु. B.P.om.संप-
दं. B. ins. वि after कहिं and
B.U. ins. ण bef. मोप्यते. We
omit वि with G.K.U.A.N.N₂.
P., and ण with G.K.U.A.N.
N₂.—B.तुह सासणं for भवदो सास-
णादो. P.तुह, and A. तव, for भव-
दो.—U.भो वीसमीभदु भवं संप्पदं. G.
K.एय[K.अ]णकुम्भीलो.—U.तदो सो
for गदो. P.सो before गदो. A.
मुब्बिारसादित्ति. K.मुञ्चिस्सदित्ति. U.
विमुचिस्सदि, and adds इत्युपविश-
तः, omitting the stage-direc-
tion in the following speech.

1. A.N.N₂.तथास्तु before विदूषके-
ण सह &c. N.N₂.U.वयरय after
उपविइय.

2. A.N.N₂. मे न तस्मिन्, and
U.K.P.न मे तस्मिन् for न मम
तस्मिन्. G.न ममतास्मिन्.

3. B.स्पृहासीत्, and G.K.U. मय-

न्नः, for प्रियत्वं which we read
with P.A.N.N₂.—G.विहंगमे क्षि-
प्ते. N.N₂. विहंगमाकृटे. U.K.विहं-
गमोक्षिप्ते.

4. G.K.U.तेन for येन. We read
येन with A.N.N₂.B.P.

6. A.कदो. B.होदा. N.N₂. परिग-
ओम्हि किदो. G.K.परिगदत्थो किदो.
U.om. the speech of Vidû-
shaka altogether (ण &c.)

7. G.K.प्रविष्टः. U.has simply प्र-
विइय for the whole stage-
direction. B.काञ्चुकीयः. P.का-
ञ्चुकीयःकिराती च. B.उपसृत्य का-
ञ्चु. P.काञ्चु ° । जयति महाराजः.

8. U.जयति जयति. B.जयतु not re-
peated. A.N.N₂.उपसृत्य । देव
after देवः.

9. B.P.°वपुः for ननुः. P.B.नि-
र्भिण्ण °.

बलेन ते मार्गणतां गतेन ।
प्राप्योपकार्यान्तरमन्तरिक्षात्
समौलिरत्नः पतितः पतत्री ॥ ६ ॥
सर्वं विस्मयं रूपयन्ति ।

कञ्चु. । अद्रिः प्रक्षालितो मणिः कस्मै प्रदीयताम् ।   5

राजा । किरानि अग्निशुद्धमेनं कृत्वा पेटकं प्रवेशय ।

किराती । 'जं भट्टा आणवेदि । इति मणिं गृहीत्वा निष्क्रान्ता ।

राजा । ज्ञातव्य अपि जानीते भवान् कस्यायं बाण इति ।

कञ्चु. । नामाङ्कितो दृश्यते न तु मे वर्णविचारक्षमा दृष्टिः ।

राजा । तेन ह्युपनय शरम् ।   10

---

१ यद्दूतां आज्ञापयति ।

---

1. N.N₂.तन्मार्गणताम्. U.K.रोषेण, and P.B.बाणेन, for बलेन.

2. For उपकार्यान्तरम् G.K.U.and Kâtavema have अपराभौजितम्.

5. A.कस्मिन्तु, and N.N₂.कस्मिन्, for कस्मै. U.मणिरद्विरयं प्रक्षालिन: कस्मै प्रदीयताम्, meaning it to be the first half of an anushtup (see *infrá*). B.प्रदीयते. P.K.दीयनाम्.

6. K.G.किरात for किरानि. B. om. किरानि and reads अग्निशुद्धं कृत्वा कोशावेठं प्रवेशय. P.om. किरानि and has अग्निविशुद्धिं कृत्वा कांशागृहं प्रापय. A.अग्निशुद्धिं for अग्निशुद्धमेनम्. N.N₂ कृत्वा for एनम्. U.गच्छ रेचक कांषस्य पेटके स्थाप्यनामयम् । ७ ॥ the second half (see *suprá*). A.कोशावेठाम्. N.N₂.कोशावेठिं for पेटकम्.

7. U.K.किरातः. G.K.B.देवी for भट्टा. U.आदाय निष्क्रान्तः. P.B. om.मणिं गृहीत्वा. K.इनि परिगृह्णानि for the whole stage-direction.

8. U.ज्ञातव्यं मति for ज्ञातव्यः. B. om. ज्ञातव्य. P. reads ज्ञातव्य after अपि. U.अथ for अपि. U.शरः for बाणः.

9. U.नात्र मे वर्णविभागसहा दृष्टिः for न नु &c. B.P.नामाक्षराणि दृश्यन्ते न मे वर्णं[P.om.]विभागक्षमा दृष्टिः. A.विवेचनविभागक्षमा, and N.N₂.वर्णविभागक्षमा, for वर्णविचारक्षमा. G.om. मे.

10. G. om. this and the first line on the next page. U.तदुरभ्रेषय शरं यात्रिनिरूपयामि for तेन ह्युपनय शरम् and omits the following three speeches

कञ्चु. । तथा करोति ।

राजा । नामाक्षराण्यनुवाच्य । सावत्यता रूपयति ।

कञ्चु. । यावन्नियोगमशून्यं करोमि ।

[इति निष्कान्तः]

5 विदू. । १किं भवं विआरेदि ।

राजा । शृणु तावत्प्रहर्तुर्नामाक्षराणि । वाचयति ।

उर्वशीसंभवस्यायमैलसूनोर्धनुर्भृतः ।
कुमारस्यायुधो बाणः प्रहर्तुर्द्विषदायुषाम् ॥ ७ ॥

विदू. । सपरितोषम् । २दिट्ठिआ संताणेण वड्ढदि भवं ।

10 राजा । सखे कथमेतत् । अन्यत्र नैमिषेयसत्तादवियुक्तोहमुर्वश्या ।
न च मया गर्भव्यक्तिरालक्षिता । कुत एव प्रसूतिः । किं तु

---

१ किं भवान्विचारयति ।—२ दिष्ट्या संतानेन वर्धते भवान् ।

---

ending with निष्कान्तः. B.नर्थ्यु-
पश्नेषय तं शारं।का.।यथोक्तं करोनि. K.
उपनय शारं।कं.।यथादिष्टं करोनि. P.
उपश्नेषय शारम् । का.।यथोक्तं करोनि.

2. B.P.वीभ्य for अनुवाच्य. P.ins.
आत्मनः before सावत्यताम्.

5. A.विसारेदि. K.विचारेदि.

6. N.N₂.संहर्तुः: U.नामाक्षराणि प्रहर्तुः.
P. reads the speech thus:
श्रूयताम् । नामाक्षराणि वाचयति. G.
K. om. वाचयति. U. inserts
before वाचयति as follows:
विदूषकः । अवहिदोहि | राजा |

7. For °संभवस्य G.K. have °त-
नयस्य. U.अनुग्मतः

8. For द्विषदायुषाम् G.and K. read
द्विषदायुः. U.संहर्ता विद्विषायुषाम्.

9. U. om.सपरितोषम्. G.दिट्ठिआ.
B.U.दिट्ठिआ. P.संताणेण. G.वड्ढदि.
U.वट्टि[ट्टु?]दि. N.N₂. वड्ढु. B.
भवं वड्ढइ. P.अवं वध्अइ.

10-11.G.K. read the word सखे
after कथमेतत्. U.कथमिवैतत्. N.
N₂.एवम् for एतत्.—A.N.N₂.B.
नैमिषीयात्सत्तात्. K. नैमेषेयसत्तात्.
P.नैमिषेयात्सत्रात्. U.सखे (then
after a lacuna) ऋनुदशीनादवि-
युक्तोहमुर्वश्या न कदाचिदपि तत्र ग-
र्भाविर्भूनदौहदाप्युरलक्षिता. A.N.N₂.
ins. अस्याः after मया.—A.N.
N₂.B.गर्भव्यतिकरो लक्षिनः. P.om.
न च मया गर्भव्यक्तिरालक्षिना. G.K.
एषा for एव.

आविलपयोधराग्रं
लवलीदलपाण्डुराननच्छायम् ।
कानि दिनानि वपुरभूत्
केवलमलसेक्षणं तस्याः ॥ ८ ॥

विदू । मा भवं सर्वं माणुसीधम्मं दिव्वासु संभावेदु । पहावणिगू- 5
ढाइं ताणं चरिदाइं ।

राजा । अस्तु तावदेवं यथा भवानाह । पुत्रसंवरणे किमिव कारणं
तत्रभवत्याः ।

---

१ मा भवान्सर्वं मानुषीधर्मं दिव्यासु संभावयतु । प्रभावनिगूढानि
तासां चरितानि ।

---

1. U. आनीलचूचुकाग्रम् ।

2. G. K. लवलीफल°. A. °पाण्डुरा-
ननं कायम् । P. °पाण्डुरा°.

3-4. P. B. A. N. N₂. read the
3rd and 4th Pâdas thus:
[B. P. कानि] तानि दिनानि वपुरभूत्
केवलमलसेक्षणं तस्याः. U. कानिचिद-
हानि शरीरं केवलमलसेक्षगं तस्याः.
K. कानिचिदहानि वपुरभूत् (!)
केवलमलसेक्षगं तस्याः. G. कानि-
चिदहानि जातं शरीरमलसेक्षणं तस्याः,
an easy but unsupported
reading. We read कानि with
B. P. and with Kâṭavema,
who, however, comments
upon कानिचित्. I do not see
how he accommodates the
चिन्. Here is his explanation.
आविलपयोधराग्रमित्यादि । तस्या वपुः
शरीरं कानिचिदिनानि कनिपयानि

दिवसानि । केवलमविलपयोधराग्रं कलु-
षचूचुकं लवलीदलपाण्डुराननच्छायं ।
लवली लताविशेषः तस्य दलवत्पाण्डुरा-
ननच्छाया मुखकान्तिःयस्य तत् तथों-
क्तम् अलसेक्षणं चाभून्.

5-6. A. N. N₂. om. भवं and
have खु after मा. U. om.
सर्वं. B. मा एव्वं माणुसीभम्मं दिव्वासु
संभावीभादि. P. मा एव्वं सव्वं माणुस-
धम्मं दिव्वासु ण संभावेहि. U. दिव्वाए.
A. N. N₂. संभावेहि.—A. पहावगूढाणि
ताणं चरिदाणि. G. एभाव°. N. N₂.
पहावगदाणि ताणं चरिआणि. U. एभा-
वगूढाइं देवचरिआइं. K. °निगूढाइं.
B. भासं for ताणं. P. भासा.

7. P. om. अस्तु तावदेवम्. N. N₂.
एथाह भवान् for यथा भवानाह. N.
N₂. किमिनि for किमिव. P. om. इव.

8. U. तस्याः for तत्रभवत्याः. N. N₂.
P. B. U. K. add two more

विदू. । को देवदाररहस्साइं तक्कइस्सदि ।

प्रविश्य कञ्चुकी ।

कञ्चु. । जयतु जयतु देवः । देव च्यवनाश्रमात्कुमारं गृहीत्वा तापसी संप्राप्ता देवं द्रष्टुमिच्छति ।

5 राजा । उभयमप्यविलम्बितं प्रवेशय ।

कञ्चु. । यदाज्ञापयति देवः ।

इति निष्क्रम्य चापहस्तेन कुमारेण तापस्या च सह प्रविष्टः ।

कञ्चु. । इत इतो भवती । सर्वं परिक्रामन्ति ।

विदू. । विलोक्य । किं ण खु सो एसो तत्तभवं खत्तिअकुमारओ जस्स

---

१ को देवतारहस्यानि तर्कयिष्यति ।—२ किं न खलु स एव

---

speeches after तत्रभवत्या:, thus:-
विदू. । किं भण्णं । महाराओ परिह-रिस्सदित्ति ।
राजा । कृतं परिहासेन । विचिन्त्य-ताम् [N.N₂.K.चिन्त्यताम् । U. ins. वयस्य bef. विचिन्त्यताम्.]
The first of these speeches is read by U.K. thus :
विदू. । मा बुद्धिं मं राभा परिहरिस्स-दित्ति ।
and by B. thus :
विदू. । अत्ताणं महाराओ परिभविस्स-दिंत ।
But A. G. and Kâḷavema omit them.

1. A.N.N₂. ins. णाम, and B. णु खु, after को. A.N.N₂.B. °रह-स्साणि. U.K. तक्किस्सदि.
2. G.तत: प्रविश्य &c. and does not repeat कञ्चुकी. B. कञ्चुकी-यः. P. काञ्चुकीयः.
3. B.P.U.जयतु देवः. G. om. जयतु जयतु देवः. U.ins. एष खलु before च्यवना°. B.P.om. देव. P.कमरि कुमारं.
4. G.K.P. ins. कापि before तापसी. U K. om. संप्राप्ता.
5. B.P.उभौ for उभयम्. K विशा-ङ्कुच before उभ° &c.
6. B.महाराज: for देवः.
7. U.तथेति निःक्रम्य तापसीसहितं कु-मारमादाय प्रविष्टः. B. om. च. A.पुनः प्राविश्य, and N.N₂.B.P. प्राविश्य, for प्रविष्टः.
8. U.om. this speech of Kanchukî. G.P.भवति. A.भगवनी. B. om. भगवनी. P.परिक्रामति for सर्वं परिक्रामन्ति.
9. P.कुमारं विलोक्य. U. reads the whole speech thus: णं खु एसो तत्तभवखत्तिअकुमारो जस्स णामग्धिन्दो गिद्ध-जक्खवेरी णाराभं उज्जुड्डो तत्थभर-

णामङ्कितो गिध्धलक्खवेधी अध्धणाराओ । तह वहुअरं भवदो
अणुकरेदि ।

राजा । स्यादेवम् । अतः खलु

बाष्पायते निपतिता मम दृष्टिरस्मिन्

वात्सल्यवन्धि हृदयं मनसः प्रसादः ।   5

संजातवेपथुभिरुड्डितधैर्यवृत्ति-

रिच्छामि चैनमदयं परिरब्धुमङ्कैः ॥ ९ ॥

कञ्चु. । भगवति एवं स्थीयताम् ।

तापसीकुमारौ स्थितौ ।

राजा । अम्ब अभिवादये ।   10

तापसी । भेंहाभाअ सोमवंसविथ्थाइत्तओ होहि । आत्मगतम् । अम्हो

<hr>

तत्रभवान्क्षत्रियकुमारको यस्य नामाङ्कितो गृध्रलक्षवेधी अर्धनाराचः ।
तथा बहुतरं भवन्तमनुकरोति ।

१ महाभाग सोमवंशविस्तारपिता भव । अहो अनाह्णातोऽपि

<hr>

दो वहु अणुकरेदि. G.एसो णं खु,
B.णं खु एसो, K.एसो खु, and P.
णं, for किं ण खु सो एसो. N.N₂.
णु for ण. G.°कुमारो. B.°कु-
मालो. P.°उमालो.

1-2. P. inserts एसो before
णाम°. N.°लक्खवेहि. G.मगाह्-
णराओं (?), and N.N₂.भद्दच-
न्दाणणो, for अध्धणाराओं. G.एसो
णं विअ भवन्तमणुकरेदि. B.नहावि वहु
भवदो अणुकरदि. K.एसो तहन्विअ
भवन्नं अणुकरेदि. P.तह वहु भवदो
अणुभरेदि. N.N₂.भभवदो.

3. U.एवमेतत् for स्यादेवं and om.
अतः खलु. B. om. अतः खलु.

4. G.वाष्पायिना.

5. G.K.वात्सल्यवनु for वात्सल्यवन्धि
which we read with A.N.
N₂.B.P.U.

6. A.उत्क्रन°, and N.N₂.उत्कृन°,
for उड्डिझन°.

8. G.K.P.भवनि. U. om. भवनि
altogether.

9. G.K. insert तथा and U.
यथोचितं before स्थितौ. P. omits
the whole stage-direction.

10. A.N.N₂.U.B.भगवनि for अम्ब.

11. B.महाराओ. G.°वंसणित्थोरहो.
U.°वंसधारअन्तो, and K.°वंसं
धारअन्तो, for °वंसविथ्थारइत्तओ.
P.U.महाराश, and B.महाराओं,
for महाभाश. N.N₂.होई. U.भो

अणाचक्खिदोवि विण्णादो इमस्स राएसिणो ओरसो संबन्धो ।

प्रकाशम् । जाद पणम दे गुरुं ।

कुमार: । चापगर्भमञ्जलिं करोति ।

राजा । आयुष्मान्भव ।

5 कुमा. । आत्मगतम् ।

यदि हार्दमिदं श्रुत्वा

पिता ममायं सुतोहमस्येति ।

उत्सङ्गवर्धितानां

गुरुषु भवेत्कीदृशः स्नेहः ॥ १० ॥

10 राजा । भगवति किमागमनप्रयोजनम् ।

नाट. । सुणादु महाराओ । एसो दीहाऊ आऊ जादमेत्तो एव्व

____

विज्ञात एतस्य राजर्षेरौरसः संबन्धः । जात प्रणम ते गुरुम् ।

१ शृणोतु महाराजः । एष दीर्घायुरायुर्जातमात्र एवोर्वश्या किमपि

for अम्हो. B. om. अम्हो.

1. A.अहो अणाचक्खिदेवि विण्णादो इ-
मस्स राएसिणो आउस्स अ ओरसो
संबन्धो. N.N2.अहो अणाचक्खिदेवि
विण्णादो इमस्स राअसीणो आउस्स-
अओरसो [आउस्स अ ओरसो ? or
आउस्स अओरसो ?] संबन्धो. G.K.
अहो अणाचक्खिददाविण्णादो इमस्स
राएसिणो आउ [G.यु] सो अस्स अ
एसो [K.om.] संबन्धो. B.गुरुवसो
आउसो अ before ओरसो. U.
भो अणाचक्खिदेवि विण्णादो इमस्स
राएसिणो आउसो ओरसो संबन्धो.
We with P.

2. A.N.N2.पणव for पणम. U.वणव.

3. B.सचा१°. K.अपबद्धमञ्जलिम्
for चाप°. U.कृत्वा प्रणमनि for
करोति.

4. G.K.B. insert कुमार before
आयुष्मान्, and N.N2. read
आयुष्मन्. U.भूया: for भव.

5. U.स्पर्शं रूपयित्वा स्वात्मगतम्. P.
स्वगतम्.

6. B.हार्दिमिमं. So K. but correct-
ed into हार्दिमिदं.

8. U.K.उत्सङ्गविवृद्धानां. G.उत्सङ्गा-
दिह वृद्धानाम्.

9. N.N2.कीदृशी प्रीनिः.

10. P.U.B.भवति for भगवति.

11. G.सुणोदु. U. एस. G. दीहाऊ
आऊ. K.P. om. आऊ. B.P.
जादमेत्त एव्व. G.K.जादमेत्तो. N.
N2.जादमत्तो. N.N2. om. एव्व.
U.उव्वसी [ए?] जादमेत्तो जेन्न for
जादमेत्तो एव्व उ°.

उव्वसीए किंपि णिमित्तं अवेक्खिअ मम हत्थे णासीकि-
दो । जं खत्तिअकुमारअस्स जादकम्मादि विहाणं तं से भअव-
दा चवणेण असेसं अणुचिट्ठिदं । गिहीदविज्जो धणुव्वेदे अहि-
विणीदो ।

राजा । सनाथः खलु संवृत्तः ।　　　　　　　5

ताप. । अ(ज्ज) पुप्फसमिदअट्ठं इसिकुमारएहिं सह गदेण इमिणा
अस्समविरुद्धं आचरिदं ।

निमित्तमवेक्ष्य मम हस्ते न्यासीकृतः । यत्क्षत्रियकुमारस्य जातकर्मादि
विधानं तदस्य भगवता च्यवनेनाशेषमनुष्ठितम् । गृहीतविद्यो धनुर्वे-
देभिविनीतः ।

१ अद्य पुष्पसमिदर्थमृषिकुमारकैः सह गतेनानेनाश्रमविरुद्धमाच-
रितम् ।

---

1. G. किं for किंवि. U.K.किंवि.
B.P. किं णिमित्तं विश्र. G. णिमि-
चांरि. G.K.B. दंसिअ, A. P.अदं-
सिअ, and N.N₂. अदंसीअ. for
अवेक्खिअ. A. ins. महाभाभस्स,
N.N₂. महाहअस्स, and G. K.
B. P. महाराअस्स, after अवेक्खि-
अ. We omit the word with
U. and Ranganâtha. B.महा,
and P. मह, for मम. G.A. ण्णा-
सीिकिदो. B. णिवेसिदो. K.णासीकिदो.

2. A.N.N₂.जं च for जं. U.जभा
for जं. A.N.N₂. खत्तिअस्स for
खत्तिअकुमारअस्स. B.K. °कुमार-
स्स. U. खत्तिअस्स कुलीगस्स. P.
खत्तिअउमालस्स. A. जादअम्मादि.
U.विहाणं. K. om. तं से. U.
तध्यभवदा for भअवदा.

3. U.सव्वं for असेसं. K. om.
असेसं. G.N₂. °चिट्ठिदं. B.अणुट्ठिदं.
P.अणुट्ठिअ. G. गिहीदवेदो. N.N₂.
B.गहिदविइज्जो.K.गहीद °.G. ins.
अ after °विइज्जो. U.गाहिदविइज्जो
अणुव्वेदे अ विणीदो. A.N.N₂. °व्वे-
देवि.

4. A.N.N₂.U. विणीदो for अहिवि-
णीदो. K.अहिअं विणीदो. G. अहि-
विहीदो.

6-7. A. अत्त, and P.अच्जदु, for
अच्ज. A.N.N₂. read उण before
पुप्फ° &c. A.N.N₂. °समिअत्थं.
U.पुफ्लसमिअकुसणिमित्तं for पुप्फ°.
G.B.K.कुमारेहिं. P. °.उमारेहिं. G.
सहा. P. णिग्गदेण. A.आसम°. N.
N₂.अतम °. U.अस्समवास °. A.
N.N₂.B.P.आभरिदं. U.समाभरिदं.

विदू. । सावेगम् । 'किं विअ ।

ताप. । गेहिदामिसो किल गिध्धो पादवसिहरे णिलीअमाणो अणेण लक्खीकिदो बाणस्स ।

विदू. । राजानमवलोकयति ।

5 राजा । ततस्ततः ।

ताप. । तेंदो उवलध्धउत्तन्तेण भअवदा चवणेण अहं समादिट्ठा । णिउज्जादेहि हत्थणासंति । ता इच्छामि देव्विं उव्वसिं पेखिदुं ।

राजा । तेन हि आसनमनुगृह्णातु भगवती ।

ताप. । जरनीन आसन उपविशानि ।

---

१ किमिव ।—२ गृहीतामिषः किल गृध्रः पादपशिखरे निली-यमानोनेन लक्षीकृतो बाणस्य ।—३ तत उपलब्धवृत्तान्तेन भगवता च्यवनेनाहं समादिष्टा । निर्यातय हस्तन्पासमिति । तदिच्छामि देवी-मुर्वशीं प्रेक्षितुम् ।

---

1. G. K. om. the stage-direction सावेगम्. U.कधं for किं.

2. G.गिहीदामिसो. K.गहीदामिसो. G. K. om. किल. U.गद्धो for गि-ध्धो. A. N.N₂.B.पाभवसिहरे. U. अस्समपा:व°. A.N.N₂.P. ळी-अमाणो. B.निलीभ°.

3. B. लच्छिखाकिदोणिण बाणस्स. A. °कदो. N.N₂.लक्खीकिदोणिण बाण-स्स. P.लच्छिव°. G.K.लख्खीकिदो से बाणस्स. U.om. अणेण.

4. A.ईक्षते, P.अवेक्षते, and N.N₂. ईक्ष्यते (sic), for अवलोकयति.

5. G.P. do not repeat ततः.

6. N.N₂.U K.°वुत्तन्तेण. U.भवदा. P. om. णदो. P.उवळ:ध°. A.N

N₂.संदिट्ठा. G.K. ins. ता after समादिट्ठा.

7. N.N₂. देहि से हत्थण्णासंति for णिज्जादेहि हत्थणासांति. U.णिज्जादे-हि एदं उव्वसीहत्थे णासंति ता उव्वसीं वेविखदुं इच्छामि. B.P.जि०आएहि दे हत्थणासांति. K.णिज्जादोहि एदं उव्व-सीहत्थणासांति. A.G. णिज्जादेहि. G. °ण्णासंति A.देवीं उव्वसीं. N.N₂. देवीं उव्वसीं. P.B.K.उव्वसीं.A.N. N₂.K. देविखदुं. P.दच्छिखदुं.

8. U. om. तेन हि. K.भवनी.

9. A.N.N₂.K.परिजनोपनीतं. U.मे-थ्योपनीन आसने समुपवे[वि?]शानि. B.नहेति प्रेष्योपनीते आसने उपवि-शानि. P.नहेति आसनमुपविशानि.

राजा । लातव्य आहूयतामुर्वशी ।

कञ्चु. । यदाज्ञापयति देवः ।

[इति निष्क्रान्तः ।

राजा । कुमारमवलोक्य । एह्येहि वत्स ।

सर्वाङ्गीणः स्पर्शः   5

सुतस्य किल तेन मामुपगतेन ।

आह्लादयस्व तात-

च्चन्द्रकरश्चन्द्रकान्तमिव ॥ २१ ॥

ताप. । जाद आणन्देहि पिदरं ।

कुमा. । राजानमुपगम्य । पादग्रहणं करोति ।   10

राजा । कुमारं परिष्वज्य पादपीठे चोपवेश्य । वत्स इतस्तव पितुः प्रियसखं ब्राह्मणमशङ्कितो वन्दस्व ।

विदू. । किमिति शङ्किस्सदि । अस्समवासपरिचिदो एव्व साहामिओ ।

---

१ जात आनन्दय पितरम् ।—२ किमिति शङ्किष्यवे । आश्रम-वासपरिचित एव शाखामृगः ।

---

1 U. आर्य ज्ञातव्य उच्यतामुर्वशी. P. आह्रीयताम् (*sic*).

3. U. तथेति निःकान्तः.

4. U. om. stage-direction कुमारम् &c. A.N.N₂. वत्स एह्येहि.

6. N.N₂. सुतस्य ते किल समामुपगतेन. U.K. उपनतेन. P. सुखेन for सुतस्य.

7. A.N.N₂.U. प्रह्लादयस्व.

9. G.K. omit जाद. N.N₂. read अणुणेहि, and U. णन्देहि, for आणन्देहि.

10. For उपगम्य G.P. have उपेत्य. U. उपसर्पति for उपगम्य and om. पादग्र° क°. K. करोमि, changing the stage-direction into a speech.

11. G.K. उपवेशयति for उपवेइय. A.N.N₂. om. च. U. has simply आलिङ्गच for the whole stage-direction.—K.G.B. omit वत्स. N.N₂. तावत् for तव. G. पितृसखं, B. सखायम्, and P. सहायम्, for प्रियसखम्. U. वत्स प्रियसखं मे for वत्स इतस्तव पितुः प्रियसखम्.

13. N.N₂. किं for किमिति. A. सङ्किस्सिदि. K. संदिहिस्सदि. G.K.U. ins. णं before अस्सम° &c. A. सास्सम° for अस्सम°. N.N₂. आसमवा-

कुमा. । सस्मितम् । **तात वन्दे ।**

विदू. । **सोत्थि भवदो ।**

तत: प्रविशत्युर्वशी कञ्चुकी च ।

कञ्चु. । **इत इतो देवी ।**

5 उर्व. । कुमारमवलोक्य । **को णु खु एसो सवाणासणो पादपीठे सयं महाराएण संअमिअमाणसिहण्डओ चिट्ठदि ।** तावसीं दृट्वा । **अम्मो सच्चवदीसूचिदो मे पुत्तओ आउ । महन्तो खु संवुत्तो ।** परिक्कामति ।

---

१ स्वस्ति भवते । — २ को नु खल्वेष सवाणासन: पादपीठे स्वयं महाराजेन संयम्यमानशिखण्डकास्तिष्ठति । अहो सत्यवतीसूचितो मम पुत्रक आयु: । महान्खलु संवृत्त: ।

सपरिचऔभदो एव्व से सद्धा[हा?]-महो. U.णं अस्समवासपरिचिदो अहं एत्स्स सहाओ. A.B.°परिइदो. K. °परिचिद. A.एत्से for एव्व. G. K. सहामिभो. B. सेसभावो, and P.से सहावो for एव्व साहामिभो.

1. B.P.वन्दामि for वन्दे.
2. A.दे for भवदो. N.N₂.B.P.सो-त्थि होदे. U.सत्थि भवदे वहुदु भवं. K. सोत्थिभोदो.
3. G.कञ्चुकीपूर्वी उर्वशी. B.उर्वशी काञ्चुकीयश्च. K. कञ्चुकी उर्वशी च.
4. G.K.om.देवी. U.भवती for देवी. P. इदो इदो देवी.
5-6. N.N₂.विलोक्य. U.परिक्रम्यावलो-क्य च. B.om. कुमारं and has वि-लोक्य.B.N.N₂. give the speech thus: को नु खु एसो सवाणासणो पा-अवीरे[B.°पीठे] ओविसिअ [B.उववे-सिदो] सयं महाराएण सयमीमाणं (sic) सिहो[B.सभव्जमाणसिहण्डो] जाभतु-ओ[B.om.] चिट्ठदि. U.कणअरीठो-वविठ्ठो. K.कणअपादपीठे omitting उवविठ्ठो. P.को एसो सवाणासणो पाद-पीठे उवेसिदो सयं महाराएण संअमिअ-माणसिहो दिस्सइ. G. को णु खु ए-सो बाणासणहत्थो कणअपादपीठोावविठ्ठो सयं महाराएण सव्जीकिअमाणसिहण्ड-ओ चिट्ठदि. A.संज मीभमाणसिहण्ड ओ. U.K.सडज्जीभमाणसिहण्डो चिट्ठदि. U. om. सयं. A. inserts after °पीठे the word उवविसिअ. U.om. स-बाणासणं. A.पाभवीटे. U.om. °पा-द°. A.B.P.अम्हो. U.अम्हरे.
7. A.सच्चवईए समप्पिदो, and P. सच्चवई||सूइदो [for सच्चवईसूइदो ?], for सच्चवदीसूचिदो. N.N₂.सच्चवा-दाए(sic) सूइदो. U.सच्चवदीसहिदो पुत्तको मे आउ. B.सच्चवदीसुइदो मे पुत्तो आउ &c. A.om.आउ. N. N₂.मे पुत्तओसीओभो(?). G.आओ for आउ. P.वुत्तभो. B.K.G.in-

राजा । उर्वशीं दृष्ट्वा ।

इयं ते जननी भ्राता त्वदालोकनतत्परा ।
स्नेहप्रस्रवनिर्भिन्नमुद्वहन्ती स्तनांशुकम् ॥ १२ ॥

ताप. । जाद एहि पच्चुगच्छ मादरं ।

कुमा. । उर्वशीं प्रत्युद्गच्छति ।

उर्व. । अम्ब पादपणामं करेमि ।

ताप. । वच्छे भत्तुणो बहुमदा होहि ।

कुमा. । अम्ब अभिवादये ।

उर्व. । कुमारमुन्नमितमुखं परिष्वज्य । वच्छ पिदरं आराधइत्तओ होहि ।

राजानमुपेत्य । जेदु जेदु महाराओ ।

1 जात एहि प्रत्युद्गच्छ मातरम् ।—२ अम्ब पादप्रणामं करोमि ।—३ वत्से भर्तुर्बहुमता भव ।—४ वत्स पितरमाराधयिता भव । जयतु जयतु महाराजः ।

---

sert सहर्षम् before परिक्रामति. U.om.परिक्रामति.

1. U.B.विलोक्य for उर्वशीं दृष्ट्वा. K.अवलोक्य for दृष्ट्वा.

2. A.N.N₂.U.वत्स before इयं &c.

3. B.P. °प्रस्रवनिर्भिण्णम्. N.N₂. °प्रस्रवसंभिन्नमुद्वहन्ती स्तनद्वयम्. U. °प्रसर° for °प्रस्रव°.

4. A.जात. N.N₂.om.एहि. P.वच्छ, and B.वच्च, for जाद एहि. N.N₂. पच्चुग्गच्छ माभरं. U.पच्चुवगच्छ. K.उग्गच्छ.

5. N.N₂.पच्चुत्तिष्ठति, and U.उपस-र्पति, for प्रत्युद्गच्छति.

6. G.K.N.N₂. insert तावसीं पति before अम्ब. A.अय्ये, and N.N₂.

U.अङ्ज, for अम्ब. K.A.U.P. °वन्दणं for °पणामं. B.°व्पणामं, and ins. वो bef. करेमि. P. अ०ए वो पादवन्दणं करेमि.

7. A.N.N₂.वस्से. U.वच्छे. B.वच्चे. G.K.om.वच्छ. N.N₂.होई.

8. N.N₂. repeat अम्ब twice. U.स्वामभिवन्दये for अभिवादये.

9. G.उन्नमिताननं कृत्वा. U.उन्नताननं कृत्वा. K.om.कुमारम्, and reads मुखमुन्नमितं कृत्वा. N.N₂.om.वच्छ. U.वंथ. B.वच्च. G.K.वत्स. G. आराधनन्तो. N.N₂.आराभइत्तणो. U.K.आराबअन्तो. B.निनुणो आरा-हइत्तओ. P.विदुणो आराभइत्तओ.

10. N.N₂.होहि. U.मनि for उवेच्च.

राजा । स्वागतं पुत्रवत्यै । इत आस्यताम् । अर्घासनं ददानि ।
धर्व. । उपविशति ।

सर्वे यथोचितमुपविशन्ति ।

ताप. । ऐसो गिहिदविज्जो आऊ संपदं कवअहरो संवुत्तो । ता एद-
स्स दे भत्तुणो समक्खं णिज्जादिदो हत्थणिक्खेवो । ता विसज्जेदुं
इच्छामि । उवरुज्झइ मे अस्समधम्मो ।

____

१ एष गृहीतविद्य आयुः सांप्रतं कवचधरः संवृत्तः । तदेतस्य ते
भर्तुः समक्षं निर्यातितो हस्तनिक्षेपः । तद्विसर्जयितुमिच्छामि । उपरुध्य-
ते ममाश्रमधर्मः ।

B.P.जेदु unrepeated. G.जभदु
जभदु. U.जयदु जयदु.

1. N.N₂.B.P.इति before अर्घास-
नम्. U.om. the stage-direc-
tion अर्घासनं ददाति.

2. For उपविशति, B. has उ०| अ-
य्ये उवविसदु होदि, K.has उ०| सव्वे
उवविसन्दु, and P. has उ०| अ०ओ
उवविसदु. U.अज्जा उवविसध, and
A.अय्यं उवसीभदु, for उपविशति.
N.N₂.अज्जे इदो उवसीभदु, and
assign the speech to Vidû-
shaka.

3. Before सर्वे यथोचितमुपविशन्ति,
G. ins. राजा | सर्वे यथोचितमुप-
विशन्तु. B.P.A. N. N₂.°स्थानं
for °उचितम्. U.तथेनि for य-
थोचितम्.

4-6. U.ताप. | वच्से गहिदविज्जो सं-
पदं आउसो कवअहरो संवुत्तो । एस
भत्तुणो समक्खं दे णिज्जादिदो मए तु-
ह हत्थे णिक्खेवो | तुम्हेहिं विसज्जिदं
आत्ताणं इच्छामि | अवरुज्झदि मे

अस्समवातधम्मो. A.N.N₂.गहोद°.
G.°वेदो for °विज्जो. B.P.गहि-
द°. K.गहोदवेदो. G.आऊ, and
N.N₂.आभ, for आऊ. K.कवचा-
रहो. G.कवहरो. N.N₂.कवचहरो.
P.कवअभरो. B.P. om. ता and दे.
K.G.णिज्जाविदो. N.N₂.णिका[for
इज्जा?]दिदो. B.णि०आहदो. A.णि-
य्यादिदो. A.N.N₂. ins. मए after
णिज्जादिदो. B.मह इथ्थ°. A.N.N₂.
सहथ्याणि°. G.K. सहिदथ्थ°. A.N.
N₂. om. ता. bef.विस°. N.N₂.अ-
त्ताणं आदो विसज्जिदुमिच्छामि. A.तुमादो
अत्ताणं विसज्जेदुं इच्छामि. K.ता तुमा-
दो अत्ताणं विसज्जिदुमिच्छामि. P.B.
ता [B.adds मं] विसज्जेदुं इच्छामि.
G.ता दुमादो अत्ताणं विसज्जिदु-
मिच्छामि. A.उवउक्[for इज्झ as
often]दि. N.N₂. उवज्झदि. G.
उवद्झादि. B. मह for मे. K.
अवराइझदि. A.आससम°. A. ins.
खु before मे.

नै. । ¹चिरस्स अज्जं दक्खिलभ अहिअदरं आवितिण्हम्हि । ण सक्कु-
णोमि विसज्जिदुं । अण्णभं उवरोहिदुं । गच्छदु अज्जा पुणोदं-
सणाअ ।

राजा । अम्ब भगवते च्यवनाय मां प्रणिपातय ।

नाग. । एव्वं भोदु ।

कुमा. । आर्ये सत्यं यदि निवर्तसे मामप्याश्रमं नेतुमर्हसि ।

राजा । अयि वत्स उषितं त्वया पूर्वेद्मिन्नाश्रमे । द्वितीयमध्यासि-
तुं तव समयः ।

नाग. । जाद गुरुणो वअणं अणुचिट्ठ ।

---

१ चिरस्यार्यां दृष्ट्वाधिकतरमवितृष्णास्मि । न शक्नोमि विस्रष्टुम् ।
अन्याय्यमुपरोद्धुम् । गच्छत्वार्या पुनर्दर्शनाय ।—२ एवं भवतु ।—
३ जात गुरोर्वचनमनुतिष्ठ ।

1-3. A.चिरस्स अम्मिअं देक्खिअ अहिअभरं विहूळम्हि । अणग्घं उण तव उवरोहिदुं । ता गच्छ अरिये पुणो-दंसणाभ. N.N₂.चिरस्स अब्जू देक्खिअ [अ ?]हिअभरं विम्हभम्हि ण जुत्तं उण भम्मावरोइे वट्टिदुं ता गच्छे अब्जे पुणोवि दंसणाभ. U.उ० । कामं चिरस्स पेक्खिअ विरहुक्कण्ठिद-म्हि ण उण [जुब्जदि or some such word left out?] भम्मावरोभे वट्टिदुं । गच्छदु अब्जा पुणोवि दंसणस्स. G.K.कामं चिरस्स अब्ज उत्तं पेक्खिअ अवहिदहिअए ण जु-ब्जदि पुणो अरसमभम्मो विभाविदुं[G.तुं] । ता अब्जा पुणोदंसगाभ गच्छदु. We with P.B.—B.P.अ०अं for अब्जं. B.सवितण्हम्हि. B.विस-ब्जेदुं. B. ins. अहव before भ-ण्णअं. B.P.अ०आ for अब्जा.

4. U.आर्ये तत्रभवते च्यवनाय मह्म-णाममावेदयिष्यति. K. omits मां.

5. P.B.A.N.N₂.होदु.

6. G.K.सत्यवति for सत्यं. A.N.N₂. आर्ये यदि सत्यमेव निवर्तसे for आर्ये सत्यवति यदि निवर्तसे. U.आर्ये यदि सत्यं निवर्तनमेतत् तदा मामपि नेतुमर्ह-सि. A.नयस्व for नेतुमर्हसि. N.N₂. तदा मामप्याश्रमपदं नयस्व for माम-प्याश्रमं नेतुमर्हसि. B.पति after आश्रमं. P.°श्रमपदं नयस्व.

7-8. A.N.N₂. om. अयि. P. and U.om.अयि वत्स. U.चरितं for उषितं. B.उषितः. U.अ श्रमपदे. N.N₂.U.अपि after द्वितीयम्. P.U. om. तव.

9. B.गुरुणो. A.°चिद्द, U.°निद्द.

कुमा. । तेन हि

यः सुतवान्मदङ्के
शिखण्डकण्डूयनोपलब्धसुखः ।
तं मे जातकलापं
प्रेषय मणिकण्ठकं शिखिनम् ॥ १३ ॥

ताप. । विहस्य । ऐठ्वं करेमि । सथ्थि भोदु तुम्हाणं ।

[इति निष्क्रान्ता ।

राजा । कल्याणि

अहं हि पुत्रिणामग्र्यः सत्पुत्रेणामुना तव ।
पौलोमीसंभवेनेव जयन्तेन पुरंदरः ॥ १४ ॥

उर्व. । सभ्रू रोदिति ।

विदू. । किं णु खु तत्तहोदी एक्कवदे अस्सुमुही संवुत्ता ।

---

१ एवं करोमि । स्वस्ति भवतु युष्मभ्यम् ।—२ किं नु खलु तत्रभवती एकपदेश्रुमुखी संवृत्ता ।

1. N.N₂.om. हि.
2. G.K.ममाङ्के. B.मदङ्के.
3. U.चिराय for शिखण्ड°.
4. N.N₂. तन्मे for तं मे.
5. G.K.प्रापय. U. शितिकण्ठकं.
6. K.G.U.एवं. A.N.N₂.दीहाऊ हो-हि for सथ्थि &c. After करेमि U. has: उ०|भभवदे पादवन्दणं करेमि| रा० | भगवति प्रणमामि | ताप० | सौत्थि सव्वागं | इति निःक्रान्ता &c. B.सन्निमतम् | होदु एव्वं करीभदि | दीहाऊ होन्ति निष्क्रान्ता. K.सास्तम् before सथ्थि which it reads सौत्थि. P.om. विहस्य, and reads होदु भागइस्सं | दीहाऊ होहि इति निष्क्रान्ता.
8. N.N₂.K. om. कल्याणि. U. कल्याणिनि. P. वर्वैश्यीं प्रति सुन्दरि for कल्याणि.
9. G. reads सत्पुत्रेण तवामुना. U. अव्याह for अहं हि. A.ईउञः for अव्यः. K.अभुना for अमुना.
11. A.समृत्या रोदिति.
12. A.सावेगम् | भो किं णु &c. N. N₂.P.सावेगम् before किं णु &c. G. °भोदी. B.विलोक्य सावेगम् before किं &c. N.N₂. एक्करदं. U. has the speech thus: भो किं णु ख्खु संप्रदं अत्थभोदी अस्सुमुही संवुत्ता. P.B. एक्करदे. B.P.अस्सु-

राजा । सावेगम् ।

किं सुन्दरि प्रह्लदितासि ममोपपन्ने
वंशस्थितेरधिगमान्महति प्रमोदे ।
पीनोन्नतस्तनविसर्पिभिरानयन्ती
मुक्तावलीविरचनापुनरुक्तमस्त्रैः ॥ १५ ॥ 5

बाष्पमस्याः प्रमार्ष्टि ।

उर्व. । सुणादु महाराओ । पढमं उण पुत्तदंसणेण विसुमरिदम्हि ।
दाणि महिन्दसंकित्तणेण समओ मह हिअअं आआसेइ ।

राजा । कथ्यतां समयः ।

उर्व. । अहं पुरा महाराअगहिदहिअआ महिन्देण आणत्ता— 10

---

१ शृणोतु महाराजः । प्रथमं पुनः पुत्रदर्शनेन विस्मृतासिम् । इदानीं महेन्द्रसंकीर्तनेन समयो मम हृदयमायासयति ।—२ अहं पुरा महाराजगृहीतहृदया महेन्द्रेणाज्ञापिता—

पुण्णमुहि. A.भस्तुगुण्णमुही. N.N₂. भत्तमुहीं.

2. N.N₂.प्रमुदितासि (!) for प्रह्लदिता- सि. U. ममोपनीते.

3. B.P.अभिमते for अभिगमात्, and प्रमोहे for प्रमोदे.

4. For °विसर्पिभिः, G. K. have °निपातिभिः. U. पीनस्तनोपरिनि°.

5. P. U. °विरचना. A.N.N₂.B. °पुनरुक्तिम्. B.P.आलैः.

7-8. G.सुणीदु. A.अहं, and N. N₂.अह, for पुढमं उण. A.N.N₂. पुत्तमुहदंसणेण. N.N₂. in fact read the speech thus: सुणादु महाराओ अह पुत्तमुहदंसणेण विसु- मरिदम्हि । दाणी महिन्दसंकीत्तणेण समअं सुमरिदम्हि. G.K.दाणि महे- न्दसंकित्तणेण मम हिभए इदं समएण

for दाणि &c. up to आभासेइ. U. सुणादु महाराओ पढमं पुत्तदंसणसमु- त्थिदेण आणन्देण णन्दिदम्हि । दा- णि महिन्दसंकित्तणेण अवभी मए सुमरिदो. B.सुणादु महाराओ । इमि- णा अहं पुत्तमुहदंसणेण विसुमरिदम्हि । दाणि माहिन्दसंकित्तणेण सुमरिओ स- मओ मम हिअअं आहण्टिअदि. P. सुणादु महाराओ एदणुत्तमुहदंसणेण वि- सुमरिदम्हि । दाणि महिन्दसंकित्तणेण समओ मह हिअअं आभासेइ. A. समअं सुमरादिदम्हि for समओ &c. up to आभासेइ.

9. A.N.N₂.कः before समयः. P. B.क इव for कथ्यतां समयः.

10. U.ऊ० । सुणादु महाराओ । अहं पुरा महाराअगहिअहिअभा गुच्छात्- संमूढा महेन्देण अवभी कदुअ अब्भव.

राजा । किमिति¹ ।

ऊर्व² । जदा एसो मम पिअसहो राएसी तुइ समुप्पण्णस्स वंसकरस्स मुहं पेक्खिस्सदि तदा तुए भूओवि मम समीवं आअन्तव्वं³ । तदो मए महाराअविओअभीरुदाए⁴ जादमेत्तो एव्व विज्जागमणिमित्तं⁵ भअवदो च्चवणस्स अस्समपदे⁵ अज्जाए सच्चवदीए⁵ हत्थे अप्प-गासं⁶ णिक्खित्तो । अज्ज पिदुणो आरोहणसमत्थो संवुत्तोत्ति

---

१ यदेष मम प्रियसखो राजर्षिस्त्वयि समुत्पन्नस्य वंशकरस्य मुखं प्रेक्षिष्यते तदा त्वया भूयोपि मम समीपमागन्तव्यमिति । ततो मया महाराजवियोगभीरुतया जातमात्र एव विद्यागमनिमित्तं भगवतश्च्यवन-

णुण्णादा. B.महाराभगहिदहि°. K. महाराभगहींदहि°. P.महाराभगहद-हि°. G. om. महिन्देण. K.महे-न्देण.

1. U.कथं for किं.

2. U.जदा मम सो णिभविभस्सो. For एसो A.N.N₂.have सो. A.N.N₂. मे रणसहाओ for मम णिभसहो. B. मह for मम. N.N₂. राभसो. U. om. राएसो. U.जदा मम सो विभ-बभस्सो, and P.जदा महाराओ मह विभभसहाओ, for जदा एसो मम णिभसहो राएसी. B.K.एसो for सो. B.मह. P.महाराओ मह विभभसहा-ओ for एसो मम पिअसहाओ रा-एसी. B. adds पुत्तस्स after वंस-करस्स. P.समुप्पण्णस्स वछुस्स. G. K.समुप्पण्णवंसहरस्स. A.वंसभरस्स; N.N₂.वंसहरस्स. U.समुप्पण्णस्स सु-दस्स.

3. B.P.दक्खिस्सदि, A.N.N₂.देविख-स्सदि, U.पेक्खादि. N.N₂.तदो for तदा. U.तदा मम समीवं तुए आग-न्दव्वंति, thus omitting भूओवि. A.N.N₂. om. °वि after भूओ. B.मह for मम. G.आगदव्वंति. N. N₂.आगन्तव्वमिति. P.K.आभन्द-व्वंति.

4. G.K.महभाअ°. P.°विरद° for °विभोभ°. A.N.N₂.B.°भीहआ-ए. G.B. read the मए after °भीहदाए. B.P.जादमेत्त एव्व. B. P. insert णिश्चादो, and A.निमं-सदाए[=?] after एव्व. U. om. जा-दमेत्तो एव्व. B.विज्जाभिगम°. A. P.विज्जाहिगमण°. N.N₂.विज्जाग-हण°. U.चिरकालसंगमणिमित्तं for विज्जागमणिमित्तं.

5. A.आस्सम°. N.N₂.अस्समवदे, U.°वदेसेसु. A.अय्याए. U.पुत्तको before अज्जाए. B.अ०भसच्चवदी-ए. K.अज्जासच्चवदीए. P.अय्याए सच्चवईए. G भभवदीए for सच्चवदीए.

6. A.B.K.अप्पभासं. N.N₂.अप्पगा-सं[अप्पगासं?]. U.भत्तणा for अ-प्पगासं. P.एव्व आऊ for अप्पगासं.

कलअन्तीए णिज्जादिदो मे दीहाऊ । ता एत्तिओ मे महाराएण संवासो ।

सर्वे विषादं रूपयन्ति ।

राजा । सनिश्वासम् । अहो सुखप्रत्यर्थिता दैवस्य ।

आश्वासितस्य मम नाम सुतोपलब्ध्या
सद्यस्त्वया सह कृशोदरि विप्रयोगः ।
व्यावर्तितातपरसः प्रथमाभ्रवृष्ट्या
वृक्षस्य वैद्युत इवाग्निरुपस्थितोऽयम् ॥ १६ ॥

स्वाश्रमपद आर्यायाः सत्यवत्या हस्तेप्रकाशं निक्षिप्तः । अद्य पितुरारा-
धनसमर्थः संवृत्त इति कलयन्त्या निर्यातितो मे दीर्घायुः । तदेतावान्मे
महाराजेन संवासः ।

U.णिखित्ती. K.खित्तो. P.आराहइ-
न्तभो. K. om. संवुत्तो.

1-2. U.काउण, B. तए काळण्णाए,
and K.करिअ तीए, for कळभ-
न्तीए. G. ins. भ after कळ-
अन्तीए. A.णिय्यादिदो, and B.
णिय्यादिदो, for णिज्जादिदो. N.N₂.
संवुत्तोनि किंदुभ णिय्यादिदो दीहाऊ ।
ता एत्तिओ(sic) मे महाराएण संवासो.
B. om. मे. P. काळेण आणि-
दो दीहाऊ. G.महाराओ भाऊ, for
मे दीहाऊ. K.महादुभाऊ, corrected
into महाभाऊ. U. has भोहु
after दीहाऊ. B.P. om. ता. A.
जा for ता, which U. altoge-
ther omits. B.एन्नयो, U.एत्तिकौ,
and G. एत्तिभो, for एत्तिओ. U.
reads एस, and B. मइ, for मे.

K.om. मे. P.एत्तिओ एव्व मे महा-
राएण सहवासो.

3. For रूपयन्ति, G.K. have ना-
टयन्ति. After the stage-direc-
tion U. adds राजा । मोहमुप-
गच्छति । सर्वे । समस्ससदु महाराओ ।
कञ्च. । समाश्वस(sic)तु महाराज[:] ।
विदू. । अवम्हण्णं अवम्हण्णं । राजा ।
समाश्रय । अहो, and then it
goes on, सुखप्रत्यर्थिता &c.

4. For सनिश्वासम्, G. K. read
सविषादम्. P. ins. तथा हि after
दैवस्य.

5. For सुतोपलब्ध्या G.N.N₂.
have सुखोपलब्ध्या. We with
A.U.B.P.K.

7. U.°भिया for °रुजः. G.A.
प्रथमाभ्र°.

विदू । अंअं सो अत्थो अणत्थाणुबन्धो संवुत्तो । संपदं तक्केमि
तत्तभवदा वक्कलं गेण्हिअ तवोवणं गन्दव्वंति ।

वै । मंपि मन्दभाइणि किदविणअस्स पुत्तस्स लाभानन्तरं सग्गा-
रोहणेण अववसिदकउजं महाराओ समत्थेदि ।

5 राजा । मा मैवम् ।
        न हि सुलभविप्रयोगा कर्तुमात्मप्रियाणि
        प्रभवति परवत्ता शासने तिष्ठ भर्तुः ।

१ अयं सोर्थोनर्थानुबन्धः संवृत्तः । सांप्रतं तर्कयामि तत्रभवता वल्कलं
गृहीत्वा तपोवनं गन्तव्यमिति । — २ मामापि मन्दभागिनीं रुतविनय-
स्य पुत्रस्य लाभानन्तरं स्वर्गारोहणेनावसितकार्यां महाराजः समर्थयते ।

1-2. B.अयं सोहणो अत्थो. G om. अ-त्थो. N.N₂.हत्थो, and K.अणत्थो, for अत्थो. G.अणत्थाणुबन्धो. B. अणथ्याणुबन्धणो. K.ins.चि after संवुत्तो. After संवुत्तो A. differs with G.considerably; it goes on : वेक्खामि तत्तभवदो पथ्याउळदं हिअभस्स and altogether omits संपदं &c. N. reads the whole speech thus: अअं सो हत्थो अण-त्याणुबन्धो संवुत्तो । तत्तभवदो हिअ-भस्स. N₂.अअं सो हत्थो अणत्याणु-बन्धो संवुत्तो ॥ वेक्खामि ॥ तत्तभव-दो हिअभस्स. B.दक्खामि तत्तबोदो वक्कलं गण्हिदव्वंति for संपदं &c. P. अअं सो अत्थो जो अणथ्याणुब-न्धो संवुत्तो । दक्खामि तनहोदिं आ-उळदं हिअभस्स. G.तत्तभवदो for तत्तभवदा. U.विदू. । अअं सो अत्थो अणत्याणुबन्धोनि तक्केमि । अत्तभवं देवराओ सअं अणग्गहिदव्वो. K. गन्तव्वंति. We with G. K. and

Kâtavema as regards this speech.

3-4. B.मं वि. G.विदाविणअस्स. N. N₂.कदाविणअस्स. U. हा हदम्हि म-न्दभाभा किदविणअस्स पुत्तअस्स छ-म्माणन्तरं सग्गरोहणेण अववसिदकउजं विप्पओअमुहिं महाराओ समत्थइस्स-दि. A.पुत्तजस्स (=पुत्तअस्स?). N. N₂.पुत्तस्स जभ्मलाहाणन्तरं. A.B. अववसिदक[A.क]ब्जणिव्विसेसं. N. N₂.अववसिदकब्जणिव्वाहसेसं(=?).K. अववसिदकउजं विप्पओअमुहिं, the latter being evidently a marginal gloss copied into the text. P. reads सग्गारोहणेण after अववसिदकउजं. B.समत्थेंति. G.K. समत्थइरसदित्ति. A.N.N₂. समत्थइरसदि.

5. G.K. ins. सुन्दरि before मा मैवम्.

6. G.ºविप्रयोगः. K.ºविप्रयोगात् P.कर्तुः.

अहमपि तव सूनावायुषि न्यस्तराज्यो
विचरितमृगयूथान्याश्रयिष्ये वनानि ॥ ९७ ॥

कुमा. ।　नार्हति तातः पुंगवधारितायां धुरि दभ्यं नियोजयितुम् ।

राजा ।　अयि वत्स

शाम्यति गजाननन्यानन्धद्विपः कलभोऽपि सन्
भवति सुतरां वेगोद्ग्रं भुजंगशिशोर्विषम् ।
भुवमधिपतिर्बालावस्थोऽप्यलं परिरक्षितुं
न खलु वयसा जात्यैवायं स्वकार्यसहो भरः ॥ ९८ ॥

लातव्य मद्वचनादमात्यपरिषदं ब्रूहि संह्रियतामायुषो राज्याभि-
षेक इति ।

कञ्चु. ।　यदाज्ञापयति देवः ।

[इति दुःखितो निष्क्रान्तः ।]

---

1. U.सूनावद्य विन्यस्य राज्यम् ।
2. G.विरचित° ।
3. P.B.नार्हति तातपुंगवधारितायां धु-
रि दभ्यं नि[B.om.]योजयितुम् । K.
नार्हिसि तात मा नृपपुंगवभुरि &c.
A.G.तात नार्हिसि मा नृपपुंगवभारि-
तायां &c. N.N₂.नार्हति पुंगवभारि-
तायां भुरि दभ्यं नियोक्तुम् । U.नार्हिति
तातो नृपपुंगवभारितायां भुरि दभ्यं नि-
योजयितुम् । G.A.K.योजयितुम् ।
4. G.K. om. अयि वत्स. U.मा मैवं
after अयि वत्स.
6. U.प्रभवतितरा वेगोद्ग्रं. G.वेदोद्-
ग्रं. A.वेगोद्रिक्तं corrected from
some reading which it is
difficult to make out. N.N₂.
B. clearly वेगोद्रिक्तम्. B.विहंग-
शिशोः. P.वेगोद्रृत्तम्.
8. A.वयसायन्तेनायम्. N.N₂.स्वक-

मंसहः. U.गण:, and P.नृप:, for
भरः.
9-10. G.K. and U. ins. आर्ये
before लातव्य. K.तालव्य. G.K.
U. insert after लातव्य as
follows: कञ्चु. । आज्ञापयतु दे-
वः । राजा, and A.N.N₂. sim-
ply आज्ञापय । राजा. We omit
the additions with B.P.—N.
N₂.°वर्गम् for परिषदम्. U.भमात्य-
पर्वतम्. P.संनीयतां कुमारस्य राज्याभि-
षेकसंभार इति. G.°षंकायेति. A.B.
संह्रियन्ता[B.ता] कुमारस्यायुषो रा-
ज्याभिषेकसंभारा[B.र] इति. N.N₂.
संह्रियन्ता कुमारस्यायुषोभिषेकार्थे सं-
भारा इति. U.°षेकः and om. इति.
11-12. G.K.तथेति for यदाज्ञापयति
देवः इति. A.N.N₂. and P.सदुःखो
निष्क्रान्तः. U. om. यदाज्ञापयति देवः

सर्वं दृष्टिप्रतिघातं रूपयन्ति ।

राजा । आत्मगतमवलोक्य । किं नु खलु निरभ्रे विद्युत्संपातः ।

उर्वशी । विलोक्य । अम्मो भअवं णारदो ।

राजा । अये भगवान्नारदः । य एषः

गोरोचनानिकषपिङ्गजटाकलापः
संलक्ष्यते शशिकलामलधौतसूत्रः ।
मुक्तागुणातिशयसंभृतमण्डनश्री-
हैंमप्ररोह इव जङ्गमकल्पवृक्षः ॥ १९ ॥

अर्घ्यमस्मै ।

उर्वशी । यथोक्रमादाय । इअं भअवदे अरिहणा ।

ततः प्रविशति नारदः ।

नारदः । विजयतां मध्यमलोकपालः ।

---

and has दुःखेन निःक्रान्तः. K.दुः-खेन निष्क्रान्तः for दुःखिनी नि०. B. om. दुःखिनी.

1. G.दृष्टैःप्रतिघातम्. P.दृष्टिप्रतिहनिम्. U.दृष्टिविघातं निरूपयन्ति.

2. A. om. राजा. U. after the stage-direction gives the King's speech thus: अतो नु खलु भोः विद्युत्संपातः । अये भगवान्ना-रदः and goes on : गोरोचना &c., omiting Urvas'î's speech and य एषः. P.B. om. stage-direction. N.N₂. om.खलु. G.K.B. insert इव after संपातः. P. निरभ्रो विद्युत्०.

3. G.K. om. विलोक्य. A.B.भम्हो. K.भये for अम्मो. K.णारओ.

4. P.om. यः. G.भगवन्नारदः, N.

N₂. om. from अये up to एषः, and read pâdas 2, 3, as 1, 2, and *vice versâ*.

7. G.°ञायसंवृन°. N.N₂. °श्रीहेम°.

8. K.हैमः म°. A.P.हैम°. B.°वारि-जातः for °कल्पवृक्षः.

9. B.ससंभ्रमम् before अर्घ्ये°. N.N₂.अर्घ्यम्. U.अर्घोर्घ्यस्तावत्, and om. अस्मै.

10. B.भअवदो अरहणा. K.भअवदो. A.अग्घणा, and N.N₂.अच्चणा, for अरिहणा. G.K.अअं भअवदो अग्घो. U. reads इदं भअवदो अग्घं, which it assigns to कञ्चुकी.

11. U.प्रविश्य नारदः.

12. G.जयताम्. K.विलोक्य विजयतां २. U. also repeats विजयनाम्. N.N₂.मध्यलोक°.

राजा । उर्वशीहस्तादर्घ्यमादायावरुर्ध्य । भगवन्नभिवादये ।

उर्व. । भँअवं पणमामि ।

नार. । अविरहितौ दंपती भूयास्ताम् ।

राजा । आत्मगतम् । अपि नामैवं स्यात् । प्रकाशम् । कुमारमादिश्य । वत्स भगवन्तमभिवादयस्व ।   5

कुमा. । भगवन्नौर्वशेय आयुः प्रणमति ।

नार. । आयुष्मानेधि ।

राजा । अयं विष्टरोनुगृह्यताम् ।

नार. । तथोपविष्टः ।

सर्वे नारदमनूपविशन्ति ।   10

नार. । राजन् श्रूयतां महेन्द्रसंदेशः ।

---

१ भगवन्प्रणमामि ।

---

1. N.N₂.भयेम्. A.भगवाये for भा-वरुर्ध्य, which N.N₂. altogether omit. U. also om. the stage-direction wholly. B.भग्यच्ये for भावरुर्ध्य. P.उर्वशीहस्तादादायावार-वरुर्ध्य. U. wrongly भवन् for भगवन्. P.भगवन्तम्.

2. B.P.A.N.N₂. सुण्हसण्णे वो चऌणकमछे पणवामि (B.P.N.N₂.पण-मामि).

3. A.भूयास्तम्. U.भविरतौ.

4-5. K.U.जनान्तिकम् for भात्म-गतम्. P.स्वगतम्. For कुमारमादि-श्य, G.K.simply कुमार. P.om. कुमारमादिश्य. K.U. om.वत्स.

6. N.N₂. पुहरव उर्वशेय: (sic), and om. आयु:. A.B.आयुरौर्वशे-य: for और्वशेय आयु:. U.om.

भगवन्. P.और्वशीय:, and omits आयु:.

7. U.आस्तां भवान् for एधि. B.P. आयुष्मन्नेधि. K.omits this and the following three lines.

8. B.इदं विष्टरम्. P.विष्टरम्, omitting अयम्. N.N₂.भगवन् before वयम्. U.om.अनु°.

9. A.तथा करोति. For lines 9 and 10 N.N₂.B.have simply तथा सर्वे उपविशन्ति. P.om.सर्वे &c. up to उपविशन्ति.

10. A.om.नारदमनु°. U.तम् for नारदम्. U. after the stage-direction and before the King's speech, adds : राजा । सविनयम् । भगवन् किमागमनप्रयो-जनम्.

राजा । अवहितोऽस्मि ।

नार. । प्रभावदर्शी मघवा वनगमनाय कृतबुद्धिं भवन्तमनुशास्ति—

राजा । किमाज्ञापयति ।

नार. । त्रिकालदर्शिभिर्मुनिभिरादिष्टः सुरासुरसंगरो भावी । भवांश्च
सांयुगीनः सहायो नः । तेन त्वया न शस्त्रं संन्यस्तव्यम् । इयं
चोर्वशी यावदायुस्तव सहधर्मचारिणी भविष्यति ।

उर्व. । भगवार्य । अम्महे सच्छं मे हिअआदो अवणीदं विअ ।

राजा । परवानस्मि देवेश्वरेण ।

नार. । युक्तम् ।

त्वत्कार्यं वासवः कुर्यादर्थं च तस्येष्टमाचरेः ।

---

१ अहो शल्यं मे हृदयादपनीतमिव ।

---

2. A.G.N.N₂.मघवान्, and B.P.
भगवान्, for मघवा. K.om. this
and the following speech.
N.N₂.कृतमतिम्. U.कृतोद्यमम्. P.
भवन्तं वनगमनकृतबुद्धिम्.

3. P.adds भगवान् after आज्ञाप-
यति.

4-6. A.N.N₂.त्रैकाल्यदर्शि°. B.
त्रैलोक्यवेदिभिः. A.N.N₂.om.मुनि-
भिः.—A.N.N₂.आदिष्टं सुरासुरविम-
र्दो महान्भावीति. B.सुरासुरविमर्दो
भावीति. U.त्रैलोक्यदर्शिभिरादिष्टसुरा-
सुरविमर्दो भावी । भवांश्च सांयुगीन-
सहायस्तेन न त्वया शास्त्रशास्त्रसंन्यासः
कार्यः । इयं चोर्वशी यावदायुस्ते धर्म-
चारिणी भवत्विति. B.तत्रभवान् for
भवांश्च. P.त्रैलोक्यविद्भिरादिष्टः पूर्वः
मुनिभिः सुरासुरविमर्दो भाविनि[°मर्दो
भावीति?] भवांश्च सांयुगीनः सहायः
तेन त्वया शास्त्रं न न्यसितव्यम् । इयं

चोर्वश्या यावदायुस्तावत्सहधर्मचारिणी
भवत्विति. N.N₂.सांयुगीनसहायौत-
स्त्वया शास्त्रं न संन्यसनीयमिति. B.
om.नः. A.संन्यसितव्यम्. B.न्यासि-
तव्यं. N.N₂.G.K.B. तावत् for तव.
A.धर्मसहचारिणी. G.K.भविष्यतीति.

7. B.आत्मगतं, and P.स्वगतं, for
भगवार्य, and both B. and P.
om.अम्महे. G.K.om.भगवार्य. K.
A.अम्हहे. N.N₂.om.अम्महे. A.
N.N₂.सच्छं विभ मम हिअभादो उद्ध-
रिदं. G.अम्महे सच्छं मे हिभए
आहिदं अवणीदं. U.om. stage-
direction and reads अम्हहे सच्छं
वि[भ?] हिभभादो अवणीदं. K.साहि-
दं for आहिदं. P.सच्छं खु मे &c.

8. U.परमनुगृहीतोऽस्मि परमेश्वरेण.

9. P.om.युक्तम्.

10. G.त्वया कार्यं. U.तव कार्यमसौ कु-
र्यात्त्वं च तस्येष्टकार्यकृत् । सूर्यः संग्रे.

सूर्यः समेधयत्यग्निमग्निः सूर्यं च तेजसा ॥ २० ॥

आकाशमवलोक्य । रम्भे उपनीयतां स्वयं महेन्द्रेण संभृतः कुमार-
स्यायुषो यौवराज्याभिषेकः ।

प्रविष्टा यथोक्तहस्ता अप्सरसः ।

अप्सरसः । भँअवं इमे अभिसेअसंभारा ।

नार. । उपवेश्यतामायुष्मान् भद्रपीठे ।

रम्भा । इदो वच्छु । कुमारमुपवेशयति ।

नार. । कुमारस्य शिरसि कलशामावर्यं । रम्भे निर्वर्त्यतां शेषो विधिः ।

रम्भा । यथोक्तं निर्वर्त्यं । वच्छु पणम भअवन्तं मादापिदरे अ ।

5

१ भगवन्तेतेभिषेकसंभाराः ।—२ इतो वच्छ ।—३ वच्छ प्रणम
भगवन्तं मातापितरौ च ।

यन्याग्निमग्निः सूर्यं स्वतेजसा. G.K.
वा for च.

1. G.K.सूर्यं समेधयत्यग्निरग्निं सूर्यश्च
[N.N₂.स्व]तेजसा.   P.सूर्यमग्निः
स्व॰ for भग्निः सूर्यं च.

2-3. P.B.आकाशे विलोक्य. P.A.N.
N₂.भानीयताम् for उपनीयताम्.
In fact N. and N₂. give the
speech thus:. रम्भे भानीयता
कुमारस्यायुषी यौवराज्याभिषेकाय महे-
न्द्रेण संभृतः संभारः. U.रम्भे उप-
नीयता भद्रपीठे । निवेशयति । नारदः ।
कुमारस्य शिरसि कलशामावर्यं ।
रम्भे विश(sic)र्यंतामस्य शेषो विधिः,
thus omitting all from स्वयं
महेन्द्रेण in l. 2 up to उपवेशाय-
ति in l. 7. B.om.स्वयं महेन्द्रसं-
भृतः. A.॰षेकसंभारः for ॰षेकः.
B.P.॰षेकविधिः. P.om.स्वयं महे-
न्द्रेण संभृतः.

4. P.A.N.N₂.प्रविश्याप्सरसः, and
B.ततः प्रविशत्यप्सरसः (sic), for
the whole stage-direction.

5. A.N.N₂.एदे for इमे. P.N.N₂.
K.अहिसेभ॰. A. ॰संभारा:.

6. G.K.आयुष्मन् and read उप-
विइद्दताम. N.N₂.उपवि[वि?]इयतामा-
युष्मान्भद्रपीठे.   A.B.P. insert
भयम् before उपवेइयतां.

7. B. has इति after वच्छु. A.N.
N₂. assign this speech to
the King.

8. P.उवरि for शिरसि. G.भावर्जे-
यति. P.आवर्जेयन्. P.B.A.N.N₂.
insert भस्य before शेषां. K.
विशेषो. G.K. ins. पुनद्यविशति
after विधिः.

9. U निवर्त्य. U.वत्स. A.उणव. P.
N.N₂.K.भभवन्तं. A.N.N₂. in-
sert महर्सि after भभवन्तं. G.B.

कुमा. । यथाक्रमं प्रणमति ।

नार. । स्वस्ति भवते ।

राजा । कुलधुरंधरो भव ।

सर्व. । पितुणो आराधइत्तओ होहि ।

नेपथ्ये वैतालिकौ ।

प्रथमः । विजयतां युवराजः ।

अमरमुनिरिवात्तिब्रह्मणोत्तरिबिन्दु-
बुध इव शिशिरांशोर्बोधनस्येव देवः ।
भव पितुरनुरूपस्त्वं गुणैर्लोककान्तै-
रतिशयिनि समाप्ता वंश एवाशिषस्ते ॥ २९ ॥

द्वितीयः ।

तव पितरि पुरस्तादुन्नतानां स्थितेऽस्मिन्
स्थितिमति च विभक्ता त्वप्यनाकम्प्यधैर्ये ।
अधिकतरमिदानीं राजते राजलक्ष्मी-

१ पितुराराधयिता भव ।

°पितरौ. U.मअवन्तं पिदरा अ. G. K.U.B.P.मादापिदरा.

1. U.सर्वान् for यथाक्रमम्. P.B. क्रमेण.

3. U.वंशावर्धनौ for कुलधुरंधरः.

4. G.K.आराभ[K.ह]औ, and N. N₂.P.आराह[P.ध]इत्तणो. G.आ-रोधऔ. N.N₂.होइ. U.पिदुणो सेव-अणाइं होदु.

5. A.वैतालिकः. U.वैतालकौ पठतः. P.B.वैतालिकौ पठतः.

6. For युवराजः, G. reads महाराजः. U. puts the greeting after वैतालिकौ.

7. G.अत्तिब्रह्मण: for अत्तिब्रह्मणः. U.सखुः for ब्रह्मणः. N.N₂. अयम् for आत्ति:.

8. N.N₂.बोधितस्य, and P.बोधकस्य, for बोधनस्य.

9. U.तव for भव.

10. A.N.N₂.अभियशासि, P.B.भनि-शायसि, and G.अतिशायति, for आति शायिनि. We with K.U.—G.सम-स्तान् and U.समस्ता, for समाप्ता.

12. K.उन्नता वा, and N.N₂.उन्नता-यां, for उन्नतानां.

13. P.स्थितिमांनिषु. K. °कम्पधैर्यं.

हिमवति जलधौ च व्यस्ततोयेव गङ्गा ॥ २२ ॥

अप्स. । उर्वशीमुपेत्य । ¹दिट्ठिआ पुत्तस्स जुव्वराआसिरीए भत्तुणो अविर-हेण वड्ढसि ।

उर्वे. । ²साहारणो एसो अब्भुदओ । ³कुमारं हस्ते गृहीत्वा । एहि वच्छ जेट्ठमादरं अभिवन्देहि ।   5

कुमा. । प्रणिष्ठते ।

नार. । तिष्ठ । समये तत्रभवत्याः समीपं गच्छसि ।

---

१. दिष्ट्या पुत्रस्य युवराजश्रियां भर्तुरविरहेण वर्धसे । —२ साधारण एवोभ्युदयः । एहि वत्स ज्येष्ठमातरमभिवन्दस्व ।

---

1. G.न्यस्ततोयेव. U.मात्तौयेव.

2-3. G.K.विलोक्य for उपेत्य. U. om. अप्सरसः | उर्वशीमुपेत्य. P. सहि before दिट्ठिआ. U.दिट्ठिआ पिभतही पुत्तस्स जुव्वराभसिरिं वोक्खभ भत्तुणो अविरहं वड्ढि. G. तत्र before पुत्तस्स. P.कुमारस्स for पुत्तस्स. K.तुमं before पुत्तस्स. A.B.P.जोव्वरद्दजाअसिरीए. N.N₂.जोव्वराभसिरीए. G.ᵒसिरीभो. B.अहेदेण(?) for अविरहेण. G.K. insert अ after अविरहेण. N.N₂ वड्ढसि. B.वड्ढइ. P.वड्ढसि.

4-5. B.G.K. insert णं before साहारणो. A. inserts खु वो before एसो. K.G.साधारणो. N.N₂. ins. वो before एसो, and make the speech a part of the preceding speech of अप्सरसः. U. णं साधारणो हञ्जव णो अब्भवदभो. Have not we to read णो after साहारणो? It might have been easily confounded with the last syllable of that word and thus omitted by the Mss.=B.P. assign from कुमारं up to अभिवन्देहि to रम्भा. P. om. कुमारम्. For जेट्ठमादरं, G. K. have दे पढमं मादरं. A.अहिवन्देहि. K. आहिवादेहि. G.अभिवादेहि —U. for एहि &c. has : जाद बजेट्ठमादरं व-न्देहि. P.अहिगन्देहि. B.अहिनन्देहि.

6. U. om. कु॰ | प्रणिष्ठते. P.B.प्र-स्थितः.

7. U. assigns this speech to the King and reads तिष्ठ स-ममेव तत्रभवत्याः समीपं यास्यसि तस्ना-वत् and puts the stanza आ-युष्मो &c. in the mouth of नारद: —P.तिष्ठ तिष्ठ. A.N.N₂.ग-च्छ for गच्छति. B.यास्यसि. P. गच्छायुष्मन्. A.N.N₂.B. have अस्य हि after गच्छति.

आयुष्मो यौवराज्यश्रीः समारयत्यात्मजस्य ते ।
अभिषिक्तं महासेनं सेनापत्ये मरुद्गणैः ॥ २३ ॥

राजा । एवमनुगृहीतो भगवता कथं न योग्यो भविष्यति ।

नार. । किं ते भूयः पाकशासनः प्रियं करोतु ।

राजा । यदि मे मघवा प्रसन्नः किमतः परमिच्छामि । तथापीदमस्तु ।

| भरतवाक्यम् ।

परस्परविरोधिन्योरेकसंश्रयदुर्लभम् ।
संगतं श्रीसरस्वत्योर्भूतयेऽस्तु सदा सताम् ॥ २४ ॥

[इति निष्क्रान्ताः सर्वे]

॥ इति विक्रमोर्वशीये नाटके पञ्चमोऽङ्कः ॥

| समाप्तमिदं विक्रमोर्वशीयं नाटकम् ।

---

1. G.P.U. समारयति.

2. U. सेनापत्ये.

3. G.K. ins. अत्र after एवम्. G. भवता. N.N₂. read the speech thus: एवमनुगृह्यता (sic) भगवता कथमन्यथा भविष्यति. A. अयोग्यौ for न योग्यौ. B. ins. असौ after कथम्. U. simply reads अनु-गृहीतोऽस्मि मरुद्गणैः for the whole speech.

4. B.A.N.N₂.P. किं च[B.नु] ते पाकशासनः प्रियमुपहरतु[N.N₂.आहरतु]. U. भो राजन् किं ते भूयः प्रियमुपकरोतु पाकशासनः.

5. For मे G. reads नाम. P. भगवान् for मघवा. U. reads the speech thus: अतः परमपि प्रियमिति यदि भवान् पाकशासनः प्रसादं करोति ततः and then reads the benediction परस्पर &c., omitting the words भरतवाक्यम्. P.K. om. मे. B. भगवान्मे for मे मघवा. B. उत्तरमहमिच्छामि, and P. उत्तरमिच्छामि, for अतः परमिच्छामि. G. अतः पृच्छामि for अतः परमिच्छामि.

6. G.K. om. the words भरतवाक्यम्.

7. A. परस्परं for परस्पर°. N.N₂. सर्वलोकिरि for एकसंश्रय°.

8. K. संगीनम्. K. भूयादद्भुतये सताम्. P. मीनये for भूनये. U.K. भूयादद्भुतये for भूतयेऽस्तु सदा. A.N.N₂. सता सदा. After this stanza U.K. add: सर्वस्तरतु दुर्गाणि सर्वो भद्राणि पश्यंतु | सर्वः कामानवाप्नोतु सर्वैः सर्वत्र नन्दतु.

APPENDIX I.
Act IV.

WITH THE ADDITIONAL PASSAGES AS READ BY TWO MSS.

[पिअसहिविओओअविमणा सहि हंसी वाउला समुल्लवइ ।

सूरकरफंसविअसिअतामरसे सरवरूसङ्गे ॥ १ ॥

इति चित्रलेखासहजन्ययोः प्रावेशिक्याक्षिप्तिका ।] ततः प्रविशति विमनस्का चित्रले-

खा सहजन्या च । [चित्रलेखाप्रवेशान्तरे द्विपदिकया दिशोवलोक्य ।

सहअरिदुहखालिखधअं   सरवरअग्मि सिणिध्धअं ।

वाहोवग्गिअणअणअं   तम्मइ हंसीजुअलअं ॥ २ ॥]

सह. । चित्रलेखामवलोक्य । सहि मिलाअमाणसदअत्तस्स विअ दे मुहस्स

छाआ हिअभस्स असत्थदं सूचेदि । ता कहेहि णिठ्वेदकारणं ।

समदुहखा भविदुमिच्छामि ।

चित्र. । अंछुरावारएपडजाएण इहभभवदो सुज्जरस्स पादमूलोवट्ठाणं

वट्टदिंत्ति बलिअं खु उव्वसीए उक्कण्ठिदम्हि ।

१ प्रियसखीवियोगविमनाः सखीं हंसी व्याकुला समुल्लपति । सूर्यक-

---

1. U. पिअ°. सहि हंसी is the reading of both K. and U. U. वाउला. U. समुल्लवइ.

2. U. °करफंस°. K. सरवहंस-ङ्गे.

3. U. om. इति and reads सहज-

सह. । जाणे वो अण्णोण्णसिणेइं । तदो तदो ।

चित्र. । तदो इमाइं दिवसाइं को णु खु वुत्तन्तोत्ति पणिधाणट्ठिअए मए अच्चाहिदं उवलद्धं ।

सह. । सवेगम् । कीरिसं विअ ।

5 चित्र. । उव्वसी किल तं रदिसहाअं राएसि अमच्चेसु णिवेसिदर्ज्जधुरं गेण्हिअ गन्धमादणवणं विहरिदुं गदा ।

रसपर्शविकासिततामरसे सरोवरोत्सङ्गे ॥—२ सहचरीदुःखाली॒ढं सरोवरे स्निग्धम् । बाष्पापवल्गितनयनं ताम्यति हंसीयुगलम् ॥—३ सखि म्लापमानशतपत्रस्येव ते मुखस्य च्छाया हृदयस्यास्वास्थ्यं सूचयति । तत्कथय निर्वेदकारणम् । समदुःखा भवितुमिच्छामि ।—४ अप्सरोवारपर्यायेणेह भगवतः सूर्यस्य पादमूलोपस्थानं वर्तत इति बलवत्खलूर्वश्या उत्कण्ठितास्मि ।

१ जाने युवयोरन्योन्यस्नेहम् । ततस्ततः ।

२ तत एतेषु दिवसेषु को नु खलु वृत्तान्त इति प्रणिधानस्थितया मयाध्यवाहितमुपलब्धम् ।

३ कीदृशमिव ।

४ उर्वशी किल तं रतिसहायं राजर्षिममात्येषु निवेशितराज्यधुरं गृहीत्वा गन्धमादनवनं विहर्तुं गता ।

सह. । सो णाम संभोगो जो तारिसेसु पदेसेसु । तदो तदो ।

चित्र. । तेहिं खु मन्दाइणीए पुलिणेसु गदा सिकदापव्वदकेलीहिं की-
लमाणा विज्जाधरदारिआ उदयवदी णाम देण राएसिणा णि-
ज्झाइदेत्ति कुविदा उव्वसी ।

सह. । होदव्वं । दूरारूढो खु पणओ असहणो । तदो तदो ।   5

चित्र. । तदो भट्टिणो अणुणअं अपडिवज्जमाणा गुरुसावसंमूढहिअआ

---

१ स नाम संभोगो यस्तादृशेषु प्रदेशेषु । ततस्ततः ।

२ यत्र खलु मन्दाकिन्याः पुलिनेषु गता सिकतापर्वतकेलीभिः
   क्रीडन्ती विद्याधरदारिका उदयवती नाम तेन राजर्षिणा निदि-
   ध्यासितेति कुपितोर्वशी ।

३ भवितव्यम् । दूरारूढः खलु प्रणयोसहनः । ततस्ततः ।

४ ततो भर्तुरनुनयमप्रतिपद्यमाना गुरुशापसंमूढहृदया स्त्रीजनप-

इत्थिभाजणपरिहरणिज्जं कुमारवणं पइट्ठा । पवेसाणन्तरं च कारणन्तरपरिअत्तिणा लदाभावेण परिणदं से रूवं ।

सह. । णथिथ विहिणो अलङ्घणिज्जं । तस्स अणुराअस्स अअं णाम एक्कवदे ईरिसो अणथ्थो । अह किमवथ्थो सो राएसी ।

5　चित्र. । तार्हिं एच्च काण्णे पियदमं विचिणन्तो अहोरत्ताणि अदि-वाहेदि । इमिणा उण णिव्वुदाणंपि उक्कण्ठाकारिणा मेहोदएण अणथ्थाहीणो हविस्सदि ।

[अनन्तरे जम्भालिका ।]

सहअरिदुक्खालिद्धअं
सरवरअम्मि सिणिद्धअं ।
10　अविरलवाहजलाच्छुअं
तम्मइ हंसीजुअलअं ॥ ३ ॥]°

रिहरणीयं कुमारवनं प्रविष्टा । प्रवेशानन्तरं च कारणान्तरप-रिवर्तिना लताभावेन परिणतमस्या रूपम् ।

१ नास्ति विधेरलङ्घनीयम् । तस्यानुरागस्यायं नामैकपद ईदृशो-नर्थः । अथ किमवस्थः स राजर्षिः ।

२ तस्मिन्नेव कानने प्रियतमां विचिन्वन्नहोरात्राण्यतिवाहयति । एतेन पुनर्निर्वृतानामप्युत्कण्ठाकारिणा मेघोदयेनानर्थाधीनो भविष्यति ।

३ सहचरीदुःखालीढं
सरोवरे स्निग्धम् ।
अविरलवाष्पजलार्दं
ताम्यति हंसीयुगलम् ॥

सहि । संहि तारिसा आकिदिविसेसा चिरं दुक्खभाइणो ण होन्ति ।
अवस्सं किंपि अणुग्गहणिमित्तं भूओवि समागमकारणं हाविस्सदि । ता एहि उद्अम्मुहस्स भअवदो सुज्जस्स उवट्ठाणं करेम्ह ।

[अनन्तरे खण्डधारा ।   5

चिन्तादुम्मिअअमाणसिआ । सहअरिदंसणलालसिआ ॥
विभासिअकमलमणोहरए । विहरइ हंसी सरवरए ॥ ४ ॥]

[इति निष्क्रान्ते ।

। प्रवेशकः ।

- - - - - - - -

[गेहणं गइन्दणाहो पिअविरहुम्माअपअलिअविआरो ।   10
विसइ तरुकुसुमाकिसलअभूसिअणिअदेहपब्भारो ॥ ५ ॥
इति पुरूरवसः प्रविश्याख्यातिका ।] । ततः प्रविशत्युन्मत्तवेषो राजा ।

राजा । आः दुरात्मन् रक्षास्तिष्ठ तिष्ठ । क्क मे प्रियतमामादाय गच्छ.

---

१ सखि तादृशा आकृतिविशेषाश्चिरं दुःखभागिनो न भवन्ति ।
अवश्यं किमप्यनुग्रहनिमित्तं भूयोऽपि समागमकारणं भविष्यति ।
तदेह्युदयोन्मुखस्य भगवतः सूर्यस्योपस्थानं कुरुवः ।

२ चिन्तादूनमानासिका । सहचरीदर्शनलालसिका ॥
विकसितकमलमनोहरे । विहरति हंसी सरोवरे ॥

३ गहनं गजेन्द्रनाथः प्रियाविरहोन्मादप्रकटितविकारः ।
विशाति तरुकुसुमकिसलयभूषितनिजदेहप्राग्भारः ॥

---

10. K.U.लिभ°.—U.°पअभलिभ°, and
K.°पव्रभ° for °पभलिभ°.

11. K. विसई. K. °पभारो.

12. U. om. इति.

सि । हन्त शैलशिखरादगगनमुत्पत्य बाणैर्मामभिवर्षन्ति । [छोडं गृहीत्वा हन्तुं धावन् । अनन्तरं द्विपदिकया दिशोऽवलोक्य ।

'हिअआहिअपिअदुःखखओ । सरवरे धुदपक्खओ ॥
बाह्रोवग्गिअणअणओ । तम्मइ हंसजुआणओ ॥ ६ ॥

पुनर्] विभाव्य ।

नवजलधरः संनद्धोऽयं न दृप्तनिशाचरः
सुरधनुरिदं दूराकृष्टं न नाम शरासनम् ।
अयमपि पटुर्धारासारो न बाणपरंपरा
कनकनिकषस्निग्धा विद्युत्प्रिया न ममोर्वशी ॥ ७ ॥

[इति मूर्छितः पतति । द्विपदिकया उत्थाय निःश्वस्य ।

मेइ जाणिअ मिअलोअणि णिसअरु कोइ हरेइ ।
जाव णु णवतडिसामल धाराधरु वरिसेइ ॥ ८ ॥]

विचिन्त्य । क्व नु खलु रम्भोरुर्गता स्यात् ।

तिष्ठत्कोपवशात्प्रभावपिहिता दीर्घं न सा कुप्यति
स्वर्गायोत्पतिता भवेन्मयि पुनर्भावार्द्रमस्या मनः ।
तां हर्तुं विबुधद्विषोऽपि न च मे शक्ताः पुरोवर्तिनीं
सा चात्यन्तमदर्शनं नयनयोर्यातीति कोऽयं विधिः ॥ ९ ॥

[इति द्विपदिकया] दिशोऽवलोक्य । सनिःश्वासम् । [सास्रम्] । अये परावृत्तभागधेयानां दुःखं दुःखानुबन्धि । कुतः

१ हृदयाहितप्रियादुःखः । सरोवरे धुतपक्षः ।
बाष्पापवलिगतनयनः । ताम्यति हंसयुवा ॥

२ मया ज्ञातं मृगलोचनीं निशाचरः कोऽपि हरति ।
यावन्नु नवतडिच्छचामलो धाराधरो वर्षति ॥

3. K.U. हिअआहिअपिअ°.	कोवि.
4. U. °वलिजभणअणओ.	12. U. णवतडिसामछि. U. धारा-
11. U. णिसइरु for णिसभइ.—U.	दइ.

अयमेकपदे तया वियोगः प्रियया चोपनतः सुदुःसहो मे ।
नववारिधरोदयादहोभिर्भवितव्यं च निरातपत्रैरम्यैः ॥ ९० ॥

[अनन्तरे चर्चरी ।

जलधर संहर एहु कोपइ आढत्तओ
अविरलधारासारदिसामुहकन्तओ ।
ए मइ पिहवि भमन्ते जइ पिअ पेखिखहिमि
तव्व जंजु करीहसि तंतु सहोहिमि ॥ ९१ ॥]

विहस्य । मुग्धैव खलु मनसः परितापवृद्धिरुपेक्ष्यते । यथा मुनयोपि
व्याहरन्ति राजा कालस्य कारणमिति । तत्किमहं जलदसमयं न
प्रत्यादिशामि ।

[अनन्तरे चर्चरी ।

गेन्धुम्माइअमहुअरगीएहिं
वज्जन्तेहिं परहुअतूरेहिं ।
पसारिअपवणुव्वेल्लिअपल्लवणिअरु
सुललिअविविहपभारं णच्चइ कप्पभरु ॥ ९२ ॥

इति नर्तिस्वा ।] अथ वा [न प्रत्यादिशामि यदा] प्रावृषेण्यैरेव
लिङ्गैर्मम राजोपचारः संप्रति । कथमिव ।

विद्युल्लेखाकनकरुचिरं श्रीवितानं ममाख्यं

---

१ जलधर संहरात्र कोपमागतः । अविरलधारासाराक्रान्तदिशामुखः ।
ए अहं पृथ्वीं भ्रमन् यदि प्रियां प्रेक्षिष्ये तदा यद्वत्करिष्यसि
तत्तत्सहिष्ये ।

२ गन्धोन्मादितमधुकरगीतैर्वाद्यमानैः परभृततूर्यैः । प्रसृतपवनो-

4. For the first pâda K. has जलभर संहर कोपनिआरंतओ where the omission of एहु is apparently accidental, the words कोपनि appear to stand for कोपज्ञि and आरंतओ for आढत्तओ. Ranganâtha actually reads कोपज्ञि for कोपइ. The form कोपइ or कोपज्ञि (the ज्ञि representing the anusvâra elongated on the प) appears to be the accusative singu-

ह्वाधूयन्ते निचुलतरुभिर्मञ्जरीचामराणि ।
घर्मच्छेदात्पटुतरगिरो बन्दिनो नीलकण्ठा
धाराहारोपनयनपरा नैगमाः सानुमन्तः ॥ ९२ ॥

भवतु । किमेवं परिच्छदश्लाघया । यावदस्मिन्कानने तां प्रियाम-
न्वेषयामि । [पुनश्चरितार्थाऽऽस्यन्ते भिन्नकः ।]

देंइआरहिओ अहिअं दुहिओ । विरहाणुगओ परिमन्थरंओ ॥
गिरिकाणणए कुसुमुज्जलए । गजजूहवई बहु झीणगई ॥ ९४ ॥

अनन्तरं द्विपदिकया परिक्रम्यावलोक्य च सहर्षम् ।] विलोक्य । हन्त व्यवसि-
तस्य मे संदीपनमिव संवृत्तम् । कुतः

आरक्तराजिभिरियं कुसुमैर्नवकन्दली सलिलगर्भैः ।
कोपादन्तर्वाष्पे स्मरयति मां लोचने तस्याः ॥ ९५ ॥

इतो गतेति कथं नु तत्रभवती मया सूचयितव्या ।

पद्व्यां स्पृशेद्यदि सा सुगात्री
मेघाभिवृष्टसिकतासु वनस्थलीषु ।
पश्चान्नता गुरुनितम्बतया ततोऽस्या
दृश्येत चारुपदपङ्क्तिरलक्तकाङ्का ॥ ९६ ॥

[द्विपदिकया] परिक्रम्यावलोक्य च । सहर्षम् । उपलब्धमुपलक्षणं येन त-
स्याः कोपनाया मार्गोऽनुमीयते ।

द्वेल्लितपल्लवनिकरः सुललितविविधप्रकारं नृत्यति कल्पतरुः ॥
१. दयितारहितोधिकं दुःखितो । विरहानुगतः परिमन्थरः ॥
    गिरिकानने कुसुमोज्ज्वले । गजयूथपतिर्बहु क्षीणगतिः ॥

---

lar of कोइ. The reading कोइ
मइ read by Lenz and the
Calcutta prints appears to
owe its origin to a wrong
emendation of कोइइ (or कों-
पंत्रि). U. reads कोंइं for कोइइ.
—U. °मुहुकन्तभों. 6. U. ए मंइ
तुहुंवि भमन्तों जइ पिभ पेच्छिब्बे ।

तच्चे &c.—K. जिभं. K. मधुम्माइअ°.
U. परहुभरनूरएहिं. U. 'पसरिअ.—
K. भोंल्लिर°.   U. °वभारेण, K.
°पवआरं. K. णच्चइं. U. कण्पअहु.
7. U. तइ for बहु which we
read with K. 8. K. om.
from भनन्तरे up to सहर्षम्.

इतोत्तरागिर्नयनोदबिन्दुभिर्निमग्ननाभेर्निपतद्विरक्तितम् । [१७॥
च्युतं रुषा भिन्नगतेरसंशयं शुकोदरश्यामामिदं स्तनांशुकम् ॥

विभाव्य । कथं सेन्द्रगोपं नवशाद्वलमिदम् । कुतो नु खलु निर्जने
घने प्रियाप्रवृत्तिरवगमयितव्या । दृष्ट्वा । अये आसारोच्छसित-
शैलेयस्थलीपाषाणमारूढः

आलोकयति पयोदान्प्रबलपुरोवात्ताडितशिखण्डः ।
केकागर्भेण शिखी दूरोन्नमितेन कण्ठेन ॥ १८ ॥

चेत्य । यावदेनं पृच्छामि । [अनन्तरे खण्डकः ।
संपत्तविसूरणओ । तुरिअं पच्चारणओ ॥
पिअदमदंसणलालसओ । गअवरु विम्हिअभमाणसओ ॥१९॥
तेन खण्डकान्ते चर्चरी ।

बंहिण पइ इअ अभ्भत्थिधअम्मि आअक्खवहि मं ता ।
अथ्थ वण भमन्ते जइ पइ दिट्ठी सा मह कन्ता ॥
णिसमाहि मिअङ्कसरिसवअणा हंसगई ।
ए चिण्हे जाणीहिसि आइच्छवउ तुइझ मई ॥ २० ॥

चर्चरिकयोपविश्य भञ्जलिं बद्धा ।]

नीलकण्ठ ममोत्कण्ठा वनेस्मिन्वानिता त्वया ।
दीर्घापाङ्गा सितापाङ्ग दृष्टा दृष्टिक्षमा भवेत् ॥ २१ ॥

---

१ संप्राप्तविसूरणः । त्वरितं पच्चारणः ॥ प्रियतमादर्शनलालसः । गजवरो
विस्मितमानसः ॥—२ बार्हिण स्वामित्यभ्यर्थ्ये आचक्ष्व मे तत् ।
अत्र वने भ्रमता यदि त्वया दृष्टा सा मम कान्ता ॥ निशामय मृगाङ्क-
सदृशवदना हंसगतिः । अनेन चिह्नेन ज्ञास्यस्याख्यातं तव मया॥

[चर्चरिकयावलोक्य] कथमदृष्ट्वा प्रतिवचनं नर्तितुं प्रवृत्तः । किं नु खलु

हर्षकारणमस्य । विचिन्त्य । भवतु । विदितमेतत् ।

मृदुपवनविभिन्नो मल्लिकाविप्रणाशाद्

घनरुचिरकलापो निःसपत्नोऽय जातः ।

रतिविगलितबन्धे केशहस्ते सुकेश्याः

सति कुसुमसनाथे किं करोत्येष बर्ही ॥ २२ ॥

भवतु । परव्यसननिर्वृत्तं न खल्वेनं पृच्छामि । [भनन्तरे खुरकः ।

विड्जइङ्करकाणणलीणओ । दुःखविणिग्गअबाहुप्पीडओ ॥

दूरोसारिअहिअआणन्दओ । अम्बरमाणे भमइ गइन्दओ ॥ २३ ॥

खुरकान्ते चर्चरी । हेले हेले

पेरहुअ महुरपलाविणि कन्ती । णन्दणवण सच्छन्द भमन्ती ॥

जइ तुइ पिभअम सा महु दिट्ठी । ता आभक्खहि महु परपुट्ठी ॥ २४ ॥

एवदेव नर्तित्वा । चलिकयोपसृत्य जानुभ्या स्थित्वा । भवति]

त्वां कामिनो मदनदूतिमुदाहरन्ति

मानावभङ्गनिपुणं त्वममोघमस्त्रम् ।

तामानय प्रियतमां मम वा समीपं

---

१ विद्याधरकाननलीनः । दुःखविनिर्गतबाष्पोत्पीडः । दूरोत्सारितहृ-

13. U. for the 2nd pâda: एत्थ भरण्णे भमन्ते जइ दिट्ठी सा महु कन्ता. U. considers the verses from बर्हिण up to कन्ता as one full stanza and what follows as a separate one. 14. U. णि-सम्मिहि मिअङ्कसरिसे वअणे हंसगई. K.U. जाणिहिसि; we with Lenz. 1. U. has पुनश्चर्चरी after प्रवृत्तः. 8. U. विड्जइङ्कर°. U.°विणिग्गद°.

9. U. दरासारिअ°. U. भमदै. 10. U. हलेहडे. 11. K. wrongly om. कन्ती. U. नन्दणवणे. K. भमन्तो गइन्दओ for भमन्ती. U.K.सच्छंदं. We with Lenz. 12. U.दिइआ and wrongly reads आभ महु परपुट्ठी for the fourth pâda. U. वल-न्निकया for चलिकया. Both K. (see footnote on l. 7 at p. 111.) and U. omit the words परि-

मां धा नयाशु कलभाषिणि यत्र कान्ता ॥ २५ ॥

[गामकेन किंचिद्वज्जिता । आकाशे] किमाह भवती । कथं त्वामेवम-
नुरक्तं विहाय गतेति । शृणोतु भवती ।

कुपिता न तु कोपकारणं
सकृदप्यात्मगतं स्मराम्यहम् ।
प्रभुता रमणेषु योषितां
न हि भावस्खलितान्यपेक्षते ॥ २६ ॥

कथं कथाच्छेदकारिणी स्वकार्य एव सक्ता ।

महदापि परदुःखं शीतलं सम्यगाहुः
प्रणयमगणयित्वा यन्ममापद्व तस्य ।
अधरमिव मदान्धा पातुमेघा प्रवृत्ता
फलमभिमुखपाकं राजजम्बूद्रुमस्य ॥ २७ ॥

एवंगतेपि प्रियेव मे मञ्जुस्वनेति न कोपोस्याम् । इतो वयम्—
[द्विपदिकया परिक्रम्यावलोक्य च ।] अये दक्षिणेन प्रियाचरणनिक्षेपशं-

दयानन्दः । अम्बरमानेन भ्रमति गजेन्द्रः ॥—२ परभृते मधुर-
प्रलापिनि कान्ते । नन्दनवने स्वच्छन्दं भ्रमन्ति ॥ यदि त्वया
प्रियतमा सा मम दृष्टा । तदाचक्ष्व मम परपुष्टे ॥

कम्य । इयमानपान्तसंभुक्षितमदा ज-
म्बुविट्पमध्यास्ते परभृता । विहंगमेषु
पण्डिता जातिरेषा । यावदेनामभ्यर्थये
which the other Mss. read
before स्वा कामिनी &c. (see p.
111.)But after पृच्छामि and be-
fore the words अनन्तरं खुरक:
in l. 7 U. inserts the follow-
ing, viz. द्विपदिकया दिशोवलोक्य ।
अये इयमातपश्रान्तसंभुक्षितमदा जम्बू-
विट्पमध्यास्ते परभृ (sic) ॥ विहगे-

बु पण्डितैषा जातिः । यावदेना पृ
7. After अपेक्षने U. has स
ममुपविश्य । अनन्तरं जानुभ्या स्थि-
त्वा कुपिनेति पठिन्ग विलोक्य । कथं
कथाच्छेद ० &c. 14. K. द्विपदिक-
या परिक्रामितकेन कर्ण दत्त्वा for द्विप-
दिकया परिक्रम्यावलोक्य च, which
U. has for परिक्रामितकेन । कर्ण-
दत्त्वा read by the other Mss.
(see p. 112, l. 14)

सी नूपुररवः । यावदत्र गच्छामि । परिक्रम्य ।

[पिअअमविरहकिलामिअवअणओ । अविरलबाहजलाउलणअणओ ॥
दूसहदुक्खविसंठुलगमणओ । पसरिअउरुतावदीविभङ्गओ ॥
अहिअं दुम्मिअभमाणसओ । काणणे भमइ गइन्दओ ॥ २८ ॥

इति ककुभेन षडुपभङ्गाः । अनन्तरे द्विपदिकया दिशोंविलोक्य ।
पिअंकरिणीविच्छोइअओ गुहसोआणलदीविअभो ।
बाहजलाउललोअणओ करिवरु भमइ समाउलओ ॥ २९ ॥]
अहो धिक् धिक् ।

मेघश्यामा दिशो दृष्ट्वा मानसोत्सुकचेतसाम् ।
कूजितं राजहंसानां नेदं नूपुरसिञ्जितम् ॥ ३० ॥

भवतु । यावदेते मानसोत्सुकाः पतत्रिणः सरसो नोत्पतन्ति ता-
वदेतेभ्यः प्रियाप्रवृत्तिरवगमयितव्या । [चलिकया] चेत्य । भो भो
जलविहंगमराज

पश्चात्सरः प्रति गमिष्यसि मानसं तत्
पाथेयमुत्सृज बिसं ग्रहणाय भूयः ।
मां तावदुद्धर शुचो दयिताप्रवृत्त्या
स्वार्थान्सितां गुरुतरा प्रणयक्रियैव ॥ ३१ ॥

पथोन्मुखो विलोकयति । मानसोत्सुकेन मया न लक्षितेत्येवं वचनमाह ।
[उपविश्य चर्चरी ।
रे रे हंसा किं गाविज्जइ ।
इति नर्तित्वोत्थाय ।]

---

१ प्रियतमाविरहक्षान्तवदनः । अविरलवाष्पजलाकुलनयनः ॥ दुःसह-
दुःखविसंष्ठुलगमनः । प्रसृतगुरुतापदीप्ताङ्गः ॥ अधिकं दूनमानसः ।

---

3. U.दीविभभङ्कओ. K.पसरिअताव- | दरिभं गभो after °मागसभो. U.
मणीद्वदिविभङ्कओ. 4. U. adds | परिभमइ. 6. K. *wrongly* विभभो

पदि हंस गता न ते नतभ्रू: । सरसो रोधसि दर्शनं प्रिया मे ॥
मदखेलपदं कथं नु तस्या: । सकलं चोर गतं त्वया गृहीतम् ॥ ३२ ॥
[गइअणुसारे मइ लक्खिअउनइ ॥

वष्षरिकयोपसृत्य अञ्जलिं बद्ध्वा] अतश्च
　　हंस प्रयच्छ मे कान्तां गतिरस्यास्त्वया हृता ।
　　विभावितैकदेशेन देयं यदभियुज्यते ॥ ३३ ॥

[पुनश्चर्चरी ।　　　　　　　[३४ ॥
केइ पइ सिक्खउ ए गइ लालस । सा पइ दिट्ठी जघणभरालस ॥
पुनश्चर्चरी । हंस प्रयच्छेत्यादि पठित्वा द्विपदिकया निरूप्य] विहस्य । एष चोरानु-
शासी राजेति भयादुत्पतित: । परिक्रम्य । अयमिदानीं प्रियास-
हायश्चक्रवाक: । तावदेनं पृच्छामि । [अनन्तरे कुटिलिका ।
　　मैम्मररणिअमणोहरए । मङ्गपटी । कुसुमिअतरुवरपल्लवए ।
चर्चरी । दइआविरहुम्माइअओ । काणणे भमइ गइन्दओ ॥ ३५ ॥
द्विलयान्ते चर्चरी । गोरिअणवण्णा चक्का भणइ मइ ।
　　महुवासर कीलन्ती धणिअ ण दिट्ठो पइ ॥ ३६ ॥

वष्षरिकयोपसृत्य जानुभ्या स्थित्वा ।]
　　रथाङ्गनामन् वियुतो रथाङ्गश्रोणिबिम्बया ।
　　अयं त्वां पृच्छति रथी मनोरथशतैर्वृत: ॥ ३७ ॥
कथं क: क इत्याह । मा तावत् । न खलु विदितोहमस्य ।
　　सूर्याचन्द्रमसौ यस्य मातामहपितामहौ ।
　　स्वयं वृत: पतिर्द्वाभ्यामुर्वंश्या च भुवा च य: ॥ ३८ ॥

____

कानने भ्रमति गजेन्द्र: ॥— २ प्रियकरिणीवियुक्तो गुरुशो-
कानलदीप्त: । बाष्पजलाकुललोचन: करिवरो भ्रमति समाकु-
ल: ॥— ३ रेरे हंस किं गोप्यते ।
१ गत्यनुसारेण मया लक्ष्यते ।— २ केन तव शिक्षिता एषा गति-

____

for विष्णुहभ्रौ. 12. U. वलन्ति-
कया for चलिकया. 20. U. भरे.
K. भरेे. We with Rangana-

tha. U. गोइज्जइ.
8. U. कइ पइ सिक्खिउ, and K. कें पइ
&c. After लालस U. reads पुन-

कथं तूष्णीं स्थितः । भवतु । उपालप्स्ये तावदेनम् ।

सरसि नलिनीपत्रेणापि त्वमावृतविग्रहां
ननु सहचरीं दूरे मत्वा विरौषि समुत्सुकः ।
इति च भवतो जायास्नेहात्पृथक्स्थितिभीरुता
मयि च विधुरे भावः कान्ताप्रवृत्तिपराङ्मुखः ॥ ३९ ॥

सर्वथा मदीयानां भागधेयानां विपर्यायेण प्रभावप्रकाशः । याव-
दन्यमवकाशमवगाहे । पदान्तरे स्थित्वा । भवतु न तावद्गच्छामि ।
[द्विपदिकया परिक्रम्यावलोक्य च ।]

इदं रुणद्धि मां पद्ममन्तःकूजितषट्पदम् ।
मया दृष्टाधरं तस्याः ससीत्कारमिवाननम् ॥ ४० ॥

भवतु । अस्मिन्नेव कमलाध्यासिनि मधुकरे प्रणयित्वं करिष्ये ।
इतो गतस्यानुशयो मा भूदिति । [अस्यान्तरे अर्धद्विजनुरक्षकः ।
एँकक्कमवड्ढिअगुरुअरपेंमरसे ।
हंसजुआणओ कीलइ कामरसे ॥ ४१ ॥
धनुरक्षकेणोत्थाय अञ्जलिं बद्ध्वा ।]

लालसा । सा त्वया दृष्टा जघनभरालसा ॥ — ३ मर्मरराणितमनो-
हरे । कुसुमिततरुवरपल्लवे । दयिताविरहोन्मादितः । कानने भ्रमति
गजेन्द्रः ॥ — ४ गोरोचनवर्णं चक्क भण मम । मधुवासरे की-
ळन्ती धनिका न दृष्टा त्वया ॥

१ एकक्कमवर्धितगुरुतरप्रेमरसेन । हंसपुवा कीडति कामरसेन ॥

सहचरी. U. तुह for तह. 9. U.
सानुनयं bef. हंस प्रयच्छ &c. 13.
U.°म्माइभो. K. गइन्दभभो. 14.
U.मए for मह.—U.भणे[=णि?]भ
न दिट्ठ निभा. 16. U.चर्परीकया.

1. U. after एनम् adds: जानुभ्यां
स्थित्वा । युक्तं तावत् । आत्मानुमानेन
वर्णितुम् । अतः । 13. U. एकक्कम-
वड्ढिअगुरुअरप्रेमरसे. K. °णेममरसे.
14. Neither K. nor U. has be-

मधुकर मदिराक्ष्याः शंस तस्याः प्रवृत्ति

विभाव्य ।

वरतनुरथ वा ते नैव दृष्टा प्रिया मे ।

यदि सुरभिमपास्यस्तन्मुखोच्छ्वासगन्धं

तव रतिरभविष्यत्पुण्डरीके किमस्मिन् ॥ ४२ ॥   5

साधयामस्तावत् । [द्विपदिकया] परिक्रामितकेन । एष नीपस्कन्ध-
निषण्णहस्तः करिणीसहायो नागराजस्तिष्ठति । अस्मात्प्रियोद्-
न्तमुपलप्स्ये [यावदुपसर्पामि । कुटिलिकया]

करिणीविरहसंतावि अओ ॥

मन्द्रपटी ।   10

काणणए गन्धुद्धुअमहुअह ॥

भतोन्नरे] विलोक्य । भवतु न त्वरा कार्या ।

अयमचिरोद्गतपल्लव-

मुपनीतं प्रियकरेणुहस्तेन ।

अभिलषतु तावदासव-   15

सुरभिरसं सल्लकीभङ्गम् ॥ ४२ ॥

क्षणमात्रं स्थित्वा । [स्थानकेनावलोक्य ।] हन्त कृतान्हिकः संवृत्तः । भवतु
पृच्छामि ।

---

१ करिणीविरहसंतापितः । कानने गन्धोद्धुतमधुकर ॥

---

fore इंसजु॰ in the second line, the सरे which is read by Lenz and the Calcutta prints. 15. U.प्रसृत्य for वपेत्य.

9. ॰विरहसं॰ is what Lenz and the Calcutta prints as well as our own Mss. U. and K. read. But does not the metre require the इ to be long? करिणीविरहा would as usual mean करिणीविरहात्. 11. K. गन्धुद्धुभ॰.—U. काणे.

[हँइ पयि पुच्छिमि अक्खवहि गअवरु
ललिअपहारे णासिअतरुवरु ।
दूरविणिज्जिअ ससहरुकन्ती
दिट्ठी पिअ पइ संमुहजन्ती ॥ ४४ ॥

५   पदद्वयं पुरत उपसृत्य ।]

मदकलयुवतिशशिकला गजयूथप यूथिकाशबलकेशी ।
स्थिरयौवना स्थिता ते दूरालोके सुखालोका ॥ ४५ ॥

सहर्षम् । अनेन स्निग्धमन्द्रेण . गर्जितेन प्रियोपलम्भशंसिना
समाश्वासितोऽस्मि । साधर्म्याच्च त्वयि मे भूयसी प्रीतिः ।

१० मामाहुः पृथिवीभृतामधिपतिं नागाधिराजो भवान्
अव्युच्छिन्नपृथुप्रवृत्ति भवतो दानं ममाप्यार्थेषु ।
स्त्रीरत्नेषु ममोर्वशी प्रियतमा यूथे तवेयं वशा
सर्वं मामनु ते प्रियाविरहजां त्वं तु व्यथां मानुभूः ॥ ४६ ॥

सुखमास्तां भवान् । साधयामस्तावत् । पार्श्वतो दृष्टिं दत्त्वा । अये सु-
१५ रभिकन्दरो नाम विशेषरमणीयः सानुमानालोक्यते । प्रियश्वा-
यमप्सरसाम् । अपि नाम सुतनुरस्योपत्यकायामुपलभ्येत ।
परिक्रम्यावलोक्य च । हन्त मदीयैर्दुरितपरिणामैर्मेघोऽपि शतह्रदाशू-

---

१ अहं त्वां पृच्छामि आचक्ष्व गजवर । ललितप्रहारेण नाशिततरुवर ।
दूरविनिर्जितशशधरकान्तिः । दृष्टा प्रिया त्वया संमोहयन्ती ॥

---

1. U. has अहं यं, and K. हंहु तुइ
पयि, for हइ पयि which we
read with Bollensen. U.
आभखहि. 2. K.ललिभण्हारे. U.
ऽपहारेण. 3. K.दूरं वणविनभ-
मंसहरुकन्ता. 4. U.पिअ. 14. U.
ins. द्विपदिकया परिक्रम्यावलोक्य च
after भवान् and omits साधया-
मस्तावत् and the following
stage-direction.

न्यः संवृत्तः । तथापि शिलोच्चयमेतमपृष्ट्वा न निवर्तिष्ये ।
[अनन्तरे खण्डिका ।

पंसरिअखरखुरदारिअमेइणि वणगहणे अविचालु ।
परिसप्पइ पेच्छह लीणो णिअकउज्जुज्जुअ कोलु ॥ ४७ ॥]

अपि वनान्तरमल्पकुचान्तरा   5

श्रयति पर्वत पर्वसु संनता ।

इदमनङ्गपरिग्रहमङ्गना

पृथुनितम्ब नितम्बवती तव ॥ ४८ ॥

कथं तूष्णीमास्ते । शङ्के विप्रकृष्टो न शृणोतीति । समीपेत्य

गत्वा पुनरेनं पृच्छामि । [अनन्तरे चर्चरी ।   10

फेलिअसिलाअलणिम्मलणिज्झरु । बहुविहकुसुमे विरइअसेहरु ॥

किण्णरमहुरुग्गीअमणोहरु । देक्खाअहि महु पिअअम महिहरु॥४९॥]

इति परिक्रम्याग्रतोऽङ्गुलिं दत्त्वा ।

सर्वक्षितिभृतां नाथ दृष्ट्वा सर्वाङ्गसुन्दरी ।

रामा रम्ये वनोद्देशे मया विरहिता त्वया ॥ ५० ॥   15

आकर्ण्य । सहर्षम् । कथं यथाक्रमं दृष्ट्वेत्याह । भवानप्यतः प्रियतरं

---

१ प्रसृतखरखुरदारितमेदिनिर्वेनगहनेविचलः ।
    परिसर्पति पश्यत लीनो निजकार्यौद्युक्तः कोलः ॥

२ स्फटिकशिलातलनिर्मलनिर्झर । बहुविधकुसुमैर्विरचितशेखर ।
    किंनरमधुरोद्गीतमनोहर । दर्शय मम प्रियतमां महीधर ॥

---

3. U.॰पसारिभ॰. U.अविचुत्त. 4. U.
परिसक्कइ. K. परिसंकइ. K.लीणे.
U.पेक्खब्भ for पेच्छह. K.कालु. 11.
U. ॰कुसुमविर॰. K. ॰कुसुमवि-
णामिभकेसर. We with Lenz
and the Calcutta prints, ex-

cept that we read the ह in
सेहर with Ranganâtha. 12.
U. ॰महुभर॰ for ॰महुर॰. K.
॰महुरगीअ॰. U. पिअअम. 13.
U. चर्चरीकयोऽसृत्य for इति परि-
क्रय.

शृणोतु। क तर्हि मम प्रियतमा। नेपथ्ये तदेवाकर्ण्य। हा धिक्
ममैवायं कन्दरमुखविसर्पी प्रतिशब्दः। विषादं रूपयित्वा। श्रान्तो-
ऽस्मि। अस्यास्तावद्गिरिनदास्तीरे स्थितस्तरङ्गवातमासेविष्ये।
इमां नवाम्बुकुलषामपि स्रोतोवहां पश्यतो मे रमते मनः।

तरङ्गभ्रूभङ्गा क्षुभितविहगश्रेणिरसना
विकर्षन्ती फेनं वसनमिव संरम्भशिथिलम्।
पदा विद्धं यान्ती स्खलितमभिसंधाय बहुशो
नदीभावेनेयं ध्रुवमसहना सा परिणता॥ ५१॥

भवतु। याचिष्ये तावदेनाम्। [अनन्तरे कुटिलिका।

पैंसीअ पिअअम सुन्दरिए णए। खुहिआकरुणविहङ्गमए णए॥
सुरसरितीरसमूसुअए णए। अलिउलझङ्कारिअए णए॥ ५२॥

कुटिलिकान्ते चर्चरी।

पुंवदिसापवणाहअकल्लोलुग्गअबाहओ
महअअङ्डे णच्च सललिअ जलणिहिणाहओ।
इंसविहङ्गमकुङ्कुमसङ्कअकआभरणु
करिमअराउलकसलणकमलकआवरणु॥
वेलासलिलुव्वेल्लिअहच्चहदिण्णतालु
ओथ्थरइ दस दिस रुन्धेविणु णवमेहभालु॥ ५३॥

इत्युपसृत्य] अञ्जलिं कृत्वा।

---

१ प्रसीद प्रियतमे सुन्दरि नदि। क्षुभिताकरुणविहंगमे नदि॥ सुरस-

4. U. ins. द्विपदिकया परिक्रम्यावलो-क्य न before इमां &c. 10. U. K. read पसिअ, but the metre requires the सि to be long. U. व्वुहिभ°. 13. K. °कल्लोलग्गअ° U. °वाहभो. 14. U. मेहभड्डे णच्चइ. K. णिच्चइ. K. ॅजलणिहि°. 15. K. is somewhat uncertain about the end of this line. It read at first °संख-व्वभाषाभरणु and then seems to have corrected it into °संख उभमाभरणु. U. reads the line thus: इंसरहङ्कसह्कुङ्कुमकभाभरणु. 16. U. °किसण° for °कसलण°. U. °कभाभरणु for °कआवरणु. 17. K.°सलिलुव्वेलिअ°. 18. K. om. the line wholly. U.°मेहभा-

त्वयि निबद्धरतेः प्रियवादिनः
प्रणयभङ्गपराङ्मुखचेतसः ।
कमपराधलवं मम पश्यसि
त्यजसि मानिनि दासजनं यतः ॥ ५४ ॥

अथ वा परमार्थसरिदेवैषा । न खलूर्वशी पुरूरवसमपहाय समु-
द्राभिसारिणी भविष्यति । भवतु । अनिर्वेदप्राप्याणि श्रेयांसि ।
यावदमुमेव प्रदेशं गच्छामि यत्र मे नयनयोः सुनयना तिरोभूता ।
परिक्रम्यावलोक्य । हन्त दृष्टमुपलक्षणं तस्या मार्गस्य ।

रक्तकदम्बः सोऽयं
        प्रियया घर्मान्तशंसि यस्यैकम् ।
कुसुममसमग्रकेसर-
        विषममपि कृतं शिखाभरणम् ॥ ५५ ॥

विलोक्य । इमं तावत्प्रियाप्रवृत्तिनिमित्तं सारङ्गमासीनमभ्यर्थये ।

[अभिनवकुसुमस्तबकिततरुवरस्य परिसरे
    मदकलकोकिलकूजितरवझङ्कारमनोहरे ।
नन्दनविपिने निजकरिणीविरहानलेन संतप्तो
    विचरति गजाधिपतिरैरावतनामा ॥ ५६ ॥

गलितकः ॥ जानुभ्यां स्थित्वा ।]

रित्तीरसमुत्सुके नदि । अलिकुलझङ्कारिते नदि ॥—२ पूर्वदिशा-
पवनाहतकल्लोलोद्धतबाहुः । मेघाङ्गैर्नृत्यति सललितं जलनिधि-
नाथः । इति विद्रुमकुङ्कुमशाङ्करुताभरणः करिमकराकुलकृष्ण-
लकमलकृतावरणः ॥ वेलासलिलोद्वेल्लितदत्तहस्तालः । अवस्तृ-
णाति दश दिशा रुद्ध्वा नवमेघकालः ॥

ल. 19. U. चर्चरिकयारभृत्य जानुभ्यां
स्थित्वा for "इत्युपभृत्य] भञ्जलिं कृत्वा."
8. From इन्त up to शिखाभरणम्
(1. 12) is here om. by U: and
read after परिभवास्पदं दशाविपर्ये-
यः at p. 122ᴀ, l. 1, below.

14. U. अभिनवकुसुमिततरुवरपरिसरे
मदकलकोकिलझङ्कारमनोहरनन्दन-
विपिने ॥ निजकरिणीविरहानलेन संत-
मौ &c.

18. K. omits the word गलितकः ॥

कृष्णशारच्छविर्योऽसौ दृश्यते काननश्रिया ।
वनशोभावलोकाय कटाक्ष इव पातितः ॥ ५७ ॥

विलोक्य । किं नु खलु मामवधीर्यैष निवृत्त्यान्यतोमुखः संवृत्तः । दृष्ट्वा ।
अस्यान्तिकमायान्ती
शिशुना स्तनपायिना मृगी रुद्धा ।
तामयमनन्यदृष्टि-
र्भग्नग्रीवो विलोकयति ॥ ५८ ॥

[इति नान्दिशा चर्चरी ।

सुरसुन्दरि जघणभरालस पीणुत्तुङ्गघणत्थणी
थिरजोव्वण तणुसरीरि हंसगई ।
गअणुज्जलकाणणे मिअलोअणि भमन्ते
दिट्ठी पइ तह विरहसमुद्दन्तरे उत्तारह मइ ॥ ५९ ॥

वपसृत्याञ्जलिं बद्ध्वा] ईहो यूथपते
अपि दृष्टवानसि मम प्रियां वने
कथयामि ते तदुपलक्षणं शृणु ।
पृथुलोचना सहचरी यथैव ते
सुभगं तथैव खलु सापि वीक्षते ॥ ६० ॥

कथमनादृत्य मद्वचनं कलत्राभिमुखं स्थितः । उपपद्यते । परिभ-

---

१ सुरसुन्दरी जघनभरालसा पीनोत्तुङ्गघनस्तनी
स्थिरयौवना तनुशरीरा हंसगतिः ।
गगनोज्ज्वलकानने मृगलोचना भ्रमता
दृष्टा त्वया तर्हि विरहसमुद्रान्तरादुत्तारय माम् ॥

9. U. om. मुर°. U. °घणत्थाणि; K. °पणत्तणुत्थाणि.
10. K. थिर°.—K. °सरीर.
11. K. गजणु°.
12. K. दिट्ठि. U. जह for पइ. U. उत्तारेहि.

वाष्पदं दशाविपर्ययः । इतो वयं— परिक्रामिनकेनावलोक्य । शिलाभेदा-
न्तरगतं किमेतदालोक्यते ।

प्रभालेपी नायं हरिहतमृगह्त्यामिषलयः
स्फुलिङ्गः स्यादग्रेर्गगनमभिवृष्टं पुनरिदम् ।
विभाग्य ।   5

अये रक्ताशोकस्तबकसमरागो मणिरयं
यमुद्धृतुं पूषा व्यवसित इवालम्बितकरः ॥ ६९ ॥
हरति मे मनः । आदास्ये तावदेनम् ।

[पेणइणिबद्धासाइअओ
        वाहाउलणिअणअणओ ।   10
    गअवइ गहणे दूहिअओ
        भमइ रखामिअवबणओ ॥ ६२ ॥
द्विरदिकयोपमृत्य । ग्रहणं नाटयति] अथ वा
मन्दारपुष्पैरधिवासितायां
यस्याः शिखायामयमर्पणीयः ।   15
सैव प्रिया संप्रति दुर्लभा मे

---

१   प्रणयिनी बद्धाशाको
        बाष्पाकुलनिजनयनः ।
    गजपतिर्गहने दुःखितः
        भ्रमति क्षामितवदनः ॥

---

9. U. ʼपणइणि°. K. °बद्धासाइअभी.
11. K. दूहिअभी.
12. Both K. and U. have परिभ-

मइ for भमइ, which we read
with Lenz. K. खामिअ°.

किमेनमस्त्रोपहतं करोमि ॥ ६३ ॥

निगूढे। वत्स गृह्यतां गृह्यताम्।
संगमनीय इति मणिः
शैलसुताचरणरागयोनिरयम्।
आवहति धार्यमाणः
संगममचिरात्प्रियजनेन ॥ ६४ ॥

राजा। कर्णे दत्त्वा। को नु खलु मामेवमनुशास्ति। दिशोऽवलोक्य। अये अनुकम्पते मां कश्चिन्मृगचारी मुनिर्भगवान्। भगवन् अनुगृहीतोऽस्म्यहमुपदेशाद्भवतः। मणिमादाय। हंहो संगमनीय

तया वियुक्तस्य विलग्नमध्यया
भविष्यसि त्वं यदि संगमाय मे।
ततः करिष्यामि भवन्तमात्मनः
शिखामणिं बालमिवेन्दुमीश्वरः ॥ ६५ ॥

परिक्रम्यावलोक्य च । अये किं नु खलु कुसुमरहितामपि लतामिमां
पश्यतो मे रतिरुपलब्धा । अथ वा स्थाने मनोरमा ममेयम् ।
इयं हि

तन्वी मेघजलार्द्रपल्लवतया धौताधरेवाश्रुभिः
शून्येवाभरणैः स्वकालविरहादि श्रान्तपुष्पोद्रमा ।   5
चिन्तामौनमिवास्थिता मधुलिहां शब्दैर्विना लक्ष्यते
चण्डी मामवधूय पादपतितं जातानुतापेव सा ॥ ६६ ॥
यावदस्याः प्रियानुकारिण्याः परिष्वङ्गप्रणयी भवामि ।
[लँए पेक्ख विणु हिअए भमामि
जइ विहिजोए पुणि तर्हिं पाविमि ।   10
ता रण्णे विणु करमि णिभन्ती
पुणु णइ मेल्लइ दाह कलन्ती ॥ ६७ ॥]
इति [चर्चरिकयोपसृत्य] लतामालिङ्गति ।
तनः प्रविशति तत्स्थान एवोर्वशी ।
राजा । निमीलिताक्ष एव स्पर्शं रूपयित्वा । अये उर्वशीगात्रसंपर्कादिव निर्वृतं   15
मे शरीरम् । तथापि न पुनरस्ति विश्वासः । कुतः
समर्थये यत्प्रथमं प्रियां प्रति
क्षणेन तन्मे परिवर्तते ऽन्यथा ।
अतो विनिद्रे सहसा विलोचने

---

१ लते प्रेक्षस्व विना हृदयेन भ्रमामि
यदि विधियोगेन पुनस्तां प्राप्नोमि ।
तदरण्येन विना करोमि निर्भ्रान्ति
पुनर्न हि प्रवेशयामि तां कृतान्ताम् ॥

---

9. U. हिअएण. K. भवमि.
10. U. जइ विहिजोएण पुणि तं पाविहि-
मि । ना रण्णेण विण्णु तए करोमि णिभ्भ-
न्तीं । पुणु ण मेल्लइ ताह कभन्तीं ।

11. K. णि[corrected into ण]-
भंतीं for णिभन्तीं which we
read for the sake of the
metre.

करोमि न स्पर्शविभावितप्रियः ॥ ६८ ॥

श्रनैश्चक्षुरुन्मील्य । कथं सत्यमेव प्रियतमा । [इति मूर्छितः पतति ।]

ऊर्व. । बाष्पं विसृज्य । जेदु जेदु महाराओ[1] ।

राजा ।

त्वद्वियोगोद्भवे तन्वि मया तमसि मज्जता ।

दिष्ट्या प्रत्युपलब्धासि चेतनेव गतासुना ॥ ६९ ॥

ऊर्व. । अब्भन्तरकरणाए मए पच्चक्खीकिदवुत्तन्तो खु महाराओ[2] ।

राजा । अभ्यन्तरकरणयेति न खलु ते वचनार्थमवैमि ।

ऊर्व. । कहइस्सं । इमं दाव पसीददु महाराओ जं मए कोववसं गदाए
एदं अवत्थन्तरं पाविदो महाराआ[3] ।

---

१ जयतु जयतु महाराजः ।

२ अभ्यन्तरकरणया मया प्रत्यक्षीकृतवृत्तान्तः खलु महाराजः ।

३ कथयिष्यामि । एतत्तावत्प्रसीदतु महाराजो यन्मया कोपवशं
गतयैतदवस्थान्तरं प्रापितो महाराजः ।

7-8. U. omits lines 7, 8 and reads the last speech of Urvas'î (viz. कहइस्सं &c.) as follows: मरिसदु मरिसदु महाराओ जं मए कोव° &c. It will be observed, however, that U. reads on the following page after l. 5, two speeches in place of the two that it omits on this page. K. reads ll. 7, 8 along with the other Mss.

राजा। कल्याणि न तावदहं प्रसादयितव्यः। त्वद्दर्शनादेव प्रसन्न-
बाह्यान्तःकरणान्तरात्मा। कथय कथामियन्तं कालमवस्थिता
मया विना भवती। [अनन्तरे चर्चरी।

मोरा परहुअ हंस विहङ्गम। अलि गअ पव्वअ सरिअ कुरङ्गम॥
तुज्झह कारण रण्ण भमन्ते। बहु बहु पुच्छिअ मइ रोअन्ते॥ ७०॥ 5

उर्व.। एव्वं अन्तभरणपव्वखखेिकिदवुत्तन्तो महाराओ।

राजा। प्रिये अन्तःकरणमिति न खल्ववगच्छामि।]

उर्व.। सुणादु महाराओ। भअवदा कुमारेण सासदं कुमारव्वदं
गेण्हिअ अकलुसो णाम गन्धमादणकच्छो अज्झासिदो किदो अ
एस विही। 10

राजा। क इव।

उर्व.। जा इमं पदेसं इत्थिआ पविस्सदि सा लदाभावेण परिणमिस्स-

---

१ मयूरः परभृतो हंसो विहङ्गमः।
अलिर्गजः पर्वतः सरित्कुरङ्गमः।
तव कारणेनारण्ये भ्रमता।
बहु बहु पृष्टो मया रुदता॥

२ शृणोतु महाराजः। भगवता कुमारेण शाश्वतं कुमारव्रतं गृही-
त्वाकलुषो नाम गन्धमादनकच्छोऽध्यासितः रुतश्चैष विधिः।

३ या एतं प्रदेशं स्त्री प्रवेक्ष्यति सा लताभावेन परिणंस्य-

<table><tr><td>

4. U. मोर.—U. रहङ्ग for विहङ्गम.
—K. सिरिकुरङ्गम. U. कुरङ्ग for
कुरङ्गम.

5. U. कारणे रण. K. रण्णा भमन्ते.
—U. को ण हु पुच्छिभ मए रोअन्ते.

6-7. These two speeches are

</td><td>

given here according to K.,
which it will be observed
has already read them once
before on the previous page
(see footnote on ll. 7, 8.)

</td></tr></table>

दि । गोरीचरणसंभवं मणिं विणा तदो ण मुञ्चिस्सदित्ति । साहं गुरुसावसंमूढहिअआ देवदासमअं विसुमरिअ अगिहिदाणुणआ कुमारवणं पविट्ठा । पवेसाणन्तरं एव्व वासन्ती लदा संवुत्ता ।

राजा । सर्वमुपपन्नम् ।

> रतिखेदसुप्तमपि मां
> शयने या मन्यसे प्रवासगतम् ।
> सा त्वं प्रिये सहेथाः
> कथं मदीयं चिरवियोगम् ॥ ३९ ॥

इदं तद्यथाकथितं स्वःसंगमनिमित्तं मुनेरुपलभ्य मणिप्रभावादासादिता त्वमस्माभिः । मणिं दर्शयति ।

ति । गौरीचरणसंभवं मणिं विना ततो न मोक्ष्यत इति । साहं गुरुशापसंमूढहृदया देवतासमयं विस्मृत्य अगृहीतानुनया कुमारवनं प्रविष्टा । प्रवेशानन्तरमेव वासन्ती लता संवृत्ता ।

वि. । अम्मो संगमणीओ । अदो खु महाराएण आलिङ्गिदमेत्त

एव्व पकिदत्थम्हि संवुत्ता । मणिमादाय मूर्धनि वहति ।

राजा । एवमेव सुन्दरि क्षणमात्रं स्थीयताम् ।

स्फुरता विच्छुरितमिदं

रागेण मणेर्ललाटनिहितस्य ।   5

श्रियमुद्वहति मुखं ते

बालातपरक्तकमलस्य ॥ ७२ ॥

वि. । मेहन्तो खु कालो तुह पइट्ठाणादो णिग्गदस्स । असुअन्ति मं

पकिदिओ । ता एहि णिवुत्तम्ह ।

राजा । यदाज्ञापयति भवती ।   10

---

१ अहो संगमनीयः । अतः खलु महाराजेनालिङ्गितमात्रैव प्रकृति-

स्थास्मि संवृत्ता ।

२ महान्खलु कालस्तव प्रतिष्ठानान्निर्गतस्य । असूयन्ति मह्यं प्रकृ-

तयः । तदेहि निवर्तावहे ।

उर्व. । कँहं महाराओ गन्तुमिच्छदि ।

राजा ।

अचिरप्रभाविलसितैः पताकिना
सुरकार्मुकाभिनवचित्रशोभिना ।
गमितेन खेलगमने विमानतां
नय मां नयेन वसतिं पयोमुचा ॥ ७३ ॥

[चर्चरी ।

पाविअसहअरिसंगमओ
पुलअपसाहिअअङ्गुअओ ।
सेच्छापत्तविमाणओ
विहरइ हंसजुआणओ ॥ ७४ ॥

इति खण्डभार्या निष्क्रान्तौ ।]

| विक्रमोर्वशीये चतुर्थोऽङ्कः समाप्तः ॥

१ कथं महाराजो गन्तुमिच्छति ।
२ प्राप्तसहचरीसंगमः
पुलकप्रसाधिताङ्गः ।
स्वेच्छाप्राप्तविमानो
विहरति हंसयुवा ॥

8. U. °संगओ.
9. U. फुलअपसारिअभअङ्गओ.
10. U. इसेच्छ°.

NOTES.

P. 1. ll. 1-4.—This is a benediction that S'iva may bless
the audience. All the known works of Kâlidâsa open with a
verse that invokes the blessing of that god or contains a salu-
tation to him, with the single exception of the Setukâvya,
which invokes Vishṇu in its introduction. That poem, how-
ever, was begun by King Pravarasena who might have had his
own reasons for preferring the aid of Vishṇu to that of S'iva.
From the fact, however, that Kâlidâsa invariably invokes S'iva
at the commencement of his works, it would be wrong to infer
that he was a strict S'aiva. His veneration for Vishṇu appears
to have been even greater than that for S'iva. For his works
abound with passages extolling the attributes of the former
god, whom he seems to consider the head of the Hindu panthe-
on. In language used by Vaishṇava works he describes Vishṇu
as the Deity of whom all the other gods including S'iva are
but so many different manifestations. See *Raghuvaṁs'a* X.
16, 17 fgg. The second Canto of the *Kumârasambhava*, on the
other hand, assigns to Brahmadeva the same high attributes
as are assigned to Vishṇu in the tenth Canto of the *Raghuvaṁ-
s'a*, which would show that Kâlidâsa was no more a S'aiva than
he was a Vaishṇava or a worshipper of Brahmadeva. In one
place he says all the Three are one. See *Kumârasambhava*
VII. 44.

Construe: रोदसी व्याप्य स्थितमेकरूपं यं (=यो रोदसी व्याप्य स्थितोसि
एकरूप इति) वेदान्तेषु आहुः। यस्मिन् ईश्वर इति शब्दः अनन्यविषयः [अत एव]
यथार्थाक्षरः। यश्च मुमुक्षुभिर्नियमितप्राणादिभिर्मृग्यते। स स्थिरभक्तियोगसुलभः स्थाणुः
वो निःश्रेयसायास्तु॥

स्थाणु literally means standing, not moving. Hence a post.

Immoveable : Eternal.   It is in this latter sense that the word
came to be an epithet of S'iva.   Some say the god is called
Sthâṇu because he always 'stands' in practising his penances.
Ranganâtha says नत:प्रभृनि विश्रान्ता न प्रसूते शुभा प्रजा | स्थाणुर्यन्निश्चलो
यस्मात्स्थिन: स्थाणुरत: स्मृन इति पुराणेषु ||

वेदान्तेषु, *i.e.* in the Upanishads.   These are called वेदान्ता:
because they form an end of the Vedas both as regards their
position chronologically with reference to the composition of the
Saṃhitâs, the Brâhmaṇas and the Âraṇyakas, and as regards the
doctrines which they inculcate, which were supposed to be the
essence of the contents of those works.   On वेदान्तेषु यमाहुरेकपुरुषं
व्याप्य स्थितं रोदसी Ranganâtha quotes : " पुरुषो वै रुद्र: सन्मह्यो नमो नम: वृक्ष
इव स्तब्धो दिवि तिष्ठत्येकस्तेनेदं पूर्ण पुरुषेण सर्वमित्यादि तैत्तिरीये | इन्द्रियेभ्य: परा ह्यर्थो
अर्थेभ्यश्च परं मन: | मनसस्तु परा बुद्धिर्बुद्धेरात्मा महान्परः | महत: परमव्यक्तमव्यक्का-
त्पुरुष: पर: | पुरुषान्न परं किंचिन्सा काष्ठा सा परा गतिरिति भक्तुष्टमात्र: पुरुषो
ह्योनिरिवाधूमक: | इहा नो भूतभव्यदर स एवाद्य: .... इत्यादि च कठवल्ल्याम् |

व्याप्य स्थितं रोदसी,   who remained without space to occupy even
after occupying the whole of the earth and the heaven.   That
is, he is so great that the earth and the heaven do not suffice to
contain him.   Conf. Purushasûkta (Rigveda X. 90) 1 स भूमे
विश्वतो वृत्वा अत्यतिष्ठद्दशाङ्गुलम्.   S'iva being identified with the
nighest conception of God all the attributes of God are applied
to him.

अन यासिषय:=" न दिद्यते अन्यो विषयो वाच्यो यस्य तत्तथोक्त: " Kâṭavema.
'Not signifying anything else,' ' not applied to any other god or
power.'

अन्त:=भन्तरङ्गे, हृदये. नियमितप्राणादिभि:, 'who   restrain the five
winds beginning with प्राण.'   The five winds are प्राण, अपान, समान,
व्यान and उदान.   The last four are intended by the word आदि in
०प्राणादिभि:.   'अन्तर्मृग्यते'='is sought in the mind,' *i.e.* is sought
by contemplation.

स्थिरभक्तियोगसुलभ:, '**easy to be obtained by firm faith and** contemplation.' "स्थिरा भक्तिर्योगो ध्यानं च ताभ्यां सुलभः | स्थिरभक्तिपूर्वक-ध्यानैकगम्य इत्यर्थः ॥" says Ranganâtha, who quotes as follows from the *Kaivalyopanishad* on the accessibility of Sthânu by contemplation (ध्यानम्) : "श्रद्धाभक्तिध्यानयोगादवैहि. " He goes on : श्रद्धाभक्त्योर्भेद-श्चाचार्यैरुक्तः | वेदबोधितफलज्ञानदार्ढ्यभावनिश्चयः श्रद्धेति | योगस्त्वत्र चोक्तं कठवल्ल्याम् | यदा पञ्चावतिष्ठन्ते ज्ञानानि मनसा सह | बुद्धिश्च न विचेष्टते तामाहुः परमां गतिम् | तां योगमनिमन्यन्ते स्थिरामिन्द्रियधारणामिति ॥

Translate: 'He whom [the sages] describe in the Vedântas as the Supreme Spirit that remains [without space to occupy] after filling the earth and the heaven; he with respect to whom the word Îs'vara (Ruler), having no other person to denote, is literally true; he who is sought within themselves by those desirous of salvation by means of restraining the five winds commencing with prâṇa—may that Eternal One, easily obtainable through firm faith and contemplation, grant you salvation.'

Ranganâtha quotes a definition of Nândî from Mâtṛigupta :—आशीर्निर्भरक्रियाङ्कुरः श्लोकः कार्यार्थसूचकः नान्दीति कथ्यत इति मातृगुप्ताचार्योक्तम्, *i.e.* the benedictory stanza should contain in it an allusion to the plot of the play. So our Nândî too is explained by the commentators as referring to S'iva in the first instance and then to the plot of the play. Ranganâtha observes : ·····काव्यार्थसूचनमप्यत्रैवमवगन्तव्यम् | वेदस्यान्तेषातिकेषु प्रदेश्यविशेषेषिति यावत् ॥ अन्नो नाशो मनोहरे | सहृदेनं मनं हृद्यं न स्त्रो प्रान्तोन्निके त्रिशिवनि विश्वलोचनः | अनन्यसामान्यप्रजापालनदयादाक्षिण्यादियांगायं गुरुत्वमेकं मुख्यमाहुर्गर्गनि | बुधा इति शेषः | ·····ब्याप्य स्थितं निजकीर्येति शेषः | यस्मिन्नाजनि ईश्वरशब्दो यथा-र्थिकार्गे निग्रहानुग्रहादिप्रभुशक्तिसंपर्तेनि भावः | ····· | तथा च नियमितप्राणादिभिर्मुमु-क्षुभिरपि समलोष्टकाश्वनैरत्युपासीनैरित्यर्थः | यो राजान्तरन्नःकरणे मृग्यते निन्दयते | नेतादृशो धर्मशीलो जगति दृष्टपूर्व इति सर्वेदा ने तस्य सुनिय इति भावः | स्थाणुः स्थिरतगनिवीदे इति यावत् | ····· | स्थिरा भक्तिर्यांसा प्रजाना नाभिर्योगेन चित्तानुस-रणरूपेणायेन सुलभोभिगम्यः | ····· | एवेनार्थे वीकागुकनम् | लगाहनावधासतः संगमनीयद्वारा संगम इत्यद्यरुचि | ····· | एवंविधीरणनिशिटः स प्रतिद्वविभवो विशेष-णमदिना विशेषलाभालुहृदेवा वो युष्माकं स्वभावदा निःश्रेयसाय योगक्षेमादिरूपकल्याण-वान्तु भवन्विति ॥

But Kûṭavema is better : भवेद् वेदान्तेषु यमाहुरेकतुङ्गषमिःयादिभिर्विर्यौ-
र्णैर्विःयमाणः कथानायकः पुरूरवा नाम राजा सूच्यते । कुन उर्वैइयपि पुरूरवा वृनेनास्ते
वृषणं न्याभमि(sic)ःयादिवेदवाक्येषु कथनाच जस्स वा भम्बरनळे गर्वी भभ्यीःयादिवाक्यमर्ती-
यमानरौद:संचारवस्त्वाच भनन्यसाभारःऐश्वर्यत्त्वाच उर्वैइया मोक्षार्थिभिमृंग्यमाणत्वाच ॥

P. 1. 1. 7.—इतस्तावत् scil. आगम्यताम्. The force of तावत् here is
that the assistant of the manager is to come as it were before
doing anything else. See our note on *Raghuvaṁs'a* XIV. 55.

On the etymology of sûtradhâra Rangaṇâtha has : सूत्रभारौ
नाम सूत्रं सर्वीजकं नाःयानुष्ठानं भारयतीति सूत्रभारः । तदुक्तम् । नाःयस्य यत्रनुष्ठानं
तत्सूत्रं भ्यातवीजकम् । रङ्गदेवनरूजाकुन्सूत्रभार उदारिनः । The correct etymo-
logy, however, appears to be from *sútra*, a thread, and *dhára*,
holder or puller. The name appears to be derived from that
of an exhibitor of dolls and paper-figures called in Marâthi
कळसूत्री बाहुल्या and *gombi áṭá* in Canarese, which are still ex-
hibited and made to dance by a class of itinerary persons
called *gombi áṭá máduvaru* in Canarese, and that form even
now the only dramatic performances of village populations.
To all intents and purposes the exhibitions of the dolls and
paper-figures are dramatic representations, only the speeches are
delivered by the thread-puller and his assistant, and the charac-
ters are represented by the dolls and figures instead of by men.
The figures and dolls dance, they fight, they stand, they sleep,
and do all that things of their kind can be made to do by men
so as to suit the scenes that may be intended to be produced.
These exhibitions of dolls and paper figures must have preced-
ed dramatic performances. And it is natural that their thread-
puller (सूत्रभार) should have afforded the name of a manager of
a regular dramatic representation in which characters were re-
presented by men.

P. 1. 1. 9.—प्रयोगबन्धः, 'plays,' singular for plural. Lite-
rally ' compositions which are represented [on the stage.]'
Conf. Kâṭavema : प्रयोगोऽभिनयो बध्यतेऽस्मिन्निति प्रयोगबन्धो नाट्यम्.

P. 1. l. 10.—Ranganâtha reads नोटकम् for नाटकम्. Kâṭa-
vema with us.

सोहम्....मयोध्ये. 'I will therefore bring on the stage.'

P. 2. l. 1.— आर्यामिश्रान्=आर्यान्. Mis'ra is simply an honorific
addition.

P. 2. ll. 3-4.—प्रणयिषु वा दाक्षिण्यात् अथवा सद्वस्तुपुरुषबहुमानात्. 'Either
through your regard towards [us] your humble servants or
through your respect for the excellent hero of this play.'
Kâṭavema says, "प्रणयिषु स्वविद्याविशेषं पश्यतेति प्रार्थयमानेषु असगासु." वस्तु
is the plot of a drama. Conf. *Málavikágnimitra*, our Edition,
p. 22 "तस्याधुनर्थंवस्तुकप्रयोगम्," and आदिरमणिब्जं कहावस्थु p. 65 l. 1.
Kâṭavema too has प्रशासनकथानःयकगोरेवान् explaining सद्वस्तुपुरुषबहुमानात्.

On this use of क्रिया (work, *opus*) conf: *Málavikágnimitra*
p. 1. l. 14. वर्तमानकवेः कालिदासस्य क्रियायां कथं परिषदो बहुमानः.

P. 2. ll. 5,6.—Ranganâtha reads भव्जा परिच्चाभय परिच्चाअध जो
सुरवख्खवारी जस्स वा &c. and remarks on the change of number in-
volved in भव्हा परिच्चाभय and जो सु पख्खवारी as follows: अत्र क्वचि-
त्क्वचिद्गाथासु लिङ्गवचनपदविपर्यासः प्राकृते लिङ्गवचनमनन्त्रं पूर्वनिगादानियमात्वे-
स्युक्तत्व नेयाः | — अम्बरभजे, 'in the space of heaven'. Literally 'on
the surface of heaven,' as opposed to पृथ्वीतले, 'on the surface of
the earth.'

P. 2. ll. 7-8.—महिज्ञापनानन्नरम्. The विज्ञापना referred to is that
contained in श्रुगुन मनोभिर्वहिनेः in l. 4. — कुरररागम्. This is what
in Marâṭhi is called the *Ṭiṭaví*. It generally is found near water
on the banks of rivers, tanks &c. and makes a shrill and frequent
noise, and is very timid, so that the slightest approach of danger
is enough to scare it away with shrill cries. Conf. " कुररि विलपति
त्वं बातनिद्रा न धोष." *Bhágavata* sk. X. Adh. 90 st. 15.

P. 3. ll. 1-4.—Translate: 'The goddess born from the
thigh of the sage, the friend of Nara, is, while returning after-
attending on the Lord of Kailâsa, taken prisoner on the road by

the enemies of the gods.—That is why this cluster of Apsarases is crying for protection.'

नरसखस्य मुनेः: scil. नारायणस्य. 'Born of the thigh of the sage the friend of Nara'. Nara and Nârâyaṇa are two ancient Rishis. There are only two hymns in the Rigveda (viz. VI. 12 and VI. 13) which are attributed to a Rishi named Nara; and the celebrated Purushasûkta (Rigveda X. 90) is attributed to a Rishi named Nârâyaṇa. But in later writings Nara and Nârâyaṇa are constantly mentioned together as 'Rishis,' as 'most eminent ancient Rishis' (Purâṇâvrishisattamau), as 'great asce- tics'(तापसौ), and as even 'gods' and 'original gods' (देवौ and पूर्वदेवौ). Sometimes Nârâyaṇa is represented as God and Nara as the wisest man among men. Subsequently Nara came to be identi- fied with Arjuna and Nârâyaṇa with Kṛishṇa, and in this con- nection the combination Nara-Nârâyaṇa is well known. Idols of Nara-Nârâyaṇa are not unknown.

It is from the thigh of Nârâyaṇa the ancient Rishi or mythical personage and not from that of Vishṇu that Urvas'î was born. The *Harivams'a* mentions the thigh-birth of Urvas'î (4601 and 8812) नारायणोरुं निर्भिद्य संभूता वरवर्णिनी । ऐलस्य दयिता देवी योषिद्रत्नं किमुर्वशी । And नरसखस्य accordingly does not mean कृष्णसखस्य but महामुनेर्नारायणस्य. See also p. 10, l. 4 and ll. 9,10.

सुरस्त्री does not here mean ' the wife of a god,' but *the female of a god, a female god, a goddess.*

कैलासनाथ may either mean शिव or कुबेर. But here it is the latter. See p. 4, l. 5.

क्रन्दति शरणम्. Perhaps the other reading which has करुणम् is better as it is certainly easier.

विबुधशत्रुभिः=दैत्यैः.

अयम्. *This,* that you see entering on the stage.

P. 3. l. 11.—सूर्योपस्थानात्प्रतिनिवृत्तम्. What the उपस्थान was and how it was performed and why, does not appear from the con- text. But it is certain it meant *attendance on, service.* Part of a Brahman's evening prayer or Sandhyopâsanâ is called वरुणोपस्थान which consists of reciting the first ten couplets of the twenty-fifth hymn of the first Book of the Ṛigveda begining with यच्चि-द्धि ते विशो यथा प्र देव वरुण व्रतम् | मिनीमसि द्यवि द्यवि. See *Vedârthayatna, ad loc.*

The reason why the king mentions his name and the fact that he is on his way back from the sun is that he wishes to inspire the Apsarases with confidence. His name is a sufficient guarantee that he is a friend of the gods (सुरपक्षपाती) and the fact of his having been to the sun to wait upon that divinity shows that he has the power of travelling in the air (अम्बरतले गतिरस्ति). The Apsarases are well aware who Purûravas is. They know his prowess (see p. 6, l. 8 &c.) and even the name of his chariot and its flag (p. 7, l. 3). But the king does not yet know who the ladies are ; hence the way he introduces himself to them in their distress.

P. 4. l. 1.— अवलेपादो. Ranganâtha explains this by गर्वात् and Kâṭavema by दर्पात्. But the word अवलेप is used here in a somewhat more aggressive sense than that of mere 'pride,' viz. as 'insult' 'outrage.' Conf. *Raghuvams'a* VIII. 35 and our note thereon.

P. 4. l. 2.— अपराद्धम्=अपराध: कृन:. अपराद्धम् is here a past participle and not a noun. The construction is *Bhâve-Prayoga*.

P. 4. ll. 3-7.— तवोविसेसपरिसङ्किदस्स महेन्दस्स. 'Of the great Indra when he becomes frightened by the excellence of *tapas* [practised by any one].' *Tapas* is 'austerity', 'religious privation voluntarily undergone under the belief that it produces religious merit accompanied by supernatural powers.' Indra the King of the gods is represented as becoming jealous whenever any human being is reported to him as approaching a high degree of excellence in his practice of *tapas*, and he then sends one of the celestial damsels to tempt (विलोभयितुम्) the man, so

8   NOTES.

as to mar the effect of the austerities practised by him, the
idea being that a man that attains perfection of *tapas* becomes
so powerful as to supersede Indra and usurp his throne.   This
belief appears to have arisen from the mythe that Indra per-
formed one hundred sacrifices and thereby became Indra, and
that whoever succeeds in performing an equal number of sacri-
fices will overthrow Indra and succeed to his authority in
heaven.   This mythe of Indra having performed a hundred sa-
crifices and the belief connected therewith that whoever performs
a similar number will supersede Indra, arose originally from a
misunderstanding of the epithet *s'atakratu* which is frequently
applied to Indra in the Vedas.   Though it only means 'possessed
of hundred wisdoms' it was in post-vedic times, owing to its
having come to singnify a *sacrifice,* misinterpreted to mean 'one
who has a hundred sacrifices,' and the mythe of Indra having
performed them was then invented.   See *Vedárthayatna,* note on
Rig. I. 4. 8.

पच्चादंसो रूवगव्विदाए सिरीए ' the obscurer of Lakshmí who is
proud of her beauty.'   मर्यादेश: literally means ' that which
orders back,' that one of two or more things standing in a line
which orders (भादिशानि) the rest to go back (मत्ति) or remain be-
hind owing to their inferiority and itself comes - forward on
account of its own excellence.

समावत्तिदिट्ठेण, ' who was seen [by us] all of a sudden,' whom
we did not see before he came and took Urvas'í prisoner.   See
Málavikágnimitra p. 58 l. 5.

हिरण्णउरवासिणा. Hiranyapura is a town of the Asuras.   See
Mahábhárata Vanaparva Adhs. 223 and 173.   Hiranyapura is
believed to be situate in the atmosphere and not on earth.
Hence it is that the Apsarases while on their way back from
heaven through the atmospheric space were attacked by the
demon Kes'in.

केसिणा दाणवेण, 'by the demon Kes'in.' None of the existing editions and reprints give the words समावत्तिदिहेण हिरण्णउरवासिणा केसिणा. But besides the authority of all our Mss. we have that of the commentator Kâṭavema for the reading.

चित्तलेहादुदीआ, 'with Chitralekhâ for another,' 'together with Chitralekhâ.'

वन्दिग्गाहं गिहीदा. Kâṭavema observes, "वन्दिवद्गृहीता | उवमाने कर्मीग || ...."

It will be observed that the words अभयथं इजेश्व are read by only two of our Mss. and those not the best. All the existing editions and reprints have inserted them. Kâṭavema knows nothing about them.

P. 4. l. 8.—'स जाल्म:,' 'that villain.' The addition of स heightens the contempt of the King for the Asura.—भवि an interrogatory particle. It is this particle that appears to have given rise to the reading of the Calcutta and European editions परिनायते | कत्तरेण दिग्विभागेन गत: स जाल्म: (See Bollensen, Lenz Monier Williams, and the Calcutta edition of 1830 published under the authority of the Committee of Public Instruction.) None of our Mss. omit भवि (only one reads भवि instead). The addition of इति at the end, which we give on the authority of six of our Mss., much improves the reading of the passage.

P. 5. l. 1.—उउत्तरेण, 'by the north-east.' पूर्वोत्तरयोरन्तरालिनेन्यर्थ: says Ranganâtha. Kâṭavema explains, "पूर्वस्या उत्तरस्याश्च दिशोर्यं-दन्तरालं स दिग्विभाग: पूर्वोत्तरा तेन." Neither of the two commentators explains why the north-east is chosen by the poet as the direction from which the demon came.

P. 5. l. 2.— तेन हि. 'Then.' The King does not mean that it is easy to overtake the demon because of his having taken a north-easterly route, but that as it is known in what direction to look for him, there need be no anxiety about Urvas'î's safety.

P. 5. l. 3.—सरिसं खु सोमादो एक्कन्दरस्स. 'That is [said] like the descendant of the Moon only one degree removed.' Kâṭavema, who reads with us, says : सोमादेकान्तरस्य एको बुधः अन्तरं व्यवधानं यस्य सः स तथोक्तः तस्य. Atri was the son of Brahmadeva. The Moon was the son of Atri. Budha was the son of the Moon and Purûravas was the son of Budha. See p. 160 ll. 7-10, and the note thereon. See also *infrá* p. 74 l. 8 and note *ad loc.*

Our reading is supported by five of our Mss. and one commentator and as it is a more difficult reading than that of सोमवंससंभवस्स adopted and followed by the European and Calcutta editions it is most probably the original reading.

Soma originally meant the drink or wine offered to their gods by the early Aryas of India. It then came to signify the moon and it is in this latter sense that it is used here. How Soma which meant a drink became a name of the moon is fully explained in our note on *Raghuvaṁs'a* II. 73, which see.

P. 5. l. 4.—क्व पुनर्मा &c. 'But where will you await me ?'

P. 5. l. 6.—आशुगमनाय. Construe with चोदय. 'Drive the horses fast towards the north-east.'

P. 5. l. 7.—आयुस्मान् The use of this word signifies that the relation of the speaker to the addressed is that of an elderly and respected person to a young man though in high authority. The profession of driving a chariot, like that of an attendant (कञ्चुकी) of a harem, was a very respectable one in ancient India. And both a chariot-driver and such an attendant address a king whom they serve as if they were his elders and not mere servants. To be able to drive a chariot well is spoken of as a great accomplishment—a fact that may easily be understood when it is imagined what kind of roads and what kind of chariots they had in ancient times. Even Krishṇa himself became the charioteer of his friend Arjuna.

P. 5. ll. 8-9.—वैनतेयम्, विनतापुत्रं गरुडमपि 'even the son of

Vinatâ,' the bearer of Vishṇu.—तमपकारिणं मघोन:. The demon having carried off one of the damsels of heaven who belonged to Indra was an offender or enemy of that deity. The king means that as Kes'in was a thief and that too one who had stolen a girl belonging to Indra will not have power enough to escape him and that as he was going after the asura in order to serve Indra, the latter was sure to aid him in overtaking him.

P. 5. 1. 10.—अग्रे यान्ति &c. Construe : वेगानिलान् अमी चूर्णीभवन्तो घना रेणुवत् रथस्य अग्रे यान्ति । वेगानिलान् चक्रभ्रान्ति: अरान्तरेषु अन्याम् अराबलीं जनयनीव । वेगानिलात् हयशिरसि आयामवत् (आयामि, दीर्घे) चामरं निञ्चन्यस्तमिव अचलं [तिष्ठति] । वेगानिलान् ध्वजपट: यष्ट्यग्रे च मान्ते च समं स्थित: । Translate : 'By the wind [produced] through the [great] speed these heavy clouds pulverized [by the wheels] are flying before the chariot like dust; by the wind produced through the great speed the revolution of the wheels is, as it were, producing an additional row of spokes in the intervals of the spokes; by the wind produced through the great speed the chowrie [though] long is standing on the heads of the horses as motionless as in a picture; by the wind produced through the great speed the banner-cloth is standing [lengthwise] in a straight line between the point of the flagstaff and the end of the chariot.'

The poet draws a very accurate picture of what Purûravas' chariot must look like when it was driven fast. In the first place he says that the action of the wheels and of the horses hoofs reduced the heavy (and hard?) clouds through which the chariot was passing (we must remember that the king 'यस्य आकाशे गतिरस्ति' is passing through the region of the sky where the clouds lie) to dust and that this cloud-dust flew before it owing to its great speed; secondly, the action of the wheels owing to the quick revolutions which they were making appeared to make another series of spokes in the intervals of the

spokes; thirdly, the chowries or streamers, which are tied on the
heads of the horses as ornaments, are, though long and there-
fore liable to wave from side to side, as motionless as if they
were drawn on the heads of figures of horses; and lastly, the
bannercloth stood without a fold in it, straight between the staff
to which it is attached and the rear-end of the chariot.

In the stanza as read by us the reader will find on compa-
rision with the older editions and reprints two important varia-
tions both based on the authority of the very best Mss. We
read रेणुवदर्मी (with six Mss. and one commentator, viz. Kâṭave-
ma) for रेणुपदर्वी and यट्चयप्रे (with seven Mss. and the same com-
mentator) for यन्मध्ये. Both the changes very much improve
the passage in our opinion. On the idea that the wind either
natural or produced by the speed of a car and blowing in
the same direction as the car drives the dust before it, see
Raghuvams'â I. 42. The reading रेणुपदर्वीम् read by Bollensen,
Lenz and the Calcutta editions can only be taken with यान्ति.
In that case there is either a tautology with चूर्णीभवन्त:, if रेणुपदर्वी
यान्ति meant रेणुस्थानें रेणुत्वं वा यान्ति, (and there would also be a
wrong location of the action, for the clouds are reduced to dust
rather *below* the chariot than *before* it) or hardly any meaning
at all if रेणुपदर्वी यान्ति meant रेणुमार्गें यान्ति as the रेणुपदर्वी may be
upwards, backwards, or sidewise unless the poet specifies it
which he does not do in this instance. Besides we cannot ima-
gine that the King's chariot, which was being driven in the re-
gion of the skies spread with clouds and not along the ground on
the earth below, could have any dust or रेणव:, so that there could
be no रेणुपदर्वी on his path. The reading यन्मध्ये is also beset with
difficulties. What would यत् refer to ? Certainly not to रथस्य if
we pay any regard to the rules of syntax. To चामरम् ? That
would be absurd. Ranganâtha was aware of the difficulties. Says
he, " य: पूर्वसमुच्चयें। धान्ति । विद्यमान इति शौर: । स्वाहजिक्रातेनेत्यर्थान् । धनजयट:

वेगानिलाग्रन्मध्ये रथमध्यभागे समवस्थित: | अथ वा प्रान्ते यन् गच्छन् | आग्रन्तचर-
णाभ्यां वातादपि रथस्यापि वेगवत्तरत्वं द्योतितम्. ” A net of makeshifts !

Kâṭavema, however, is worth quoting. अग्रे यान्तीत्यादि | चूर्णी-
भवन्त: कणा: सन्त: घना मेघा रथस्य अग्रे रेणुवद्व्रजासीग यान्ति | चक्रभ्रान्ति: चक्रस्य
रथाङ्गस्य भ्रमणमरान्तरेषु भराणां नेम्यवष्टम्भकदण्डाकारचक्रावयवानामन्तरालानि तेषु
अन्यामरावलीं जनयतीव | हयशिरसि चामरं प्रकीर्णकमायामवद्दैर्घ्येवत् अचलं.....
चित्रन्यस्तमिवाजेह्यनिवेशितमिव | स्थितमिति शेष: | ध्वजपट: यष्ट्यग्रे च दण्डाग्रे च
प्रान्ते च अन्ने च समं [स्थित:] | विषमलोकप्रकारमित्यर्थ: | वेगानिलाद्विगस्यनिलो
वायु: तस्माद्विगानिलादीति सर्वत्र संबन्धनीयम् |

Observe that चामरं the singular is used for the plural, each
horse, as we must suppose, having a châmara on his head.

P. 6. l. 5.— जहाणिगदृइ पदेसं scil. इमकूटशिखरम्.

P. 6. l. 7.—भवि णाम &c. ʻMay the royal sage, you think, be
able to extract this dart [of anxiety] from our hearts?ʼ भवि by
itself would indicate a simple question the answer to which is
known to the person questioned, but the addition of नाम makes
the question rather an expression of doubt than anything else.
The affirmative answer is expected to be as doubtful to the
questioned as it is to the questioner.—समुध्दरे, the potential.
This mood is entirely preserved, and in the same form as in the
Prakrit, in the Guzerâthî, whereas it is almost entirely lost in
Marâṭhî, where the future does duty for it. Conf. Guz : जो करे
तो थाय. Marâṭhî : जर करील तर होईल.

P. 6. l. 8.— उद्धितदंशराभों &c. The poets do not honor every
hero by making him assist the gods in their fight against the
Asuras, but only a select few princes of the solar and lunar
races. Dushyanta the hero of the S'âkuntala so assisted the
gods. As regards Purûravas himself see Act V. p. 158, l. 4.

विश्वभसेणामुहे, ʻat the head of his victorious army,ʼ i. e. of his
army which becomes victorious because of Purûravas becoming
its leader.

P. 7. l. 3.—उच्चलितहरिणकेदणीं, ʻwith the deer-flag spread out stiff.ʼ

उच्चलिद is intended to show that the chariot is coming at full speed, a sign that success has been achieved. To indicate that a chariot goes not only fast but also flies in the air, no better design can in Kâlidâsa's mind be put on the banner-cloth than a deer. See *S'ákuntala* Act I. 7, पइओंदपब्भ्रष्टमिव धावति बहुणंद स्तोकमुर्व्यां पयाति &c. where the poet refers to the speed of a deer whom he describes as flying more in the air than on the ground.—सोमदत्तो रहो दिसादि । ण खु सो अकिदत्थो णिवत्तिस्सदि. 'His chariot Somadatta is in sight; and of course he will not return without achieving his end.' Ranganâtha takes Somadatta as an adjective and says सोमदत्त: सोमेन चन्द्रेण द-त्त: । चन्द्रीयमादेव हरिणभजलमपि युक्तम्, referring to the notion of Sanskrit poets that the spots on the moon are deer.

P. 8. ll. 4, 5.—त्रिलोकरक्षी महिमा हि वज्रिण: The King is too modest to take to himself, though he very properly might, the credit of rescuing Urvas'î from the demon, but attributes his success to the power of the Thunderer.—तद् 'therefore.'—चक्षुरायतम् 'large eye.' Literally 'long eye,' eye that, as the poets love to describe, is as long as to reach very nearly the ear. Conf. *infrá* p. 19, l. 8. Observe that the singular is here used for the dual as चामरम् in l. 2 p. 6.

P. 8. l. 6.— उस्ससिदमेत्तजीविदा, 'alive only because she is breathing out.' उच्छ्वसिन is not the same as श्वास, but differs from it in this that it indicates the process of breathing out somewhat hard through fright, or extreme fatigue, breathing out which would just make the heart palpitate. See l. 10. Chitralekhâ means that Urvas'î is as motionless, cold and stiff as if she were dead, and the only sign of life she is showing is that she is breathing out a little. The reading उस्ससिदमेत्तसंभाविअजीविआ found in the existing editions is only countenanced by two of our Mss. not the best. Kâṭavema reads with us. However easy it is not necessary, and ours appears more poetical and certainly less periphrastic.

P. 8. 1. 8.—परित्रस्ता ' frightened.' परि strengthens the sense in the same way as the Latin prefix *ex* (Conf. *exasperate*). Conf. परिसङ्क्लिदस्त in l. 3. p. 4. Conf. also उत्सुका, पर्युत्सुका p. 50 l. 5.

P. 8. 11. 9, 10.— मुञ्चति &c. Construe : पश्य, अस्या: कुसुमसमवलम्बनं हृदयं [कर्तृ] स्तनमध्योच्छ्वासिना हरिचन्दनेन कथितं (=सूचितं) कर्मं [कर्म] न तावद् (=भद्यापि) मुञ्चति. 'Lo, her heart does not still, though as tender as a flower, give up the trembling [the existence of which is] indicated by the yellow pigment-besmearing that is throbbing up between the two breasts.'.

कुसुमसमवलम्बनम्, 'the stalk of which is [tender] like [that of] a flower.' The poet means that as even a gentle breeze suffices to blow a flower off a tree from its stem, so Urvas'í's heart is so tender that it may break under fright. Hence the King's anxiety that she is still frightened. For if her heart continues throbbing long it may burst.—स्तनमध्योच्छ्वासिना हरिचन्दनेन. Yellow pigment, perfumed and therefore called चन्दन. For the word *chandana* is not the name of the sandal tree only, but is also used as the name of certain fragrant earths as for example गोरीचन्दन, पीतचन्दन. The former is a kind of white soft chalk, somewhat fragrant and is much used by widows who shave the head and pass an ascetic life, to mark the tilaka on the forehead instead of the kunkuma the right to which they have forfeited on the death of their husbands. The पीतचन्दन is a similar chalky earth but yellow in colour. The हरिचन्दनम् of our passage is a similar yellow pigment. It is besmeared over certain parts of the body for its cooling and scented qualities. How the King could have seen the harichandana that was besmeared on and between the breasts of Urvas'í is a question that appears to have given rise to the emendation सिञ्चयान्तेन कथंचिन्तनमध्योच्छ्वासिना as read by the European and the Calcutta editions. For all our Mss. give the reading पश्य हरिचन्दनेन स्तनमध्योच्छ्वासिना as given by us.

The poet in the first half of the stanza simply says that the tender heart of Urvas'í does not yet give up its trembling. The second half is intended to justify this assertion. For, says the King, the trembling is seen by the throbbing action of the yellow pigment between the interval of the breasts. As the heart palpitated through fright, the yellow pigment showed a corresponding motion.

P. 9. l. 1.—अगङुदा विश्र, *i.e.* liable to be frightened like a mortal.

P. 9. ll. 4-7.—भाविर्भूतेन &c. Construe शशिनि भाविर्भूते तमसा मुच्यमाना रात्रिरिव, नैशस्य हुनभुजः छिन्नभूयिष्ठधूमा भाविरिव, रोधःपतनकलुषा गङ्गेव, इयं वरतनुः मोहिन अन्तः मुक्तकल्पा प्रसादं गृह्नती कथ्यते. Translate : 'Like the night that is being left by the darkness on the appearance of the moon, or like the flame of a nocturnal fire from which the smoke has mostly been removed, this fair-limbed one almost freed in her mind from her swoon appears [slowly] to regain her clearness [of senses] like as the Gangá after her waters have been soiled by the fall of her bank.' The words गृह्नतीव प्रसादम् are to be taken with every line and to be referred to the night, the the nocturnal flame of fire, and the Gangá. The poet means that Urvas'í is slowly regaining consciousness as the night slowly clears up after the rising moon has dispersed the darkness, or as the nocturnal flame of fire which is freed from all its smoke, nevertheless, appears surrounded by darkness and slowly to shine brightly, or as the Ganges whose waters have become muddy by the fall of one of her banks regains the clearness of her waters only gradually. On प्रसादम् conf. below p. 12. l. 3.

भाविर्भूते, *i.e.* that has just made its appearance, not yet fully and brightly shining.—मुच्यमाना. Mark the force of this present passive participle. 'That is being left,' not मुक्ता 'left.' The same is the force of मुक्तकल्पा.

Conf. Kâṭavema: आविर्भूत इत्यादि | शशिनि चन्द्रे आविर्भूते प्रकाशिते सति तमसा तिमिरेण मुच्यमाना रात्रिरिव | निःश्वस्य निःश्वासंबन्धिन: हुनभुज: अग्ने: छिन्नभूयिष्ठभूमा छिन्नो विच्छिन्नो भूयिष्ठो बहुलो धूमो यस्याः सा तथोक्ता अर्चिरिव ज्वलित | पतन-कलुषा रोभस्तरस्य पतनेन कलुषा आविला भूत्वा प्रसादं प्रसन्नना गृह्नती त्रादददाना गङ्गेन इयं वरतनुः अन्त: हृदये मोहिन मूर्च्छया मुक्तकला मुक्तदेहया | ईषदसमाप्तो कल्पप्रदेशादेशीया इति कल्पप्रत्यय: | उच्यते ||

P. 9. l. 8.—वराभूता खु. 'For the wretches, the enemies of the Gods, have been defeated.' त्रिदसपरिपन्थिगो literally means 'the opponents of the thrice thirty.' 'The thrice thirty' is a name of the Gods taken collectively.

The correct etymology of the word is perhaps doubtful. In the Ṛigveda the gods are generally spoken of as thirty-three and not thirty. See *Vedârthayatna* I. 34. 11. Mallinâtha (on *Kumârasambhava* III. 1) explains the word to mean "having a triple existence or standard," त्रिरावृत्ता दशा परिमाणमेषामिति. On इदासा conf. note to *Mâlavikâgnimitra* p. 50, l. 8.

P. 10. l. 1.—पहावदसिणा महिन्दैण. The poet puts the question in order to bring the name of Purûravas prominently before Urvas'î, and Urvas'î asks the question because she cannot imagine who else could have vanquished the asuras. Nor can she think that Indra could have done so as he had not seen her and her friends carried away by the demon. But he might have known of the rape by virtue of his being a *prabhâvadar-s'in*, 'seeing through his supernatural power.' See below P. 78 l. 1.

Kâṭavema, however, has: प्रभावं माहात्म्यं दर्शयति प्रकाशयनीति स तथोक्त: तेन महिन्द्रेण. This is doubtless *chintyam*.

P. 10. l. 3.—उवकिदं. For had it not been for the outrage, the king would never have been seen by her. Conf. Kâṭavema: अत्र वर्वेदया अभिलाषो गम्यते | अयमभिलाष: प्रथमावस्थेति मन्तव्यम् | प्रकृतिस्थामुर्वशीं विलोक्य आत्मगतमित्यादिना गम्यमानो, राजाभिलाषोस्मिन्नाङ्के बीजामित्यनुसंधेयम् | अयमेवाभिलाषो राज्ञ: प्रथमावस्थेत्यनुसंधेयम् ||

P. 10. l. 4.— प्रकृतिस्थाम्, 'completely recovered.' On this sense of प्रकृति (the state of health before the illness began) conf. *Málavikágnimitra* Act IV. p. 87. l. 5 दाणिंपि पकिदिं ण पडिवज्जइ. Also p. 69 णिउत्तविसग्गेओ गोदमो पकिदित्थो एव्व संवुत्तो.—स्थाने खलु &c. Construe : नारायणमृषिं विलोभयन्त्य: तदूद्भवगामिमा दृष्ट्वा सर्वा अप्सरसो व्रीडिता इति [यदाहु: तन्] स्थाने खलु | The king does not mean that it is quite right that Urvas'í should have been produced from the thigh of Nârâyana, but what he says is that she is really so beautiful that there was no wonder that all the Apsarases should have felt ashamed when they saw her as she was brought forth by Nârâyana's thigh. Conf. Ranganâtha तपस्यतो नारायणस्य लोभनार्थं गना अप्सरसस्तदूद्भवत्वान्न इमामालोक्य यस्योद्भव एनादृशी सुन्दरी नि:सृना किमिदानीमस्माभिरेतादृशस्य प्रलोभनं विधेयमिति लज्जिना: पुन: प्रनिनिवृत्ता इति पौराणिकी कथाप्रथा || On विलोभयन्त्य: see *supra* note on तर्वाविसेसपरिसङ्कि्दस्स महेन्दस्स p. 4. l. 3.

P. 10. ll. 7-10.—अस्या: &c. Translate : 'In the creation of her was the moon of lovely brightness the procreator [or] was it Madana himself that excels in the graces of love? [or] was it the Month that is a treasure of flowers? [For] how could an old ascetic, made stupid by the study of the Veda and from whom all desire for pleasure had departed, have produced this beauty that enraptures the mind?' कान्तप्रभ: must be taken with चन्द्र:, in the sense of 'of loved beauty.' The Month alluded to is Chaitra, the best part of spring. Conf. Kâtavema : अस्या: सर्गेत्यादि | अस्या उर्वश्या: सर्गविधौ निर्माणकर्मणि प्रजापनिर्विंधाना कान्तप्रभश्चन्द्र: अभून्नु चन्द्र आसीदित्विकम् | अनेन उर्वश्या लावण्यातिशयो गम्यते | अथवा शृङ्गारैकरस: शृङ्गार: रतिपीर: एक: केवलो रसो यस्य स तथाक्त: मदन: काम: स्वयं प्रजापतिरभून्नु | अनेन अस्या: सौभाग्यातिशयो गम्यते | अथवा तुष्णांद्भुवस्थानरूप: वसन्त: प्रजापतिरभून्नु | अनेन सौरभ्यसौकुमार्यातिशयो गम्यते | मुख्यस्त्वष्टारं नारायणमपहृत्य किमर्थमेवं वित-किंनमित्याशङ्कापरिहारार्थेम् एवंविभश्रुपनिर्माणे तस्यासामर्थ्यं दर्शियानि वेदाभ्यासेत्यादि | वेदाभ्यासजड: वेदाभ्यासेन जडो मन्द: | मलिन इत्यर्थ: | न तु चन्द्रवत्कान्तप्रभ: | विषयव्यावृत्तकौतुहल: विषयेभ्य: शाब्दादिभ्य: व्यावृत्तं निवृत्तं कौतूहलं यस्य स तथोक्त: |

न तु मदनवन् शृङ्गाररसाभिज्ञः | पुराणो जीर्णः सौकुमार्यरहितः मुनिरत्नस्त्री नारायणः मनोहरं लावण्यादिगुणैर्ब्बालामिदं रूपं निर्म्मातुं खतुं कथं नु प्रभवेन्न प्रभवेदित्यर्थः | मनो- हरमिदं रूपमित्यनेन द्योत्यमानस्य राजाभिलाषस्य बीजस्य विन्यासादुपक्षेपो नाम सन्ध्यङ्ग- मुक्तं भवति | सन्ध्यङ्गलक्षणान्यादि शाकुन्तलव्याख्याने कथितानि ||

Kâṭavema it will be observed takes वेदाभ्यासजडः in the sense of 'squalid by the study of the Veda.' Whether, however, we understand the epithet in that sense or in its more apparent sense of 'stupid, deprived of intelligence, by the study of the Veda' it is apparent that in Kâlidâsa's time the study of the Veda (*i.e.* probably the learning it by rote) was not regarded as any more edifying to the mind or the body than it is at present. At the present day the numerous Brâhmans who spend their lives in learning by rote and afterwards repeating the Vedic texts are not credited with much intelligence or much appreciation of beauty, and are spoken of as contemptuously as the King speaks of Nârâyaṇa.

P. 11. l. 2.—अभभवदां. This is a हेतुगर्भे विशेषणम्. 'The king knows, as he commanded them (our friends) not to be afraid.' We must understand that Chitralekhâ being less frightened than her friend Urvas'î, had heard the King when he cried अलमलमाक्रन्दितेन | सूर्यो- पस्थानात्प्रतिनिवृत्तं पुरूरवसं मामुपेत्य कथयतां कुतो भवत्यः परित्रातव्या इति | (see p. 3, ll. 11, 12.)

P. 11. l. 3.—विषादे वर्त्तते scil. सखीजनः.

P. 11. ll. 4-7.—यदृच्छया accidentally. नेत्रयोः पथि स्थिता = " नयन- गोचरीभूता," आर्द्रम् = "निरन्तरसहवासेन सरसं सौहृदं सौहार्दं यस्य सः," Ranganâtha. Kâṭavema :—यदृच्छेत्यादि | त्वया विना सोपि समुत्सुकी भवेदिति सामान्योक्तिर्या आत्मनि प्रतीयमानमौत्सुक्यमारम्भो नाम प्रथमावस्थेति मन्तव्यम् | अत्र बीजारम्भयोः समन्वयान्मुखसन्धिरित्यनुसंधेयम ||

P. 11. l. 8.—आभिजातं, fit to be spoken by a nobly born man. On the exact meaning of this word conf. the following from the *Kuvalayânanda :*

मदानं मच्छन्नं गृहमुपगते संभ्रमविधिः
निरुत्सेकौ लभ्यामनाभिभवगन्धाः परकथाः ।
प्रियं कृत्वा मौनं सदासि कथनं चाप्युपकृते :
श्रुनैःस्यन्तासाक्तिः पुरुषमभिजातं कथयति ॥

अथवा चन्दादौ आमिभांने किं एथ्य अच्चरिथं. 'And it is but right; for
what wonder is there that ambrosia should drop from the Moon?'
एथ्य = अन्न = आसिमन् viz. चन्द्रादमृतामिस्याःसिमन्. The notion that the Moon
is the source of ambrosia is as prevalent in Sanskrit literature as
that the head of a high-caste elephant produces pearls. It is
likely that the notion owes its origin to the identification of the
Moon with Soma, the favourite drink, the ambrosia of the Gods.

अदौ एव्व viz. because the सखीजनः is समुत्सुकः णं पेख्खिदु, scil.
सखीजनम्.

P. 12. ll. 3, 4.—प्रत्यागतप्रसादं चन्द्रमिवोपप्लवान्मुक्तम्. The Moon when
eclipsed is regarded as being in great distress. The people
therefore get on the top of a prominence in order to get a sight
of her as soon as she is freed from the spot, and the anxious
spectators show their gladness at her liberation by shouts.

P. 12. ll. 5-8.—पेख्ख. Chitralekhâ means to direct the attention
of Urvas'î to Rambhâ and the other friends who are looking for-
ward to them as they were approaching. Urvas'î, however,
though she understands Chitralekhâ, nevertheless looks at the
King and says समदुःखौ पिवहन्न मं णयणेहिं a speech that may apply
equally to the King and to her friends. This she does in order
to attract Chitralekhâ's attention to her feeling as regards the
King. In this she succeeds; for Chitralekhâ marks that instead
of looking at their friends Urvas'î looked at the King, and
asks अयि कीं ? a question indicating that she (Chitralekhâ) has be-
come aware of Urvas'î's state of mind. Urvas'î at last answers
सहिजणो 'the friends', meaning Rambhâ and the others.

P. 12. ll. 9, 10.—विसाहासमीनगदी. In another place the poet re-
fers to the moon accompanied by the Chitrâ constellation. See

Raghuvaṁs'a I. 46. Both Chitrâ and Vis'âkhâ are constellations which appear near the moon when the sky is bright and they shine brightly, viz. during the months of April and May. Possibly there is a double meaning intended in चित्त्रलेहादुदीथं, which may also mean accompanied by the constellation Chitrâ; so that the whole may mean, 'Here comes the Royal Sage taking with him Urvas'î who is accompanied by Chitralekhâ, like the Moon rising with Vis'âkhâ which is accompanied by the less shining Chitrâ.' लेखा means a phase of the moon, a streak of light.

The constellations Chitrâ and Vis'âkhâ supply two of the modern names of the twelve months in Sanskṛit, as other constellations supply those of the others. These names may be called the astrological names of the months. The ancient names of the twelve months are the following and in their order, beginning from chaitra मधु (चैत्र), माधव, शुक्र, शुचि, नभस् (or नभ), नभस्य, इष, ऊर्ज, सह, सहस्य, तप and तपस्य, embodied in the following couplet of S'rîpati in his *Ratnamálá*: मधुस्तथा माधवसंज्ञकश्च शुक्र: शुचिश्चाथ नभोनभस्यौ । इषस्तथोर्जिश्च सह:सहस्यौ तपस्तपस्याविति ते क्रमेण ॥

P. 13. l. 3.—सुष्ठु भणासि &c. 'you speak rightly; for the demons are difficult to defeat.' Sahajanyâ means that the demons are so powerful that there is reason to rejoice that the king has returned unhurt.

P. 13. l. 6.— चक्रोद्धातं रूपयित्वा. 'Showing that he (the king) was jolted.' Observe that the stage-directions in Sanskṛit are not for the characters but for the actors who represent the characters. Thus we have चक्रोद्धातं रूपयित्वा showing as if he was jolted instead of चक्रोद्धातमनुभूय.—हन्त &c. 'Ah, this descent on a rugged surface (विषम) has compensated me,' viz. by bringing his shoulder in contact with the shoulder of Urvas'î. Bollensen's is the only one of the existing editions that correctly read the passage with us. All the others wrongly read विषयावनार: !

P. 13. ll. 8, 9.—रथसंक्षोभात्, 'owing to the jolting of the car-
riage.' "निम्नोन्नतेषु स्यन्दनोपघातान्," Ranganâtha. Translate : ' Be-
cause owing to the jolting of the carriage this [my] shoulder
is touched by the shoulder of her of the round middle, in such
a manner as to cause my hair to stand erect [with the emotion
of love] like so many young sprouts of the tree of love.'

Conf. Kâṭavema : यदयमित्यादि । यद्यस्मात्कारणान्ममांस: रथसंक्षोभात् रथस्य
पादशिलापतिघातान् ...... दक्षिनश्रेण्या: अंश्विना रमा [= मया ? or मनोरमा ?]
(he appears to have read differently the second pâda) श्रोणी यरया:
सा तथोक्ता तस्या: अंसेन सरोमविक्रियं सरोमांच यथा भवति तथा स्पृष्टा: ।
तस्मादुत्तफल इति संवन्ध: । कीदृशेनांसेन । भङ्कुरितं मनोभवेन उदितमानन्देनेव ।
अत्र सरोमविक्रियं स्पृष्ट इत्यनेन बीजस्य बहुली करणान् परिकरौ नाम संध्यङ्गमुक्तं
भवति ॥

सरोमविक्रियम् is an adverb.   And so is भङ्कुरितम्, which, however,
being a participle takes an instrumental of agency.   The words
भङ्कुरितं मनसिजेनेव refer to the conventional figure of speech which
describes Love (Madana) as a tree the seed (the बीज as Kâṭavema
quoted before has called it) of which is sown when the par-
ties meet, which puts forth its sprouts when they come in
closer contact, and so on till it flowers when the union takes
place. See *Mâlavikâgnimitra* Act IV. St. 1.

P. 14. l. 3.—सव्रीडम्, because she came in violent contact with
the king through the jolting.

P. 14. l. 8.—श्रीरिवार्तवी 'like the beauty of the season,' *i. e.*
vernal beauty. The comparison is that as before the arrival of
spring plants and creepers are leafless and flowerless, and there-
by appear faded but are clothed in freshness again at the re-
turn of that season, so the appearance of Urvas'î whose loss had
distressed her friends will now be rejoiced at at meeting her
again.

P. 14. l. 10.—दिट्ठिभा..... वद्वादि. Conf. Ranganâtha : "दिष्ट्यानन्दे ।
तथा नागदत्सागरः । दिष्ट्यानन्दने दिष्ट्यागूर्वो वर्षेनिद्दस्सौ इति" ॥

P. 15. 1. 1.—पीडितं. An adverb.—ण खु मे भासा भासि. 'For I had no hope that.'

P. 15. 1. 4.—कप्पसदाइं पालभन्तो होतु. *i.e.* 'may Your Majesty live long.' कप्पसदाइं is literally 'for a hundred kalpas,' a *kalpa* being a fabulous period of time equal to 1000 yugas.

P. 15. 1. 5.—पूर्वस्यां दिशि, because Indra resides in the east and Indrapurî lies in that quarter. As सद्रत्नकाञ्चनमयं शिखरत्रयं च मेरौ मुरारिकपुरारिपुराणि तेषु । तेषामध: ज्ञानमखबलनान्तकानां रक्षोम्बुपानिलशशीद्रयपुरा-णि चाष्टौ ॥ *Siddhánta-S'iromaṇi, Bhuvanakos'a.*

P. 15. 1. 7.—अवरोहणि शीलामम्. It will be remembered that the king and the Apsarases are on the Hemakûṭa. Chitraratha comes up where they were. Hence अवरोहणि शीलामम्.

P. 16. 1. 2.—चित्ररथ:. The name of the King of the Gandharvas. In later mythology the Gandharvas are the husbands and the protectors of the Apsarases. And hence it is probably that Chitraratha their King was commissioned by Indra to rescue the nymphs. The Gandharvas are also the guards of Heaven.

P. 16. 1. 6.—हस्तौ स्पृशत:. This is not at present a mode of saluting or congratulating among the Hindus. But in ancient times touching or shaking or holding by the hand *was* such a mode of expressing joy when two friends met. Conf. समुत्थाय गोपाज्ञान्हास्यहस्तग्रहादिभि: विश्रान्तं सुखमासीनं पप्रच्छु:. पर्युपागता:. *Bhágavata Sk.* X. 65. 5 ; also *ibidem Sk.* I. 11. 22.

P. 16. 11. 7-11.—चारणेभ्यस्त्वदीयं जयोदाहरणं श्रुत्वा. The Châraṇas are still a caste in Guzerath, who go about singing eulogistic songs, like their brother-caste the Bhârotyas or Bhâṭs. Last year's events at Baroda were in the songs of the Châraṇas not long after they occurred. Conf. *Raghuvaṁs'a* II. 12.—जयोदाहरणम्. A panegyric in verse beginning with some such word as जयति and ornamented with alliterations and containing the eight cases. For the *Pratáparudra* defines it thus :

येन केनापि तालेन गद्यपद्यसमान्वितम् ।
जयत्युपक्रमं माञ्जिन्यादिप्रासविचित्रितम् ।
तदुदाहरणं नाम विभक्त्यष्टाङ्कसंयुतम् ॥

P. 17. ll. 1-2.—अभिसृष्टा = दत्ता.—मरुत्वते = इन्द्राय. Indra is called Marutvân because he is, as the Vedic poets say in their hymns, accompanied by the Maruts—certain gods, the gods of storms. The Maruts aid him according to the Vedic hymns in achieving his exploits over the powers of darkness. In later Sanskṛit मरुत् has become the common name of any god, and is synonymous with देव.

P. 17. ll. 4-7.—Ranganâtha : वीर्यं पराक्रम: । पक्षे भवा: पक्ष्या: पार्श्ववर्तिन: । पक्षः पार्श्वंगरुत्साध्यसहायबलमित्त्विति त्रिकाण्डी । द्विषत: शत्रून् । वसुधाधर: पर्वत: । कन्दरा दरी । विसर्पी (he appears to read कन्दराविसर्पी) प्रसरणशील: । प्रति-शब्द: प्रतिध्वनि: । हरे: सिंहस्य । नागान्गजान् । हिनस्ति मारयति ॥

P. 17. l. 8.—अनुत्सेक: खलु विक्रमालंकार: 'For modesty is the ornament of valour.'

P. 18. ll. 1-3.—महाराभस्स किर्त्तिं महिन्दलोअं णेदुं 'to take Your Majesty's fame to the world presided over by the great Indra,' i.e. to return to heaven.

P. 18. l. 4.—गम्यतां पुनर्दर्शनाय. This is not an invitation for them to see him again as the words, if literally rendered, would show, but is only a form equivalent to 'good bye.' It is both rude and ominous to say simply गम्यताम्. See p. 149 l. 2 and note thereon.

P. 18. l. 6.—उन्नतनभङ्गं रचयित्वा । अम्हे &c. The poet causes this obstacle to Urvas'î in order to give her an opportunity of taking a last and parting glance of the king.

एभावली (=एकावली) is a long gold or pearl neck-lace reaching up to the feet, such as is seen on the large statues of gods in the caves of Badâmi. The word literally means 'consisting of single links ' scilicet mâlâ. And as such a single-linked neck-lace is very delicate, Urvs'î shows anxiety to extricate it from the brambles. In a figurative sense *ekávalí* signifies a figure of speech in which there is a congeries of single terms one running into another. Thus the *Kuvalayánanda* has : गृहीतमुक्तरीत्यार्थश्राणिर्-कावली मता । उदाहरणम् । पुराणि यस्या सत्राङ्गनानि वराङ्गना हृपर्यरिष्कृताङ्गच: । रूपं समुन्मीलिनसाद्विलासम् अस्त्रं विलासः कुसुमायुभस्य ॥

P. 19. l. 1.—दुम्मोभा विभ मे पडिहादि. It will be observed Chitra-lekhâ says this सस्मिनम् 'smilingly.' She means jokingly to say that Urvas'î is fallen in love with Purûravas. Kâṭavema : दिढं खु लग्गेत्यनेन उर्वैद्द्यामनस्यंगी (?)नाम द्विनीयानस्था सूचिना ।

P. 19. l. 3.—एदं अत्तणो वभणं scil. दिढं खु लग्गा दुम्मोभा विभ मे पडि-हादि । ... जदिस्सं ... ।

P. 19. l. 4.—मोचनं नाटयति, 'extricates' not 'pretends to ex-tricate.' The direction is to the person who represented Chitra-lekhâ, not to the character of Chitralekhâ.

P. 19. ll. 6-9.—अगाङ्नेत्रा 'having large eyes,' 'large-eyed.' Literally 'whose eyes reach the ears.' This is one of those ex-aggerated expressions which abound in classical Sanskṛit. Conf. कुम्भस्तनी, 'having breasts as large as a kumbha—pitcher of water' where however all that is meant to signify is 'large-breasted.' अगाङ्नेत्रा does not mean 'looking back towards the ear,' or ogling, but simply large-eyed, आयताक्षी. Conf. चक्षुरायतं p. 8. l. 5.

On this stanza Kâṭavema observes : अत्र बीजस्य दृढीकर[णेन] अवरन्यास हति संध्यङ्गमुक्तं भवति । तन्त्रैव अर्थानुकूल्येन सुखार्तिर्गम्यमानत्वात् प्राप्तिनर्म संध्यङ्गमुक्तं भवति ॥

P. 20. l. 2.—वायव्यमस्त्रम्. वायुदेवतास्त्रेति वायव्यमस्त्रम्, 'your missile presided over by the god Vâyu.' Probably a missile that was sent off with a *mantra* or incantation from the Veda addressed to the god Vâyu. In post-Vedic times verses originally ad-dressed as simple prayers to the gods came to be used as charms and incantations, and were believed to be of magic effect under the powers of the deity to which they referred.

P. 20. l. 7.—अहो &c. Kâṭavema : अहो नु खलु दुर्लभाभिनिवेशि मन:
(he apparently reads मन: for मदन:) इत्यत्र बीजस्य अनुसंभा[न]वत्त्वं
......आदानं नाम संध्यङ्गमुक्तं भवति.

P. 20. ll. 8-11.—पितु: पदं मध्यममुत्पतन्ती, 'flying up into the
middle region of her father, *i.e.* 'into the sky.' पितु:, नारायणस्य,
referring to the identification of the sage Nârâyaṇa with the
God Vishṇu. And the sky is the third region of Vishṇu. For
in the hymns of the Ṛigveda the sun or the sun-god is poeti-
cally described as traversing the universe in three strides or
paces (पदानि); these being *first* the rise of the sun on the
horizon, *second* the ascending on the highest part of heaven
at mid-day (परमं पदम्) and *third* the setting in the west in the
evening. Vishṇu was originally only a name of the sun, and
it is merely a figure of speech to speak of the firmament as
being the middle stride or pace of the sun. Vishṇu being
subsequently elevated into an independent deity he naturally
retained all the poetical concepts that belonged to him when
he was only a form of the sun-god. Hence he came to be called
Trivikrama, that is, 'three-paced,' an attribute which as we have
already seen, belongs the sun-god. Then the ancient Ṛishi
Nârâyaṇa having been identified with Vishṇu all the attributes
and poetical concepts of the latter are assigned to him. Hence
comes the sky to be spoken of as the middle pace (मध्यमं पदम्)
of Urvas'î's father. See *Vedârthayatna* Maṇḍala I. hymn 22
vers. 16-20 and notes *ad. loc.*

On the periphrastic name पितु: पदं मध्यमं for आकाशम् see *Raghu-
vams'a* XIII. I, where, however, ' आत्मन: (= विष्णो:) पदम्' signi-
fies the sky without the adjective मध्यमम्, but with the adjective
शब्दगुणम्. See our note *ad. loc.*

Conf. Kâṭavema : एषा मन इत्यादि । एषा सुराङ्गना पितुर्नारायणस्य मध्यमं
पदमाकाशम् उत्पतन्ती उद्गच्छन्ती सती मे शरीरान्मन: चित्तमाकर्षति । अत्रोपमामाह ।
राजहंसी खण्डितात्प्रात् मृणालात् बिसात्सूत्रमिव तन्तुमिव ॥

तन्नुमिवेत्यत्र राज्ञो वृद्धमनःसङ्गो नाम द्वितीयावरथेत्यनुसंधेयम् ।

अत्र उर्वइयादिनिर्गमेन वस्तुविच्छेदे सति राज्ञो मनःसङ्ग उत्तराङ्गवस्तुपर्योगिल्वाद्वि-न्दुरित्यनुसंधेयम् । अत्र उपक्षेपादिषु संध्यङ्गेषु कानिचिदेव कविनोक्तानि न वितराणि । तथापि न दोषः । नूनमप्यत्र यैः केश्चिदङ्गैर्नाटयं नटयिष्यन्ति(sic नटिष्यति ?) । यद्युदात्तेषु संगतिराभा[प]यति (?) तद्विद इति वचनात् । अत्र उदात्तनायकस्य राजर्षेः पुरूरवसः साधारणनायकायामुर्वइयामनुरागो वर्णयितुमनुचिनमिति नाङ्गनीयम् अस्या दिव्यत्वात् । यथोक्तं वसन्तराजीये । या काचिन्नायिका राज्ञः सा दिव्या स्यान्न भौमिकेति । तथा च भारतीये । दिव्यवेइयाङ्गना[भ्या च] राज्ञो भवति संगमः । वाच्यापि वेइया साप्यत्र यथैत्र, कुलजा तथा । यदा मानुषसंयोगो दिव्याना याविता भवेत् । तदा सर्वत्र कर्तव्या ये भावा मानुषाश्रयाः । कार्यो मानुषसंयोगः तथा चैवर्विणम्(sic.) । पुष्पैर्भूषणजैः शब्देरदृइया सा विलोभयेत् । पुनःसंदर्शेनलब्ध क्षणादन्तर्हिता भवेत् । दिव्याभरणमाल्यादैलेखसंप्रेषणैरपि । इंदृद्यैरभ्युपगमैः समुन्माद्यस्तु नायकः । उन्मादनात्समुत्पन्नः कामो रतिकरो भवेत् । स्वभा-वैपगतो लोके नात्यर्थे भावितस्तथा । ये भावा मानुषाणां तु यद्व्रतं यच्च चेष्टितं तत्सर्वं मानुषीं(sic. षं ?) प्राप्य कार्यं दिव्यैरपि द्विजाः (sic.) ॥

This long quotation is intended by Kâtavema to show that our poet has followed the conventional rules of composing a drama laid down by authors on dramatic literature. It would, however, be more correct to say that the hard and fast rules were derived from plays like ours than that the poets slavishly followed the laws arbitrarily laid down for their guidance by the critics.

सुराङ्गना ' this goddess.' See note suprâ to p. 3. l. 1.

वस्पतन्ती. So the राजहंसी too flies up into the air carrying the film from the stalk of the waterlily. The epithet खाण्डतायात् is intended to make the comparison fit by rendering the stalk of the lily resemble the शरीरम्.

Act II.

P. 21. ll. 1-5.—निमन्तणेक्कपरवसो बम्हणो विश्र, 'like a Brâhman totally engrossed in the thought that he has received an invita-

tion to dinner.' Vidûshaka means that the secret which the
king has entrusted to him threatens to burst out (lit. he is go-
ing to burst with the secret) just as the fact of a Bráhman
having received an invitation to dinner bursts out from him.
Bráhmans of the class to which Vidûshaka belongs—in fact all
Bráhmans except such as are not priests by profession—lead a
life of idle dependence and generally live upon others. They
will daily wait sometimes two or three hours after the usual
hour of the meal is passed to see if any one invites them.
And when there is no hope of any one calling them they then
have their meal prepared at home and eat it late in the after-
noon. Many men, thinking it leads to the acquisition of reli-
gious merit, invite such Bráhmans. The food these generally
eat at home is of the coarsest and poorest kind. And when
they receive an invitation such as is referred to in this passage
—a special invitation to a feast where the food is rich and
plentiful, a feast given for instance on the occasion of an annual
S'râddha,—their joy knows no bounds. They then cannot con-
tain the good news within themselves but must perforce com-
municate it to others. The result is that where a man has in-
vited ten Bráhmans fifty will flock to his door hours before
the meal-time. And it is by no means a rare sight to see that
the door of a house where a feast is to be given is closed
from a very early hour (the doors of houses inhabited are
never shut usually in India as in Europe) and strongly watch-
ed to prevent the uninvited intruders battering it and forcing
their entrance as they often do into the house, where they
would be safe after once entering as it is thought impious to
send away a Bráhman without dinner when he comes into your
house.

Kâṭavema : कविरिदानीमङ्कुमारभमाण : कथासंपुटनार्थे प्रथमं प्रवेशकं प्रस्तौति ••••
हो हो भो णिमन्तणिक्करदव्वसो बम्हणो विभ राभरहस्सेण उग्घाडिअमाणो ण सक्कुणोमि आकिण्णे

अत्तणो जीहं रक्खिदुं ॥ हीहीति विदूषकहर्षनिपातः हीही वैदूषक इत्युक्तत्वात् । •••• आर्कीणे
जनसंघाते •••••• । He reads विमाणपडिच्छन्दपारिसरे for our विमाणुस्सक्कारिसरे
and observes प्रतिच्छन्द इति तस्य प्रासादस्य संज्ञा. Whether it is विमाणुस्सक्क
or विमाणपडिच्छन्द, it is the name of a palace. आर्कीणे is used in
our passage as a substantive in the sense of 'crowd.'

'परिक्रम्य' 'going about,' 'having walked about.' This means
that Vidûshaka moved about on the stage in order to show that
he proceeded to the palace called विमानोत्सङ्ग, and when he stopped,
the spectators were to imagine that he has reached it. It
must not be inferred that the way from where Vidûshaka
found himself in the crowd to that palace was a circuitous one;
but the particle परि has reference to the necessarily small size
of the stage on which he could only *walk about* to show that
he proceeded to the palace.

P. 22. ll. 1-6.—देवीए कासिराजसुत्तीए 'by Her Majesty the daughter
of the king of Kâs'î.' The Queen is meant of course.—मभवदी
भक्कस्स उवस्थाणं करिअ पडिणिवुत्तो. See note to p. 3. l. 11.

तस्स विअव्वअस्सादो अय्यमाणवअभादो 'from his dear friend the Brâhman
Mânavaka.' तस्स = अज्जउत्तस्स.

कहं खु मए बम्हबन्धू अदिसंवेश्रो. 'But how shall I overreach that
wretch of a Brâhman'; 'trick the secret out of him.' बम्हबन्धू is said
here in contempt of Vidûshaka. All Brâhmans following what
occupations soever were not equally honoured even in ancient
times.

परिक्रम्य This is intended to show that she is looking about
and searching for him.

आलिहिदो वाणरो विअ *i. e.* like a monkey drawn in a picture, like
the picture of a monkey. So motionless.

'किंपि तुण्हीभूनो,' 'sitting silent owing to some cause or other.'
See below p. 35. l. 7 and our note *ad. loc.* किंपि does not mean
'somewhat,' because he was so perfectly silent and quiet as to

·resemble a picture and not a living being. Of the word मन्तयन्तीं which the European and the Calcutta Editions all read after किंचि there is no trace in Kâṭavema nor in our eight Mss. except one not the best, and which may have had it inserted from one of the printed texts. The simile आजिदिंदो वाणरो विश ought of it-self to throw suspicions of spuriousness on the addition of that word, which may have been suggested by the words किंचि.

P. 23. ll. 3-5.—तं राअरहस्सं = तत् राजरहस्यम् 'that secret of the king,' which the king has communicated to me. Mark the form तं, formed from the more frequent forms of सो such as ते &c. on the analogy of neuter adjectives from masculine adjectives, instead of being derived or corrupted from तत्. This तं which must have been pronounced originally as तं the accus. sing. of स mas. before र or स or ह, and then simply त with a nasalization, is the direct origin of the Marâṭhî neuter तें, the evolution of which out of the latter pronunciation is easily understood when we call to our aid the Konkani neuter तां as in तां पाणी instead of तें पाणी.

संगीदवावारं उज्झिअ कहिं पथ्थिदासि. Nipuṇikâ was not a mere slave, but a servant girl whose duty it was to learn to sing and dance as much as to attend upon her mistress the Queen.

P. 24. l. 1.—किं तत्तहोदी आणवेदि, 'what are the commands of Her Majesty?' Though it may be a request, the message of a person of high rank is spoken of as a command. The question really means 'What does Her Majesty say?' In our own day we have expressions like आप साहेब हुकूम करीछो तेम, 'as your Honor commands' i.e. says. Correspondingly the words of a subordinate or of one of lower rank even when no request is meant but a simple statement of facts is always spoken of as an arja i.e. an humble petition: हूं अर्ज अहूं छूं के. (Conf. suprá p. 18. l. 1. उव्वसी विण्णवेदि instead of कहेइ or भणादि). In a similar manner the presence of a great man is expressed by a high word which means 'shines brilliantly' (विराजने, विराजेछे Guz.) while that of a low man by a word which means 'is dead'! E. g. श्र गाममां कोय भंगी मुवे छे के नहीं? 'Is there a Bhangi (an out-caste, a sweeper) dead in this village or not?'= 'Does there exist a Bhangi in this village or not?'

P. 24. ll. 2, 3.—देवी भणादि &c. None of our Mss. give the reading of the existing editions देवी भणादि जधा अब्जस्स मम उवरि भदाब्बिण. This use of the particle जधा does not appear to be quite Sanskrit, certainly not to accord with the style of Kâlidâsa. Then again nearly the same may be said of अवलोभदि which they read for उवेब्खदि. Kâṭavema has: देवी भणादि सदावि भब्जो मइ वख्खवादी ण कदावि मं भणुभूदेनेदगं सुदुब्बिखदं उवब्बिखदीत्ति।

Translate as the reading stands: 'Her Majesty says you have always been her friend and that you never neglect her when she is in distress owing to any unusual suffering.' Nipuṇikâ means that the Queen is now suffering from such a distress, and that he ought to assist her on this occasion too. The trick is wholly Nipuṇikâ's own, as all she was told to do by her mistress was to learn the cause of the King's coldness towards her (the Queen) and she was only a while ago thinking how best she might deceive Vidûshaka out of his secret.

P. 24. l. 4.—किंवा &c. 'May it be that my friend has done anything to offend Her Majesty?'

P. 24. ll. 5, 6.—जंणिमित्तं, = यस्या निमित्तेन 'on account of whom.' This too is Nipuṇikâ's own trick.

P. 25. ll. 1-4.—जीहाजन्तणेण; lit. 'by restraining my tongue' i.e. by making the strong effort which I have to make in order to keep the secret. Vidûshaka means that it causes him pain to make the necessary effort to keep the secret.—विणोदविमुहो मंपि दिढं पीडेदि 'averse to recreation he very much troubles me too.' It is the duty of Vidûshaka to keep the king in good humour, but owing to the latter's love for Urvasʼî nothing that Vidûshaka can do pleases him. Hence his trouble.

32   NOTES.

P. 26. ll. 1-2.—णिष्णवेहि तत्तभोदिं, 'inform Her Majesty.' The
existing editions and reprints read this speech thus : णिज्जिए
विण्णवेहि मम वअणेण कासिरागदुहिदरं | परिस्सन्तोम्हि इ मए मिअनिण्णाए
णिगवगस्सं णिवत्तावेदुं | जदि भोदीए मुहकमलं पेक्खिदस्सदि तदो णिभत्तिरसदीति.
It is necessary only to observe that परिस्सन्तोम्हि णिवत्तावेदुं either in
the sense of 'I am too tired to bring him back,' or in that of
'I am tired by trying to bring him back,' does not ap-
pear to be correct Sanskṛt. Secondly, the message Vidûshaka
sends would be almost absurd, since the complaint of the
Queen is not that the King does not see her (her lotus-like
face as Vidûshaka gallant-like puts it) but that he is cold. It is
cold consolation, therefore, to the Queen that Vidûshaka should
send word to her that when the King sees her he will give up
his chase of the mirage. None of our eight Mss. countenance
the reading. Kâṭaveina has : णिज्जिए विण्णवेहि तत्तहोदीए | जदिस्सं दाव
मिअतिण्हाअदो णिव्वत्तेदुं वअस्सं तदो देविं पेक्खिदस्संति, which almost wholly
agrees with our text.

P. 26. ll. 6-9.—आ लोकान्तान्. Observe that the words आ लोकान्ता-
स्मंतिहतलमौवृत्तिरासां प्रजानाम् must be referred both to the sun and
to the king, literally in the former case and figuratively in the
latter where प्रतिहतलमौवृत्ति: means 'having suppressed crime and
wrong.'

Conf. Kâṭaveina :—आ लोकान्तादिग्यादे | आ लोकान्तालोकरयान्त: तस्मादा
लोकपर्यन्तमित्यर्थे: | आसां प्रजानां प्रतिहतलमंवृत्ति: प्रतिहता निरस्ना तमसो ध्वान्त-
स्य तमोगुणस्य च वृत्ति: व्यापारो येन स तथोक्त: दिनकृन: सूर्य[य] च अधिकारो
नियोग: तुल्योयोगः समानव्यापार: तस्मात्कर्मे न: संमत: | किं च द्योनिषा विषामाधि-
पति: सूर्य: इति मध्ये क्षणमात्रं निष्ठाने | आस्ते | सूर्यो मध्याह्ने क्षणमात्रं विश्रम्यतीति
पौराणिकप्रसिद्धि: | ह्वमति दिवसस्य षष्ठे भागे भोद्वा विभक्ताडोषांशे(sic)आत्मनश्छन्दयतीं
स्वेच्छावतीं स्वतन्त्रदितहासे | तथाचोक्तं वरदराजीये राजधर्मे | दिवसस्याटमं भागमुक्त्वा
भागत्रयं तु यत् स कालो व्यवहाराणां शास्त्रदृष्ट: पर: रमृन: दिवसमष्टमभागं कृत्वा
मध्यमभागमग्निहोत्रार्थं ब्राह्मणतर्पणार्थमुक्त्वा अनन्तरं भागत्रयं व्यवहारकाल इति | तथा
च मनु: | इनार्गिं ब्राह्मणानच्ये(sic)मविद्वांस्सुशुभा सभामिनि | अनन्तरकालकर्तव्यमाह

याज्ञवल्क्यः | व्यवहारास्तमी दृष्ट्वा स्नात्वा भुञ्जीत कामत इति | तदनन्तरकालकर्त्तव्यमाह मनुः | भुक्त्वाचिविहरेच्चेव स्त्रीभिरन्तःपुरे सहेति ॥

Translate: 'Thy power and that of the sun appear to us to do similar work—thine driving away the criminal tendencies of these thy subjects beyond the confines of the kingdom as that of the sun drives away the darkness in which the people are beyond the limits of the world. This lord of splendors, (the sun), stands, a moment in the middle of the sky, and thou too followest thy own will, at the sixth division of the day.'

P. 27. ll. 3-4.—Construe: मकरकेतोः अवन्ध्यपातेन बाणेन कृतमार्गे [यत्] मे हृदयं [तत्] सा सुरलोकसुन्दरी आ दर्शनात् प्रविष्टा [अस्ति] ॥—आ दर्शनात् 'ever since I saw her.'—कृतमार्गम् = विद्धम् 'in which a breach was made, [as if for her to enter], by the unmissing shaft of the Makara-bannered [Cupid].'

P. 27. l. 5.—नवरिसणी कासिराभउत्ती, 'the poor daughter of the King of Kâs'î.' See *Mâlavikâgnimitra* p. 67 l. 2 and our note *ad. loc.*

P. 27. l. 6.—रहस्यनिक्षेपः, 'the secret entrusted to you.' Literally, 'the deposit of the secret.'

P. 28. ll. 7-8.—पञ्चविहस्स. Conf. Kâṭavema: " अस्यवहारस्य पञ्चविधत्वं भस्यभोज्यलेह्यचोष्यपानीयभेदेन." Things to be chewed and then eaten (भस्य) like bread 2 Things to be eaten without chewing (भोज्य), such as rice. 3 Things to be licked (लेह्य) like thin liquid condiments such as what are called रायतीं in Marâthi. 4 Things to be sucked (चोष्य) such as mango-pickles. 5 Things to be drank (पेय) such as milk.—विणोदेदुं infinitive used passively, 'to be driven away,' 'to be removed.' Conf. Ranganâtha: शक्यं श्वमांसादिभिरपि क्षुधमनिहन्तुमिति महाभाष्यकारप्रयोगादुत्कण्ठा विनोदयितुं शक्यामिति साधु.

P. 29. ll. 1-2.—दुर्लभप्रार्थनः = दुर्लभं प्रार्थनं प्रार्थितं कामः यस्य सः 'desiring an object difficult to obtain.' आत्मा 'my self.' Mark that the root विनोदय् is used in the sense of to divert, to entertain, to

please, whereas in the previous speech it is used in its literal
sense of driving, removing (दूरीकर्त्तुम्).

P. 29. l. 3.—णं भवं &c. 'Has not Urvas'í seen you?' Liter-
ally, 'Have you not been within the range of Urvas'í's sight?'
This question is suggested to Vidûshaka by the epithet दुर्लभ-
प्रार्थन: in the previous speech. By asking the question Vidû-
shaka means to say, that if Urvas'í has seen the king she
must have fallen in love with him, as he is so good, great
and lovable. तर्कयामि । यतस्त्वमेतादृशी निर्वचनीयसौन्दर्यंस्तादृक्तरथं गनखेद्
न्ययि बद्धभावा सा न तै दुर्लभानि भाव: । ० ० ० To this the king replies that
it is only Vidûshaka's kindness and love for him (the king)
that makes him think him a fit object of Urvas'í's desire; in
fact, however, he is not, he thinks, worthy of her. पक्षगातोयमवनार्धे-
नाम् = 'you must know that this viz. that you say ण खु सा दुलहा
is [suggested by] your affection for me.'

P. 29. ll. 7,8.—वड्ढिदं मे कोदूहलं, 'my curiosity is increased.'
Vidûshaka means he is astonished to hear Purûravas speak so
highly of Urvas'í.—अहं विअ विरूवदाए &c. 'what? Is Urvas'í with-
out a peer in beauty as I am in ugliness?' Vidûshaka is always
so ugly and deformed that, as Nipuṇikâ has already told us, he
looks like a monkey. He himself says he looks like a monkey.
See infrá p. 145 l. 13 अस्समवासपरिचिदौ एत्थ साहमिभी. See also Mála-
vikágnimitra Act IV.   साहु रे विन्भळवाणर साहु । परिचारौ तुए सव्ख्बो,
p. 87. ll. 11, 12 and our note thereto.   The text from l. 3,
णं भवं &c., up to l. 8 विरूवदाए is exceedingly corrupt in all the
existing editions including Lenz and Bollensen. The speech
पक्षगात: &c., and that which follows are especially corrupt there.

P. 30. ll. 1-2.— माणवक &c. 'Mâṇavaka, I assure you, it is
impossible to describe her beauty fully as to all her limbs.
Hear me, therefore, I will describe her as a whole.'

P. 30. ll. 5-6.—आभरणस्य &c. Kâṭavema :—" आभरणस्येंत्यादि । तस्या
र्व्हिया रघु: आभरणस्य हारकेयूरादेराभरणं मण्डनम् । एतत्संबन्धेन (i.e., उर्वश्यां-

वपु:संबन्धेन) आभरणस्यापि शोभातिशायो भवतीत्यर्थ: । प्रसाधनविधेश्चन्दनचर्चादे:
(*i.e.,* = चन्दनलेपनादे:) प्रसाधनविशेष: । उपमानस्यापि चन्द्रादेरपि प्रत्युपमानम् ।
चन्द्रादय: कीदृशा इति जिज्ञासायाम् उर्वश्या मुखा[द्य]वयवास्तेषामुपमानानि भवन्तीत्यर्थ: ।
वपु:श्चर्चे नादयवा लभ्यन्ते ॥

Translate : ' Her form is the ornament of ornaments, the de-
coration of decorations, and my friend, the standard of standards.'
प्रसाधनविधि does not mean the *act* of decorating but a decoration,
a thing that is made use of as decoration. The decorations
alluded to are such as sandal-wood paste besmeared on the person
or yellow pigment or saffron applied to particular parts of
the person, and the application of scents. प्रसाधनविशेष: ' the ex-
cellence of decoration' *i. e.* विशिष्टप्रसाधनम् प्रसाधनविशे: = प्रसाधनस्य वि-
शिष्टप्रसाधनम्, ' the excellent decoration of decorations.' That is,
ornaments and decorations beautify other girls, but this one
herself beautifies those very ornaments and decorations. Other
girls are fair like the moon and soft like the flower, but this
one is the standard to which the moon and the flower are
compared.

P. 30. 1. 7.—दिव्वरसाहिलासिणा चादअव्वदं गहिदं. चादअव्वदं means, ' the
vow of a *Chátaka*,' which even when exceedingly thirsty will
never drink any water lying on earth, but will look up to-
wards the sky and continue crying piteously till it should rain
and the rain drops fall into its mouth. As applied to the
Chátaka bird दिव्वरसाहिलासिणा means 'yearning for heavenly water'
and as referred to the King it means ' yearning for heavenly
love,' Urvas'í being a celestial damsel. The *Chátaka* is not a
fabulous bird. It is a small bird, smaller than the smallest dove,
has a long tail, and combines in itself the black, the yellow and
the white. It has a long crest on its head, of the shape of a
bow with an arrow stretched on it, which is supposed to pre-
vent it from bending its head by coming opposite the beak and
thereby to prevent it from drinking water on the ground—or

any water to drink which the beak is to be lowered, and which crest village mythology says it obtained as a punishment for having in a former life cruelly prevented her daughter-in-law from drinking water because of some trivial mistake. The village myth says she was a harsh and cruel mother-in-law and punished her sons' wife for every little fault. One of the punishments was not to allow her daughter-in-law to drink water when thirsty. One day while panting with thirst the daughter-in-law was ordered to give water to the house cattle in a *Koḷambi* (a long portable wooden trough) but not to drink the water herself. She went to the cattle-shed and after giving water to the cattle she was drinking the remainder herself, when the mother-in-law, who was watching her secretly, observing her suddenly came up, and seizing the *Koḷambi* broke it on the girl's head. The girl died on the spot and the curses of her departing spirit condemned her oppressor to a life of perpetual thirst. The cruel mother-in-law was instantly metamorphosed into a bird and the *Koḷambi* into a crest to prevent her from drinking water. Hence it is the *Chátaka* has to remain thirsty for nine months and anxiously watch for rain-drops falling from heaven. The *Chátaka* has a shrill but not unpleasant cry which resembles the words पावसा गो ! पावसा गो ! Oh rain ! Oh rain ! In the present passage and generally in poet-mythology the idea is that the *Chátaka* will not, not that it *cannot*, drink earthly water. The *Chátaka* is heard crying in the rainy season.

Ranganátha quotes : दार्वीघाटस्नुसारङ्करस्तोककरुथातकः समा इति त्रिकाण्डी. The additional words ता दाव तुमं कहिं पश्थिदो are given only by two of our Mss. and omitted by all the others. Kátavema has them : ता कहिं दारिण पश्थिदोसि.

P. 30. l. 8.—निविक्कादूने &c. The King does not mind Vidúshaka's remark, and asks him to go with him to the " Pleasure-Garden," to which he asks him to lead the way. मार्गमादेश्यतु does not mean that the King did not himself know the way thither ; but Kings and great men never go out alone and their attendants go forth before them to clear the way for them. And मार्गमादेशयतु simply means 'clear the way to the Pramadavana,' 'go with me to &c.'

On प्रमदवन Ranganâtha quotes : ' स्यादेतदेव प्रमदवनमन्त:पुरोचितमिति [त्रिकाण्डी] ' |

P 30. ll. 10-12.—का गती 'what escape [is there] ?' I must do so.—एदेण, &c. 'This breeze, as if deputed by the Pramadavana, comes forward to meet you, its guest' The words भवं आगन्तुभो, so clear and beautiful, have given way to an exceedingly corrupt reading in all the existing editions except Bollensen's (who however misreads आगन्तुणा for आगन्तुभो). The simple word भवं has been miscorrected into भवे (=भवेत्!). Kâṭavema however reads with us.

All that Vidûshaka means is this : here is a cool breeze from the south ; it seems to me as though sent forward by the garden (from the direction of which it comes) to meet us and to welcome us its (the garden's) guests into it. ·

P. 31. ll. 1-3.—उपपन्नं &c. 'That is a fit epithet for this breeze.' The epithet referred to is दक्षिण in the previous speech of Vidûshaka, who himself uses it in a double sense (Conf. Ranganâtha : दक्षिणदिगागतेन वायुना अनुकूलेन च) of 'southern,' and ' civil or courteous' especially ' attentive to ladies,' being an epithet usually applied to lovers (दक्षिणा: कामिन:) who even when they are really loving one do not fail to please another sweet-heart by their kindness and attention (दाक्षि꣡ण्यम् .)

The King understands the adjective दक्षिण in the latter sense, being in a condition of mind not fitted to understand it otherwise, and says that the epithet is a proper one. For says he (ll. 2,3),

'Impregnating this Mâdhavî and making the Kauṇḍî creeper dance, he (Vâyu) appears to me like a lover on account of his combining in himself love [to one] and kindness [to another]. Mâdhavî is a creeper, also called Vâsantî, or (as both the names signify, मधु=वसन्त) 'the spring-creeper, the creeper flowering in spring.' The poet means that when the southern breeze blows the Mâdhavî begins to get drops of sweet nectar in its flowers (see below note to p. 33 ll. 8-10 on अतिमुक्त) and the Kaundî, tall and thin, shakes about with the breeze. The former natural phenomenon is invested by the poet with the poetic garb that the nectar drops are semen drops, and the motions of the Kaundî with the poetical notion that they are the movements of a dance. The allusion is to a Kâmî who has two sweet-hearts, one of whom grown up and somewhat elderly, and the other still very young, and who therefore impregnates the latter and pleases the former only by dancing with her. The Mâdhavî is here compared to the young sweet-heart and the Kaundî or Mâghî (i. e. flowering in Mâgha, two months before spring, and therefore somewhat old in spring) to the elderly sweetheart. दाक्षिण्यम् is defined by the *Sâhityadarpaṇa* as दाक्षिण्यं चेट्या वाचा परचित्तानुवर्तनम् 'so conducting one's self in action and speech as to please another.' A Kâmî who pays all kind of attentions to a lady and tries to please her, whatever his failures or offences in the shape of his love to another lady, is called दक्षिण. Conf. *infrâ* Act III. p. 88 ll. 4, 5. अइ मुध्धे अण्णसंकन्तप्णेमाणो णाभरिआ आहिअं दक्खिणा होन्ति | When a Kâmî has more sweet-hearts than one, he sings with one, dances with another, dines with a third and so on, so as to be agreeable (दक्षिण) to all.

There is a somewhat objectionable play on the word स्नेह which means both softness, love, and also *semen*. स्नेह is to be referred to निषिञ्चन्माधवीमिताम् and दाक्षिण्यम् to कौन्दीं नर्तयन्.—योगात् ' owing to the combination of.' स्नेह (in both its senses) and दाक्षिण्य are the chief qualifications of a कामी. Hence स्नेहदाक्षिण्ययोर्योगात्. .

Conf. Kâṭavema : निषिञ्चन्नित्यादि | माधवीं वासन्तीं निषिञ्चन्प्रसवाभानवर्ती

कुर्वन्नेनां कौन्दीं लतां च वर्तयन् (that is what he reads for नर्तयन्) व्यापारयन् स्नेहदाक्षिण्ययोर्योगात् माभव्या स्नेह: कौन्द्या दाक्षिण्यं तयोर्योगात् संबन्धात् अयं वायु: कामीव कामुक इव प्रतिभाति प्रतिभासेन ।

Conf. Ranganâtha : एनां माभवीं वासन्तीं लतां निषिञ्चन् अतिमधुसंयन्त्रां कुर्वन् कौन्दीं च लतां वह्रीं कासयन् नर्तयन् । वासन्ती माभवी लवेल्यमर: । माध्यं कुन्द हति च स: । स्नेह: प्रेमा । दाक्षिण्यमानुकूल्यम् । माभव्या हि वासन्तीक्या नववयोवि-शेषशालिन्या भामिन्या इव निषेको माध्याध कौन्द्या भ्रमरविररावितायाः (=भ्रमररव-रावितायाः ?) प्रगल्भाया इव नर्तनमात्रमित्यहो कामिन इवास्य युक्तकारितेति भाव: । एवं च माभवीमाध्यो: (माध्यीमाभव्यौ: ?) ज्येष्ठाकनिष्ठाख्यनायिकाविशेषत्वं प्राकाशि ॥

P. 31. 11. 4,5.—ईरिसो एव्व दे अहिणिवेसो. 'Such is your devotion too.' That is you are just like this breeze.

P. 31. 11. 7,8.—वयस्य. 'Friend, I was not right in imagining that to enter this Garden of Pleasure would be a remedy to my distress.'

P. 32. 11. 1,2.—विविक्षु: &c. construe: यद् उद्यानम् अहं तूर्णं विविक्षु: [भासम्] तद् [उद्यानं] शान्तये न । स्रोतसा उह्यमानस्य महत् प्रतीपतरणं [यथा शान्तये न] तथा । Translate : 'The garden which I [was] desirous of entering [so] quickly does not afford [me] peace, any more than does swimming-against-the-current with great effort, to him who is being carried down by the stream.' प्रतीपतरणं = " प्रतिकूलप्लवनमिव," Ranganâtha.

P. 32. 11. 5-8.—इदम् &c. " असुलभम् उर्वशीहृदयं वस्तु । प्रार्थना अभिलाष: । क्षिणोति कृशीकरोति । सहकारोतिसौरभ: इति भाव्रविशेष: ॥" Ranganâtha.

असुलभ° &c. असुलभवस्तुनि या प्रार्थना तया दुर्निवारम् 'which is diffi-cult to be withdrawn from its desire for an inaccessible object.'—किमुन &c. अङ्कुरेषु is here a locative absolute. 'but what now that the mango trees of the garden, from which the Malaya-breeze has plucked the slightly gray leaves, are showing forth new sprouts?' The King means that he is already suffering under the shafts of Love ; on entering the garden he sees that the gentle breeze from the Malaya, i.e., the South, is blowing gently, the slightly gray (because old) leaves are dropping from the Mango trees, and these trees are showing forth their new sprouts of young leaves: the appearance of these things—the gentle southern breeze, and the young Mango sprouts—which are well known to be exciters of passion (कामोद्दीपनानि) will make him more miserable. Malaya-Vâta is the breeze that blows from the south in spring.   It is the same as the दक्षिणमारुद of Vidû-shaka p. 30. l. 11, (see also p. 59. l. 1.) and has nothing to do with the violent gales of the south-west Monsoon (see Bollensen) which do not blow in spring, at which time the scene of this Act is laid. See p. 59. l. 1. where the gentle breeze is called भगवान् वसन्तप्रियो दक्षिणवायुः. See also p. 97. ll. 1-3. where Chitra-lekhâ says वसन्ताणन्तरे उण्हसमए भअवं सुज्जो मए उवचरिदव्वो.

P. 33. l. 1.—ब्राह्मणवचनम्. Refering to the words of a Brâh-man being a blessing and to the belief that they are sure to be fulfilled.   Mark the force of the participle प्रतिगृहीतम् which properly applies to the receipt of a largess at the hand of a patron. The King means he is under great obligation to Vidûshaka for his blessing.

P. 33. l. 2.—वसन्तोदारसुभगं 'indicating the birth i.e. the arrival of the spring season.'   अवतार is birth as of a god in the shape of an incarnation; hence birth generally.   In Guzerath they still say छोकरुं जोनन्यूं 'a child was born.'

P. 33. ll. 4-7.—अग्रे &c. Ranganâtha :   अग्रे अग्रभागे श्वेतनखवत्पाटलं श्वेतरक्तं कुरवकं शोणं कुरण्टककुसुमं द्वयोर्भागयोरुभयनः श्यामम् । तत्र शोणे कुरव-करत्व पीने कुरण्टक इति त्रिकाण्डे । बालाशोकं नूनमशोककुसुमम् उरोदरागसुभ-गम् उत्कृष्टरक्ततासुन्दरम् । भेदोन्मुखं विकासोन्मुखम् । अनेन विशेषणद्वयेन मुग्ध-दशापान्न उक्तः । ईषद्बुद्धेन्यादिना यौवनादिः ········ ।   And Kâtavema : अग्रे श्वेतनखेत्यादि । कुरवकं कुरवककुसुमम् अग्रे उपरिभागे श्वेतनखपाटलं श्वेतनख-दीषद्रक्तम् । द्वयोर्भागयोः प्रदेशयोः श्यामं नीलम् । रक्ताशोकं रक्ताशोककुसुमम् । (he reads रक्ता॰ for बाला॰) । उरोदरागसुभगम उरोदरागं प्राप्तरागं प्राप्तो रागो

रक्तिमा येन तत्तथोक्तम् नब तत् सुभगं रम्यं च मेदोन्मुखं विकासोन्मुखं निष्ठनि । नवं
नूनना वल्लरी ईषद्द्वरज:कणाप्रकलिका (he reads कलिका for कपिशा and
वल्लरी for मञ्जरी) ईषद्द्धा रज:कणाः परागा यासा नाम्ना भ्रमकलिका प्रथमकौ-
रका[:] ॥ मञुश्रीर्विसन्तलक्ष्मी मुग्धत्वस्य बाल्लत्वस्य यौवनस्य चान्तरेण स्थिना ॥

Translate : 'The *Kurabaka*-flower is as red in the forepart as
the nails of a young woman, and black in the sides. The new
flowerbud of the *As'oka*, handsome with its redness, stands ready
to burst. On the *chúta* tree the new blossom stands yellow in
the ends by the pollen as yet only imperfectly formed. [Thus]
Vernal Beauty stands, my friend, between infancy and youth.'

P. 33. ll. 8-10.—मणिसिलाइहअसणाहो 'possessing in it a seat of
marble.' मणिरूपशिलायाः यः पट्टकरंतन सनाथ:. Marble seats being cool
are used in the hot weather, and that is why Vidûshaka calls
Purûravas' attention to the seat. भमरसंघट्टपडिदेहिं, 'which are fall-
ing down by the bees coming in contact with them.' सअं विभ
किदीवभारी, 'as if it (the bower) were intentionally honoring
you.' भवन्तं पडिच्छदि 'is receiving Your Majesty.' The bees at-
tracted by the flowers and young sprouts on the bower came
into collision with the flowers by perching upon them and
hovering about them. The flowers thereupon are falling down
about the seat. Vidûshaka says the bower is receiving the
king by offering him the seat and strewing flowers as a man does
when receiving an honored guest.—सअं विभ. विभ shows that the
bower is not *really* causing the flowers to drop, but it seems as
if it were doing it. The flowers in reality are dropping down
by the action of the bees.

Kâṭavema reads माहवीमण्डवी for अतिमुत्तलतामण्डवी. And Ranganâtha
quotes: अतिमुक्त: पुण्डूक: स्याद्रासन्ती मानिवी लतेनि त्रिकाण्डी ॥ If this is
correct, then the fact that bees were attracted to the bower is
a confirmation of our interpretation of निविश्वन्नानिवीमिनाम् p. 31
l. 2 which see.

P. 34. l. 2.—परिक्रमय. This is to indicate that they proceeded to the seat.

P. 34. ll. 3, 4.—ललितलताविलोलितभमाणणभणो , 'with your eyes encharmed by this beautiful creeper.' The allusion is to a woman who is dressed in her best attire and is captivating a man by her charms. Vidûshaka means the creeper is just as good as Urvas'î, which the king denies in the speech following.

P. 34. ll. 6-8.—मम &c. Comp. Kâṭavema: " मम कुसुमिताखित्यादि । सखे वयस्य तद्रूपालोकदुर्ललितम् उर्वशीक्षिपायलोकिनदृषं (sic) मम चक्षुः कुसुमितारवि संजातकुसुमास्रवि नम्रविटपासु नम्रा नता विटपाः क्षुद्रशाखा यासा ताः तासूपवनलतासु उद्यानवृक्षीषु भृति प्रीति न बध्नाति न संयच्छति ॥

" अत्र कुसुमान्याभरणस्थानीयानि । विटपा बाहुस्थानीयाः । लता त्वङ्गयष्टिस्थानीय तस्मादासां लतानाम् उर्वशीक्षिपसादृश्ये विद्यमानेपि तथाविभसौभाग्याभावात् प्रीत्यभाव इत्यभिप्रायः ॥

" अत्रानिर्गम्यमानत्वात् विभ्रं नाम संध्यङ्गमुक्तं भवति । तदुपायश्चिन्त्यना यथा सकल- प्रार्थनो भवेयमित्यत्र प्रयत्नो नाम द्वितीयावस्था सूनिता । बिन्दुप्रयत्नयोः साम्यात् प्रति- मुक्तिसंभिरित्यनुसंभ्रेयम् ॥ "

Ranganâtha observes : कुसुमिताखित्यनेन अदूरवर्तिनाया नायिकायाः सुलभ- त्वम् । नम्रविटपाखित्यनेन अनिघनतया प्रच्छायशीतलत्वं च घोत्यने ● ● ● दुर्ललितं दुरापसनम् । बहुकुसुमिताखित्यादिभिर्घोषणैरत्यन्तानैवर्तनीषु अनिपरिचयादवर्ह- न्युक्तिल्या उपवनलतेयख्या सर्वेदासंनिवर्तित्वे चानादरविषयीभूतासु ॥ नम्राः सौन्दर्यातिशयात् ॥

P. 34. ll. 9, 10.—भी &c. 'Yes, the physician to the great Indra who loved Ahalyâ and I to you who are yearning after Urvas'î are both madmen in this affair.' So may the passage be literally rendered. Vidûshaka seems to complain that he is considered an idiot and used as an instrument by his friend to accomplish his desires. The King denies this, explaining that as Vidûshaka is his most intimate friend he is likely to know what to do.

Who is meant by वेज्ञो requires explanation which is not easily found. The Indra-Ahalyâ myth mentions no third party in the intrigue.

P. 35. l. 1.—अतिस्नेह: खलु कार्यदर्शी 'great intimacy, you see, knows what to do.' This is the king's reason why he tells Vidûshaka to devise a means.

P. 35. l. 4.—निमित्तं सूचयित्वा. Like all others this stage-direction is to the Actor, who is to behave as if he saw an omen. What omen is meant is given in the stanza following. What the acting was that was required to show to the spectators that he felt the omen must be left to be conjectured. Kâṭavema observes, however, निमित्तं दक्षिणाक्षिस्फुरणादि, i. e. such as the palpitation of the right eye or the right shoulder. Even to this day in a man the palpitation of the right eye or the right shoulder is universally believed to be a good omen leading to an unexpected meeting with a dear one, and the same in a woman if the palpitation is in the left eye or left shoulder. But it is a sign of an impending unexpected departure (may be from this life) of a beloved one, if the palpitation is in a man's left eye or shoulder or a woman's right eye or shoulder.

See below p. 76 ll. 4, 5.

P. 35. ll. 5-8.—च—च 'though—and yet.'

किमपि चेदमनङ्गविचेष्टितम्, 'and yet here is (i. e. I feel) this act of Kâma for some reason or other.' The act of Kâma is the omen of twitching that he felt. On this sense of किमपि see above p. 23, l. 2, किंपि तुण्हीं भूदो and our note ad loc.—अभिमुखोत्थित &c. 'My heart suddenly feels a sense of gladness as it should when the fulfilment of a desire were near.' काङ्क्षिनसिद्धिषु=काङ्क्षितस्य सिद्धिषु अभिमुखीषु सतीषु. The plural used probably metri causâ.

On this stanza Kâṭavema observes अत्रान्तः शान्तः श्रम इति संध्यङ्गमुक्तं भवति ॥

P. 36. l. 1.—आकाशयानेन, 'flying in the sky.'

P. 36. ll. 3, 4.—क्षण° &c. क्षणं क्षणपर्यन्तं विघ्निनमाकाशे यद्भ्रमणं तद् यस्याः सा ताम्. On the allusion here see above p. 19, ll. 1-4.

P. 37. l. 2.—अभं मे भवदभिप्रायज्ञो व्यवसायी. 'Yes, that is my adventure, and I have laid aside all shame about it.' "अगहदिन-लडजी निरस्तन्त्र:," Kâṭavema. "अगहसिनता दूरीकृता," Ranganâtha.

P. 37. ll. 5, 6.—सअं &c. 'I ask you yourself to think well beforehand.' That is, think well beforehand (तावत्) whether it is proper for you to go in this manner. सअं yourself, I need not tell you. दाव 'just,' 'beforehand,' यावत् न गच्छसि while you are not yet gone. Urvas'î replies, ' what is there to be considered ? I am not going of my own accord. Do not you see (खलु), Madana commands me to go ?'

Kâṭavema : संप्रभार्यैनाम् समर्थ्येनाम् । अनिवेद्यगमनं युङ्यनें वा न वेति निश्री-यनामित्यर्थ: ॥

P. 38. l. 2.—गच्छन्तीए scil. मए.—अन्तराभो such as that which befel Urvas'î at the beginning of the first Act in which she was carried off by a demon.

P. 38. ll. 4-6.—ग &c. 'Do not you remember we are made proof against injury from the enemy of the Gods by His Holiness the celestial Preceptor who initiated us into the hair-tying mystery called Aparâjitâ ?' The celestial Preceptor or the teacher of the gods is *Brihaspati*. On the word अजक्रुणीश see *Mâlavikâ* p. 77. l. 6 बालासोभद्दक्खरस पल्लगाणि हरिणी लङिंदुं आभच्छइ.—सिहावन्भणाविड्ड उवदिसन्तेण देवगुरुणा=देवगुरुणा (कर्त्ता) सिहावन्भणाविड्जाए उवदेसेण.

सिहावन्भणाविड्ड. Neither Kâṭavema nor Ranganâtha throws any light on this *Vidyâ*. The idea appears, however, to be that they were taught certain charms which they were to repeat and as they repeated them they were to tie their hairs. As long as the tie remained undisturbed they were to be invisible to others though they themselves were not deprived of the power of seeing others. Tying certain parts of the body with charms is still practised and with the belief that as long as the tie remains undisturbed the person enjoys certain immunities or certain supernatural powers. A black or green thread, for instance, of cotton is tied round the arm under charms and it is believed that the force of the charms makes the person wearing the tie proof against ghosts or against certain diseases as the case may be. The *S'ikhábandhana* may be either tying the hair by collecting it into a knot or simply tying a piece of thread round it as round the arm.

P. 38. l. 7.—अहो &c. 'Oh! how I forget it!' Lit. Oh! how my heart forgot it.'

P. 39. ll. 1-3.—भोळोभन्तरस विअ अत्ताणअं *i. e.* अत्ताणअं भोळोभन्तरस विअ, 'which as it were looks itself in &c.' The allusion is to a person who looks into a looking-glass (आत्मानमादर्शे अव-लोकयति). Chitralekhâ saw that the city of Pratishṭhâna was reflected in the waters of the conjoined rivers at the junction of which it stood on the bank.

Ranganâtha explains प्रतिष्ठानस्य by " प्रयागपूर्वतीरस्थितभूर्गांसंज्ञकनगरस्य." What place is this भूंगीं ?

P. 39. ll. 4,5.—On this speech Kâṭavema observes: अत्र दृष्टान-(sic)दृष्टानुसर्पणात्तादृशीयों नाम संध्यङ्गमुक्तं भवति ॥

P. 40. ll. 1,2.—एत्तिस &c. 'Let us find [that] out by descending on this Pleasure-Garden as on a part of the Nandana Forest.' Chitralekhâ implies that the king's Pleasure-Garden is like a portion of the celestial garden of Indra where she and her friend are accustomed to stroll.

P. 40. ll. 4,5.—पडिच्छदि, 'is expecting.' पढमोदिदो 'just risen.' Literally, 'that has risen first,' *viz.* before the Kaumudî, or the moon's light.

P. 40, l. 6.—जदमहंसणादो 'than when I saw him first.'—सविसेसं पिअदंसणो, more loveable because formerly he looked indifferent, but now his love for Urvas'î has given him an appearance which she loves to look at.

P. 40. l. 8.—जुज्जदि. Chitralekhâ means that it is no wonder that the king should appear more agreeable now as he had had time to think of Urvas'î since he last met her.

P. 41. ll. 1,2.—To Chitralekhâ's proposal to go up into the presence of the king, Urvas'î does not assent, but says she will for a while (तावत्) remain hidden by her *tiraskariṇî* though in his presence. He is speaking with his friend in a retired place, and she has a desire to hear the conversation without manifesting herself. For her *tiraskariṇî* (which ordinarily means simply a veil) is such that being a celestial nymph she is able to see others under it without being seen by others. Ranganâtha: "तिरस्करिणी अन्तर्भौनविद्या," the power of remaining unseen. But see note *infra* on p. 49. l. 1.

P. 41. l. 3.—यथोक्तमनुतिष्ठन:, *viz.* that they go up close to the king but remain unseen by virtue of their *tiraskariṇî.*

P. 41. l. 5.—तूष्णीमास्ते, because he is so engrossed in thinking of Urvas'î that he does not hear what Vidûshaka says.

P. 41. ll. 6,7.—अत्ताणअं विकत्थेदि, *viz.* by holding out, by remaining inaccessible.

P. 42. ll. 1,2.—किं उण माणुस्सअं विडम्बीअदि? 'But why do you imitate, act the part of a human being?' Chitralekhâ means that Urvas'î can by consulting her supernatural or divine powers (प्रभाव, see note to p. 78. l. 3.) easily find out who the girl is that is so holding out. Not to be able to do so is the lot of an ignorant mortal, and for a celestial being not to *do* so is to act the part of such a mortal. To this Urvas'î replies that she is afraid to find out by means of her divine power who the damsel is, for it might turn out that she is some other than herself, in which case she might be greatly disappointed. Our poet here well answers the objection that critics might raise as to why Urvas'î behaves like a mortal.

Conf. Kâṭavema : मानुष्यकं मनुष्यभावो ...... । दिव्या त्वं मानुषीव किं विचार-यसि राज्ञा प्रार्थ्यमानां तां प्रभावेनो जानीहीत्यभिप्राय: । ...... बिभेमि...... । अत्र भयकारणं राजप्रार्थिता अन्या भवेदिति शङ्का ॥

P. 42. l. 3.—णं भणामि, 'do not you hear I tell you that I have devised a means?' ननु भणामि, 'dont I say?' 'do you not hear that

I say ?' This is intended to show that Vidûshaka has already said that he has devised a means but that the king has not noticed him.

P. 42. l. 5.—सिविणअसमागमकारिणीं. सिविणए समागमो सिविणिअसमागमो तं कारेदिनि सिविणिअसमागमकारिणी.

P. 42. l. 7.—हीणसत्त हिअअ, 'O thou heart, that art void of courage.'

P. 43. ll. 1-5.—उभयमप्यनुपपन्नम्. 'Both are impossible.'—हृदयम् &c. Construe : इदं हृदयं कामस्य इषुभि: सदा अन्त: सशाल्यम् [अस्ति] । [एवं सति] स्वप्ने समागमकारिणीं निद्रा कथमुपलभे? न च आलेख्ये तां सुवदनां प्रियाम् असमाप्यादि मम नयनयो:, हे सखे, उद्वाष्पत्वं भविष्यति [इति] न ॥ i. e. हे सखे, तां सुवदनां प्रियामालेख्ये असमाप्यादि मम नयने उद्वाष्पे भविष्यन एव.

The second distich may be translated thus : ' nor shall the tears fail to come into my eyes, O friend, even before I have finished drawing in the picture that beloved one with the beautiful face.' The king means that he can neither sleep so as to meet Urvas'í in a dream, nor draw a picture of her so as to see her likeness waking. He cannot do the former because Kâma incessantly pierces his heart with his shafts, nor can he do the latter, because as soon as he should draw a part of the picture on the board, the tears shall come into his eyes and then dropping down on it would spoil it by wetting the surface so as to make any drawing on it impossible. असमाप्यादि, ' even before completing the drawing it.' Mark the force of the negative अ here. As समाप्य would mean ' *after* finishing ' the drawing of, so असमाप्य means ' *before* finishing ' the drawing of.

Kâṭavema : हृदयमित्यादि । यत: (he reads यत: for सदा) यस्मादिदं हृदयं मन: कामस्य इषुभि: बाणै: अन्त: अन्तरे सशाल्यं शाल्यसहितम् । अत: स्वप्ने समागमकारिणीं संगमकारिणीं निद्रा कथमुपलभे प्राप्नोमि । कथमित्याक्षेपे । नोपलभ इत्यर्थ: । किंच आलेख्येपि चित्रेपि सुवदनां तां प्रियामुर्वशीम् [अ]समाप्य स्थितवतो मम नयनयोरुद्धाष्पत्वम् उदश्रुत्वं न भविष्यतीति न । भविष्यत्येवेत्यर्थ: । तस्मादुभयमप्यनुपपन्नमिति संबन्ध: ॥

Ranganâtha says : निद्रासेवनचित्रफलकयोरनुपपत्तिमेवाह |......... प्रियामुर्वे-
श्रीमालिख्येपि असमाप्य संपूर्णामनालिख्येत्यर्थः |

The existing editions including that of Bollensen are all
wrong in reading समवाप्य for असमाप्य. In the first place, all our
eight Mss. and both the commentators have असमाप्य, and neither
commentator even notices the other reading. Secondly, this
reading समवाप्य does not suit the context. For we want a read-
ing that would make the making of a picture by the king as
much an impossibility (अनुपपत्ति: as Ranganâtha says and अनुपपन्नम्
as the author says) as the getting of sleep. समवाप्य would mean
that on finishing the picture the king's eyes would be filled
with tears.   But *then* they might, without making the drawing
of it impossible.

P. 43. l. 8.—एत्तिओ &c. *i. e.* I can suggest no other means then
than the two I have suggested.

P. 43. ll. 10-13.—नितान्त &c. On the word प्रभाव see l. 2 on
the previous page, and l. 1 on page 10 पहावडंसिणा महिन्देण. Also l. 3
next page.   Construe भीरु with प्रभावविदितानुरागम्; *i. e.* अथवा ममानुरागं
प्रभावेण विदित्वापि मामवमन्यते. Translate the second distich thus : ' May
the five-shafted [Kâma] be happy [if he likes] by making my
wishes for union with that person vain on account of their
fruitlessness.' The king says, he is a poor victim before the
shafts of Kâma, quite unable to cope with him, and that 'if
Kâma desires to regard himself victorious by killing him, he is
welcome to do so. Failure to obtain his desired object would
end in his death and that would be achieved by Kâma's shafts.

Kâṭavema नितान्तकठिनामित्यादि | यो जन: (he takes this from यस्मिन्
जने in l. 12) नितान्नकठिनां मानसीं पीडां न वेद न जानाति | अथवा प्रभावविदि-
तानुरागं प्रभावेण स्वकीयेन महिम्ना (?) आत्मनो विदितोनुरागो यस्य स तथोक्त: तं मा-
मप्यवमन्यते वा भीरि नाद्रियते | भीरिशब्द: शङ्कायाम् | तस्मिन् जने उर्वशयां मम अल-
भ्यफलनीरसान् अलभ्यानि फलानि येसं तथोक्ता: ते च नीरसाश्च तान् समागममनोर-
थान् विधाय पञ्चबाण: कृती (that is what he reads for सुखी) कृतार्थो भवतु ॥

अत्र प्रथमार्धं यथोक्तवचनकरणात् प्रगमनं नाम संध्यङ्गमुक्तं भवति ॥

But Ranganâtha explains प्रभावेण better by "निजदेवशक्त्या" and goes on : ज्ञानरागमपि मामवमन्यते अवगणयति । कथं वा भमर्या मया मानुषे मनो निवे-शानीयामित्याशयेनेति भाव: ॥ · · · · नीरसं (he reads °नीरसं for °नीरसान्) निसारम् ॥ · · · · · · फलाभावे तु मरणमेव वैरस्ये निदानम् । तेन च तस्य बाणपच्व-काङ्क्षीकार: सफल: स्यादिति फलव्यक्ति: ॥

P. 44. ll. 2-4.—एवं *viz.* निनान्तकठिना मानसी रुजा न वेत्तीति अथवा ज्ञात्वापि अवमन्यत इत्येनादृशीम्.

Kâtavema who appears to read एन्व for एवं remarks : एवमवगच्छनी-त्यनेन प्रभावेणानुरागं विदित्वापि मामवमन्यमाना जानातीत्ययमर्थः प्रतिपाद्यते ॥

पहावणिम्मिदेण. Because none natural was at hand then. On प्रभाव see note above on p. 43. l. 11.

P. 44. l. 6.—यर्हिता scil. प्रभावनिर्मितं भूजैपत्त्वम्. यथोक्तं करोति=संपादिनोत्तरा भवति, *i. e.* throws it as a reply to the charge contained in st. 11.

P. 44. l. 7.—भवि हा. Kâtavema : "भतिभेत्याक्रोशे." Ranganâtha : "भविदेत्यदृष्टश्रुतमात्रो. "

P. 45. l. 1.—भूजैपत्त्वगतोयमक्षरविन्यास:, *i. e.* भूजैपत्त्वे विन्यस्तानि एतानि भक्षराणि भवन्ति. 'This is some writing on a birch-leaf.'

P. 45. ll. 2,3.—ण खु &c. 'May it not be a writing sent by the invisible lady Urvas'î, who heard your complaint, to inform you that she is equally in love with you ?' 'Invisible lady Urvas'î'=by Urvas'î without manifesting herself to your eyes. The plural भक्खराई simply means a letter, an epistle. The plural is used with reference to the letters or individual signs of which a letter or epistle consists. Conf. the Latin *litteræ* similarly used in phrases like *litteris dare*, to commit to writing, to record. It is possible, however, the plural may point to the character of the letter *viz.* as simply consisting of a few letters scribbled on a birch-leaf or bark improvised for the occasion ; not a regular letter.

P. 45. ll. 4,5.—नास्त्यगतिमेनोरथानाम्. 'There is nothing to which desires can not go,' *i. e.* when a man has a desire for a particular object, there is nothing which he thinks may not happen in order to fulfil his desire. He will even think that a god may come down on earth to give him what he desires. The king's remark refers to Vidûshaka's suggestion, which he thinks is impossible.—अनुवाच्य, 'reading to himself,' *i. e.* reading by the eye, not reading out so as to be heard by the bystanders. This sense of अनुवाचयति which is clear in all the passages where it occurs in Kâlidâsa, I find noticed neither in Monier Williams' valuable Sanskrit Dictionary nor in the gigantic St. Petersburg Sanskrit-German Wörterbuch. See *infrâ* note to p. 57. l. 4. and p. 138. l. 2.

P. 45. l. 6.—पसीदद्. That is, 'be pleased to read it out.'

P. 46. l. 1.—साहु भवज णाभरिओसि. 'That is good, Sir, you are a clever man.' This refers to Vidûshaka's request to the king to read the letter out. Urvas'î means that the request shows that Vidûshaka is a gallant. नागरिक literally means 'belonging to the town' as opposed to जानपद, 'that which belongs to the country,' 'rustic.' Hence, cultivated, *civil, urbane.*

P. 46. ll. 3-6.—सामिअ &c. Construe हे सामिअ, जइ णाम भअं भणुरत्तस्स तुह उवरि तइ अमुणिभा जइ तुए संभाविभा, [ना] णं मे सरीरए लुलिभपारिजाअसअणिद्धयम्मि णन्दणवणवादाबि अच्चुण्हआ होन्ति ? Translate: 'My Lord, if indeed I am as indifferent about you who love [me] as is supposed by you, then how is it that (ननु) even the Nandana-breezes become excessively hot to my person rolling about through restlessness even on a bed of *pârijâta-*flowers ?'

Urvas'î means, 'If I were as supposed by you *viz.* indifferent even when I knew you loved me, then how is it that even when I lie on a bed strewn over with flowers of the Pârijâta I roll about restlessly on it, and how is it that even the breezes of the Nandana are exceedingly hot to my person ?' She loves him as much as he loves her. A bed strewn over with flowers and a cool breeze are the (stock) remedies of per-

sons suffering from unrequited or absent love.   But the flowers
of the heavenly Pârijâta and the breezes of the Nandana must be
unequalled in their powers to cool and make such persons happy.
And yet, says Urvas'î, neither alleviates her love distress. संभाविशा=
supposed , imagined, *viz.* in St. 11. at p. 43 above.

जइ णाम, ' if at all' I am not, in fact.   But if I am, then why
(ननु). लुलिअपारिजाअसभणिड्डजयम्मि, Karmadhâraya Samâsa. लुलिआइं
पारिजाभाइं जम्मि तं लुलिअपारिजाअसभणिड्डजयं तम्मि लुलिअपारिजाअसभणिड्डजयम्मि.
Or a *bahuvrîhi* qualifying सरीरए.   But in this case the com-
pound must be supposed to be an irregular one and good only
in Prakrit as equivalent to पारिजाअसभणिड्डजयलुलिअम्मि where the
past participle must be taken in an active and not passive sense.

Kâṭavema reads a little differently and explains differently only
as regards two words, भसंभाविशा and अमुणिआ. His chhâyâ is :—स्वामिन्-
संभाविता (he divides सामि भसंभाविशा) यथाहं त्वया अज्ञाता. तथा चानुरक्तस्य यदि
नाम तवोपर्येहम्. मम लुलितपारिजानशयनीयके भवन्ति किम्. नन्दनवनवाता अप्यत्युष्णा:
शरीरे || For his text of the Prakrit see footnotes at pp. 46, 47.
He goes on to explain : स्वामिन् नाथ यथाहं त्वया अज्ञाता इयं कीदृगवस्थेत्यपरा-
मृष्ट भसंभाविता भसंमानिता च | अहम् अनुरक्तस्य तवोपरि तथा तादृशी यदि नाम ज्ञा-
त्री भसंभावयित्री चेन्नामेत्यर्थ: | लुलितपारिजानशयनीयके लुलितं तापलुण्ठनात् व्याकीर्ण
पारिजातानां पारिजानकुसुमानां शयनीयं यस्य तत्तथोक्तं तस्मिन्मम शरीरे नन्दनवनवाता
अपि अत्युष्णा भवन्ति किम् | न भवन्तीत्यर्थ: | अनादृशत्वान्मम अत्युष्णा भवन्तीति भाव: ||
अत्र स्वानुरागप्रकाशकस्य वाक्यस्योपपात्तिमत्त्वादुपन्यास इति संध्यङ्गमुक्तं भवति ||

Urvas'î can hardly be allowed to know that the king loved
her. For throughout her behaviour up to this moment she
shows the greatest anxiety to learn whether he loved her.   All
that she can be made to answer is this. ' If I did not care for
you how is it that things that all regard as the greatest enjoy-
ments in paradise do not please me? It is not therefore true
that I know you love me and yet do not care for you (विदितानुरागं
स्वामतमन्यामि). On the contrary I do not know whether you love

me, and loving you I pine away among flowery beds fanned by heavenly breezes.'

P. 47. l. 1.—किंणु &c. That is, will he say that he loves me or will he say that he does not love me?

P. 47. l. 2.—णं भणिदं ए्व &c. why, do not you see that the answer is given already by his limbs which have become as thin and flaccid through his yearning for you as a stalk of the lotus?

Káṭavema *aliter* : कमलनालायमागेहिं कमञ्जनालवदाचराट्टि: | कण्टकितैरित्यर्थ: | अनेन रोमाञ्चेन राज्ञी हृष्टत्वमुक्तं भवति |

P. 47. l. 3.—सांन्धिवग्रणं. A present given such as is described in our note to *Málavikágnimitra* p. 17. l. 2 (which see) on an occasion when the Brahman or Brahmans pronounce blessings by reciting verses from holy writs.

P. 48. ll. 1-4.—तुल्य &c. Káṭavema : तुल्यानुरागेत्यादि | तुल्यानुरागविशुनं प्रेमसूचकं ललितार्थिवन्वं लळितनो मधुर: अर्थैस्य वस्तुनो बन्ध: संसर्गो यस्य तत्तथोक्तं पत्रे निवेशितं विन्यस्तं प्रियाया उदाहरणं वाचिकं हे सखि उल्लभ्मणो मम आननेन समागतं तस्या मदिरेक्षणाया आननमिव भवति || अत्र विशेषप्रतिपादनात् तुर्शां नाम संध्यक्षमुक्तं भवति ||

Ranganâtha too says उदाहरम् उक्ति:. He goes on : पत्रे तदुक्तिमात्रनिवेशनमात्रेणैव ममाननं तस्या आननेन समागतं मिलिनमिवेत्युत्प्रेक्षा ||

But neither commentator correctly explains the word उदाहरणम्, which does not simply mean 'saying,' 'expression,' but a song, a piece of poetry. Conf. Supra. p. 16, l. 9 चारणेभ्यस्तदीयं जयोदाहरणं श्रुत्वा and note *ad loc.*—उल्लभ्मणा 'with my eyes fully staring at it' as I would if actually kissing her. मदिरेक्षणेन=मदिराक्षेण. मदिरेक्षण or मदिरदृष्टि is thus defined by S'auryâditya as quoted, in a verse from a work named *Saugítakaliká*, by Hemâdri on *Raghuvaṁs'a* VIII. 67: तथा संगीतकलिकायाम् | स्निग्धार्धेमुकुलीकृता लम्बिता मदिरा तथा | पश्चैवात्र प्रतिज्ञाता: शौर्यादित्येन दृश्य: | सौष्ठवेन परित्यक्ता त्मेरापाङ्गमनोहरा | वेसमानान्तरा दृष्टिमैदिरा परिकीर्तिता | See our note *ad loc. Addenda* p. 5.

P. 48. l. 5.—एथ णो &c. 'Now our love is of equal shares,'

i. e. now I can safely say we love each other equally. Urvas'í
means that after this avowal of the king she has no doubt that
he loves her as much as she loves him. एत्थ literally means
'here'; hence 'at this stage.'='now.' It contains the etymology
of our word आतां.

P. 48. ll. 8, 9.—Vidûshaka objects to the king's words प्रियया
स्वहस्त: and misunderstands him to mean that he should preserve
the writing as evidence of Urvas'í's avowal, and asks whether
having shown the blossom of the king's desires she will dis-
appoint him as to their fruit. On विसंवादि see *Málavikágnimitra*
Act II. p. 21. l. 10 and our note *ad loc.* The king simply means
the letter should be preserved as a valuable autograph of
Urvas'í.

P. 48. ll. 10, 11.—Mark that the poet does not bring forward
Urvas'í first into the presence of the king, and mark the reason
so very natural that Urvas'í gives for not coming forward at
once and first of all.

P. 49. l. 1.—निरस्करिणीमपनीय, 'taking off the veil.' From this
it appears that Urvas'í and Chitralekhâ were all the time stand-
ing on the stage with their veils on, but were not, owing to the
power of their veils, supposed to be visible to any one. But
the spectators saw them in the same manner that they would
hear speeches made आत्मगतम्, अपवार्यं or जनान्तिकम्, which are not
supposed to be heard by persons standing by on the stage.

P. 50, ll. 1-3.—सा अहं ...... भूयोऽपि महाराएण अणुकम्पणीभान्ति, 'I
therefore pray that on this occasion also Your Majesty may
take compassion on me.'

It should be observed how our poet causes Chitralekhâ to
avoid all reference to the *bhûrjapatra.*

P. 50. ll. 5-8.—पर्युत्सुकाम् &c. Translate: 'you say that that
fair one is exceedingly restless, but do not know that Purûravas
is afflicted on her account. This love-longing is equal in us both.

The hot iron deserves to be united with hot iron.' आर्त्ते is stronger than पर्युत्सुक. Kâṭavema पर्युत्सुकामित्यादि | प्रियदर्शीनां तामुर्व-शीं पर्युत्सुकामुत्कण्ठितां कथयसि | तदर्थं तत्कृते | अर्थे कृते च तादर्थ्ये इत्युक्तवात् | आर्त्ते संनद्धं पुरूरवसं न पश्यसि न जानासि | उभयोरावयोः साधारणः समानः अयं प्रणयः प्रेम स्मरस्य मन्मथनस्य संघटनाय द्वयोः संयोजनाय भवति | अत्रोपमामाह | योक्तुः (that is what he reads for योग्यम्) योजकस्य कर्तुः तप्तेन लोहेन तप्तं लोहमिव (he appears to have read तप्तेन तप्तमिव संघटनाय योक्तुः with our Mss. B. P.) अत्र तप्तशब्दानौचित्याल्लोहभरौ मन्तव्यौ ||

Ranganâtha reads साधारणोयमुभयोः प्रणयो यतस्व and the last line very differently from ours.   For he has : अयमुभयोः प्रणयः स्नेहः साधारणः | यथा मम तस्यां तथा तस्या अपि मयीत्यर्थः | अतो यतस्व यत्नं कुरुष्व कौमुदीं ज्योत्स्नामिन्दुबिम्ब इव ताम् | मयीत्यर्थात् | समागमय || प्रणयः स्मरस्य तप्तेन तप्तमयसा घटनाय योग्यमिति पाठे स्मरस्य प्रणयः सोत्कण्ठभाषितेन पीडाप्रमादानरूपः | अत इत्यर्थात् | तप्तेनायसा घटनाय तप्तमेव योग्यमिति लोकोक्ति: | अतो झटिति मिलनप्र-यत्नो विधेय इति भावः ||

P. 50. ll. 9,10.—तुत्तोवि णिद्दअदरं मअणं देक्खिअ 'finding that Madana is [to him] even more merciless than to you' I have become the messenger of thy beloved. When Chitralekhâ says she finds Purûravas a greater victim of Kâmadeva than Urvas'î is and, therefore, invites her to accompany her, she is at once truthful and in keeping with delicacy.

P. 51. l. 1.—'Ah, you have cruelly and suddenly given me up.' अनपेक्षितम्=अपेक्षया विरहितं यथा स्यात्तथा, without regard to me, without kindness, viz. by telling the king that I am longing for him and coming to call me.

P. 51. ll. 2, 3.—आभारं दाव पडिवज्ज, 'Meantime offer your salutation' scil. to the king. The áchára referred to is in l. 4. On this meaning of áchára Conf. Raghuvaṁs'a II., 10 अवाकिरन्बाळजना: प्रसूनैः आचारलाजेरिव पौरकन्या: and our note ad loc. Ranganâtha interprets आभारं as आकारम् in which case the speech would mean, ' meantime compose yourself.'

From the circumstance that Chitralekhâ finds it . necessary to tell Urvas'î to salute the king, it must be inferred that Urvas'î was confused and forgot such a simple formality as saluting the king.

P. 51. ll. 6, 7.—Translate : ' I am indeed victorious, of whom *you* utter this word '*victory*' which does not fall to the lot of a person other than the thousand-eyed [Indra].' The king slightly plays upon the words जेदु जेदु in Urvas'î's salutation (भाचार), which literally means, 'may His Majesty be victorious, may His Majesty be victorious !', and says, he is really victorious since he is so saluted by Urvas'î, who being a celestial nymph is in the habit of saluting in that way her master the great Indra only, and no other. सहस्राक्षादगतः गुरुषान्तरम् literally means ' which has not gone to a person other than the thousand-eyed [Indra]'.

The existing editions even including Bollensen's are all wrong in reading सहस्राक्षादागतः for सहस्राक्षादगतः. The misreading सहस्राक्षादागतः may have arisen from an original सहस्राक्षान्नागतः ' which has not come to a person other than Indra.' See footnotes.

On the mythological origin of the सहस्राक्ष which Indra obtained as a punishment (commuted into an ornament) for his intrigue with Ahalyâ, see Somadeva's *Kathâsaritsâgara* XVII. 137-47. But it is doubtful whether the epithet, which is in the Veda applied to the Purûsha, or the great soul of the universe, may not have been applied to Indra on account of his identification with that Purûsha.

Kâṭavema: मयेत्यादि | सहस्राक्षादिन्द्रात् गुरुषान्तरमन्यगुरुषममाप्तः जयशब्दः जयेति शब्दः यद्यस्माद्यस्य मम उर्दीयते उच्चार्यते तस्मान्नेन मया जिनमजायि | सर्वोत्तरेणा-भावित्यर्थः ||

P. 52. l. 2.—Vidûshaka claims to be greeted on two grounds: first, that he is the king's friend ; and secondly, that he is a Brâhmaṇ.

Kâṭavema: अत्र परिहासस्य गम्यमानत्वात् नमेमति (?नर्मेति?) संध्यङ्गमुक्तं भवति ||

P. 52. ll. 7-10.—मुनिना &c. From the fact that Kâlidâsa here mentions Bharata, (who is known to be the author of the work called *Bharatanâtyas'âstra*, and, therefore, the founder of the Drama and Acting,) as the preceptor who teaches acting and dancing to the celestial nymphs and brings them before Indra, it is to be inferred that the poet must have regarded him as having lived in that antiquity before his time, when men went up to the svarga and other worlds to assist and otherwise serve the gods, and when the gods came down upon earth to fight the battles of their mortal friends,—to have lived in fact as a contemporary of Purûravas.

Kâṭavema: मुनिना भरतेत्यादि | भरतेन भरताख्येन मुनिना अष्टरसाश्रयः अष्टा-
नां रसानां शृङ्गारवीरवीभत्सरौद्रहास्याद्भुतभयानककरुणानामाश्रय आस्पदं यः प्रयोगो
नाट्यप्रयोगः भवतीषु युष्मासु | अप्सरःस्वित्यर्थः | नियुक्तः निर्दिष्टः | प्रतिष्ठापित इत्यर्थः|
अथेदानीं सलोकपालः लोकपालसहितः मरुतां (sic, नां ?) देवानां भर्ता स्वामी इन्द्रः ललिता-
भिनयं ललितः सुकुमारः अभिनयो यस्य सः तथोक्तः तं प्रयोगं द्रष्टुमनाः द्रष्टुं निरीक्षितुं
मनो यस्य सः तथोक्तः | अत्र तु काममनसोरिति······ मकारस्य लोपः | अत्र अष्ट-
रसाश्रयो ललिताभिनय इत्यनेन शृङ्गाररसप्रधानमुपसृष्टान्यरसं किमपि नाटकं सूच्यते |
तथा चोक्तं वसन्तराजीये | एको रसो भवेदङ्गी वीरशृङ्गारयोर्द्वयोः | अङ्गमन्ये रसाः सर्वे
भवेन्निर्वहणोद्धृत इति | एतदेवनाटकं नामतो वक्ष्यति सरस्सईकिभकुम्बवन्धे लच्छीसभंवरे
इति ||

P. 52. l. 13.—अणुमाणीअदु महाराओ, 'Take your leave of His Majesty'. Literally ' Let His Majesty be made to give his consent' to our departure. "गमनायेति शेषः" as Kâṭavema says.

P. 53. ll. 2-3.—अयं जणो. That is, Urvas'î. अयं जन: is an humble way of indicating the speaker like फिरवी in our vernaculars. In this speech Chitralekhâ is speaking for Urvas'î who is made speechless.—महाराएण अब्भणुण्णादा इच्छदि, ' permitted by Your Majesty she wishes to make herself blameless towards the gods,' *i. e.* She wishes to go, so that she may not incur the responsibility of offending the gods by disobeying their summons ; may it please Your Majesty, therefore, to permit her to go.

P. 53. ll. 6-7.— णं एवं. Vidûshaka, if he had the Bhûrjapatra in his hand, would have said णं एदं भुञ्जवत्तं अधिय तं पेक्खिअ विणोदेदु भवं भत्ताणं.

P. 54. l. 4.—मा भवं अङ्गाइं मुञ्चदु. 'Do not despair.' Literally, 'do not drop your limbs through despair.' Throwing down the head and remaining speechless, letting down the arms and lie motionless, is what is intended to be expressed by अङ्गाइं मुञ्चदि. Kâṭavema has एव्वं खु वनुकामोऽिह before मा भवं &c. See footnotes.

P. 54. ll. 6-8.—' For when starting she, not mistress of her own person, seemed to leave her free heart in me through her palpitations which were indicated by the trembling of the flowers [on her breasts].'

Kâṭavema: अनीशायेत्यादि | शरीरस्य अनीशया अनीश्वरया उवैश्या मस्थानेदि (he seems to read मस्थानेदि) मयागेदि विवशं [अ]परवशं हृदयं स्तन॰ (that is what he reads apparently for सून॰)॰कम्पक्रियालऽयेर्निश्वसितेः माये न्यस्तमिव निक्षिप्तमिव || .

The King means that being an attendant of Indra to whom her person belonged Urvas'î was obliged to go, ("शरीरस्य अनीशया इन्द्रानीनत्वादित्यथैः" Ranganâtha). But though she did not own her own *person*, she did her heart, which, therefore, she left with him. This is an *utprekshá* on what actually happened and what the king saw when Urvas'î left, *viz.* the wreath of *flowers on her breasts shook as she went.* The King imagines (उत्प्रेक्षते) that it was the palpitations (निश्वसितानि) of her heart that shook the flowers on the breasts, below which the heart lies. And as the palpitations were towards Purûravas because the flowers shook towards him, he thinks the tremulation was caused by the heart in its passage from its seat below Urvas'î's breasts to him.

There is an antithesis between अनीशा शरीरस्य and विवशं, for which latter the existing editions have the apparently easier reading स्ववशं which has the same meaning as विवशम्.

The existing editions have also स्तनकम्प° for सूनकम्प. Consider-
ing the shape of the letter स्त and सू in Sanskrit Mss., either
reading may have arisen from the other owing to an error of
the copyist. It is probable, however, ours is the correct reading,
as it is not natural that a woman's breasts would shake when
she turns round and goes, but it *is* natural that a wreath of
flowers worne loose on the breasts should do so.

P. 55. ll. 1, 2.—गेण्हिदव्वं भविस्सदित्ति, 'will be taken.' Mark the
future, used in the sense of the potential, with the future parti-
ciple, equivalent to गृह्णीतं भविष्यति. See *infrá* p. 154, ll. 1, 2.

P. 55. l. 5.—उव्वसीए मग्गेण *i. e.* has gone after Urva'sí, has
followed her.

P. 55. l. 6.—वैधेयः="मूर्खः," Ranganâtha, and Kâtavema, the
latter quoting मूर्खेवैधेयवालिशा इत्यमरः ॥

P. 56. l. 4.—What? have I ever informed your Ladyship
before untruthfully? भण्णहा 'untruthfully,' 'incorrectly.' See
below, p. 76. l. 6.

P. 56. ll. 5, 6.—तेण हि, 'if so, then.' See *Málavikágnimitra*
Act II. p. 22. l. 7 and our note *ad loc.*

P. 57. ll. 3-5.—पडिवच्चणविभाविदक्खरं=पडिवच्चणेण विभाविदाइं अक्खराइं जाम्मि
'on which, as I find on turning it round, there is some writing.' कहं
वाचीभदु? ("कथमिति प्रश्ने" Kâtavema), 'how? Shall I read it?' The
Queen says, 'read it to yourself,' ' 'अनुवाचय,' *i. e.* 'do not read it
out, peruse it with your eyes. If it is not scandalous, I will hear
it.' आविद्ध appears to be used here in an absolute sense. The
passage can hardly mean, 'I will hear it if it is not opposed to the
rumour about Urvas'í'; for it would imply that she will hear it
if it disproves the rumour. We must not suppose that she is
anxious that the rumour should turn out true, but just the reverse.

The difference between वाचयति and अनुवाचयति is clearly brought
out here as indeed it is in all passages where the two verbs
occur in the same context. See *infrá* p. 138 ll. 2-6.

P. 58. 1. 3. —तेण हि से गिहींदब्था होमि, 'If so, I wish to know its contents.' होमि for the future भविष्यामि. She now desires her attendant to read out the *bhúrjapatra*.

P. 58. 1. 4.—एत्थ, 'here,' 'on the spot,' 'just now.'

P. 58. 1. 6.—मो &c. Vidûshaka is supposed to be searching for the *Bhúrjapatra*.

P. 59. ll. 1-5.—उत्थाय | भगवन् &c. As the artificial hill is at some distance, the King finds it necessary to get up and look out. He imagines the breeze has carried away the bhûrja-patra. Hence his address to it.

Kâṭavema: वासार्थमित्यादि | सुरभिणा वसन्तेन संभृतं संपादितं यीद्वा लतानां पीष्पं पुष्पसंबन्धि रज: परागं वासार्थे हर गृहाण | मिथ्या वृथा हृतेन आरहृतेन मे दयितास्नेहस्य हस्तेन दयिताया: प्रियाया: स्नेहेन कृत: स्वहस्त: | स्वहस्तशाब्देन स्वहस्तलिखितं लभ्यते | तथा चोक्तं स्मृतिकारेण | राज[स्व]हस्तसंशुद्धं शुद्धिमायाति शासनमिति | तेन भव. तस्तव किम् किं प्रयोजनम् | न किंचित्प्रयोजनमित्यर्थ: | अञ्जनाम् अञ्जनादिषीं प्रति आलक्षित मार्थिन: दृष्टाभिलाष: भवान् कामार्ते जनं मनोविनोदनफलै: मनोविनोदनं चेतो- विश्रान्ति: फलं प्रयोजनं येषा ते तानि तै: एवंविधैरीदृशौ: लिखितादिभिर्धारितम् अवलम्बितं भृतप्राणं जानीते हि अवगच्छति खलु ||

Translate the second half thus : 'For you, who have known your desire for Añjanâ, are aware that the love-afflicted man preserves himself by such means intended to console his mind.'

The King says that the love-sick man preserves his life by means of such memorials as the *bhúrjapatra* because they console his mind in his distress; and that Vâyu must himself have experienced the truth of this when he made his love to Añjanâ. Añjanâ was the mother of the monkey Mâruti by Vâyu, the god of wind. Though speaking to the breeze the king addresses it in language properly applicable to the presiding deity of it. But this is common among poets of all times and countries.

Ranganâtha reads the passage like our Ms. U. (see footnotes) and comments accordingly. He says मिथ्या हृतेन निरर्थकं नीतेन ·········· | पुष्परजोहरणे हि ते सौगन्ध्यज्ञाभोपि भविष्यति | लेखहरणे तु ते न

केवलं [न] लाभः मन्युन मादृग्विश्रवबधाधर्मोऽपि प्रसङ्ख्येतेति न त्वयेतादृशं विश्वेयमिति भावः |
. . . . . . श्रारितं विहितजीवनं.

P. 59. l. 8.—Kâṭavema : अत्र केसरशब्दः केसरपुष्पवाची.

P. 60. l. 4.—दुरागतं दाणि संवृत्तं. Vidûshaka plays upon the word स्वागतम्, which literally means 'well come.'

P. 60. l. 6.—Vidûshaka must be supposed to make this speech जनान्तिकम्, for he of course does not wish that the Queen should hear it. The Mss. do not give the usual stage-direction, but as the speech is a reply to another which is said जनान्तिकम्, we have probably to understand that a reply to a speech so made must itself be made जनान्तिकम्.—लोभ्येण scil. सह.—या is simply a particle indicating a question.

P. 60. l. 7.—'It is not this writing that I was searching; that searching was for another.' Kâṭavema : इदं भूर्जपत्रं मया न मृग्यते नान्विष्यते | सोयमारम्भः व्यापारः भरतान्वेषणार्थः भरतस्य अन्वेषणार्थो गवे-षणार्थः | अत्र राज्ञो दोषप्रच्छादनात् कर्मगुतिर्नाम संध्यङ्कमुक्तं भवति || The King admits that he was searching for a bhûrjapatra, but urges that it was another. The Queen replies in the speech following, that it is of course all right that he should conceal his good luck. That is, she does not admit the king's plea that he was searching for another bhûrjapatra, and says that it is but natural that he should conceal his good fortune, which consisted in his being loved by a heavenly damsel.

P. 61. l. 1.—Vidûshaka means to say that it is now so late that the King is likely to suffer from bile unless his meal is given him at once.

P. 61. l. 3.—'Even a ghost is made favourable by means of a dinner.' This refers to a method of exorcising a ghost that has taken possession of a person. A kind of yellow dinner of rice is prepared and offered to it with prayer, and the ghost then supposed to let its victim alone. This practice is still in vogue, especially in the Konkan. Vidûshaka implies that even an inexorable ghost may be put to rest by means of a dinner, much more is it possible that if the king gets his mid-day meal now, he will forget all about Urvas'í. That is what he thinks is probable from the very high estimate in which he himself holds a dinner.

P. 61. l. 4.—बलात् 'forcibly,' इठात्, 'falsely.' Literally 'forcibly,' 'when I do not admit.'—प्रतिपादयिष्यसि, 'will make me confess.'

P. 62. ll. 5-8.—Kâṭavema: अपराधीत्यादि । रम्भोद । उत्तरपदादौगम्य इति ऊह्वम् । अहमपराधी नाम अपराध्येव । प्रसीद । प्रसन्ना भव । संरम्भाद्रोषाद्विरम विरता भव । तस्यापराधिनं प्रतिपादयानि । सेव्यजनश्चेत्यादि । सेव्यजन: स्वामी कुपितश्चेत् रुष्टो यदि दास: सेवकजन: कथं नु निरपराभ: अपराधरहित: । कथं निर्व्यलीके । अपराध्येव भवतीत्यर्थ: । अत्र स्त्रीणा मानापनयनोपायिषु साम प्रयुक्तमित्यनुसंधेयम् । यथोक्तं वसन्तराजीये । साम्ना भेदेन दानेन नस्युपेक्षा रसान्तरै: मानापनयनं तासामुपायै: षड्भिराचरेत् । तत्र चाटुवचस्सामेति । अत्रैव सान्त्वनात् पर्युपासनमिति सन्धयङ्गमुक्तं भवति । पादयो: पतनीत्यत्र पूर्वप्रयुक्ते सामनीत्यर्थे साति ननिर्नोमोरायः प्रयुक्त इत्यनुसंधेयम् । यथोक्तम् । ननि: पादप्रणाम: स्यादिति ॥

P. 62. l. 10.—मा खु &c. 'Not that I am so light-hearted as that I will care for this supplication, but I fear the regret that shall be caused to me through his humility.' As she goes the Queen says, she is not afraid to disregard the supplication itself (because she knows it is insincere), but she is afraid her conscience will bite her for disregarding the humility (दाक्षिण्यं) with which the king has made it.

Kâṭavema reads अदाक्षिण्यकृदस and explains as follows : किंत्वदाक्षिण्ये(ण्य?)कृनात्यथात्तापात् बिभेमि । अत्र प्राकृते पञ्चम्यर्थे षष्ठी । क्वाचिदसादेरित्युक्तत्वात् । अत्र देव्या: भानिहत्तराङ्गोपयोगित्वात् बिन्दुरित्यनुसंधेयम्. अदाक्षिण्य is a very good reading अदाक्षिण्यकृत: पश्चात्ताप: 'remorse caused by my unkindness, viz. that of going away without taking any notice of his prostration (प्रणिपात), in committing in fact प्राणिपातलङ्घन as the King calls it further on.

The Queen says what is contained in this speech in order to justify her haughty conduct in leaving her husband on his knees and departing without taking his leave. 'I am sure I am right in rejecting his supplication and walking away because I know it is insincere. I am only a little afraid that hereafter I may herhaps regret that I did not take notice of his humility. But nevertheless let me go.' That is what she means. She fears she will regret taking no notice of the prostration of the king. See below p. 64. l. 2. किंतु मणिगातळङ्गनाःहमस्या षेधेमनळ-त्रिणये, and the note thereon. See also *infrá* p. 72, ll. 2-5.

P. 63. l. 3.—On the word अप्रसन्ना as applied to a river see *suprá* p. 9, l. 7. पाउसणदी विभ अप्रसण्णा 'turbid and rapid.' He means she is gone off greatly dissatisfied. पाउसणदी 'a monsoon river.' Many rivers in the dry weather are quite empty and expose their rocky beds. But when the first plenteous showers of the monsoon swell them, they are extremely muddy and rapid.—वेईदि. For we must suppose the King is still on his knees, not knowing that the Queen is gone.

P. 63. ll. 4-8.—नैदम् &c. 'And that is not unreasonable.' Literally, 'that is not improper.' इदम् = 'पाउसणदी विभ अण्णसण्णा गदा इत्येतद्. "इदमुपपन्नमेवेत्यर्थः ष्ददंशब्देन अप्रसादगमनं परामृश्यने," Kâṭavema. That is, she is justified in going away dissatisfied. The reason is given in the stanza that follows. The king means, his conduct has justified the Queen's anger. The existing editions are all wrong in reading उपपन्नम् for भनुपपन्नम्. इदम् can only refer to what immediately precedes and that is the अप्रसादगमनम् of the Queen. This being so, भनुपपन्नम् is the only correct reading.

प्रियवचन &c. Kâṭavema : दयितजनानुनयः दयितजनस्य प्रियजनस्यानुनयः प्रार्थना प्रियवचनश्रातींरि प्रियाणि वचनश्रातानि यत्र स तथोक्तः तादृशांरि रसादृते प्रेम्णा विना । प्रेमरहित इत्यर्थः। तद्विदा रसविदा योषिता हृदयं मनः न प्रविशाति न संक्रमाति । अत्रोप-मामाद । तद्विदा मणिगरीष्क्राणा हृदयं कृत्रिमरागहृषिन: (that is what he appears to read for °योजिनः) कृत्रिमेण कृनकेन रागेण वर्णांस्करोण द्वावितः रञ्जनः मणिरिव रत्नमिव ॥

Mark the double sense of the word राग (affection, and redness) and of रस (love, and water as applied to a precious stone).

P. 63. ll. 9, 10.—एदं *viz.* that the Queen has gone away unreconciled. 'भवदो अणुणओ णाए हिअए ण पविट्ठो' इत्येतत्. एत्थ 'at this time.' आसितुःखिनस्येत्यत्र प्राकृते पूर्वनिपातानियमादुःखिनास्थयेति विभेयम् ॥

P. 64. ll. 1, 2.—स एव, 'the same, scil., as before. किंतु &c. 'But I will take courage as regards her because she has disregarded my prostration.' That is, he will take courage, which he will derive from the fact that the Queen left him without taking notice of him when he fell at her feet. This means that he hopes that the Queen will regret her haughtiness and then relent so that she will come to consent to his making love to Urvasî. See above p. 62, l. 10: किंतु दक्षिणेणकिदस्स पण्णुदावस्स भाएमि. Conf. Kâṭavema: किं निष्यादि । प्रणिपानलङ्घनात् प्रणामानङ्गीकारात् अहमस्या देह्या धैर्यं भूनमवलम्बिष्ये । अत्र प्रणामीनायं व्यर्थोऽपि सति उपेक्षानामोपायः प्रयुक्त इत्यनुसंधेयम् । यथाक्रम । उपेक्षा धैर्यभारणमिति ॥

P. 64. l. 3.—ताव 'just yet,' 'for sometime.' धीरदा ="धैर्यम्" used by the King in his preceding speech.

P. 64. ll. 6-9.—उप्पगाऌः &c. Kâṭavema: उप्पगाऌरित्यादि । शिखी मयरः । ब्रीह्यादिपाठादिनिः । उप्पगाऌः उप्पगासद् सन् शीनीर्गस्वष्टा[sic]भ्यस्तन्न [स]इत इत्यालुच् । नरौः शिशिरे स्नानं मूञालवञ्ञे निषीदानि । षट्पदो भ्रमरः कर्णिकारमुकु-ऌानि उपरि अयभागे निमिग्ग विदलथ भालीयने लीनो भवति । कारण्डवः जलकुक्कुटः नतं वारि विहाय त्यक्त्वा नीरनलिनीनटस्था कमलिनीं सेग्ने भजने । क्रीडाविदमनि लीला-गृहे उरीवनी पञ्जरशुक्स्य श्रान्तः तान्तः । विगासया ग्लान इत्यर्थः । जलं याग्ने मार्थयने॥

Act III.

P. 65. ll. 1-3.—समासनं प्रतिपादितः 'You were made to carry the seat.' That is, 'our preceptor took you with him that you might carry his seat in your hand.' The seat consisted probably of a tiger's skin or of a black buck's skin. Brahmans living a strictly religious or rather orthodox life can only squat down on such a seat; and they carry, or if they have any pupils, then one of these carries, the seat with them when they go out. This practice appears to have been in vogue as much in Kâlidâsa's time as it certainly is now. समासनं प्रतिपादितः gives two facts; first, that Pallava was taken with him by his preceptor, and secondly, the reason why he was taken. Both Lenz and Bollensen have misinterpreted the passage, the former translating "you were ordered to take a seat in his carriage" (tu sedem in vehiculo ejus capere jubaris), and the latter, "he took you with him that he might go to Indra's palace" (um sich den Pallast Indra's zu begeben nahm er dich mit)—made you drive his carriage?

अग्निशरणसंरक्षणाय 'to keep watch over the place where the sacred fire is kept.' Conf. *Mâlavikâgnimitra* p. 106, l. 12 and our note *ad loc.* अपि गुरोः प्रयोगेण दिव्या परिषदाराधिता ? ' was the celestial audience pleased ?'

Conf. Ranganâtha इदानीं प्रेक्ष (६०) गालवाख्यभरतमुनीशिष्यमुखेन राज्ञः पुनर्द्दर्वशीसमागमसूचनाय तत्प्रवेशं तावदाह |………… श्वरणं गृहम् ॥

P. 65. ll. 5-7.—गालव &c. Translate: 'Gâlava, I know not whether it was pleased, but in that play of *Lakshmí-svayaṁvara* composed by Sarasvatí it (the celestial audience) was absorbed in the several sentiments. But—'. Pallava means, that the divine assembly before whom the play was enacted was engrossed with interest in the several sentiments as expressed and represented in the acting. But—. Here, as he stopped a little, he is interrupted by his friend, who asks him why he wished to qualify his statement.

The existing editions have all the wrong reading जम्मसी तेसु तेसु एसन्तरेसु उम्माइश्रा भासि. From what is further on stated about Urvaśî she can not be described as उन्मादिनां or उन्मत्ता but perhaps as प्रमत्ता, blundering, (see below, next page उवसीए वभणं पमाद-ख्खलिदं भासि). Besides she did not blunder throughout the play (तेसु तेसु एसन्तरेसु), but only as regards one small matter, namely, the taking the name of Purûravas instead of that of Purushottama on one occasion, for which she suffered an imprecation at once. If she had blundered throughout the play she might have had to bear many more curses and a greater ignominy than she actually had.

Considering the similarity of the letters त and उ in Sanskrit Mss. it is easy to understand how उम्मश्रा must have arisen from तम्मश्रा and afterwards further corrected into the corruption of उम्मादिश्रा, to make which give any sense it was natural to add जम्मसी ! See our foot-notes.

The reading ण आणे कव्वं आरादिदा मोदि as read by the existing editions is also wrong. For if it were correct, we should have had तदिस हि instead of तदिस उण which they all read.

P. 66. 1. 1.—सदोषावकाशा &c. दोषेण सहित: अवकाश: स्थानम् अभ्यन्तरं वा यस्य. 'The rest of your sentence, [which you have not uttered], appears to imply a fault.'

P. 66. 1. 4.—कट्ठिभुमिभाए. Ranganâtha: "भूमिका वेषपरिग्रह: । भूमिका रचनायां स्यान्मूर्ध्येन्तरपरिग्रह इति विश्व:."

P. 67. 1. 4.—न खलु &c. 'Did not our preceptor get angry with her?'

"भवितव्यतानुविभावपीनि भाव्यनुसारीणि." Ranganâtha.

P. 67. 11. 7, 8.—दिव्वं ठाणं, 'divine residence;' i. e. thou shalt go and dwell among mortals.

P. 68. 1. 4.—सदृशं पुरुषान्तरविदो महेन्द्रस्य, 'That is becoming to the great Indra who knows other persons than himself,' *i. e.* 'who knows the hearts of others.' He perceived the reason why Urvas'í committed the blunder. Mark the use of *purusha* here. *Purushántaravid* means literally 'knowing other persons' *i. e.* 'knowing what is in the mind of others.' By itself *purusha* can hardly be used of Urvas'í.

68. ll. 5, 6.—अभिषेकवेला, 'the time of bathing.' They mean that while talking about this matter, they are so late as to have almost passed the time when their preceptor bathes. They ought to be present at the bathing and give him water, fresh clothes, his wooden slippers &c. It is to be remembered that the manner in which Asiatics bathe does not prevent others from being present ; on the contrary, servants, or in the case of a holy personage his pupils who are his ·servants, are required for assisting in the way just indicated.

Mark that the word अभिषेक, implies a slight personification of अभिषेकवेला. Conf. संध्यामुपासनं and similar expressions regarding the morning and evening times which are spoken of like personified deities

P. 68. 1. 8.—Ranganátha reads simply विष्कम्भ: and says नक्षलणं चाभ्रणद्विश्वनाथकविराज: । वृत्तर्गार्भस्यमागानां कथांशानां निदर्शक: । संक्षिप्तार्थेनु विष्कम्भ आदावङ्कस्य कीर्तिन: । न मध्यमाभ्यां वा पात्राभ्यां (sic) पात्राभ्यां संप्रयोजिन: । शुद्ध: स्यात्स नु संकीर्णो (*i. e.* मिश्र:) नीचमध्यमकलितन: ॥ The present is मिश्रविष्कम्भक: because it is conducted by a madhyama pátra Gálava, and a núcha pátra Pallava, as speaking Prákṛit.

P. 69. 1. 1.—Conf. Ranganátha : कञ्चुकिलक्षणं दशरूपकादौ । अन्तः-पुरचरो राज्ञो वृद्धो विप्रो गुणान्वित: । उक्तिप्रत्युक्तिकुशल: कञ्चुकीत्यभिधीयन इति ॥

P. 68. 1. 1. 3-6.—सर्वै: कल्प &c. Conf. Kátavema : सर्व: कल्य इत्यादि । कल्ये निरामये वयसि । पूर्ववयसीत्यर्थ: । सर्वे कुटुम्बी । कुटुम्बं पुत्रादस्यादि-वांस्यवर्ग: । मांस्याम्नीति कुटुम्बी । अर्थान् भवानि लब्धुं यानुं यतने व्यापियन्ते । यथा-दपरे वयसि पुत्रैराहृतभरः भारतो निरस्तो भर: कुटुम्बरो यस्य स: तथोक्त: विष्व-

माय विश्रान्तये कल्पने संपद्यते | कृपे: संपद्यमाने चतुर्थी वक्तव्येति चतुर्थी | अस्माकं तु न: कञ्चुकिना पुन: प्रतिदिनं दिने दिने | सर्वस्मिन् काल इत्यथे: | शरीरं सादयन्ती क्षपयन्ती इयं सेवा कारापरिणनि: कारया बन्धनगृहस्य परिणनि: परिणाम: | (we do not agree with this part of his interpretation, see below) शारे इत्याध्वर्ये | किंच स्वाभिभिकार:नियोग: कट: कृच्छ्र: | कष्टे तु कृच्छ्रगहने इत्यमर:॥

Translate : 'Every married man works hard in his youth with the object of enjoying the pleasures of life. Afterwards (in old age) relieved by his sons of the burden of family cares he takes rest. But this employment of ours, daily wasting the body, is such that it has incarceration for its end. Alas for the duty of watching over the harem ! '

The Kanchukin contrasts the duties of the class of servants to which he belongs with those of other men. These work vigorously in their youth and enjoy rest in their old age. But the Kanchukins, though working equally hard in youth, end their days in watching over the harem, and die therefore as it were in prison. For the older the man the better is he fitted to be a Kanchukin, and he has therefore no prospect of retiring from life and die in peace. For full of trials and difficulties is the life of the man who commands the harem.

पुत्रेरवहूनभर:. Like Dilîpa, Aja and others. कारापरिणनि: काग बन्धनं परिणनि: परिणामो यस्य: सा.—अस्माकं, subjective genitive.

We can hardly so divide the line as to read सेवाकार परिणनि: in the sense of 'this old age of ours is such that it has to serve.' There are two objections to this, in our opinion : 1st that सेवाकारा will not, we think, be a correct form in the sense of सेवा करोतीति सा, which will give us, if anything, the form सेवाकारिणी ; and 2nd that परिणति by itself can hardly mean 'old age.'

Ranganâtha explains कारापरिणनि: as बन्धनालयस्फूट:. This agrees very nearly with our explanation.

P. 69. ll. 7-11.—सनियमया ' who is observing the rules'; which might be such as, not to eat more than once a day, not to go

out of the house, not to eat without worshipping, and so on.
The rules (नियमा:) here referred to were those which were,
prescribed to be observed in connection with the ceremony she
was going to perform (व्रत). What particular rules they were,
however, can not exactly be described. (See however *infra* p.
83. l. 8)—मया, काशिराजसुतया. व्रतसंसाधनार्थे, ' for performing the cere-
mony or vow,' which was to be done in the presence of and by
propitiating the king. नरेव=यद्वानिनी निगुणिकामुखेन नरेव.

यावदिदानीम् &c. ' I will therefore now wait upon His Majesty
who must have finished his evening prayers.'

P. 69. l. 12.—उत्कीर्णा इव &c.

Translate : ' The peacocks, overcome with nightly sleep, are
on the perching rods [as motionless] as if they were sculptured
[figures] ; the smoke of the incense, coming out through the
widows, causes to be confounded with it the wild pigeons under-
neath the projected eaves ; and the old matrons of the female
apartments, clean by the performance of the customary acts of the
hour, are honouring the brilliant lights, the auspicious orna-
ment of the Eve, in places strewn over with offerings of flow-
ers and other things.'

This is a description of the appearance of the house at the
close of the day and the setting in of the night, when the
peacocks are dull with sleep at the approach of night and are
motionless like lifeless figures ; when incense begins to be burn-
ed in the halls, and when the matron ladies of the house place
and honour the lights in their appointed places which have
been strewn over with flowers and other materials of worship.

उत्कीर्णा: ' carved,' ' engraved.' It neither means inverted (in-
spersi' Lenz) nor ' like nailed' (' wie angenagelt' Bollensen),
but fashioned into figures by *throwing up i. e.* cutting or carv-
ing chips from a solid block.

वासयष्टय: (वासार्थे वसनेर्थे या यष्टय: वासयष्टय:) are iron or wooden rods hung horizontally for the tame peacocks to perch on. There is no necessity of supposing as Kâtavema does that by यष्टय: are meant posts. Peacocks are not provided with other than such rods generally. वासयष्टय: does not mean " perching rods of their houses" (Bollensen).

निशानिद्रालसा, निशायां या निद्रा तया अलसा. निशानिद्रा is opposed to such a slumber as the peacock might have in the heat of the midday, (see *Málavikágnimitra* p. 29 1. 7).

भूपै:. Mark the plural. It is not meant to signify 'different kinds of incense, but the same incense coming out in the shape of the fumes through several windows. On जाल, a network window, see *Raghuvaṁs'a* VII. 5 and our note *ad loc*. On वजमय: Conf. *Málavikágnimitra* Act II St. 13 and our note *ad loc*. In the present passage, however, we take वजमय: to mean the s-form-ed wooden supports or struts jutting out from the wall close above the windows and propping up the projecting eaves of the roof (वजमय). Conf. " गोपानसी तु वजभीजादने वक्रादाणि " इत्यमर:. These s-curved props are the usual resorts of the पारावता: (pârvâs in Marâthi), and these being ash-coloured are easily con-founded with thick volumes of incense fumes issuing forth from the windows at an hour when owing to the close approach of darkness things begin to lose their distinctive features. Even in the passage in the *Málavikágnimitra* referred to the sense of वजभि here taken appears very suitable. The पारावत is not an ordinary white or gray pigeon, but the wild pigeon of the ash or smok-colour met with in temple, old wells, and even in inhabited houses, on and underneath the eaves of whose roofs they may be seen in the morning and evening. No body pro-vides any quarters for them as is done for the white or gray pigeons, which are tame and are taken care of. The wild pigeons were sitting on the struts supporting the eaves of the roofs at the hour that the Kauchuki is speaking. The जालानि or network

windows are just underneath the ुवउभय:, and send up the fumes
of the incense through that part of the roof which lies imme-
diately above them ; so that it was difficult for people to make
out whether what they saw was the wild pigeons or the
fumes.

आचारमयन:. clean owing to their having done the customary
acts आचारेण यून:. The acts referred to are such as washing
the hands, the feet and the faces with pure water, (if not even
bathing), changing the clothes for fresh ones, and so on.
This is the evening आचार:.   The morning आचार of the females
is washing, putting on fresh, clothes, combing the hair, decorat-
ing the person with such articles as are considered auspicious
for married women to wear (कुङ्कुम, oil in the hair, perfumes
like sandal &c).   The reason why the poet says they were आ-
चारमयन:, is that it would have been improper for them to worship
or honour the sacred flame 'i.e. the evening lights) in an unclean
state.   All worship has to be performed in a clean and pure
state of the body.

सगुल्मवलिषु. गुल्मै: सहिता: सगुल्मा:, सगुल्मा वलय: येषु नानि सगुल्मवलीनि स्था-
नानि तेषु.   This, I think, is the correct meaning of the epithet.
The practice is even now in vogue of decorating the places
daily where lights are placed in the evening by means of
Rângolî—lines, figures of men, Gods, flowers, auspicious sym-
bols and signs such as the svastika, drawn in white powder of
stone or ashes of the husks of rice-paddy and variegated with
lines of red powder or yellow pigment.   This Rângolî decora-
tion is done on occasions of festive ceremonies round the seats
and the dishes of honoured guests and are considered as offerings
or articles of worship (पूजोपहारा: वलय:).   The presence of the
light in the house at the commencement of the night is aus-
picious and is hailed with great joy expressed by the mem-
bers of a family saluting each other.   It is this idea of auspici-

ousness that explains the decorations which are further accompained by wreaths of flowers placed at the foot of the Lamp which generally consists of a solid stand made of brass with a basin at the top for holding oil. The lamp is placed on the ground. The light is considered as the embodiment of auspiciousness and prosperity, and hence it is that the place where it is to be kept is prepared as for an honoured guest. The स्थानानि here meant are the several places where lights are kept, such as the room which forms the *sanctum sanctorum* of the household idols, the principal hall, the veranda at the entrance of the house, and also other parts that require lights or that the occupant can afford to provide with lights. Besides the Rângolî and flowers, akshatâs or entire grains of corn are also strewn about the places occupied by the lamp stands.

संध्यामङ्गलदीपिका, मङ्गला दीपिका मङ्गलदीपिकाः संध्यायां या मङ्गलदीपिकाः ताः संध्यामङ्गलदीपिकाः. Auspicious lights of the evening. The auspiciousness of the lights may be understood from the fact that it is considered highly inauspicious not only if the light is not lighted in the evening at all, but even if it is lit up late, say an hour or two after nightfall. And poor people who cannot afford a light will have it if it be for a few moments even at the beginning of the night. If there be no oil in the house a man will burn something else but he *must* have a light for a short time at least. The idea among the people is that Lakshmî the goddess of wealth and prosperity, always fickle and always arbitrary, enters any house she likes at the beginning of the night, and if she finds there is no light in it, she will go back, and wo to the man whose house Lakshmî wished to enter but from which she went away for want of a light therein !

विभजते, 'worships' 'honours.' When the light is placed the females, generally the elder ones in the house join their hands in reverence and address it thus :

शुभं भवतु कल्याणमारोग्यं धनसंपदा ।
शत्रुबुद्धिविनाशाय दीपज्योतिर्नमोस्तु ते ॥

'May we have auspicious prosperity, wealth and riches. Salutation to thee, O flame of the lamp, that the hatred of the enemy may be removed!' The lady who places a lamp says so and proceeds to put another lamp in another place, and repeats the same there, and so on at every time she lights the lamps. If the lamp is placed by another person the lady of the house will then go and do reverence to the light in the same way. The reverence is generally done first by the matrons who put the lamps in their respective places.

शुद्धान्तवृद्धाजन: 'the matrons of the house.' This does not necessarily mean matron-servants, but the elderly ladies of the house. शुद्धान्त is not exactly a harem in Sanskrit but the part of the house which the ladies occupy. Even when a man has a single wife and can have but one, the apartment or apartments occupied by the wife with, it may be, her mother-in-law or mother or mother's sister, her sister, or sister-in-law, is the शुद्धान्त or अन्तःपुर of the house. The mother, mother-in-law and aunt would be the शुद्धान्तवृद्धाजन: spoken of in this place. Purûravas too it will be remembered had only one wife. The reading शुद्धान्तवृद्धा जन: is the one met with in existing editions and is found in seven of our Mss. It would mean 'the people grown up in the female apartments of the house' and not 'the old servants of the harem,' as both Lenz and Bollensen wrongly translate. जन: is used at the end of a compound to signify the plural, but not, I think, separately from the noun to which it refers. शुद्धान्तवृद्धजन: might mean 'the old (male) servants of the harem,' but शुद्धान्तवृद्धा जन: can only mean 'the people grown up in the harem.'

Both Lenz and Bollensen have misinterpreted this stanza owing apparently to their ignorance of the household life of a

Hindu. सगुप्तबलिषु स्थानेषु has nothing to do with 'altars' and आचारप्रयतः शुद्धान्तवृद्धो जनः can never mean 'the faithful old servants of the harem.'

Kâṭavema differs from us only as regards two words, *viz.* सगुप्तबलिषु and विभजते. Here is his explanation :—उत्कीर्णा इत्यादि । निशानिद्रालसा बर्हिणो मयूराः वासयष्टिषु निवासयष्टिषु निवासस्तम्भेषु उत्कीर्णा इव उल्लिखिना इव । रचिता इवेत्यर्थः । वलह(sic)यः सौधप्रदेशाभेदाः जालविनिर्गतैः गवाक्षविनिःसृतैः धूपैः सुरभिभूतैः संदिग्धा पारावताः संदिग्धाः संशायिताः पारावता यासु ताः तथोक्ताः । आचारप्रयतः आचारेण प्रयतः पवित्रः शुद्धान्तवृद्धाजनः शुद्धान्ते अन्तःपुरे वृद्धाजनः वृद्धस्त्रीजनः सगुप्तबलिषु पुष्पोपहारसहितेषु (that is not quite correct) स्थानेषूचितप्रदेशेषु अर्चिष्मतीः प्रकाशातिशयवतीः संध्यामङ्गलदीपिकाः संध्यायां मङ्गलार्थदीपानिभजते विभक्तान्करोति । तत्र तत्र निवेशयतीत्यर्थः ॥

Ranganâtha very correctly explains उत्कीर्णाः by टङ्कव्यक्तीकृतस्वरूपाः, 'whose forms had been fashioned by the chisel.' He also quotes the Trikâṇḍî "बलिः पूजोपहारेष्विति"

P. 70. ll. 5-8.—परिजन॰ &c. अपक्षक्षोपात्, 'without the wings being destroyed.' This phrase is added in order to justify the epithet गतिमान् as applied to गिरिः. That epithet itself is used in order to justify the comparison, the extravagance of which is noteworthy. The mountains had wings formerly, which were subsequently clipped off by Indra. The King appeared like such a mountain before the clipping took place.

कर्णिकारयष्टि is a thin and tender Karṇikâra tree, to which the female attendants are here compared because these were thin and tender. The lights in the hands of the girls appeared like the bright red flowers of the Karṇikâra. A thin, tall and tender form is much admired by Sanskrit poets and compared to a *yashṭi* or stick.

P. 70. ll. 12, 13.—अविनोददीर्घयामा, अविनोदाद् दीर्घा यामा यस्याः सा, 'with its long hours owing to there being nothing to engage me.'

P, 71. ll. 3-5.—मणिहर्म्यपृष्ठे, 'on the top of the Maṇiharmya,' *i.e.*

from the terrace situated on the top of a palace so called.—
सुदर्शनः, शोभनदर्शीनः.—देवेन scil. सह.—प्रतिपालयितुम् *i. e.* चन्द्रम्.—°संयोगः
scil. भवति.

P. 71. l. 9.—वयस्य &c. ' Friend, do you think what the Devî
is going to do is really on account of a vow?' *i. e.* do you
think there is no other meaning in the coming fulfilment of
the vow, or has it anything to do with my conduct?

P. 71. ll. 10, 11.—मौ &c. ' I think Her Majesty struck with
remorse wishes to make amends for the contempt with which she
treated your prostration, under the pretext of performing a
ceremony in fulfilment of a vow.' See *supra* p. 62, l. 10 and p.
64, ll. 1, 2 and notes *ad loc.* भवतो पणिपादलङ्घनं = भवतः प्रणिगतस्य
लङ्घनम्.

P. 72. ll. 2-5.—भवभूतप्राणियाना: &c. Construe : भवभूतप्राणियाना मनस्विन्यः
पश्चात्संतप्यमानमनसोऽपि सत्यः दयितानुनयैर्निभृतैर्व्यपत्रपन्ते ॥ ' Self-respecting
women, though having contemptuously treated a prostration at
first they are subsequently stung with remorse, become never-
theless secretly ashamed by the conciliatory acts of their beloved
ones.' The version which reads हि for भवि, विविधैः for निभृतैः, अनुनप्यन्ते
for व्यपत्रपन्ते and अनुशयैः for अनुनयैः, may be easier, but is not the
version of our best Mss. Kâṭavema has no comment on the
stanza ; and it is, therefore, impossible to say what his reading
was.

तथा हि in l. 1 explains वदानदेशेण in the previous speech of
Vidûshaka.

The meaning is that though women may feel remorse after
having shown contempt, they would not show openly that they
feel the remorse, but would feel too bashful at heart to come
forward and openly show their regret. Take निभृनैः either as
an adverb or as an adjective in the sense of 'acting silently.'

P. 72. ll. 7, 8.—गङ्गातरङ्गसदिसरीएण ' as beautiful as the waves of
the Ganges,' *i. e.* gently rising one above another, not abrupt

and high. Like the waves of the Ganges, which it is custom-
ary to regard as white, the flight of steps is also white be-
cause consisting of marbles.

P. 73. ll. 1, 2.—पच्चासण्णेग चन्दोदएण जइ. ‘The rise of the moon
must be very near, since’ &c.

P. 73. ll. 4-7.—उदयगूढ° &c. Ranganâtha : “ उदयगूढः उदयाचलेन
छन्नाः | ••••••प्रतिसारिते दूरीकृते.” हरिवाहनादिमुखम्, ‘the face of the
East.’ The East is हरिवाहनांदक् because it is presided over by
Indra, who has the Harî for his horses. हरी (literally yellow,
tawny or ruddy) are a pair of horses so called, and belonging to
Indra. They are sometimes more than two and even then they
are called Hari (plural हरयः). The East is here compared to a
young woman, who during the absence of her husband in a dis-
tant place lets down her hairs uncombed and untied which hang
about her face, and who ties them up at his arrival, and whose
face thereupon becomes visible and brightened. The Moon is
impliedly referred to here as the husband of the East (रजनीपति
or क्षणनाथ, see p. 74 l. 2).

P. 73. ll. 8, 9.—खण्डमोदकसत्सिसरीभी, ‘ as beautiful as a modaka
or lâḍu made of sugar.’ For a description of ‘modaka’ see our
note to *Mâlavikâgnimitra* p. 17, l. 2. Here, however, ‘ modaka ’
is equivalent to a *lâḍu* or round ball of sugar (खण्ड, Guzerathi
khânda) which is snow-white and much in favour at Benares,
and called *Orâ* (pl. *ore*).—राभा दुभाटीणं, ‘ King of the twice-born,’
i. e. the moon. Conf. Harivaṁs’a Adh. 25 st. 21 “ ननस्तस्मै (*i. e.*
चन्द्राय) ददौ राज्यं ब्रह्मा ब्रह्माविदा वरः | बीजौषधीना विप्रागामदा च जनमेजय.
What the real reason is why the moon is called the King of the
twice-born *i. e.* ths first three orders, may perhaps be uncertain.
But it is very likely the epithet has something to do with the
moon’s identification with the Soma which is often called
King in the hymns of the Rigveda. See Rig. VIII. 79. 8, X.
109. 2. In. I. 91. 5 occur the words त्वं सोम असि सत्पतिः त्वं राजा उत
वृत्रहा.

P. 74. ll. 3-6 —रविमावसतें &c.   Conf. Kâṭavema रविमावसत इत्यादि ।
सतां सज्जनानां क्रियायै अनुष्ठानाय रविं सूर्यमावसतें संक्रामतें । उपान्वध्यात् वस इति
अधिकारस्य कर्मसंज्ञा । सुभया अमृतेन सुरान्देवान् पितॄन् पितृदेवताश्च तर्पयतें प्रीणयतें ।
निशि मूर्छतां प्रवर्षमानाना तमसा निहन्तें विनाशयेत्तें । हरचूडानिहितात्मने हरस्य
चूडायां मौलौ निहित: विन्यस्त: आत्मा मूर्ति: [यस्य] स तथोक्त: तस्मै ते तुभ्यं नम: ॥
    Ranganâtha: सतां साधूनां क्रियायै दर्शिकापिण्डविनृयज्ञादिक्रियाहेतवे.

रविमावसतें सतां क्रियायै. Conf. *Aitareya Brâhmaṇa:* चन्द्रमा वा अमा-
वास्यायामादित्यमनुप्राविशति । सोऽन्तर्धीयतें । तन्न निर्जानन्ति । Adh. 40. 5. Sacri-
fices are offered and certain Vedic rites are performed on the
amâvâsyâ. The *amâvâsyâ* or the night without any moon-light
is believed to take place because of the moon entering on that
day into the body of the sun (रविमावसतें), which if he did not
do, there would be no *amâvâsyâ* and consequently no performance
(क्रिया) of the sacred rites by the pious (सन्त:).

सुभया तर्पयतें सुरान् पितॄंश्च, 'gratifying the Gods and the Manes
with nectar.' The Gods and the Fathers (souls of departed
ancestors) drink different parts of the moon and are thereby
gratified. That drinking is the cause of the gradual waning of
the moon from day to day. The *Mâdhavîya Kâlanirṇaya* has the
following: प्रथमां (scil. कलां) पिबतें वह्निर्द्वितीयां पिबतें रवि: । विश्वे देवास्तृ-
तीयां तु चतुर्थीं सलिलाधिप: । पञ्चमीं तु वषट्कार: षष्ठीं पिबति वासव: । सप्तमीमृषयो
दिव्या अष्टमीमज एकपात् । नवमीं कृष्णपक्षस्य यम: प्राश्नाति वै कलाम् । दशमीं पिबतें
वायु: पिबत्येकादशीमुमा । द्वादशीं पितर: सर्वे समं प्राश्नन्ति भागश: । त्रयोदशीं धना-
ध्यक्ष: कुबेर: पिबतें कलाम् । चतुर्दशीं पशुपति: पञ्चदशीं प्रजापति: । नि:पीत: कलाव-
शेषश्चन्द्रमा न प्रकाशतें । कला षोडशिका या तु अप: प्राविशतें सदा । अमायां तु
सदा सोम ओषधी: प्रतिपद्यतें । तमोषधिगतं गाव: पिबन्त्यमुगतं च यत् । तत्क्षीरममृतं
भूया मन्त्रपूतं द्विजातिभि: । हुतमग्निषु यज्ञेषु पुनराप्यायतें शशी । दिनेदिने कलावृद्धि:
पौर्णमास्यां तु पूर्णता ॥ All this childish myth about the moon
being drank by the various gods &c., and thereby losing one
phase each day, and being again restored to his phases from
day to day in the bright fortnight through the oblations offer-
ed to Agni in sacrifices, owes its origin to the identification of

the Moon with the Soma beverage. (See *Raghuvaṁs'a* V. 16 and our note *ad loc.*) After the identification, whatever could be said of the Soma was said of the Moon : hence it is that the Moon 'gratifies the gods and the Manes with the nectar' contained in him.

P. 74. ll. 8, 9.—मौ. Vidûshaka asks the King to sit down and says that the Moon to whom he (the king) is offering his salutations is speaking through him whom he (the moon) has selected for the purpose because he is a Brahman.—दे विदामदेण. See *Suprd* p. 5. l. 3 and the note *ad loc.*

P. 74. ll. 10, 11.—किं दीविकादीनइत्तयेन 'why the superfluous light of these lamps ?' We must suppose that the maidservants held portable lights in their hands while in attendance on the king, who now says the lights may be taken away as the moonlight was bright. विश्राम्यन्तु भवत्य: shows that the girls held the lights in their hands and stood which the King implies is a trouble to them. It is to be noted, how the poet withdraws the girls from the scene where they are no longer required.

P. 75. ll. 5, 6.—णं दीसइ एत्र सा, 'why, is it not too apparent to the eye ?' Literally 'is not that apparent indeed ?' That is, 'that of course is perceptible to the eye.' Vidûshaka means that the state of the King's health (सा="रवावस्था") is such (see next page ll. 1, 2) as to make unnecessary to him any description of his condition (अवस्था) *i.e.* his sufferings. True (एवमेतत्) replies the King, but (पुन:) his poor and pale appearance does not sufficiently indicate the sufferings of his *mind* (मनसोभितात:), which are very great, बलवान्. The existing editions have failed to find out to what सा properly refers and the Calcutta Edition and Lenz actually read ब्रवसी after the pronoun ! None of our Mss. nor Kâṭavema nor Ranganâtha have the addition. All the corruption has been doubtless caused by the too natural omission of the anusvâra over the ण before दीसइ.

P. 75. l. 7.—Kâṭavema: एगमेतन् | अत्र उर्वश्रीप्राप्तिसंभावनाया गम्यमानत्वात् प्रास्यत्रा नाम तृतीयावस्था सूचिता ||

P. 75. ll. 8-11.—'विषमा: निम्नोन्नता:', Ranganâtha.

P. 76. ll. 1, 2.—जहा•••••तहा 'because......therefore.' Vidûshaka means that the king with his drooping limbs (परिहीअमाणेहिं अङ्गेहिं) should appear dejected and in low spirits. Such, however, he does not appear, but on the contrary in spite of the drooping limbs Vidûshaka finds him the more lively and cheerful (आहिअं सोहसि). From this he concludes that the fulfilment of his desires is approaching. This refers to an idea that unexpected cheerfulness is a precursor of approaching good luck. This is confirmed by the additional auspicious tokens that befal the King in the shape of the sudden twitching of his right arm दक्षिणबाहिरारस्पन्दनम (See the stanza following). By this speech of Vidûshaka and the following of the King the poet prepares the minds of the audience for the sudden arrival on the stage of Urvas'î and Chitralekhâ in a celestial car.

P. 76. ll. 3-5.—निमित्तं सूचयित्वा. See note on p. 35. l. 4. वचोभिराशाजननै: Such as ll. 5, 6 on the previous page and the speech preceding the present one.

Ranganâtha imagines he perceives a play on the word दक्षिण; and observes, दक्षिणश्चतुरां हि दुःखितमाश्वासयति.

Kâṭavema वचोभिरित्यत्र बाहुस्पन्दस्य उर्वश्री प्राप्तिहेतुत्वादनुमानं नाम संध्यङ्गमुक्तं भवति ||

P. 76. l. 6.—'Of course the words of a Brâhman are not untrue.' Mark the sense of अण्णहा, and compare page 56 l. 4. Vidûshaka is emboldened by the auspicious signs the King observes, and boasts that his words, viz. that the King will soon have Urvas'î, will turn out true as he is a Brahman.

P. 76. l. 8.—अभिसारिकावेश, Ranganâtha: अभिसारिकालक्षणं तु, हित्वा लज्जां समाकृष्टा मदनेन मदेन वा अभिसारयते कान्तं स्वयं वा साभिसारिकेति ||

Kâṭavema: अभिसारिकावेषा अभिसारिकाया वेष इव वेषो यस्या: सा तथोक्ता । अभिसारिकालक्षणमुक्तं वसन्तराजीये यथा । मदेन मदनेनापि प्रेरिता शिथिलत्रपा याोत्सुका- भिसरेत्कान्तं सा भवेदभिसारिका ॥ कुलज्ञा गणिका प्रेष्या यथोर्वेवेष चेष्टिने: रागानत्तय- संज्ञा वर्णयेदभिसारिकामिति ॥

P. 77. ll. 3, 4.—अवि णाम अहं पुरूरवा भवेभंति, 'I wish I were Purûravas.'

P. 78. ll. 1, 2.—पडिवत्तिदं &c. नन्वेतत्परिवार्तितमिव रूपान्तरेण परिणतमिव.

P. 78. ll. 3-4,—पहावदो. See above p. 10, l. 1; p. 42, l. 2.

P. 78. ll. 5-7.—मणोरहलब्भविभसमाभमसुहं. The words मणोरहलब्भ- विभसमाभम are intended as a pun. Chitralekhâ wishes to vex her friend with jealousy by suggesting to her that the King is happy enjoying the company of his beloved (some other girl) which he has obtained according to his wishes लब्धमनोरथप्रियसमा- गमसुखमनुभवन् = लब्धो यो मनोरथप्रियसमागम: मनोरथानुवर्ती प्रियसमागम: तस्य सुखम् अनुभवन्, (for which मणोरहलब्भविभसमाभमसुहं अणुहवन्ती is an al- lowable construction in Prâkṛit), whereas what she really means is, that he is happy enjoying his beloved's [Urvas'î's] company which he has obtained by means of his imagination (मनोरथेन मनस्तरङ्गेण न तु वस्तुन: लब्धो य: प्रियसमागम: उर्वश्या: संगम: तस्य सुखमनुभवन्) which is an exact rendering of मणोरहलब्भविभसमाभम- सुहं अणुहवन्ती.

Kâṭavema: अत्र कपटकल्पनाया गम्यमानत्वादभूताहरणं नाम संध्यङ्गमुक्तं भवति ॥

P. 79. l. 2.—मुञ्जे का उण अण्णा चिन्ता विभसमाभमस्स, 'Child, but what other thought about the company of the beloved?' i. e. why do you entertain an unworthy thought regarding 'the company of the beloved' I have spoken of? On अण्णा Kâṭavema adds त्वां विनेति शेष:. अत्र यथार्थकथनेन मार्गो नाम संध्यङ्गमुक्तं भवति ।

Ranganâtha, "अदक्षिणमसाधीनम्." अण्णा appears to mean 'untrue,' 'unworthy,' 'improper.' Conf. अण्गहा at p. 56. l. 4. and at page 76, l. 6. Urvas'î replies, 'Because my unkind heart doubts him' (अदक्खिणं संदेहदि मे हिअभं).

P. 79. ll. 4, 5.—एसो &c. Here Chitralekhâ speaks seriously, and is no longer joking.

P. 80. ll. 2, 3.—भणिअभिण्णत्थेण, because it is not clear from the King's speech whether it is Urvas'î or some other girl that he is longing for.

P. 80. l. 5.—णं इमे. This is proposed as a remedy against the madanabâdhâ that the King complains of in his speech.

P. 80. ll. 6-9.—अनुवक्रम्यो incurable, अचिकित्स्य: as Ranganatha says. He goes on : आनङ्गो रोग: संतापो वा । आनङ्गो रोगसंतापश्चुरु मुरज-ध्वनाविति विश्वलोचन: ॥ कुसुमशयनमिनि । मत्यर्घं नूननं सर्वीङ्गीणं सर्वीकृश्यापि मल-यजं चन्दनम् । मणियठ्यो मणियुक्ता हारा: ॥ यांठ: शास्त्रान्तरे हारे हारे हारालराशि चिनि विश्वलोचन: ॥ मनसिजरुजं मदनबाधाम् । अलं समर्था । अयांहितुं रहस्ये एकान्ते । लपयेङ्गपूकुर्यात् ।

Lying on beds of flowers, enjoying the cool moonlight, besmearing the whole body with sandal, wearing strings of cooling crystals round the neck, are some of the chief remedies of love-sick people against *madanabâdhâ*.

P. 81. l. 3.—दिभग दाणि &c. Urvas'î on hearing the words सा वा दिव्या in the preceding stanza takes courage and congratulates her heart that it has gained the fruit of its having left her and gone over to the King. Take दाणि with उवलम्भं. इरो = "इन: आदिगन्राजनि" Ranganâtha. संक्रान्नं = निविष्टम्. Conf. p. 74. ll. 8, 9. ' बम्हणसंकमिदएब्वरेण.'

P. 81. ll. 4, 5.—आम् &c. 'Oh yes, I too, when I do not get a dinner consisting of dainty venison, feeling a desire for it console myself by speaking about it.' This is a remark suggested to Vidûshaka by the words तदाश्रयिणी कथा रहसि आरब्धा मनासिजरुदं लपयेत्.

P. 82. l. 1.—संगद्यत इदं भवत: 'but you get this.' इदम्=मिठुरिणीमं-सभोभणं.

P. 82. l. 3.—एवं मन्ये, 'I think that—,' 'I say' 'Look here.' एवं does not refer to the previous speech of Vidûshaka, भवंपि तं

अचिरेण पाविस्सदि, which the king takes no notice of, but to the contents of the stanza अयं तस्याः &c. Chitralekhâ, however, understands the words एवं मन्ये to refer to the preceding speech, भवेदि तं अचिरेण पाविस्सदि, and to mean 'yes I think so,' i.e. 'Yes I think I shall soon have her,' and asks Urvas'î reproachfully (for she is not satisfied) to hear them.

P. 82. 1. 5.—कइं विश 'what is it that you think?' We must imagine that the King instead of at once finishing his speech, by saying अयं तस्याः &c., which he began with एवं मन्ये, hesitates a little, perhaps to compose the verses. This on the one hand makes Vidûshaka ask him what it is that he wanted to say, and on the other gives the poet an opportunity (not unsought for of course) of interpolating Chitralekhâ's speech सुणु भसंतुदे सुणु addressed to her friend.

P. 82. ll. 7, 8.—'This shoulder of mine, that was struck against by her shoulder owing to the jolting of the carriage, is the only limb of this person that exists with reason; the rest is a mere burden to the earth'. भुवो भरः does not mean a dead clump of earth (see Bollensen) but a burden to the earth i. e. existing in vain.

Kâṭavema: अयं तस्या इत्यादि | अत्र वाश्ररस्योत्कर्षेन्नानुहारणं नाम संध्यङ्गमुक्तं भवति || On रथसंक्षोभात् see above Act I. St. 12.

P. 82. ll. 10, 11.—Kâṭavema: गतायाः ममेत्यत्र [षष्ठी] चानादर इति षष्ठी ||

P. 83. 1. 1.—भणु खित्तांतिरक्कारेणीभासि. See above p. 41 ll. 1, 2.

P. 83. 1. 7.—हला किं &c. Kâṭavema: अत्र शङ्कया गम्यमानत्वात् संभ्रमो नाम संध्यङ्गमुक्तं भवति ||

P. 83. ll. 8, 9.—उव्वासणिभमवेसा. On णिभम see suprá p. 69. ll. 7, 11 and note ad. loc.

P. 84. 1. 4.—णं देवीसहिदो भट्टा विसेसरमणिज्जो. 'Of course His Majesty looks more handsome when Your Ladyship is near him.' So does the Moon, she means, in the company of his consort Rohiṇî.

P. 84 l. 5.—मो &c. 'I say, I do not know whether it is because she is going to give us a present of sweetmeats, or because using the opportunity of the ceremony to lay aside her anger she wishes to make amends for her contemptuous treatment of your prostration, but Her Majesty to my eyes appears well-pleased to-day.' What Vidûshaka means to assert is that Aus'înarî looks well pleased this time. He wishes to account for it in either of two ways; she does so either because she is going to give Vidûshaka a Svastivâyana though she is not really reconciled to the King, or because she is really no more angry with the King and wishes to make amends for the contempt with which she has treated his prostration,—which she wishes to do under the pretext of a ceremony in fulfilment of a vow. The King says, both reasons are possible, but that what he says last (viz. "यदब्बवदेसेण मुक्करोसा पणिपादञ्जलुणं पमब्जिडुकामेत्ति") is what he believes. For 'though wearing only plain white clothes, and having only such scanty ornaments as she must wear as a married lady, her hair decorated with nothing more than sacred Dârvâs offered to the gods,—even with such person, because she has given up her anger ostensibly owing to the requirements of the solemn observance she appears pleased with me.' The King means, that simple as her dress is and scanty as her ornaments are she appears pleased with him by her very appearance, i. e. he wants no further proof than her cheerful appearance. Though she might have been expected to come into his presence in her best attire and with her richest ornaments, if she had been reconciled, he nevertheless is satisfied that she is so reconciled. Her very appearance, simple as it is (and this simplicity of dress and paucity of oraments is owing to her having given up her anger under the pretext of an observance) shows to him that she is reconciled.

When a *vrata* or observance is undertaken the person observing it is enjoined to abstain from the six spiritual enemies

काम, क्रोध, मद, मत्सर, दम्भ and लोभ. And, therefore, in order to avoid the appearance of fickleness the Queen has taken advantage of the observance to show that she has laid aside her anger, which she really has.

सौधिंयवाभणं = स्वस्तिवायनम्, presents of sweetmeats. These are given to Brahmans, officiating priests, and virtuous married women (सुवासिनी) on the occasion of the fulfilment of a vow, or the completion of certain ceremonies undertaken to be performed within a certain time (व्रतोद्यापन), or on certain religious holidays. The *váyana*, for so it is generally called, is mostly given by women and consists of sweetmeats such as lâdus, or fruits such as mangoes or plantains. The name is now corrupted into *vána*. A *váyana* is not given to a member of one's own family but to strangers. The Queen could not therefore give a *váyana* to the King, but she gives it, as will be apparent further on, to Vidûshaka and to the Kanchukin because they are Brahmans. Women give *váyanas* on the occasion of the *Mangalá Gaurí pûja*, *i. e.* on the Tuesdays of the month of S'râvaṇa, on the *Jyeshṭha-s'uddha-paurṇimá* when the sacred banyan tree—वट:—is worshipped in commemoration of the revival of Sâvitrî's husband well known to readers of the Mahâbhârata—the rite being called the *Vaṭasávitrî-vrata* ; on this occasion the *váyana* consists of dry dates, plantains, and chiefly mangoes and jack-fruit and jambu fruits, presented to married women who in return make similar presents. On the 6th of the light half of S'râvaṇa a *váyana* is given consisting of *Khichaḍi* (rice cooked in jaggery and in fried muga pulse with ghee) and cucumber which has its stem unremoved. It is given to Brahmans and Suvâsinîs. On the day of the *Makara-Sankrânti*, or the day on which the Sun enters the Capricornus, married women give *váyanas* to Brahmans and Suvâsinîs, consisting of sesamum seeds, carrots, pieces of sugarcane, green peas or gram, and wheat, all put in a new earthen pot covered with a new eathern basin   The pot so used and given is called *sugaḍa* (=su-ghaṭa). *Váyanas* are given to Brahmans and to married women. Widows can neither give nor receive a *váyana*, which is an exclusive privilege of married women. On occasions of S'ráddhas a man may give a *váyana* to a Brahman. The name स्वस्तिवायनम् may owe its origin to the fact that the Brahmans to whom they are given and to whom alone they might originally have been given give blessings (स्वस्ति) on receiving a *váyana*. स्वस्तिवाचनम् seems to be different from स्वस्तिवायनम् in this that it is the pronouncing of a blessing with Vedic verses and is done by Brahmans. Women cannot give a svastivâchana as they cannot bless and are debarred from reading, reciting or hearing the Veda.

Construe भवतो with पाणिपादलङ्गुणं and not with वदन्नवदेसेण because Vidûshaka does not yet know what *vrata* it was that the Queen was going to perform *i. e.* whether it had any reference to the King. He will know it later on, p. 87 l. 7.

सिताशुका. The simplest dress of a Hindu lady is a white sári or pâṭala, so called probably because of its *thinness*; or it may be derived from *páṭala* ' of a pink colour ' which is the usual colour of a *páṭala*.

मङ्गलमात्रभूषणा. There are certain ornaments and decorations which a married woman must wear howsoever poor and how unwilling soever she may be to have any. To wear and have them is a sign of wifehood, as the absence of them is that of widowhood. Thus to apply the red mark on the forehead is a mangala, to have the arms besmeared with saffron is a mangala, and to have a wreath of glass beads round the neck is a mangala. These then were all that Aus'ínarî had. मङ्गलम् एव भूषणानि यस्या: सा =: मङ्गलमात्रभूषणा. Ranganâtha prefers to take मङ्गलम् as signifying certain decorations only and does not refer it to the ornaments indicated by us. He says मङ्गलं हरिद्रोद्धनेनकुङ्कुमादि तन्मात्रभूषणा.

पवित्रदूर्वांङ्कुरलाञ्छितलका, पवित्रैर्दूर्वांङ्कुरैर्लांछिता अलंकृता अलका यस्याः सा.

On occasions when women perform a ceremony in which the fine ends of the Dûrvâ grass are offered to the God or Gods in worship, the remnant is put by them in their hairs, the proper and profane or gay ornament of which consists of gold and other jewelry as well as choice flowers.

As on occasions of the performance of ceremonies calmness and abstinence and freedom from all passions and pleasures is enjoined, it follows that the person is not then ornamented or decorated. Hence Aus'înarî was so simple in her dress and scanty in her decorations and ornaments. If it were not for this observance of a vow she would have been more splendidly dressed and ornamented, as she was reconciled with the King. Her appearance nevertheless is so satisfactory that the King feels sure she has forgiven him and is reconciled with him.

P. 86. 1. 6.—साहु अमूआवरम्मुहं मन्तिदं, ' that is well said, without jealousy.'

P. 87. 1. 7.—पिआणुप्पसादणं णाम. अनुप्रसादनम् appears to correspond to अनुनयनम्, the former applied to a woman who tries to please or reconcile her husband or lover after giving him offence, and the latter to a man who acts similarly towards his wife or mistress. अनुनय, however, is also found used of a woman. As आनयेनमनुनीय कथं वा विप्रियाणि जनयन्ननुनेयः *Kirátárjuníya* IX.

P. 87. 1. 10.—अकारणम्, adverb qualifying ग्लपयसि.

P. 88. 11. 1, 2.—Construe : य उत्सुकः [सन्] तत्र प्रसादमाकाङ्क्षनि स दास-जनस्त्वया किं प्रसाद्यते ॥

P. 88. 11. 6, 7.—पहावो. See above, note on p. 78. 11. 3, 4. —एत्तिअं ' so much,' not in quantity but in quality.

P. 88. 1. 8.—विरमदु &c. ' Be you silent. You ought not to oppose auspicious words.' That is, you should not deny what the Queen says. Say nothing more. The auspicious words appear to be those forming the previous speech of the Queen that the observance has produced a good result. Vidûshaka speaks like a Brahman and draws for his sapient utterances upon the sentiments and language of the class of men to which he belongs.

P. 89. ll. 1, 2.—मणिहम्मिभगदे चन्दवादे. Accusative plural, which in Prakrit masculine nouns ends in ए. मणिहम्मिभगदे 'which are here on the Maṇiharmya.' जाव 'so that I may.'—" श्रीदहारकं पूजासाममी " Ranganâtha.

P. 89. l. 7.—उववासो 'your fast,' *i.e.* this observance of the ceremony on account of which you have been fasting to-day. The question arises how Vidûshaka has found out that the Queen has fasted on the day. There appears nothing in the play so far which may justify the assumption that the *vrata* is one accompanied by a fast. The answer, we think, lies in the fact that the *vrata* was to be performed by moon-light. And all such *vratas* which are now performed require that no food should be eaten till after moon-rise and the performance of the rite that follows. For instance on every Sankashṭa chaturthî, or shortly sankashṭî (the 4th lunar day of the dark fortnight) the observers of the *Sankashṭî vrata* take no meal till they have worshipped Gaṇapati, which they can only do after moon-rise on that evening.

P. 90. l. 1.—इदो scil. आगच्छ.

P. 90. ll. 3-6.—अभिनीय this is not a direction to the character of the devî but to the person who represented that character.

Kâṭavema reads the passage thus: एसा इं दे वन्दामि | एषाहं स्वौ वन्दे | माकृते कचिदसादेरिति द्वितीयार्थे | (clearly a bad reading explained as best he could), मिथुर्ण रोहिणिमिभलङ्छगं सखिद्बकारिभ अ॰अउत्तं अणु- प्रसादोमि भबजपहुदि अ॰अउत्तो जं आथिथ्थं पथ्येदि जा अ॰अउत्तस समाभमप्पण- इणो ताए मह समपादिवन्त्रेण वन्तिदल्बांति ||

P. 90. ll. 7, 8.—किं वरं &c. " अस्मिन्नर्थे तालपत्रत् अनुनयरं वा आक्षेप-

परं वेत्स्यथे:," Kâṭavema. Urvas'î means she does not know whether Aus'înarî is really sincere and wishes to propitiate the King or is sarcastic and reproachful. Bollensen is not correct in translating सें by तस्य instead of by भस्या:. Lenz, the Calcutta Editions, Ranganâtha and Kâṭavema have correctly भस्या:.

P. 91. ll. 3-5.—मन्टु पलाइदे, locative absolute.—णिविण्णॊ, because he is छिण्णहथॊ 'armless,' 'with a broken hand.'

P. 92. ll. 2-5—भन्यस्यॆ. Construe with दानुम् only and not with हनुंम्, as this requires an ablative in Sanskrit.

P. 92. ll. 6, 7.—होदि वा मा वा, 'you may be so or you may not be so.'—जन्माणिदिट्ठं, 'as prescribed.'

This speech would show that Aus'înarî is not really reconciled, but only wished to make amends for what she considered as her fault, viz. her having contemptuously treated the prostration of the King. But the passive and sarcastic and almost reproachful consent given by her to the King making love to Urvas'î is regarded by the author sufficient to satisfy the King's conscience and justify the rest of his proceedings.

P. 92. l. 9.—भइजउत्त 'my lord, I have never broken a sacred rule before.' Staying with him any longer would amount to a breach of the rules which she has to observe in connection with the observance, and she wishes that he should not tempt her.

P. 93. l. 3.—किं उग &c. 'But why should you despair and withdraw your heart from him?' णिवत्तॊभदि scil. हिभभं.

P. 93. l. 7.—आवि नाम, particles implying a wishful supposition, equivalent to 'would that.' "आवि नामेति संभावनायाम्," Ranganâtha.

P. 94. l. 1.—भइज किदथ्था भवॆ ! 'that Urvas'î may be happy to-day !' Urvas'î as it were interrupts the King before he has had time to finish his sentence and puts in her own wish after

the particles. Conf. Ranganâtha : अपि नामोर्वशीनि । गूढं नूपुरत्यनन्तर-
मध्ये वक्ष्यमाणपद्यान्वय – – – आत्मगतं कृतार्थी भवेत् । इदमुर्वशीवचो राज्ञोऽरिसमाति-
वचनोत्तरवाक्यत्वेनान्तरेवागतमाश्रांसनम् ॥

P. 94. ll. 3-6.—गूढा, 'being herself invisible.'—गातयेत् scil.
Urvas'î.—मन्दायमाना because of fear, साध्वसवशात्.—बलादानीयेत 'were
brought forcibly,' because she (Urvas'î) would be मन्दायमाना,
'slow to move.'—पदात्पदं 'step after step,' 'step by step,' पदम्
accusative of motion after आनीयेत.—चतुरया सख्या, 'by her clever
friend,' Chitralekhâ.

P. 95. ll. 3-6.—तपनकिरणै: = सूर्यकिरणै:.

Kâṭavema : अङ्क्रमन इत्यादि • • • • • • । अत्र संचिन्त्यमानार्थस्य सिद्धौ क्रम इति
संध्यङ्गमुक्तं भवति ॥

P. 95. l. 8.—एकासने, 'on the same seat as himself.' That is,
the King took her on the same seat as he himself was occupy-
ing, so that they were in close contact with each other (शरीरसं-
र्षकं गतौ, see below, next page, Urvas'î's speech).

P. 96. ll. 1, 2.—मा खु मं पुरोभाइणिं समझेहि, 'do not regard me as
officious' पुरोभागिनी is, as the lexicons and commentators ex-
plain it, दोषैकदृक्, 'she who sees only the faults and not the
virtues of another,' i. e. one who is so officious that she will
run down the accomplishments of another and attract atten-
tions to herself. The same is true of पुरोभागी as applied to
a man. Hence the word comes to mean 'meddling in other
peoples affairs', making love to a man or a woman that is
married and that does not love her or him,' as the case may be.
Compare *Raghuvams'a* XII. 22 and our note *ad. loc.* See also
S'âkuntala, आः पुरोभागिनि किमिदं स्वानन्दयमवलम्बसे, Act V.

P. 96. l. 3.—इह ज्जेव तुम्हाणं अत्थमिदो सुरज्जो. 'Has the sun set to
you here?' Are you going to act as if the sun were set? Are
you forgetting that it is not night yet? The question is sug-
gested to Vidûshaka by what Urvas'î says in the preceding

speech, especially the words से पणभनदी विभ सरीरसंगकं गराहि | मा खु मं गुरीभाइणि समप्येहि, which to his mind seem to convey a warning that they (he and Chitralekhâ) should leave the room. Bollensen is obviously wrong in translating, 'how, have you been here from sun set?' (wie seid ihr schon seit Sonnenuntergang hier ?)

That the speech is genuine there can be no doubt whatever as all our Mss. with two commentators read it and all the existing editions have it. But there can also be little doubt that it is a *lapsus memoriae* on the part of the poet. For the time of the whole of this Act commences from sunset and it is several hours past sunset as Vidûshaka is speaking. The question would have been a proper one to ask if the scene had been laid in day-time.

P. 96. ll. 5-8.—Kâṭavema: अत्र देवीप्रसङ्गेन व्यवहितस्य बीजस्य पुनर्योज-नादाक्षेपो नाम संध्यङ्गमुक्तं भवति ||

P. 97. ll. 1-3.—उग्गसमए. Kâṭavema too reads उद्दुसमए. Chitralekhâ mentions the fact that she is going to attend upon the Sun (उत्चरितग्यः = सेविनग्यः, उपस्थातग्यः | See note further on to p. 102, l. 5) in the hot season which succeeds the spring in order to show that she will not be able to see them for some time. Urvas'î is therefore likely to yearn for Svarga, which she would not if Chitralekhâ were able to see her from time to time. Hence it is that the King is asked so to behave as to avoid giving cause to Urvas'î to yearn for Svarga.

On नइा वभवंतेण कादवं conf. Ranganâtha : अनेन भाविविरहसूचनमिन्य-त्रिमाङ्गनार्थोपक्षेपादङ्गावतारोयम् ||

P. 97. l. 5.—केवलं अग्गिमिसेहिं णभणेहिं मीणा विडम्बीअन्दि. 'All that is done is that fishes are mocked by means of twinkleless eyes.' The allusion is to the belief that those that live in the Svarga never shut their eyes but have them always open, and are as twinkleless as those of fishes. There is an amount of satire in the word विडम्बीअन्दि which deserves to be noted.

P. 97. 1. 7.—अनिर्देश्यं वक्तुमशक्यं सुखं यस्य सः.

P. 98. 11. 9, 10.—सामन्त &c. Construe : हे सखे अश्वाधरणयो: क्रान्न-
माज्ञाकरत्वमभिगम्य यथाहमत्र कृतार्थः तथा सामन्तमौलिमणिरञ्जितशासनाङ्कम् एकान्-
पत्रम् [एतादृशम्] अत्रने: प्रभुत्वमभिगम्य कृतार्थो न ॥

सामन्त &c. सामन्तमौलिषु ये मणय: नै: रञ्जितं शासनमङ्काङ्किं यस्य तत् i. e.
सामन्तमौलिमणिरञ्जितशासनचिह्निनम् 'distinguished by many potentates
obeying my order held on their heads and thereby brightening
it with the rays of the jewels worne by them in their crowns.'
The allusion is to a letter containing a royal edict, the humblest
way of obeying which is to receive it on the head; and when
a crowned head receives' such an order on the crown the pre-
cious stones in the crown are reflected on the letter which
thereby becomes brightened (रञ्जित.) The sense is ' which is ac-
knowledged by many crowned heads.'

P. 99. 1. 4.—अहो &c. 'How wonderful is the accomplishment
of one's wishes, giving rise to contraries !'

P. 99. 11. 5-6.—पादास्त एव viz. which used to burn me before.
वाणास्त एव &c. 'the same arrows of Madana, which formerly
pained me, now please me.'

P. 99. 1. 7.—संरम्भक्षमिव = "रिपुदारणमिव." अनुनीतम् = "कृतसान्त्वन-
मिव" Ranganâtha.

P. 99. 1. 11.—रसवत्तरं, "स्वादुतरं .... । रसो रागे तथा वीर्ये निक्कादौ पारदे
द्रवे । रसस्यास्वादने हेम्नि निर्यासे मृतशब्दयोरिति वैजयन्ती" ॥

P. 100. 11. 2, 3.—मणिहर्म्येवसस. The Maṇiharmya was not it
would appear the palace where the King lived.

P. 100. 1. 4.—मार्गमादिश्य सख्यास्ते 'help your friend out,' i. e.
lead her out. सख्या: genitive in the sense of the dative 'to
your friend'.

P. 100. 11. 9, 10.—Kâṭavema: अनुरतेस्यादि । अनुगननमनोरथस्य अनु-
पनत: अप्राप्त: मनोरथो अभिलष(sic)पितार्थ: येन स तथोक्त: तस्य मे पूर्वमस्मान्
समागमात्प्रथमं त्रियामा रात्रि: शतगुणिता (that is how he reads) शतगुणित-

त्वं गतेन प्राप्तेन एकरात्रि: | गतरात्रितुल्यकालता गतेत्यर्थ: | हे सुभ्रु इदानीं तव समागमे सत्यति सा रात्रि: तथेव ज्ञानगुणेन प्रसरति यदि प्रथति चेत् तनस्तस्माद्रेनो: कृती कृतार्थो भवेयम् | अत्रेयं सूचना उत्तराङ्ककथोपयोगिनाद्विन्दुरित्यवगन्तव्यम् ||

———

Act IV.

P. 102 l. 1.—Kâṭavema : कविरिदानीमङ्कान्तरमारभमाण: कथासंघटनार्थे प्रथमं प्रवेशकं नामार्थोत्क्षेपकं प्रस्तौति |

P. 102. ll. 2-4.—मिलाभमाणसद्वत्तस्स विभ दे मुहस्स छाया 'the poor appearance of your face, which is like that of a fading lotus.' विभ connects मिलाभमाणसद्वत्तस्स with मुहस्स and is not to be referred to the verb सूचेति. In fact मिलाभमाणसद्वत्तस्स विभ मुहस्स is equivalent to मिलाभमाणसद्वत्तसरिसस्स गुहस्स.

P. 102. ll. 5, 6.—अच्छरावारएज्जाएण, 'by the turn of service which the Apsarases have to perform.' अप्सरसां वारा: अप्सरोवारा: तेषां पर्यायेण. वार is a time, an appointed time of service or of doing any task or of the regular return of a recurring event. The word is still found in Guzerâthi which has preserved it almost intact (वारो), as in पाणीनो वारो, कामनो वारो &c., especially in वाराफरती काम करेछे.

वारपर्याय: is the turning or rotation of the turn, the coming round of the turn.

सुज्जस्स पादमूलोवट्ठाणं वट्टदि, 'there is the service of the feet of Sûrya,' 'the Venerable Sûrya has to be served.' Literally, 'there is the service of the soles of the feet of Sûrya.' This is a way of speaking of a person held in great reverence. The foot being the lowest part of the body (and that is why the famous *Purushasúkta* derives the so called S'údras from the feet of the Divine Person पद्भ्यां शूद्रो अजायत) is thought the fittest limb that may be referred to by inferiors. It is not rare to meet with expressions like इति शंकरपादा:, इत्याचार्यपादा:, 'such is the opinion of the venerable S'ankara,' 'such is the opinion of the venerable Âchârya.' Pâdamûla being lower than pâda is then used to indicate greater reverence than pâda. Conf. त्वत्पादमूलं भजतः प्रियस्य *Bhágavata sk. IX. Adh.* Also जगामानिलवेगेन पादमूलं महात्मनः *Rámáyana* as quoted in the St. Petersburg *Wörterbuch*, which see.

सुभजस्स पादमूलोपस्थानं भवति is therefore equivalent to सूर्यस्योपस्थानं भवति. What this *upasthána* is appears from the *Bhágavata Puráṇa.* It says

सामग्यैर्यजुभिस्तान्लिद्वैर्ऋषयः संस्तुवन्त्यमुम् ।
गन्धर्वीसं प्रगायन्ति नृत्यन्त्यप्सरसोऽपि तः ॥ ४६ ॥
वहन्त्यनिं रथं नागा ग्रामण्यो रथयोजकाः ।
नोदयन्ति रथं पृष्ठे नैर्ऋता बलशालिनः ॥ ४७ ॥
वालखिल्याः सहस्राणि षष्टिर्ब्रह्मर्षयोऽमलाः ।
पुरतोऽभिमुखा यान्ति सूर्यं च सुनिभिर्विभुम् ॥ ४८ ॥

sk. XII. Adh. ||

'Every month in Sûrya's progress the Rishis praise him in such of the hymns of the three Vedas as are addressed to him ; the Gandharvas sing and the Apsarases dance before his car ; Nâgas (snakes) serve him as ropes to tie his car ; the Yakshas accompany the car as harnessers ; mighty Râkshasas push the car from behind, and the sixty thousand holy Brahmarshis called Vâlakhilyas go forth before him, the Lord Sûrya, singing his praises.' Each month these six *Gaṇas* do service by turns. The names of the Ṛishis, of the Gandharvas, of the Apsarases, of the Yakshas, &c., that attend upon and serve Sûrya are set forth with the month in which they serve, (Stt. 33-43). We

learn there that the Apsaras *Kritasthali* attends and serves (उत्-
तिष्ठति) in the month of *Chaitra*, *Punjikasthali* in *Vais'ákha*,
Menaká in *Jyestha*, *Rambhá* in *Ásháḍha*, *Anumlochá* in *Bhádra-
pada*, *Tilottamá* in *Ás'vina*, *Rambhá* in *Kártika*, *Urvas'í* in *Már-
gas'írsha*, *Púrvachitti* in *Pausha*, *Ghritáchí* in *Mágha* and *Sena-
jit*(?) in *Phálguna*. The month of *S'rávaṇa* is omitted doubtless
accidentally. A commentary on the *Bhágavata* (*Bhávárthadi-
piká*) quotes from the *Kúrma Puráṇa* certain verses which give
all the seven *Gaṇas* that form Súrya's train of attendants in the
twelve months.

एते चादित्यादयः कौर्मे विभक्तयोक्ताः ।
धातार्यमा च मित्रश्च वरुणश्चेन्द्र एव च ।
विवस्वानथ पूषा च पर्जन्यश्चांशुरेव च ।
भगस्त्वष्टा च विष्णुश्च आदित्या द्वादश स्मृताः ॥

पुलस्त्यः पुलहश्चात्रिर्वसिष्ठोथाङ्गिरा भृगुः ।
गौतमोथ भरद्वाजः कश्यपः क्रतुरेव च ।
जमदग्निः कौशिकश्च मुनयो ब्रह्मवादिनः ॥

रथकृन्नौरिष्टनेमिर्धर्ममणिश्च रथस्वनः ।
रथचित्रस्वनः श्रोता शतहृण सेनजित्तथा ।
तार्क्ष्यश्चारिष्टनेमिश्च कृतजित्सत्यजित्तथा ॥ एते यथा:

अथ हाहा हुहूश्च पौरुषेयो वसुस्तथा ।
वैनो व्याघ्रस्तथारैश्च वायुर्विद्याद्धि वाङ्करः ।
ब्रह्मापेतश्च विमन्द्रा यज्ञापेतश्च राक्षसाः ॥

वासुकी कच्छनीरश्च तक्षकः सर्वतुङ्गवः ।
एलापत्रः शङ्खपालस्तथैरावतसंज्ञिनः ।
धनंजयो महापद्मस्तथा कर्कोटको द्विजाः ।
कम्बलाश्वतरश्चैव वहन्त्येनं यथाक्रमम् ॥

तुम्बुरुर्नारदौ हाहा हूहूर्विश्वानसुस्तथा ।
उर्वंसेनौ रमैन्नचिर्त्विर्विमुरथावर: ।
निर्वसनस्नेयोर्णायुर्धृन्नरात्रं द्विजोत्तमा: ।
सूर्यवर्चा द्वादशैति गन्धर्वा गायता वरा: ॥

कृनेग्यह्ल्यप्सरौवयो तथान्या पुञ्जिकस्थली ।
मेनका सहजन्या च प्रम्लोचा च द्विजोत्तमा: ।
अनुम्लोचा घृतौनी च विश्वाची चार्वंगी तथा ।
अन्या च पूर्विनान्त: स्याइन्या चैव निम्लोचमा ।
रम्भा चेति द्विजश्रेष्ठास्तथैवाप्सरस: स्मृता: ॥ इति

Here too the attendance and service begins apparently from Chaitra but the order of the Apsarases is slightly different.

It will be seen that our Chitralekhâ is not among the Apsarases enumerated either by the *Bhâgavata* or by the *Kaurma* unless she is identical with one of those there enumerated. According to what Chitralekhâ says (p. 97 l. 1) she has to attend upon the Sun in the hot season which comes after the spring; *i. e.* in *Jyeshṭha* or *Âshâdha* in which months according to the *Bhâgavata* the attendant Apsarases are Menakâ and Rambhâ, and according to the *Kaurma* Menakâ and Sahajanyâ. Chitralekhâ can be identified with none of these as they are separately mentioned in the play. It is probable therefore either that Chitralekhâ and her turn of service in the hot season are a creation of our author, or, if not, he has refused to follow slavishly the order of service of the Purâṇas and assigned her the month that suited his purpose best, being indebted to the Purâṇa simply for the idea that the Apsarases have to attend upon the Sun by rotation.

P. 103. ll. 2, 3.—तदो इमाइं &c. 'Then in order to find out how she is faring just now I put myself in contemplation and discovered a great calamity.'

इमाइं दिवसाइं. Accusative of duration. अत्यन्तसंयोगे द्वितिया.

P. 103 ll. 5, 6.—रतिसहार्यं, 'accompanied by Rati, or love, *i. e.* unaccompanied by any other female than Rati. That is, he took no other females with him except Urvas'î and except indeed Rati. Rati is love, pleasure. The reading लच्छीसणाइं found in the existing editions has little to recommend it. Why should the King take Lakshmî with him? And what does Lakshmî mean here? He did not require either wealth or beauty to be taken to Gandhamâdana from his capital.

गन्धमादणवर्गं विहरिदुं गदा. Conf. Kâṭavema: गन्धमादनं नाम हिमवत्पुर-ध्यौगन्धिप्रस्थस्योर्जवनम् । तथा चोक्तं कुमारसंभवे । यस्य चोर्जवनं बाह्यं सुगन्धिर्गन्धमा-दनामिति (corrected into न इति) ‖ This is not the only place where Kâlidâsa sends a newly married pair to enjoy their honey-moon to a retired but delightful place like Gandhamâdana, but in the *Kumârasambhava* he does the same with S'ankara and his wife Umâ. See *Kum.* VIII. 20 fgg. See also *Mahâbhârata Udyogaparv.* Adh. 117.

P. 104. l. 1.—सो णाम &c. ' That indeed is enjoyment which is had in places like those.' The force of णाम is that the words are equivalent to तस्य संभोगस्य संभोग इति नाम युज्यते यस्तादृशेषु प्रदेशेषु क्रियते.

P. 104. ll. 2-4.—मन्दाहणीए पुलिणेसु, 'on the sandy bank of the Mandâkinî.' पुलिनम् is the space that lies between the bank and the bed of a river, and is covered with sand. Man-dâkinî, originally only the name of an arm of the Ganges in one of the valleys of the Himâlaya, afterwards became like many natural objects situated within the geographical limits of the Himâlayan range, the name of a heavenly river, or rather of the Ganges itself before it descended from Svarga upon earth.

Kâṭavema has कीळन्तीं for कीळमाणा.

सिकदावद्दकेळीहिं कीळमाणा. The heaps of sand (सिकदावद्द) here referred to are, we think, the same as the सिकतामुटय: spoken of in *Meghadúta* II. 6, on which see the commentary of Mallinâtha. See the following note.

विज्जाहरदारिआ. As the *Vidyádhara* are a class of Gods and the Mandâkinî is a heavenly river situated in a heavenly region, it is but proper that the poet should make a Vidyâdhara girl play upon the bank of that river. What the exact nature of the game is that is referred to may be doubtful. But we think it is the same game as that alluded to in the following stanza in the *Meghadúta* :

मन्दाकिन्याः पयसि शिशिरे सेव्यमाना मरुद्भि-
र्मन्दाराणामनुतटरुहां छायया वारितोष्णाः ।
अन्वेष्टव्यैः कनकसिकतामुष्टिनिक्षेपगूढैः
सङ्क्रीडन्ते मणिभिरमरप्रार्थिता यत्र कन्याः ॥

Prakshipta VIII. Stenzler's Edn.

गिद्धादेंति Ranganâtha renders this by "निश्यानाऽवलोकिना." Kâtavema, "निश्यानेनि दृष्टेनि."

P. 104. 1. 5.—होइव्वं दूराहृदो खु पणओ असहणो । 'That is fate. And indeed intense love is intolerant.' Sahajanyâ wishes to account in two ways for what has happened : 1st that fate would have it so, and so it happened, for nobody would expect such an event, and 2ndly it is also true that the love between Purûravas and Urvas'î being intense the latter could not brook even a glance by Purûravas at another girl. This somewhat modifies the proposition होइव्वं by admitting partly a human cause for the fact of Urvas'î having taken offence at Purûravas' conduct.

Kâtavema reads the speech thus : सइ. । दूराहृदो खु पणओ असइणो होइ । omitting होइव्वं altogether, which it must be admitted somewhat simplifies the reading.

P. 104. 1. 6.—भट्टिणा अणुगअं आइवड्डमाणा, 'rejecting the apology of her husband.' On अणुगअ see note above, on Act III. p. 87, 1. 7. Ranganâtha, "अप्रतिपद्यमाना अस्वीकुर्वाणा."

गुरुदावसंमूढहिअआ, 'deprived of her memory by the curse of her preceptor.' Chitralekhâ means that though Urvas'î was not in-

formed that it was forbidden to women to enter the forest, she
would nevertheless have perceived it so soon as she approached
that forest, if she had not been deprived of her divine nature by
the curse. See above p. 67, ll. 7, 8.

इत्थिभाजणपरिहरणिज्जं. See page 126, l. 8 fgg.

कारणन्तरएरिआत्तिणा कदाभावेण परिणदं से रूवं । 'Her form was changed
into that of a creeper, restoration from which will depend on
some unknown event if any.' कारणन्तरएरिआत्तिणा is the reading
of seven of our Mss. as also of Kâṭavema (the latter reads the
slightly varied phrase कारणन्तरगिवत्तिणा). By कारणन्तरएरिआत्तिणा
Chitralekhâ implies that Urvas'î may some day or other be re-
stored to her own human form, but that she (Chitralekhâ)
does not know what cause or event (कारणम्) will bring about
the restoration. कारणान्तरम् means some distant cause, some
cause or other, some cause I do not know what. See *Nalopá-
khyána* XIII. 34, *Râmâyaṇa* III. 54. 4, IV. 9. 28. The word
अन्तर is used even in Marâṭhî in the same sense in the phrase
देशान्तरास जाणें ' to go to some distant country.'

The existing editions are apparently wrong in reading काग-
णोवन्नवत्तिलतामावेण (काननोपान्नवर्निंजनामावेन). This may mean either
that Urva'î was changed into a creeper that already existed and
stood in the vicinity of the forest, or that she became a creeper
which then stood in the vicinity of the forest. Urvas'î, how-
ever, did not enter into a creeper which already existed, the
words कदाभावेण परिणदं से रूवं not favouring such an interpretation
(see besides page 124 l. 10 and note *ad. loc.*) ; nor did the
creeper into which she was transformed stand *in the vicinity*
(उपान्त) of the forest, but within the limits thereof, since she
had entered it before her metamorphosis. कदाभावेण परिणदं = लता-
भूनत्वेन परिणनं लतास्वरूपत्वं प्राप्तम्. Chitralekhâ does not refer to any
particular cause that will restore Urvas'î to her own form nor
does she know it probably. For Sahajanyâ's words on the next

page, मह तारिसा आकिदिविसेसा निरं दुक्खभाइणी ण होन्ति ।   अवरसं किंपि अणुग्गहणिमित्तं भूओवि समागमकारणं हविस्सदि show that Sahajanyâ has not understood her to refer to any particular cause.   And Chitra-lekhâ would have, on hearing the part of Sahajanyâ's speech, referred to the संगमनीयमणि: (see p. 123. 11. 3-6) had she had any idea of it.

P. 105. 11. 3, 4.—णथ्थि विहिणो &c. 'There is nothing that Fate may not injure. Alas! that this dire calamity should suddenly befall that attachment!' णथ्थि विहिणो अलङ्घणिज्जं literally means 'there is naught that Fate respects,' 'there is naught for Fate indestructible [by it].'—तस्स अणुरायस्स. The demonstrative तस्स here means 'that well-known,' 'that which was so excel-lent.' अब्भं णाम एक्कवदे ईरिसो अणत्थो. Understand भूदो or भोदि. णाम shows horror and surprise at ' this ' (भयम्) calamity being the result of that love. अअं ईरिसो. अअं refers to the calamity related by Chitralekhâ and ईदृसो to its painful nature.

Kâṭavema altogether omits अब्भं.

P. 105. 11. 5-7.—इमिणा, 'this before us.' णिव्वुदाणंपि उक्कण्ठाकारिणा, 'causing uneasiness to those even who are happy,' referring to the effect, so conventional among poets and dramatists, of the appearance of rain-clouds on lovers separated from their wives or mistresses.

P. 106. 11. 1-4.—Kâṭavema reads अणुग्गहित्तअं (= अनुग्रहीतृकं) for अणुग्गहणिमित्तं, and the rest of the speech like us. He remarks on अवरसं &c. as follows : अत्र समागमस्य अवश्यंभाविनिश्चयान्नियतान्तिरिनि चतु-र्थावस्था सूचिता.

अनुग्रहनिमित्तं समागमकारणम्, अनुग्रहो निमित्तं यस्य तत् समागमस्य कारणं 'some event for reunion, caused by the antidote against the curse.' The understanding is that as every disease has its own specific remedy so every imprecation (शाप:) has its own solution, अनुग्रह:, (lit. compassion) popularly called उच्छाप (= प्रतिशाप). On the

use of अनुग्रह in this sense conf. above सा खु सत्ता उदइग्गाएण | महिन्देण
उग अणुगिहिदा p. 67 l. 5. Sahajanyâ means that by all means the
curse of Kumâra (see the last speech at page 126) whereby
Urvas'î has been turned into a plant must have some antidote
in consequence of which some event (कारण) will occur that
will bring about a reunion between Urvas'î and Purûravas.

All the existing editions including that of Bollenson read the
following interpolation before the last speech of Sahajanyâ in
the interlude :

सहजन्या | सहि अत्थि कोवि समागमोवाओ |

चित्रलेखा | गोरीचरणराभसंभवं संगममणिं वज्जिअ कुदो से समागमोवाओ |

And they then go on (much like us) to read सइजन्या | ण
तादिसा आकिदिविसेसा चिरं दुक्खभाइणो होन्ति | ता अवरसं कोवि अणुग्गहणिमित्तभूओ
समागमोवाओ हविस्सदिति तक्केमि || But if what we call an interpolation
were not such, this last speech of Sahajanyâ would be absurd,
since after Chitralekhâ's *declaration* that there is no other means
than the संगममणि which will restore Urvas'î, there is no propriety
in Sahajanyâ *imagining* (तक्केमि) that there will be *some means or
other* that will bring about the restoration. Besides the poet
can only be justified in giving in the Praves'aka just a hint
and not a broad declaration in anticipation of what is to take
place in the forthcoming Act. It is improbable in the last
degree that the author of a drama like this will so recklessly
lessen the interest of the audience in the whole of the soliloquy
of the fourth Act by at once telling them, even before the Act
commences and without any necessity, that the restoration of
Urvas'î is to be brought about by means of the संगमनीयमणि:.

P. 106. l. 7.—Kâṭavema : आ इनि कोप निपानः | क्व मे प्रियतमामादाय
गच्छत्सियत्र गम्यमानस्य बीजस्य नियतापिसमन्वयादवमर्शः संबिरिनि मन्तव्यम् ||

P. 107. ll. 2-5.—योयं संनद्धो दृइयते स नवजलभरः न दृप्तनिशाचरः | यदिदं
दूराकृष्ट दृइयते तत् सुरधनुः न नाम शरासनम् | योपि अयं पटुर्दृइयते स धारासारो

न बाणपरंपरा | येयं कनकनिकषस्निग्धा दृश्यते सा विद्युन् न मम प्रिया उर्वशी. Translate: 'This one that is girded in armour is a new-cloud, not a proud Râkshasa; this greatly bent thing here is the rain-bow, not an (archer's) bow; this thing here too that is so sharp is a shower of rain, not a volley of arrows, and this thing here that is as bright as a line of gold on a touch-stone is the lightning, not my dear Urvas'î.'

नवजलभर: 'a new-cloud' *i. e.* a cloud that appears at the beginning of the rainy season in which the scene of this Act is laid.

न नाम शरासनम्. The force of this नाम is that the phrase is equivalent to 'it is not a bow as you may imagine,' 'it is not a bow as I have imagined.'

कनकनिकषस्निग्धा. The touch-stone is nearly of the same colour as the cloudy sky in which the King sees the flash of lightning.

The King thought at first that a Râkshasa was carrying away Urvas'î and was shooting arrows at him (Purûravas) as he fled. Kâtavema : नवजलभर इत्यादि | संनद्ध: संनाहवानयं पुरोवर्ती नवजलभर: नूननमेघ एव | दृप्तनिशाचर: दृप्त उद्धत: स चासौ निशाचरश्च स न भवति || दूराकृष्टमिदं पुरोवर्ति सुरभनुरिन्द्रायुधमेव | शरासनं कार्मुकं न भवति नाम | नामेति संभावनायाम् || पटुस्नीत्र: अयं पुरोवर्त्यपि भारासार: धारासंपात एव | बाणपरंपरा न भवति || कनकनिकषस्निग्धा कनकस्य सुवर्णस्य निकषा (sic) पृष्टरेखा तद्वत् स्निग्धा रुचिरा इयं पुरोवर्तिनी च तडित्सौदामिन्येव | मम प्रिया उर्वशी न भवति ||

P. 107. l. 6.—ऱम्भोरू:. Literally 'she whose thighs are as full, round and white as the inner part of the plantain tree.

P. 107. ll. 7-10.—The sense is: 'May it be that she is standing near me, but concealed from my eyes through her divine power? That can not be, for her anger does not remain long. May she have fled up to the Svarga? But that cannot be, for her heart is affected with love towards me. Nor can the enemies of the gods carry her off from my presence. And yet she has become quite invisible to my eyes. What an act of Fate is this!'

स्वर्गीयात्मनिना &c. It is natural that Purûravas should make such a supposition as he knew she was a celestial being.

ता हन्तुं &c. This is also a natural supposition as he must have been reminded at once of the Asuras having carried off Urvas'î before when he came to her rescue. On this line Kâṭavema observes : ता····वर्तिनीमिच्छनेन स्वशक्तिकथनात् व्यवसायो नाम संप्रङ्कमुक्तं भवति ॥

P. 108. ll. 1-4.—अयमेकादे &c. The King means, as if it were not enough that he is suddenly deprived of his beloved one, a separation that he cannot bear, but that there must perforce be the new-cloud making the day pleasant on account of the excessive heat having gone off, and must thereby cause him pain by making him think of Urvas'î. See note to p. 105 ll. 5-7.

Conf. Kâṭavema : एकरदे····एक्षण इत्यर्थे: | निरातपांछिरग्ये: निर्गता आनपस्य ऋद्धि: सानुग्री येरा ·तानि तथोक्तानि तानि च तानि रम्यागि | तैरहोभिरिंदे: भविनश्यं भाव्यम् ॥

P. 108. ll. 5-8.—मुनयोपि व्याहरन्ति राजा कालस्य कारणमिति. The full verse is : कालो वा कारणं राज्ञो राजा वा कालकारणम् | इति ने संशयो मा भूद् राजा कालस्य कारणम् ॥ *Mahábhárata Udyoga* p. *Adh.* 132, st. 16.

तत् किम् &c. 'This being so, why do I not countermand the rainy season ? But no, I will rather not do so, as these very signs of the rainy season are doing me royal honour.' The force of प्रत्यादिशामि is this, that with reference to the maxim राजा कालस्य कारणम् he takes for granted that it was he himself that has *ordered* (दिदेश) the rainy season to come on. To prevent this therefore he has to *counter-order* (प्रत्यादेश) that season, and it will then cease its course.

P. 108. l. 9. fgg.—विद्युल्लेखा &c. Conf. Kâṭavema : विद्युल्लेखाकिन-कस्माचिरं विद्युदेव रेखास्वरूपं कनकं तेन रुचिरमभ्रं मेघः मम श्रीविवानं श्रीमद्द्वितानम् | नैगमा वणिज: ॥

'This cloud bedecked with the gold of the streaks of lightning is the ceiling of my hall.' Ceilings ornamented with gold lines are not rare even now in royal palaces.

घर्मच्छेदात् = घर्मस्य उष्णकालस्य नाशात् गमनादित्यर्थः. Ranganâtha. ग्रीष्मसमयनाशात् । प्रावृट् प्रवृत्तेरित्यर्थः ॥ Indian readers, especially those from Guzerath, need not be reminded how the peacocks welcome the 'new-cloud' with joyous cries at the end of the hot season. पठुनर, because the voices were not so during the heat.

भाराभारोपनयनत्वरा = भारा एव हारास्तेषामुपनयनं त्वरा: ॥

P. 109. l. 5.—सर्वीत्रनामिव, i.e., instead of there being a प्रशामनम्.

P. 109. ll. 9-14.—कथं · · · · ·मया सूचयितव्या, 'how should I trace?' The stanza पट्ठिग्रां &c., indicates the possibility of meeting with signs which might give a trace of Urvas'î, and to which he should therefore direct his attention.

P. 110. ll. 1-4.—Construe : इदं[यद्दृश्यते तद्]असंशयं निमग्ननाभे:[नद्या:] निपतन्द्भि: [अत एव] हृतोछरागै: नयनोदविन्दुभि: अङ्कितं इव भिन्नगतै: च्युतं शुकोदरश्यामं स्तनांशुकं [भवति]. भिन्नगतै: may also be taken as a Bahuvrihi compound.

शुकोदरश्यामम्. The belly of the parrot on this side of India is not particularly dark-blue any more than the rest of its body. The poet apparently refers to a species of the bird not found in the Deccan.

P. 110. ll. 5-7.—सेन्द्रगोपं. This adjective is intended to account for the dark-blue (श्याम) appearance of what the King saw.—कुतो नु खलु &c. '[And that is right,] for how is any news about my beloved one to be obtained in this lonely forest?'

P. 110 ll. 8-11.—दूरोन्नामिनेन कंठेन, 'with his neck raised far high.' "कंठेनेत्युपलक्षणे तृतीया" Kâṭavema.

P. 110. ll. 13, 14.—दीर्घीगाङ्गा 'who has long eyes'. See note to p. 19, ll. 6-9.

Conf. Kâṭavema : "दृष्टा भवेदिह्यत्र काकुरनुसंश्रेया." "सिताणाङ्ग भवळृग्गन्त । · · · · · · · । दीर्घाङ्गा आकर्णपूर्णनयना."

P. 111. ll. 3-6.—मृदुपवनविभिन्नो &c. Kâṭavema : महियाविप्रणाशात् मम प्रियाविप्रणाशान्तिरोधानात् । नाशः क्षये निरोधान इत्यमर: ॥ Take °विप्रणाशात् with ज्ञात:.—केशहस्ते, 'excellent hair.'—र्निविगाळितवन्वे when they get loosened, *i.e.* when they hang down though still remaining in the form of braids.—सति ' existing,' ' if it were forthcoming.'

Ranganâtha : मृदुपवनेति | कलाप: विच्छभार: | कलाप: संहने बर्हे काव्यादौ तृणवृन्दयोरिति लोचन: || अत्र च विनाश्यशब्दो ऽमङ्गलव्यञ्जकत्वादर्षीत इति प्रकाश-कृद प्रकाशयदिदं पद्यं पददोषेषु ||

किं करिष्यति बर्हि ? That is, he would have nothing to boast of and to show so proudly as he is doing now. His tail would then sink low by the comparison.

P. 111. ll. 7-9.—" परव्यसननिर्वृत्तं परदु:खसुखिनम् | • • • • • • • • आत्मपर्यये वर्षागमे संभुक्षितमदा संदावितमदा" Kâṭavema.

P. 111. ll. 10. fgg.—Kâṭavema : त्वा कामिनामित्यादि | मदनदूतिका (sic) मन्मथदूतिकाम् | दूतिशब्द इकारान्तोप्यस्ति | तथा चोक्तं रघुवंशे | तेन दूतिविदितं निषेदुषीति • • • • • •इति च | अमोघमनिर्थकम् | साभकामित्यर्थः | अभ्रमायुभम् | कामस्योति शेष: ||

मदनदूतिम्, because when lovers fall out she is supposed to negotiate and bring about a reconciliation, the fact being that when the cuckoo sings, lovers forget (so say the poets) their quarrels and return to each other.

मानावभङ्गनिपुणम्, 'able to break down pride.' This refers to a mistress who, offended at something done by her lover, has become angry and has proudly gone away, but who immediately on hearing the cuckoo sing gives up her pride and flies back to her lover. Such is the convention among the poets.

P. 112. ll. 4-7.—आत्मगतम् 'existing in me,' 'arising on my side,' ' as far as I am concerned.'

प्रभुता &c. ' The ascendancy of young women over their lovers does not require any deviation by the latter from faithful love for them to get angry.' That is, they get angry without any offence on the part of their husbands, so complete is the bondage in which they (young women) hold them.

Conf. Kâṭavema : कुपितेत्यादि | कुपिता इष्टा | सकृदपि एकवारमपि आत्मकृतं

(that is how he reads) कोपकारणं तु न स्मरामि । भवति कोपकारणे कथं कु-
पितेत्यत आह । योषितां रमणेषु प्रियेषु प्रभुता स्वाम्यं भावस्खलितानि भावस्य प्रेरण:
स्खलितानि चलनानि नायिकान्तरदर्शीनादीनि नावेक्षते न काङ्क्षति । कारणाभावेऽपि तासां
कोप: संपद्यत इत्यर्थ: ॥

हि in the fourth pâda explains some such words as तथापि सा
कुपिता to be understood after स्मराम्यहम्.

P. 112 l. 8.—कथाच्छेदकारिणी, *i. e.* rudely interrupting him in
his story.

P. 112. ll. 9-12.—Kâṭavema: महदपीत्यादि । महदपि बहुळमपि परदु:खं
परस्य व्यथां सम्यक्सात्नु शीतलमनुष्णगम् । उद्वेजकं न भवतीत्यर्थ: । अन्यदस्येति शेष: ।
आहुर्ब्रुवन्ति । लौकिका इति शेष: । यदस्मादापन्नस्य मम प्रणयं प्रार्थीनामगणयित्वा भ-
नादृत्य मदान्धा एषा प्रभूता राजजम्बूद्रुमस्य जम्बुविशेषस्य अभिमुखपाकम् अभिमुख:
पाकी यस्य तत्तथोक्तं तत्फलमधरमिव पातुं प्रवृत्ता उद्युक्ता ॥

राजजम्बूद्रुमस्य. Râjajambû must be a jambû tree of the best
species. Conf. Râyaâvalâ, and Râjarambhâ (the domestic plan-
tain tree). Also Râjahaṁsa, Râjavidyâ, and Râjaguhyam (in Gîtâ
IX. 1. 2. इदं तु ते गुह्यतमं प्रवक्ष्याम्यनसूयवे ज्ञानं विज्ञानसहितं यज्ज्ञात्वा मोक्ष्यसेऽशुभात् ।
राजविद्या राजगुह्यं पवित्रमिदमुत्तमम्) Râjamâsha (चवल्या), Râjasarshapa.

P. 112. ll. 13, 14.—एवंगतेरपि, 'Even though it is so.'

P. 113. ll. 7-10.—यस्यान्तर: &c. Translate: 'Thou shalt go to
the Lake Mânasa presently; throw away that lotus-stalk, the
provision for thy journey, thou shalt have it again: meanwhile
save me from sorrow by giving me some news of my beloved
one. For in the estimation of the good, service to the suppli-
cant is more important than their own affairs.'

पाथेयं विसमुत्सृज, for the bird can not with the stalk in its beak
speak so as to give the King the news he wants.

तावत् 'meanwhile,' 'before going.'

स्वार्थात्सतां गुरुतरा प्रणयिक्रियैव. Lit. 'to the good the business of a pe-
titioner is more important [of the two] and not their own affairs.'

उद्धर. The figure implied is borrowed from the condition of
a man that is being drowned in water.

Kâtavema: पथेयं पथि हितम् । पथ्यनिथिग्रसनिग्रपर्तदेत्र्‌ हति इञ्‌ प्रत्यय: । विसं मृणालं भूयोग्रहणाय पुनर्महणार्थमुत्सृज त्यज । गृहीतं विसमुत्सृब्य ममोत्तरं दत्वा पश्चाद्रहणेत्यर्थे: । दयितामप्रवृत्या प्रियावार्त्तया हेतुना मा शुच: श्रोकादुद्धर उत्तारय । अत्रार्थान्तरमाह । सतां सज्जनानां खार्थात् स्वकार्यात् प्रणयक्रियेव प्रणयिना प्रार्थयितृणा क्रियेव कार्यनिर्वर्तनमेव गुरुतरा श्रेष्ठतरा ॥

Ranganâtha: "भूयोग्रहणाय विसरूपं पाथेयं पथि साधु पाथेयं सिद्धान्नमुत्सृज कुत्रचिन्निभ्रेहि दयितोदन्तकथनेन मा तावदादौ शुच: श्रोकादुद्धर । पश्चात्तया पाथेयं प्रग्राह्मामित्यर्थे:."

P. 114. ll. 1–4.—Construe: हे हंस यदि मे नतभ्रू: प्रिया सरसी रोत्सि ते दर्शनं न गत्वा [तर्हि] हे चोर तस्या मदखेळगदं सकळं गतं (= गमनं) त्वया कथं नु गृहीतम् ?

मदखेळगदम् "मदेन खेळा कामक्रीडा येषु" (Ranganâtha who quotes "क्रीडा खेळा च कूर्दनमिति त्रिकाण्डी") तानि पदानि यत्र तत् गतं गमनम् But it is not necessary to have a double *bahuvrihi* in the epithet. खेळ is used as an adjective मदेन खेळं क्रीडावत् (or क्रीळावत्) पदं यस्मिं- स्तत् मदखेळगदम् will be a better mode of interpreting.

On this stanza Kâtavema observes: अत्र तर्जनस्य गम्यमानत्वाद् श्रुतिर्नाम संध्यङ्गमुक्तं भवति ॥

P. 114. ll. 6, 7.—Kâtavema: हंसेत्यादि । हे हंस मे कान्ता प्रियां प्रयच्छार्पय । अर्पणे कारणमाह । यस्मादस्या गति: गमनं त्वया हृता गृहीता । तस्मान्प्रयच्छेति संबन्ध: ॥ गतिमात्रहरणे सर्वा कान्ता कथमर्पयित[ब्ये]त्याशङ्क्यादिमन्नर्थे न्यायमाह । यत् यट्ट- ब्यमभियुब्यतेत्य(sic)नेन गृहीनमिति निर्दिश्यतया(sic) । अभियोक्त्रिति शेष: । तत्सर्वं विभावितैकदेशेन विभावितोब्रीकारित एकदेश: हनद्र-यैकदेशो यस्य स तथोक्त: तेन चोरेण देयमभियोक्त्रे प्रत्यर्पणीयम् ॥ तथा चोक्तं याज्ञवल्क्येन । निह्नुतेभिहितं नैकमेकदेशाविभाविन: दाप्य: सर्वं नृपेणार्थे न प्राद्यस्त्वनिवेदित इति ॥

विभावितैकदेशेन देयं यदभियुब्यते, 'he who is proved guilty as re-gards a part [of the property claimed] should restore the whole of what is claimed.'

P. 114. ll. 10, 11.—रथाङ्ग *i.e.* चक्र = चक्रवाक. Literally, 'having [the name of a] रथाङ्ग for his name.'—रथाङ्गश्रोणिबिम्बया = चक्रवच्छ्रोणि- बिम्बया, ("चक्राकारश्रोणिबिम्बया" Ranganâtha). An epithet expressing n an exaggerated way the roundness of the middle.

P. 114. ll. 12-14.—कः क इत्याह. Conf. Kâṭavema: अर्क इति चक्र-वाकहतनुकरणम् | एतदस्य स्वाभाविकमिति [अ?]ज्ञात्वा मां कः क इत्येषा[? ष मां]-मविक्षिपतीत्याशङ्कते भये तावदित्यादि (he differs slightly from our reading) | अहमस्य चक्रवाकस्य तावन्न विदित: | अत्र काकुरनुसंधेया |

सूर्याचन्द्रमसाविस्यादि | यस्य मे सूर्याचन्द्रमसौ मातामहपितामही सूर्यो मातामह: चन्द्र: पितामह: | किंच योहमुर्वेश्या च भुवा च द्वाभ्या स्वयं वृत: आत्मनैव स्वीकृत: पति: प्रिय: || अवन: प्रिय: पतिर्भर्तेत्यमर: || सोहमिति पूर्वेण संबन्ध: ||

Purûravas was the son of Budha the son of the Moon : hence he is the grandson of the Moon on his father's side. His mother's name was Ilâ the daughter of Mitra or the Sun-god : hence the Sun is his maternal grand-father. See p. 160 st. 21 and note *ad loc.* See also p. 5, l. 3 and not *ad loc.*

P. 115. ll. 2-5.—इति च......मयि च &c. 'Although......yet.' A very frequent construction in Sanskrit. कान्ताप्रवृत्तिपराङ्मुख: 'op-posed to [giving me] any news of my wife.'

Conf. Kâṭavema : सरसीत्यादि | सरसि कासारे नलिनीपत्रेणापि बिसिनीदलेनापि आवृतविग्रश आदिनदेह सहचरीं चक्रवाकीं त्वं दूरे विप्रकृष्टे | स्थितामिति शेष: | मत्वा विरौवि ननु आक्रन्दसि खलु | भवत्स्नव जायास्नेहात् प्रियानुरागात् पृथक्स्थितातिभीरुता भिन्नदेश्यानि-वासकातर[त]। इति च इत्यंरूपा | उक्तरूपेत्यर्थ: | विभुरे वियुक्ते मयि तु (this he reads for the second च, not correctly) भाव: तवाभिप्राय: कान्ताप्रवृत्तिपरा-ङ्मुख: उर्वशीवार्तोविमुख: ||

P. 115. ll. 6, 7.—सर्वथा &c. 'In every respect my fortune is shining in full force adversely to me.' That is, no where do I meet with the slightest hope.

P. 115. ll. 8, 9.—रुणद्धि, 'stops me,' 'prevents me from going on.' सत्कारमिव. Conf. Ranganâtha : सीत्कार: कष्टाभित्रडजकदन्तघटना-जनितशब्दानुकरणम्.

P. 115. ll. 10, 11.—मधुकरे प्रणयिलं करिष्ये इतो गतस्यानुशयी मा भूदिति, ' I will make a request to this bee, lest I should regret having not done so after I am gone from this place.'

P. 116. ll. 1-5.—मदिराक्ष्या:. See note to p. 246 st. 67 at page 5 of *Addenda* to our edition of the *Raghuvaṁs'a.* अस्मिन् on this where you are sitting.

Conf. Kâṭavema : मधुकरेत्यादि । सुरभि घ्राणतर्पणं तन्मुखोच्छ्वासगन्धमपास्यो यदि भास्वादायिष्यद्येत् भस्मिन्पुण्डरीके तत्र रति: प्रीति: अभविष्यत् किम् अजनिष्यत् किम् । न भवेदित्यर्थः ॥

P. 116. ll. 9-12.—भचिरोद्धतपल्लवम् Ranganâtha : भचिरोद्धतो नूतनो-
ल्लन्न: । उपनीतमानीतम् । अभिछिह्नु(sic)भास्वादयतु । वदादौ । आसवो मदिरा ।
......भङ्गो नवपल्लव: ॥

P. 116. l. 13.—कृताह्निक: संवृत्त:, 'he has had his meal.'

P. 117. ll. 1-4.—Kâṭavema : मदकलेत्यादि । मदोत्कले मदोत्कटे गजयू-
थपकलभकरोक्ष: कलभस्य करिपोतकस्य करवदूरू यस्या: सा तथोक्ता (he apparent-
ly reads मदकलकलभकरोक्ष:) ········ । यूथिकाशावलकेशी यूथिकाभि:
पुष्पविशेषै: शबलाश्रिता: केशा यस्या: सा तथोक्ता ॥

मदकलयुवतिशशिकला = मदेन कला मदकला: मदकलासु युवतिषु शशिकला, as
distinguished for her beauty among young damsels sweet with
passion, as is the young moon among the stars. मदकल literally
means ' whose speech is sweet because of its utterance in pas-
sionateness.' कल is अव्यक्तमधुरा वाणी, like the words of a child
which are indistinct and through the very indistinctness sweet,
or like the speech of a parrot which is sweet for a similar reason.
And so the words of a young woman uttering indistinct expres-
sions in passion. Conf. Ranganâtha : युवतिशशिकलेत्यनेन युवतीनां तार-
कात्मम् । शशिकलेत्यनेन च नि:कलङ्कता धान्यते (because the spots are not
seen on the young moon, but when she is full or nearly full
when she will cease to be a शशिकला) । स्थिरयौवनात्वं तु देवतात्वादिव ॥

P. 117. ll. 5, 6.—भनेन...गर्जितेन. We must imagine that the
elephant gives out a cry here, which the King takes for a
favourable reply to his question.—साभर्म्यात् = "समानधर्मत्वात्" Ranga-
nâtha.

P. 117. ll. 7-10.—नागाधिराजो भवान्, because it is the leader of a
gang of elephants that the king is addressing as गजयूथप.

Mark the double sense of the word दानम् here. As applied

to the King it means 'liberality' and to the elephant, 'the temporal juice.'

अन्युच्छिन्नपृयुप्रवृत्ति. As applied to the King : 'the action of which is without interruption and in plenty;' to the elephant 'the flow of which is uninterrupted and broad.' The flow of the temporal juice in an uninterrupted and broad line shows that an elephant is strong and fit to be the leader of his herd.

P. 117. ll. 11-14.—प्रियश्वायमप्सरसाम्. It is likely the author here refers to some authority for his statement—perhaps to some Purâṇa, or some story in one of the epics.—मदीयैर्दुरितपरिणामैः equal to मदीयानां दुरितानां परिणामे: which would have been the poet's construction if दुरितपरिणाम were not, as it is, a compact notion instead of a compound one. The King's meaning is that it is the result of his unknown past sins that even the clouds have no lightning to show him the way.

P. 118. ll. 2-5.—Conf. Kâṭavema : भावि वनान्तरमित्यादि | पर्वसु गुल्फादिसंधिषु संनता निमग्ना | निगूढग्रन्थिरित्यर्थे: अनङ्गगरिग्रहं मन्मथत्वमिदं वनान्तरमिति श्रयति भजति | भावि प्रश्ने |

अल्पकुचान्तरा अल्पं कुचान्तरं कुचयोर्मध्यभाग: यस्या: सा | This is obviously a better reading than अल्पभुजान्तरा as read by the existing editions.

पर्वसु संनता (conf. निमग्ननाभि: p. 110, l. 2. सुगात्री p. 109, l. 10). This is an epithet which, though full of significant meaning, was apparently suggested to the poet by the alliteration that पर्वसु furnished with पर्वत. The sense of पर्वसु संनता is that all her limbs were full and not jejune. The bones at the joints such as the knee, the elbow and the wrists did not show themselves out, but were fully covered with flesh. The adjective is an *epitheton ornans*, and has as much or as little propriety here as निम्नवर्ती. Adjectives like this (Conf. रम्भोरु p. 107, l. 6, रथाङ्गश्रोणिबिम्बा p. 114, l. 10, रतिविगलितवन्ध applied to the hair, p. 111, l. 5, निमग्ननाभि: p. 110, l. 2, गुरुनितम्बा 109, l. 12, कृशोदरि flatbellied

p. 153, l. 6), objectionable as they are as referriug to particular parts of the body, are rather badly frequent in the writings even of the best Sanskrit authors.

अनङ्गरिप्रहम् the property of Ananga. That is the place where Manmatha takes pleasure to dwell, which must therefore be beautiful.

On पृथुनितम्ब. There appears no allusion in this epithet to the buttocks of Earth or to her breasts (see *Raghuvam̐s'a* IV. 51 and, *Meghadúta* I. 18). The adjective is merely an *epitheton ornans* in the sense of 'large-sided.'

P. 118. ll. 8, 9.—Conf. Kâṭavema: सर्वक्षितितित्यादि | काकुरनुसंभ्रेया | एतदेव प्रतिध्वनौ सति त्वया विरहिता मया दृष्टिस्युत्तरवत् प्रतिभाति च ॥ इयमुभयत्र समानम् ॥

P. 119. ll. 5-8.—Construe : तरङ्गभ्रूभङ्गा क्षुभितविहगश्रेणिरसना संरम्भशि-थिलं वसनमिव फेनं विकर्षन्ती, स्खलितमभिसंधाय पदा बहुशो विद्धं यान्ती इयं ध्रुवं नदीभावेन परिणता असहना सा [एव भवति] ॥

Translate : 'Having the waves for the broken eyebrows, the series of frighteued birds for the jingling zone, collecting the foam like the garment disordered through hurry, and going on foot much interruptedly owing to the thought of my fault—this one here is surely that offended (Urvas'î) transform-ed into the river.'

तरङ्गभ्रू &c. Kâṭavema: तरङ्गेत्यादि | यथा विद्धम् आविद्धं(sic) कुटिलं यथा भवति तथा यान्ती अश्नन्ती सेयमुर्वशी बहुशः | बहुलार्थाच्चस्कारकादन्यतरस्यामिति झास् | स्खलितमपराधम् | ममेति शेषः | अनुसंधाय स्मृत्वा असहना असहिष्णु: सती नदी-भावेन सरिद्रूपेण परिणता विकारं गता | स्वरूपमुत्सृज्य रूपान्तरं प्राप्तेत्यर्थ: | ध्रुवमि-त्युत्प्रेक्षायाम् ॥

तरङ्गभ्रूभङ्गा. The sense is that the river with its waves gently following one after another seemed to resemble Urvas'î who when in anger would have her eye-brows gently and slowly raised up in frown.

क्षुभितविहगश्रेणिरसना. The water birds white in colour and arrang-
ing themselves in a line appeared like a zone of small silver
bells. The propriety of क्षुभित is that being frightened the birds
make a rattling noise and that noise resembles the jingling of
a woman's zone when she walks away in anger.

The river being swollen with the new rain water has waves,
which the King imagines are the eyebrows of the offended
Urvas'í ; owing to the violence of the stream the line of haṃsa
birds, which are frightened and are therefore making a rattling
noise, appear to the King like the zone of Urvas'í jingling be-
cause she must be walking away hastily through anger ; owing
to the violence of the stream running on a rocky bed it is
throwing up a quantity of foam, which is to his imagination the
disordered garment of the angry Urvas'í walking away in hurry ;
the stream is obstructed repeatedly by the rocks in its bed,
and the imaginative King sees in its interrupted motion the
steps of the offended Urvas'í, who wholly engrossed in think-
ing of the offensive conduct of her husband, is repeatedly trip-
ping and stumbling.

It is likely that the third line of this stanza has suffered
some corruption. Neither यथाविद्धं nor पदा विद्धं apperrs very satis-
factory. Besides, there is nothing in the line that clearly
applies to the river as there is in the epithets in the previous
lines.

P. 120. ll. 1-4— प्रणयभङ्गरराकुलचेतसः By प्रणयभङ्ग is meant the
same as भावस्खलितानि in l. 7 at page 112.

P. 120. ll. 5-8.—यरमार्थं, real, not an apparent one only. There
is a play on the word अभिसारिणी, which, while it means going or
flowing (towards the sea), signifies also the same as अभिसारिका, as
to the sense of which see *suprá* note to p. 76, l. 8. In connection
with the latter application of अभिसारिणी it should be borne in
mind that समुद्र is masculine gender.

अनिर्वेदप्राप्याणि श्रेयांसि, equivalent to श्रेयांसि निर्वेदप्राप्याणि न भवन्ति. 'Good fortunes are obtained without sorrowing,' *i. e.* it is no use my lamenting any more the loss of Urvas'í and that if I am ever to get her back, I shall do so without any lamenting on my part.

P. 120. ll. 9-12.—रक्तकदम्ब: *i. e.* whose flowers are red. Ranganâtha adds "रक्तकदम्बी हि वर्षासु कुसुमिनी भवति." And as it was yet only the end of the hot season the flower was not completely formed and was therefore असमग्रकेसरावियमम्.

शिखाभरणम्. Mark that शिखा is used to signify the hair on the crown of a woman's head as well as that on a man's, Conf. *infrâ* p. 122. l. 10 यस्या: शिखायामयमर्पणीय: &c.

P. 120. l. 13 fgg.—इमं तावत् &c. Translate : 'But let me pray for some news about my beloved one to this squatting antelope who with his dark variegated colour appears like a glance thrown out by Forest Beauty for the purpose of seeing the splendor of the woods.'

The sense is that the dark antelope that is squatting on the ground and looking about at the forest appears to the King as if he were a solidified glance of the presiding deity of the beauty of the forest. The eye of the *Kânanas'rî* being dark the poet, somewhat boldly perhaps, not only makes a glance of it also dark but compares it to the concrete body of the antelope.

Contrue the couplet thus : योऽसौ कृष्णसारच्छवि:, काननश्रिया वनशोभावलोकाय पातित: कटाक्ष इव दृश्यते. योऽसौ = योऽयम् = य: पुरोवर्ती. Take य: to relate to सारङ्ग: in the previous line. Conf. Kâṭavema, however : कृष्णसार इत्यादि । कृष्णा नीला सारा कर्बुरा [च ?] च्छवि: कान्तिर्यस्य स तथोक्त: य: सारङ्गो हरिणो दृश्यते असौ काननश्रिया वनलक्ष्म्या मेघकालावलोकाय (that is what he reads for वनशोभावलोकाय) पातित: प्रसारित: कटाक्ष इव ॥

The reading कृष्णसारच्छवि: found in all our Mss. and in the existing editions might mean 'he whose colour is the essence of dark (कृष्णस्य सार: कृष्णसार: सा छविर्यस्य स:), *i. c.* extremely dark.

On Kânanas'rî see *Málavikágnimitra* Act III. St. 5.

वनशोभावलोकाय. Everything is arid and burned up in the hot season, and there is no verdure that the eye may rest on. But with the rainy season the verdure and the freshness of the forest (the वनशोभा) returns, at which the Flora Sylvestris casts her dark glance.

P. 121. ll. 4-7.—शिशुना स्तनपायिना मृगी रुद्धा. See *Raghuvams'a* IX. 55, and *Preface* to our edition of that poem p. 65.

P. 121. l. 8.—"इंहो इत्यामन्त्रणे" Kâtavema.

P. 122. ll. 3-7.—Translate: 'Surrounded with lustre this is not a piece of the flesh of an elephant killed by a lion; may it be a cinder of fire? But [that can not be because] the sky has just had rain. (*He examines*). Ah yes, this is a ruby as red as a cluster of the Red-as'oka's flowers, to take up which the sun is endeavouring by stretching forth his hands.'

गगनमभिवृष्टं पुनरिदम्. Mark the force of इदम् which more refers to time than to space. The sense is, it having just rained there cannot be a cinder of burning fire, as the rain would have extinguished it.

यमुद्वर्तं पूषा &c. Owing to the lustre of the gem the rays radiated from it in straight lines, distinctly visible because the atmosphere was cloudy and not too brilliant. And the figure is that the rays appear like the hands (observe that कर means both *hand* and *ray*) of the sun stretched forth to take the gem up.

Kâtavema: प्रभालेपीत्यादि । प्रभालेपी प्रभाया लेपधमरण(sic)मस्यास्तीति स तथोक्तः अयं पुरोवर्ती हरिहतमृगस्यामिषलवः मांसखण्डः न भवति । तस्य प्रभालेपिविश्वा-संभवात् ॥ अग्नेः स्फुलिङ्गः कणो वा न भवति (does he read स्फुलिङ्गो वा नाग्ने-र्गगनमभिवृष्टं यत इदम् ?) वेति पक्षान्तरे । यतः यस्मादिदं गगनम् अभिवृष्टं मेघसिक्तम् । तस्मात्रेनि संबन्धः ॥ एवं समिथ्य (sic. समस्य ?) निश्चिनोति । अये इत्यामन्त्रणे । रक्ताशोकप्रसवसमरागः (mark his various reading) रक्ताशोकस्य प्रसवेन कुसुमेन सगो रागो रक्तिमा यस्य स तथोक्तः अयं पुरोवर्ती मणिः पद्मरागः ॥ उद्धे- .

क्षयादि नदैव दृ(sic)दयति । पूषा सूर्यः भालम्बितकरः सन् यं मणिमुद्धर्तुं व्यवसिन
इव उत्सुक्त इव ॥

P. 123. l. 1.—किमेनमश्रोपहनं करोमि, 'why should I soil it with
my tears?' The King means that if he takes it, he would
burst into tears because Urvas'î in whose hair he might have
put it is gone, and thereby soil it. "उपहनं दूषितम्" Ranganâtha.

P. 123. ll. 3-6.—संगमनीय इति = संगमनीयो नाम.—शैलसुताचरणरागयो-
निरयम्. शैलसुनायाश्चरणयो रागां येनिहन्चित्यंस्य सः, produced from the red
lac which the daughter of the Mountain applies to her feet.'
We must suppose that some mountain rivulet bathed the lac off
Pârvatî's feet and deposited it in the crevice of a rock, so that
it ultimately became the brilliant gem that it now is. See p.
127. l. 1. गौरीचरणसंभवं &c.

On this stanza Kâṭavema has: अत्र भाविकार्यसूचनात् प्ररोचनानाम सं-
ध्यङ्गसुक्तं भवति ।

P. 123. ll. 7-9.—कश्चिन्मृगचारी मुनिर्भगवान्, 'some holy ascetic
living the life of a Mrigachârin.' मृगचारी appears to mean an
ascetic who lives like a deer, i. e. feeds upon grass, drinks water,
and roams about in the forest. The derivation of the word
seems analogous to that of *Brahmachârin*.

Kâṭavema reads and remarks thus: मृगचर्मभारी भगवान्मुनिः अयं
नारायण इति संप्रदायः । 'the tradition is that this was Nârâyaṇa'
the father of Urvas'î. If this were so the poet would certainly
have noticed him further than he has done not only owing to
the celebrity of that Ṛishi but also to his being the father of
Urvas'î. The poet had a good opportunity at p. 127, l. 9, where
however he only says मुनेरुपलभ्य.

भगवन् &c. We must suppose that the King sees the Mriga-
chârin after दिशोवलोक्य and does not, probably owing to his
ignorance of the name of that ascetic, take further notice of him
than render his thanks to him for his advice, अनुगृहीतोस्म्यहमुपदे-
शाद्भवन्.

P. 123. ll. 10-13.—विलग्नमध्यया ' who has an exceedingly thin waist.' विशेषेण लग्नः मध्यमो यस्याः सा. लग्न is attached, as if the sides were so near each other that they stuck to each other, as if the part between the sides did not exist at all. This is an exaggerated mode of saying that the waist is very thin. On exaggerations of this kind see *suprá* note to p. 19 St. 17. The reading निमग्नमध्यया found in the existing editions is, we think, bad. निमग्न is a very proper epithet to be applied to the *nábhi* or to the joints of the knees or of the elbows, but it can have hardly any sense when used of a woman's waist. Kâṭavema too like our Mss. reads विलग्नमध्यया, though he reads the first pâda differently from our text. For he has पुनस्तया वेदिविलग्नमध्ययेत्यादि | एतदर्थः. वेदिवि-लग्नमध्यया, ' having a waist as small as a ring ' (वेदि.)

P. 124. ll. 4-7.—Kâṭavema : तन्वीत्यादि | तन्वी पेलवा मेघमलाद्रपश्व-तया अश्रुभिर्धौतानाभरेव | स्वकालविरहात् स्वेषां स्वकीयाना गुणाणां काल: प्रादुर्भावसमय: तस्य विरहोऽनागम: तस्माद्धेतो: विश्रान्तपुष्पोद्गमा विरनपुष्पोदया सती आभरणे: शून्येव | मधुलिहां भ्रमराणां शब्दैर्ध्वनिभि: विना विनाभूना चिन्तामौनं चिन्तया कृतं मौनमास्थि-तेव प्रातिव इयं लता पादपतितं मामनुभूय आक्षिप्य जानानुतापा संजातपश्चात्तापा चण्डी कोपना सा उर्वशीव लक्ष्यते हि || अत्र कार्यान्वेषणाद्विरोधनं नाम संध्यङ्गमुक्तं भवति ||

The King fancies that the creeper is like his Urvas'í. The creeper has its leaves wetted by the rain water; he thinks it is Urvas'í shedding tears of remorse. The creeper is past its time of flowering and is now flowerless; the King fancies it is Urvas'í without ornaments, remorse preventing her from dressing well and decorating her person. As there are no flowers, no bees are humming about the creeper; he thinks it is Urvas'í dumb with anxiety. Thus he sees Urvas'í, who having disdained to be reconciled is now struck with remorse.

P. 124. l. 8.—परिष्वङ्गनयर्या भवामि, ' let me pay my respects to her by an embrace.'

P. 124. l. 10.—तत्स्थाने एव *i. e.* तस्या लतायां एव स्थाने. Not that Urvas'í came out of the creeper, but the latter vanishes and

Urvas'í manifists herself in its stead. See note to p. 104 last speech and ll. 1, 2 p. 105.

P. 124. l. 12.—तथापि न पुनरिति विश्वास: । तथापि is here apparently strengthened by पुन:.

P. 124. ll. 13 fgg.—Kâṭavema : समर्थैय इत्यादि । प्रथमं पूर्वं प्रियां प्रति प्रवैशिमनुसंभाय यद् रूपमनुरूरखादिकं (see p. 107 st. 1, p. 110 st. 7, p. 113 l. 1, p. 117 l. 5, p. 118 l. 10, p. 119 st. 28, p. 120 st. 29) समर्थैये भावयामि । निश्चिनोमीत्यर्थ:। तद् रूपादिकं क्षणेन क्षणमात्रेण मे मम अन्यथा अन्यप्रकारेण नडिद्राजहंसरवादिक्रूपेण परिवर्तते परिवृत्तिं प्राप्नोतीति यन् तत: कारणान् स्पर्शीविभाविनप्रिय: स्पर्शेनाङ्करस्पर्शेन विभाविता निद्रुविता प्रिया येन स तथोक्त: संहं विलोचने नेत्रे सहसा शीघ्रं विनिद्रे उन्मीलिते न करोमि न कुर्वे ॥

P. 125. l. 7.—अब्भन्तरकरणाए मए. Though Urvas'í had lost all her organs of sense she had her internal sense of organ i. e. the mind so that even in the shape of the creeper she was able to see what happened to the King.

P. 125. ll. 9, 10.—कहइस्सं इमं दाव &c. ‘I will relate. Meanwhile may Your Majesty be pleased to pardon me this that I who gave myself up to anger put Your Majesty in this condition.’

इमं neuter accusative singular. of एष. A frequent form in the *Gaudavadha*.

The existing editions are not a little confused about this place. I think our Mss. have enabled us to rescue this passage from corruption, interpolation and reduction.

P. 126. ll. 1-3.—प्रसादयितव्य:, referring to ‘प्रसीद’ in the previous speech.

P. 126. ll. 4-6.—कुमारव्रदं = ‘‘ब्रह्मचर्यव्रतम्’’ Kâṭavema.—निहि. Kâṭavema : ‘‘विधिर्नियम:.’’

P. 127. ll. 1-3.—गुरुसावसंमूढहिअआ, ‘with my memory stupefied by the curse of my preceptor.’ Had it not been for the curse (for which see p. 67. ll. 1, 2, ण दे दिव्वं ठाणं हरिस्सदिति) Urvas'í, a celestial being, would have known without being informed that it was not permitted to females to enter the Akalusha.—देवदास-

मभं ' this rule made by the god,' Kâṭavema reads नं वदसमभं = नं व्रतसमयं.

'विसुमरिभ. Construe with पविड्ड and not with अगिहंदिाणुणभा.

P. 127. l. 7.—सहेथा: potential, ' how could you have borne' ? scil ' had it not happened as you relate.'

P. 127. ll. 9, 10.—इदं &c. ' I have obtained thee by the power of the gem, having learned from the ascetic that this was to lead, as thou sayst, to union with thee.' See note to p. 123, ll. 7-9.

इदं demons. pron. referring to त्वत्संगमनिमित्तम्.

तत् ' that,' demonstr. pron. referring to इदम्.

यथाकथितम् as related by thee, scil. "गोरीचरणसंभवं मणिं विणा तदो ण मुच्चिस्सदिित्ति."

त्वत्संगमनिमित्तं = तव संगमस्य निमित्तं कारणम्. A *karmadhâraya* and not *bahuvrîhi*.

P. 128. ll. 1, 2.—पकिदःथग्हि संवुत्ता, ' I have been restored to my former state.' See p. 9, l. 3. on this sense of प्रकृति.

P. 128. l. 8.—पइट्ठाणादो. Ranganâtha has the following on this : प्रतिष्ठानादिति प्रयागपूर्वैतीरदिथनसुसांसंज्ञकात् स्वनगरान्.

P. 129. ll. 3-6.—Kâṭavema : अचिरप्रभेत्यादि । अचिरप्रभाविळसितेनिर्विद्यु-द्विळासिनैः पताकिना पताकवता । श्रीळादित्वादिनैः । सुरकार्मुकाभिनवचित्रशोभिना नव(sic) सुरकार्मुकं श्राकधनुः आभिनवं नूननं चित्रमळेख्यं तेन शोभित इति स तथोक्तः तेन । खेऽगमनै आश्रितगमनै विमानता गमितेन नवेन नूतनेन पयोमुचा मेघेन वसतिम् आवा-सम् । प्रतिष्ठाननगरमित्यर्थः । मा नय प्रापय ॥

The lightnings were to serve as the banners of the vimâna, and the rain-bow as the new pictures on the sides of it. Oil-paint pictures are not quite unknown on the sides of carriages even in the present day.

In making the request contained in this stanza to Urvas'î the poet is obviously desirous that the audience should not be allowed to forget that Urvas'î is a celestial being and as such able to use a cloud for a conveyance and do such wonderful things.

Act V.

P. 130. l. 5.—निहिविसेसोत्ति, 'because it is a special day,' 'because it is a sacred day' 'a holiday.' Sacred streams acquire special holiness on special days.

P. 131. l. 1.—किदाहिसेभो = कृतस्नान:.—देव्वाहिं. Kâṭavema too has the plural. But Ranganâtha has the singular देव्वाए.

P. 131. l. 2.—उवभारिअं पविट्ठो, 'has entered his tent.'

P. 131. l. 3.—अणुलेवणमज्झे अग्गभागी होमि. 'Let me be first for the remnants of the perfume.' Vidûshaka seems to mean that the King who was perfuming and dressing himself after his ablutions, will leave some of the perfumes unused and that he will get them if he presents himself first. अनुलेपन is any perfume like sandal, or yellow pigment, saffron &c. reduced to the state of a thick liquid and then bedaubed on certain parts of the body such as the forehead, the arms, the breast, and the neck. The thick liquid of a perfume is prepared for the occasion (and not used out of small bottles as in Europe on handkerchiefs), and hence whatever remains after use becomes useless for the next day, and is therefore given to the servants who may happen to be present.

P. 131. l. 4.—दुऊलत्तरच्छुदे तालवण्टाभारे णिच्छिखविअ णीअमाणी मए. Construe दुऊलत्तरच्छुदे as दुऊलं उत्तरच्छुदं जस्स तस्सि तालवण्टाभारे 'which I put in a basket covered with a piece of red woven silk-cloth, and was carrying.' It must be supposed that Urvas'î too had a bath in the river and that as is usual with Hindu ladies before bathing she took off her ornament the *Sangamaniya*, and gave it to her servant for safe custody. The servant girl put it in a *tálavrinta* which might mean either such a small basket of *tála* leaves as is used to keep little things in—such as perfumes &c.—and used in bathing places, (this is Kâṭavema's interpretation, he having "तालवृन्ताभारे पटलिकाविशेषे") or a fresh *tála* leaf plucked for the occasion by the sevant to hold the jewel in. On the jewel she put a piece of red silk cloth which the bird kenning from high mistook for a lump of flesh, and descending all of a sudden carried the gem off at a swoop. The servant mentions the fact that she was carrying the gem—of course to Urvas'î's tent we must suppose—in a *tála* leaf, in order, as it were, to justify the mistake of the bird, flesh being usually brought from the bazars in such leaves or baskets.

P. 132. l. 1.—भहिणी अब्भन्तरविलासिणीमोलिरअणजोग्गी, 'fit to be (*i. e.* which is used as) the jewel in the crown of His Majesty's dearest wife.'—आमिससाङ्किणा, because it looked red like flesh.

P. 133. ll. 5, 6.—आलिहन्तो विअ आभासं, 'as if drawing lines in the sky.'

P. 133. ll. 8-11.—Kâṭavema : भसावित्यादि । असौ विहंग: पक्षी मुखल-ग्बितहेमसूत्रं मुखेनालम्बितं हेमसूत्रं यस्य स: तथोक्त: तं मणिं बिभ्रत् मण्डलचारशीघ्र: मण्डलाकारसंचरणत्वरित: सन् तद्रागरेखावलयं तस्य मणे रागस्य प्रभाया रेखाराजि-स्तस्या वलयं मण्डलमलातचक्रमतिममुल्मुकवलयसदृशं यथा तथा तनोति बिभत्ते ॥

P. 134. l. 3.—अनुर्याहिणी यवनी 'exit the Yavanî to bring the bow.' There can be little doubt that the Yavanî was an Ionian or Greek servant girl. The employment in ancient Indian courts of Greek girls as attendants clearly points to a very much closer intercourse than we are ordinarily disposed to admit, in which the Hindus lived with the Greeks when these had established themselves on the North-west of our country. The Ionian girls might have been taken into their service by Hindu princes for their personal attractions or their superior intelligence. Such a preference given to the foreigners requires no explanation if we call to mind that even in our own days rich men in Bombay, Pârsís and Hindus, have English coachmen tó drive their carriages and English nurses to take care of their children. Such a preference to foreigners could easily become a fashion in royal households.

P. 134. 1. 7.—प्रभापल्लवितेन. ''प्रभया शुभ्या पल्लवितेन विस्तृनेन'' Ranganâtha. Better, however, प्रभा एव संज्ञन: पल्लवं यस्य स तथोक्तं:. The figure implied is taken from a nosegay of flowers that has leaves (पल्लवा:) around and flowers in the centre. The red rays round the gem are compared to the young red leaves round a nose-gay of as'oka flowers which are, like the jewel, themselves red. Dis'â is here spoken of as a woman and is to be considered as referring to that quarter of the globe whither the bird was flying.

P. 135. 1. 2.—इभ्याग्रारसहितं. Kâṭavema : इत्तावायो नाम व्याघातवारणमुच्यते.

P. 135. 11. 4-7.—भाभाति &c. कोहितांग्रो भौमः. मणिविशेष: the excellent gem. पहुषघनच्छेदसंयुक्त: 'closely attached to a clump of thick cloud.' पहुष, because if it were thin it would not be sufficiently black to resemble the black bird.

P. 135. 8, 9.—नागरिक: the Kotvâl, the Police officer.—सायं नि. वासवृक्षाश्रयां विचीयतां विहगदस्युरिति, 'that he should search for that thief of a bird when it shall resort to its perching tree in the evening.'

P. 135. 11. 12-13.—कहिं गदो &c., 'where can the robber of the gem go and escape chastisement from you?' i. e. go so as to escape.

Kâṭavema reads the speech thus : उपविसदु भवं संपदं कहिं गळ्ळुदि सो दसणकुम्भांळओ भवदो सासणादो ण मुच्चदि ।

P. 136. l. 6.—णं परिगदत्थोम्हि किदो भवदा, 'Yea, you have already told me so.' Vidûshaka does not mean that he now understands what the king tells him but that he has already informed him (Vidûshaka) of the gem having brought about the restoration of Urvas'î. We have already seen (p. 132, second speech) that Vidûshaka knows the gem well. णं परिगदत्थोम्हि किदो भवदा literally, 'have I not [already] been informed by you?' Kâṭavema in fact reads णं पढमं एव्व परिगदत्थोम्हि किदो भवदा.

P. 136. ll. 9, fgg.—Kâṭavema: अनेनेत्यादि । वध्यः स पतत्री पक्षी मार्ग- णतो बाणतो बाणत्वं गतेनानेन ते बलेन सामर्थ्येन । स्थौल्यसामर्थ्यसैन्येषु बलं ना काक- सीरिणी: इत्यमरः । निर्भिण्ण(sic)वपु: विद्धदेहः अपरात्रोचितम् (that is how he reads) अपरात्रस्य उचिनम् अर्हणमित्यर्थः । प्राप्य समौलिः रत्नसहितः अन्तरिक्षात्पतितः ॥

When the Kanchukî says, it was the King's puissance transformed into an arrow that had shot the bird, he is paying only a courtier's compliment to his Master.

प्राप्योपकार्यान्तरम् 'having come to another tent' or Dharms'âlâ, i.e. other than that from which it had originally fled. Construe प्राप्य with पतितः. प्राप्योपकार्यान्तरम् gives the place where the bird fell.

P. 137. ll. 5, 6.—भट्टुः &c. 'The gem has been washed with water; to whom shall I give it?'—भार्गनशुद्धम् &c. 'Purify it by fire and keep it in the box.'

P. 139. l. 9.—न तु मे वर्णविचारक्षमा दृष्टिः. We have already seen the Kanchukî is an old man. See Act IV. ad. init. It should be observed how adroitly the poet avoids the discovery by any other person than the King of the important matter that the arrow is inscribed with the name of his own son. Had the Kanchukî been allowed to make the discovery, not only should we have lost a great interest attaching to the discovery, but the poet would have cut away from underneath his feet the ground he was standing upon as regards that part of the play that immediately follows this speech of the old and nearly blind Kanchukî.

P. 138. l. 2.—अनुवाच्य. See note to p. 45 l. 4.—सावत्यतां रूपयति. It is difficult to say how this was done, so as to indicate to the audience that the King had suddenly known that he had already become a father.

P. 138. l. 5.—यावन्नियोगमशून्यं करोमि. This means either ' I will just go and do your command' *i.e.* that of keeping the gem in the box after purifying it with fire, or ' I will go about my business,' no particular business being alluded to in this latter case. On this mode of withdrawing a character from the stage, See *Málavikágnimitra* Act II. p. 22 l. 7 and note *ad loc.* in our edition.

P. 138. ll. 7, 8.—Kâṭavema : उर्वशीसंभवस्येत्यादि | उर्वशीसंभवस्य उर्वशी-जातस्य ऐलसूनोरिळाया अपत्यमैळ: पुरूरवा: तस्य सूनो: पुत्रस्य अनुभूतो धानुष्कस्य द्विषदायुषां संहर्तु: आयुष: आयु:संज्ञाकस्य कुमारस्यायं बाण: ||

P. 138. l. 10.—अन्यत्र नैमिषेयसत्त्वान् आवियुक्तोहमुर्वश्या, ' I have not been separated from Urvas'î at any time other than when I performed the sacrifice in the Nimisha forest.' Naimisha is the name of a forest sacred to the performance of *tapas* and sacrifice and is well-known to all readers of the Purâṇas and the epics. The great narrator of the Purâṇas, Sûta, related his Purâṇas in the Naimisha. Conf. the beginning of the *Bhágavata Puráṇa* व्यास उवाच | नैमिषे निमिषक्षेत्रे ऋषय: शौनकादय: | सत्रं स्वर्गाय लोकाय सहस्रसममासत.

Purûravas means that he only remembers one occasion when Urvas'î was separated from him and when therefore she might have given birth to this child without his knowing anything about the event ; and that was when he performed a sacrifice in the Nimisha forest. A sacrificer shall, according to the canons of the vedic ritual, live single during the performance of the sacrifice.

Bollensen's अन्यत्रानिमिषीयकनुसंदर्शनादवियुक्तोहमुर्वश्या is no improvement over what the older editions read अन्यत्र नैमेषेयसत्त्रादभियुक्तो &c.

It appears like a misconceived emendation suggested by निमिष 'a wink,' and the word संर्शानात् would show that the emenda- tion was not as Bollensen reads but what his Ms. P. reads, viz. अन्यत्र अनिमिषीयक्रनुसंदर्शानात् *i. e.* अनिमिषीयरजोदर्शानादन्यत्र, दिव्याना यत् [चिरं] रजोदर्शानं तःमादन्यत्र. But a sacrifice called अनिमिषीय is not known and क्रनुसंदर्शानम् has no sense. Conf. Ranganâtha: अनिमिषा देवर- निना | अन्यत्र नैमिषयसत्रादित्यपि क्राचित्पाठ: ||

Mark the author's skill in making no more than a mere al- lusion to a sacrifice which has nothing to do with the plot of the play. The simple allusion gives an appearance of reality which a distinct statement that it was performed would have failed to convey.

P. 139. ll. 1-4.—Ranganâtha: आविलं मलिनम् | लवली लताविशेष: | द्राक्षेनि केचित् | आनीलचूचुकाप्रमित्यपि पाठ: |

P. 139. ll. 6, 7.—पहावणिगूढाइं. On पहाव see note *suprá* to p. 10, l. 1.

P. 140. ll. 3, 4.—तापसी 'a female ascetic.'

P. 141. ll. 4-7.—Kâtavema: बाष्पायत इत्यादि | अहिमन्त्रिपतिता मम दृष्टिश्चक्षुर्वीष्पायते बाष्परमश्रु उद्गमनि | बाष्पीष्मभगामुद्गमन इनि क्यङ् | हृदयं मन: वास- न्ययन्धि वात्सल्यस्य प्रेम्णी बन्धौरयास्नीति तत्तथोक्तं तादृशां सन् प्रसादं प्रसन्नता वहनि प्राप्नोति (he appears to read वहनि प्रसादं for मनस: प्रभार:) | उद्छिन्नभैर्य- वृत्ति: उद्छिता व्यक्ता भैर्यस्य वृत्ति: वनेनं येन स: तथोक्त: संज्ञानवेपथुभि: जानकम्पे: अङ्कुरवयवै: एनं कुमारमदयं निर्देयम् | गाढमित्यर्थ: | परिरब्धुमालिङ्गितुमिच्छाम्यमिल- षामि ||

P. 141. l. 11 fgg.—अम्मो &c. 'Ah! This royal sage has found out even without my telling him his paternal connection.' इमस्स राएसिणो genitive of agency, or subjective genitive.—अणाच- क्खिअदीवि विण्णारो, 'known even without being communicated.' The Tâpasî finds by the King's appearance that he has anticipated her. He looked cheerful and almost to expect her with the boy, and made out on their appearance before him that the boy she brought was his son. The condition of the King as des- cribed in st. 9 is certainly such as to justify the exclamation of the lady ascetic अम्हो अणाचखिखदोवि विण्णादो ॰॰॰॰ओरसो संबन्धो ! It would not be proper to interpret that this exclamation refers to the boy having found out himself that the King was his father; and that for two reasons, *first* there was nothing in the boy's conduct, so far as we see from the play, to call for the exclamation, and *secondly* the boy must have known already when he left the hermitage that he was being taken to his father. See besides, note below on p. 142, ll. 6-9.

The आत्मगनम् part of the speech is, as will easily be seen, intended to justify the direction जाद पणम दे गुरुं ।

Kâṭavema reads thus: अहा अणाचखिखदोवि विण्णादो इ[म]स्स राएसिणो आउसो अ ओरसो संबन्धो ॥

P. 142 1. 3.—चापगर्भमञ्जलिं करोति, 'joins his hands in reverence still holding his bow in his hands.' This is intended to show that the boy knew how ·to behave like a Kshatriya, who should never keep aside his weapons, even when doing obeisance to his father. This sentiment is still prevalent among Indian princes, who will never lay aside their sword or their dagger wherever they may be and whatever they may be doing.

P. 142. ll. 6-9.—Kâṭavema: यदि हार्दमित्यादि । ममायं पिता अइमस्य सुत इति श्रुत्वा यदि यस्माल्कारणादिदं हार्दं प्रेम भवति तस्मादुस्सङ्गवर्धिनानामङ्कपरिवर्धितानां पुत्राणां गुरुषु पितृषु कीदृश: किंविध: स्नेहो भवेत् ।

श्रुत्वा scil. from the Tâpasî's words जाद पणम दे गुरुं ।

This stanza—the words यदि हार्दमिदं श्रुत्वा पिता ममायं सुनोइमस्येति— clearly shows that before the Tâpasî said जाद पणम दे गुरुं the boy did not make out who was his father, but he did so on hearing those words. This shows that विण्णादो ॰॰॰॰ओरसो संबन्धो should be taken and interpreted as we have done.

P. 142. 1. 11 fgg.—किंवि णिमित्तं अवेखिख, 'seeing some reason' for doing so. Kâṭavema reads badly किंणिमित्त (sic) वा अदंसिअ महाराभस्स, किं निमित्तं वा अदर्शयित्वा महाराजहप. See note below to p. 152·1. 4.

क्षत्तिशकुमारस्स जादकम्मादि. The books on Samskâras and Prayo-
gas do not make a difference between the birth ceremonies of
Brahmans and those of the Kshatriya caste. On जातकर्म see *Ra-*
ghuvaṁs'a III St. 18 and our note *ad loc.*

P. 144. 11. 1, 2.—गहिदामिसो ' with a piece of flesh.' We have
seen that this piece of flesh was in fact the red gem *sangamnîya.*
The Tâpasî is relating not what she herself saw but a hear-
say account as is indicated by the particle किल, ' they say,'
' I hear.' Neither Lenz who renders किल by *nempe* nor Bollen-
sen who translates it *nämlich* has understood the proper force
of the particle. See below note to p. 145 11. 5-8.

P. 144. 1. 6.—समादिष्टा, ' ordered.'   We may here understand
that Chyavana was somewhat annoyed at the boy's conduct, not
indeed for his having shot the bird but for having done so in
the Âs'rama.

P. 144. 1. 7.—णिञ्जादेहि. Kâtavema : निर्यातनं न्यासार्पणम् । निर्यातनं
वैरशुद्धौ दाने न्यासार्पणेवि चेत्यमर: ॥

णिञ्जादेहि इअ्थणासंनि. Observe that Chyavana only knows that
the boy is a trust but does not know who his parents are. See
note below to p. 152, 1. 4.

P. 144. 1. 8.—आसनमनुगृह्णनु भगवनी, ' kindly sit down.' Literally
' may you favour the seat.'

P. 145. 1. 1.—Kâtavema : बाहूयतामुर्वशीत्यन्न बीजरूपस्थोर्वइया अनुसं-
धानात् संबिनीम संध्यङ्कमुक्तं भवति ॥

P. 145. 11. 5-8.—Kâtavema : सर्वाङ्क्षीण इत्यादि । सुनस्य पुत्रस्य स्पर्श: ।
अन्न स्पर्शशब्देन स्पर्शसुखं लक्ष्यते । सर्वाङ्क्षीण: सर्वाङ्गव्यापी किल । तत्सर्वांदे: पथ्य-
ङ्कर्मपत्त्रपात्रं व्यामोतीनि ख: । तेन कारणेन उपगनेन उपगमनेन । उपप्रेषणेत्यर्थ: ।
मां प्रह्लादयस्व आनन्दय । तावदिति साकल्ये । अन्न उदमामाह । चन्द्र[कर]: चन्द्र-
किरण: चन्द्रकान्तमिव ॥

सर्वाङ्क्षीण: स्पर्श: सुनस्य किल, ' they say the touch of a son pleases
the whole body.' Ranganâtha very properly observes किछेत्यनिद्यो.

On this force of किल see above, note to p. 144, ll. 1, 2.—तेन मा-
मुपगतेन आह्लादयस्व. 'Therefore come and gladden me.' तावत् may
be rendered as 'at once' though Kâṭavema takes it as meaning
'wholly.' Its literal force is *before* doing anything else, *first*
'immediately.'

P. 145. l. 9.—आणन्देहि scil. उवगदेण, by going up to him and
embracing him.

P. 145. l. 12.—अशङ्किनो, 'without being frightened.' Vidû-
shaska's appearance and behaviour is always such as to be like-
ly to frighten a child. His dress is quaint and strange, and
artificial shaggy hair all over his person make him a mixture
of man and beast. This refers to his appearance on the stage.

P. 145. l. 13.—किंति सङ्किस्सदि ? 'why will he be frightened?'
In किंति the Goanese will recognise the origin of his किंतँ and
the Malvan Konkaṇî his किस्या, both meaning 'why' 'what.'

अस्समवासपरिचिदो एव्व साहामिओ, 'he has of course known a monkey
while he lived at the hermitage.' See *Mâlvikâgnimitra* our Edi-
tion p. 87, l. 12 where Vidûshaka not only as here compares
himself to a monkey, but speaks of himself as one of the brother-
hood of that species. See note *ad loc.*

P. 146. ll. 5-7.—सयं महाराएण संअमिब्भमाणसिहण्डओ, 'whose s'ikhâ
is being tied into a knot by the Mahârâja himself.' S'ikhaṇḍaka
is the long hair on the crown of the head, also called S'ikhâ.
The tying it into a knot is the duty of servants, sometimes
done by parents especially the mother out of affection. The
King's doing it implies his love to the boy. On this part of the
speech Kâṭavema has: अत्र कार्यमार्गेणाद्विरोधो नाम संध्यङ्गमुक्तं भवति.

अम्मो सच्चवदीसूचिदो मे पुत्तओ आउ, 'ah! that is Satyavatî and this
must therefore be my boy Âyu.' सच्चवदीसूचिदो, literally, 'indi-
cated by Satyavatî.'

On this part of the speech Kâṭavema observes : अत्र कार्यस्य
निबन्धनात् मथनं नाम संध्यङ्गमुक्तं भवति.

परिक्कामति. By this is meant that she is going up to the King.

P. 147. l. 4.—पच्चुगच्छु, 'go forth to meet.' See *suprá* p. 30, l. 11.

P. 148. l. 1.—अब्भासनम् *i. e.* a part of the seat he himself occupied.

P. 148. ll. 4-6.—एसो·······संपदं कवभहरो संवुत्तो | ता······णिक्ज-दिदो हथ्यणिक्खेवो. Mark the delicacy of feeling here shown by the poet in not making the Tápasí say to Urvas'í what the true reason was why she was delivering back her trust.

विसज्जेदुं. Passive infinitive.

जव्रड्डाइ मे अस्समभम्मो, viz. by her absence from the hermitage. This is a remark intended to show that she wishes not to be detained.

संपदं कवभहरो संवुत्तो. This appears to be the time when Urvas'í had told Satyavatí that the latter should return the boy to her. See note below to p. 152, l. 4.

P. 149. ll. 1-3.—चिरस्स अव्जं दिट्ठम्ह. This shows and is intended by the poet to show that after Urvas'í left the boy at the Ás'rama she had not met Satyavatí nor the boy.—तुणो दंसणाह. See *suprá* p. 18, l. 4 and note *ad loc.*

P. 149. ll. 7, 8.—पूर्व्विस्मन्नाश्रमे *i. e.* ब्रह्मचर्य्यं.

P. 150. ll. 2-5.—Translate: 'Send me that peacock Maṇikaṇ-ṭhaka when he gets his tail,—that Maṇikaṇṭaka who feeling happy by my scratching him about his crest used to go to sleep on my lap.' अङ्कं literally means 'on the thigh,' the thighs when the legs cross each other in the attitude of squatting.

सुप्तवान. This does not refer to any particular time alone, but refers to the habit of the peacock.

Conf. Kâṭavema: मणिकण्डो नाम नस्य मयूरस्य संज्ञा. Ranganâtha who reads शितिकण्ठम् says शितिकण्ठ नीलग्रीवं तन्नामानं वा.

P. 150. ll. 9, 10.—पौलोमिसंभवेनव जयन्तन पुरंदरः. As S'achí is the best of wives, so her son Jayanta is described as the best of sons. S'achí is called Paulomí because a mythe identifies her with the daughter of a Demon called Puloma whom Indra is described to have slain. See *Válmíki's Rámáyana* Uttara Kánda Adh. 28, St. 20.

P. 150. l. 11.—रोदिति, 'weeps.' She does not cry, for Vidúshaka only sees her भस्समुहीं.

P. 151. ll. 1-6.—Kátavema : किं सुन्दरीत्यादि | वंशस्थितै[:] कुलप्रतिछाया अभिगमान् मात्रे[:] | पुत्रलाभादित्यर्थ: | महति प्रमोदे प्रसक्ते सति किं किमर्थं प्ररुदितासि रोदितुं प्रक्रान्ता भवसि | आदिकर्मणि क्त: (sic) | कर्तरि चेति क्तप्रत्यय: |

अस्या उर्वश्या बाष्पमश्रु प्रमार्ष्टि अपनयति | अत्र पर्युपासनात् प्रसादो नाम संध्यङ्गमुक्तं भवति ॥

महति प्रमोदे मम उपपन्ने सति, 'when I am exceedingly delighted.' Literally ' when great delight has come to me.'

पीनोन्नत &c. ' causing another neck-lace of pearls by means of tears dropping down over thy full and high breasts.' There was already a neck-lace of pearls round her neck hanging down over the breasts. It was superfluous (पुनरुक्तम्) to have another. मुक्तावलीविरचनापुनरुक्तमानयन्ती = मुक्तानामावली मुक्तावली ; मुक्तावल्या विरचनाद्वं पुनरुक्तमानयन्ती = पुनरुक्तां मुक्तावलीं विरचयन्ती. पुनरुक्तम् is here a substantive and not an adjective or participle.

P. 151. ll. 7, 8.—विसुमरिदम्हि scil. समर्थं ' condition,' to be understood from the following sentence.—महिन्दसंकित्तणेण by the mention of the great Indra. The mention referred to is the line पौलोमीसंभवेनेव जयन्तेन पुरंदर:.

P. 151. l. 10.—आणत्ता. Observe how Urvas'í is interrupted by the King in his anxiety and impatience to hear what the condition (समय) was.

P. 152. l. 4.—मए महाराभविब्भीओभीरुदाए जादमेत्तो एव्व विज्जागमणिमित्तं ......णिक्खित्तो. Here Urvas'í explains both the true reason as also the pretext under which she kept her boy in trust with the ascetics: the former was that she wished to put off the destined separation from the King as long as possible, and the latter that she wished the boy to be educated in the *ás'rama* of the Ṛishi.

अहजाए सच्चवदीए हथ्ये अप्पगासं. This means that Urvas'í took the boy to the *ás'rama* and left him with Satyavatí. Her true reason she did not communicate even to Satyavatí, who was only admitted to the secret that the boy was hers (Urvas'í's). The trust was made secretly (अप्पगासं), that is, Satyavatí was charged not to divulge to any one, not even to Chyavana, the secret that Urvas'í was the mother of the boy, and Purûravas the father, further than that he was a Kshatriya boy. We have already seen (p. 144 l. 7) that the Ṛishi does not know who the parents of the boy are, for if he had known his parentage he would have referred to it at p. 144 ll. 6, 7, and would have communicated ere this with his father, and would not have somewhat severely taken Satyavatí to task, as he does in the passage already referred to, for the boy's misconduct. He only knew the boy as belonging to Satyavatí as a trust (निज्ञेप) from some Kshatriya parents.

That Satyavatí did not know the true reason why Urvas'í had left her boy with her is evident from the fact that she brings the boy at once into the King's presence, which she would not have done if she had known that the meeting of the father and the son was inevitably to be followed by the separation for ever of Urvas'í from Purûravas ; she would have studiously averted the meeting and delivered back the boy direct to his mother, to enable her to conceal him from the King's sight by keeping him in some other place for the purpose of prolonging her married life with her earthly husband.

We must suppose, however, that Satyavatí was charged not to bring the boy back to his parents until his education was finished ; a request that appears to have struck her as somewhat strange and made her, we may imagine, somewhat sceptical as to the trueness of the reason—education—that Urvas'î had given her for entrusting the boy to her. This accounts, in our opinion, for Satyavatí's words किंनि णिमित्तं अवेख्खिअ······णासीकिदो (p. 143 l. 1) instead of विऽज्जागमणिमित्तं······णासीकिदो, as we might have expected her to say. If Satyavatí on suspecting insufficiency in the reason which **Urvas'î** gave her when entrusting the boy to her care, did not feel curious and endeavour to know by questioning Urvas'î or otherwise the true reason, we must remember that she is an ascetic and as such enjoined to be charitable in all her thoughts.

P. 153. ll. 5-8.—आश्वासितस्य मम नाम सुनोपलब्ध्या. 'No sooner am I comforted by the obtaining of a son than—.' नाम. Mark the force of this particle, which is that 'the सुनोपलब्धे: आश्वासनम् has only just commenced,' 'has commenced yet, as it were, only in *name* and not yet begun to be enjoyed, when.'—कृशोदरि, see note to p. 118, ll. 2-5.

The word आश्वासितस्य implies that there was immediately previous suffering which required consolation (आश्वासनम्). The suffering alluded to was the absence of progeny that we have seen Vidûshaka refer to as the only thing that made the King unhappy (असंताणत्तणं वज्जिअ ण किंवि से हिगं p. 130, l. 5). It is this feeling of want of children (असंताणत्तणं) that is impliedly compared to the भातपऽज्, the सुनोपलब्धेराश्वासनम् to प्रथमाभ्रवृष्टि (the dropping in a shower of the first rain-cloud after the end of the burning hot season) and the विप्रयोग to the stroke of lightning that suddenly and almost immediately after the shower falls upon the tree. Indian students require no note on the phenomenon here referred to which takes place in the early part of the rainy season.

P. 154. ll. 1, 2.—अहं सो अत्थो अणत्थाणुबन्धो संवुत्तो, 'see how that good fortune is turned into a chain of misfortunes.' सो अत्थो is that of the सुनोपलब्धि:. The chain of misfortunes referred to is the loss of Urvas'î followed by the King's retirement to the forest. The idea of 'chain' or 'succession' of one misfortune after another is to be derived from the particle भणु in भणुबन्धो. See *Raghuvaṃs'a* I. 22.

संपदं तक्केमि तत्तभवदा वक्कलं गेण्हिभ तवोवणं गन्दव्वंति, 'now I believe His Majesty will put on a bark of a tree and will go to the forest of penance.' गन्दव्वं is used in the sense of a future finite verb, as गेण्हिदव्वं at p. 55, l. 2 where, however, the participle is accompanied by a future verb.

P. 154, ll. 3, 4.—मंति &c. 'Unfortunate that I am, the great King will think that I have done my business (and am selfishly satisfied) when I now go into Heaven on getting back my son who has finished his education.' Urvas'í means that now that her son has returned from the hermitage on finishing his education and now that she will go into Heaven the King will think that she has obtained her end and does not care for him (the King) any longer. Kâṭavema, however, who reads सग्गारोहणे अवसि‍द‍क्कजणिव्विसेसं, observes गनेषु कार्येषु यथा शोको नास्ति तथा मयि गतायामपि शोको नावे (sic. नैव ?) भविष्यतीत्यमिप्राय:. But that does not well accord with the sense of the following stanza.

The particle ति in मंति shows that Urvas'í mentions her fear of what the King will think of her as another link of the chain of misfortunes that Vidûshaka speaks of in the previous speech; as if she were to say, 'this too is another misfortune that the King will think that I have done my business &c.'

P. 154. ll. 6, 7.—Construe : सुलभविप्रयोगा परवत्ता आत्मप्रियाणि कर्तुं न प्रभवति हि । [अन: कारणात्] भर्तु: शासने तिष्ठ ॥ The King here assures Urvas'í that he will not think unkindly of her but will free her from all blame, consoling her that it is ˌthe fault of her position as a dependent of Indra and not of her will that she has to go away.

P. 155. l. 3.—Kâṭavema reads and observes as follows : युग-

॰भार्यायां पुंगवेन महोक्षेण भार्यायां भारयितुमर्हीयां भुरि भारे गम्यास्तनरं (? दम्यं
वस्तनरं ?) नियोजयितुं नियन्तुम् ॥

P. 155. ll. 5-8.—Kâṭavema : शामयनीत्यादि । गन्धद्विरः विशिष्टजातिगजः
कलभः शिशुः सन्नपि अन्यान्गजानिनरजानिगजान् शामयनि वारयनि । भुजंगशिशोर्विषं
सुनरामत्यर्थं वेगोदयं वेगेनोद्रेकेण उद्भ्रमधिकं भवनि । दष्टानामिनि शेषः । भभिवनिः
राजा बाल्यानस्थोपि बाल्यमवस्था यस्य स तथोक्तः तथाविधः सन्नपि भुवं परिरक्षितुमलं
शाक्नोति । भर्थीन्नरन्यासमाह । अयं भरः एषोनिशायः । अनिशायौ भर इत्यमरः ।
जात्येव जन्मनैव स्वकार्यसहः भात्मकार्यक्रमो (sic) भवनि वयसा तारूप्येन न खलु न हि
स्वकार्ये न भवतीत्यर्थः ॥

Rangaṇâtha : गन्धगजलक्षणं च । यस्य गन्धं समाघ्राय न तिष्ठन्ति मतिद्विपाः स
वे गन्धगजो नाम नृपतेर्विंजयार्ह इति ॥

अयं भरः 'This pre-eminence,' viz. which enables the young
Gandhadvipa to overpower other elephants though grown up,
which makes the poison of a young snake exceedingly deadly,
and which enables the young King to rule over the earth.

P. 156. l. 2.—किं नु &c. The splendor of Nârada is so great
that his appearance strikes all present blind as that of a sudden
flash of lightning.

Kâṭavema : किं नु खलित्यत्र भद्भुतार्थमति ह्वमभणं नाम संध्यङ्गमुक्तं भवति ।

P. 156. l. 3.—भम्मो. Observe that it is Urvasî that first re-
cognises Nârada, because she is a heavenly being and Nârada is
more in heaven than on earth.

P. 156. ll. 5-8.—Rangaṇâtha : गोरोचनाया निकषाः कषपाषाणः लक्षणया
तत्स्थाः रेखास्तद्वत्लिङ्गी जटाकलापं जटासमूहो यस्य शाशिकलावदमलं शुभ्रं वीतसूत्रमुपवीतं
यस्य मुक्तागुणैर्मौक्तिकसरैरनिशयेनाह्यन्नं संभृता कृता मण्डनश्रीर्भूषणशोभा यस्य (we differ
from this part of the explanation, see below) तथा हैमा हेमसंबन्धिनः ।
सौवर्णा इत्यर्थः । परोहा निजजटा यस्येतादृशो जङ्गमकठवृक्ष इव संलक्ष्यते ॥

गोरोचनानिकषपिङ्ग *i. e.* bright yellow like a streak of gold drawn
on a touchstone.

शाशिकलामलवीतसूत्रः 'whose sacred thread was as white and pure
as the new moon' *i. e.* the thin moon of the first day of the
lunar month.

'मुक्तागुणनिशयसंभृतमण्डनश्री:' 'in which beauty of adornment is collected by means of wreaths of the best of pearls' मुक्तागुणानि.
मनिश्ये: मौक्तिकसरविशेषे: उत्तममौक्तिकसरै: संभृता संहिता समस्ता मण्डनश्री: भूषण-
शोभा यस्मिन्. The poet does not mean that a *kalpavriksha* is ever so adorned by any one artificially, but only makes a स्वभावोक्ति *i. e.* gives it an *epitheton ornans.* For such are *kalpavrikshas* in heaven. On अतिशय see *infra* p. 160, l. 10 and note *ad loc.*

हेमप्ररोह: 'having golden branches' hanging down like the goldhewed hair-braids of Nârada.

P. 156. l. 9.—अर्घ्यम्. "गन्धमाल्यादिसंयुक्तमुदकमर्घ्यम् इत्युच्यते" says Gârgya Nârâyaṇa in his Vṛitti on Âs'valâyana Gṛihya-Sûtra I. 24. 11.

जङ्गम°. This adjective is added not to show that the *kalpavriksha* ever goes about but to imply that the only difference between a *kalpavriksha* and Nârada is that the latter is mobile and the other is immovable (स्थावर) ; as if the poet were to say, 'you have only to imagine for a moment that the *kalpavriksha* goes about *i. c.* is mobile like Nârada, and the similarity between Nârada and that tree is perfect.' Conf. *suprá* गिरिरिव गतिमान् शापक्षलोगान् p. 70 l. 7.

P. 156. l. 10.—इमं भगवते अर्हिणा. We must here imagine that Urvas'î is offering to Nârada some flowers or other tokens of worship—water principally (see p. 157 l. 1)—that lay by at the moment.

P. 156. l. 12.—विजयतां मध्यमलोकपाल:. Nârada does not say जयतु जयतु महाराज:. His blessing takes the form of a command to the course of the universe and is not a mere wish, for the gods consider it an honor to give effect to his wishes; and to him the King is only a मध्यमलोकपाल:, as he has access to all the three worlds and assigns to the King his proper place.

P. 157. l. 1.—भावर्यं, 'letting down' scil. on Nârada's feet. The King puts his hand to Urvas'î's that held the water and lets down the contents on Nârada's feet. This is done in order to show that the reception was by both the King and Urvas'î. The gods and demi-gods refuse to be received by a man or a woman unaccompanied by the wife or the husband as the case may be.

P. 157. l. 3.—Kâṭavema: आविर्[हि]नाविल्यादिना कार्यस्य सिद्धत्वात् कार्यं नाम पञ्चमी अर्थप्रकृतिरित्यनुसंधेयम् । हे उर्वशीत्यत्र (?) समग्रफलसंप्राप्ति: फलागमो नाम पञ्चम्यन्यथा दर्शिता ॥

भूयास्ताम्. Mark again the imperative force of the blessing. See note to p. 156, l. 12.

P. 157. l. 4.—आपि नामेवं स्यात्. 'Would that this were fulfilled!'

अभिवादयस्व. This is the form of salutation to a Guru or to one who is in the position of a Guru. On the manner of making अभिवादन see Âpastamba's *Dharma Sûtra* I. 4. 14. and *passim*, particularly रुदेवाभिवादनम् I. 2. 5. 20.

P. 157. l. 8.—तिष्ठरेनुगृह्यताम्. See above, note to p. 144, l. 8.

P. 158. l. 2.—प्रभावदर्शी. On प्रभाव see *suprá* p. 10, l. 1 and note *ad loc.*

Mark the difference between अनुशास्ति and आज्ञापयति, which latter the King, interrupting Nârada, substitutes for the former.

P. 158. l. 4.—त्रिकालदर्शिभि: &c. In this sentence भार्गी is the predicate and आदिष्ट: an adjective of °संगर:.

P. 158. l. 6.—तव सहधर्मचारिणी, 'your partner in the performance of religious duties.'

P. 158. l. 7.—अवणीदं विश्र. ·Kâṭavema: अत्र दु:खविनिर्गमायो (sic. °र्गमो ?) नाम संध्यङ्गमुक्तं भवति ॥

Construe विश्र immediately after सझं and not after अवणीदं though perhaps it is more correct to say that the particle should be taken after the sentence 'सझं अवणीदं' 'he has, as it were, extracted a dart from my heart.

P. 158. l. 8.—Kâṭavema: परवानस्मि देवेश्वरेणेत्यत्र इष्टार्थसिद्धेर्गम्यमानत्वा-दानन्दो नाम संध्यङ्गमुक्तं भवति ॥

परवानस्मि देवेश्वरेण 'I am dependent on the King of the Gods,' i.e. 'I am his obedient servant and will obey his command not to retire to the forest.'

P. 158. ll. 10 fgg.—Kâṭavema :—कार्यमित्यादि | सूर्यः तेजसाग्निः (sic. °ग्निम् ?) समेधयति वर्धयति | अग्निश्च सूर्यं तेजसा समेधयति | अग्निर्दूरात्रक्तं ददर्श इत्यादि श्रुतिप्रसिद्धम् ॥

Ranganâtha observes: अग्निनैजो हि दिने सूर्यमनुप्रविशति रात्रौ सूर्यनैजो-ग्निनिति पौराणी प्रसिद्धिः ॥ The notion is that fire is dull during day because its brightness enters the sun on day-break and it is bright at night because the sun when going down the horizon at sun-set leaves part of his light and brightness in the fire. Conf. *Raghuvaṁs'a* स राज्यं गुरुणा दत्तं प्रतिपद्याधिकं बभौ | दिनान्ते निहितं तेजः सवित्रेव हुताशनः IV.1, and the s'ruti आदित्यो वा अस्तं यन्नग्निमनुप्रविशति | अग्निं वा आदित्यः सायं प्रविशति as quoted *ad loc.* by Mallinâtha.

P. 159. l. 2.—आकाशमवलोक्य. We must here imagine that Rambhâ though present like a spirit was not visible. She was the bearer of the provisions and presents which Indra himself procured and collected (संभृतः) for the occasion.

159. l. 5.—Ranganâtha who reads °संभारी observes : संभारी बिल्ववल्मीकमृत्तिकादिसामग्री ॥ To these may be added all food grains, all juices, all seeds, all flowers, all sacred grasses and so forth. It is possible there may be a difference between the provisions required at the coronation of a King (राज्याभिषेक) and that of an Heir Apparent (युवराज्याभिषेक.) See *Raghuvaṁs'a* XVII. 9-28 and our notes *ad loc.*

P. 159. l. 6.—Ranganâtha : भद्रपीठं हेमादिमयमासनम् | भद्रासनलक्षणं चोक्तं देवीपुराणे | हैमं च राजनं ताम्रं क्षीरवृक्षमयं च वा भद्रासनं प्रकर्तव्यं साभिहस्तसमु-च्छ्रितम् | सपादहस्तमानं च राज्ञो माण्डलिकान्तरात् ॥ वराहसंहितायां च | त्रिविध-रत्नस्योच्छ्रायो हस्तः पादाधिकोर्ध्वयुक्तश्च | माण्डलिकानन्तराजित्समरतराज्यार्थिनां शुभ्र दानि ॥

P. 159. 1. 8.—आवर्ज्य, 'pouring the contents of.' This Nârada does personally because that is the principal part of the cere-mony, the real essence of the *abhisheka*, and has to be done by the holiest of Brahmans.—श्रेष्ठो विप्रः. See *Raghuvams'a* XVII. 9-28 and our notes *ad loc.*

P. 159. 1. 9.—मादाविंदरे. This is the accusative plural used for the dual, which does not exist in the Prâkṛits.

P. 160. 11. 7-10.—The divine sage Attri was the son of Brahmâ; Indu or the Moon was the son of Attri; Budha was the son of Indu; and King Purûravas was the son of Budha. Each resembled his father by his qualities.

Ranganâtha : " बोभ्रनो बुध: | ऐन्दवरयेति पाठेऽप्यर्थ: स एव | देवो राजा | गुरुरेवा इत्यर्थ: | ......अनुरूपो योग्य: | अतिशायिनि सर्वोत्कर्षेशालिनि ते वंशे कुळे एव समस्ता (that is how he reads) आशिष: सन्तीति शेष: |......."

भव पितुरनुरूप: &c. 'Be like thy father by thy qualities which are dear to the people. For in thy family, highest of all, all bles-sings have indeed attained their highest pitch.' . The speaker means that the highest blessing he can wish to the young prince is that he should become like his father, because all the bles-sings he can think of are already in the family.

अतिशायिनि 'highest,' 'excellent,' 'the best of all.' With this sense of अतिशय conf. *supra* p. 156, 1. 7 and note *ad loc.*

P. 160. 11. 12 fgg.—नव पितरि &c. Construe : उन्नतानां पुरस्तात् स्थिते अस्मिन् तव पितरि, अनाकम्प्यधैर्ये स्थिनिमनि त्वयि च विभक्ता राजलक्ष्मी:, हिमवति जलश्री च व्यस्ततोया गङ्गेव, इदानीमधिकतरं राजते ॥

स्थितिमनि. Conf. *Raghuvams'a* III. 27, स्थिनेरभेत्ता स्थितिमनन्तमन्वयम् and our note *ad loc.*

उन्नतानां पुरस्तात् स्थित: *i.e.* उन्नतानां मध्येति उन्नत:, should be taken both with गिरा and हिमवति and स्थितिमान् (= " मर्यादाचलक: " see Mallinâtha on the passage in *Raghuvms'a* already referred to) and अनाकम्प्यधैर्य: with both त्वयि and जलश्री.—व्यस्ततोयेन गङ्गा, *i.e.* as opposed to the Sarasvati which never reaches the sea.

P. 161. ll. 2, 3.—Kâṭavema observes on this passage : अत्र ऌङ्घार्थस्य स्थिरीकरणात् कृतिरिति संध्यङ्गमुक्तं भवति ॥

P. 161. ll. 4, 5.—साहारणौ. The Apsarases were sisters as it were of Urvas'î, and the good fortune (अभ्युदयः) was therefore common to them with her.

P. 161. l. 4.—जेष्ठमादरं. This was doubtless Aus'înarî.

P. 162. ll. 1, 2.—अभिषिक्तं महासेनं सेनापत्ये महत्त्वता. See *Kumdrasambhava* canto XIII.

P. 162. l. 3.—एवम् viz. by pouring the coronation water on his head with his own hand. See p. 159, l. 8. भगवता. Construe with एवमनुगृहीतौ.

P. 162. l. 5.—अतः परम् , 'more than this,' viz. than the fact that Maghavâ is pleased.

APPENDIX II.

NOTES TO APPENDIX I.

P. 102 A. 1. 1.—It may be observed once for all that *the additional passages* are included within brackets.—विभसहि॰ &c. Ranganâtha : सहजन्यावित्रलेखयोर्द्वैशीसख्यो: प्रवेश्यसूचिकामाक्षिप्तिकाभिश्रा गीति-मुपक्षिपति. He reads सहिसहिभा = सखीसहिता for सहि हंसी.

He goes on : उर्वशीविरहदूनचेता: सहजन्योपेता विह्वला कासारोपान्तोपविष्टा चि-त्रलेखा विलपतीत्यर्थे: | सखी सहजन्यां प्रति सखी चित्रलेखा वदतीत्यर्थे इति वा | रवि-करसंजातविकासरक्तसरोजवनमत्सख्या: कदा नु भर्तृसंदर्शनादिजानितं सुखं संपत्स्यत इति सरोविशेषणध्वनि: | आक्षिप्तिकालक्षणमाह भरत: | चक्षत्नुष्टादिताालेन मार्गैत्रयविभूषिता | आक्षिप्तिका स्वरपदग्रथिता कथिता बुधैरिति | पात्रप्रवेश एवैतस्या निवेश: | गाथा च्छन्द: | तल्लक्षणं च पिङ्गले | पढमं बारह मत्ता तीए भड्डारहेण संजुत्ता | जह पढमं तह तब्भिं दहरञ्च विहूसिभा गाहीति | दशारश्वेति भर्योचतुर्थेचरणे पञ्चदशमात्राविभूषिता भवती-त्यर्थ: ॥

P. 102 A. 1. 4.—It is indeed possible to separate चित्रलेखाप्रवेशा-न्तरे as चित्रलेखा | प्रवेशान्तरे द्विपदिकया &c., so as to turn the stanza सहभरि॰ &c. into a speech to be delivered by Chitralekhâ. But observe here that this speech, which there is nothing to indicate was to be delivered aside so that Sahajanyâ might not hear it, does not attract Sahajanyâ's attention, who addresses Chitrale-

Like the Prakrit stanzas that will follow in this Act this one is part of the King's long soliloquy. Observe, however, how little connection it bears with the context. Unless we suppose that these Prakrit verses have to be sung by a person standing behind the curtain, and not being a character appearing on the stage, it is difficult to see how they could well form parts of the Act.

P. 107 A. 11. 11, 12.—We may observe as regards this stanza that it contains nothing but a repetition of the contents of the Sanskrit stanza immediately preceding. This is peculiarly a characteristic of spurious interpolations.

P. 108 A. 11. 3-7—Ranganâtha : अनन्तर इति | चर्नैरीसंज्ञो गीतिविशे-ष: | यदुक्तम् | द्रुतमध्यलयं समाश्रिता पठति प्रेमभग(? रा ?)न्नटी यदि | प्रतिमण्ठकरासकेन वा द्रुतमध्य मष्ण(sic. कृ ?)मा (?) हि चर्नैरी | सोमो वा प्रतिमण्ठक: | लघ्वादिताले लोकेसी रास इत्यभिधीयन इति | मेघं प्रत्याह जलहर &c.

ए इति संबोधने | एवमर्थे वा | संहर बहुकीरमिति पदत्रयं बहु एतस्मिन् मङ्लक्षणे जने कीं संहर मा कुर्विंत्यर्थे इति ॥

This stanza it must be admitted has a place of its own, as it were, in the context where it occurs, though we could very well do without it. It also has a claim to be part of the so-liloquy, containing one of the King's own sentiments.

P. 108 A, 11. 11-15—मन्मुमाहभ &c. Ranganâtha : गीतिस्तूर्येरियुर-

khâ as if the latter had said nothing. Therefore, if genuine the stanza must be supposed to be spoken by an unseen person not on the stage. द्विदिकया दिग्वलोकयति | द्विदिकाख्यगीतिविशेषेण दिगवलोकनं विधायाग्रिमां गाथां पठतीत्यर्थः | दिग्वेक्षणेष्वथ द्विदिकाख्यगीति[ं] वदतीत्यर्थे इति वा | तल्लक्षणं चाह भगवान्भरतमुनिः | शुद्धा खण्डा च मात्रा च संपूर्णे चतुर्विधा द्विदि करणाख्येन तालेन परिगीयते | पादेन पञ्च भागोन्ने(?)जो सन्ः षड्द्विदीयकौ | चतुर्भिर्द्वीः पदैः शुद्धा द्विदिकोच्यते | अर्द्धान्ते त्वे(?)स्वरानाहुः खण्डा स्याच्छुद्धयाद्धया | षष्ठेनैकेन गुरुणा मात्रा द्विदिका मता | ज्ञेया शुद्धैव संपूर्णा गुरूणां तेषिके(?)मिति Ranga-nâtha.

P. 102 A. l. 5.—Ranganâtha: इंसीयुगलान्योक्त्या रत्यपीडानिश्चयं वर्णयति | ...... अवशब्लिगनमुपब्लुतम् | नाम्यति ग्लानि भजने |

P. 105 A. l. 8.—अनन्तरे &c. Conf. Ranganâtha: जम्बालिका गीति-विशेषः | तथा चाह भरतः | रुद्राशी द्विसकृद्द्वेकखण्डो द्विशकलोथ वा | यत्र ध्रुवे द्विर्ने भोगी ध्रुवे मुक्तिः स जम्भक इति | एतस्येव नाम जम्भ(sic)लिकेति मन्क्समनम् | ध्रुवे मुक्तिरहिता पूर्वोक्तलक्षितेमिति श्रीमद्रुद्रसोमेश्वरचरणाः ||

पुनः सहचरित्येव पठति तृतीयपचरणपरिवर्तेन | अविरलगाहनज्जोल्ल[भं] अखिलवा- ष्पमलाद्रैम् | उल्लभमिस्याद्रैं देशी || This उल्लभ is the origin of the Marâthî ओळा, wet.   Conf. also the Guzeráthi पळेलुं ' wetted.'

P. 105 A. ll. 9-12—Observe here also, that though as coming after the prose spoken by Chitralekhâ the stanza may be supposed to form part of the same speech, the following speech

लक्षणे तृतीय | प्रसृतेन हतस्तनः संचरता वायुना उद्वेल्लनशीलध्वजः | पल्लवनिकरः किसलयसमूहो यस्य सः | एवं पल्लवनिकरस्य करत्वं गम्यते ||

The connection of this stanza with the context is not clear except the general one that the King is madly dancing like the kalpa-tree.

P. 109 A. ll. 5-7.—Ranganâtha: पाठस्यान्ते भिन्नक इति | पाठो वाद्या- क्षरोल्कर इति भरतः | भिन्नको रागविशेषः | तथा चाह भरन | खण्डमध्यमिकोलन्नो भिन्नको मध्यको बहुः | खण्डग्रहाश्रो मत्तासौ (sic.) मन्द्रसोन्तोथवा भवेत् | षड्जादिमूर्छनः शुद्धः संचाराणि (sic.) स काकालिः | प्रसनादियुतो दानगीररौद्रेद्भुते रसे | दिनस्य प- श्चिमे यामे प्रयोज्यः सोमदैवत इति || गजान्योक्त्या स्वावस्थामाह | दह्भा &c. | ... भ्रमतीत्यध्याहारः | He gives the purport of the stanza thus: गजयूथप- तिरहं स्वीया माणप्रियामपि रक्षितुं न शक्तः | कथं मे यूथपतित्वं त्रिवच मामित्यातिदुःखे कारणम् | This, however, is doubtful.

P. 110 A. ll. 8-16—Ranganâtha: अनन्तरे खण्डक इति | खण्डको गीति-विशेषः | तल्लक्षणं तु | विरहस्यावृत्ता या तु (sic.! विरहस्यावृनां या तु ?) पठेद्धीति कुद्ग्रीं-लवी | प्राकृतेन प्रबन्धेन खण्डकः स उदाहृत इति || गजान्यापदेशेन स्वावस्था पुनराह | संपत्त° &c. .... | निचरतीति शेषः | परबलदलनोप्यहं स्वप्रियतमासंरक्षणेपि क्षमो नास्मीति खेदे विस्मये च हेतुगर्भे विशेषणं परवारण इति | विसूरण इति खिदेर्निसूरण इति विसूरादेशः | १९ तेना(sic.)खण्डकान्तरे चर्चरी | तेनेति मङ्गलार्थकमक्षरद्वय- म् | तेनकलक्षणमाह भगवान्भरतमुनिः | ॐ तस्सदिति निर्देशात्त्वमस्यादिवाक्यतः | तादिति ब्रह्मणा मङ्गलात्मकः (sic.) | लक्षितस्तेन तेनेति | अन्यत्रापि | तेकारः शंकरः प्रोक्तो नकारश्च व्रमा तथा | गीतादौ तेन वक्तव्यं तेना इत्यक्षरद्वयमिति || It is likely, however, Ranganâtha is wrong and तेन refers to खण्डकः in l. 8. He goes on चर्चरिकयोपविहृयेत्यादौ चर्चरिका गतिविशेषः | तालविशेषो वा | बभाण भरतः | विरामान्तदुर्तं द्वन्द्वं लघुन्यष्टौ (?) चर्चरीति यथा १०९ २०९ | ०९ | ० | ० अङ्ग्जाली वद्द्वनि | यदुक्तम् | पताकाहस्तनतलयोः संश्लेषादङ्क्लिर्मतः | देवतागुरुविप्राणां नम- स्कारेष्वयं क्रमात् | आर्यः (?) शिरोमुखोरस्थो नृभिस्त्रीभिर्यथेष्टत इति ||

Observe that there is no connection between the last Sanskrit phrase यावदेनं पृच्छामि (l. 8) which refers to the peacock, and the lines संपत्तविसूरणभो which are about an elephant; and that the four lines beginning with बंहिण &c. referring to the peacock are merely a repetition of the Sanskrit s'loka नीलकण्ठ ममोत्कण्ठा &c.

APPENDIX II.

NOTES TO APPENDIX I.

P. 102 A. l. 1.—It may be observed once for all that *the additional passages are included within brackets.*—विभसहि॰ &c. Ranganâtha : सहजन्याचित्रलेखयोर्द्वैशीसखयो: प्रवेश्यसूचिकामाक्षितिकाभिश्रा गीति-मुपक्षिपति. He reads सहिसहिभा = सखींसहिता for सहि हंसी.

He goes on : उर्वशीविरहदूनचेता: सहजन्योपेता विह्वला कासारोपान्तोपविष्ट चि-त्रलेखा विलपतीत्यर्थ: । सखी सहजन्या प्रति सखी चित्रलेखा वदतीत्यर्थे इति वा । रवि-करसंजातविकासरक्तसरोजवन्मत्सख्या: कदा नु भर्तृसंदर्शनादिजानितं सुखं संपत्स्यत इति सरोविशेषणध्वनि: । आक्षिप्तिकालक्षणमाह भरत: । चक्रत्रुटादितालेन मार्गत्रयविभूषिता । आक्षिप्तिका स्वरपदग्रथिता कथिता बुधैरिति । पात्रप्रवेश एवैतस्या निवेश: । गाथा च्छन्द: । तल्लक्षणं च पिङ्गले । पढमं बारह मत्ता तीए भट्टारहेण संजुत्ता । जह पढमं तह तर्इं दहरञ्च विहूसिभा गाहेति । दशार्द्धेति अर्धीचतुर्थचरणे पञ्चदशमात्राविभूषिता भवती-त्यर्थ: ॥

P. 102 A. l. 4.—It is indeed possible to separate चित्रलेखाप्रवेशा-न्तरे as चित्रलेखा । प्रवेशान्तरे द्विरदिकया &c., so as to turn the stanza सहभरि॰ &c. into a speech to be delivered by Chitralekhâ. But observe here that this speech, which there is nothing to indicate was to be delivered aside so that Sahajanyâ might not hear it, does not attract Sahajanyâ's attention, who addresses Chitralekhâ as if the latter had said nothing. Therefore, if genuine the stanza must be supposed to be spoken by an unseen person not on the stage. द्विपदिकया दिग्योवलोक्येति । द्विपदिकाएयगीतिविशेषेण दिग्वलोकनं विधायादिमा गाथां पठतीत्यर्थः । दिग्योवलोक्य द्विपदिकाख्यगीतिं[।] वदतीत्यर्थे इति वा । तल्लक्षणं चाइ भगवान्भरतमुनिः । शुद्धा खण्डा च मात्रा च संपूर्णानि चतुर्विधा द्विपदी करणाख्येन तालेन परिगीयते । पादेन पञ्च भागोन्ने(?)जो स्नः षष्ठद्वितीयकौ । चतुर्भिर्दृष्टः पदिः शुद्धा द्विपदिकोच्यते । अर्द्धान्ते त्ये(?)स्वरानाहुः खण्डा स्याच्छुद्धया द्वया । षष्ठेनैकेन गुरुणा मात्रा द्विपदिका मता । ज्ञेया शुद्धैव संपूर्णा गुरुणा नैभिके(?)लिति Ranga-nâtha.

P. 102 A. l. 5.—Ranganâtha : हंसीयुगलान्योक्त्या रतपीडानिशयं वर्णयति । .... अपवल्गितमुपद्रुतम् । नाम्पति ग्लानिं भजने ।

P. 105 A. l. 8.—अनन्तरे &c. Conf. Ranganâtha : जम्भालिका गीति-विशेषः । तथा चाह भरतः । उद्भ्रांशे द्विसकृद्द्विकखण्डो द्विशकलोथ वा । यत्र ध्रुवो द्विर्भोगौ ध्रुवे मुक्तिः स जम्भक इति । एतस्यैव नाम जम्भ(sic)लिकेति गनङ्गमनम् । ध्रुवे मुक्तिरहिता पूर्वोक्तलक्षितमिति श्रीमद्वृहसोमेश्वरचरणाः ॥

पुनः सहचरितेयेव पठति तृतीयचरणपरिवर्तेन । अविरलगाहजज्ञोल्ल[भं] अखिलवाःपमलाद्रेम् । उल्लभमिस्त्याद्रे देशी ॥ This उल्लभ is the origin of the Marâthî ओला, wet. Conf. also the Guzerâthî पलेलुं 'wetted.'

P. 105 A. ll. 9-12—Observe here also, that though as coming after the prose spoken by Chitralekhâ the stanza may be supposed to form part of the same speech, the following speech of Sahajanyâ seems to take no notice of the stanza, which must, therefore, be either spurious or sung by some one not on the stage.

P. 106 A. ll. 5-7—Ranganâtha खण्डधाराख्यो गीतिविशेषः । तल्लक्षणं तु । यद्गीतगुणचर्या च रागेण क्रीडनेन च । तालेन सा खण्डधारा यष्टिकेन प्रकाशितैनि । हस्तिन्यापदेशो[न] पुनः स्वावस्थामाह ॥ चिन्ता &c.

P. 106 A. ll. 10-12.—Ranganâtha : गजान्योक्त्या जायाविरहासि(यि?)-तस्योन्मत्तस्य पुरुरवसो रङ्गभूमावाधिस्तिकया प्रवेशं सूचयति गहणं &c. .... । देहमाग्भारो देहाभोगः ।

Mark that it is not the king that gives utterance to this stanza, but the same is sung and heard on the stage before the

king enters the stage, and must, therefore, be supposed either
to be sung by him just behind the curtain or by some one else
there. In the latter case, however, the usual direction निपथ्ये
might be expected.

तरुकुसुम &c. 'The forepart of whose person is decorated by
trees, flowers, and twigs' gathered and borne on the forehead
as he proceeds in the forest.

P. 107 A. ll. 3, 4—Ranganâtha : "हंसान्यापदेशेन राजा दु:खातिरेक-
माह हिभभा॰ &c. .... | भुनपक्ष: कम्पितपक्ष: .... ॥ " वाहांत-
जिग्भगणअगश्रो, 'with his eyes drenched in tears.'

Like the Prakrit stanzas that will follow in this Act this
one is part of the King's long soliloquy. Observe, however,
how little connection it bears with the context. Unless we sup-
pose that these Prakrit verses have to be sung by a person
standing behind the curtain, and not being a character appearing
on the stage, it is difficult to see how they could well form
parts of the Act.

P. 107 A. ll. 11, 12.—We may observe as regards this stanza
that it contains nothing but a repetition of the contents of the
Sanskrit stanza immediately preceding. This is peculiarly a
characteristic of spurious interpolations.

P. 108 A. ll. 3-7—Ranganâtha : अनन्तर इति | चर्नैरीसंज्ञो गीतिविशे-
ष: | यदुक्तम् | द्रुतमध्यलयं समाश्रिता पठति प्रेमभग(? रा ?)न्त्री यदि | प्रतिमण्ठकरासकेन
वा द्रुतमध्य मष्ण(sic. कृ ?)मा (?) हि चर्नैरी | सोमो वा प्रतिमण्ठक: | लघ्वादिनालौ
ळोकेसौ रास इत्यभिषीयन इति | मेघं प्रत्याह जलहर &c.

ए इति संबोधने | एवमर्थे वा | संहर बहुकौरमिति पदत्रयं बहु एतस्मिन् मङ्लक्षणे जने
कोंग संहर मा कुर्विंत्यर्थ इति ॥

This stanza it must be admitted has a place of its own, as it
were, in the context where it occurs, though we could very
well do without it. It also has a claim to be part of the so-
liloquy, containing one of the King's own sentiments.

P. 108 A, ll. 11-15—गन्धुग्माहश &c. Ranganâtha : गीतैस्तूर्यैरित्युप-

लक्षणे तृतीया । प्रसृतेन इतस्ततः संचरता वायुना उद्वेजनशीलध्वजः । पल्लवनिकरः
किसलयसमूहो यस्य सः । एवं पल्लवनिकरस्य करत्वं गम्यते ॥

The connection of this stanza with the context is not clear
except the general one that the King is madly dancing like the
kalpa-tree.

P. 109 A. ll. 5-7.—Rangaṇâtha : पाठस्यान्ते भिन्नक इति । पाठो वाद्या-
क्षरोल्लिखर इति भरतः । भिन्नको रागविशेषः । तथा चाह भरतः । खण्डमध्यमिकोल्लन्नो
भिन्नको मध्यको बहुः । खण्डग्रहाश्च मन्द्रासौ (sic.) मन्द्रसोन्तोथवा भवेत् । षड्जादिमूर्छनः
शुद्धः संचाराणि (sic.) स काकलिः । प्रसनादियुतो दानवीररौद्रैद्रुते रसे । दिनस्य प-
श्चिमे यामे प्रयोज्यः सोमदैवत इति ॥ गजान्योक्तया स्वावस्थामाह । दग्धा &c. । ...
भ्रमतीत्यध्याहारः । He gives the purport of the stanza thus : गजयूथप-
तिरहं स्वीयाः प्राणप्रियामपि रक्षितुं न शक्तः । कथं मे यूथपतित्वं त्रिदश मामेत्यातिदुःखे
कारणम् । This, however, is doubtful.

P. 110 A. ll. 8-16—Rangaṇâtha : अनन्तरे खण्डक इति । खण्डको गीति-
विशेषः । तल्लक्षणं तु । विरहद्यावृत्ता या तु (sic.। विरहम्यावृनां या तु ?) पठेद्गीति कुर्च्या-
ळवी । प्राकृतेन प्रबन्धेन खण्डकः स उदाहृत इति ॥ गजान्यापदेशेन स्वावस्थां पुनराह ।
संप्रत्त० &c. ...... । विचरतीनि शेषः । परबलदलनोप्यहं स्वप्रियतमासंरक्षणेपि क्षमो
नास्मीति खेदे विस्मये च हेतुगर्भे विशेषणं परवारण इति । विसूरण इति खिदेर्विसूरण
इति विसूरादेश: । १५ तेना(sic.)खण्डकान्तरे चर्चरी । तेनेनि मङ्गलार्थकमक्षरद्वय-
म् । तेनकलक्षणमाह भगवान्भरतमुनिः । ॐ तस्सदिति निर्देशात्तत्त्वमस्यादिवाक्यत:
तादिति ब्रह्मणा मङ्गलात्मकः (sic.) । लक्षितस्तेन तेनेति । अन्यत्रापि । तेकार: शंकर:
प्रोक्तो नकारश्च रमा तथा । गीतादौ तेन वक्तव्यं तेना इत्यक्षरद्वयमिति ॥ It is likely,
however, Rangaṇâtha is wrong and तेन refers to खण्डकः in l. 8.
He goes on चर्चरिकयोपविद्धेत्यादौ चर्चरिका गतिविशेष: । ताळविशेषो वा । बभाण
भरतः । विरामान्तदुतं द्वन्द्वं लघुन्यष्टौ (?) चर्चरीति यथा १०९ १०९ । ०९ । ० । ०
अञ्जलिं बद्धनि । यदुक्तम् । पताकाहस्ततळयोः संश्लेषादञ्जलिर्मतः । देवतागुरुविप्राणां नम-
स्कारेष्वयं क्रमात् । आर्यः (?) शिरोमुखोरस्थो नृभिस्त्रीभिर्यथोदितत इति ॥

Observe that there is no connection between the last Sanskrit
phrase यावदेनं पृच्छामि (l. 8) which refers to the peacock, and the
lines संप्रत्तविसूरणेभी which are about an elephant; and that the
four lines beginning with बर्हिण &c. referring to the peacock are
merely a repetition of the Sanskrit s'loka नीलकण्ठ ममोत्कण्ठा &c.

The direct and immediate connection is clear only between याव-
देनं पृच्छामि and नीलकण्ठ ममोत्कण्ठ &c., unless we suppose that the
King owing to fatigue or to the distressed state of his mind re-
mains silent all the time that somebody repeats the Prakrit
verses, and then all of a sudden resumes his soliloquy by ad-
dressing the peacock by नीलकण्ठ &c.

P. 111 A. ll. 7-13.—Ranganâtha : अनन्तरे खुरक इति । खुरको नृत्य-
विशेष: । तदुक्तम् । प्रथमं जरिरागसंयुतं यद्द्रुतमध्येन लयेन यत्प्रयुक्तम् । प्रतिताल-
युतं च नर्तनं तत्खुरकाख्यं मुनये शिवेन दत्तम् । लघुद्रुतद्वयं यत्र प्रतिताल: प्रकीर्तित
इति ॥ खुरकाख्यो गेयविशेषो वा । आह च भरत: । पूर्वपूर्वाक्षरत्यागी यो न्यो वर्णचय:
स चेत् उत्तरोत्तरसंवादौ खुरक: परिकीर्तित इति । गजान्यापदेशेन पुन: स्वावस्थामाह ।
विज्जबज्जर &c. •••••••• ॥ अम्बरमानेनेत्युपलक्षणे तृतीया । अतीविशाल इत्यर्थ: ।

The *Vidyâdharakânana* here spoken of must be some part so
called of the forest where the King is roaming.

Ranganâtha has the following on the tautology in पडुब्भ and
परपुट्ठी ;— परभृते परपुष्टे इत्यर्थौनहत्वं वक्तुदन्मत्तत्वान्न दोषावहम् ।

Ranganâtha who reads वलन्तिकया for चलिकया says : वलन्तिका
रागविशेष: । तथा च संगीतरत्नाकरे । वलन्तिका तद्रुपाङ्गं स्याद्द्रिहीनामेंद्रदेवता (sic !
स्याद्द्रिहीनामेन्द्रदेवता ?) । संन्यासांशग्रहे (?) वृङ्गारे शार्ङ्गिणोदितेति ॥

P. 112 A. l. 2.—वामकेन. Ranganâtha : वामकं पार्श्वस्थितवस्त्ववलोकने
संस्थानविशेष: । यदुक्तम् । श्रुतेन शिरसा यत्तु पार्श्वेन वलिनेन वा तद्वामकं वै करणं
पार्श्वस्थस्यावलोकनं इति ।

P. 113 A. ll. 2-7.—विभमम &c. Ranganâtha : द्विगन्यापदेशेन स्वदु:खा-
तिरेकमाह । &c.

ककुभेन षडुपभङ्गा इति । ककुभाख्यरागेण । उक्तं च भरतेन । मध्यमा पञ्चमीचेष-
त्युद्भव: ककुभो भवेत् । धांशग्रह: पञ्चमान्तो चेवनादिकमुर्च्छन: । मसन्नमध्यारोहिभ्य
करुणे यदेवत: । गेय: शरीरदीति (?) । उपभङ्गा अवच्छेदा: । उन्मादातिशयवशातुनस्त-
मेवार्थमाह । विभकारिणी &c. •••••••• ॥ विच्छोइअभ्मो इति वियुक्ते देशी ॥

Mark how abrupt is the introduction of the Prakrit verses
विभमम° &c. after यावदन्न गच्छामि । परिक्रम्य । In fact the Prakrit
additions appear here, so far as the context goes, quite out of

place.   The context requires that अहो भिक्षु भिक्षु । मेघश्यामा &c. should follow immediately after परिक्रम्य in line 1.

P. 114 A. ll. 11-15.—कुट्टिलिका. Ranganâtha: "कुट्टिलिका नाट्यविशेषः । यदुक्तम् । रो(sic. रा?)गेण रहितं यत्तु चार्द्धमत्तल्लिकायुगम् । भाषयैव च तन्नाट्यं कुट्टलीसंज्ञकं मतम् । अर्द्धमत्तल्लीलक्षणं तु । उपेतापसृतौ पादौ वामर्श्वे दूरचितः करः । कट्याम्यन्यस्तदा स्वर्भमत्तल्ली तद्रुणीमदे इति ।

गजान्योक्तया पुनराह मर्मर &c. ·········· । मर्मरः शुष्कपर्णध्वनिरिति यद्यपि तथापि विशिष्टवाचकानां पदानां विशेषणवाचकपदसानिध्येन (sic.) साति विशे-ष्यमात्रपरत्वमित्यभियुक्तोक्तेः शुष्कपत्रमात्रपरोऽयं मर्मरशब्दः । यद्वा मर्मरः स्वरश्च रणितं च पक्ष्यादीनां ताभ्या मनोहरे ।

मल्लघटी नाट्यविशेषः । द्विलयान्तरे (that is how he reads) चर्चरीति । नृत्यगीतवाद्यानां साम्यं लयः । लयः साम्यमित्यमरः । तस्य च त्रैविध्यमुक्तमन्यत्र । द्रुतो मध्यो विलम्बश्च लयः सान्न विरोधमन्न (sic.) । इनि चक्रवाकीमाह गौरोभण° &c.

It should be noticed that the lines रथाङ्गनामन् &c. (ll. 17, 18) are so connected with the words अयमिदानीं प्रियासहायध्वकरवाकः । लावदेनं पृच्छामि (ll. 10, 11) that they might naturally be expected to follow them without the intervention of any more words. Stanza 35 has no connection with the context, and 36 is to say the least suspiciously anticipatory before the introductory address contained in stanza 37.

P. 115 A. ll. 12-15.—Ranganâtha : अर्द्धद्विचतुरस्रक इति । नद्यावर्त्तो-परनामकः संस्थानविशेषोऽर्द्धद्विचतुरस्रकः । स च द्विवारं कृतत्वादर्द्धद्विचतुरस्रक इत्युच्यते । लक्षणं तु । अस्यैव चेच्चरणयोरिन्तरं स्यात् षडङ्गुलम् । वितस्तिमात्रमथवा नद्यावर्त्तं तदु-च्यते इति । अस्यैवेति प्रकृतसंस्थानस्येत्यर्थः । अयमेव चाभैचतुरस्र इत्यर्थः । अयमेव चार्द्धचतुरस्रक इत्य[र्थः] । कामरसेन कामाभिनिवेशोनेत्यर्थः । यद्वा ······ कामस्य रसोऽभिनिवेशो यस्मिन्नेतादृशोन द्वारेण । विद्ध इति शेषः । एकक्रमेण युगपत् वर्द्धितात्र्छिन्नः । प्रियाविरहेणेति भावः ।

Observe that the words included in brackets have little connection with the context and intervene between two portions of the King's speech intimately connected with each other. ·

P. 116 A. ll. 8-11.—गन्धध्वभमहुभट्. This means that the juice flowing down the elephants' temples attracted to itself by its

smell the bees which then hovered about them. The two lines
do not form a complete stanza by themselves but must be taken
with the first four verses on the next page इह पयि &c. The
compound कटिणीविटहसनातिभगी should either be taken as a vocative
or some such verb as भमइ (भ्रमानि) or आधिश has to be understood.

P. 116 A. l. 17.—स्थानकेन. Ranganâtha: स्थानकमाजापविशेष: |
नथा चाभाणि भरत: | स्थानकं तद्वंदेर स्यात्पृथग्भूनविभारिकामिनि | तद्वदिति प्रकृनाजाद-
वदिहयर्थे: |

P. 117 A. ll. 1-4.—Ranganâtha appears to be more · correct
in reading हंइ for हइ. He also reads पें for पइ in line 1 and line
4 and explains it by पें पदं त्वां वा. This पें may after all be no more
than the particle, so frequently met with in old Marâṭhî poetry,
where it early ceased to bear any meaning. Thus:

को रायाचें देह चालॅ | रंका परौतें गालॅ |
हें न म्हणे कृपालू | प्राण पैं गा || XII. 3.
पैं भारलें जें सानें | नें कठरांतींहि न रचे |
हें जाणोनि गताचें | न होची जां || Id. 13.

Dnyánes'vari.

ज्ञाना ज्ञान ज्ञेय | जेथ नाहीं हें त्रितय | ·
तें परब्रह्म अप्रमेय | जाणावें पैं || 3
जेणें मायेनें व्यापिलें | तें सगुण ब्रह्म बोलिलें |
येर जैसें तैसें उरलें | केवळ ब्रह्म पैं || 3१

Mukundarája, Vivekasindhu
Adhs. II. III.

कळिभरहारि, 'by a sportive blow;' i e by a blow dealt with-
out exertion.

दूरविणिजिनभससहदहकन्ती, 'who has by far vanquished the moon
[by means of her beauty].' "दूरमत्यन्तम्" "Ranganâtha.

Ranganâtha takes संमुहजन्ती as being संमुइ जन्ती. For he trans-
lates संमुखीं यान्ती. संमुखं यान्ती appears to be quite correct.

P. 118 A. ll. 2-4.—Ranganâtha : अनन्तरे खण्डिकेति । गीतविशेषः खण्डिका । उक्तम् । पर्यायेण शान्तिर्यङ्कुनमुक्तं धुनं शिरः । श्रीरागकुम्भनालिन निबद्धा खण्डिका मतेति । कुम्भनाळध । कामवाणदुना यत्र अर्षचन्द्रसनः परम् । दविरामी लधुबेको बिदुधार्भेदुनो भवेत् । दारिरामी (sic.) लघुद्रन्द्वदुनो लघुविरामवानिति । यथा । ते ते ते ते तिथ्यै थे ते तिथ्यै थे थे ते थे ॥ खण्डिका गर्भमेरी वा । आह च भगवान्भरतः । खण्डी गणेशरदेवा । ००००१०९ । ०९ । ७ । ९ । सात्त्वनी वृत्तिमाश्रिना श्रेना हास्य-कृदारएभा वैदर्भाभाक्तिसंभरेति ॥

वराशान्यादरेशोनाह । पसरिभ° &c. .... । अविनलो भीरः । वनगइने कीनोति निजकार्योऩुक्तः कन्दाग्न्वेषणार्थि कृतोद्योग: परिसर्गानि इतस्तनो भ्रमानि प्रसनखर्-खुराति कन्दागुन्खननार्थे भूमिदारणं बुभुक्षया पीडितः कोभवशनः पृथ्वीदारणं करोनीति वा । वराहस्वभावर्णनं वा । पक्षे भीरः । क्रीडार्थे वनगहने कीनः प्रियनमो (मा ?) न्वे-षणकृतानिजकार्योऩुक्तो भ्रमानि । प्रचलनरहितन्वो (sic) हस्तपादेन भूम्याः स्काळनं च करोनि । पइयनेस्युन्मादवशात्राकाश्रवचनम् । यद्वा चिछोंचवदर्योनप्रवृत्तोन्तरा दृष्टं वराइं वर्णयनि । पर्वतं प्रत्याह । अरीनि &c.

Mark that stanza 47 does not form a necessary part of the context.

P. 119 A. ll. 10, 11.—खुडिभाकरुणविहंगमए. Ranganâtha explains this as follows :—नमस्काराटिना नदीभावापनयनप्रवृत्तं मानुदीक्ष्य स्वाश्रयवनाद्रा-श्रालूक्या क्षुभिनाः प्रियागनिस्वरागनुकरणेन मन्त्रीडकृत्वादकरुणाः विहंगमा हंसविकारज्ञो यस्या तस्संबुद्धिः । एवं च विथोगजन्यपीडकन्वे सत्यति एनानृथासद्विरीनिविहगाश्रयदनिनानि मन्त्रीडाकरणं तव नोचितमिति व्यडयेत ॥

सुरसरितीरसमूसुभए, ' whose banks are as noisy (with the cries of birds) as those of the heavenly river.'

P. 119 A. ll. 13-18.—Ranganâtha :—उन्मारानिशायतश्रागो नदीं समुद्र-श्रिन कळर्धतं च नर्तेकत्वेन वर्णयनि । पुञ्वदिसा. .... ।

वेलाशं सळिळस्य यदुद्धिङ्गिनम् आघातर्तेन दत्तो हस्तनाळी येन सः । दत्तहस्तेन्यत्र प्राकृने पूर्यनियमाद्दत्तहस्तेति विभेगम् ॥

In his madness the King supposes that he is standing by the sea instead of by a river. The wind was blowing violently from the east, and the waters were running fully in the whole of the bed, causing waves to rise and strike the banks. This made the river-birds cry aloud. The waves striking the bank at regular intervals appear to beat the time to a dance. Thus the sea, he says, is performing a dance. Meanwhile the new rain-clouds *i. e.* the monsoon clouds are spreading in all directions and giving the sky a gloomy appearance.

पुव्वदिसा° &c. A dancer throws up his hands. So does the sea throw up its huge waves which are raised by the violent eastern wind.

मेहभक्कं. We must here suppose that the King refers to the appearance of the supposed sea before him, and is not supposing that the clouds over his head are the limbs of the sea ; so that मेहभक्कं is, in our opinion, equivalent, to मेहसदिसभक्कं, 'with a body that is of azure colour.'

हंसविहङ्गमकुङ्कुमसङ्कुकभामरणु. A dancer ties to his feet small bells or hollow round globules of bell-metal containing small pebbles, that make a jingling sound as he strikes the earth with his feet in the course of his dance. In the case of the sea the feet-ornament was the flamingo and the conch-shells. It is doubtful what is meant by कुङ्कुम if it is not some bird or some shell that makes a jingling or rattling noise.

कारिमभराउलकसलगकमलकभावरणु. A dancer wears garlands of flowers and covers himself with wreaths of young sprouts or green leaves. In the case of the so-called sea the garlands and wreaths consisted of the black lotuses in the river, at the bottom of whose stalks there were alligators that resembled elephants in their colour.

वेलासलिलुन्नेल्लिभहभ्यादिण्गतालु = वेलायां यदुद्वेल्लिं सलिळं स एव हस्त: तेन दत्त-स्तालो यस्य स:. This seems to be superfluous, being merely an incomplete repetition of the first line. The following line, if free from the suspicion that it is a later addition (see footnotes), does not seem to refer to the dancing sea but to be an independent description of the cloudy sky that accompanied the dancing.

On the whole the stanza does appear to be somewhat difficult.

P. 120 A. ll. 14-18.—Ranganâtha : ऐरावतान्योक्तयाह | अभिनवीनि | एनादृशाविशेषणाविशिष्टे वने भ्रमणं विरहनिशायं द्योनयति | गलिनको नाट्याविशेष: ||

°तद्वरस्य is the reading of K. It is not possible to say what Ranganâtha read, as he does not give the whole stanza. There is little doubt that अभिनवकुसुमस्तनकिननद्वरस्य परिसरे is an adjectival phrase qualifying नन्दनविपिने and is equivalent to अभिनवकुसुमस्तनकिननद्वरपरिसरे, being a *bahuvrîhi* = अभिनवकुसुमे: स्तनकिना: तद्वरा: परिसरे यस्य तन् तस्मिन्.

P. 121 A. ll. 9-12.—Ranganâtha : मृगमनुयुङ्क्ते | . . . . | स्थिरयौवनात्वे सुरसुन्दरितिं हेतु: | एनादृशाविशेषलक्षणोरलक्षिना महिषया वने भ्रमन्ती यादि त्वया दृष्टा तच्चार्हि मो विरहपारावारास्समुत्तारयेत्यर्थ: | तत्कथनेनेति शेष: | काननस्य गगनोद्भवलत्वं नु महत्त्वनीलत्वाद्यतिशयसाम्र्यात् ||

P. 122 A. ll. 9-12.—Ranganâtha : गजान्यापदेशीन पुनराह पणइणि° &c. He reads like us पणइणिबद्धासाइभभो, but renders it प्रणयिनिविद्धास्वाद: He adds प्रणयिनीविद्धासादिन इति वा | प्रणयिन्या बद्ध: (?) अर्थात् स्वविरहेणान एवासमन्नान्सादित: कृश्रीकृत इत्यर्थ: | प्रणयिनीविद्धाशाक इति वा | प्रणयिन्या बद्धा आशा येन | समासान्ते क: |

P. 124 A. ll. 9-12.—Ranganâtha : दाह कअन्नीनि पाठे | दाहकूनं ना | निर्गता भ्रान्तिर्यस्या क्रियाया यथारूयात्तथा | ताम् भरणेन विना करोमि | इदानीं तु अरण्याद्बाहिर्निष्कोशायामि पुननं प्रवेशयामि कदारण्यं नानयामीत्यर्थ: | कृतान्ता स्वविरहेण पीडादायिकामित्यर्थ: ||

विहिजोए, 'fortunately.' literally ' by an encounter with [good] fortune.'

With मेल्लइ compare the Gujerathî ' मेलेछ,' 'he puts.'

P. 129 A. ll. 8-12.—Ranganâtha : हंसान्यापदेशौनाह | पाविभ° &c.

पुलकप्रसाधितांड्:, ' whose person is decorated with the hairs that stood on their ends through joy.'

सेल्लत्तविमाणभो ' to whom a *vimâna* came of its own accord.' The त in सेल्लु refers to the *vimâna* and not to the हंसजुभाणभो.

On खण्डधारा see note to p. 106 A. ll. 5-7.